# 多维视阈下的文化现象再解读

## 基于学术研究代际传承与编辑实践的视角

李宗刚　著

山东人民出版社·济南
国家一级出版社　全国百佳图书出版单位

**图书在版编目（CIP）数据**

多维视阈下的文化现象再解读：基于学术研究代际传承与编辑实践的视角/李宗刚著. -- 济南：山东人民出版社，2022. 12
ISBN 978 - 7 - 209 - 14101 - 7

Ⅰ. ①多… Ⅱ. ①李… Ⅲ. ①中国文学—当代文学—文学研究 Ⅳ. ①I206. 7

中国版本图书馆 CIP 数据核字(2022)第 227683 号

**多维视阈下的文化现象再解读：**
**基于学术研究代际传承与编辑实践的视角**
DUOWEI SHIYU XIA DE WENHUA XIANXIANG ZAI JIEDU:
JIYU XLESHU YANJIU DAIJI CHUANCHENG YU BIANJI SHIJIAN DE SHIJIAO

李宗刚　著

主管单位　山东出版传媒股份有限公司
出版发行　山东人民出版社
出 版 人　胡长青
社　　址　济南市市中区舜耕路 517 号
邮　　编　250003
电　　话　总编室（0531）82098914
　　　　　市场部（0531）82098027
网　　址　http://www. sd - book. com. cn
印　　装　山东华立印务有限公司
经　　销　新华书店

规　　格　16 开（169mm ×239mm）
印　　张　26. 5
字　　数　400 千字
版　　次　2022 年 12 月第 1 版
印　　次　2022 年 12 月第 1 次
ISBN 978 - 7 - 209 - 14101 - 7
定　　价　62. 00 元

# 目　录

第一编

# 文学经典与文化现象的个案解读

# 文本的生产与文学经典的诞生

## ——基于《阿 Q 正传》文本生产过程的历史考察

文本生产的状态对文学经典的诞生有着至关重要的影响。文学经典的诞生并不一定为作家自觉地意识到，但正是在这种无意识的自由、自然状态下，文学经典才获得了其诞生所需要的诸多内部和外部条件。实际上，有些作家也许在创作之初便抱定一种信念，试图创作出一部可以称得上是“经典”的文学作品。然而，由于有些作家在文本的生产过程中过度地倾注了自身的功利化诉求，反而破坏了文学经典所需要的内部和外部条件，其生产出来的文本也难以成为文学经典。与此相反，有些作家在创作之初尽管没有抱定创作出文学经典的信念，其作品反而获得了读者的认可乃至推崇，成为经得起历史考验的文学经典。鲁迅日记显示，他在创作《阿 Q 正传》时，既没有过多地关注《阿 Q 正传》的创作与刊载情况，也没有明显地要将《阿 Q 正传》写成“经典”小说的诉求。他甚至没有想到过自己塑造的阿 Q 形象会成为时人热议的对象，更没有料到这部作品将会成为文学经典。他一如既往地按照既有的节奏生活着、工作着、创作着。然而，这样一种自由、自然的写作状态恰是《阿 Q 正传》成为文学经典的原初动力。目前，学界研究《阿 Q 正传》的文章可谓汗牛充栋，但基本围绕着“思想史”和“文学史”这两个维度来进行解读，从“文学理论”维度来探究《阿 Q 正传》的成果又难免陷入“理论先行”的强制阐释中，而真正从文本产生的“原初”状态切入、探究文本生产与经典诞生之关系和规律的研究并不多见。本文拟通过鲁迅日记、民国报刊等原始材料来还原鲁迅创作《阿 Q 正传》的生产“现场”，以期揭开文学经典诞生的内在奥秘。

## 一、鲁迅创作《阿Q正传》时期的生活状态

在民国十年和十一年间，一九二一年农历的十一月初六、十一月十三日、十一月廿日、十一月廿七日、十二月十一日、十二月十八日、十二月廿五日和一九二二年的正月初九、正月十六日不过是几个平淡无常的日子。然而相对于中国现代文学历史的发展而言，却是极为重要的九天。在这九天里，《晨报》副刊连载了一部作者署名为“巴人”的中篇小说《阿Q正传》，这部作品嗣后成为中国文学史上常读常新的文学经典。《阿Q正传》的第一章被编辑安排在“开心话”专栏，自第二章开始被相继移入“新文艺”或“文艺”专栏，前后刊登时间共计十个周（其中一九二一年十二月初四这一周没有连载）。具体刊发情况如下：

1921年12月4日（农历十一月初六），周日，鲁迅的《阿Q正传》第一章《这一章算是序》在《开心话》栏目刊出，列副刊的第二篇位置。

1921年12月11日（农历十一月十三日），周日，鲁迅的《阿Q正传》第二章《优胜记略》在《新文艺》专栏连载。

1921年12月18日（农历十一月廿日），周日，鲁迅的《阿Q正传》第三章《续优胜记略》在《新文艺》专栏连载。

1921年12月25日（农历十一月廿七日），周日，鲁迅的《阿Q正传》第四章《恋爱的悲剧》在《新文艺》专栏连载。

1922年1月8日（农历辛酉年腊月十一日），周日，鲁迅的《阿Q正传》第五章《生计问题》开始连载。

1922年1月15日（农历辛酉年腊月十八日），周日，鲁迅的《阿Q正传》第六章《从中兴到末路》在《文艺》专栏继续连载。

1922年1月22日（农历辛酉年腊月廿五日），周日，鲁迅的《阿Q正传》第七章《革命》在《文艺》专栏连载。

1922年2月5日（农历正月初九），周日，鲁迅的《阿Q正传》第八章《不准革命》在《文艺》专栏连载。

1922年2月12日（农历正月十六日），周日，鲁迅的《阿Q正传》第九

章《大团圆》在《新文艺》栏目连载完毕。

为了尽可能再现鲁迅创作《阿Q正传》时的生活状态，现据鲁迅日记，对其创作《阿Q正传》时期的基本生活情况进行一番还原。考虑到鲁迅发表《阿Q正传》第一章的时间节点为1921年12月4日，我们把考察的时间点提前到1921年10月1日。在约两个月的时间里，我们追溯了鲁迅创作《阿Q正传》最直接的缘起。日记、书信及报刊材料显示，孙伏园的主动约稿、鲁迅在大学的兼课以及鲁迅日常的“公务交游”与“文学交游”均与《阿Q正传》的创作存在或隐或显的关联。

首先，鲁迅孕育和生产《阿Q正传》这一文本与《晨报》副刊编辑孙伏园有着密切的联系。据已有史料，孙伏园的约稿对鲁迅创作《阿Q正传》产生了直接影响，作为编辑的孙伏园是《阿Q正传》文本生产最重要的“发起人”。从1921年10月到12月，鲁迅在日记中有关孙伏园的记载便有25次之多。其中，鲁迅与孙伏园的信件往来有13次，见面有12次。鲁迅与孙伏园交往最为频繁的时间是10月和11月（每月均有5次之多），12月仅有2次。两人的具体交往情况如下：

> 1921年10月7日，上午得遐卿笺。午后往大学讲。……晚伏园来。/10月9日，星期休息。……晚孙伏园、宋子佩、李遐卿先后至，饭后散去。夜半小雨。/10月13日，……晚孙伏园来。/10月22日，……晚孙伏园来。/10月30日，星期休息。晚孙伏园来。蒋子奇来。/11月6日，星期休息。下午孙伏园来。/11月11日，上午孙伏园来。/11月20日，星期休息。下午孙伏园来。/11月25日，晚孙伏园来。宫竹心来。/11月27日，星期休息。午李遐卿来。晚孙伏园来。/12月3日，上午得孙伏园信。午后寄沈雁冰信并爱罗先珂文稿及译文各一帖，又附复胡愈之笺一纸。晚孙伏园来。/12月15日，晚孙伏园来。[①]

① 参见鲁迅：《鲁迅全集》（第15卷），北京：人民文学出版社2005年，第445—450页。

由于鲁迅1922年的日记已经缺失，我们无法了解1922年初鲁迅创作《阿Q正传》的情况。但通过对1921年相关日记的统计，我们发现鲁迅与孙伏园的交往在10月和11月变得非常频繁。再结合孙伏园在1921年10月12日开始接手《晨报》副刊这一历史背景，可以推测在二人频繁的交往过程中，应该会涉及孙伏园向鲁迅约稿一事。事实也的确如此，鲁迅在此期间曾断断续续地为孙伏园提供了一些稿件。因此可以说，在这一特定的历史区间内，孙伏园介入乃至推动了鲁迅创作《阿Q正传》的历史进程。

其次，鲁迅在北京高校从事兼课等教学活动，与《阿Q正传》的创作存在较为密切的关联。现代大学及其课程的建立与新思想的传播，需要一批具有现代知识谱系的教师堪当此任。由于许多大学体制内的教师又往往缺少这一知识谱系，这便在客观上为担任教育部"公职"的鲁迅兼课提供了可能性和现实性。从鲁迅的文化启蒙自觉来看，进入大学兼课使鲁迅的"文学创作"和"文学教育"在"文化启蒙这一基点上获得了统一"①。从鲁迅的创作生活来看，进入大学兼课不仅没有妨碍其从事文学创作，反而还对其文学创作产生了积极的影响。鲁迅在创作《阿Q正传》的同时，也在北京各高校兼职授课，有史料表明他在课堂上曾经与学生谈及"阿Q"的形象。这说明，鲁迅兼课使其文学创作居于一个相对自然的社会状态下，这成为鲁迅文学创作中不可忽视的因素。那么，鲁迅在此期间到过哪些高校、又在哪些时间到过这些高校兼课呢？为了能够清晰地呈现出鲁迅的兼课情况，现根据鲁迅日记枚举如下：

> 1921年10月5日，午后往高师讲。/10月7日，午后往大学讲。/10月8日，下午至女高师校邀许羡苏，同至高师校为作保人。/10月18日，午后往大学讲。/10月19日，午后往高师校讲，收九日薪水十八元。/10月25日，午后往大学讲。/10月26日，午后往高师校讲。/11月1日，午后往大学讲。/11月2日，午后往高师讲。/11月8日，午后往大学

① 李宗刚：《民国教育体制下的鲁迅兼课及新文学传承》，《清华大学学报（哲学社会科学版）》2017年第5期。

讲。/11 月 9 日，午后往高师讲。/11 月 15 日，午后往大学讲。/11 月 16 日，午后往高师讲。/11 月 22 日，午后往大学讲。/11 月 23 日，午后往高师讲。/11 月 29 日，午后往大学讲。/11 月 30 日，午后往高师讲。/12 月 6 日，午后往大学讲。/12 月 7 日，午后往高师讲。/12 月 13 日，午后往大学讲。/12 月 14 日，午后往高师讲。/12 月 20 日，午后往大学讲。/12 月 21 日，午后往高师讲。/12 月 27 日，午后往大学讲。/12 月 28 日，午后往高师讲。①

日记显示，鲁迅在这一时期到高校兼课有 24 次，此外还有一次是到北京女子高等师范学校（以下简称“高师”）办理具体事务。由于鲁迅往返高校的路程需要不少的时间，因此兼课教学所花费的时间较创作时间更多。但是，不能因此就认定兼课活动“挤压”了鲁迅的创作时间。早在 1920 年，鲁迅便在北京大学兼课，主讲中国小说史。1921 年，他又在北京大学、“高师”主讲中国小说史。因此，在其孕育和生产《阿 Q 正传》的这段时间，鲁迅并没有因为创作《阿 Q 正传》而终止大学兼课，而是依然按照既有的生活和工作节奏边兼课边创作。从其创作的具体情形来看，兼课没有影响到鲁迅的文学创作。相反，鲁迅所主讲的中国小说史很可能让他在创作中产生小说的“现代意识”，同时在“文学史”的观照下从事小说创作②。有学生这样回忆道：“在《阿 Q 正传》头两章刚发表之后，有一天下午，鲁迅先生在北大上完课之后来到新潮社，从阿 Q 谈到绍兴话中‘擄’与‘摸’两个字在使用时的区别。”③即便在兼课之余，鲁迅仍然无法排遣脑海中有关人物形象构思和塑造的创作思绪，这一方面说明鲁迅的文学创作和文学教育的互动，另一方面也反映了鲁迅将创作和兼课视为生活的常态。另一则史料显示，鲁迅在发表《阿 Q 正传》期间曾经与学生们透露过自己使用的笔名是“巴人”。川岛回忆说：“当《阿

① 参见鲁迅：《鲁迅全集》（第 15 卷），北京：人民文学出版社 2005 年，第 445—450 页。

② 李宗刚：《通俗教育研究会与鲁迅现代小说的生成》，《文学评论》2016 年第 2 期。

③ 川岛：《和鲁迅先生相处的日子（选录）——当鲁迅先生写〈阿 Q 正传〉的时候》，见孙伏园、许钦文等：《鲁迅先生二三事——前期弟子忆鲁迅》，石家庄：河北教育出版社 2000 年，第 277 页。

Q正传》陆续在《晨报副刊》每一周发表一章的当中，我们，也只有我们几个人，在知道作者是鲁迅先生而不是蒲伯英先生之后，对许多问题不像起初时那么去猜测：以为是专在讽刺哪一个人。”[①] 这说明，在创作《阿Q正传》的过程中，鲁迅便已经与“我们几个人”就作品问题产生了互动。由此观之，大学课堂内外的“师生互动”作为一个重要因素便会影响到鲁迅的文学生产。也就是说，兼课使鲁迅在创作《阿Q正传》时居于一个相对开放自然的系统之中，其中不乏学生的某种反响和回应。鲁迅由此获得了某种积极的情绪体验，这使其文学生产处于一种积极的情感体验之中，为其文学创作臻于佳境提供了驱动力。

再次，鲁迅在教育部周遭的人际关系网络以及公务交游，为鲁迅创作《阿Q正传》提供了现实素材和思想资源。教育部是鲁迅供职的单位，自然也是鲁迅人生赖以展开的最为直接的社会场域。他白天要到教育部签到上班，有时候还在夜里赶往教育部开会。[②] 这说明教育部的日常工作也占据了鲁迅很大一部分时间，但鲁迅并没有觉得这对创作产生影响。毕竟他不是以职业作家的身份在从事创作，这种自由自在的创作心态对《阿Q正传》的风格形成是非常重要的。除此之外，教育部的其他公职人员与鲁迅有着更为密切的联系，他们构成了鲁迅日常生活和工作的重要社会关系。作为教育行政管理部门，其人员的构成相对多元，这里既有接受过西方现代教育熏陶的人，也有一些背负着传统沉疴、从传统体制中走过来的人。在文化性格上，这些人难免遗留着鲁迅所特别关注的“国民劣根性”，这也会影响到鲁迅对承载着“精神胜利法”的阿Q形象的塑造。

最后，鲁迅除了在教育部门的公务交游外，还与文坛上的友人保持着文学交游，这些因素也影响了其创作《阿Q正传》。从接待来访者的情况来看，这一时期，鲁迅在沉潜于文学创作的同时，还不断地参与一些友人组织的活动，或者接待一些友人的来访。这在客观上也使得鲁迅的文学创作居于一种相对开

---

① 川岛：《和鲁迅先生相处的日子（选录）——当鲁迅先生写〈阿Q正传〉的时候》，见孙伏园、许钦文等：《鲁迅先生二三事——前期弟子忆鲁迅》，石家庄：河北教育出版社2000年，第279页。

② 鲁迅：《鲁迅全集》（第15卷），北京：人民文学出版社2005年，第448页。

放的社会关系之中，并不可避免地对鲁迅的文学创作产生某些影响。在日记中，鲁迅对此有着较多的记载。从鲁迅信函往来的情况来看，鲁迅不时地接到友人的来信，也不时地给友人回信。如在创作《阿Q正传》的前三个月，鲁迅便收到很多来信。据鲁迅日记记载，这一时期与鲁迅有信函往来的便有沈雁冰（茅盾）、李遐卿、章士英、胡愈之等。鲁迅在创作《阿Q正传》期间，与茅盾书信往来较多，单就1921年11月2日到1921年12月29日来看，二人书信往还多达9次。其具体信函的往来情况如下：

> 1921年11月28日，上午得沈雁冰信并校正稿，晚复之，并寄阿尔志跋绥夫小象一枚。/12月1日，夜得沈雁冰信并爱罗先珂文稿一束。/12月3日，午后寄沈雁冰信并爱罗先珂文稿及译文各一帖，又附复胡愈之笺一纸。/12月9日，上午得沈雁冰信，下午复。/12月16日，上午得沈雁冰信并阿尔志跋绥夫象一枚。/12月17日，下午复沈雁冰信。/12月20日，夜校《一个青年之梦》讫，即寄沈雁冰。/12月22日，下午寄沈雁冰信。/12月29日，晨往齐耀珊寓。得沈雁冰信。①

日记显示，鲁迅与沈雁冰在这一时期的交往并不仅仅是单纯的信函往来，而且还有稿件往来，特别是一些外国作家的文稿。其关注的外国作家有阿尔志跋绥夫、爱罗先珂，外国作家的作品有《一个青年之梦》、《最后之叹息》（爱罗先珂赠）等；寄胡愈之信并译稿一篇。除了与沈雁冰的文学交游外，鲁迅在这一时期还与外国作家有着较为紧密的联系。如在日记中他提到了在“高师”听爱罗先珂君演说，在此之前鲁迅还与爱罗先珂有书信往来等情况，这使得鲁迅在创作《阿Q正传》期间，与世界文学保持着紧密的联系。鲁迅在自然、自由的状态中内化了这些资源，从而使他创作的《阿Q正传》具备了世界文学的特质。这正是《阿Q正传》获得世界读者认可和推崇的缘由之一。

从日记、书信等材料还原《阿Q正传》创作的原初状态，还不能忽视中

① 参见鲁迅：《鲁迅全集》（第15卷），北京：人民文学出版社2005年，第449—451页。

国传统节日——春节对鲁迅创作《阿Q正传》的影响。在《阿Q正传》的创作中，鲁迅曾自嘲趁着孙伏园外出把阿Q“枪毙”了。鲁迅较早地结束了阿Q的生命，从而及早地结束了这部小说的创作，这似乎和中国农历的春节有着潜在的关联。“大团圆”两章的刊载时间是一九二二年的正月初九、正月十六日。鲁迅曾经说过：“《阿Q正传》大约做了两个月，我实在很想收束了。”[①]为此，鲁迅把最后一章《大团圆》已经写好了，还随时准备给阿Q画上句号。从时间节点来看，农历春节正是中国人向来重视的一个节日，在强大的民俗力量下，鲁迅选择给阿Q画上人生的句号并非偶然。我们是否可以据此推测，如果不是农历春节的翩然而至，即便孙伏园不在，鲁迅也还会让阿Q多活几个星期？

## 二、孙伏园的约稿与鲁迅创作《阿Q正传》的缘起及发展

历史大都是在悄无声息中绵延向前的，即便是宏大历史的孕育、发展也需要机缘和巧合。历史主体似乎也没有觉察到，新的历史即将在自己的手中生成。也许孙伏园没有想到，自己曾经作为一个历史主体，参与到了《阿Q正传》经典化的历史进程中。那么，孙伏园是以怎样的“身份主体”参与到《阿Q正传》文本生产中的呢？

一部作品在孕育之初，大都是作家脑海中一种抽象的乃至朦胧的存在。这种存在表现为作家在脑海中那个既清晰又朦胧的“胚胎”，这相当于画家下笔前的“胸中之竹”。然而要将“胸中之竹”外化出来，变成可以感知的“纸上之竹”，不仅需要借助文字或线条，更需要“下笔”的契机。正是孙伏园的约稿，促成了鲁迅把内心孕育许久的“为阿Q作传”的想法提上了现实议程。孙伏园是浙江绍兴人，又在北京大学国文系毕业。他与鲁迅除了有同乡之谊，还有师生之情。八道湾的聚会，每每也有他，且往往是热闹的人物。孙惠南在《怀念父亲孙伏园》中写道：“父亲结婚后，就在小学教书，但总感到自己学

① 鲁迅：《鲁迅全集》（第3卷），北京：人民文学出版社2005年，第398页。

问不够，想学点知识。周树人（鲁迅）是他的老师，后又成为同事。父亲很敬重周氏三兄弟，并常向他们学习、请教。"[①] 显然，这种特殊的师生之情和同乡之谊，为孙伏园向鲁迅约稿提供了极大的便利。

1921 年 10 月 12 日，孙伏园开始接手《晨报》副刊。自当日开始改版扩容增至每天一张，每月合订一册，取名《晨报副镌》。据同时代读者的回忆，《晨报》副刊"每逢星期天就登载一些较为轻松、活泼的短小作品，内容和平日的副刊有些两样。有一栏名为《开心话》，经常登载一些讽刺性的或者轻松些的散文"[②]。然而，《开心话》这个栏目刊登的文章要做到"开心"似乎并不容易。毕竟，具有讽刺性或者轻松些的散文并不多见，而且许多讽刺性或轻松些的散文大都流于形式，缺少应有的思想深度。而一味地追求思想深度又没有"开心话"的外表，难以对接读者的审美趣味，从而影响到报纸的销路。正是在这样特殊的时间节点上，孙伏园的出现不仅为鲁迅创作《阿 Q 正传》提供了历史的契机，也为《晨报》副刊建构"新的文学世界"提供了可能。

1921 年，鲁迅在文学创作上已经获得了盛名。由于孙伏园是一名受过现代教育熏陶的"新人"，对五四新文学具有一种天然的亲近心理。因此，他一方面对拥有"文学盛名"的鲁迅保持着景仰，另一方面也将鲁迅视为最具潜力的大作家。孙伏园担任《晨报》副刊编辑后便向鲁迅约稿，似乎有某种历史必然性。早在 1911 年，孙伏园在浙江山会师范学堂读书时便是鲁迅的学生，在鲁迅兼任北京大学国文系教师时再次成为鲁迅的学生。1919 年，孙伏园出任北京《国民公报》副刊编辑时，便向鲁迅约过稿。鲁迅把翻译出来的作品《一个青年的梦》交给孙伏园发表在《国民公报》上，这是孙伏园首次成为鲁迅文学创作和翻译的"责任编辑"。有学者认为，鲁迅文学功绩的某些方面"得归功于孙伏园的约稿"，因为"如果没有孙伏园的约请，鲁迅也许不会翻

---

① 孙惠南:《怀念父亲孙伏园》,绍兴县政协文史资料工作委员会绍兴鲁迅纪念馆编:《绍兴文史资料选辑》第 13 辑,绍兴:绍兴鲁迅纪念馆内部印刷,1994 年,第 49 页。

② 川岛:《和鲁迅先生相处的日子(选录)——当鲁迅先生写〈阿 Q 正传〉的时候》,见孙伏园、许钦文等:《鲁迅先生二三事——前期弟子忆鲁迅》,石家庄:河北教育出版社 2000 年,第 276 页。

译这篇文章，更不消说一版再版，在中国的读者中产生巨大的影响”①。由此说来，孙伏园担任《晨报》副刊编辑不仅对阿Q的人生产生了极其深远的影响，而且间接地影响到了鲁迅的文学生产方式。

从鲁迅与报刊的结缘来看，鲁迅的文学创作所依托的报刊有两种形式。一是通过自己及其同仁独立创办杂志，如他所办的《新生》杂志。这样的同仁报刊可以直接登载创办者的文章，但遗憾的是，这种独立创办的报刊在承载了创办者思想的同时却很难获得读者认可，其难以为继便是情理之中的事情了。严格说来，一份杂志没有多年的苦心经营与自我调适，是难以赢得读者认可的，自然也不会有什么市场。二是通过他人创办的报刊来发表自己的文章，如鲁迅的《狂人日记》是借助《新青年》杂志刊登出来的。众所周知，《新青年》在刊登鲁迅的《狂人日记》之前已经具有较为广泛的社会影响，这种影响显然是鲁迅当年创办的《新生》杂志所望尘莫及的。换言之，鲁迅的文学生产之所以会引起较大的社会反响，与鲁迅借助现代报刊这一平台有着密切的关系。鲁迅正是借助现代报刊这一平台，开启了《阿Q正传》的创作之路。在这条创作之路上，孙伏园不仅为鲁迅与现代报刊搭建起重要的桥梁，而且以“锲而不舍”的约稿精神深度地影响了鲁迅的文学创作。鲁迅在还没有创作出《阿Q正传》之前便答应了孙伏园的约稿。这使鲁迅走出了既有的“铁屋中”的思想困境，从当初文学创作时的无限寂寞体验走进了较为高亢的文学体验之中，在自由对话与复合型的社会交往中，开始了文学经典文本的生产过程。

从创作的规律来讲，作家的创作既深受某些外在因素的影响，又深受其自我多年来文学思考的影响。在孙伏园向鲁迅约稿之后，鲁迅要借助《开心话》专栏创作这部小说。现代小说生产的“连载”形式，或许为鲁迅提供了自由发挥的可能。而且，鲁迅无意于全景书写的心态，为立体多面地展现阿Q形象提供了心理条件。鲁迅在孙伏园约稿之前，以“为阿Q作传”的思考开启了《阿Q正传》的“十月怀胎”历程。鲁迅在这一时间节点上开启了《阿Q

① 孙惠连、孙惠南:《读〈孙伏园评传〉》,《绍兴文理学院学报(哲学社会科学)》2012年第6期。

正传》的创作历程，是他多年来文学思考的自然结果。鲁迅后来回忆《阿Q正传》的成因时说，阿Q这个形象在其头脑中存在多年了，最后终于将他写出，实在是欲罢不能，“仿佛思想里有鬼似的”[①]。这就是说，鲁迅要通过塑造阿Q这样的人物形象，把自己思考了多年的“国民性”问题外化出来，必须借助这一形象画出“沉默的国民的魂灵来”[②]。鲁迅曾经发出这样的自我诘问：“我虽然已经试做，但终于自己还不能很有把握，我是否真能够写出一个现代的我们国人的魂灵来。”[③] 这说明，鲁迅在脑海里尽管已经孕育出了阿Q这一人物形象，但并没有把他外化为文字，而孙伏园的约稿则激发了鲁迅下笔去创作《阿Q正传》。这正如鲁迅自述的那样：“阿Q的影像，在我心目中似乎确已有了好几年，但我一向毫无写他出来的意思。经这一提，忽然想起来了，晚上便写了一点，就是第一章：序。”[④] 可以看出，《阿Q正传》既是鲁迅长期思考偶然得之的自然结果，也是孙伏园“锲而不舍”地约稿的结果，而《晨报》副刊所开设的《开心话》这一栏目更是从风格定位上影响到了《阿Q正传》的创作。从《开心话》专栏的定位来看，阿Q这样的人物形象的确具有某种“开心”的效能，只不过这效能不是那种落入油滑的“开心”，而是人物形象承载着国民劣根性而给读者带来的笑与泪的“开心”。这也是为什么经孙伏园“一提”，鲁迅便“忽然想起了”的由头——从某种意义上说，阿Q这样的艺术形象的确与《开心话》栏目的风格定位有着某种内在的契合。孙伏园在《理想中的日报附张》中说：“一面要兼收并蓄，一面却要避去教科书或讲义式的艰深沉闷的弊病，所以此后我们对于各项学术，除了与日常生活有关的、引人研究之兴趣的，或至少艰深的学术而能用平易有趣之笔表达的，一概从少登载。……日报附张的正当作用就是供给人以娱乐，所以文学艺术这一类的作品，我以为是日报附张的主要部分……文学艺术的文字与学术思想的文字能够

① 鲁迅：《阿Q正传》，《鲁迅全集》（第1卷），北京：人民文学出版社2005年，第512页。

② 鲁迅：《俄文译本〈阿Q正传〉序及著者自叙传略》，《鲁迅全集》（第7卷），北京：人民文学出版社2005年，第84页。

③ 鲁迅：《俄文译本〈阿Q正传〉序及著者自叙传略》，《鲁迅全集》（第7卷），北京：人民文学出版社2005年，第83页。

④ 鲁迅：《〈阿Q正传〉的成因》，《鲁迅全集》（第3卷），北京：人民文学出版社2005年，第396页。

打通是最好了。”[①] 这说明，孙伏园作为栏目的编辑对栏目的美好想象是以通俗易懂的语言和故事打通“文学艺术的文字与学术思想的文字”。也许正是基于这样的考量，从第二章开始，孙伏园便把《阿Q正传》从《开心话》移到了《新文艺》栏目。显然，《新文艺》专栏的定位要比《开心话》专栏严肃得多。这样严肃的基调自然潜在地影响到了鲁迅《阿Q正传》的创作，于是“渐渐认真起来了”[②]。实际上，孙伏园向鲁迅约稿本身便是极其认真的，他在编鲁迅的《阿Q正传》第一章时也是认真的。只不过在这样的“认真”背后隐含着某些“开心话”这样一些“非认真”的因素，也包含了孙伏园通过这种大众喜闻乐见的形式来赓续新文化传统的意图。鲁迅主动地“认真”起来，也是对孙伏园编辑意图的领会。换言之，孙伏园的这种认知变化不仅直接地影响到了他自己对这部作品的定位，而且也间接或潜在地影响到了鲁迅的文学创作——既然《阿Q正传》不再隶属于“开心话”的范畴，而是作为现代小说移植到了《新文艺》栏目中，这自然增加了阿Q在让人“开心”之余的悲剧性特质，使这部小说更符合“新文艺”的要求。

从某种意义上讲，孙伏园是鲁迅创作《阿Q正传》文本生产的“发起者”与“传播者”。鲁迅在回忆孙伏园到八道湾住所来催稿的情形时这样写道：“伏园虽然还没有现在这样胖，但已经笑嬉嬉，善于催稿了。每星期来一回，一有机会，就是：‘先生，《阿Q正传》……。明天要付排了。’于是只得做，心里想着，‘俗语说，“讨饭怕狗咬，秀才怕岁考。”我既非秀才，又要周考，真是为难……。’然而终于又一章。”[③] 鲁迅的这番话恰好说明了孙伏园的“催稿”对于其文学创作的重要性——在某些情况下，如果没有编辑的外在催促，作家能否如期完成某一部作品的创作也许是一个未知数。编辑缘于现代报刊出版的周期性需要，主动地介入作家的文学创作过程中。这促使现代作家的文学生产不再完全按照自己的意志或意愿往前推进，而是在外在作用力的驱动下往

① 宋应离、袁喜生、刘小敏编：《20世纪中国著名编辑出版家研究资料汇辑》第3辑，开封：河南大学出版社2005年，第347页。

② 鲁迅：《〈阿Q正传〉的成因》，《鲁迅全集》(第3卷)，北京：人民文学出版社2005年，第397页。

③ 鲁迅：《〈阿Q正传〉的成因》，《鲁迅全集》(第3卷)，北京：人民文学出版社2005年，第397页。

前推进，从而深度影响了文本的生产。鲁迅能创作出《阿Q正传》这部作品，应该视为作家“内驱力”与编辑“外驱力”共同作用的结果。

至于鲁迅接受了孙伏园的约稿而进入创作阶段时，孙伏园对鲁迅创作的影响就更为深刻了。后来，孙伏园因为回家而中断了既有的催促“节律”，这对鲁迅的文学创作产生了极大的影响，不仅让鲁迅及早结束阿Q的生命，也切断阿Q人生未来实现的可能，在大大缩短了《阿Q正传》篇幅的同时，也缩小了这部作品应有的社会涵盖面。对此，鲁迅曾专门作文写道：“代庖的是何作霖君，于阿Q素无爱憎，我便将‘大团圆’送去，他便登出来。待到伏园回京，阿Q已经枪毙了一个多月了。纵令伏园怎样善于催稿，如何笑嬉嬉，也无法再说‘先生，《阿Q正传》……。’”[①] 后来有读者曾不无惋惜地对孙伏园的儿子感喟道：“你父亲犯了一个不可饶恕的大错误，他老人家千不该万不该，不该在这节骨眼上回家去了。”[②] 批评家西谛（郑振铎）也曾写道：“似乎作者对于阿Q之收局太匆促了；他不欲再往下写了，便如此随意的给他以一个‘大团圆’。”[③] 甚至鲁迅自己，也对《阿Q正传》的结尾有过预设。他说：“到最末的一章，伏园倘在，也许会压下，而要求放阿Q多活几星期的罢。”[④] 可以想象，如果阿Q多活几个星期的话，不仅《阿Q正传》会多出几章的篇幅，“大团圆”的结局也许会因为其他设计而有所延宕。至于鲁迅让阿Q在随后多活的几个星期里干些什么，可能的猜测一定是丰富而复杂的。

从孙伏园深度介入鲁迅《阿Q正传》创作中去的案例可以得知，经典作品的孕育乃至诞生的确是由众多偶然因素共同作用的结果。如果孙伏园不是因故回家，我们所看到的《阿Q正传》在篇幅上肯定要长一点，阿Q也会在社会的舞台上继续扮演着自己的角色，穿行于复杂变化的社会生活之中。阿Q如何认知与回应辛亥革命的余波，也许会更为丰富、立体、多面。然而，历史

---

① 鲁迅：《〈阿Q正传〉的成因》，《鲁迅全集》（第3卷），北京：人民文学出版社2005年，第398页。

② 彭匈：《我所景仰的三位编辑大师》，《会心一笑：彭匈随笔》，南宁：广西人民出版社2005年，第220页。

③ 西谛（郑振铎）：《闲谈》，《文学周报》1928年11月第251期。

④ 鲁迅：《〈阿Q正传〉的成因》，《鲁迅全集》（第3卷），北京：人民文学出版社2005年，第398页。

不能假设。我们很难说鲁迅“放”阿Q多活几个星期后，就必然会对这部作品产生积极的影响——从某种意义上说，鲁迅已经在连载的过程中逐渐完成了阿Q这一人物形象的塑造，画出了国人的“魂灵”。尽管如此，孙伏园依然深度影响着鲁迅的《阿Q正传》创作，他不仅以约稿的形式促成鲁迅开启了《阿Q正传》的创作，而且还通过催稿的方式影响了《阿Q正传》的整个创作过程。

## 三、“反响—回应”关系与鲁迅《阿Q正传》创作

任何一部文学经典的生产既有其必然性，又有其偶然性。所谓必然性主要强调了作家需要一个孕育的历史过程，这是其在“十月怀胎”之后能够“一朝分娩”的根本之所在；所谓偶然性主要强调了作家在生产作品的过程中又受到了诸多外在因素的影响。作家在从事文学作品创作时受社会关系的影响程度是不同的。有些作家在进入创作之后，绝少受外在因素的干扰，而是把自己的所思所想所感所悟外化出来；有些作家在进入创作之后，并不是一下子便完成作品的创作，而是断断续续地进行创作，这便使得其创作受到了诸多外在因素的影响；至于那种“边写边发”的连载文学创作，其受到的影响则更大，因为读者的反响与作家的回应会对文本的后续创作产生重要影响。鲁迅在创作《阿Q正传》时，便属于后者。这种情形从读者的反响与作家的回应这一视域来看，外在因素便成为作家文学创作的重要方面。具体到《阿Q正传》的创作上，则主要体现在以下几个方面：

其一，鲁迅在创作《阿Q正传》时深受周围同事的影响。同在教育部共事的诸多同事，自然是鲁迅首要面对的社会关系圈，这一社会关系圈对鲁迅的影响无疑是深刻的。从人的社会化来看，与社会的诞生相伴而来的是组织的形成。在复杂的社会关系中，人被组织纳入不同的层级中，成为构成这一社会组织的“细胞”，且由此被赋予了不同的社会价值和意义，鲁迅也概莫能外。鲁迅创作《阿Q正传》这一作品的写作活动属于教育部这一社会组织之外的个人活动，其同事甚至无从知晓鲁迅在忙完了公务之后还从事文学创作活动，且

鲁迅在创作时使用了少见的“巴人”这一笔名。这既使鲁迅获得了相对独立的文学创作空间，也使他客观地接收到来自读者对《阿Q正传》的意见。

鲁迅的同事在阅读《阿Q正传》后会有怎样的反响呢？据周作人在《关于鲁迅》一文中的回忆，当时在鲁迅供职的教育部，人们对这部小说产生了热议。他们“纷纷议论，毁誉不一，鲁迅就在旁边，茫然相对”[①]。对此情形，鲁迅曾经说过：“还记得作《阿Q正传》时，就曾有小政客和小官僚惶怒，硬说是在讽刺他，殊不知阿Q的模特儿，却在别的小城市中，而他也实在正在给人家捣米。但小说里面，并无实在的某甲或某乙的么？并不是的。倘是没有，就不成为小说。……有谁相像，就是无意中取谁来做了模特儿，不过因为是无意中，所以也可以说是谁竟和书中的谁相像。”[②] 这昭示出阿Q的性格经过抽象，可以概括出一种人所共有的普遍性或共性的性格。正因为如此，阿Q表现出来的文化本质属性，如“精神胜利法”“对革命目的个人化”，具有某种普遍性，这也许是阿Q引起“小政客和小官僚惶怒”，甚至还“硬说是在讽刺他”的缘由。

我们不禁要追问，鲁迅塑造出来的阿Q这一人物形象为什么会引起“小政客和小官僚惶怒”，甚至还“硬说是在讽刺他”呢？这显然又与鲁迅对自己周边的同事有着深刻的了解和无情的解剖有关。无法否认，鲁迅对身边的同事有着更为真切的了解，也更能洞察到他们背负的国民性弱点，这甚至已经内化为鲁迅潜意识的组成部分。鲁迅在创作《阿Q正传》时，难免会把这潜意识的内容转化为阿Q性格的组成部分。从这样的意义上说，“小政客和小官僚惶怒，硬说是在讽刺他”[③] 似乎也并非空穴来风。

其二，鲁迅在创作《阿Q正传》时，受到了批评家和读者多个“主体”的影响。真正优秀的读者大多是那些超然于具体的“索解”而进入理论解析层面的批评家。在《阿Q正传》刊载期间，有读者于1922年1月2日写信，一方面表达了对文坛缺少优秀文学作品的失望，另一方面表达了对《阿Q正

---

① 周作人：《关于鲁迅》，见张菊香编：《周作人代表作》，郑州：黄河文艺出版社1987年，第314页。
② 鲁迅：《〈出关〉的“关”》，《鲁迅全集》（第6卷），北京：人民文学出版社2005年，第537页。
③ 鲁迅：《〈出关〉的“关”》，《鲁迅全集》（第6卷），北京：人民文学出版社2005年，第537页。

传》的期待："《晨报》上连登了四期的《阿Q正传》，作者一枝笔真正锋芒得很，但是又似是太锋芒了，稍伤真实，讽刺过分……也算不得完善的了。创作坛真贫乏极了！贵报目下隐然是小说界的木铎，介绍西洋文学一方，差可满意，创作一方却未能见胜。至盼你们注意才好呵！"① 茅盾针对读者来信，明确地表明了自己对《阿Q正传》的推崇："至于《晨报》副刊所登巴人先生的《阿Q正传》虽只登到第四章，但以我看来，实是一部杰作。你先生以为是一部讽刺小说，实未为至论。阿Q这人，要在现社会中去实指出来，是办不到的；但是我读这篇小说的时候，总觉得阿Q这人很是面熟，是呵，他是中国人品性的结晶呀！我读了这四章，忍不住想起俄国龚伽洛夫的Oblomov了！而且阿Q所代表的中国人的品性，又是中国上中社会阶级的品性！"② 茅盾在此期间对《阿Q正传》的阐释，一下子把时人就阿Q是"谁"的追问提升到了"中国人的品性"和"中国上中社会阶级的品性"的高度加以确认，甚至还将其提升到了世界文学的高度。

从世界文学，尤其是在俄罗斯文学的坐标体系上对《阿Q正传》加以确认，这无疑为后来的批评家奠定了阐释《阿Q正传》的基本路径和基调。这样的阐释，对鲁迅创作《阿Q正传》自然会产生积极的影响。从理论上讲，鲁迅应该关注到时人对《阿Q正传》的有关评述。考虑到鲁迅与茅盾过从甚密，他更有可能关注到茅盾的有关评论。如果这种推测成立的话，茅盾的评论也许会使鲁迅在进行创作时有意凸显"中国人的品性"和"中国上中社会阶级的品性"。实际情形的确如此，在第四章《恋爱的悲剧》刊登之后，鲁迅笔下阿Q的文化性格更具有了社会的某种普遍性，而其所反映的内容更具文化反思与社会启蒙的自觉性。鲁迅能够将阿Q的个人命运纳入中国社会历史变迁风云际会中加以展现，可以看到茅盾等人的文学批评对《阿Q正传》创作产生的影响。值得注意的是，茅盾对《阿Q正传》的基本评价，在他后来的文学批评中也得到了进一步延伸。尽管茅盾在1923年的这次评述并没有参与

---

① 雁冰等:《通信》,《小说月报》第13卷第2期,1922年2月10日。
② 雁冰等:《通信》,《小说月报》第13卷第2期,1922年2月10日。

到鲁迅《阿Q正传》的文学创作过程中，但其阐释可以视为茅盾对1922年初所作阐释的补充："作者的主意，似乎只在刻画出隐伏在中华民族骨髓里的不长进的性质，——'阿Q相'，我以为这就是《阿Q正传》之所以可贵，恐怕也就是《阿Q正传》流行极广的主要原因。不过同时也不免有许多人因为刻画'阿Q相'过甚而不满意这篇小说，这正如俄国人之非难梭罗古勃的《小鬼》里的'丕垒陀诺夫相'，不足为盛名之累。"① 显然，茅盾这一阐释无疑真正地切中了阿Q形象的肯綮。这可以视为鲁迅与茅盾作为中国现代文学两位优秀作家在内在精神上的同构性——也就是说，五四新文学的时代，是一代新人而不是一两个人在崛起，他们共同的精神追求促使着五四新文学走向深入。

从某种意义上说，作家的文学创作与读者的文学接受是两种主体交互作用的关系。读者对作品的钟情乃至推崇将会激发作家文学创作的潜能，使之进入和谐的状态，进而创作出更加臻于完美的作品；同理，作家越全身心地投入到文学创作之中，便越会创作出优秀的作品，这又会反过来得到读者的钟情乃至推崇。这种作家与读者交互作用的"反响—回应"关系，在"边写边发"的连载类文学创作中表现得愈加明显。鲁迅能够创作出《阿Q正传》这一文学经典，与这种独特的文学生产方式和传播方式有着一定的关系。换言之，我们在解读《阿Q正传》这一文学经典的生产时不能忽视"边写边发"的文学连载所引发的作者与读者之间"反响—回应"的关系，鲁迅创作《阿Q正传》便深受这一关系的影响。从这部作品连载伊始，鲁迅作为创作者便进入了一个与接受者交互作用的关系中，并由此在其文学创作上深深地打上了这种关系的烙印。鲁迅以"巴人"为笔名发表第一章之后，读者便有了很好的"反应"。有读者这样回忆道："《晨报副刊》在星期日像另出特刊似的一新面目的办法，是很受当时读者的欢迎的。就在这样为读者所欢迎的情况下，每星期日一早就期待着它的到来的心情下，一个阴冷的早晨，在'开心话'这一栏中发现了《阿Q正传·第一章·序》，作者'巴人'。"② 显然，《晨报》副刊改版后的全

① 雁冰：《读〈呐喊〉》，《时事新报·学灯》1923年10月16日。
② 川岛：《和鲁迅先生相处的日子(选录)——当鲁迅先生写〈阿Q正传〉的时候》，见孙伏园、许钦文等：《鲁迅先生二三事——前期弟子忆鲁迅》，石家庄：河北教育出版社2000年，第276页。

新面目已经深受当时读者的欢迎。这恰好为鲁迅《阿Q正传》的靓丽登场营构了很好的接受氛围，为这部小说获得读者的推崇奠定了基础。

在最初阶段，读者对《阿Q正传》的另眼相看与特别关注主要表现在对“巴人是谁?”“阿Q究竟是指谁?”等问题的追问上。也许，鲁迅在创作该部小说时用笔名“巴人”并非刻意为之，而是率性而为。但就客观的效果来看，这一笔名反而引起读者对作者真实身份进行探究的兴趣。对此，王任叔曾这样回忆：“之后，我又从北平出版的《晨报》上，看到了《开心话》一栏里的《阿Q正传》，也许是我们的嗅觉特别的敏锐，我和朋友都断定这是鲁迅先生作的。虽然他署的名是下里巴人。北平的报纸是不能按日寄到的，我们争看着这一篇小说，可惜有时常常落空，因为那小说并不是逐日发表，而是每礼拜发表一回，这叫我们非常失望，没有能把他整篇的看完。”[①] 王任叔之所以断定巴人即鲁迅，也许与他对鲁迅作品的风格有着一定把握有关。然而，对大多数读者来说，巴人是谁依然是一个亟待破解的“谜”。川岛曾经回忆道：“在当时我所接触到的北大里的前辈们，他们有的对《阿Q正传》，对‘巴人’，感到兴趣，以为我和伏园有些来往，见面时总是不在意似的问我：‘巴人是谁?阿Q究竟是指谁?’关于这些问题，我只是说不知道。当时觉得，某人既不愿意把真实姓名告知读者，用了笔名，对所写的文章同样地负起了责任，读者就毋需再去寻根究底了。至于他们为什么这样来打听，据我的打听，是他们大部分疑神疑鬼的，以为‘巴人’是他们的老朋友，就在讽刺他们。”[②] 这就是说，巴人的笔名对许多读者来说，不仅没有消解他们对这部作品的兴趣，反而引起了他们更为强烈的追问——要搞清楚巴人是不是他们的老朋友，是不是这个老朋友在讽刺自己？类似的担忧并不是发生在少数人那里，而是发生在许多人那里。高一涵当时在《现代评论》第4卷第89期曾发表一篇《闲话》，文中写道，有些读者以为作者骂的就是自己：“我记得当《阿Q正传》一段一段陆续

---

① 王任叔:《我和鲁迅的关涉》,《回望鲁迅永在的温情——文化名人忆鲁迅》,石家庄:河北教育出版社2000年,第28页。

② 川岛:《和鲁迅先生相处的日子(选录)——当鲁迅先生写〈阿Q正传〉的时候》,见孙伏园、许钦文等:《鲁迅先生二三事——前期弟子忆鲁迅》,石家庄:河北教育出版社2000年,第279—280页。

发表的时候，有许多人栗栗危惧，恐怕以后要骂到他的头上。并且有一位朋友，当我面说，昨日《阿Q正传》上某一段仿佛就是骂他自己。”① 这恰好说明，鲁迅在阿Q这一形象上融入了自己对国民性弱点的诸多揭露与批判，这从侧面说明这部作品具有了超然于时代的价值和意义。

鲁迅给主人公命名为“阿Q”也增加了这部小说的悬念性。在中国传统小说中，类似这种带着小辫子的阿Q的名字的确从未出现过，即便是拉丁文进入了中国之后，中国现代小说崛起之后，小说主人公的这种命名方式也不多见。因此，这种命名方式便具有了某种神秘性和符号性，由此促成了读者在接受时深入探究的内驱力。对此，鲁迅自己是这样解释的：“立传的通例，开首大抵该是‘某，字某，某地人也’，而我并不知道阿Q姓什么”，“他活着的时候，人都叫他阿Quei，死了以后，便没有一个人再叫阿Quei了”，“生怕注音字母还未通行，只好用了‘洋字’，照英国流行的拼法写他为阿Quei，略作阿Q”。②

鲁迅的这种命名办法还引发一些读者的“考据”兴趣，有读者认为，“况且无论小说的主人公是‘阿桂’还是‘阿贵’，如果用英文来拼音，照流行的拼法，应该第一个字是‘K’，而不应该用‘Q’。既用‘Q’，就难免别有用意。这是我们几个人在刚读到《阿Q正传·第一章·序》时的一些‘考据’”③。还需要指出的是，在《阿Q正传》中，鲁迅除了把主人公命名为阿Q外，还把次要人物形象命名为“小D”，并赋予了这两个人物形象在文化性格上的同构性，这正如鲁迅在《寄〈戏〉周刊编者信》中所说的那样：“他叫‘小同’，大起来，和阿Q一样。”④ 这就是说，小D是阿Q过去的缩影，阿Q是小D的未来影像。这样的一种贯通便使鲁迅所要批判的国民性这一遗传密码得到了具象化的呈现。从本质上说，鲁迅这样的命名方法并不仅仅体现在读者、读音等问题的考据上，还在于这样的命名方法把汉语命名的具体个人扩放

① 鲁迅：《〈阿Q正传〉的成因》，《鲁迅全集》（第3卷），北京：人民文学出版社2005年，第396页。

② 鲁迅：《阿Q正传》，《鲁迅全集》（第1卷），北京：人民文学出版社2005年，第513、514页。

③ 川岛：《和鲁迅先生相处的日子（选录）——当鲁迅先生写〈阿Q正传〉的时候》，见孙伏园、许钦文等：《鲁迅先生二三事——前期弟子忆鲁迅》，石家庄：河北教育出版社2000年，第277页。

④ 鲁迅：《寄〈戏〉周刊编者信》，《鲁迅全集》（第6卷），北京：人民文学出版社2005年，第155页。

到了更大的群体之中，也就是说，这种命名方法放大了阿Q这一人物形象的指代范围，由此让读者沉潜于“阿Q是谁”的疑问中，进而增加了读者在阅读接受时对阿Q所指代的具体个人的普遍性的体认。

文学经典的诞生是在多个主体交互影响下产生的，作者主体、传播主体和接受主体通过不同的形式参与到文学生产中，最终完成了文学作品“经典化”的历史过程。从《阿Q正传》自“约稿”到“创作”进而到“传播”的原初现场来看，不管是鲁迅本人还是文学编辑，抑或是普通读者，大家也许都不曾意识到《阿Q正传》会成为文学经典，但毋庸置疑的是大家都以不同的形式参与到了《阿Q正传》“经典化”的历史进程中去。随着副刊的连载、课堂的互动以及批评的跟进，《阿Q正传》逐渐显露出其作为文学经典所具有的思想峥嵘本色，作品的文学价值和思想意蕴才逐渐得到人们的确认和重视。实际上，鲁迅在创作《阿Q正传》期间，并没有因为文学创作而中断正常的生活、工作和兼课，他依然保持着既有的生活工作节奏，以至于他在日记中鲜有创作《阿Q正传》的片言只语。这就是说，鲁迅把自己置于一个相对自由的社会环境，不断接受着来自社会方方面面的信息，由此使得外在的现实生活等要素依然具有穿越时空阻隔而直抵作家内心世界的能力，这恰是“问渠那得清如许，为有源头活水来”的至高境界。鲁迅在文学创作时始终敞开着生活和社会的大门，始终保持着一种自由自然的心态，这才使得他能够以自主自足的心态沉潜于文学创作中，并把自己经过多年孕育后生成的阿Q形象外化出来，从而确保了《阿Q正传》具有直接回应中国社会现实的特殊功能。与此同时，鲁迅还与世界作家作品保持着艺术和思想上的密切联系，这又使得《阿Q正传》具有世界文学的某些品格。从这个意义上说，中国现代文学既是在东西古今文化碰撞下诞生的新文学，也是在作者、编辑与读者等多个主体交互作用下产生的新文学，《阿Q正传》的诞生及其经典化的历程清楚地显示了新文学背后多维的历史合力与张力。

（原载《东方论坛》2022年第2期）

# 关于《阿Q正传》三个版本的辑校

《阿Q正传》刊载于《晨报副刊》，后被收入上海北新书局1930年版的《呐喊》单行本，后来又被诸多《鲁迅全集》版本所收录，其中具有代表性的版本是人民文学出版社1981年版的《鲁迅全集》。《阿Q正传》从当初原发的《晨报副刊》，到后来的单行本《呐喊》，再到《鲁迅全集》，其文字发生了怎样的变化？这在鲁迅研究以及《阿Q正传》版本解读的诸多文章中并没有专门进行详细梳理和辑校。因此，我们重新还原《阿Q正传》刊载于《晨报副刊》时的具体历史场景，对《阿Q正传》收录于不同版本时的具体修改情况进行对比性的梳理，便是我们重新走进《阿Q正传》世界的一种切实可行的方式，也是我们还原《阿Q正传》作为文学经典本真面貌的途径。

## 一、《阿Q正传》刊载于《晨报副刊》的版面情况

1921年12月4日，《阿Q正传》开启了连载的历程，中国现代小说的经典作品由此横空出世。但是，即将出世的《阿Q正传》是否就像后人所想象的那样，在诞生之初便显示出了非同凡响的“王者气象”？对此，我们查阅《晨报副刊》便会发现，《阿Q正传》最初刊载于《晨报副刊》时，并没有那种所谓的“王者气象”，相反，它以非常平凡的面貌杂陈于副刊的诸多篇什之

中，既不显山，也不露水①。

1921 年 12 月 4 日，《晨报副刊》刊登《阿 Q 正传》第一章。第一版，《星期讲坛》栏目刊登《人生的价值》，作者为松年，占篇幅约 2 栏；第一版至第二版，《开心话》栏目刊登《阿 Q 正传》第一章，作者为巴人，占篇幅 3 栏；第二版，《古文艺》栏目刊登《割稻的人》，作者为（古希腊）台阿克利多思，仲密译，占篇幅 3 栏；第二版至第三版，《小说》栏目刊登《哑的悲哀》，作者为黎明，占篇幅 3 栏；第三版，《诗》栏目刊登《问马骨上驼着的人骨》，作者为灵牧，占篇幅 1 栏；第三版，《浪漫谈》栏目刊登《月下的回忆》，作者为漓滨，占篇幅 1 栏；第四版为广告。

1921 年 12 月 11 日，《晨报副刊》刊登《阿 Q 正传》第二章。第一版，《星期讲坛》栏目刊登《留神我们的孩子》，作者为松年，占篇幅 2 栏；第一版至第二版，《古文艺》栏目刊登《苦甜》，作者为（古希腊）朗戈思，仲密译，占篇幅 3 栏；第二版，《新文艺》栏目刊登《阿 Q 正传》第二章，作者为巴人，占篇幅 4 栏；第三版，《开心话》栏目刊登《我也有一个特别改良的文明新发明》，作者为乃翁，占篇幅 4 栏；第四版为广告。

1921 年 12 月 18 日，《晨报副刊》刊登《阿 Q 正传》第三章。第一版，《星期讲坛》栏目刊登《民治与教育的关系》，作者为松年，占篇幅 3 栏；第一版至第三版，《古文艺》栏目刊登《骨皮》，作者为（日本）古狂言，仲密译，占篇幅 6 栏；第三版，《新文艺》栏目刊登《阿 Q 正传》第三章，作者为巴人，占篇幅 4 栏；第三版至第四版，《开心话》栏目刊登《电影戏与中国旧戏的舌战》，作者为陈大悲，占篇幅 5 栏。

1921 年 12 月 25 日，《晨报副刊》刊登《阿 Q 正传》第四章。第一版至第二版，《讲坛》栏目刊登《教育之社会的和政治的含义》，作者为孟罗博士，伏庐笔记，占篇幅 5 栏；第二版，《新文艺》栏目刊登《阿 Q 正传》第四章，作者为巴人，占篇幅 5 栏；第三版至第四版，《古文艺》栏目刊登《伯母酒》，

① 李宗刚：《文本的生产与文学经典的诞生——基于〈阿 Q 正传〉文本生产过程的历史考察》，《东方论坛》2022 年第 2 期。

作者为（日本）古狂言，仲密译，占篇幅5栏；第四版，《剧评》栏目刊登《十二月一十晚的“第十二夜”》，作者为陈大悲，占篇幅3栏。

1922年1月8日，《晨报副刊》刊登《阿Q正传》第五章。第一版至第二版，《讲坛》栏目刊登《今与古：在北京孔德学校课外讲演》，作者为李守常，吴前模、王淑周笔记，占篇幅5栏；第二版至第三版，《文艺》栏目刊登《阿Q正传》第五章，作者为巴人，占篇幅5栏；第三版，《文艺》栏目刊登《繁星》（廿七—三十三），作者为冰心女士，占篇幅2栏；第三版，《文艺》栏目刊登《形影问答》，作者为（日本）佐藤春夫，仲密译，占篇幅3栏。第四版为广告。

1922年1月15日，《晨报副刊》刊登《阿Q正传》第六章。第一版，《讲坛》栏目刊登《文字的利用》，作者为松年，占篇幅3栏；第一版至第二版，《文艺》栏目刊登《阿Q正传》第六章，作者为巴人，占篇幅5栏；第二版，《文艺》栏目刊登《繁星》（七一—七七），作者为冰心女士，占篇幅2栏；第二版至第三版，《文艺》栏目刊登《黄昏》，作者为（日本）铃木三重吉，仲密译，占篇幅3栏；第三版，《剧评》栏目刊登《清华童子军演的〈金银岛〉》，作者为止水，占篇幅2栏；第四版为广告。

1922年1月22日，《晨报副刊》刊登《阿Q正传》第七章。第一版至第二版，《星期讲坛》栏目刊登《信仰》，作者为松年，占篇幅5栏；第二版，《开心话》栏目刊登《钱和光阴》，作者为止水，占篇幅3栏；第二版，《文艺谈》栏目刊登《自己的园地　一　自己的园地》，作者为仲密，占篇幅2栏；第三版，《文艺谈》栏目刊登《论“文学批评”》，作者为冰心，占篇幅2栏；第三版至第四版，《文艺》栏目刊登《阿Q正传》第七章，作者为巴人，占篇幅5栏；第四版，《文艺》栏目刊登《繁星》（一一三——二〇），作者为冰心女士，占篇幅2栏；第四版，刊登《照相》，作者为（日本）铃木三重吉，仲密译，占篇幅2栏。

1922年2月5日，《晨报副刊》刊登《阿Q正传》第八章。第一版至第二版，《论坛》栏目刊登《愉快的寒夜》，作者为郑笑敞，占篇幅5栏；第二版，《开心话》栏目刊登《“之”字的特别用法》，作者为止水，占篇幅2栏；第二版至第三版，《文艺谈》栏目刊登《自己的园地　二　文艺上的宽容》，作者为仲密，占篇幅3栏；第三版，《文艺》栏目刊登《阿Q正传》第八章，作者为巴人，占篇幅4栏；第四版为广告。

1922年2月12日，《晨报副刊》刊登《阿Q正传》第九章。第一版，《论坛》栏目刊登《阴历新年高师新剧社之“良心”》，作者为胡毅，占篇幅4栏；第一版至第二版，《文艺谈》栏目刊登《自己的园地　三　国粹与欧化》，作者为仲密，占篇幅3栏；第二版至第三版，《新文艺》栏目刊登《阿Q正传》第九章，作者为巴人，占篇幅4栏；第三版，《讨论》栏目刊登《童话的讨论二》，作者为赵景深、周作人，占篇幅3栏；第四版为广告。

从以上栏目设置来看，《阿Q正传》在《晨报副刊》的连载时，并没有刊登在突出的位置上，更没有作为头题刊发，而是作为一般栏目的作品连载。这固然与副刊的栏目设置有关，也与《阿Q正传》刊发时人们并没有意识到这部作品将成为彪炳中国现代文学史的经典之作有关。事实上，正是这种轻松自如的外部环境，为鲁迅孕育和创作《阿Q正传》提供了最佳的“温床”。由此说来，这部小说恰如其所塑造的主人公阿Q一样，平淡平常到难以为读者所特别关注，至于其作者署名为巴人，本身便意味着对“阳春白雪”文学品味的拒绝，以及对“下里巴人”的接纳。然而，正是这样一部带有“下里巴人”文学品味的作品，恰是来自中国农村最为丰沃的泥土，带着泥土的气息，没有一点所谓的“贵族气”。

## 二、《阿Q版本》三个版本的辑校

从最初原发的《晨报副刊》，到上海北新书局1930年版的《呐喊》单行本，再到人民文学出版社将1981年版的《鲁迅全集》，《阿Q正传》的版本到底发生了怎样的变化？正是带着这样的疑问，我们拟对此三个版本进行辑校。为了能够确保辑校的便利，我们在此将1930年版的《呐喊》简称为《呐喊》，将1981年版的《鲁迅全集》简称为《鲁迅全集》。

**第 1 章　序**

原文［这一章算是序］改为［序］（《呐喊》收录版本 P113 与《鲁迅全集》P487 同）［文字修改］。

原文［“名不正则言不顺”,］改为［“名不正则言不顺”。］（《呐喊》收录版本 P113 与《鲁迅全集》P487 同）［标点修改］。

原文［小传,］改为［小传……,］（《呐喊》收录版本 P113 与《鲁迅全集》P487 同）［标点修改］。

原文［列传么，这一篇并非和许多阔人排在正史里；自传么，我又并非就是阿 Q。说是外传，内传在那里呢？倘用内传，阿 Q 又绝不是神仙。别传呢，阿 Q 实在未曾有大总统上谕宣付国史馆立本传——虽说英国正史上并无博徒列传,］改为：［“列传”么，这一篇并非和许多阔人排在“正史”里；“自传”么，我又并非就是阿 Q。说是“外传”,“内传”在那里呢？倘用“内传”，阿 Q 又绝不是神仙。“别传”呢，阿 Q 实在未曾有大总统上谕宣付国史馆立“本传”——虽说英国正史上并无“博徒列传”,］（《呐喊》收录版本 P113—114 与《鲁迅全集》P487 同）［标点修改］。

原文［而文豪迭更司也做过“博徒别传”这一部书,］改为［而文豪迭更司也做过博徒别传这一部书,］（《呐喊》收录版本 P114）改为［而文豪迭更司也做过《博徒别传》这一部书,］（《鲁迅全集》P487）［标点修改］。

原文［其次是家传,］改为［其次是“家传”,］（《呐喊》收录版本 P114 与《鲁迅全集》P487 同）［标点修改］。

原文［也未受他子孙的拜托;］改为［也未曾受他子孙的拜托;］（《呐喊》收录版本 P114 与《鲁迅全集》P487 同）［文字修改］。

原文［或小传，则阿 Q 又更无别的大传了。］改为［或“小传”，则阿 Q 又更无别的“大传”了。］（《呐喊》收录版本 P114 与《鲁迅全集》P487 同）［标点修改］。

原文［即使与古人所撰“书法正传”的“正传”字面上很相混,］改为［即使与古人所撰书法正传的“正传”字面上很相混,］（《呐喊》收录版本 P114）改为［即使与古人所撰《书法正传》的“正传”字面上很相混,］

(《鲁迅全集》P488)[标点修改]。

原文[地保便叫阿Q到赵太爷家里去,]改为[地保便叫阿Q到赵太爷家里去;](《呐喊》收录版本P115与《鲁迅全集》P488同)[标点修改]。

原文[想往后退了。]改为[想往后退了;](《呐喊》收录版本P115与《鲁迅全集》P488同)[标点修改]。

原文[给了他一个嘴吧]改为[给了他一个嘴巴][文字修改](《呐喊》收录版本P115与《鲁迅全集》P488同)[文字修改]。

原文["你怎么会姓赵——你那里配姓赵!"]改为[你怎么会姓赵——你那里配姓赵!"](《呐喊》收录版本P115标点双引号漏掉一半)改为["你怎么会姓赵——你那里配姓赵!"](《鲁迅全集》P488)[标点修改]。

原文[谢了地保一百文酒钱]改为[谢了地保二百文酒钱](《呐喊》收录本P116与《鲁迅全集》P489同)[文字修改]。

原文[倘使他号叫"月亭"]改为[倘使他号叫月亭](《呐喊》收录版本P116)改为[倘使他号叫月亭](《鲁迅全集》P489)[标点修改]。

原文[那一定是阿桂了;]改为[那一定是阿桂了。](《呐喊》收录版本P116)改为[那一定是阿桂了;](《鲁迅全集》P489)[标点修改]。

原文[更加合不上了]改为[更加凑不上了](《呐喊》收录版本P117与《鲁迅全集》P489同)[文字修改]。

原文[是因为陈独秀办了新青年提倡洋字,]改为[是因为陈独秀办了新青年提倡洋字,](《呐喊》收录版本P117)改为[是因为陈独秀办了《新青年》提倡洋字,](《鲁迅全集》P489)[标点修改]。

原文[说案卷里并无与阿Quei的声音相近的人,]改为[说案卷里并无与阿Quei的声音相近的人。](《呐喊》收录版本P117与《鲁迅全集》P489同)[标点修改]。

原文[照英国流的拼法写他为Quei,]改为[照英国流行的拼法写他为Quei,](《呐喊》收录版本P117与《鲁迅全集》P489同)[文字修改]。

原文[这近于盲从新青年,]改为[这近于盲从新青年,](《呐喊》收录版本P117)改为[这近于盲从《新青年》,](《鲁迅全集》P489)[标点修改]。

原文［可以照“郡名百家姓”上的注解,］改为［可以照郡名百家姓上的注解,］（《呐喊》收录版本 P117）改为［可以照《郡名百家姓》上的注解,］（《鲁迅全集》P489）［标点修改］。

原文［因此籍贯也就有些定不下］改为［因此籍贯也就有些决不定］（《呐喊》收录版本 P117 与《鲁迅全集》P489 同）［文字修改］。

原文［但是我这“阿 Q 正传”到那时又怕早经消灭了。］改为［但是我这阿 Q 正传到那时却又怕早经消灭了。］（《呐喊》收录版本 P118）改为［但是我这《阿 Q 正传》到那时却又怕早经消灭了。］（《鲁迅全集》P490）［标点和字修改］。

**第 2 章　优胜略记**

原文［我们先前——比你阔的多啦！你算是什么东西!］改为［我们先前——比你阔的多啦？你算是什么东西!］（《呐喊》收录版本 P119）改为［我们先前——比你阔的多啦！你算是什么东西!］（《鲁迅全集》P490）［标点修改］。

原文［将来恐怕要雋秀才者也;］改为［将来恐怕要变秀才者也;］（《呐喊》收录版本 P119 与《鲁迅全集》P490 同）［文字修改］。

原文［而阿 Q 在精神上独不表格外的崇奉］（与《鲁迅全集》P490 同），改为［而阿 Q 在情神上独不表格外的崇奉］（《呐喊》收录版本 P120）［文字修改］。

原文［他想:］改为［他想;］（《呐喊》收录版本 P120）改为［他想:］（《鲁迅全集》P491）［标点修改］。

原文［他想，这是错的,］改为［他想；这是错的,］（《呐喊》收录版本 P120）改为［他想：这是错的,］（《鲁迅全集》P491）［标点修改］。

原文［城里却加上切细的葱丝;］改为［城里却加上切细的葱丝,］（《呐喊》收录版本 P120 与《鲁迅全集》P491 同）［标点修改］。

原文［他想，这也是错的,］改为［他想：这也是错的,］（《呐喊》收录版本 P120 与《鲁迅全集》P491 同）［标点修改］。

原文［但可惜他体质上还有一些缺点。］改为［但可惜他体质上还有一些缺点,]（《呐喊》收录版本 P120）改为［但可惜他体质上还有一些缺点。］（《鲁迅全集》P491）［标点修改］。

原文［颇有几处不知起于何时的癞疮疤,］改为［颇有几处不知起于何时的癞疮疤。］（《呐喊》收录版本 P120 与《鲁迅全集》P491 同）［标点修改］。

原文［因为他讳说“癞”，以及一切近于“赖”的音,］改为［因为他讳说‘癞’以及一切近于“赖”的音,］（《呐喊》收录版本 P120 与《鲁迅全集》P491 同）［标点修改］。

原文［总还是阿 Q 吃亏的时候多。］改为［总还是阿 Q 喫亏的时候多,］（《呐喊》收录版本 P121）改为［总还是阿 Q 吃亏的时候多。］（《鲁迅全集》P491）［标点和字修改］。

原文［未庄的闲人们便愈喜欢玩笑他。］改为［未庄的闲人们便愈喜欢玩笑他,］（《呐喊》收录版本 P121）改为［未庄的闲人们便愈喜欢玩笑他。］（《鲁迅全集》P491）［标点和字修改］。

原文［他们便假作吃惊的说:］改为［他们便假作喫惊的说:］（《呐喊》收录版本 P121）改为［他们便假作吃惊的说:］（《鲁迅全集》P491）［文字修改］。

原文［便不再往下说］改为［便不再往底下说］（《呐喊》收录版本 P122 与《鲁迅全集》P491 同）［文字修改］。

原文［闲人这才心满意足得胜的走了。］［闲人这才心满意足的得胜的走了,］（《呐喊》收录版本 P122 与《鲁迅全集》P492 同）［标点和字修改］。

原文［阿 Q 想在心里］改为［阿 Q 想在心里的］（《呐喊》收录版本 P122 与《鲁迅全集》P492 同）［文字修改］。

原文［闲人也不放,］改为［闲人也并不放,］（《呐喊》收录版本 P122 与《鲁迅全集》P492 同）［文字修改］。

原文［“你算是什么东西”呢?!］改为［“你算是什么东西”呢!?］（《呐喊》收录版本 P123 与《鲁迅全集》P492 同）［标点修改］。

原文［角回啦~~~~~!］改为［角回啦!］（《呐喊》收录版本 P123）改为［角回啦~~~~~!］（《鲁迅全集》P493）［标点修改］。

原文［他终于只好挤出堆外,］改为［他终于只好挤出堆外。］（《呐喊》收录版本 P124）改为［他终于只好挤出堆外,］（《鲁迅全集》P493）［标点修改］。

原文［在阿 Q 耳朵里仿佛在十里之外,］改为［在阿 Q 耳朵里仿佛在十里之外;］（《呐喊》收录版本 P124 与《鲁迅全集》P493 同）［标点修改］。

原文［他赢而又赢,］改为［他赢而又赢。］（《呐喊》收录版本 P124）改为［他赢而又赢,］（《鲁迅全集》P493）［标点修改］。

原文［几个人诧异的对他看,］改为［几个人诧异的对他看。］（《呐喊》收录版本 P125 与《鲁迅全集》P493 同）［标点修改］。

原文［热刺刺的有些痛,］改为［热刺刺的有些痛;］（《呐喊》收录版本 P125 与《鲁迅全集》P494 同）［标点修改］。

原文［似乎打人的是自己,］改为［似乎打的是自己,］（《呐喊》收录版本 P125 与《鲁迅全集》P494 同）［文字修改］。

原文［不久也就仿佛是自己打了别人一般,］改为［不久也就仿佛是自己打了别个一般,］（《呐喊》收录版本 P125 与《鲁迅全集》P494 同）［文字修改］。

原文［虽然还有些热刺刺——］改为［虽然还有些热刺刺，——］（《呐喊》收录版本 P125 与《鲁迅全集》P494 同）［标点修改］。

**第 3 章　续优胜记略**

原文［忿忿的躺下了,］（《呐喊》收录版本 P126 与原文同）改为［愤愤的躺下了,］（《鲁迅全集》P494）［文字修改］。

原文［而现在是他的儿子］改为［而现在是他的儿子了］（《呐喊》收录版本 P126 与《鲁迅全集》P494 同）［文字修改］。

原文［唱着“小孤孀上坟”到酒店去。］改为［唱着小孤孀上坟到酒店去。］（《呐喊》收录版本 P126）改为［唱着《小孤孀上坟》到酒店去。］（《鲁迅全集》P494）［标点修改］。

原文［被打也就讬庇有了名,］改为［被打的也就讬庇有了名。］（《呐喊》收录版本 P126—127 与《鲁迅全集》P494 同）［标点和字修改］。

原文［那自然是不必说;］改为［那自然是不必说。］［标点修改］（《呐喊》收录版本 P127 与《鲁迅全集》P494 同）［标点修改］。

原文［总不如尊敬一些稳当，否则也如孔庙里的太牢一般,］改为［总不如尊敬一些稳当。否则，也如孔庙里的太牢一般,］（《呐喊》收录版本 P127 与《鲁迅全集》P494—495 同）［标点修改］。

原文［先儒们便不敢妄动了。］改为［先儒们便不敢妄动了,］（《呐喊》收录版本 P127）［先儒们便不敢妄动了。］（《鲁迅全集》P495）［标点修改］。

原文［令人看不入眼。］改为［令人看不上眼。］（《呐喊》收录版本 P127 与《鲁迅全集》P495 同）［文字修改］。

原文［他于是并排坐下去了,］改为［他于是并排坐下去了。］（《呐喊》收录版本 P127 与《鲁迅全集》P495 同）［标点修改］。

原文［阿 Q 本不敢大意坐下去,］改为［阿 Q 本不敢大意坐下去。］（《呐喊》收录版本 P127—128 与《鲁迅全集》P495 同）［标点修改］。

原文［他有什么怕呢,］改为［他有什么怕呢?］（《呐喊》收录版本 P128 与《鲁迅全集》P495 同）［标点修改］。

原文［老实说,］改为［老实说:］（《呐喊》收录版本 P128 与《鲁迅全集》P495 同）［标点修改］。

原文［不知道因为新洗还因为粗心,］改为［不知道因为新洗呢还是因为粗心,］（《呐喊》收录版本 P128 与《鲁迅全集》P495 同）［文字修改］。

原文［后来却不平了,］改为［后来却不平了:］（《呐喊》收录版本 P128 与《鲁迅全集》P495 同）［标点修改］。

原文［很命一咬,］（《呐喊》收录版本 P128 与原文同）改为［狠命一咬,］（《鲁迅全集》P495）

原文［吐一口唾沫说:］改为［吐一口唾沫，说:］（《呐喊》收录版本 P128 与《鲁迅全集》P495 同）［标点修改］。

原文［抢过去就是一拳,］改为［抢进去就是一拳。］（《呐喊》收录版本 P129 与《鲁迅全集》P496 同）［标点和字修改］。

原文［要拖到墙上照例去碰头。］改为［要墙到墙上照例去碰头。］（《呐喊》收录版本 P129）改为［要拉到墙上照例去碰头。］（《鲁迅全集》P496）［文字修改］。

原文［君子动口不动手!］改为［“‘君子动口不动手’!”］（《呐喊》收录版本 P129 与《鲁迅全集》P496 同）［标点修改］。

原文［因此赵家减了威风,］改为［因此赵家减了威风。］（《呐喊》收录版本 P130）改为［因此赵家减了威风,］（《鲁迅全集》P496）［标点修改］。

原文［不知怎么又跑到东洋去了。］改为［不知怎么又跑到东洋去了,］（《呐喊》收录版本 P130 与《鲁迅全集》P496 同）［标点修改］。

原文［颈子也直了,］改为［腿也直了,］（《呐喊》收录版本 P130 与《鲁迅全集》P496 同）［文字修改］。

原文［是他的一条假辫子;］改为［是他的一条假辫子。］（《呐喊》收录版本 P131 与《鲁迅全集》P496 同）［标点修改］。

原文［就是没有了做人的资格,］改为［就是没有了做人的资格;］（《呐喊》收录版本 P131 与《鲁迅全集》P496 同）［标点修改］。

原文［因为要报警,］改为［因为要报仇,］（《呐喊》收录版本 P131 与《鲁迅全集》P497 同）［文字修改］。

原文［不由的轻轻的说出来了。］改为［便不由的轻轻的说出来了。］（《呐喊》收录版本 P131 与《鲁迅全集》P497 同）［文字修改］。

原文［幸而拍拍的响了之后,］改为［幸而拍拍的响了之后。］（《呐喊》收录版本 P131—P132）改为［幸而拍拍的响了之后,］（《鲁迅全集》P497）［标点修改］。

原文［于他倒反觉得轻松些,］改为［于他倒似乎完结了一件事，反而觉得轻松些,］（《呐喊》收录版本 P132 与《鲁迅全集》P497 同）［标点和字修改］。

原文［“咳，呸!”］改为［“咳，开!”］（《呐喊》收录版本 P132）改为［“咳，呸!”］（《鲁迅全集》P497）［文字修改］。

原文［默笑着，说:］（《呐喊》收录版本 P132 同）改为［呆笑着，说:］（《鲁迅全集》P497）［文字修改］。

原文［都报了仇，］改为［都报了仇；］（《呐喊》收录版本 P133 与《鲁迅全集》P498 同）［标点修改］。

原文［又仿佛全身比拍拍的响了之后更其轻松］改为［又仿佛全身比拍拍的响了之后更轻松］（《呐喊》收录版本 P133 与《鲁迅全集》P498 同）［文字修改］。

第 4 章　恋爱的悲剧

原文［便反感到了胜利的悲哀。］改为［便反而感到了胜利的悲哀。］（《呐喊》收录版本 P134 与《鲁迅全集》P498 同）［标点修改］。

原文［这或者也是中国精神文明冠于全球的一个证据。］改为［这或者也是中国精神文明冠于全球的一个证据了。］（《呐喊》收录版本 P134 与《鲁迅全集》P498 同）［文字修改］。

原文［他觉得自己的大拇指和第二指有点古怪，］改为［他觉得自己的大拇指和第二指有点古怪：］（《呐喊》收录版本 P135 与《鲁迅全集》P499 同）［标点修改］。

原文［仿佛比平常滑腻些，］改为［仿佛比平常滑腻些。］（《呐喊》收录版本 P135 与《鲁迅全集》P499 同）［标点修改］。

原文［还是他的指头在小尼姑脸上磨得滑腻了，……］改为［还是他的指头在小尼姑脸上磨得滑腻了？……］（《呐喊》收录版本 P135 与《鲁迅全集》P499 同）［标点修改］。

原文［我们不能知道这晚上阿 Q 在什么时候才打鼾，］改为［我们不能知道这晚上阿 Q 在什么时候才打鼾。］（《呐喊》收录版本 P135 与《鲁迅全集》P499 同）［标点修改］。

原文［“女……”，他想。］改为［“女……”他想。］（《呐喊》收录版本 P136 与《鲁迅全集》P499 同）［标点修改］。

原文［商是妲己闹亡的，周是褒姒弄坏的，］改为［商是妲己闹亡的；周是褒姒弄坏的；］（《呐喊》收录版本 P136 与《鲁迅全集》P499 同）［标点修改］。

原文［大约未必十分错，］改为［大约未必十分错；］（《呐喊》收录版本

P136 与《鲁迅全集》P499 同）［标点修改］。

原文［刁蝉］改为［貂蝉］（《呐喊》收录版本 P136 与《鲁迅全集》P499 同）［文字修改］。

原文［我们虽然不知道他曾经蒙什么名师指授过］改为［我们虽然不知道他曾蒙什么名师指授过］（《呐喊》收录版本 P136 与《鲁迅全集》P499 同）［文字修改］。

原文［竟被小尼姑害得飘飘然了，］改为［竟被小尼姑害得飘飘然了。］（《呐喊》收录版本 P136 与《鲁迅全集》P500 同）［标点修改］。

原文［在礼教上是不应该的］改为［在礼教上是不应该有的］（《呐喊》收录版本 P137 与《鲁迅全集》P500 同）［文字修改］。

原文［所以女人真可恶。］改为［所以女人真可恶，］（《呐喊》收录版本 P137 与《鲁迅全集》P500 同）［标点修改］。

原文［曾在戏台下的人丛中扭过一个女人的大腿，］改为［曾在戏台下的人丛中拧过一个女人的大腿，］（《呐喊》收录版本 P137 与《鲁迅全集》P500 同）［文字修改］。

原文［吃过晚饭，］改为［喫过晚饭，］（《呐喊》收录版本 P137）改为［吃过晚饭，］（《鲁迅全集》P500）［文字修改］。

原文［定例不准掌灯，］改为［虽说定例不准掌灯，］（《呐喊》收录版本 P138 与《鲁迅全集》P500 同）［文字修改］。

原文［一吃完便睡觉。］改为［一喫完便睡觉，］（《呐喊》收录版本 P138）改为［一吃完便睡觉，］（《鲁迅全集》P500）［文字修改］。

原文［然而也偶然有一些例外，］改为［然而偶然也有一些例外：］（《呐喊》收录版本 P138 与《鲁迅全集》P500 同）［标点和字修改］。

原文［太太两天没有吃饭哩］改为［太太两天没有喫饭哩］（《呐喊》收录版本 P138）改为［太太两天没有吃饭哩］（《鲁迅全集》P500）［文字修改］。

原文［“我和你困觉，我和们困觉！”］改为［“我和你困觉，我和你困觉！”］（《呐喊》收录版本 P139 与《鲁迅全集》P501 同）［文字修改］。

原文［一刹时很寂然］改为［一刹时中很寂然］（《呐喊》收录版本 P139

与《鲁迅全集》P501 同）［文字修改］。

原文［慌张的将烟管插在裤要带上，他想去舂米。］改为［慌张的将烟管插在裤带上，就想去舂米。］（《呐喊》收录版本 P139 与《鲁迅全集》P501 同）［文字修改］。

原文［这可很有一些痛，］改为［这可很有一些痛。］（《呐喊》收录版本 P139 与《鲁迅全集》P501 同）［标点修改］。

原文［他那“女……”的思想也没有了，］改为［他那“女……”的思想却也没有了。］（《呐喊》收录版本 P140 与《鲁迅全集》P501 同）［标点和字修改］。

原文［似乎一件事也已经收束了，］改为［似乎一件事也已经收束，］（《呐喊》收录版本 P140 与《鲁迅全集》P501 同）［文字修改］。

原文［赵府一家连两日不吃饭的太太也在内，］改为［赵府一家连两日不喫饭的太太也在内，］（《呐喊》收录版本 P140）改为［赵府一家连两日不吃饭的太太也在内，］（《鲁迅全集》P502）［文字修改］。

原文［谁不知道你规矩］改为［谁不知道你正经］（《呐喊》收录版本 P141 与《鲁迅全集》P502 同）［文字修改］。

原文［便用一顶毡帽做了抵。］改为［便用一顶毡帽做抵押，］（《呐喊》收录版本 P142 与《鲁迅全集》P502—503 同）［标点和字修改］。

原文［吴妈此后倘有不测，应由阿 Q 负责。］改为［吴妈此后倘有不测，惟阿 Q 是问。］（《呐喊》收录版本 P142 与《鲁迅全集》P503 同）［文字修改］。

原文［可惜没有钱，］改为［可惜没有钱。］（《呐喊》收录版本 P142 与《鲁迅全集》P503 同）［标点修改］。

原文［因为老太太拜佛的时候可以用，留着了，赵太爷自然省了工钱。］改为［因为太太拜佛的时候可以用，留着了。］（《呐喊》收录版本 P143 与《鲁迅全集》P503 同）［标点和字修改］。

**第 5 章　生计问题**

原文［似乎叫他走。］改为［似乎叫他走；］（《呐喊》收录版本 P144 与《鲁迅全集》P504 同）［标点修改］。

原文［只是没有人叫做短工］改为［只是没有人来叫他做短工］（《呐喊》收录版本 P144 与《鲁迅全集》P504 同）［文字修改］。

原文［这委实是一件非常“妈妈的”的事。］改为［这委实是一件非常“妈妈的”的事情。］（《呐喊》收录版本 P144 与《鲁迅全集》P504 同）［文字修改］。

原文［但独不许踏进赵府的门槛——］改为［但独不许踏进赵府的门槛，——］（《呐喊》收录版本 P144 与《鲁迅全集》P504 同）［标点修改］。

原文［像回覆乞丐一般的摇手道:］改为［像回覆乞丐一般的摇手道——］（《呐喊》收录版本 P145）改为［像回复乞丐一般的摇手道:］（《鲁迅全集》P504）［标点和字修改］。

原文［阿 Q 愈觉得希奇了］（《呐喊》收录版本 P145 同）改为［阿 Q 愈觉得稀奇了］（《鲁迅全集》P504）［文字修改］。

原文［位置在王胡之下的,］改为［位置是在王胡之下的,］（《呐喊》收录版本 P145 与《鲁迅全集》P504 同）［文字修改］。

原文［他竟在钱府的照壁前遇见了小 D,］改为［他竟在钱府的照壁前遇见了小 D。］（《呐喊》收录版本 P145 与《鲁迅全集》P504 同）［标点修改］。

原文［伸手去拔小 D 的辫子,］改为［伸手去拔小 D 的辫子。］（《呐喊》收录版本 P146 与《鲁迅全集》P505 同）［标点修改］。

原文［不知道是颂扬还是煽动的。］改为［不知道是解劝，是颂扬，还是煽动。］（《呐喊》收录版本 P146 与《鲁迅全集》P505 同）［标点和字修改］。

原文［然而他们都不听,］改为［然而他们都不听。］（《呐喊》收录版本 P146 与《鲁迅全集》P505 同）［标点修改］。

原文［都站着,］改为［都站着;］（《呐喊》收录版本 P146 与《鲁迅全集》P505 同）［标点修改］。

原文［这一场“龙虎斗”似乎并无胜败，看的人也似乎不很满足，也没有发什么议论,］改为［这一场“龙虎斗”似乎并无胜败，也不知道看的人可满足，都没有发什么议论,］（《呐喊》收录版本 P147 与《鲁迅全集》P505 同）［文字修改］。

原文［却万不可脱的，］改为［却万不可脱的；］（《呐喊》收录版本 P147 与《鲁迅全集》P505 同）［标点修改］。

原文［看见熟识的酒店，］改为［看见熟识的酒店。］（《呐喊》收录版本 P148）改为［看见熟识的酒店，］（《鲁迅全集》P506）［标点修改］。

原文［阿 Q 的脚也索索的抖，］改为［阿 Q 的脚也索索的抖；］（《呐喊》收录版本 P148 与《鲁迅全集》P506 同）［标点修改］。

原文［以及此外可吃的之类］改为［以及此外可喫的之类］（《呐喊》收录版本 P148）改为［以及此外可吃的之类］（《鲁迅全集》P506）［文字修改］。

原文［他于是蹲倒便拔］改为［他于是蹲下便拔］（《呐喊》收录版本 P149 与《鲁迅全集》P506 同）［文字修改］。

原文［然而老尼姑已经出来了。］改为［然而老尼姑已经出来了！］（《呐喊》收录版本 P149）改为［然而老尼姑已经出来了。］（《鲁迅全集》P506）［标点修改］。

原文［你怎么跳进园里来偷萝卜。……呵呀，罪过呵，呵唷，］改为［你怎么跳进园里来偷萝卜！……阿呀，罪过呵，阿唷，］（《呐喊》收录版本 P149 与《鲁迅全集》P506 同）［标点和字修改］。

原文［你能叫得他答应么］改为［你能叫得他答应你么］（《呐喊》收录版本 P149 与《鲁迅全集》P507 同）［文字修改］。

原文［拔步便跑，］改为［拔步便跑；］（《呐喊》收录版本 P149 与《鲁迅全集》P507 同）［标点修改］。

原文［追来的是一匹很肥大的黑狗，］改为［追来的是一匹很肥大的黑狗。］（《呐喊》收录版本 P149 与《鲁迅全集》P507 同）［标点修改］。

原文［幸而从衣兜里落下一个萝卜去，］改为［幸而从衣兜里落下一个萝卜来，］（《呐喊》收录版本 P150 与《鲁迅全集》P507 同）［文字修改］。

原文［拾起萝卜便走，］改为［拾起萝卜便走。］（《呐喊》收录版本 P150）改为［拾起萝卜便走，］（《鲁迅全集》P507）［标点修改］。

原文［阿 Q 于是捨了石块］改为［阿 Q 于是抛了石块］（《呐喊》收录版本 P150 与《鲁迅全集》P507 同）［文字修改］。

原文［一面走一面吃］改为［一面走一面喫］（《呐喊》收录版本 P150）改为［一面走一面吃］（《鲁迅全集》P507）［文字修改］。

原文［待三个萝卜吃完时］改为［待三个萝卜喫完时］（《呐喊》收录版本 P150）改为［待三个萝卜吃完时］（《鲁迅全集》P507）［文字修改］。

**第 6 章　从中兴到末路**

原文［阿 Q 先前的上城］改为［阿 Q 前几回的上城］（《呐喊》收录版本 P150—151 与《鲁迅全集》P507 同）［文字修改］。

原文［只有赵太爷钱太爷和秀才大爷上城才算一件事，］改为［只有赵太爷钱太爷和秀才大爷上城才算一件事。］（《呐喊》收录版本 P151 与《鲁迅全集》P507 同）［标点修改］。

原文［却大与先前不同，］改为［却与先前大不同，］（《呐喊》收录版本 P151 与《鲁迅全集》P507 同）［文字修改］。

原文［“回来了！”］改为［“回来了。”］（《呐喊》收录版本 P152 与《鲁迅全集》P508 同）［标点修改］。

原文［人人愿意知道现钱和新夹袄的阿 Q 的中兴史，本来是天然的事，所以在酒店里，茶馆里，庙檐下，便渐渐的问出来了。］改为［人人都愿意知道现钱和新夹袄的阿 Q 的中兴史，所以在酒店里，茶馆里，庙檐下，便渐渐的探听出来了。］（《呐喊》收录版本 P152 与《鲁迅全集》P508 同）［文字修改］。

原文［他是在举人老爷家里帮忙。］改为［他是在举人老爷家里帮忙，］（《呐喊》收录版本 P152）改为［他是在举人老爷家里帮忙。］（《鲁迅全集》P508）［标点修改］。

原文［说起举人来就是他，］改为［说起举人来就是他。］（《呐喊》收录版本 P152 与《鲁迅全集》P508 同）［标点修改］。

原文［是女人的走路也扭得不很好。］改为［是女人的走路也扭得不很好，］（《呐喊》收录版本 P153）改为［是女人的走路也扭得不很好。］（《鲁迅全集》P509）［标点修改］。

原文［然而已偶有大可佩服的地方］改为［然而也偶有大可佩服的地方］

（《呐喊》收录版本 P153 与《鲁迅全集》P509 同）［文字修改］。

原文［还有赵白眼的母亲——］（《呐喊》收录版本 P155 同）改为［还有赵白眼的母亲，——］（《鲁迅全集》P509）［标点修改］。

原文［只用三百大钱九二串。］改为［只用三百大钱九二串，］（《呐喊》收录版本 P155）改为［只用三百大钱九二串。］（《鲁迅全集》P509）［标点修改］。

原文［后来这终于从浅闺传进深闺里去了。］改为［后来这终于从浅闺传进深闺里去了，］（《呐喊》收录版本 P155）改为［后来这终于从浅闺传进深闺里去了。］（《鲁迅全集》P510）［标点修改］。

原文［和秀才大爷讨论。］改为［和秀才大爷讨论，］（《呐喊》收录版本 P155 与《鲁迅全集》P510 同）［标点修改］。

原文［或怨邹七嫂不上紧，］改为［或怨邹七嫂不上紧。］（《呐喊》收录版本 P156 与《鲁迅全集》P510 同）［标点修改］。

原文［而赵太爷以为不足虑：］改为［而赵太爷以为不足虑；］（《呐喊》收录版本 P156）改为［而赵太爷以为不足虑：］（《鲁迅全集》P510）［标点修改］。

原文［气忿而且担心］（《呐喊》收录版本 P157 与原文同）改为［气愤而且担心］（《鲁迅全集》P511）［文字修改］。

原文［“老鹰不吃窠下食”］改为［“老鹰不喫窝下食”］（《呐喊》收录版本 P158）改为［“老鹰不吃窝下食”］（《鲁迅全集》P511）［文字修改］。

原文［只要自己夜里警醒点就是了］改为［只要自己夜里警醒的就是了］（《呐喊》收录版本 P158）改为［只要自己夜里警醒点就是了］（《鲁迅全集》P511）［文字修改］。

原文［然而这已经于阿 Q 很不利，］改为［然而这已经于阿 Q 很不利。］（《呐喊》收录版本 P158 与《鲁迅全集》P511 同）［标点修改］。

原文［只有一班闲人们却还要寻根究底的去探阿 Q 的底细。］改为［只有一班闲人们却还要寻根究底的去探阿 Q 的细底。］（《呐喊》收录版本 P159）改为［只有一班闲人们却还要寻根究底的去探阿 Q 的底细。］（《鲁迅全集》

P512）［文字修改］。

原文［只站在洞外接东西］改为［只站在门外接东西］（《呐喊》收录版本 P159）改为［只站在洞外接东西］（《鲁迅全集》P512）［文字修改］。

**第 7 章　革命**

原文［“革命也好罢”,］改为［“革命也好罢,”］（《呐喊》收录版本 P161 与《鲁迅全集》P513 同）［标点修改］。

原文［便是我,］改为［便是我。］（《呐喊》收录版本 P161）改为［便是我,］（《鲁迅全集》P513）［标点修改］。

原文［大约略略有些不平,］改为［大约略略有些不平;］（《呐喊》收录版本 P161 与《鲁迅全集》P513 同）［标点修改］。

原文［加以午间喝了两碗空肚酒］改为［加以午间喫了两碗空肚酒］（《呐喊》收录版本 P161）改为［加以午间喝了两碗空肚酒］（《鲁迅全集》P513）［文字修改］。

原文［一面想一面走，便又飘飘然起来,］改为［一面想一面走，便又飘飘然起来。］（《呐喊》收录版本 P161 与《鲁迅全集》P513 同）［标点修改］。

原文［不知怎么一来］改为［不知怎样一来］（《呐喊》收录版本 P161）改为［不知怎么一来］（《鲁迅全集》P513）［文字修改］。

原文［未庄人却都是他的俘虏了。］改为［未庄人却都是他的俘虏了,］（《呐喊》收录版本 P161）改为［未庄人却都是他的俘虏了。］（《鲁迅全集》P513）［标点修改］。

原文［我要什么就是什么,］改为［我要什么就要什么,］（《呐喊》收录版本 P162）改为［我要什么就是什么,］（《鲁迅全集》P513）［标点修改］。

原文［我喜欢谁就是谁。］改为［我欢喜谁就是谁。］（《呐喊》收录版本 P162 与《鲁迅全集》P513 同）［文字修改］。

原文［酒醉错斩了郑贤弟,］改为［酒醉了错斩了郑贤弟,］（《呐喊》收录版本 P162）改为［酒醉错斩了郑贤弟,］（《鲁迅全集》P513）［文字修改］。

原文［“Q 老,”］改为［“老 Q,”］（《呐喊》收录版本 P163 与《鲁迅全集》P514 同）［文字修改］。

原文［赵太爷却又没有话。］改为［赵太爷却又没有话，］（《呐喊》收录版本 P163 与《鲁迅全集》P514 同）［标点修改］。

原文［你总比我有钱！］改为［你总比我有钱。］（《呐喊》收录版本 P164 与《鲁迅全集》P514 同）［标点修改］。

原文［没有话。］改为［没有话，］（《呐喊》收录版本 P164）改为［没有话。］（《鲁迅全集》P514）［标点修改］。

原文［喫完之后］（《呐喊》收录版本 P164 同）改为［吃完之后］（《鲁迅全集》P514）［文字修改］。

原文［他的思想也迸跳起来了：——］（《呐喊》收录版本 P164 同）改为［他的思想也迸跳起来了：］（《鲁迅全集》P515）［标点修改］。

原文［叫道，］改为［叫道。］（《呐喊》收录版本 P164）改为［叫道，］（《鲁迅全集》P515）［标点修改］。

原文［这时未庄的一群鸟男女才好笑哩。］改为［这时未庄的一群鸟男女才好笑哩，］（《呐喊》收录版本 P165）改为［“这时未庄的一群鸟男女才好笑哩，］（《鲁迅全集》P515）［标点修改］。

原文［东西，……直走进去打开箱子来：］改为［东西，……直走进去打开箱子来；］（《呐喊》收录版本 P165）改为［“东西，……直走进去打开箱子来：］（《鲁迅全集》P515）［标点修改］。

原文［赵司晨的妹子真丑。］（《呐喊》收录版本 P165 同）改为［“赵司晨的妹子真丑。］（《鲁迅全集》P515）［标点修改］。

原文［不是好东西，］改为［不是好东西！］（《呐喊》收录版本 P165 与《鲁迅全集》P515 同）［标点修改］。

原文［样样也照旧。］改为［样样都照旧。］（《呐喊》收录版本 P166 与《鲁迅全集》P515 同）［标点修改］。

原文［他仍然肚饿，］改为［他也仍然肚饿，］（《呐喊》收录版本 P166 与《鲁迅全集》P515 同）［文字修改］。

原文［他急急拾了几块断砖，］改为［他急急拾下几块断砖，］（《呐喊》收录版本 P166）改为［他急急拾了几块断砖，］（《鲁迅全集》P516）［文字修改]。

原文[伊大嘤一惊的说。](《呐喊》收录版本 P166 同)改为[伊大吃一惊的说。](《鲁迅全集》P516)[文字修改]。

原文[不由的一错愕;]改为[不由的一错愕,](《呐喊》收录版本 P167)改为[不由的一错愕;](《鲁迅全集》P516)[标点修改]。

原文[他们想而又想,]改为[他们想而又想:](《呐喊》收录版本 P167)改为[他们想而又想,](《鲁迅全集》P516)[标点修改]。

原文[龙牌固然已经碎在地上,而且不见了观音娘娘座前的一个宣德炉。]改为[龙牌固然已经碎在地上了,而且又不见了观音娘娘座前的一个宣德炉。](《呐喊》收录版本 P168 与《鲁迅全集》P516—517 同)[文字修改]。

**第 8 章　不准革命**

原文[几天之后。](《呐喊》收录版本 P169 同)改为[几天之后,](《鲁迅全集》P517)[标点修改]。

原文[看见的人大抵说,]改为[看见的人大嚷说,](《呐喊》收录版本 P169 与《鲁迅全集》P517 同)[文字修改]。

原文[又用一支竹筷将辫子盘在头顶上,]改为[他用一支竹筷将辫子盘在头顶上,](《呐喊》收录版本 P170 与《鲁迅全集》P518 同)[文字修改]。

原文[店铺里也不说要现钱,]改为[店铺也不说要现钱。](《呐喊》收录版本 P170 与《鲁迅全集》P518 同)[标点和文字修改]。

原文[而阿 Q 总觉得自己太失意:]改为[而阿 Q 总觉得自己太失意;](《呐喊》收录版本 P170)改为[而阿 Q 总觉得自己太失意:](《鲁迅全集》P518)[标点修改]。

原文[而且也用一支竹筷。]改为[而且也居然用一支竹筷。](《呐喊》收录版本 P170 与《鲁迅全集》P518 同)[文字修改]。

原文[小 D 是甚么东西呢?](《呐喊》收录版本 P170 同)改为[小 D 是什么东西呢?](《鲁迅全集》P518)[文字修改]。

原文[聊且惩罚他,忘了生辰八字,]改为[聊且惩罚他忘了生辰八字,](《呐喊》收录版本 P171 与《鲁迅全集》P518 同)[标点修改]。

原文［也敢来做革命党的罪］改为［他敢来做革命党的罪］（《呐喊》收录版本 P171）改为［也敢来做革命党的罪］（《鲁迅全集》P518）［文字修改］。

原文［向秀才讨还了四块洋钱;］（《呐喊》收录版本 P171 同）改为［向秀才讨还了四块洋钱,］（《鲁迅全集》P518）［标点修改］。

原文［抵得一个翰林;］改为［抵得一个翰林,］（《呐喊》收录版本 P171）改为［抵得一个翰林;］（《鲁迅全集》P518）［标点修改］。

原文［阿 Q 便怯怯的躄进去。］改为［阿 Q 便怯怯的躄进去,］（《呐喊》收录版本 P172）改为［阿 Q 便怯怯的躄进去。］（《鲁迅全集》P519）［标点修改］。

原文［很喫了惊］（《呐喊》收录版本 P172 同）改为［很吃了惊］（《鲁迅全集》P519）［文字修改］。

原文［阿 Q 轻轻的走近了］改为［阿 Q 轻轻的走进了］（《呐喊》收录版本 P172）改为［阿 Q 轻轻的走近了］（《鲁迅全集》P519）［文字修改］。

原文［却不知道怎样说才好］改为［却不知道怎么说才好］（《呐喊》收录版本 P172 与《鲁迅全集》P519 同）［文字修改］。

原文［否则早已成功了。］改为［否则早已成功了,］（《呐喊》收录版本 P173）改为［否则早已成功了。］（《鲁迅全集》P519）［标点修改］。

原文［我还没有肯,］改为［我还没有肯。］（《呐喊》收录版本 P173 与《鲁迅全集》P519 同）［标点修改］。

原文［赵白眼和闲人们便都吆喝道:］改为［赵白眼和闲人便都吆喝道;］（《呐喊》收录版本 P174）改为［赵白眼和闲人们便都吆喝道:］（《鲁迅全集》P520）［标点修改］。

原文［他再没有别的路。］改为［他再没有别的路;］（《呐喊》收录版本 P174 与《鲁迅全集》P520 同）［标点修改］。

原文［前程,］改为［前程;］（《呐喊》收录版本 P174）改为［前程,］（《鲁迅全集》P520）［标点修改］。

原文［思想里才又出现了白盔白甲的碎片。］改为［思想里才又出现白盔白甲的碎片。］（《呐喊》收录版本 P174 与《鲁迅全集》P520 同）［文字修改］。

原文［有一天，他照例的混到深夜，待酒店要关门，才踱回土谷祠去。拍，吧～～～～～！］改为［有一天，他照例的混到深夜，待酒店要关门，才踱回土谷祠去。

拍，吧～～～～～！］（《呐喊》收录版本 P174—175 与《鲁迅全集》P520 同）［段落调整］。

原文［便在暗中直寻过去，］改为［便在暗中直寻过去。］（《呐喊》收录版本 P175 与《鲁迅全集》P520 同）［标点修改］。

原文［似乎前面有些脚步声，］改为［似乎前面有些脚步声；］（《呐喊》收录版本 P175 与《鲁迅全集》P520 同）［标点修改］。

原文［阿 Q 也转弯。］改为［阿 Q 也转弯，］（《呐喊》收录版本 P175 与《鲁迅全集》P520 同）［标点修改］。

原文［阿 Q 却逃而又停的两三回。］改为［阿 Q 却跳而又停的两三回，］（《呐喊》收录版本 P175）改为［阿 Q 却逃而又停的两三回。］（《鲁迅全集》P521）［标点和字修改］。

**第 9 章　大团圆**

原文［正对门架好机关枪；］改为［正对门架好机关枪。］（《呐喊》收录版本 P177）改为［正对门架好机关枪；］（《鲁迅全集》P522）［标点修改］。

原文［便推在一间小屋里，］改为［便推在一间小屋里。］（《呐喊》收录版本 P178 与《鲁迅全集》P522 同）［标点修改］。

原文［上面坐着一个满头剃得精光的老头子，］改为［上面坐着一个满头剃得精光的老头子。］（《呐喊》收录版本 P178 与《鲁迅全集》P522 同）［标点修改］。

原文［免得喫苦］（《呐喊》收录版本 P179 同）改为［免得吃苦］（《鲁迅全集》P523）［文字修改］。

原文［我本来要……来投……"］改为［"我本来要……来投……"］（《呐喊》收录版本 P179 与《鲁迅全集》P523 同）［标点修改］。

原文［大堂的情形都照旧，］改为［大堂的情形都照旧。］（《呐喊》收录版本 P180 与《鲁迅全集》P523 同）［标点修改］。

原文［阿Q这时很喫惊］（《呐喊》收录版本P181同）改为［阿Q这时很吃惊］（《鲁迅全集》P524）［文字修改］。

原文［那人却又拿着一处地方教他画花押］改为［那人却又指着一处地方教他画花押］（《呐喊》收录版本P181与《鲁迅全集》P524同）［文字修改］。

原文［那手捏着笔却只是抖，］改为［那手捏着笔却只是抖。］（《呐喊》收录版本P181与《鲁迅全集》P524同）［标点修改］。

原文［于是那人替他将纸铺在地上，］改为［于是那人替他将纸铺在地上。］（《呐喊》收录版本P181）改为［于是那人替他将纸铺在地上，］（《鲁迅全集》P524）［标点修改］。

原文［早掣了纸笔去］改为［早已掣了纸笔去］（《呐喊》收录版本P181与《鲁迅全集》P524同）［文字修改］。

原文［惟有圈而不圆，］改为［惟有圈而不圆！］（《呐喊》收录版本P182）改为［惟有圈而不圆，］（《鲁迅全集》P524）［标点修改］。

原文［他想：］改为［他想；］（《呐喊》收录版本P182）改为［他想：］（《鲁迅全集》P524）［标点修改］。

原文［他和把总闹了气了。］改为［他和把总呕了气了。］（《呐喊》收录版本P182与《鲁迅全集》P524同）［文字修改］。

原文［举人老爷主张第一要追赃，］改为［举人老爷主张第一要追赃。］（《呐喊》收录版本P182）改为［举人老爷主张第一要追赃，］（《鲁迅全集》P524）［标点修改］。

原文［上面还坐着照例的光头子，］改为［上面还坐着照例的光头老头子；］（《呐喊》收录版本P183与《鲁迅全集》P525同）［标点和字修改］。

原文［阿Q也照例的下了跪。］改为［阿Q也照的下了跪。］（《呐喊》收录版本P183）改为［阿Q也照例的下了跪。］（《鲁迅全集》P525）［文字修改］。

原文［“你还有什么话说么?”］改为［“你还有什么话么?”］（《呐喊》收录版本P183与《鲁迅全集》P525同）［文字修改］。

原文［阿Q很气苦：］改为［阿Q很气苦；］（《呐喊》收录版本P183）改为［阿Q很气苦：］（《鲁迅全集》P525）［标点修改］。

原文［几个短衣人物也和他同坐在一处，］改为［几个短衣人物也和他同坐在一处。］（《呐喊》收录版本 P183 与《鲁迅全集》P525 同）［标点修改］。

原文［但他突然觉到了：］改为［但他突然觉到了；］（《呐喊》收录版本 P183）改为［但他突然觉到了：］（《鲁迅全集》P525）［标点修改］。

原文［似乎发昏了，］改为［似乎发昏了。］（《呐喊》收录版本 P183 与《鲁迅全集》P525 同）［标点修改］。

原文［他不过便以为人生天地间，］改为［他不过以为人生天地间，］（《呐喊》收录版本 P184）改为［他不过便以为人生天地间，］（《鲁迅全集》P525）［文字修改］。

原文［阿 Q 忽然很羞愧自己没志气：］改为［阿 Q 忽然很羞愧自己没志气；］（《呐喊》收录版本 P184）改为［阿 Q 忽然很羞愧自己没志气：］（《鲁迅全集》P525）［标点修改］。

原文［“小孤孀上坟”欠堂皇，“龙虎斗”里的“悔不该……”也太乏，］改为［小孤孀上坟欠堂皇，龙虎斗里的“悔不该……”也太乏，］（《呐喊》收录版本 P184）改为［《小孤孀上坟》欠堂皇，《龙虎斗》里的“悔不该……”也太乏，］（《鲁迅全集》P526）［标点修改］。

原文［他同时想将手一扬］改为［他同时将手一扬］（《呐喊》收录版本 P184）改为［他同时想将手一扬］（《鲁迅全集》P526）［文字修改］。

原文［也不唱了。］改为［也不唱了］（《呐喊》收录版本 P184）改为［也不唱了。］（《鲁迅全集》P526）［标点修改］。

原文［要吃他的肉］改为［要喫他的肉］（《呐喊》收录版本 P185）改为［要吃他的肉］（《鲁迅全集》P526）［文字修改］。

原文［支持到未庄，］改为［支持到未庄；］（《呐喊》收录版本 P185 与《鲁迅全集》P526 同）［标点修改］。

原文［又凶又怯：］改为［又凶又怯，］（《呐喊》收录版本 P185 与《鲁迅全集》P526 同）［标点修改］。

原文［永是不远不近的跟着他走。］改为［永是不远不近的跟他走。］（《呐喊》收录版本 P186 与《鲁迅全集》P526 同）［文字修改］。

原文［“救命！……”］改为［“救命，……”］（《呐喊》收录版本 P186 与《鲁迅全集》P526 同）［标点修改］。

原文［然而阿 Q 没有说，］改为［然而阿 Q 没有说。］（《呐喊》收录版本 P186 与《鲁迅全集》P526 同）［标点修改］。

原文［最大的却在举人老爷，］改为［最大的倒反在举人老爷，］（《呐喊》收录版本 P186 与《鲁迅全集》P526 同）［文字修改］。

原文［因为终于没有追赃，］改为［因为终是没有追赃，］（《呐喊》收录版本 P186）改为［因为终于没有追赃，］（《鲁迅全集》P526—527）［文字修改］。

原文［不坏何至被枪毙呢?］改为［不坏又何至于被枪毙呢?］（《呐喊》收录版本 P187 与《鲁迅全集》P527 同）［文字修改］。

原文［以为枪毙并无杀头这般好看，］改为［以为枪毙并无杀头这般好看；］（《呐喊》收录版本 P187 与《鲁迅全集》P527 同）［标点修改］。

## 三、余论

《阿 Q 正传》作为中国现代文学史上极其重要的经典作品，在经过了一代代学者的解读之后，其经典化的程度不断加深，作品由此承载的文化内涵不断增值，其文学价值和社会价值也不断提升。不管怎样，在解读文学经典时，我们回到文学经典诞生的原初场景中，还原文学经典诞生时的原初面貌，其学术价值和意义依然不可小觑。我们由此出发，可以考察经典之所以为经典的内在奥秘，可以洞察到文学经典自我演变的内在奥秘，可以发现汉语在汲取了外来语言的同时，在汉语的标点符号方面又是怎样不断完善的。所有这些问题，都为我们敞开了一扇探宝的大门。从这样的意义上说，这篇对《阿 Q 正传》的辑校，恰是我们的学术研究得以再出发的起点。

# 乡村庇护功能的缺失与阿Q的悲剧命运

## ——乡土中国视阈下的《阿Q正传》新解[①]

鲁迅小说《阿Q正传》自1921年发表以来便备受学界的关注，有关该作品的解读文章不计其数。既有的学术研究往往偏重于对国民性的批判研究。在学界的讨论中，人们大都循着鲁迅创作《阿Q正传》的意图是批判旧中国乡土乡民的愚昧与落后、希望通过对阿Q悲剧命运的书写引发人们对国民性问题思考的路径来解读。无疑，这样的解读是值得肯定的。但是，任何文本的生命及其意义不仅是由作者所赋予的，而且还在读者的解读中获得新的生命和意义。我们固然应该关注阿Q命运悲剧所折射出来的鲁迅关于国民性问题的深度思考，这无疑是鲁迅在意识层面所秉承的一种文化批判的自觉。我们还应该看到，鲁迅在潜意识层面也许还深潜着关于乡村社会结构的深度思考，即乡村社会的包容性记忆在社会关系中具有极其重要的作用，或者说鲁迅所创造的“未庄”代表的中国乡村在社会中具有举足轻重的作用。因此，我们从社会学视角出发，从乡土中国的维度透视《阿Q正传》便显得很有必要。目前从这一维度对其进行阐释的文章并不是很多。其中，值得关注的有罗岗和宋剑华的文章。这两篇文章都将其分析问题的触角伸展到了“未庄”与阿Q的命运这一层面，或从乡民个体与乡村共同体的关系[②]入手，或从“西方文化很难完整

① 本文系著者与博士研究生史超合作撰写。

② 罗岗:《阿Q的“解放”与启蒙的“颠倒”——重读〈阿Q正传〉》,《华东师范大学学报(哲学社会科学版)》2013年第1期。

地融入中国"[1] 这样的视点切入研究对象中。但是，他们并没有就阿 Q 为何要融入"未庄"，"未庄"本身之于阿 Q 这样的游民有着怎样的情感价值、精神意义等根源性问题深入研究，去探讨作为"游民"的阿 Q 为何一直住在"未庄"，并试图融入"未庄"，甚至在进城后还"衣锦还乡"？然而，阿 Q 不仅未能被"未庄"所接纳，反而被"未庄"所排挤和拒斥，以至于最终酿成了其人生的悲剧。由此说来，阿 Q 的悲剧命运除了人们已经论及的精神胜利法外，我们还可以从社会学乡村庇护功能缺失的角度来透视阿 Q 的悲剧命运，并由此发现乡土中国运行的内在文化机理，也许会寻找到中国文化演进中个体命运与乡土中国的内在关系，并由此对《阿 Q 正传》作出别样的解读。

## 一、 村庄之于普通人的庇护功能

在乡土中国中，村庄既是组成社会的最基本单元，也是社会人栖居的物质场所。离开村庄，社会就失去了赖以存在的根基。从这样的意义上说，村庄之于普通人而言具有其独特的庇护功能。"未庄"作为阿 Q 赖以栖息的物质场所，自然应该担负起庇护阿 Q 的功能。从阿 Q 的命运来看，前期的阿 Q 之所以能够生活得相对稳定，正得益于其所栖居的"未庄"较好地发挥了它应有的庇护功能；而后期的阿 Q 之所以最终走上了悲剧的命运，则是由于其所栖居的"未庄"未能较好地发挥应有的庇护功能。具体来说，"未庄"之于阿 Q 的庇护功能主要体现在以下三个方面：

其一，"未庄"之于阿 Q 来说具有物质意义的功能。"未庄"为阿 Q 提供了遮风避雨的物理空间。阿 Q 是"'没有固定的职业，只给人家做短工'的游民"[2]，其生活往往是居无定所的，"工作时间略长久时，他也或住在临时主人的家里，但一完就走了"[3]。阿 Q 在没有能力建构自己的"庇护所"时，寄居

---

① 宋剑华:《"未庄"为何难容"阿 Q"？——也谈〈阿 Q 正传〉中"个体"与"共同体"之间的关系》,《鲁迅研究月刊》2015 年第 1 期。

② 张克:《游民与越文化:〈阿 Q 正传〉的启示》,《江苏社会科学》2014 年第 4 期。

③ 鲁迅:《鲁迅全集》(第 1 卷),北京:人民文学出版社 2005 年,第 515 页。

他处成为其最“经济”的选择。除了住在雇主家里外，“未庄”的土谷祠是阿Q的另一处寄居地，而“土谷祠”也成为阿Q最理想的“家”。阿Q之所以选择住在“未庄”的土谷祠，除了因为在赵家能够找到糊口的工作外，更重要的原因是“未庄”的土谷祠是一个有瓦遮头且不拒绝他久住的场所，虽然看管土谷祠的老头也会催他走，但最终总是“噜苏一通也就算了”。土谷祠虽然并不是真正意义上的“家”，但对于阿Q来说，土谷祠的作用与“家”并无二致。其主要作用有二：一是为阿Q提供庇护，使他不至于露宿街头，能够让雇主等人找到阿Q，成为阿Q的“门面”；二是土谷祠作为“未庄”里的具体场所，进一步增加了阿Q对“未庄”的心理认同，使得阿Q在心理层面彻底摆脱了“流民”身份所带来的种种压力。由此可以看出，土谷祠不仅能够为阿Q找工作提供便利，更使得阿Q感觉自己真正成为“未庄人”，迫于生计不得已住在土谷祠的这种尴尬境地也随之变成了一种“未庄人”身份的体现。这样的情形让阿Q拥有了一个容身之处，这正是作为游民的阿Q的人生得以展开的物质场所。由此说来，阿Q居住在“未庄”的土谷祠使他获得了成为“未庄人”的身份认同，土谷祠也成为阿Q真正的家。

从乡土中国的发生和发展历程来看，乡村并不是突然间便从原始的蛮荒土地上冒出的，相反，乡村有一个从开始孕育到逐渐成形的自我发展过程。从表面看，古代中国农村的人口基本是不流动的，但实际上，农村与市镇之间存在着紧密的人口联系。城镇丰富的资源条件与匮乏的劳动力状况成为农村人口流向城镇的直接原因。有大量人口从农村流向城镇，这样的情形为阿Q到城里去讨生活提供了方便，但“未庄”作为阿Q得以依赖的物质场所这一基本点并没有因此发生变化，因为阿Q寄居生存的土谷祠已经成为其人生意义上的“家”。一般说来，村庄的原初形成是农民迫于某种原因而远离原来的物质空间，然后开始漂流人生时自然选择的一种结果。当外来人口流浪到某一初步成型的村庄时，他们一般先通过“打工”找寻寄寓于村庄的契机，然后在类似的公共物质空间暂时找到庇护自己的物质场所。在乡土中国中，类似的一些带有公共性的物质场所，如土谷祠、寺庙等，便自然成为流民们栖居的物质场所。以此为起点，个人则获得了通过积累财富而融于村庄的肇始点，有些所谓的成功融入村庄的流民则获得了乡民的资质，而有些未能成功融入村庄的流民则被村庄所拒斥。后者因为失却进入村庄并获得庇护的资格条件，其人生由此带来了无法预测的不确定性，这也恰好埋下了未来社会危机的种子。阿Q最后之所以走上了所谓的“革命”道路，恰好与其未能融入“未庄”有着密切关系。

其二，“未庄”之于阿Q来说具有精神意义的功能。“未庄”是阿Q的“故乡”，寄寓着阿Q的乡土情结。“中国传统文化是以家庭为本位的农耕文化”[①]，中国社会从本质上来说一直都是“乡土社会”。在“乡土社会”中，乡土一直以来都是与农民的一生紧紧捆绑在一起的。多数情况下，村庄的住户都是自村落形成时便聚集到一起的原始居民，他们对土地、村庄有着原始的情感寄托，即乡土情结。费孝通在定义乡土社会的特征时曾引用其朋友的话：“村子里几百年来老是这几个姓，我从墓碑上去重构每家的家谱，清清楚楚的，一直到现在还是那些人。乡村里的人口似乎是附着在土地上，一代一代的下去，不太有变动。”[②] 这便意味着，乡土之于乡民的关系已经超越原始的供养关系，由物质上的供需关系演化为具有精神意义的文化图腾。

像阿Q最终选择“衣锦还乡”一样，大部分离开乡村的农民最终仍会回到乡村。即便是考取功名离开乡镇的士人，在晚年也大多会选择落叶归根，回到故乡。这种由乡土意识演化而来的乡土情结贯穿于中国人的生命始终，逐渐成为流淌在所有中国人血脉之中的极为重要的“精神”，也成为国人如此痴恋故土的重要原因。因此，乡土文化逐渐演化成为农业大国的文化核心，阐释着“乡土中国”的文化意蕴。“未庄”作为“封建文化统治下农村的缩影”[③]，必然也是旧中国“乡土社会”的缩影。阿Q将“未庄”视作故乡也恰是这种“乡土中国”文化情结的自然结果。

“未庄”既是阿Q寄寓人生的物质场所，又是其寄托情感的心灵港湾。费

① 周志雄：《九十年代〈阿Q正传〉研究评述》，《鲁迅研究月刊》2001年第3期。
② 费孝通：《乡土中国》，北京：北京时代华文书局2018年，第3页。
③ 周志雄：《九十年代〈阿Q正传〉研究评述》，《鲁迅研究月刊》2001年第3期。

孝通进一步得出结论——“我们很可以相信，以农为生的人，世代定居是常态”①，除了战乱、饥荒等特殊情况，很少有人口迁移的情况。即便是遇到了战乱、饥荒这样的困境，在困境过后，人们通常也会再次回到那片他所熟悉的土地上，重新开始生活。这样的情形淋漓尽致地体现出中国古代农民对土地、乡村的眷恋，体现了中国乡村生活对固有土地的依附性。从这样的意义上说，“未庄”还是阿Q的情感栖息之地，是其情感和人生的精神归宿。

其三，“未庄”之于阿Q具有社会价值实现的功能。从社会关系的角度来说，人并不是独立存在的，人是在社会关系中的人，阿Q也不例外。乡土中国的特征——人是在乡村中生长的，人与乡村建立了情感联系、社会关系。这种联系与关系本应是紧密而稳定的，其情感寄托和自我价值的实现都依托于乡村，并通过乡民对他的推崇以及接纳程度进行标识。恰如马克思所说，人是社会关系的总和，离开了社会关系，人就失却了其社会性属性，也谈不上所谓社会价值的实现。社会价值并不是凭空而来的，它既不能自我主观确认，也不能脱离社会环境确认，人的社会价值需要在社会关系中才能获得确认，尤其是需要与同处于社会关系之中的人的相互作用才得以确认。阿Q的社会价值自然也不是其个人可以确认的，尽管在阿Q的眼里，“未庄”人都是不足挂齿的，甚至“未庄”的上层人物也不在其话下，因为阿Q或通过历史的对比确认自己当年“阔多了”，或通过未来的对比确认自己的儿子“优越多了”，不管现实情形如何窘迫，在阿Q那里总能找到自我社会价值确认的充足理由。然而，人的社会价值并不是由自我主观确认的，它是由社会关系确认的，或者通过人们居于其中的体制所划定的层级来确认，或者通过民间自发形成的社会秩序被划分到其相应的层级中来确认。由此说来，阿Q的社会价值自然应该是由两个系统所确认的：一个是代表着体制的官方所确认的“造反者”，另一个是代表着自发社会秩序的民间所确认的“平凡者”。这两大身份系统在确认阿Q社会价值的同时，也表明其所寄寓的“未庄”对其社会价值的确认。

阿Q虽然不是土生土长的“未庄人”，但长时间在“未庄”的乡土生活也

① 费孝通:《乡土中国》,北京:北京时代华文书局2018年,第3页。

已经使他无法离开既有的社会关系而适应城里新的社会关系。阿Q自己也坦承“他的回来”是“由于不满意城里人”。但不管是因为“将长凳称为条凳”，还是“煎鱼用葱丝”，还是“女人的走路也扭得不很好”[①] 等等，都只是阿Q无法适应城里社会关系的外在表现形式。阿Q最终选择离开城市的根本原因在于，他已经逐渐地融入“未庄”社会关系，早已被自己的物质场所、情感依托和社会关系所钳制，从而使得他的生命已无法背离“未庄”获得“自由自在”的生活状态。实际上，阿Q进城讨生活未能使其融入城里人的社会关系之中，也无法找到自己安身立命的根基，甚至最终使其走上了抢劫、偷窃等严重背离社会伦理的“不归路”。

在中国的传统文化中，乡村之于个体有着格外重要的意义。乡村既是物理空间上为个体提供生存空间的物质载体，也是精神意义上使个体心灵得到庇护的温暖港湾，还是其社会关系和社会价值得以确认的坐标。“未庄”承载着阿Q在社会中所必需的归属感与认同感，是阿Q在“未庄”社会立足的根本，并使阿Q在“未庄”这一社会关系中寻找和确认自我的社会价值。

## 二、 村庄之于社会稳定的锚定作用

村庄作为社会进化的一个自然结果，其本身既是社会结构的有机组成部分，又是社会稳定的重要支撑，对社会稳定起着其他社会要素所无法取代的积极作用。中国社会之所以能够几千年来居于相对稳定的社会结构状态，其关键便在于村庄在疏解社会矛盾、组织社会生产和凝聚民众力量等方面起到了稳定作用。阿Q所在的“未庄”便对社会稳定起到了极大的作用，这也是中国社会稳定的内在奥秘。具体来说，村庄之于社会稳定的锚定作用主要体现在以下几个方面：

其一，村庄作为一个相对开放的系统，具有容纳外来流动人口的作用。从土地的归属来看，村庄及其环绕村庄的土地固然为个人所拥有，属于私有土地

① 鲁迅：《鲁迅全集》（第1卷），北京：人民文学出版社2005年，第534页。

性质，这就导致个人对土地这一生产资料的占用并不意味着其占有者自己使用，而是意味着土地的所有权归占有者，至于土地的使用权则不然，农民可以租用地主的土地，并交纳粮食等实物形式的租子。这种土地所有权和使用权的分离使得外来的流动人口获得了栖居于乡村的契机；在土地之外，有些流动人口则通过出卖自己的劳动力获得报酬，进而获得进入村庄的机缘。这两种形式尽管并不一致，但其结果大同小异，都是村庄对外来流动人口的接纳。阿Q进入“未庄”之后尽管并没有租地主的土地，而仅仅是以“短工”的形式出卖自己的劳动力，但其结果与前者并没有显著的差异，这使得阿Q找到了栖居于“未庄”的可能性。对此，孙伏园认为，阿Q并非“未庄”的农民，“阿Q的性格不是农民的，在《故乡》中出现的闰土乃是一种农民，别的多是在城里乡下两面混出来的游民之类，……阿Q则是这一类人的代表”[①]。虽然孙伏园提出了阿Q是“游民”的概念并得到了广泛的认可，但并没有学者进一步探讨作为“游民”的阿Q之于“未庄”具有怎样的意义。实际上，如果这种形式能够不断地循环下去，那么，更多“阿Q”们的涌入将使得村庄进入快速扩展期，由此使得村庄获得无限的发展空间。

正是村庄的这种开放性特征，使得阿Q这样特别能干的人获得了进入“未庄”的机缘。阿Q作为一名以打工为生的“游民”，其主要的社会价值就是作为补充劳动力来满足乡村的生产需要，虽然身处“未庄”社会的底层，但他也的确进入“未庄”之中，找到了属于自己的位置。根据鲁迅对“未庄”的描述，在“未庄”从事生产的职业主要可以分为四类：农业、专门职业、帮工、无业。这四类职业并不相互排斥，职业之间具有流动性。阿Q原本是作为短工进入未庄的，其“没有固定的职业，只给人家做短工，割麦便割麦，舂米便舂米，撑船便撑船”[②]，因此，可以将其划分为帮工职业。但后来被小D顶替之后，阿Q便又成为无业分子游荡在“未庄”之中。作为“未庄”的补充劳动力，阿Q这类帮工的存在是必需的，但他们也并非一直被需要。当

① 孙伏园：《〈呐喊〉索隐》，《鲁迅研究月刊》2011年第2期。
② 鲁迅：《鲁迅全集》(第1卷)，北京：人民文学出版社2005年，第515页。

农忙过去，或者当地补充、回归了新的劳动力时，那么阿Q这种外来劳动力就成为赋闲在家的“游民”。阿Q这类劳动力在身份转换中出现了一种恶性循环，“农业里所应用人力的成分愈高，农闲时失业的劳动力也愈多”①。这使得阿Q这类帮工的生存状态一直处于被需要与被剩余来回转换的不稳定状态。

其二，村庄作为一个相对自给自足的系统，其本身便具有自主调节社会关系的作用。阿Q本来是“未庄”社会的“闯入者”，一方面，他得力于“未庄”社会所具有的自主调节社会关系机制而逐渐获得接纳。“未庄”社会尽管具有某些排他性特点，但其依然按照既有社会关系的调节机制，或被动或主动中开启了接纳阿Q的过程，这一接纳的标志便体现在“未庄”允许他栖居于土谷祠，这不仅使阿Q的社会身份开始从当初的“游民”向“乡民”过渡，而且也使得“未庄”社会所具有的天然社会调节机制得到了有效运行，由此确保了乡土中国社会的相对稳定性和延续性。

另一方面，阿Q在融入“未庄”社会时受到了强力的排斥。村庄的住户都是自村落形成时便聚集到一起的原始居民，他们对土地、村庄有着原始的情感寄托。在中国乡村中，原住村民有着强烈的领地意识及排他性，并不乐于接纳外来人口。对于阿Q这种“不独是姓名籍贯有些渺茫，连他先前的‘行状’也渺茫”② 的“游民”来说，原居民的态度是暧昧的，他们既需要阿Q的劳动力，也不愿意承认阿Q的身份，始终将其看作“二等公民”。这就是说，“未庄”虽然为阿Q提供了物质基础，看似接纳了他，但是以赵太爷、秀才等人为代表的“未庄人”却都站在了阿Q的对立面。尤其值得警惕的是，阿Q作为外来者还打破了“未庄”既有的社会秩序，这表现在阿Q在融入“未庄”的过程中试图遵照乡村法则娶妻生子，以至于不顾及“礼教”向吴妈“求婚”，这在尊重“礼教”的“未庄”人看来简直是大逆不道。从这样的意义上说，阿Q昙花一现的恋爱闹剧——其欲融入“未庄”而不得的人生悲剧——正因为村庄发挥了其应有的社会稳定作用而告失败。实际上，阿Q在试图完

① 费孝通:《〈乡土中国〉〈生育制度〉〈乡土重建〉》,北京:商务印书馆2011年,第342页。

② 鲁迅:《鲁迅全集》(第1卷),北京:人民文学出版社2005年,第515页。

成自我作为“未庄”人的安身立命之本时萌发了组建一个家庭的奢望。在中国，家庭“常被认为是社会化最基本、最重要的执行机构”[①]。刘林平认为：“家庭始终是社会组织的主要形式，是全部社会组织的核心和基础，其他的一切社会组织、团体都以家庭作为自己的模拟对象，并围绕着家庭这个轴心而旋转”[②]。这便意味着阿Q作为个体很难在“未庄”这个社会中立足并发挥自己的效能。但阿Q作为外来人口，与“未庄”之间并没有家庭的联系，这种对于家庭的迫切渴望在阿Q身上得到了异化的体现。阿Q认为：“应该有一个女人，断子绝孙便没有人供一碗饭，……应该有一个女人。夫‘不孝有三无后为大’，而‘若敖之鬼馁而’，也是一件人生的大哀，所以他那思想，其实是样样合于圣经贤传的，只可惜后来有些‘不能收其放心’了。”[③] 出于对这种“于圣经贤传”的崇拜，导致阿Q先后“调戏”了小尼姑与吴妈，这些异化的行为都可以看作是阿Q对于获得家庭归属的渴望、对于通过获得家庭来融入“未庄”社会的渴望。

其三，村庄作为一个相对稳定的系统，其本身还具有稳定社会关系的作用。乡土社会之所以能够运行上千年而依然富有生命力，其“‘礼治’的社会”[④] 的作用不可忽视。一般说来，乡村采用家族法规和乡约民俗等形式来进行社会治理，具有乡民自治的特点。这恰如有学者指出的那样，“‘家法族规’是在传统中国‘家国同构’的社会结构中，以家族血缘为基础、儒家宗法观为核心，而形成的区别于国家法律的社会治理规范”[⑤]，这由此构成了“礼治”的核心。“礼治”最大的作用不仅是约束、治理乡村居民，而且具有强大的社会调节功能。乡村依靠其千百年来形成的稳定的社会结构与独立的村规族法，不断吸纳流动人口，将其纳入自己的文化脉络之中，并对其进行规劝与制约。作为流民的阿Q也是因此而被“未庄”所接纳从而进入“未庄”的，这便体

---

① 蔡文辉、李绍嵘：《社会学概要》，北京：世界图书出版公司北京公司2007年，第53页。

② 刘林平：《阿Q精神与家族主义》，《鲁迅研究月刊》1992年第3期。

③ 鲁迅：《鲁迅全集》（第1卷），北京：人民文学出版社2005年，第524页。

④ 费孝通：《乡土中国》，北京：北京时代华文书局2018年，第65页。

⑤ 李鼎楚：《中国传统“家法族规”的特征及现代法治意义》，《湘潭大学学报（哲学社会科学版）》2016年第5期。

现了中国乡村在古代中国社会中所发挥的调节社会稳定的作用。

严格说来，村庄作为农耕文明的产物，其本身便具有较强的稳定性，这与游牧民族的游动性特征具有鲜明的区别。在相对稳定的乡村系统中，人与人之间的复杂关系经过无数次的自我适应与自我调整，基本上达到了相对稳定的结构状态。鲁迅笔下的“未庄”是一个相对独立、完整的社会结构。原本，这个社会结构具有一定自我调节能力来保证其有效运行，但自我调节的前提是在这个社会结构中的个体各司其职、安分守己，方能保证社会结构的稳定并正常发挥其功能。阿Q这类底层劳动者居于“未庄”社会结构的最低端，甚至在某些情况下游离于“未庄”社会结构之外，他们的存在既可能使“未庄”的社会结构愈加稳固，也可能使“未庄”的社会结构风雨飘摇，其关键在于他们是否能够融入“未庄”社会结构中，并由此成为“未庄”社会的有机组成者。

在流动性较强的社会体系中，人们之间的交往带有随机性，其产生矛盾以及解决矛盾的方式也具有不可预测性，这就会导致社会关系的不稳定。相反，居于同一村庄的村民大多是一同成长起来的，其相互之间的磨合在早期便已完成，在此情形下，人与人之间的社会位置已经在潜移默化中完成了自我确认。在阿Q与小D的“龙虎斗”中，我们可以看到，他们两人之所以会发生这样的争斗，其根源恰好在于他们没有经历过有效的“磨合”，结果才导致了两人互不相容、互不相让。从结局来看，这场“龙虎斗”的双方势均力敌、难分胜负，这自然重塑了他们之间的关系，那就是从“龙虎相斗”转变为“龙虎相安”。这自然就使得对峙双方从激烈的矛盾冲突逐渐演化为相对的制衡，由此使得各自找寻到了自我社会关系的“边界”，进而使得人与人之间的复杂社会关系趋于明晰，其所寄寓的社会获得了更为稳定的可能性。

村庄本身既是人类社会物质文明演化的产物，也是人类社会文化自然演进的产物。正是因为在历史演化中获得了文化上的积淀，乡村在庇护人们物质生活的同时，也庇护着人们的精神生活，成为人们在社会中确认其自我位置和价值的重要依据，起到了锚定社会稳定的重要作用。而阿Q融入“未庄”而不得的现实则从反面说明，被“未庄”疏远乃至拒斥了的阿Q之所以走上“偷窃”乃至“革命”的道路，恰是村庄应有的社会庇护功能缺失的必然结果。

## 三、乡村庇护功能的缺失与阿Q式的“革命”

中国社会之所以能够居于一个相对稳定的体系之中，其重要原因便在于乡村具有庇护作用。然而，当乡村的庇护作用缺失之后，个人则被置于一个漂泊不定的社会环境中，其既有的生活节奏和行为准则随时都有可能在外力的作用下产生翻天覆地的变化。从某种意义上说，阿Q之所以最终走上“革命”的道路，并最终成为“革命党”，也正是因为他试图融入乡村社会这一体系而不得。从这样的意义上说，乡村庇护的缺失与阿Q的革命具有内在的深刻关联。

其一，“未庄”的拒斥最终促使流民阿Q始终无法在社会中找寻到自我安身立命的根基，这一乡村庇护功能的缺失促成了“流民”向“暴民”的转换。19世纪末中国经济严重衰退，其引发的一系列矛盾在中国乡村体现得尤为明显，中国乡村的土地无力供养大量的农民，农民被迫背井离乡。随着土地收益率的逐渐降低、城市与乡村联系的日益紧密，以及革命、战争的不断爆发，中国乡村中的乡民生存愈加困难，这样的情形进一步加剧了中国农村与乡民之间的矛盾。早在19世纪中叶，粮食短缺的问题便十分严重，汪士铎对当地（徽州府绩溪县）的情况作过这些描述：长期贫困，人口过多，基本商品缺乏。尽管女婴被溺杀的比例甚高，但由于人们成婚的年龄极早（甚至达到了男子“三十即可为祖”的程度），人口的增长仍在继续。[①] 除了乡村经济的落后外，旧中国的大门被西方列强强行打开，沿海地区的城市由于交通、经济等便利条件沦为租界。随着租界的建设以及商业的发展，大量的农民放弃了耕种而被吸引至沿海地区赚取金钱，乡村劳动力流失的情形也更加严重，进一步加剧了中国乡村的衰败。

---

① 汪士铎:《汪悔翁乙丙日记(重印本)》,中国台北:文海出版社1967年,第1册第13页,第2册第10页。

这种乡村的衰败在阿Q那里则表现为他被“未庄”所拒斥。从其第一次人生经历来看，阿Q作为“未庄”秩序的破坏者主要表现在他做出了向吴妈求爱这种不符合“未庄”社会秩序的行径。这种行径跨越了“未庄”固有的“男女之大妨”的鸿沟，成为封建礼制的破坏者。本来，“未庄”是一个社会等级观念很强的社会，阿Q作为姓名都搞不清的人，必然是这个社会中最底层、最没有话语权的存在，但这样身处社会底层的人竟然也有了“恋爱欲望”，这显然是“未庄”所无法容忍的。毕竟，阿Q的这一行径严重破坏了“未庄”既有的社会秩序，这在赵太爷看来自然是无法容忍的，其解雇阿Q便在情理之中了。这不仅断绝了阿Q的收入来源，更使阿Q遭受了极大的精神创伤，致使阿Q在“未庄”再无立足之地。

阿Q第二次进入“未庄”与第一次进入“未庄”大不相同。如果说阿Q第一次进入“未庄”时其人生是处于低谷时期的话，那么，他第二次进入“未庄”则属于“衣锦还乡”了。当一贫如洗的阿Q在城里偷了富人的东西凯旋时，满载战利品的阿Q显然颠覆了“未庄”人对他的既有认知法则，也搅动了“未庄”这一池秋水的平静，由此掀起了极大的风浪。客观地说，阿Q的“衣锦还乡”不仅在物质上给“未庄”人带来极大的震撼，还在精神和情感上给“未庄”人带来了极大的错愕。在赵太爷眼里，阿Q是一个连赵姓都不配的人，竟然也开始出现了变化。至于阿Q自诩为革命党时，在赵太爷眼里，阿Q竟然成了“老Q”。这在一向处于社会底层的阿Q那里，同样无法建立起对等的关系——毕竟，自己与“老”字从来没有沾过边。

在革命时期，“未庄”既有的社会秩序受到挑战，由此使得居于不同层级的个人被卷入了社会的变革之中，并上演了一幕幕悲喜剧。阿Q想要“革命”而“不准革命”恰是这一时代的产物。尤其值得深思的是，没有获准“革命”的阿Q不仅没有因为“革命”而改变自己身处社会底层的命运，反而被“革命”推向了对立面，成为“革命”的牺牲品。当“赵家遭抢了”[①] 这一事件发生之后，曾经有过“前科”的阿Q便成了替罪羊，并由此被押向刑场，成

---

① 鲁迅:《鲁迅全集》(第1卷),北京:人民文学出版社2005年,第546页。

为祭奠“革命”旗帜的牺牲品。

其二，“未庄”的拒斥促使阿Q无法找到自我的情感寄托，最终因乡村庇护功能的缺失而走上了漂泊的人生不归路。人作为万物之灵，有着丰富多彩的情感，而最为可贵的情感则是男女之间的爱慕之情。吴妈尽管对阿Q并没有什么情感，但这并不妨碍阿Q对吴妈产生爱慕之情——尽管在阿Q看来，吴妈并不完美，包括其“脚太大”这样的局限。当然，阿Q对吴妈产生的爱慕之情，严格说来并不是真正的爱情，而仅仅是缘于其对“不孝有三，无后为大”这一“礼教”的自觉皈依。遗憾的是，阿Q的恋爱之花还没有来得及盛开，便遭遇了赵太爷等人暴风骤雨般的袭击，最终落得一个花落泥淖的结局。至于吴妈对阿Q“困觉”的不可容忍，又进一步强化了其人生的悲剧性。

阿Q的恋爱尽管刚刚萌发便惨遭暴风雨的打击，但这并不妨碍阿Q把自己人生的情感寄寓在“未庄”。当阿Q被押向刑场时，他在这个世界上的唯一牵挂便是吴妈，“车子不住的前行，阿Q在喝彩声中，轮转眼睛去看吴妈”，这不能不说阿Q已经把“未庄”以及生活在“未庄”的吴妈置于人生的核心位置。然而，吴妈“一向没有见他，却只是出神的看着兵们背上的洋炮”[①]。这一情形恰好说明，村庄相对于一个曾经生活于其中的个人来说，这便是其人生全部要义之所在，也是他人生情感的全部寄托之载体，而“未庄”人却没有接纳他，这恰如黑白分明的对比，“再现了阿Q身处的时代和社会氛围，也突出了阿Q人生的悲剧意味”[②]。从这种意义上说，如果阿Q能够融入“未庄”，并在“未庄”获得必要的物质场所，获得自我的情感承载对象，甚至娶妻生子，那么，他也许不会走上偷窃乃至“革命”的道路。阿Q正是因为被“未庄”所拒斥，才走上了对抗社会的“叛逆”道路。当阿Q看到“革命”可以使曾经扬眉吐气不可一世的赵太爷闻风丧胆时，他便本能地亲近革命，甚至要走向革命。为此，备受压抑和拒斥的阿Q才会愤愤不平地喊出了“革这

---

① 鲁迅:《鲁迅全集》(第1卷),北京:人民文学出版社2005年,第551页。

② 杨剑龙:《用绘画语言进行灵魂的剖析——论裘沙、王伟君的〈阿Q正传〉二百图》,《山东师范大学学报(社会科学版)》2020年第4期。

伙妈妈的命”这样的愤激话语。

“未庄”作为阿Q的情感寄托并没有发挥出其应有的效能，没有为阿Q提供精神上的庇护，与之相反，“未庄”拒斥了阿Q的皈依。“未庄”之所以拒斥阿Q也并非完全因为阿Q没有在“未庄”安身立命，无法有效融入“未庄”社会，其更重要的原因则是乡村的原住村民在情感上对外来人口并不认同，有着强烈的领地意识及排他性。原本阿Q作为游民并没有必要一定要融入“未庄”，但作为将“礼教”奉为圭臬的阿Q来说，融入“未庄”不仅仅是为了自我价值的确认，更是为了要组建家庭、生个孩子，以此来实现自己对于“礼教”的皈依。所以，阿Q对于吴妈的感情便成为畸形的爱情——并非出于男女之爱，而是出于“礼教”的规训。最终，吴妈对阿Q的拒绝也代表了“未庄”对外来人口的态度。尽管阿Q在物理空间上的确进入了“未庄”，但在社会层面，“未庄”其实从未真正接纳过他。作为打短工的流民，阿Q之于“未庄”来说，永远都是一名闯入者而非地地道道的“未庄人”，这使得阿Q的人生愈加向悲剧靠拢。

其三，“未庄”的拒斥最终使阿Q无法确认自我的社会价值，从而对重构社会新秩序的“革命”产生无限美好想象，由此成为包括“未庄”在内的既有社会秩序的破坏者和颠覆者。村庄本来是乡民实现自我价值的场所，但当它拒绝接纳乡民而发挥其应有的社会价值时，乡民便会产生一种被抛弃的感觉。这将会导致两种情形：一是自暴自弃，无可奈何地接受现状；一是在某些外因的促使下选择极端的方式重新证明自我价值。而阿Q则明显选择了后者。

阿Q本想在“未庄”安身立命，却遭到了以赵太爷为首的村民的集体抵制。小D的出现，更是进一步断绝了阿Q在“未庄”实现自我社会价值的可能性，使其彻底地被隔绝在“未庄”社会之外。原本怯懦的阿Q应该接受这样的命运，但在目睹了“百里闻名的举人老爷有这样怕，于是他未免也有些‘神往’了，况且未庄的一群鸟男女的慌张的神情，也使阿Q更快意”[①]。这便

① 鲁迅:《鲁迅全集》(第1卷),北京:人民文学出版社2005年,第538页。

促使阿Q走向了“革命”。他希望以“革命”的方式对“未庄”的社会秩序进行重构，享受着村民投来的“惊惧的眼光”，想象着“未庄人”“都是他的俘虏”，“舒服得如六月里喝了雪水”，沉浸在自己成为“未庄”社会领导者的想象中。这一行为之于阿Q虽然痛快淋漓，但是之于“未庄”却如同晴天霹雳。当阿Q呐喊着：“好，……我要什么就是什么，我欢喜谁就是谁。”[①] 当赵太爷将阿Q称呼为“老Q”这样连阿Q自己都料想不到的称呼时，便充分表明阿Q彻底破坏、颠覆了“未庄”既有的社会秩序。

阿Q这样的行径颠覆了他在“未庄人”心目中的形象，也颠覆了他在融入“未庄”时的自我定位。“如果他一旦违反了这种生存法则，那么‘阿Q’的悲剧也就真正开始了。”[②] 正是因为失却了乡村的庇护，那些同阿Q一样的社会各色游民才会游荡在各个村落与城市之间，或出卖自己的劳动力谋取生计，或出卖自己的尊严乞讨为生。他们不断地在城市与乡村之间流动，成为陌生社会的一员，由此失却了熟悉社会的规范和制约，逐渐成为破坏社会秩序的不稳定因素。中国历史上农民起义频发的根本原因便在于此，乡民与乡村之间的矛盾不可调和，乡村无法成为乡民的情感寄托，便使得乡村失去了其作为调节社会平衡的“蓄水池”的作用。为了生存，这些流民将会变成流寇，用最原始、最直接的方式获得生存的可能，在极端情况下甚至会走上农民起义的道路，严重破坏社会的稳定。由此可见，中国的乡村之于社会稳定有着极为重要的作用，与土地结合的农村具有“稳定器”和“蓄水池”的功能。如果没有了农村这一“稳定器”和“蓄水池”，人们不仅会失却自己的物质家园，而且还会失却自我的情感家园，甚至由此引发既有社会秩序的解体和社会的动荡。

乡村之于中国是十分重要的。即便社会生态环境恶劣，乡村与乡民之间的矛盾不断，“阿Q”式的“革命”频发，但村庄从未消失，它始终是构建社会的基础单位。这除了因为村庄是维系农业生产的基础外，也因为乡村在乡民教化、社会救助、治安维稳、文化传承等方面发挥了重要的社会作用。中国自古

---

① 鲁迅：《鲁迅全集》（第1卷），北京：人民文学出版社2005年，第539页。

② 宋剑华：《“未庄”为何难容“阿Q”？——也谈〈阿Q正传〉中“个体”与“共同体”之间的关系》，《鲁迅研究月刊》2015年第1期。

以来一直是农业大国，农业是国家赖以生存、发展的根本，而中国农业的根本则在于以乡村为单位的农耕生产，那么乡村则必然成为国家稳固发展的基础、民族繁荣昌盛的源头。

综上所述，乡村既是乡民的物质庇护也是乡民的精神庇护，对于每一个来自乡土的个体都具有重要的意义。与此同时，乡村在乡土中国这个社会结构中所发挥的锚定作用也不容忽视，乡村作为调节社会稳定的“蓄水池”在吸纳人口以及规训游民方面都发挥了极其重要的作用。但不容忽视的是，乡村也有其时代局限性。“未庄”作为物理与心灵的空间，在对阿Q生命赋予意义和提供庇护的同时，也在一定程度上成为其人生拓展的桎梏。这主要表现为阿Q的思想被“未庄”所裹挟，成为阿Q在思想上难以实现突围的一个重要原因。所以，阿Q选择从“未庄”出走，但却无法像胡适、鲁迅等人一样摆脱乡土的桎梏、翱翔在新文化的天空中，只能再次回到“未庄”。从这个意义上来讲，阿Q想要完成对“未庄”思想文化的反叛，必须要走出“未庄”，在新的文化语境中重新获得一种文化自觉。然而，相对于阿Q这样一个没有接受过知识熏陶的自然人来说，要完成这一突破显然缺少一个中介，即阿Q始终无法进入教育的序列，走出乡村，进而接触现代文明。所以，阿Q即便走出“未庄”，也只能是一个武者、一个起义者、一个流寇的形象，依照“未庄”所赋予他的文化惯性往前走。诚然，作为社会中一个渺小的个体，他很难突破所处时代的限制，这也是千百年来中国乡土文化循环往复的根源。而接受了现代教育的一代人则与此相反，鲁迅本人便是如此。他们走出乡村之后完成了对乡土文化的否定与超越，尤其是在接受了西方的现代文明之后，在西方现代精神导师的导引下，最终完成从传统的自然人向现代人的飞跃。

［原载《西南民族大学学报（人文社会科学版）》2021年第6期］

# 中国电影发展中的“谢晋现象”思考

在2018年12月18日庆祝改革开放40周年大会上，中共中央、国务院表彰了100名对改革开放做出卓越贡献的杰出人员，授予他们“改革先锋”称号。其中，电影界被授予该称号、获得表彰者是谢晋导演。在改革开放40年的电影发展中，涌现出了许多成就卓著的优秀导演，如张艺谋、陈凯歌、冯小刚等，那么，为什么唯独已去世10年、似乎为人们所淡忘的谢晋导演被授予“改革先锋”称号？这一现象值得学界关注和研究，进而得到应有的学理性阐释。但检索中国知网可以发现，谢晋获“改革先锋”称号并未引起学界的特别关注，更没有引发“谢晋研究热”，相反，谢晋研究依然处于“门前冷落鞍马稀”的尴尬境地。2019年，有关谢晋的文章仅有7篇。而这7篇文章的作者，并非当下具有影响力的电影研究学者，文章发表的刊物大都处于边缘位置，其所涉及内容也仅有两篇关注到谢晋获“改革先锋”称号，分别是任仲伦的《谢晋：推动思想解放和拨乱反正》① 和梓放的《谢晋：助推思想解放电影艺术家》②。正因为如此，将谢晋作为一种现象加以研究，既是对这位电影界先锋人物的重新认识，也是对其在中国当代电影发展中所作贡献的彰显，甚至能够给新时代语境下的中国电影带来某些规律性的启示。

---

① 任仲伦：《谢晋：推动思想解放和拨乱反正》，《档案春秋》2019年第6期。

② 梓放：《谢晋：助推思想解放电影艺术家》，《劳动保障世界》2019年第1期。

## 一、 真实镌刻时代风云的谢晋电影

早在纪念电影百年时，中央电视台就把谢晋的历史看作新中国电影的历史，谢晋电影所达到的高度就是新中国电影所达到的高度[①]；有媒体甚至还将谢晋称为“新中国电影教父”[②]。谢晋的电影历史不仅承接了新中国电影的优秀传统，而且几乎涵盖了中国改革开放的各个重要历史时期，见证并推动了改革开放的整个历史进程。谢晋导演用电影记录了改革开放的艰难嬗变，真实地呈现了那个时代各种社会类型的艺术形象，使电影成为人们翻阅历史的最佳载体。

在表彰影响改革开放 40 年的先锋人物时，授予谢晋的颁奖词是这样的：“助推思想解放、拨乱反正的电影艺术家。”从这一颁奖词来看，一是把谢晋定位为“电影艺术家”。根据现代汉语的权威解释，艺术家是“从事艺术创作或表演而有一定成就的人”[③]。这样的定位，显然突出了谢晋对电影艺术的追求。严格说来，电影的根本在于它是艺术，离开了艺术的电影，尽管也许会获得很好的票房收入，会促进电影的产业化发展，但却不具有深远意义。二是把谢晋定位为“助推思想解放、拨乱反正”的一位“电影艺术家”，这也恰好对接了“改革先锋”这一称号的内涵。

客观地说，从改革开放的历史进程来看，我们走过的道路并非一帆风顺，而是充满了艰难险阻。尤其是在改革开放之初，思想解放与拨乱反正既是对原来历史航向偏颇的矫正，也是对未来历史正确航向的核准。这恰如航船行至长江充满旋涡与险滩的三峡，稍有不慎便会导致改革之船触礁，轻则会使航船搁浅，重则会使航船沉没。戈尔巴乔夫时代的苏联便是航船触礁沉没的典型案例。值得肯定的是，中国的改革开放之船之所以成功地驶过激流险滩、进入江阔流缓的河段，主要依赖于一大批具有社会担当意识、富有真知灼见的思想

---

① 详情可见 2005 年中央电视台“面对面”栏目组录制并播放的《光影百年》中有关谢晋的访谈。

② 详情可见香港凤凰网中有关谢晋纪念的专栏。

③ 中国社会科学院语言所词典编辑室编：《现代汉语词典》，北京：商务印书馆 2020 年，第 1551 页。

者。他们以各自不同的形式，促使改革开放循着正确的方向推进。无疑，谢晋便是用电影来推动这一社会进程的艺术家。

任何一个优秀的导演不仅仅是电影艺术的执导者，还是电影思想内涵的诠释者。离开后者，即便是再富有艺术水准的电影，也难以承载起其应承载的社会责任与历史使命，充其量只能是炫耀艺术技巧的“杂耍表演”。谢晋作为“一个真正的艺术家，同时也应该是一个思想家”，他正是“通过他的影片，对一些社会问题发言”[①]，通过他的影片直接参与和推动了思想解放、拨乱反正的艰难历程。也就是说，谢晋本人便是那场轰轰烈烈的思想解放大潮的助推者。他导演的电影《芙蓉镇》，堪称改革开放之初最直观地表现思想解放和拨乱反正的代表性作品。这部带有反思性的电影取自长篇小说《芙蓉镇》，但谢晋在原有作品的基础上又作了较大力度的改编，在既有的文学世界中融入思想解放的因子，从而使这部作品成为思想解放的典范之作。尤为可贵的是，在这部电影中，谢晋还把原来那些生活在象牙塔里的知识分子与生活在社会底层的乡镇农村女性相结合，予以了影像化的呈现，堪称知识分子走向民间的代表之作，对未来的知识分子走向民间具有极其重要的引领作用。我们知道，在中国社会从传统向现代转型的历史大潮中，获得现代文明熏染的知识分子的个性已经得到极大的解放，这种解放的标志之一便是婚姻自由。但是，不容忽视的一个现象是，知识分子一旦获得了现代文明的熏染，就再也难以与社会底层的普通女性结合了，似乎在他们之间的天河上再也无法架构起一座可以通向彼此的鹊桥。从某种意义上说，谢晋在无意识中完成的这一形象塑造，恰好对接并回答了五四新文化运动以来个性解放的主题，尤其是男性个性解放的主题。如果把这样的形象置于传统文学的人物形象系列中，我们可以发现，这即使对既有传统文学中的男性形象来说，也是一种颠覆。在传统文学中，男性形象或在未能腾达之时迎娶了普通女性，或在落难之际获得小姐的青睐，但他们在腾达之后或抛弃糟糠之妻，或始乱终弃。这样的主题在五四新文化的语境下，被赋予了个性解放的鲜亮外衣，成为男性逃遁自我的社会责任的一种托词，最终对女

① 谢晋:《心灵深处的呐喊——〈天云山传奇〉导演创作随想》,《电影艺术》1981 年第 4 期。

性的精神和情感造成了严重的伤害。其实，这种文学叙事在谢晋导演《芙蓉镇》之前，也并不少见。如张贤亮的小说《绿化树》便是影响较大的一部文学作品，但是，谢晋并没有把目光聚焦在《绿化树》这样的作品上，而是聚焦在爱情故事相对平淡的《芙蓉镇》上，并彻底颠覆了既有的文学叙事模式，取而代之的是知识分子走向民间并最终锚定于普通女性的情感世界。这种叙事模式，在思想解放的层面上又隐含着个性解放，尤其是男性个性解放的崭新主题。

谢晋导演作为具有社会情怀和社会担当的典范，其导演的电影都渗透着强烈的社会责任感和使命感。无论是《芙蓉镇》对极左路线的深刻反思与批判，还是《牧马人》对个人与社会责任的辩证把握，谢晋对当时的思想解放和拨乱反正都起到了一般导演无法起到的历史作用。

谢晋导演的电影不仅在改革开放 40 年的历史上占据着无可取代的地位，在共和国电影史上也占据着重要地位。从某种意义上说，谢晋电影所达到的高度便是共和国电影的历史高度。从时间的跨度来看，谢晋导演的电影曾经贯通了共和国成立后 50 多年的历史。单就改革开放 40 年的历史而言，他的导演生涯便有 30 多年。这也是中国电影史无法绕开谢晋的缘由所在。无论是从谢晋导演生涯的时间上来看，还是从其执导的影片数量上来看，谢晋既是其他第三代和第四代导演无法比肩的，又是第五代导演无法与之相提并论的，在改革开放 40 年的历史上，也是其他代际导演无法媲美的。谢晋执导了 30 部优秀影片，时间跨越了 20 世纪 50 年代到 90 年代，他在各个时期都有一些具有相当高的艺术水准和思想水准的电影问世。20 世纪 50 年代拍摄的《女篮 5 号》是谢晋的成名作，也是中国第一部彩色体育故事片；《红色娘子军》是谢晋前期的重要作品，获得首届百花奖的最佳故事片、最佳导演奖；《舞台姐妹》是其 60 年代的一部重要作品；《天云山传奇》《牧马人》和《高山下的花环》是其 80 年代初期的重要作品；《芙蓉镇》作为谢晋 80 年代中期拍摄的电影，其思想性和艺术性都达到了最高峰，成为其最具代表性的作品；《鸦片战争》是谢晋 90 年代后期的作品，可以看作他的收官之作。这就是说，谢晋的导演生涯不仅贯穿了新中国电影的主要时期，而且也贯穿了改革开放 40 年的关键时期。

他历经40多年的导演生涯，始终是新中国电影的代表性人物，这本身便是一个带有传奇性的“神话”。

谢晋在每一个时期都执导出了具有相当影响力的电影，这是一般导演所无法比拟的。他于1961年导演的《红色娘子军》，以第二次国内革命战争时期海南红色娘子军的事迹为素材，围绕吴琼花从奴隶成长为红军战士的经历，形象地昭示了社会底层的女性只有在时代的大革命中才能完成自我解放和社会解放，才能获得自我主体性的确立。尤其值得称赞的是，谢晋还在革命叙事中真实地还原了人的美好情感世界，使革命主题与情感解放主题融为一体。对此，有人认为，“《红色娘子军》的故事，反映了生活有奇又有趣，是真实的，并且又是美的；它所反映的生活比实际生活更高更理想”①。由此可以看到，谢晋所执导的《红色娘子军》，不仅获得了主流意识形态话语的认同和观众的欢迎，而且最大限度地展现了自我独立的审美趣味。当然，个别学者对此也有不同看法，认为“谢晋的这种电影修辞策略，也在一定程度上掩盖了历史和现实生活的真实面貌，用导演的主观情绪取代了人物性格或历史发展的内在逻辑，使当代中国电影中的现实主义精神受到了某种程度的侵害”②。平心而论，这种阐释未能从女性解放的视点予以审视，因而没有看到谢晋电影恰是对五四新文化所宣示的女性解放道路的现实主义深化。事实上，谢晋电影“现实主义精神”的独到之处在于，他是通过电影来参与和推动社会发展的。

在中国电影发展史上，谢晋之所以能够占据重要的地位，关键并不在于他的执导电影时间较长，而在于他执导的电影质量之高。尤其是在改革开放的前20余年，他执导的电影《芙蓉镇》不仅达到了其个人创作的高峰，而且也成为那个时代国产电影的高峰。这是同时代的导演和第五代导演无法企及的。《芙蓉镇》由上海电影制片厂1986年出品。影片塑造了胡玉音、秦书田、李国香、王秋赦等性格鲜明的人物形象。这些人物形象承载了中国特定

---

① 贾霁:《〈红色娘子军〉的奇、趣、真、美》,《人民日报》1961年7月27日。

② 李道新:《当代中国电影:现实主义50年(下)》,《电影艺术》1999年第6期。

年代政治生活中的风风雨雨。但影片没有过度强化苦难的影像展示，而是注重揭示苦难产生的原因以及苦难中的人性、人道主义和生命力的顽强。对此，谢晋曾这样阐释：“为什么说‘三中全会’是一个天翻地覆的、伟大的历史转折？中国从那么封建迷信、那么多灾多难中走了过来，这在我们人类历史上、中国历史上、国际共产主义运动的历史上都是值得认真回顾、反思的，有着极为深刻的经验教训。我们应该从历史的高度、宏观的、反思的高度来认识这段历史，总结产生这段历史的根源、土壤，它的近因和远因以及中国长期封建思想、民族文化的劣根性等等。”① “影片是一部歌颂人性，歌颂人道主义，歌颂美好心灵，歌颂生命搏斗的抒情悲剧。”② 这样的诉求，显然和开拍前一些学者的期许有很大的一致性：“我不倾向于拍成一部‘政治风俗画’。开批判会，挂破鞋游街，嚎天哭地等，点到为止，不必要其花很多胶片。我们不能停留在一般地揭发‘四人帮’造成的罪恶，光是重复一个悲惨的故事，而是要着重从人物、从典型性格来考虑，从人物性格的复杂性、丰富性、多层次性去反映一个时代。”③ 因此，《芙蓉镇》作为谢晋精心打造的巅峰之作，的确隐含了更多个人的、时代的、社会的、文化的、哲学的思考，其运用多种电影语言刻画人物的性格，剖析人物丰富的内心世界，不仅使人物真实动人，而且使人物承载的思想和社会意义更为丰赡，堪称中国电影史上的经典之作。

谢晋导演的电影还注重对民族精神的影像呈现，注重在历史的影像呈现中汲取社会现实再发展再出发的动力源泉。在《鸦片战争》等电影中，谢晋便不是简单地呈现历史，而是把自己对历史的深刻思考渗透于艺术形象的塑造，从而塑造出可歌可泣的历史人物，成为支持当下社会变革的重要历史资源。严格说来，历史从来就不是一堆冷冰冰的干柴，而是在燃烧后可以温暖当下的熊熊烈火。

---

① 谢晋:《影片〈芙蓉镇〉导演阐述(上)》,《电影新作》1986 年第 4 期。
② 谢晋:《影片〈芙蓉镇〉导演阐述(下)》,《电影新作》1986 年第 5 期。
③ 荒煤:《从小说到电影——在〈芙蓉镇〉改编电影学术讨论会上的发言》,《上影信息》1995 年 11 月 21 日。

客观地说，谢晋的电影之所以代表中国电影的高度，其根源在于谢晋电影植根于现实生活的沃土之上，成为记录中国社会历史变迁的史诗。谢晋电影之所以代表了中国电影的高度，恰是因为谢晋电影参与并推动了思想解放和拨乱反正的历史进程，是中国社会变迁的真实影像呈现。正因为如此，谢晋电影不仅得到了观众的广泛认同和高度评价，而且也得到了批评界的高度赞誉。

## 二、 无法被取代或遮蔽的谢晋电影

谢晋为什么会成为40年来影响中国改革开放历史进程的先锋人物？换言之，为什么是谢晋，而不是张艺谋，也不是陈凯歌和冯小刚能够成为改革先锋人物？这在一些学者眼里似乎是一个已经预设好的命题，对这一问题的探讨无非就是找出诸多理由来论证这一命题的合理性罢了，其实并不尽然。且不说各行各业的改革先锋人物，其本身便是需要经过多方面严格考核和全面权衡的结果。单就谢晋及其电影而言，他所导演的一系列电影也的确推动了思想解放与拨乱反正的历史进程。然而，这样的一个基本历史事实，却没有得到当下学界的应有关注，以至于谢晋及其执导的电影被人们边缘化了。

自20世纪90年代以来，有关谢晋电影的研究便处于极其尴尬的境地。即便是像朱大可那样的批评声音，也不多见了。此后，除了中国电影百年以及谢晋辞世等特殊事件节点外，在新世纪以来，有关谢晋及电影的话题很少成为电影批评界的中心话题，谢晋及其电影已经被边缘化。与此相反，张艺谋、陈凯歌、冯小刚等第五代导演的电影则占据主导地位，有关其电影的评论则成为电影评论家争相言说的对象。我们以谢晋、张艺谋、陈凯歌、冯小刚为关键词，在中国知网期刊数据库中搜索，便会发现有关谢晋的关键词较之后面三位导演的关键词数量明显偏少（见表1）。

表 1　　谢晋、张艺谋、陈凯歌、冯小刚“关键词”一览表

（登陆中国知网的时间为 2019 年 1 月 17 日 10 时）

| 年代＼频次＼姓名 | 谢晋 | 张艺谋 | 陈凯歌 | 冯小刚 |
|---|---|---|---|---|
| 2018 | 2 | 106 | 40 | 95 |
| 2017 | 5 | 104 | 25 | 86 |
| 2016 | 6 | 88 | 34 | 88 |
| 2015 | 15 | 160 | 51 | 66 |
| 2014 | 114 | 240 | 34 | 155 |
| 2013 | 14 | 155 | 53 | 169 |
| 2012 | 15 | 192 | 48 | 67 |
| 2011 | 16 | 154 | 83 | 139 |
| 2010 | 13 | 232 | 42 | 163 |
| 2009 | 47 | 169 | 94 | 171 |
| 2008 | 35 | 202 | 45 | 128 |
| 2007 | 9 | 191 | 63 | 82 |
| 2006 | 7 | 171 | 147 | 95 |
| 2005 | 13 | 129 | 31 | 73 |
| 合计 | 311 | 2293 | 790 | 1577 |

通过以上数据统计我们可以看到，在近 15 年的时间中，学术界关于谢晋的研究论文的数量是非常少的。在中国知网数据库收录的论文中，“谢晋”作为关键词仅出现 311 次，而“张艺谋”出现 2293 次，“陈凯歌”出现 790 次，“冯小刚”出现 1577 次。这说明，作为学术论文关键词的谢晋无法与陈凯歌相提并论，更不用说张艺谋和冯小刚了。这种差异恰是谢晋被日渐边缘化的真实体现。当然，有些论文在论述谢晋时也许并没有体现在关键词上，但这种情形同样体现在论述张艺谋、陈凯歌、冯小刚的论文中。所以，关键词出现频次的巨大差异还是能够体现出关于他们的研究论文在数量上的差异。这意味着，谢晋的时代已经渐行渐远，张艺谋、陈凯歌、冯小刚的时代已经来临。固然，一个时代有一个时代的代表性导演，一个时代有一个时代的代表性电影，我们

不能止步于谢晋及其电影的时代。然而，任何时代的发展都不能忘却历史，而应该充分汲取历史发展中的经验与教训。电影理论界应充分总结谢晋电影值得后人学习的经验，避免历史在发展的过程中从一个极端走向另一个极端，这恐怕也正是谢晋在当下再次被重新提起时许多人感到“陌生化”的缘由所在。

客观地说，在改革开放之初，张艺谋、陈凯歌、冯小刚等人开始执导了一系列优秀电影，像《黄土地》《红高粱》等影片堪称这一时期的代表性作品，其中有些影片还走出国门，获得国际电影界的大奖，并为他们赢得“第五代导演”的称号。但是，这些电影大都停留在对历史题材的发掘上，聚焦于电影艺术的探索，在参与和推动思想解放和拨乱反正的现实作用上则无法与谢晋的现实题材影片相比。当然，现实题材影片如果没有思想灌注其中，也不见得能够参与和推动思想解放和拨乱反正。实际上，与谢晋同时代的一些导演过分地强化电影宣传现实政治的功能，并没有赢得观众的认可和推崇。谢晋的不同凡响之处在于，他不仅关注现实题材，而且注重用深刻的思想烛照现实，给现实题材的电影注入深刻的思想。这使其导演的《芙蓉镇》等电影一经问世便赢得观众和评论界的好评。在20世纪90年代，谢晋尽管也将其镜头转向历史题材，但他所执导的历史题材影片并非一般意义上的历史。像《鸦片战争》等影片，其本身便是重要历史节点的重要历史人物和事件。尤其值得肯定的是，谢晋在挖掘历史题材的过程中，同样立足于现实这一基点，即注重历史题材所具有的现实价值和意义。从某种程度上说，这正是谢晋在历史题材中汲取现实发展的精神营养。因此，在他的历史题材影片中，我们看到的是家国情怀的历史影像，看到的是浩浩荡荡的历史主潮。相反，陈凯歌导演的《黄土地》和张艺谋导演的《红高粱》则不然，其选取的是历史主潮之外的微水波澜。即便是张艺谋导演的《英雄》和陈凯歌导演的《荆轲刺秦王》《无极》《赵氏孤儿》等，开始重视历史反思，但其思想深度较之谢晋的历史题材影片而言，依然有明显的差距。如果说谢晋的历史反思注重重要历史人物和重大历史事件的话，那么，张艺谋和陈凯歌则注重反思那些被历史主潮曾经遮蔽了的边缘性历史人物和事件。至于在现实题材方面，张艺谋和陈凯歌等导演虽然也不乏现实关怀的影片，如张艺谋的《秋菊打官司》《我的父亲母亲》《归来》《山楂树之恋》和陈凯歌的《孩子王》《霸王别姬》《和你在一起》等，但仍未能达到其应有的现实深度。值得特别一提的是，张艺谋导演的《活着》作为一部具有历史反思的作品，本来应该很好地衔接和发扬谢晋电影的优秀传统，但遗憾的是，该影片由于种种原因而最终未能进入院线，这直接导致了张艺谋的转向，由此转向对历史题材的关注。我们将其与谢晋导演的《芙蓉镇》相对照可以发现，张艺谋的电影存在着剑走偏锋的问题：要么对社会历史的反思走向极端，要么对社会现实的参与有所疏离。这表明，张艺谋和陈凯歌等人执导的电影在参与和推动改革开放和拨乱反正的历史中的作用还有待于加强。

从历史的发展维度来看，张艺谋、陈凯歌和冯小刚等导演未能取代谢晋入围改革开放先锋人物，有着某种历史的必然性。随着市场经济大潮的到来，他们也不可避免地被卷入这一大潮。他们除了依然在坚守自我既有的电影执导风格外，都同时注重电影的票房，在某些情况下，电影票房甚至成为他们所考虑的至关重要的因素。从事物发展的规律来看，任何事物的发展道路都不是笔直的，相反，其发展往往是“之”字形的，隐含着“辩证的否定”的韵味。这种情形在张艺谋和陈凯歌执导的电影中有着较为清晰的表现。当票房这一经济指标跃居关键指标时，电影的其他指标往往被相应地遮蔽。如张艺谋的电影《英雄》成功地打入北美院线，标志着中国电影已经挤进北美电影市场，其对中国电影走向世界的示范效应无论怎么估计都不过分；陈凯歌的《霸王别姬》《无极》在历史反思上走得更远，标志着中国电影在文化反思上有了新拓展；冯小刚的电影《手机》《天下无贼》《夜宴》在票房收入上书写了一系列的神话，标志着中国电影在文化产业化的道路上达到了新的高度。尽管这些电影或在国际性评奖中屡获大奖，或在票房收入上屡创新高，但却并不能由此说明他们参与和推动了改革开放的历史进程。更准确地说，张艺谋、陈凯歌和冯小刚等第五代导演尽管为中国电影走向世界起到了无可置疑的推动作用，但这种作用与谢晋在改革开放历史进程中所起的作用相比，依然还存在着一定的差距。

从人民性的维度来看，谢晋无疑也是中国导演中的优秀代表。作为能够承载起改革先锋人物称号的入选者，他除了在其所代表的行业中具有卓越的成就之外，还应该是其所代表的行业中具有较高美誉度的人。显然，谢晋在中国电影导演中是具有较高美誉度的人。对此，谢晋曾经说过：“一部感人至深的影片要求艺术家倾注最大的激情，是艺术家人品、修养的结晶。我还强调艺术家要有赤子之心，要有历史的忧患感，要象太史公写《史记》那样，要象屈原、司马迁、杜甫、曹雪芹，一直到当代的巴金那样，对民族充满了责任感、忧患感、使命感。”① 这说明谢晋作为导演，时刻把自己置于平民的位置上，对接历史上那些怀揣人民的作家。显然，这种价值导向恰是为主流意识形态所弘扬的价值观，也是中国社会之所以能够在改革开放中取得显著成就的根基所在。实际上，作为著名导演的谢晋掌握着巨大的社会资源，如果走市场经济的编导路线的话，他完全可以获得更多的社会财富，进而做到名利双收。但是，谢晋没有偏离自我设定的编导路线，始终将其所导演电影的社会属性放在第一位，不管是其所导演的现实题材电影，还是其导演的历史题材电影，都没有背离这一宗旨。尤其值得肯定的是，在市场经济兴起的20世纪90年代，谢晋并没有纵身于市场经济的大潮之中，把经济效益放在第一位，而是依然坚守作为一名具有独立思考能力的导演的立场，从历史题材中挖掘可供现实借鉴的经验和教训。而第五代导演所走的导演路线则与谢晋大有不同。第五代导演固然也关注电影的社会属性，但他们似乎更重视电影的经济效益。这就容易促使其导演的电影更多地迎合观众的审美趣味，而如何改造和引领观众的审美趣味则显得不够。

如果说第五代导演的身份相对单一的话，那么，谢晋的身份则相对多元。谢晋不仅是一名著名的导演，而且还是一名电影教育家，其主导的恒通明星学校（后改名为谢晋影视艺术学院），标志着谢晋在传承三四十年代民办电影学校的优秀传统上是自觉的，这恰是谢晋应有的社会担当和历史责任的重要体现。至于第五代导演，则缺少了这种现实担当和历史自觉。

通过上述对比我们可以发现，新时代到来之际，以谢晋为代表的一代导演已经远去，第五代导演取而代之，掌握了影视界的话语权。第五代导演不管从

---

① 谢晋:《影片〈芙蓉镇〉导演阐述(下)》,《电影新作》1986年第5期。

年龄还是从创作资历来说，在送走了谢晋为代表的一代导演之后，便当之无愧地占据了影视界的核心位置。但是，他们与谢晋相比，尤其是从新中国电影发展历程来看，第五代导演如何在市场经济的大潮下更好地继承和发扬谢晋电影的优秀传统，似乎依然是一个未完成的命题。

## 三、 谢晋电影给中国电影带来的启示

谢晋成为中国电影界的改革先锋人物，到底给新时代语境下的中国电影带来了怎样的启示？我们应该如何继承谢晋留给我们的电影遗产，弘扬谢晋电影的优秀传统，促使中国电影艺术更好地创新和发展？

其一，中国电影依然要坚守并发展谢晋所拓展的现实主义电影发展方向。谢晋电影注重参与社会现实，反映社会现实，推动社会改革与发展。20 世纪 90 年代以来，受电影市场化潮流等因素的冲击，谢晋的现实主义电影发展方向逐渐被边缘化。随着人们对改革开放的重新回眸，谢晋所开拓的现实主义电影发展方向得到了再次确认的机缘，谢晋及其电影的尴尬情形也到了发生改变的时候。那么，谢晋电影值得我们继续继承与发扬的宝贵经验是什么呢？这便是谢晋电影的现实主义发展方向。

在 20 世纪 90 年代，电影批评界学者曾经认为谢晋执导的电影存在一个“谢晋模式”。但是，人们在对谢晋予以批评的同时却没有看到，谢晋电影即便是真的存在一个“谢晋模式”，那么，这一模式的基本指向还是现实主义，他并没有放逐其应该肩负的时代重任。因此，我们在谢晋电影的基础上的艺术创新便应该是如何更好地拓展现实主义的电影方向，如何更好地发挥电影的社会功能。然而，实际情形却不完全如此，在个别的电影导演那里，过分地追求电影的商业价值，以至于完全或部分地偏离了电影的社会使命。面对这种情形，电影理论界不仅没有尽到应有的职责，反而推波助澜，使之达到无以复加的程度。由此说来，电影界出现的一些乱象，理论界也负有一定的责任。

其二，中国电影需要在电影的艺术属性与经济属性之间找到最佳结合点，

避免在这个问题上走向极端。在市场经济条件下，尤其是随着中国电影商业属性的凸显，电影的票房已经成为导演追求的重要指标。固然，中国电影要实现自我良性发展，要进入世界电影市场，罔顾票房自然是偏颇的，但如果为了追求高票房就把电影商品属性之外的其他属性也一并置之脑后，同样是偏颇的。从本质属性上看，电影是一门艺术，离开艺术而一味追求电影的其他属性就会走向反面。电影的这种艺术属性，需要电影将深厚的思想内涵植根于其作品中，融思想于影像之中，在春风化雨中达到感染观众打动观众的目的。这就要求导演在注重思想性的同时一定要重视电影的艺术性，实现电影的思想性与艺术性完美的统一。谢晋的电影可以说是这方面的典范。在《芙蓉镇》中，谢晋把思想的解放与桎梏、人性的解放与扭曲、情感的真挚与放逐结合在一起，一同渗透到电影语言中，尤其是电影的蒙太奇使用、镜头运动以及色彩等电影语言中，使电影的深刻主题与独到语言融为一体，堪称电影思想与艺术有机统一的典范。

从商品属性上看，电影还是一种特殊的商品，离开了商品属性而一味地追求电影的艺术属性，往往会使电影失却安身立命的根本。毕竟，电影从生产到消费都离不开资金的支持。因此，电影要扩大再生产，自然就不能不考虑电影的商品属性。然而，从20世纪90年代以来电影发展的实际情形来看，目前令人深感忧虑的并不是人们忽视了电影的商品属性，而是过分地凸显了电影的商品属性，这种凸显甚至已经大大越过了电影商品属性的“基准线”，以至于扭曲到令人瞠目的程度。这种情形表现在电影已经沦落为经济的奴婢，部分导演以及演员已经把电影视为攫取社会财富的手段，由此发展，且不说电影的思想性无法得到保证，即便是电影的艺术性也无从谈起。从当前电影界的一些天文数字的投资以及片酬来看，这种情形已经到了不能不正视的时候。毕竟，中国电影无法离开中国社会现实规范与制约而无规无矩地疯长。站在这样极其严酷的现实基点上，我们重提谢晋，便恰好重新找到一面映照当下中国电影的镜子。每个具有社会责任感的导演，都应该像谢晋那样，在关注电影艺术属性与经济属性的同时，兼顾电影的社会属性。特别是在新时代形势下，我国社会面临发展中的诸多复杂难题，“深化改革触及深层次的矛盾和问题，体制创新进入攻坚阶段；人们的贫富差别明显拉大，不同利益集团之间的矛盾、冲突加剧；人们的思想观念也呈现出独立性多样性特点，各种思想文化的冲撞激烈起来”①。这就尤其需要新时代电影突出其社会属性，在思想引领、文化自信、正气弘扬等方面发挥其积极作用。实际上，当历史裹挟着泥沙远去的时候，唯有那些肩负着社会属性的电影才会像金子一样熠熠生辉于历史的长河中。

其三，中国电影需要从理论上厘定诸多关乎电影发展的理论问题，积极参与并引导电影循着正确的方向前进。40 年来，中国电影固然取得了巨大的成绩，但是，我们站在新的时间节点上，不能一味地沉浸在成绩面前沾沾自喜，更不能由此迷失自我，需要以清醒的头脑反思既有电影的成绩以及存在的不足，尤其是在不足方面下大力气予以纠正。严格说来，中国电影取得的成绩我们有目共睹，但若不总结存在的不足或问题，则会严重妨碍中国电影未来的发展。在此过程中，电影导演的自我反思固然非常重要，而电影理论界的反思更为重要。

20 世纪 80 年代，关于谢晋及其导演的电影研究是电影理论界最重要的话题，为此甚至还产生了一系列的争论。其中影响最大的是关于“谢晋模式”的论辩。在这次论争中，朱大可提出“谢晋模式”这一概念，由此甚至引起谢晋本人的关注及回应。“在谢晋模式中包容着各种表层和深部的文化密码，它们服从着某些共同的结构、功能和特性。一个最明显的例子是它的情感扩张主义：道德激情以影片主人公为中心机智而巧妙地向四周振荡，激励出片中席间人们的无数热泪，观众被抛向任人摆布的位置，并在情感昏迷中被迫接受艺术家的传统伦理概念。任何一个有常识的人将惊奇地发现，这种以煽情性为最高目标的陈旧美学意识，同中世纪的宗教传播模式有异曲同工之妙，它是对目前人们所津津乐道的主体独立意识、现代反思性人格和科学理性主义的一次含蓄否定，但正是这种催泪技巧为票房赚取了大量货币。”② 对于这样的批评，

① 李爱华:《改革开放40 年来党的建设进程和基本经验》,《山东师范大学学报(人文社会科学版)》2019 年第 1 期。

② 朱大可:《谢晋电影模式的缺陷》,《文汇报》1986 年 7 月 18 日。

谢晋认为自己的每一部电影都不一样，根本就不存在这样所谓的“谢晋模式”。[①] 实际上，如果从宽泛的层面上来审视，一个民族有区别于其他民族的文化心理结构和“行为模式”，一个个体也有区别于其他人的文化心理结构和“行为模式”，这似乎是一个无法更改的客观规律。因此，所谓的“模式”本身便是每个人无法逃离的精神家园，每个人的文化心理结构和“行为模式”将天然地存在着。因此，问题的关键不在于是否存在模式，而在于这一模式能否承载起关于“家国大事”的历史反思与深刻洞见。

其四，谢晋注重自我超越，注重自我与时代的同步发展，尤其是注重自我引领时代的发展，从而实现自我与时代的交互作用。一般说来，导演一旦形成了自己的电影风格，就很难真正地逃脱这种风格的规范与制约。换言之，导演很难逃脱既有文化观念的桎梏，即便他想进行自我反思与逃离，但其结果往往也会以另一种形式回归自我的既有风格。对此情形，我们应该有辩证的认识：一方面，导演对自我既有风格的固守是其电影风格之最终形成的必不可少的支撑，离开了对自我风格的坚守，东施效颦，其结果最终是迷失自我的主体性，从而失却自我的电影风格；另一方面，导演如果对自我既有的风格缺少必要的反思与扬弃，则会失却其风格发展的内在根据与可能，其结果是无法完成自我的蜕变与再生，由此限制其未来无限发展的可能性。严格说来，谢晋既不满足于现状，又不满足于自我既有的电影风格，而是不断地超越自我，做到了自我与时代的同步发展。这恰是谢晋能够促成“思想解放、拨乱反正”的关键所在。

在新时代中国特色社会主义的特定语境下，中国电影应该回到初心，应该重新审视历史，尤其是重新审视谢晋所留给我们的宝贵电影遗产，从而让电影真正地参与和推动新时代的变革，使电影重新焕发出参与中国社会现实变革的活力，成为促进思想再解放和深化社会变革的助推器。

（原载《艺术百家》2020 年第 2 期）

① 详情可见中央电视台“面对面”栏目组录制并播放的《光影百年》中有关谢晋的访谈。

# 红色乳娘文化现象的再解读

在革命战争年代，胶东革命根据地产生了大量可歌可泣的英雄事迹，其中值得我们关注的一个重要现象，便是胶东女性在革命中发挥了极其重要的作用。许多女性不但肩负着家庭重担，而且背负着革命的使命，积极参与中国革命的历史进程，成为胶东革命根据地获得长足发展的重要支撑力量。像胶东的革命母亲、红色乳娘等革命形象谱系，便值得我们进行深入探索。

## 一、 红色乳娘与“革命母亲”形象

在抗日战争时期，山东是中国共产党领导的重要根据地，其中最有代表性的是以沂蒙山区为主的沂蒙山根据地、以胶东地区为主的胶东根据地和以渤海地区为主的渤海根据地。而尤为学术界和文学界关注的是，在前两个根据地的话语体系中形成了一套参与革命的女性的指代符号：“红嫂”是沂蒙山根据地那些参加革命的青年女性的重要指代符号①，“革命母亲”则是胶东根据地那些积极支持革命的中年女性的重要指代符号。然而，在胶东根据地，还有一个青年女性群体没有得到应有的阐释，那就是乳娘群体。这批青年女性区别于沂蒙山根据地的青年女性，与胶东根据地的“革命母亲”构成了一个完整的红色女性谱系。她们既区别于那些直接参与革命的“革命母亲”，又与这批“革

① 李宗刚、郭洪云:《对民间诉求的内在规律性诠释——评电视剧〈沂蒙〉》,《山东师范大学学报(人文社会科学版)》2010 年第 6 期。

命母亲”有着相同的方面，她们是一批不应被人们忽视的“革命母亲”。因此，我们有必要厘定红色乳娘与革命母亲之间的内在关系，并通过对这一普通英雄群体的梳理，洞见其在参与革命的过程中是如何从自我解放走向社会解放的。

红色乳娘形象有广义和狭义两种解读方式。狭义的红色乳娘形象仅指哺育幼儿的红色乳娘，而广义的红色乳娘形象可以延伸、拓展为革命母亲的形象，并由此凸显出革命母亲形象与红色革命之间的紧密联系。

“在那血与火的年代里，是我们伟大的党，处处关怀着革命后代的健康成长，是胶东妇女用甘甜的乳汁把革命幼芽及时哺养。”[①] 红色乳娘作为客观存在于胶东革命根据地的文化现象，长期以来被历史所遮蔽或遗忘，因而在此历史背景下重新探讨红色乳娘这一文化现象，具有更好的现实价值和历史意义。从文学艺术形象来看，目前的红色乳娘还无法完整地体现出胶东革命根据地的女性参与革命的全貌，毕竟，红色乳娘作为一种独特的文化现象需要我们深入发掘。但是，红色乳娘仅仅是胶东诸多革命女性中的一部分代表性人物，除这一群体外，还有大量女性直接参与了革命历史进程，他们同样书写了诸多可歌可泣的壮丽诗篇。在这些女性中，胶东的许多革命母亲既参与了民族独立解放的伟大事业，也参与了人民解放的伟大事业。尤其值得关注的是，这些革命母亲已经进入了中国现当代文学史，像冯德英《苦菜花》中的母亲形象、像峻青《黎明的河边》《党员登记表》中的母亲形象等，都为我们塑造了胶东革命根据地诸多的革命母亲形象。

在中国当代文学史上，红色乳娘这一形象目前并没有得到很好的表现，以至于这些女性群体被历史所湮没。在此背景下，乳山着力发掘和整理红色乳娘的有关资料、举办弘扬传承乳娘精神的座谈会、上演现代吕剧《乳娘》、编排舞剧《乳娘》，把业已被历史湮没的历史打捞了出来，为我们立体地观察胶东的革命母亲形象打下了良好的基础。

---

① 谭波:《伟大的母亲　革命的摇篮》,乳山市档案局、乳山市党史市志办公室编著:《炮火中的革命摇篮》,北京:中共党史出版社 2018 年版,第 17 页。

从历史的维度如何审视胶东革命母亲的觉醒历程？对此，我们需要从五四新文化所追求的男女平等和个性解放视角加以审视。然而，五四新文化提出的这种诉求大都停留在知识女性的层面，还没有真正进入社会的底层。那么，这种女性解放到底是怎样从知识女性发展到普通女性的呢？鲁迅在对当时社会问题的审视中，以“娜拉走后怎么办”为题，阐述了个性解放的出路，指出个性解放只有和社会解放联系起来，才会找寻到其出路。事实上，如果没有共产党领导的革命，胶东女性那些普通的母亲们只能传承传统的人生模式，绝难找到其正确的出路，也不会涌现出乳娘这样的普通英雄。正是因为革命，她们才获得了个性解放，并为社会解放作出了自己的贡献，由此使得这样的普通英雄从历史的幕后走到了历史的幕前。由此说来，在历史书写以及文学创作中，从红色乳娘到革命母亲便构成了一个女性自我解放和社会解放相结合的群体谱系。

## 二、 红色乳娘文化现象的意蕴

红色乳娘文化现象作为特定历史时期出现的社会现象，并不是凭空产生的，而是植根于丰沃的优秀传统文化土壤，并在民族面临生死存亡的特定语境下激发出来的。这可以作为我们透视中国共产党为什么会赢得人民拥戴的一个窗口。实际上，红色乳娘文化现象是中华优秀传统文化在特定历史时期的创造性转化之后的社会现象，是以红色文化为代表的现代文化从中国乡土得以生根发芽并开花结果的真实写照。具体来说，红色乳娘文化现象可以从以下三个维度确认其内涵：

其一，红色乳娘是中华优秀传统文化中知恩图报的民族美德的载体。在中华优秀传统文化中，人们认同的是“滴水之恩，涌泉相报”，这实际上表达了人们对那些无私奉献者，尤其是为了群体或国家而杀身成仁者的特别推崇和无限感恩之情。这种积极的情感回应可以极大地慰藉那些奉献者的情感、告慰那些杀身成仁者的在天之灵，使得那些奉献者找到自我为之奉献乃至牺牲的价值和意义之所在。无疑，这便成为维系社会发展所需要的那种良好生态。试想，如果人们完全以自我为中心，甚至忘恩负义，这无疑会对那些奉献者和牺牲者带来情感和精神上的创伤。这种知恩图报的民族美德，在异族入侵而导致民族生存危机之时，得到了极大程度的释放。中华传统文化能够历经磨难而没有中断，中华民族能够在诸多的惊涛骇浪中闯出一条生路，尤其是在民族危亡之际，那么多的仁人志士能够拍案而起，英勇赴难，其原因尽管很多，但这一知恩图报的民族美德无疑是重要原因之一。

在抗日战争时期，日本的侵略不仅使广大人民处于极端困苦的境地，而且中断了中华民族的正常发展之路，“中华民族到了最危险的时刻”已经不再是歌曲里的普通一句话，而是血淋淋的现实写照。中国共产党领导的优秀儿女冒着生命危险走向抗战前线，创造出“惊天地泣鬼神”的英雄壮举，他们自然成为人们敬仰的英雄人物。当这批优秀的革命战士把乳儿托付给农村的乳娘时，乳娘便自然涌起了既有的沉潜于心底的知恩图报意念。这种意念成为她们甘愿冒着生命危险照顾好乳儿的内在精神动力。我们通过相关历史资料可以看到，许多乳娘甚至不惜舍弃自己的孩子也要保护好革命战士的乳儿，这恰是这种民族美德的真实写照，也是胶东人民无私奉献、勇于斗争的优秀传统的表现。① 实际上，这些乳娘作出自我牺牲的内在精神驱动力恰是这一普通而又神圣的民族情感：在乳儿的父母走向抗日的前线并随时会血洒疆场之际，照顾好乳儿便成为乳娘发自心底的信念和行动。正是基于这一点，乳娘即便舍弃自己的孩子、抑或自己的生命，也要保护好革命战士的乳儿，并把他们抚养长大，既信守了自己的诺言，也能聊以表达内心的感激之情。

知恩图报的民族美德，尽管在中华民族的不同时期都有所体现，但就其内在精神而言还处于朴素的状态。在中国共产党的领导下，这种普通的知恩图报的民族美德才得到了真正的创造性转化，由此成为红色文化的重要组成部分。

其二，红色乳娘是基于母爱基础之上的人性美的真实写照。人性远离兽性

① 赵飞飞、侯风云：《战争·女性·身体——胶东乳娘精神价值意蕴及成因探析》，《鲁东大学学报（哲学社会科学版）》2021 年第 6 期。

等自然本性的过程是人类社会的演化过程，也是人之所以为人的精髓所在。当日本军人丧失了基本的人性而任意践踏人类社会的基本准则时，其烧杀抢掠的行为便将其兽性暴露无遗。这样看来，抗日战争不仅是一场轰轰烈烈的反侵略战争，还是一场反抗兽性、捍卫人性的战争。在这场战争中，乳娘基于母爱基础之上的仁爱之心，得到了充分展现。她们能够超越人类的本能，将保护革命战士的乳儿视为最首要的任务，恰是一种闪耀着人性光辉的大爱与大义。与此形成鲜明对照的是日本军人“无日不杀人，无处不杀人”[①] 的罪行，他们制造出无数血腥惨案的惨无人道的行为，严重背离了人类社会基本准则，绝无存在的合法性，这是所谓的“大东亚共荣圈”的谎言所无法遮蔽的事实。在乳娘身上闪耀着人性光辉的大爱与大义的对比下，日本军人反人类的行径也就暴露无遗。由此说来，乳娘身上所焕发出来的人性美超越了国家和种族的鸿沟，在世界范围内具有了普遍性的价值和意义。

红色乳娘的人性美不仅体现在她们不惜牺牲生命也要精心呵护革命战士的乳儿，还体现在她们在乳儿长大之后，能够毅然决然地把乳儿送还其亲生父母，而独自咀嚼无限的痛楚。乳娘抚养乳儿的过程，也是母子情感建构和认同的过程。这种新型的母子关系尽管不是基于血缘纽带，但这种大爱与大义已经超越了亲情和血缘。因此，当乳儿离开乳娘之时，乳娘自然感受到撕心裂肺的痛楚，乳儿的情感世界也遭受到强烈的刺激和伤害。从乳娘的角度来讲，从当初的知恩图报和家国情怀出发，大胆地做出自我牺牲，进而承担起养育乳儿的艰难任务，到随后的生活中，乳儿在乳娘的情感和精神的塑造下，开启并初步完成了其人生中社会情感和认知的成长过程，乳娘与乳儿之间建立了深厚的情感认同和精神共鸣，并由此建构起一种具有相对稳定性的情感结构。当这种稳定性因为乳儿要回到亲生父母身边而被打破时，不管是对乳娘还是对乳儿，都会带来无法避免的情感震荡与精神重构，其过程自然是令人动容乃至令人心碎的。与此同时，从乳儿亲生父母的角度来讲，他们

---

① 赵延庆:《关于抗日战争和世界反法西斯战争的几个问题》,乳山市党史市志办公室编:《血染马石山》,香港:天马图书有限公司 2001 年,第 276 页。

因为没有参与乳儿的成长过程，对乳儿业已建构起来的情感世界自然是相对隔膜的，乳儿用业已建构起来的情感世界来理解亲生父母的情感世界时自然也存在着无法规避的隔阂，便演绎出了很多“人间悲剧”。其实，如果不是日本法西斯发动侵略战争，人们稳定的生活依然可以延续下去的话，母子之间也不会演绎出分离的悲剧，自然也就不会有后来的乳娘、乳儿、亲生父母三方情感世界的纠葛。从历史资料可以看到，有些乳娘在生命即将逝去之际，口中还念叨着乳儿的乳名；有些乳儿在睡梦中还惦念着养育他们的乳娘；有些亲生父母始终无法让从小寄养在农村的孩子从情感上真正地接受自己。随着岁月的流逝，尽管他们的情感伤痕会有所愈合，但战争及战争所带来的创伤体验是难以忘却的。由此说来，这一“人间悲剧”的根源在于日本法西斯发起的侵略战争，这种情感创伤并没有因为战争的停止而终止，也不会随着这两代人的离去而烟消云散。从这样的维度来看，我们在被红色乳娘的精神所感动的同时，也应该清醒地意识到，要杜绝这样的人间悲剧再次重演，要在历史中吸取教训，要把红色乳娘这一文化现象所包含的人性命题延展到世界性的命题上，进而确认世界反法西斯战争的正当性与合法性，使少数右翼极端分子美化战争的行为成为人们口诛笔伐的对象。

其三，红色乳娘文化现象是中国共产党与人民水乳交融关系的自然外化。从抗日战争的特定历史情境来看，红色乳娘作为一种文化现象，是中华民族在面临生死存亡时才出现的一种特殊的社会现象。在这一现象的背后，隐含了个人与社会的关系如何在自然调适中得到有效整合，而这种调适在政党斗争的背景下又出现了怎样的历史分化等信息。客观地说，如果没有外在力量的强行突破，乡村固有的社会秩序也许会继续既有的运行节奏。日本发动的侵略战争，则使既有的社会秩序无法继续按照原来的节奏运行，社会中的每个人被迫加入民族保卫战中，有力出力、有钱出钱，大家都以不同的形式投入到抗日战争中，其中的乳娘便是通过抚养革命战士的乳儿等形式参与到民族解放的时代洪流中。然而，这一问题的关键在于，为什么革命战士的乳儿能够得到乳娘的精心照顾，而在国民党的部队中则没有这种水乳交融的“军民情”呢？这便涉及我们所要谈到的政党的宗旨以及由此带来的政党与人民的关系等核心问题。

历史上，国民党部队也有过抗战行为，也会遇到类似的现实问题，但国民党的部队并没有出现这一文化现象，这自然有其复杂的原因。就其根本而言，国民党的部队并不信任人民，更为关键的是人民对国民党的部队也并不认同。与此相反，共产党领导下的革命战士本身便来自人民，尤其值得重视的是，共产党在注重提高男性政治觉悟的同时，还特别注重妇女解放，积极吸纳大批女性加入革命的大熔炉中，这便使其在民族解放战争中得到了很好的淬炼。因此，当革命战士的乳儿需要托付给乳娘抚养时便毫无后顾之忧；至于乳娘，则在战争中感受到共产党及其领导的队伍是替自己打天下的，由此自然生成一种认同心理，在组织委托乳娘抚养乳儿时，她们大都心甘情愿地接受这一艰巨的任务。据统计，在战争年代里，胶东育儿所的乳娘共先后哺育革命后代 1223 名，在多次迁徙和躲避日军扫荡的过程中，孩子们无一伤亡。① 这无疑是一个伟大的奇迹，也恰是共产党与人民互相认同和互相成就的典型事例，更揭示了共产党与国民党在激烈的较量中为什么会赢得最后胜利的奥秘之所在——赢得了民心，便赢得了未来的胜利。

中国共产党自从诞生之日起就宣布，为人民谋福利是这一政党的唯一使命。这种性质的政党在历史上从来不曾有过。在历史长河里沉淀下来的“结党营私”这一成语，便暗示着最初的党派建立是与个人利益纠缠在一起的，且互为因果。但是，这一历史在共产党成立之后则被打破了，共产党的宗旨便是为人民服务，不仅没有考虑个人利益，甚至为此可以“抛头颅、洒热血”，许多共产党人就是这样走向刑场、走向战场的。

正因为共产党心里装着人民，所以，人民也在心里感念共产党。乳娘身上所体现出来的精神恰是这一历史逻辑的真实写照，由此也使得乳娘的奉献乃至自我牺牲超越了传统的知恩图报的情感层面，而进入了现代社会的理性层面。由此可以看到，乳娘身上所体现出来的精神恰是对共产党人勇于自我牺牲革命精神的一种折射。如果没有共产党人革命精神的感染，就不会有乳娘对乳儿的无限呵护，更不会使她们为了乳儿而不惜牺牲一切。这里的因果关系恰是革命

① 高玉山编著:《红色乳山》,济南:山东人民出版社 2016 年,第 239 页。

走向成功的内在秘诀之所在。从这样的意义上说，人心的向背决定着历史的走向，并不仅仅是一句口号，而是实实在在的真理。这种超越朴素的个人情感而升华为家国情怀层面上的高尚情愫，恰是普通民众与新型政党共存共生关系的真实写照。

## 三、红色乳娘文化意蕴的传承与传播

历史并不会自动地走入现实，红色乳娘文化意蕴也不会自动地转化为现实的精神力量。我们要积极探寻红色乳娘文化意蕴的传承路径，才能把这一精神发扬光大，才能让其文化意蕴成为现实的参与和推动力量。具体来说，我们可以从以下几个方面加以确认：

一是重视关于乳娘题材的电视剧、电影的制作与传播，鼓励红色乳娘报告文学与小说作品的创作，促成多体裁文学作品的创作繁荣。借鉴电视剧《沂蒙》《红嫂》等红色经典的制作经验，塑造出具有胶东精神底蕴和风格的影视作品，用多样化的形式，演绎出战火纷飞的年代中可歌可泣的动人故事。充分考虑不同时代观众和读者的审美需求，创作出既符合主流价值观与主旋律，又能调动起观众进行审美再创造的优秀作品①，真正实现雅俗共赏。

二是把既有的研究成果通过新媒体进行全方位传播。大型舞剧《乳娘》在国家大剧院上演，并且产生了极好的反响，但相关的多媒体传播路径还需要进一步打造。其中，“将乳娘文化作为一张名片”，重视乳娘题材电影的拍摄、舞台剧的编排、寻亲节目的参与以及网络推广，对于弘扬红色乳娘精神、强化宣传教育效应具有重要意义。

三是加大学术研究的力度，把红色乳娘文化现象与胶东文化对接起来，孕育并刊发一批高层次作者在高层次期刊上的高水平论文。尽管已有学者从乳娘“失落”的社会现象、乳娘精神的教育意义以及乳娘题材舞台剧排演的角度进

① 杨倩:《接受美学视野下的革命历史题材舞剧创作——以〈乳娘〉为例》,《山东青年政治学院学报》2019 年第 5 期。

行了相关研究①，但对乳娘精神的考察与阐释视野仍有待于进一步拓展、提升至世界性的维度，在国际反法西斯战争的谱系中发掘其具有的特殊内涵。目前，可以预见的是先从山东做起，然后再逐渐走向全国，最后逐渐地提升到具有世界视阈的高度，由此使红色乳娘文化现象的内在意蕴得到进一步发掘。

四是整合胶东的既有文学优势，通过点与面相结合、重点凸显的方式突出红色乳娘文化现象，使红色乳娘的朴素情感升华到大仁与大爱革命文化层面。可以说，红色乳娘文化现象正是在革命精神感召下发展起来的革命文化现象。红色乳娘是胶东地区的优秀传统文化与革命文化有机融汇之后所孕育出来的英雄人物，我们需要将其置于世界反法西斯的高度来确认其历史价值和现实意义，从而塑造出具有世界影响的人物形象，进而使中华优秀传统文化和革命文化得到形象的呈现。

五是重塑胶东女性群体形象谱系，对接红色文学中既有的“三花”（即《苦菜花》《迎春花》《山菊花》）母亲形象、峻青创作的母亲形象，使胶东革命女性形象，尤其是胶东革命母亲形象形成谱系，从而使既有的革命母亲形象支撑起红色乳娘形象，丰富红色乳娘英雄群像的文化意蕴。“三花”中的母亲形象是英雄的母亲，也是革命的母亲，其丰富的精神境界、崇高的革命品质，反映了“千百万中国革命母亲的本质面貌”，塑造了“完整而深刻的革命母亲的英雄形象”②，这既是红色乳娘文化现象的外化形式，也是革命年代胶东女性人生展开形式的真实折射。从这个意义上说，发掘红色乳娘文化现象的内在意蕴，需要我们把女性的个性解放和社会解放置于社会的舞台上、世界的背景下，进行宏观把握，由此使得乳娘获得世界性的文化内涵，进而使红色文化找到具体的载体，让历史在现实的基点上焕发出应有的文化风采。

（原载《百家评论》2022 年第 4 期）

---

① 武俊萍:《“乳娘”的失落:孤残儿童家庭寄养政策缺失分析——以 T 市某“乳娘村”为例》,《社会工作》2014 年第 1 期;李可如:《以当代视角讲述革命历史故事——舞剧〈乳娘〉创作反思》,《山东青年政治学院学报》2019 年第 5 期。

② 李希凡:《英雄的花　革命的花——读冯德英的〈苦菜花〉》,《文艺报》1958 年 6 月 8 日。

# 中医疗效的凸显与中国传统文化的重估

一场突如其来的新冠肺炎疫情在毫无征兆的情形下席卷全球，导致世界各国人民陷入病痛与死亡的漩涡中。在这场历史上从未有过的新冠肺炎疫情暴发后，被人们奉为圭臬的西医对这种新型病毒似乎有些束手无策。在此情形下，中医开始从幕后走向台前，从长期被西医遮蔽的背影中现身，并在与西医同台竞技中凸显其特有的疗效，这是“西医东进”以及“中医后退”100多年来的一次具有历史性的转折点，这无疑为我们重新审视包括中医在内的传统文化带来了新的契机。

3月23日，国务院新闻办公室举行新闻发布会，中央指导组、卫健委党组成员、中医药局党组书记余艳红以及中国工程院院士、天津中医药大学校长张伯礼，中国工程院院士、中国中医科学院院长黄璐琦等中西医专家同台亮相，并分别介绍了中医防治新冠肺炎的重要作用及有效药物。在西医特效药疗效不明显、也没有疫苗的情况下，中医专家在科学对照实验的基础上，通过大量有效临床数据证明，中医的“三药三方”（即目前已通过实验数据和临床效果而筛选出的有效中成药和方剂）是最好的特效方案。据发布会介绍，全国新冠肺炎确诊病例使用中医药后，有效率达到了90%以上。

本次新冠肺炎疫情在中国开始蔓延之初，被我们视为可以“包治百病”的西医对这种病毒毫无抑制作用。正是在此情形下，长期以来处于边缘化的中医走上抗击疫情的最前线。尤其值得赞许的是，这次中药发挥效能，已经不再像传统的老中医凭借经验开出药方，而是注入了现代的科学成分，在科学对比试验的基础上，经过不断筛选，最后获取了最有效的药方——“三药三方”，使新冠疫情得到有效的控制。中医用其特有的疗效证明了它的实力，有效地凸显了其重要作用，也使中国以及世界对中医有了重新审视的机缘。对此，余艳红在发布会上说：这次的实践再次充分证明，老祖宗留下来的中医药学的确是宝贵财富，屡经考验，历久弥新，值得珍惜！即便是在如此疯狂肆虐的新冠病毒面前，它依然好使、管用，并且经济便利、见效快、实用性强。据悉，疫情严重的一些西方国家已经开始使用中医的治疗方案，并且取得了较好的疗效。

那么，为什么中医会对新冠肺炎疫情产生积极的疗效呢？这恐怕与中医背后所隐含的中国传统哲学思想有着密切的关系。在中医理论看来，疾病大都是阴阳失调所致，因此，诊治的关键在于如何辩证施策以调节阴阳失衡，这恰是中国传统哲学推崇的“天人合一”思想的医学呈现。如果我们追根溯源，还会发现，中国传统哲学在医学方面讲究“天人合一”，而且在社会治理方面也追求“天人合一”，追求人与自然的和谐相处。然而，中华传统文化中这些优秀因子在“西医东进”的过程中并没有得到很好的继承与发扬，以至于西方医学理论话语占据了话语权，而中医理论的话语权则几乎丧失殆尽。也许，如果不是这场疫情，我们对中医及其理论仍旧不会有重新认知、深思的机会。

其实，在本次新冠肺炎疫情中，不仅中医凸显出良好的疗效，而且中华优秀传统文化也显示出非凡的“效能”。自古以来，中国便有天下为公的殉道者、有为民请命的逆行者，正如鲁迅所说的那样，在民族灾难到来之际，他们用自己的脊梁掮住了“黑暗的闸门”，为人民支撑起一方蓝天。作为中华优秀传统文化的继承者和发扬者，中国共产党人则冲在了抗击疫情的最前线，从而真正发挥了我们的制度优势。在这场群防群治的人民战争中，我们快速遏制住了势头迅猛的新冠肺炎疫情，初步打赢了这场疫情阻击战。这既保护了人民群众的生命安全，践行了中国共产党人把人民利益视为自我追求的最高目标的“初心”，而且也为世界疫情的阻击战赢得了宝贵的时间，提供了值得借鉴的中国经验和中国方略，成为世界阻击疫情蔓延的坚强后盾，提供了源源不断的理论支持和防护物质保障。

在疫情面前，人类的命运从未如此紧密地联系在一起。不同种族、不同宗教信仰、不同国籍以及不同意识形态，在病毒面前并无高低、贵贱之分，而是一律平等的。新冠病毒都会以其惯有的传播方式而蔓延，它不会因西方某些政客带着意识形态的有色眼镜而“刻意”地“甩锅”绕行，也不会因某些人隔岸观火或幸灾乐祸而“独善其身，置身事外”。这就是说，意识形态及政治到底是虚伪还是真诚，都会在疫情面前纤毫毕现。在世界感染人数持续飙升之际，我们真诚地期待，所有国家都摘下有色眼镜，抛弃预设的政治立场，用科学的精神和精准的方略，来打赢这场“全”人类阻止疫情的保卫战。如何有效地遏制疫情，才是目前最为重要的、也是亟须解决的问题。至于用中医还是用西医、用中国智慧还是西方智慧、用中国方略还是西方方略，唯有实实在在的“疗效”才是最重要的，遏制住疫情蔓延的态势才是最关键的——套用国人常用的那句话说，“是骡子是马拉出来遛遛”。

习近平同志《在全国组织工作会议上的讲话》等文中曾引用《尚书》“与人不求备，检身若不及”这句话，这在我们解读不同的意识形态和社会制度时也有所启发：社会主义制度也罢，资本主义制度也罢，谁把保卫人民的生命安全放在第一位，谁能救人民于水火，谁便是好制度！西方也罢，东方也罢，哪里能保障人民生命的安全，哪里便是朗朗乾坤的好地方！否则，一味地盯住别人的问题不放，而没有起码的自省意识，到头来不仅贻害自己的国家，而且也贻害人类。毕竟，东西方都坐落于互联互通的地球村，承载着人类的挪亚方舟是无法切割开来的。

遥想100多年前中国开始踏上学习西方的道路，这对具有悠久文明的古国来说并不是轻而易举的事情。但中国人本着“拿来主义”的方略，把人类创造的所有先进文化都视为自己学习的楷模，由此促使古老中国的枝干焕发出了新芽，并孕育出勃勃生机。在此期间，我们为了学习国外的先进方面，可能在某个时间节点上忽视了自我既有的优秀文化，其中便包括在这次新冠肺炎疫情中发挥重要效能的中医。但是，作为一个有着5000多年文明，而且从未间断寻求发展之路的古国来说，其“一日三省”的审慎态度、从善如流的自由取舍和“它山之石，可以攻玉”的博大胸襟，总是不断调整乃至修正，从而循着正确的方向发展。反观西方，则会让人感到，他们总是用过去甚至带有傲慢的眼光打量东方，甚至在某些情形下还像100多年前的我们一样排斥外来的文化，那自然就难以在西方的现代枝干上焕发出突破既有自我的新芽。我们期待着，这次新冠肺炎疫情也能够使西方重新获得审视自我文明和东方文明的机缘，摘掉意识形态的有色眼镜，抛却过时的冷战思维，用世界的眼光来重新审视被自己鄙夷的文化，在汲取人类创造的所有文明的基础上，把力量专注于提升自我的社会治理能力上，既可以在重大公共卫生事件中做到游刃有余，也可以彰显自我道路的优越性。否则，一门心思把自己的意志强加给其他国家，这不仅无助于世界的多元化发展，也无助于未来类似疫情的诊治，弄不好还会反噬自身——如果世界只有西医开出的唯一药方，而且西医开出的药方不再灵通，面对未来某种疫情的再次肆虐时，我们是否会由此尝到所谓自我感觉优越的“文明”“自由”独尊带来的恶果呢！

习近平总书记历来重视中华传统优秀文化的挖掘和阐发，要求我们“把跨越时空、超越国度、富有永恒魅力、具有当代价值的文化精神弘扬起来，把继承优秀传统文化又弘扬时代精神、立足本国又面向世界的当代中国文化创新成果传播出去”。那么，这次新冠肺炎疫情，不仅使中国人获得了重新审视中医及其蕴含的中华优秀传统文化的机缘，也使中国人对自我的政治制度及其国家治理的现代化有了更深切的感悟，那就是我们依然脚踏在中国这块土地上，既借鉴和吸收人类创造的全部精神文明，又继续淬炼老祖宗留下来的宝贵优秀文化，我们就一定会为世界贡献出中国智慧和中国方略，为人类命运共同体行稳致远作出应有的贡献。

（写作于 2020 年 4 月）

# 价值的失落与优化的紊乱[①]

河南省汝州市前不久发生了一件怪事。20 年来一直研究汝窑、被国内专家称为汝窑第一人的朱文立，因为市文化局负责同志觉得“不好管理”而被安排到一个影剧院去看大门。

朱文立是唯一享受国务院政府特殊津贴的汝窑专家，原汝州市博物馆名誉副馆长，高级工程师。1994 年 8 月，联合国向他颁发了“发明创新物质之星奖”。但就是这样如此难得的人才，竟然在“改革”的大浪潮中被当作沙子一样淘掉了。诚如文化局局长所宣示的那样，这是“实行竞争上岗，优化组合”的结果，并称朱在博物馆工作和在影剧院看门，工作性质是一样的。这一切确如这位领导所宣示的那样吗？我们的优化组合就是把我们事业的中坚分子优化掉吗？看来，在其现象的背后，还是大有文章可做的。

毋庸讳言，我们正处在一个变革的历史时期，那种几十年一贯制的运作方式正受到来自八面之风的挑战、变革，已经成为无人可以扭转的时代潮流。于是，变革了现实就可能妨碍或损伤某些人的切身利益，但“好”在那些工于心计的运动高手也非等闲之辈，来个先下手为强，把那些有可能危及个人地位的异己分子彻底剪除，这恰如阿 Q 要在未庄革命时，更聪明的假洋鬼子已经

① 本文系著者在 1997 年写的一篇杂文，后没有刊发。现查阅有关朱文立的新闻，发现在同时期新华社记者滕朝阳撰写了一篇题为《“愿专家看大门”的事不再发生》的文章，发表于《瞭望》周刊 1997 年第 17 期。这使我感到，当时关于朱文立的新闻，也引起了新华社记者的关注。见秦殿杰：《选题角度新颖 重在驳斥谬论——评〈愿“专家看大门”的事不再发生〉》，《写作》1998 年第 10 期。

捷足先登，先革过一命了，后来者阿Q，尽管也想来他个轰动效应，却毕竟难使见识过“革命”的尼姑等人为之动容了，至于那位率先“变革”的“汝州市”文化局局长，恐怕也有其难言的苦衷，那就是如此不大的庙里，竟还有个如此之大的和尚，这可了得。也许如局长大人所声称的那样，自己根本就不知道朱文立是拔尖人才，而局长的“改革”竟然也革到这不知名的小人物身上，那恐怕只能是凭着感觉就已察觉到了朱的存在不妥了。

优化组合、竞争上岗这样的改革，就其称谓来说，是响当当的，即便是反对派也无可奈何，倘若届时再加上一条群众路线，那就更天衣无缝了。因为你被淘汰下去，我这当领导的也深表痛惜，但这一切都是群众选择的结果，你纵使有千张口、万只手，也便只能无可奈何地束手就擒了。

优化组合的确不是一件坏事，但是，怎样优化是必须有一条基本原则的，这是判定优化组合是否遵循健康正确的道路运转的依据。至于这标准，小平同志曾经提出了“三个有利于”的标准，我看，是有深刻道理的。优化组合的标准，就是使个人的潜能更加充分地释放出来，就是使个人的价值更好地获得实现，在这个释放和实现中，既完成了对于新型人才的铸造，也使社会发展获得了积极的驱动力。据此，才不会出现优化的紊乱。

文化传统犹如一条河流，任何人都无法割断这条河流，但我们需要对这条河流保持清醒的认识。像汝州市实行的“竞争上岗、优化组合”，同样给人以眼熟的感觉，那就是“包装”了的“出头的椽子先烂”的一个范例，是评判价值失落后的进行优化时必然产生的紊乱。

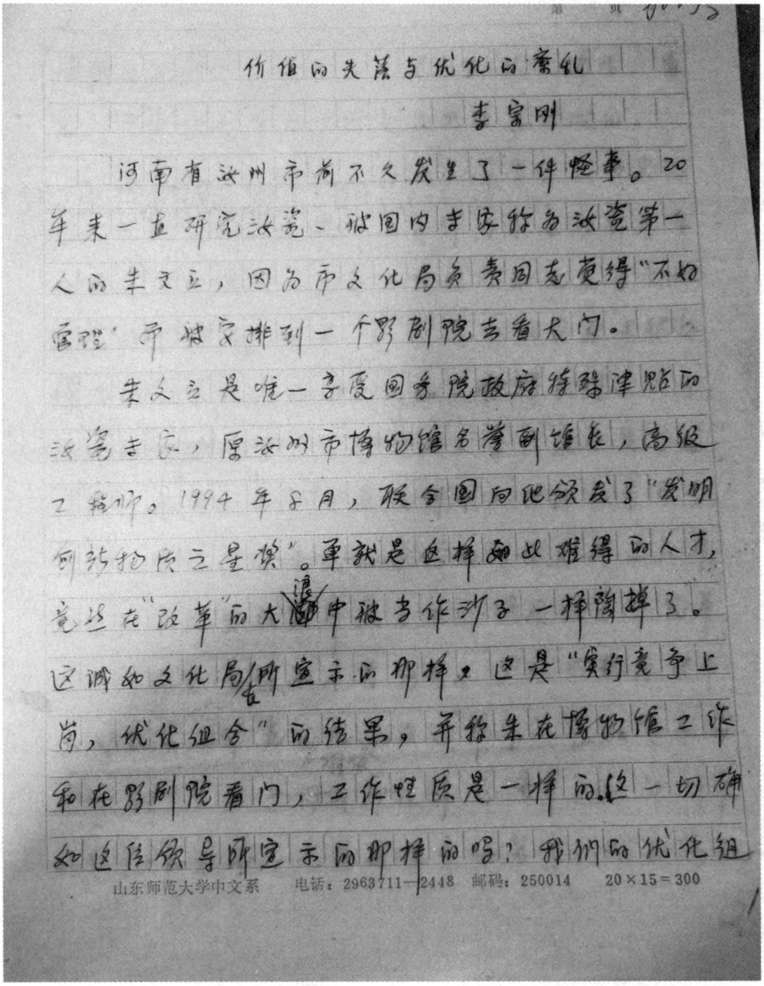

价值的失落与优化的紊乱

李宗刚

河南省汝州市前不久发生了一件怪事。20年来一直研究汝瓷、被国内专家称为汝瓷第一人的朱文立，因为市文化局负责同志觉得“不好管理”而被安排到一个影剧院去看大门。

朱文立是唯一享受国务院政府特殊津贴的汝瓷专家，原汝州市博物馆名誉副馆长，高级工程师。1994年8月，联合国向他颁发了“发明创新科技之星奖”。而就是这样如此难得的人才，竟然在“改革”的大浪中被当作沙子一样淘掉了。这诚如文化局长所宣示的那样，这是“实行竞争上岗，优化组合”的结果，并称朱在博物馆工作和在影剧院看门，工作性质是一样的。这一切确如这位领导所宣示的那样的吗？我们的优化组

山东师范大学中文系　电话：2963711—2448　邮码：250014　20×15=300

说明：1997年，写作文章时不像当下这样便利，主要书写工具是钢笔加稿纸，然后在定稿时再用圆珠笔抄写在稿纸上。有时候，为了能够保存原件，还专门用复写纸誊抄。本文在此附上这篇文章的首页，目的在于唤醒业已淡化的记忆，纪念渐行渐远的艰难岁月。

# 《红岩》：一部关于信仰与忠诚的红色经典[①]

作为一部具有广泛社会影响的红色经典，《红岩》穿越了时空的阻隔，以其不朽的艺术魅力直抵当下。在今天看来，它在书写信仰与忠诚方面表现出的独到思想，仍具有激励的力量。

## 版本沿革及其传播

《红岩》这部作品是什么时间出版的？有哪些版本？从《红岩》的生成过程来看，在其诞生之初，便有 10 来个候选书名，最后经编辑部与作者商议，才确定了这部作品的书名。《红岩》由中国青年出版社于 1961 年 12 月出版发行，当时发行量是相当大的。在很长一段时间内，全国各地的新华书店都有人起早排队等候购买《红岩》，可以说一书难求。由此可以看出当时《红岩》的读者对于这部作品钟爱的程度。1963 年 7 月，《红岩》出了第二版。第二版相比第一版有了进一步的调整。

《红岩》除了再版外，被不断地改编成连环画、曲艺、歌剧、电影、电视剧、舞台剧等其他艺术形式，得到更为广泛的传播。连环画《红岩》传播甚广，在 20 世纪 60 年代出生的一批读者的心目中占有重要地位。在那个阅读比较贫乏的年代，尤其是在广大的乡村，人们更多的是通过连环画来了解文学，

① 本文系著者 2021 年 5 月 9 日在尼山书院举办的“共和国的红色丰碑——红色经典公开课”第二讲的演讲整理稿。

了解包括《红岩》在内的经典文学作品。这样的连环画本实际上在对原著改编的过程中由改编者进行再加工，配上图画和简明的文字，便把整部小说的主要内容呈现了出来。小说《红岩》40多万字，而根据它改编的连环画则每页只有两三行字。所以，这也是一种再创作，根据小说情节提炼出了鲜明的主题、集中的人物，并以单元呈现的方式来表现思想。连环画通过这种图文并茂的形式对《红岩》的传播起到了重要的推动作用。此外，《红岩》传播过程中的另一突出形式是电影改编。

《红岩》于1961年出版后，人们将它称为“共产主义的奇书”。这部作品的秘密究竟在哪里？它动人的魅力到底从何而来？应该怎样看待它的主要特点？文学评论家阎纲曾写有《悲壮的红岩》，其中认为《红岩》的主要特色之一“是真实感，鲜明形象的说服性，激越强烈惊心动魄的感人力量，作者溢于言表的炽热的情感和脚踏实地的革命理想主义精神的始终高扬。这部作品创造的这种艺术质感虽然是粗浅的、表面的，但激起了我对这部作品的再阅读再欣赏，却正是受了这种质感的吸引和鼓励的结果”。阎纲这本书在当时影响相当大，它从理论上揭示了很多读者争相阅读《红岩》的内在奥妙。

2006年，朱德发先生主编了《现代中国文学英雄叙事论稿》一书，我参与了十七年文学英雄叙事的书写，对《红岩》这部红色经典有所论述。朱先生就为什么要起意书写这样一本书有过这样的解释：“我们这个时代需要英雄，每个领域都需要英雄，要为理想而奋斗，即使个人主义英雄也总比没有英雄好，比麻木的、得过且过的苟且偷生好得多，这也就是为什么我要主编一本《现代中国文学英雄叙事论稿》，知识分子的探索精神和争强好胜精神都是英雄情结的外在表现。”实际上，尽管我们恰好处在一个相对和平的年代里，但这依然是一个时代呼唤英雄、也应该产生英雄的时代。《红岩》等红色经典所塑造的英雄群像依然具有其穿越时空的感人力量。

## 信仰与忠诚的书写

《红岩》作为一部红色经典，塑造了一组英雄群像，并通过这一组英雄群像彰显了信仰与忠诚的重要性。这部作品讲述的是重庆解放前夕中美合作所集中营的共产党人英勇斗争的动人故事。从 1948 年到 1949 年，国民党在大陆的败局已定，但国民党并不甘心失败，反而变本加厉，更加残酷地镇压共产党人。在此背景下，重庆的地下党组织因为叛徒的出卖而遭到破坏，许多共产党人被捕入狱，小说主要围绕被捕入狱的共产党人的狱中斗争展开矛盾冲突。这部小说塑造的人物较多，其中的代表性人物是许云峰和江姐，他们的共同特点是对共产主义的坚定信仰以及对党的无限忠诚，他们用自己的生命谱写了一曲响彻云霄的英雄凯歌。

从解读的视角来讲，当年作者怎样赋予了《红岩》这部作品以深刻的思想固然很重要，但更重要的是我们怎么来解读。当下，我们对《红岩》的解读，除了其他有关革命的主题外，还有一个文化层面的阐释，就是从信仰和忠诚的角度来重新理解这部作品。当一个人有了信仰，有了对信仰的忠诚，那么国民党军统特务用的那些酷刑——老虎凳、辣椒水、带刺的钢鞭、电刑，甚至还用残酷的竹签钉进江姐的十指中，都失去了其威力。当面对敌人惨无人道的酷刑摧残和死亡威胁的时候，江姐始终坚贞不屈，她说：“你们可以打断我的手，杀我的头，要组织是没有的。”敌人想从她那里搞到党组织的情报，她说：“肉体可以消失，但是信仰不可能消亡”，“头可断，血可流，但是革命的意志，革命的信仰不会丢”。

江姐能够有这种坚韧不拔的意志，表明了崇高的信仰在中国现代历史进程中具有某种逻辑上的必然性。为什么那么一大批仁人志士，他们会信仰共产主义？这种信仰与升官发财是毫不相干的。信仰共产主义意味着什么呢？意味着你可能要舍弃自我，要为大多数人而奋斗、而牺牲，而不是像有些人那样，加入组织是有现实的自我功利的。所以说，这些英雄人物的信仰是超功利的，这一点我们一般人做不到。尤其是在和平年代，一般人做不到。现在一般人往往缺乏那种内在的精神，每天沉湎于一些琐碎的生活中，纠结于复杂的人际关系，被个人名利和权欲所笼罩。江姐等人在当时信仰共产主义的时候，她想的是什么？她想的是要牺牲自己，让孩子们到光明的地方去，为孩子们打造一个美好的社会！正是这样一种信仰，所以当他们走向刑场的时候才会很坦然，才会表现出视死如归的大无畏的英雄气概。

江姐等英烈们的坚定信仰，充分显示了共产主义理想已深入人心。在早期共产主义运动兴起的时候加入共产党，既没有什么高官厚禄，也没有经济上的回报；相反，只有风险，只有以生命为代价的献身，但他们依然能够甘愿抛头颅洒热血，献身这样一种共产主义，这恰好对我们有深刻的启发。有了信仰，人才能够忠诚。忠诚和信仰是联袂而生的，没有信仰的人就是一根墙头草，就谈不上忠诚，就没有定力。《红岩》里有句话："七尺男儿生能舍己，做千秋雄鬼死不还家。"这里体现出为了自己的信仰而矢志不渝的精神。江姐还讲过一句话："竹签子是竹做的，共产党员的意志是钢铁!"她把敌人对她的毒刑拷打当作考验，这是考验她的意志的时候，是考验她的信仰的时候，是考验她的忠诚的时候。战友在信中跟她说，敌人对你的严刑考验更显示出你对革命信仰的坚贞，这表明江姐是一个真正大写的人！这也进一步说明：人必须走出自我的小家庭羁绊下的小环境，融入更为伟大的社会事业中，才能焕发出无穷的力量。

《红岩》为了更好地表现信仰与忠诚，特别凸显了江姐的手指被竹签钉入的细节。作品中这样写道："在（指甲的）伤口里残留着一些折断的竹丝……他的战友、狱友拨开血肉模糊的伤口，夹出来一条又一条嵌在肉里的竹丝。昏厥中的江姐似乎也感到这阵伤口的疼痛，她的手指抖动着，血又从伤口里流涌出来。"在由《红岩》改编的电影中，江姐在被敌人拷打之后回到牢房的情景也集中体现了这位共产党人的信仰与忠诚。江姐的指甲被敌人的竹签穿刺后，她回到牢房，战友们急忙为她包扎。观众通过这一特写镜头能够明显地感受到艺术上的震撼力。十指连心，江姐的十个手指全被嵌入了竹签，这种痛苦显然不是一般人能承受得了的，而作为优秀的共产党员的江姐毅然顶住了敌人的拷问。狱中的战友在给江姐写的一封鼓励的信中说："一个多月来敌人对你的严刑拷问，更显示出来你对革命信仰的坚贞。"这些人之所以能够抵住敌人的严刑拷问，实际上核心点就在于信仰的力量。这种具有坚韧不拔的意志力的江姐形象成为很多人的前进历程中，尤其是面对艰难困苦时用来激励自己的精神偶像。

江姐为什么能够顶住敌人的折磨，关键在于她有信仰，有忠诚！一般说来，有伟大信仰的人便能够超越或抑制肉体的疼痛。有人说，这个世界上有两样东西亘古不变：一是高悬在我们头顶的日月星辰；二是深藏我们每个人心底的高贵的信仰。从某种意义上讲，每个人都是人世间的过客，不管你生在什么时代，不管你活了多大年龄，最终的结局都是走向生命的终结。那些革命的先烈，他们因为有信仰，生命尽管终止了，但其精神超越了时空，依然绵延地指向未来，走向永恒；相反，有些人尽管活了百岁，但是他的精神早就没有了，那么人生也就自然没有多少实际的社会价值和意义。

当然，共产主义信仰是共产党人自我理性选择的结果。从某种意义上讲，人类社会的发展不仅需要工具理性，更需要价值理性的信仰做指引，我们现在应该从信仰上来寻找破解未来人生的道路。江姐、许云峰等人之所以信仰共产主义，是因为这种思想不单来自西方的马克思主义，而且还植根于中华优秀传统文化。马克思主义传入之前，中国历史上就有大量的仁人志士，他们舍生取义，视死如归，所以，中国人在历史上强调“天下兴亡，匹夫有责”，同时强调“富贵不能淫，贫贱不能移，威武不能屈”“见利不亏其义，见死不更其守”“苟立国家生死以，岂因祸福避趋之”，同时还认定了这样一个道理——“捐躯赴国难，视死忽如归”。无疑，这些话语体现了中华文明之所以能够连绵不断和不断创新发展的核心精神。

回望历史，所有背叛了信仰的人，所有失去了忠贞的人，最后都会被社会所唾弃。历史上没有任何一个放弃了信仰的人会被后人敬仰。中国自古也有为民请命的人、有舍身求法的人，这类人较之一般人，可能较早地了结生命，但他的英名如明星，永远地闪耀在历史的星空，成为后来者仰慕仰望的精神偶像。从这个意义上讲，这些人真的能够超越肉体的疼痛和消亡的局限，留得清白在人间。人生命的长短不在于生命有机体的长短，而在于精神的长短。

## 当下的价值和意义

《红岩》对信仰和忠诚的彰显，在当下具有别样的价值和意义。重庆档案馆里保存着当年的一份2万余字的报告——《重庆党组织破坏经过和狱中情形的报告》。这份报告的作者是罗广斌，也是这部书的作者。这份报告是他在大屠杀中侥幸存活之后花了一个多月时间完成而交给党组织的。2002年，江泽民同志视察重庆档案馆时说："红岩精神充分体现了老一辈无产阶级革命共产党人和革命志士的崇高思想境界、坚定理想信念、巨大人格力量和浩然革命正气。"这说明，我们自己的个人诉求越远大，精神上升的空间越大，其社会价值就越大！

2002年，胡锦涛同志说过，我们要继承红岩精神。他说，要树立正确的权力观、地位观、利益观。自觉抵制拜金主义、享乐主义、极端个人主义，一身正气，一尘不染，共产党的高风亮节和人格力量的影响就会带动起来。一个人把金钱当作人生的目标，是最靠不住的；一个人把享乐当作人生目标，则没有任何社会意义；一个人把极端个人主义当作人生的圭臬，那就会陷入极端自私的泥淖，人生更没有什么价值。

2018年，习近平总书记参加全国人大重庆代表团的审议时专门提到红岩精神，并且强调说："我们要经常想一想红岩先烈们的凛然斗志、英雄气概，时刻用坚定理想信念补精神之钙。"这也突出了理想信念的重要性。2021年，习近平总书记参观湘江战役时更是明确指出，中国革命成功的奥秘就是靠理想信念。红军将士视死如、向死而生、一往无前，靠的是理想信念。为什么中国革命能成功？奥妙就是在革命者眼里，革命理想高于天，在最困难的时候也要坚持下去，这样才能不断取得奇迹般的胜利。

总的说来，信仰与忠诚是实现自我人生和社会价值的通衢。人是社会关系的总和，人的社会价值并不在于多大程度上满足了自己私欲的需求，而在于多大程度满足了大多数人的需求。所以在市场经济的当下，我们重新审视信仰和忠诚话题，便是要明白如何找回初心、回归自我，进而对接中国历史上那些民族脊梁，以便于我们承担更多的社会责任，实现自我更大的社会价值。因而，强化忠诚信仰实际上是强化我们的社会价值。一个人的社会价值越大，他在社会中得到的认可和接纳度就越高，自然就会成为社会中人人敬仰的人。从这个意义上讲，重新解读《红岩》这部红色经典，可以让我们重新找到自己的人生坐标，重新找到自己的人生理想和信念，从而让我们用一生的时间忠贞不渝地去呵护信念，坚守信仰，为我们的信仰去奉献我们所有的时间与生命，从而成就一番像前人那样轰轰烈烈的事业，真正迎来中华民族的伟大复兴！

第二编

# 山东师范大学中国现当代文学研究的代际传承

# 朱德发：现代中国文学研究的常青树

朱德发（1934—2018），男，山东蓬莱（今属烟台市）人。1951 至 1960 年，在蓬莱从事教育工作；1960 年，进入曲阜师范学院（今曲阜师范大学）中文系学习；1964 年大学毕业后，被分配至山东师范学院（今山东师范大学）中文系，从事中国现代文学专业的教学与研究工作。1985 年晋升为副教授，同时开始指导硕士研究生；1987 年破格晋升为教授；1992 年，被苏州大学聘为兼职教授；1994 年，被南京大学聘为教授；1995 年，被苏州大学聘为中国现当代文学专业博士研究生导师；1998 年，被山东师范大学聘为博士研究生导师。

朱德发先生曾任山东师范大学语言文学研究所所长兼中文系副主任、山东师范大学学位评定委员会副主任、《山东师范大学学报（社会科学版）》编委会副主任、山东省重点学科学术带头人、中国现代文学研究会副会长、山东省中国现代文学学会会长、山东省茅盾研究会会长、山东省比较文学研究会副会长、山东省华夏文化促进会副会长、山东省作家协会主席团成员等。他于 1988 年、1995 年两度被评为山东省专业技术拔尖人才，1992 年被批准享受国务院政府特殊津贴，1993 年获得由曾宪梓教育基金会颁发的高等师范院校教师奖二等奖，2003 年获得由教育部评选的“国家级教学名师奖”，是山东省省属高校第一个获此殊荣的教师，2008 年荣获山东省社会科学突出贡献奖，2009 年被聘为山东师范大学国家重点学科资深教授。

朱德发先生著述甚丰，亦富有创新性，堪为中国改革开放 40 多年来学术发展的真实写照。他发表在《中国社会科学》《文学评论》等重要学术期刊上的论文有200余篇，不仅数量多，而且影响大。从1979年参与编写《中国现代文学史》（山东人民出版社1979年版）起，他以不同形式出版的著作共计40余部。

朱德发先生的学术成果先后获得省部级优秀科研成果奖和文艺评论奖近30项。其中，教育部优秀科研成果（人文社科类）二等奖3项，山东省社会科学优秀成果一等奖4项、二等奖9项、三等奖4项。此外，还获有山东省文艺评论奖、山东省刘勰文艺评论奖、山东省泰山文艺奖等多种省级奖项。

## 一、从小学讲台到大学讲坛

1934年，朱德发先生出生在山东蓬莱一个依山傍水的小村里。这里的地域文化独特深厚，那些自古流传的神话故事、民间传说，滋润着他那颗套缚着人生重轭的心，使其在土地之外幻想着那个“八仙过海”的美妙境界，渴求在“各显神通”中实现自我价值。

朱德发先生在动荡的年代、艰苦的岁月中读完小学，并在1951年有幸成为一名小学教师。在任教期间，朱德发先生凭着一股不甘人后的犟劲，硬是在较短的时间里修完了中师的课程，成了业务上的骨干。他先是任“完小”的教导主任，继而又任“完小”的校长，后到县教育局教研室任教研员。得益于丰富文化的滋养与现实生活的历练，朱德发先生在此期间完成了自己原初性格的铸造：开阔的胸怀、浪漫的气质、豪放的性格和激荡的生命热情。

1960年，朱德发先生以调干生的身份考入曲阜师范学院。在曲阜师范学院就读的四年里，他如饥似渴地在知识的海洋里汲取营养，并逐步将研究兴趣定位于中国现代文学。毕业后，他因成绩优异而被选派到当时的山东师范学院中文系任教。

“文革”结束后，朱德发先生以炽烈的激情、蓬勃的生命力拥抱着风和日丽的春天。此时，朱德发先生一直与家人分居两地。在完全属于自己的那间斗室里，他为了探寻现代文学发展历史的本来面目，闭门谢客，逐浪于文学的历史长河中：白天，除了完成教学任务外，就整日泡在图书馆、阅览室里，查阅发黄的历史资料；晚上，便将自己反锁在房内，认真研读，直到深夜。在不到两年的时间里，他不仅改写了自己过去的全部讲稿，而且积累了大量的原始资料，为迎接学术的春天而作了充分的精神上和知识上的准备。

在充分积累和潜心研读的基础上，朱德发先生于20世纪70年代末80年代初，开始潜心于五四文学的研究。他以《五四文学初探》（山东人民出版社1982年版）引起学界的极大关注，一时成为五四文学研究领域执学界之牛耳的风云人物。此后，朱德发先生出版的具有影响力的著作还有：《茅盾前期文学思想散论》（朱德发、阿岩、翟德耀著，山东人民出版社1983年版。该成果于1986年1月获1983—1985年山东省社会科学优秀成果二等奖）、《中国现代文学史教程》（冯光廉、朱德发、查国华、姚健、韩之友、蒋心焕编著，山东教育出版社1984年版。该成果于1986年1月获1983—1985年山东省社会科学优秀成果二等奖）、《中国五四文学史》（山东文艺出版社1986年版）、《新编中国现代文学史》（朱德发、蒋心焕、陈振国主编，明天出版社1989年版。该成果于1991年2月获山东省社会科学优秀成果三等奖）。

作为具有独立追求的思想者，朱德发先生在继承优秀传统文化的基础上又吸纳了现代文化，逐渐涵养了学术研究上的启蒙情怀。朱德发先生从事学术研究，并不是一味地读死书、死读书，而是将学术研究作为个人思想的外化形式，这使他成为一个具有独立思想追求的学者。从这种意义上说，我们把他称为思想家也不过分。朱德发先生的思想得益于五四新文化运动的启蒙，并逐步形成了独特的思想体系，那就是以人道主义为本位、以辩证唯物主义为核心、以实事求是为旨归、以现实问题为鹄的思想体系。在20世纪80年代前后，朱德发先生之所以能够顺应时代思想解放之大潮，并在五四文学研究上有所突破，就是因为他受到了这种思想的驱动并凭借这种思想的支撑。朱德发先生早期撰写的在国内外有重要影响的学术著作，如《五四文学初探》《茅盾前期文学思想散论》，对五四文学和文化研究中的一系列重大理论原则、重要学术命题和著名历史人物，率先作出了客观、公正和科学的评价与研究，得学界创新风气之先，产生了巨大反响，开辟了中国五四文学和文化研究的崭新局面。对此，学者孙昌熙、魏建联袂撰文，作出高度评价，认为《五四文学初探》是

“现代文学研究的新收获”，“其要旨在于解决五四文学研究中的一些重点和疑点问题”，而“该书的主要价值，正在于它对这些重点和疑点的突破”。这一系列富有创新性的思想，曾引起巨大的社会反响，甚至还一度受到一些质疑，而历史的实践证明，朱德发先生正是据此参与并引领了改革开放初期的思想解放运动，成为历史发展链条中无法被忽视的重要人物。

朱德发先生的学术研究最早是从五四文学研究实现自我突破的，后逐渐拓展到20世纪40年代的中国文学。他在20世纪80年代初完成的《五四文学初探》《茅盾前期文学思想散论》，为他80年代中期撰写五四文学史奠定了基础。1982年，朱德发先生接受出版社邀请并被田仲济先生认可，开始修改《中国抗战文艺史》。领受这一重要任务后，朱德发先生夜以继日地工作着，全部增订稿很快出来了。他将8万多字的原著修订、扩写到33万字。对此，田仲济先生认为，1984年出版的《中国抗战文艺史》是他和朱德发先生“两人共同的东西了，这个劳动是应该感谢的”。至于朱德发先生“代改”后的书稿，更是深得田仲济先生赞赏：“以本人的新观点充实他人的旧观点，这是极为奇妙的、极为得人心的，也是最适宜的办法，不能不说这是妙笔。”而这次“代改”，也为朱德发先生撰写《中国五四文学史》作了很好的预演。

朱德发先生于1986年出版的《中国五四文学史》是关于五四文学的第一部断代史。该书出版后，被学术界认为是“五四文学研究的新成果，是现代文学研究领域里新的突破”。即便时过境迁，该书也依然被同行认为是“通过大量原始史料的搜集、发掘、整理，运用历时性与共时性双向考察的研究方式，探讨了五四文学运动的来龙去脉与演变轨迹，宏观视野开阔，微观考察精微，使得新时期第一部断代史一问世便起点较高，引人注目”。该书的出版为朱德发先生赢得广泛的学术声誉，也奠定了他在中国现代文学研究界作为一个“真学者”和文学史家的显赫地位。这一具有开拓性的研究成果先于1988年2月获1985—1987年山东省社会科学优秀成果一等奖，后于1995年12月获全国高等学校人文社会科学研究优秀成果二等奖。此外，朱德发等人编写的《中国现代文学史新编》还于1989年12月获1987—1988年山东省社会科学优秀成果二等奖，其独撰的《论茅盾“五卅”前后的无产阶级文学观》于1984

年 9 月获 1981—1983 年山东省社会科学优秀成果三等奖，由此得到了学术界的特别关注和好评。

这一阶段，朱德发先生的学术研究成果相继发表在国内文学研究的重要期刊上，其中就有刊发在中国文学研究领域的著名刊物《文学评论》上的《文学研究会“为人生”文学观的基本特征》（1984 年第 6 期）。此外，他还在《文学评论丛刊》《中国现代文学研究丛刊》等重要期刊上发表了一系列具有学术影响力的论文。

学术之舟开始扬帆远航的朱德发先生，一方面继续着自己的学术研究，不断实现着自我超越，并成为本学科同龄人中最早担任教授的学者；另一方面还为整个学科的提升和发展殚精竭虑，并于 1987 年成为山东师范大学中国现当代文学的学科带头人。

## 二、寻灯“五四”，著作等身

20 世纪 90 年代后朱德发先生的学术研究从 20 世纪 80 年代的关注思想研究向兼顾文学本体研究和文学主体研究转型，代表性成果是在《文学评论》上发表的《评判与建构——新文学史研究主体思维的沉思》（1993 年第 1 期）、《新文学流派研究的社会学方法》（1996 年第 4 期）、《中国文学：由古典走向现代》（1997 年第 5 期。该成果于 1998 年获山东省刘勰文艺评论奖），以及在《中国社会科学》上发表的《五四文学文体新论》（与张光芒合撰，1999 年第 5 期。该成果于 2000 年 12 月获山东省社会科学优秀成果一等奖）和《论四十年代中国文学的世界化与民族化》（2002 年第 6 期。该成果于 2004 年 3 月获山东省社会科学优秀成果一等奖）等文章。

在 20 世纪 90 年代，朱德发先生先后出版的代表性著作有：《中国现代纪游文学史》（朱德发主编，山东友谊出版社 1990 年版。该成果于 1992 年 12 月获山东省社会科学优秀成果二等奖）、《爱河溯舟——中国情爱文学史论》（朱德发、谭贻楚、张清华著，天津教育出版社 1991 年版。该成果于 1992 年获山东省文艺评论奖）、《20 世纪中国文学流派论纲》（山东教育出版社 1992 年版。

该成果于 1994 年 12 月获山东省社会科学优秀成果二等奖，于 1998 年 12 月获全国普通高等学校第二届人文社会科学研究成果二等奖）、《中国山水诗论稿》（朱德发主编，山东友谊出版社 1994 年版。该成果于 1996 年 12 月获山东省社会科学优秀成果二等奖）、《五四文学新论》（山东文艺出版社 1995 年版）、《主体思维与文学史观》（山东教育出版社 1997 年版。该成果于 1998 年 12 月获山东省社会科学优秀成果三等奖）。

20 世纪 90 年代前期，朱德发先生著述颇丰，其中的代表性著作有其主编的《中国现代纪游文学史》和与他人合撰的《爱河溯舟——中国情爱文学史论》。在专家看来，《中国现代纪游文学史》的出现“标志着这一课题作为中国现代文学史的一门元学科的诞生，因为我们从书中读出了一门学科的容量、价值和逻辑体系。它结束了以往对这一课题的局部研究阶段而上升到整体研究阶段，结束了以往那种现象评论而上升为历史科学”。而《爱河溯舟——中国情爱文学史论》这部近 40 万字的著作，则以历史的、文化的、哲学的、伦理的、民俗的、心理的诸多视角，对中国文学从远古到当代几千年发展历史中的情爱现象进行了系统的考察和评述。该专著被认为“首次疏通了三千年爱河”，并“突破了传统文学史观念，开拓了文学史写作的新路子”，它“既历时性地探索并描述我国情爱文学从古到今数千年的演变历程及其发展阶段的基本特征，又共时性地揭示并论证中国情爱文学的总体特征及其规律，在史论两方面，见出历史纵深感，见出理论深刻性。这确实是一个新颖的构想”。朱德发先生的这些著作不仅填补了中国文学史研究的空白，而且标志着他已经完成了新的自我突破，实现了由现代中国文学学者向中国文学学者的转变，为其后来以历史视角来审视 20 世纪中国文学的发展提供了参照。《20 世纪中国文学流派论纲》便是这种思维发展的一个标志。该书对 20 世纪中国文学流派的发展作了精到的叙述与辨析，舍弃了割裂、孤立的静态考察，代之以整体化的动态观照，对近百年来各文学流派的特质、形态和运行机制都作了相当细致、客观的梳理和评判。其吞吐世纪文学风云时所展现出来的举重若轻的从容性，给人以恢宏的历史纵深感。这标志着朱德发先生的文学史研究已经从断代史研究向 20 世纪中国文学史研究挺进。

在20世纪90年代后期，朱德发先生亲身经历了现代文学史研究变化发展的几个重要阶段，其间的风风雨雨、喜忧得失，于他无不有切肤之感。在此基础上，他又把思维拓展到了对文学史研究者和书写者的主体思维及文学史理论的探讨上，并从哲学的高度来建构中国现代文学史学，由此完成了学术上的自我超越。这方面的代表作是《主体思维与文学史观》。学界认为，朱德发先生"从研究者主体思维的调整入手来探索未来文学史的编写，无疑是抓住了新文学史学的一个中心问题，它不仅对新文学史学的学科创设与完善具有一定的理论贡献，而且对文学史研究者站在世纪之交的时代高度对中国现代文学史进行反思与总结之时，也会提供较为切实的指导意义"①。

朱德发先生的全部学术成果及其所获奖项，都渗透了他作为人文学科学者所具有的理性精神和人文意识，流溢着由自我独立思考而产生的中国现代文化建设的光彩，成为衔接五四精神的又一文化链条。

朱德发先生极其重视学科建设。从1987年到2003年，他作为山东师范大学中国现当代文学的学科带头人，始终将学科建设作为头等大事来抓，注重为青年学者搭建学术发展平台，助力青年学者的学术研究不断跃上新台阶。1991年，山东师范大学中国现当代文学学科被山东省批准为省级重点建设学科；1998年，该校的中国现当代文学专业被国家学位委员会批准为中国现当代文学博士学位授权点；2001年，这一学科又被山东省批准为"十五"省级强化建设重点学科；2003年，朱德发先生作为山东师范大学文学院的学术带头人，又实现了博士后流动站零的突破。这一切都表明，山东师范大学中国现当代文学学科的整体学术水平在以朱德发先生为代表的第二代学者的带领下，已步入了国内同学科中的先进行列。2007年，该学科被评为国家重点学科，这也是山东省省属高校文科至今唯一的国家重点学科。

朱德发先生在注重学科建设的同时，还非常重视教材建设和教学改革，并受到了好评。就教材建设而言，朱德发先生先后参编和主编的中国现代文学史

---

① 谭桂林:《从文学史著到文学史学》,《朱德发教授与中国现当代研究(笔谈)》,《山东师范大学学报(人文社会科学版)》2003年第6期。

教材达10多部。就其教学成果所获奖项而言，1990年，“更新观念是教学质量的关键”教学研究项目（朱德发、蒋心焕、韩之友等）获得山东省普通高等学校优秀教学成果一等奖；1991年，“把社会主义政治方向作为培养合格研究生的灵魂”教学研究项目获山东省普通高等学校优秀教学成果二等奖；2001年，“以教材建设为龙头，全面带动中国现代文学史教学改革的深入”教学研究项目（朱德发、魏建、李掖平、张光芒）分别获山东省省级教学成果一等奖和国家级教学成果二等奖。

2003年，在朱德发先生获得“国家级教学名师奖”之后，山东师范大学专门举办了“庆祝朱德发教授从教50周年暨荣获‘国家级教学名师奖’座谈会”，著名学者曾繁仁、范伯群、魏绍馨等参加了会议。时任山东省委副书记王修智出席会议，发表了热情洋溢的讲话，感谢朱德发先生为山东省教育事业作出的卓越贡献。朱德发先生在座谈会上也作了富有激情的演说，他说：“‘大学者，非谓有大楼之谓也，有大师之谓也。’我个人能有今天的荣誉，要感谢各级领导和各界朋友的支持和关心，感谢时代为我提供的机遇和条件。‘解放思想，实事求是’的思想路线和改革开放的大好时代，为学术研究上的‘百家争鸣’创造了难得的机遇，而新时期的政策更是确保了我在学术追求与创新中源源不断地获得动能。在我的不少获奖证书上，乃至‘国家级教学名师’的荣誉称号中，都镌刻着或蕴含着这些‘无名英雄’的业绩。对于我个人来说，评上‘国家级教学名师’并不意味着给我的文学研究事业画上了句号，恰恰相反，它进一步激活了我的政治生命、教育生命和学术生命，进一步坚定了我‘生命不息追求不止’的信念和意志。”本次座谈会之后，《山东师范大学学报（人文社会科学版）》（2003年第6期）以《朱德发教授与中国现当代文学研究》为题刊发了四篇笔谈，高度评价了朱德发先生在中国现当代文学研究领域中作出的杰出贡献。

## 三、 名师，名家，名垂青史

2003年以后，朱德发先生从学科带头人岗位上退了下来，可其学术研究不但没有随其年龄的增长而衰退，反而随其阅历的增加和思考的深入而进入“逆生长”时期。在这段金色的岁月里，他在《中国社会科学》上又发表了学术论文《现代中国文学史重构的价值评估体系》（2008 年第 6 期。该成果于 2011 年获山东省泰山文艺奖，于 2016 年 10 月获中国现代文学研究会颁发的第四届王瑶学术奖优秀论文奖）；除此之外，他在《文学评论》上先后发表了 4 篇文章：《现代理性话语：茅盾“人的文学”观念建构》（2001 年第 5 期。该成果于 2002 年 12 月获山东省社会科学优秀成果二等奖）、《齐鲁文化与现代中国文学关系的沉思》（2005 年第 1 期。该成果于 2007 年 7 月获山东省社会科学优秀成果二等奖）、《评倪婷婷〈“五四”作家的文化心理〉》（2007 年第 2 期）、《现代中国文学研究三十年》（2008 年第 4 期）、《评黄修己〈中国现代文学发展史〉（第三版）》（2010 年第 1 期）。从 1995 年到 2018 年，朱德发先生发表的、仅为中国人民大学复印报刊资料转载的论文，就有 29 篇之多。

朱德发先生在这一时期出版的代表性著作有：《跨进新世纪的历程——中国文学由古典向现代转换》（朱德发主编，明天出版社 2000 年版。该成果于 2001 年 12 月获山东省社会科学优秀成果三等奖）、《评判与建构：现代中国文学史学》（朱德发、贾振勇著，山东大学出版社 2002 年版）、《世界化视野中的现代中国文学》（山东教育出版社 2003 年版。该成果于 2004 年获山东省刘勰文艺评论奖）、《20 世纪中国文学理性精神》（朱德发等著，上海人民出版社 2003 年版。该成果于 2005 年 4 月获山东省社会科学优秀成果二等奖）、《穿越现代文学多维时空》（山东文艺出版社 2004 年版。该成果于 2005 年获齐鲁文学奖中的全优秀文学评论“理论”奖）、《现代中国文学英雄叙事论稿》（朱德发等著，山东教育出版社 2006 年版。该成果于 2008 年获山东省刘勰文艺评论奖）、《朱德发序评集》（山东电子音像出版社 2006 年版）、《思维的飞翔》（山东友谊出版社 2009 年版）、《现代文学史书写的理论探索》（山东人民出版社 2010 年版）、《现代中国文学通鉴（1900—2010）》（朱德发、魏建主编，人民出版社 2012 年版。该成果于 2015 年 8 月获山东省社会科学优秀成果一等奖，于 2015 年 12 月获第七届高等学校科学研究优秀成果奖“人文社会科学”二等奖）、《朱德发文集》（十卷）（山东人民出版社 2014 年版）、《为大中华造新文学——胡适与现代文化暨白话文学》（人民出版社 2016 年版）、《现代中国文学新探》（山东人民出版社 2016 年版）等。

这一时期的《跨进新世纪的历程——中国文学由古典向现代转换》《世界化视野中的现代中国文学》《二十世纪中国文学理性精神》《现代中国文学英雄叙事论稿》等著作，则可以视为朱德发先生在反思的基础上建构新的文学研究格局的结果。作为具有人文情怀的文学史家，朱德发先生矢志于真理的探索，以“同情之理解”的方式，把作家作品及其文学流派投入历史发展的长河中加以透视。这些著作或从历史发展的轨迹中探索中国文学演变的规律性；或在世界化的视野中重新阐释现代中国文学所包孕的深厚文化底蕴；或以理性的眼光来审视 20 世纪中国文学所具有的理性精神；或从仰慕英雄的情结出发，对现代中国文学的英雄叙事进行爬梳……揭示了现代中国文学发展的内在规律，承载了他作为文学史家的人文情怀。

朱德发先生历时 40 余年，矢志于中国现代文学研究和文学史的建构，为该学科的建设作出了独特贡献，获得了学界的高度评价。20 世纪 80 年代以来，朱德发先生作为文学史家，其突出贡献还表现在对文学史的不断重写上，从而不仅呼应了“重写文学史”这一潮流，还以具体实践使这一理论得以深化。他主编了《新编中国现代文学史》《中国现代文学史新编》《中国现代文学史实用教程》等多部文学史，这些文学史不但实现了对前人撰写的文学史的超越，也实现了对其本人先前编著的文学史的升华。其文学史书写所呈现出来的“守成与出新的统一，繁富与精简的统一，厚重与实用的统一”等学术品格，被认为是中国现代文学史教材编写的新趋向。

朱德发先生提出“现代中国文学”命题后，又与魏建先生一起组织了大型学术著作《现代中国文学通鉴（1900—2010）》的撰写工作。该书以 200 万字的篇幅，对现代中国文学进行了细致的梳理与翔实的呈现，在学术界产生了较大反响，并获得高校科研成果奖二等奖。由于把学术研究作为自我人生价值实现的一种方式，并将现代中国文学研究措置于现代中国文化建构的基点上，朱德发先生在做研究时既能入乎其中又能出乎其外，在建构与解读现代中国文学的过程中，将自己对中国文化建设的深入思考倾注其中。朱德发先生的这种学术品格即便在其主编的文学史中，也得到了贯彻与落实。

朱德发先生敢于在历史的关键节点上立于时代之潮头，这既是其“真学者”风骨的鲜明体现，也是其“文化英雄”情结的自然外化。朱德发先生与鲁迅先生一样，都有“启蒙”的文化情结，也都有“振臂一呼，应者云集”的美好憧憬。因此，在21世纪之初，他专门梳理了现代中国文学中“英雄叙事”的发展脉络，并把这种情怀传递给自己所指导的研究生，使《现代中国文学英雄叙事论稿》一书得以诞生。

人到暮年，朱德发先生依然没有一丝“人生秋意”，而是继续高扬自我独立的学术追求，对学术界的诸多热点问题大胆地质疑、小心地论证。如他的《质疑“一切历史都是当代史”——以文学史举证》，便是站在独立的文化立场上，对人们彼时崇信的西方话语做了大胆的质疑，后荣获《当代作家评论》2015年度优秀论文奖。

朱德发先生的现代中国文学研究从五四文学研究出发，然后又落足于五四文学研究，完成了学术人生自我辩证的否定之否定，这恰是其作为一个思想者，在治学之路上不断精进的真实写照。他在晚年对胡适产生了浓厚的学术兴趣，相继撰写了一系列富有创见的论文，并于2016年结集为《为大中华 造新文学——胡适与现代文化暨白话文学》出版。该书既是他对研究对象的学术观照与学术阐释，也是他借助研究对象来建构自我学术理想的实践活动，寄托了朱德发先生“为大中华造新文学”的人文理想。他在生命即将走向尽头的数月前撰写的《重探郭沫若诗集〈女神〉的人类性审美特征》，更是蕴含了朱德发先生对学术和生命的深邃思考：通过回归自由创造的人生境界，发掘出个体性生命体验与人类性审美特征之间的内在精神联系，进而彰显了他作为具有独立精神的思想者的特有风采。

朱德发先生不仅是一个真学者，还是一个“知行合一”的教育家。他于1951年从事基础教育工作，后来在大学执教50余年，先后为本科生、硕士研究生、博士研究生授课，并指导博士后。其间，他亲自指导的博士生有34名，聆听过其“文学史理论”这门课程的博士生则有百余人。从1999年到2017年，他给博士研究生完整讲授学位课程，其授课的课时难以统计。他不仅注重强化学科建设，培养了众多优秀的学者、批评家和诸多行业中的栋梁之材，还形成了先进的教育思想和教育理念，在学科建设、学生培养、教学改革深化、教学内容创新、教学质量提高等方面取得了一系列优异的成绩。

长期以来，朱德发先生始终坚持为博士研究生开设专业课程，用自己的生命激情点燃了无数青年学子追求真理的生命火把，使得学术的薪火在代际传承中愈燃愈旺。朱德发先生高度重视学生培养，他指导的研究生的基础并不都是最好的，但他不看重学生的出身与背景，更没有什么门户之见。在他眼里，每个学生都有着不可估量的发展潜质。正是基于这一认识，他注重培养学生高远的学术志向和坚定的学术自信，从而使学生自觉地确立起自我主体性，为研究工作奠定坚实的基础。在朱德发先生的精心培育下，他的研究生已经成为中国现当代文学研究界不可忽视的一支队伍，对此，学界有“朱家军”一说。据不完全统计，朱德发先生指导的研究生中，已经成为博士生导师的便多达 10 人，还有 1 人成为教育部“长江学者”特聘教授。

2014 年 9 月，中国现代文学研究会、中国现代文学馆、山东师范大学、山东省中国现代文学学会联合举办了“朱德发及山师学术团队与现代中国文学研究”学术研讨会；《中国现代文学研究丛刊》也于 2015 年第 3 期推出了一组五篇文章，对朱德发先生的治学精神、师者风范以及其取得的卓越成就给予高度评价。

朱德发先生一生潜心于现代中国文学研究和教学，取得了骄人的学术成就和教学成绩，被誉为中国现代文学研究界的“常青树”、全国学术“劳模”，创造了“逆成长”的人生奇迹：改革开放 40 多年来，他始终是站在中国现代文学学术前沿的领军人物。他 80 多岁依然笔耕不辍，住院前 40 天还完成了富有睿识与激情的长篇学术论文，住院前 10 天，还抱病参加鲁迅研究的国际学术研讨会并作了大会主旨发言！这恰好印证了笔者在 1996 年撰写的《永远的绿色》一文中对朱德发先生学术人生的素描：“生命历程中展示着郁郁葱葱的绿色，又盛开出丛丛的鲜花，结出累累硕果，已经步入花甲之年的朱德发教授，仍然没有一丝的人生秋意。在他的身上，我们看到的是那大海般的永不停歇的生命涌动，是那永远都勃发着的生命绿色，是那永不满足于一种绽放姿势的生命之花，是那永远力图超越自我的生命之魂。”

2018 年 7 月 12 日，依然富有创造激情和人文情怀的朱德发先生的“逆生长”之路戛然而止，他那颗坚强的心脏停止了跳动。2019 年 5 月 4 日前夕，“朱德发五四青年学术奖”设立；2020 年 5 月 4 日，首届“朱德发五四青年学术奖”评奖结束并向社会公布评审结果。

［原载《山东师范大学名家传略》（第 1 辑），山东友谊出版社 2020 年版；《山东师大报》2020 年 11 月 4 日］

# 中国现代文学研究的代际传承

## ——以蒋心焕教授为例

温儒敏在《第二代中国现代文学学者自述》一书的序言中，曾经对从事中国现当代文学研究的20世纪30年代出生的学者有过这样的代际界定：

> 这一代学人有些共同的特点，是其他世代所没有的。他们求学的青春年代，经历了频繁的政治运动，生活艰难而动荡，命运把他们抛到严酷的时代大潮中，他们身上的“学院气”和“贵族气”少一些，使命感却很强，是比较富于理想的一代，又是贴近现实关注社会的一代。马克思主义的世界观与方法论从一开始就支撑着他们的治学，他们的文章一般不拘泥，较大气，善于从复杂的社会历史现象提炼问题，把握文学的精神现象与时代内涵，给予明快的论说。90年代之后他们纷纷反思自己的理路，方法上不无变通，每个人形成不同的风格，但过去积淀下来的那种明快、大气与贴近现实的特点，还是保留与贯通在许多人的文章中。[①]

根据温儒敏的代际划分，山东师范大学（1981年由“山东师范学院”改为现名，为了行文方便，下文均简称为“山师”）的蒋心焕（1933—2021）教授无疑属于第二代学者。实际上，第二代学者恰好处于第一代学者与第三代学者中

① 温儒敏:《〈第二代中国现代文学学者自述〉序言》,载冯济平编《第二代中国现代文学学者自述》,北京:文化艺术出版社2011年,《序言》第2页。

间，是中国学术史发展不可或缺的重要链条。如果说一个时代有一个时代的学术，那么，一个时代也有一个时代的代表性学者。我们只有把每一代学者放在历史进化的链条中还原其社会角色，才会真正对他们做到“理解之同情”，也才能揭示出中国学术是如何艰难嬗变的。本文拟以蒋心焕为例，就中国现当代文学研究第二代学者是如何接续了中国现当代文学研究第一代学者的风骨和精神，又对第三代学者的成长起到了怎样的积极促进作用，也就是从学术代际传承的维度进行阐释。从这样的意义上说，通过对蒋心焕学术人生的回顾梳理，我们可以探寻到中国现代文学研究的学术代际传承是如何进行的，其学术史价值和意义不可小觑。

## 一、 重视做人与作文的统一

按照学术界对从事中国现代文学研究的学者所进行的代际划分，我们可以发现，蒋心焕不仅属于第二代学者，而且还属于较为典型的第二代学者。温儒敏在纪念张恩和的文章中曾说：“张恩和老师属于‘第二代学者’”，“‘第二代学者’中的很多人毕业后就分配做现代文学研究，专业意识很强，目标明确，毕生精力基本上就围绕这一学科。”① 蒋心焕与张恩和一样，都是1958年大学毕业后便开始从事现代文学教学和研究工作的，都在第一代学者的引领下参与了中国文学史的撰写工作，也都把毕生的精力都献给了现代文学教学和研究事业。他们在第二代学者中是“老资格的”②。类似的第二代学者还有不少，如南京大学的董健便是大学毕业后留校，然后得到了陈白尘的具体指导。③ 因

① 温儒敏：《作为“第二代学者”的张恩和教授》，张洁宇、杨联芬编：《回响——张恩和纪念文集》，北京：中国大百科全书出版社2020年，第115页。

② 魏建把第二代学者划分为4类，其中“甲类学术起步早、成名早，大学毕业后一直从事中国现代文学教学和研究，学术成果在‘文革’以前就产生了影响”。见魏建：《千夫诺诺，不如一士谔谔——有关张恩和先生的记忆》，张洁宇、杨联芬编：《回响——张恩和纪念文集》，北京：中国大百科全书出版社2020年，第264页。

③ 董健曾经这样回忆道：“我便听从了白尘老的劝告，协助他做起了现代戏剧与戏剧理论的研究。”见董健：《一碗“夹生饭”及其回炉的尴尬与苦恼——略谈我的学术道路》，冯济平编：《第二代中国现代文学学者自述》，北京：文化艺术出版社2011年，第447页。

此，我们对蒋心焕作为第二代学者进行考察，便具有学术史的价值和意义。

蒋心焕深受田仲济、刘绶松等中国现代文学研究第一代学者的影响，在他们的具体指导下，特别重视做人与作文的统一，并把做人作为做好学术研究的前提。

蒋心焕于 1954 年考取山师中文系，1958 年毕业留校任教。1960 年 1 月至 1962 年 7 月在武汉大学进修研究生课程，师从著名中国现代文学研究专家刘绶松教授。1962 年 7 月起先后担任中文系助教、讲师，1980 年晋升副教授，1985 年开始招收中国现代文学专业硕士研究生，1988 年晋升教授，1999 年退休。

20 世纪 80 年代，蒋心焕先后担任山师中文系中国现代文学教研室副主任、主任，配合田仲济教授、冯光廉教授做了大量学科建设工作。1987 年以后，他配合学科带头人朱德发教授不断推进学科建设，为山师中国现当代文学学科获得山东省首批省重点学科和博士学位授予权作出了独特的贡献。1983 年山东省中国现代文学学会成立，他是创会副会长之一。

蒋心焕讲授过现代文选、中国现代文学史、中国现代文学研究专题、鲁迅作品选讲、中国现代小说史①等课程。他培养的学生有数万名，遍布海内外。其中，有的后来成长为享誉学界的知名学者，有的成为文艺、新闻、出版、商务、法律等领域的杰出人物，还有从基层到中央的领导干部，更多的是不同层次的优秀教师。

蒋心焕对于如何搞好学术有着自己独到的理性认知和实践路径。他常说，做好学问，关键要做好人。做好人是做好学问的根本，做不好人，学问再大也不会受到人们的推崇。为此，蒋心焕为研究生新生上“第一课”时，总是讲如何做好人。蒋心焕以平常之心，安于寂寞生活，乐于自我学术研究；他强调为人要真诚、实在，不要像墙头草一样，没有自我的定力，在摇摆中失却自我安身立命的根本。

① 张清华曾经对蒋心焕开设的课程有过这样的回忆：“他所讲授的中国现代小说史的课程，更是让我受益许多。”参见张清华：《蒋心焕先生琐忆》，《南方周末》2021 年 3 月 4 日。

在中华传统文化中，知识分子一直强调人品与文品的统一。实际上，做人与做学问之所以能够统一起来，恰好在于做人的境界决定了做学问的境界。一个人，如果没有超越个人观念的天下情怀，没有超越个人私欲的高远追求，没有超越功利的真理诉求，就会把做学问视为获得功名利禄的“敲门砖”，把私利置于学术的根基之上。由此，在做学问与做人上，这种人只会是摇摆于墙头的小草——这样的小草尽管不会折腰，但也绝不会有劲风吹过之后的气节。蒋心焕把做好人作为自己的人生追求，视为自己人生的第一要义，并传授给学生。在某种程度上，这成为蒋心焕的座右铭，既是他所信奉的文化理念，也是他所恪守的人生实践原则。从这样的意义上讲，蒋心焕把做人与做学问置于一个有机的统一体内，并特别强化了做人之于做学问的支撑作用。

从蒋心焕的成长背景来看，他出生于江苏南通的一个小职员家庭，并在南通较早接受了较为系统的小学教育。南通作为较早受到现代教育影响的地区，其小学教育相对于中国的其他大多数地区，尤其是相对于山东的许多农村来说，具有极为显著的现代特质。小学毕业后，他考入南通师范学校。在他看来，在南通师范学校就读的六年是永生难忘的：

> 我从一九四八年九月到一九五四年七月就学于南通师范学校（前三年，读的是南通师范附设的初中班）。这六年是翻天覆地的六年，这六年是我永生难忘的六年。
>
> ……在我所怀念的张梅庵校长，我所崇敬的陆文蔚、唐雪蕉、王育李、王炯等严师的培育下，我初步明确了为革命、为人民而学习的目的。
>
> ……一九五四年党组织选派我报考高等师范院校继续学习，是陆文蔚老师指导我选择了攻读文科专业的方向，促使了我从事自己所热爱的现代文学教学工作。此后在山东师范学院四年学习生活和二十余年的教学工作中，陆老师仍通过书信把他严谨治学、严于律己的好品质传授给我，把他珍藏多年的梅庵校长赠送给他的题词复制印洗转赠于我：“知困更兼不知足，自强自反出心裁，新型教学能相长，不倦原从不愿来。”这不仅使我

们共同分享了师长对学生的爱，而且为自己指明了做人和治学的奋斗方向。①

蒋心焕于1954年从南通师范学校考入山师，因品学兼优获得了执掌学术牛耳的田仲济的赏识，并于1958年留校任教。对此，他曾这样回忆：

> 1954年，我从南方来到山师读书，有幸聆听先生主讲的文学概论课。他系统传授的理论知识始终体现着一种执着现实、关注人生的精神，这种精神对我潜移默化的影响直至如今。1958年我毕业留校任教，有幸成为先生主持的研究室的成员，先生上的第一课便是如何做人，他让我们学习高尔基、鲁迅等伟人，在任何情况下，都要做一个诚实的人，做一个表里一致的好人。先生就是我心目中这样的人：真诚、坦荡、严谨，刚正不阿、疾恶如仇。数十年来，时代风云几经变幻，可先生“竖起脊梁做人”的态度一直没变，堪称完美人格的典范。②

我们在对以蒋心焕为代表的第二代学者进行精神和情感世界解读的过程中，不应该忽略对其内在精神的发掘和阐释。实际上，如果把蒋心焕放在历史纬度上重新阐释和理解其留给我们的精神遗产，尤其是将其放在历次政治运动和文化大潮中加以透视，便会发现，一位平凡的知识分子的伟大之处，不仅在于他为自己的时代提供了什么，而且在于他面对诱惑和功利又拒绝了什么。只有这样，我们才能真正继承和发扬第二代学者的内在精神，并在传承中规避历史的误区，保持自我相对自觉的文化认知，不偏离历史的正确航线。在40余年的交往中，蒋心焕深得田仲济的信任。田仲济在为蒋心焕的《中国现代小说的历史沉思》一书作的序中这样写道：

① 蒋心焕：《殷殷之情　终生难忘》，《南通师范学校建校80周年纪念专刊》，1982年。

② 蒋心焕：《完美人格的典范——痛悼恩师田仲济教授》，《蒋心焕自选集》，济南：山东人民出版社2015年，第415页。

> 在这近40年中，他的青春年华完全奉献给中国现代文学的学习、研究和教学中。这40年不是平静的40年，在前17年中，可说一个运动接着一个运动，特别是史无前例的“文革”10年中，出现了许许多多身上生鳞、头上长角的“革命英雄”，在每次运动中，就好像出英雄的乱世似的，也总是跳出几条英雄好汉。可惜这些英雄一般都英名不长，是昙花一现的人物。批武训传，批胡风反革命集团、批丁陈反党反社会主义……不仅在历次出现的，昙花一现的英雄中，从来不论是学习时期的学生还是毕业后成为教师的蒋心焕，都难以看到他的影子，也没看到他的文章。①

如果把田老的这寥寥数语还原到具体的历史场景中，尤其是还原出那些曾经给他带来精神和情感伤害的具体历史人物和历史事件，我们便可以看到，蒋心焕对田仲济不仅有一种知遇之恩的情感认同，而且有一种捍卫自我的文化认同的理性自觉。也许，这恰是田老如此动情地褒奖他的内在缘由吧。毕竟，在那个特别的时期，一系列特别的事情都以特别的方式横空出世了，能够守得住自己的良知，坚守住自我的文化立场，并不是轻而易举就可以做到的事情——别人通过落井下石的方式证明自己是经得起考验的“英雄”，那些拒绝落井下石的人便自然缺少了一条证明自己也是“英雄”的路径。从这样的意义上看，那些曾经与被批判的人物同处一个战壕的人，为了能够证明自己已经与被批判者划清界限，不少都采取了“反戈一击”的战略战术，借此把自我塑造为“英雄”。正是基于这一历史逻辑，蒋心焕要秉承自己所恪守的人生第一要义，便面临“非此即彼”“非黑即白”的两难选择。正是有了这样一个内在逻辑，在历史已经过去20多年之后，田仲济的脑海里还萦绕着“英雄”的影像，还清晰地记得哪些人曾经在运动中现过身、哪些人曾经在运动中写了文章。这显然不是田老一味地纠缠于细枝末节的历史，而是这些细枝末节的历史曾经对他造成了无法痊愈的情感创伤，也表明田老对这些细枝末节的历史保持着足够的

---

① 田仲济：《序》，蒋心焕：《中国现代小说的历史沉思》，海口：南海出版公司1993年，《序》，第1—2页。

警惕。从这样的历史逻辑中，蒋心焕用行动践行了自己的座右铭，使“做好人”不再是一句口号，而是一种超然于趋利避害等人之常情的人生大境界。

如果对蒋心焕的这种“做好人情结”进行历史溯源的话，可以发现他的这一情结还得到过著名文学史家刘绶松的影响。蒋心焕曾经在散文中记叙了1962年在武汉求学时深受刘绶松的影响：“为人要坦诚、自信、坚忍，内外一致，在生活中保持一种明朗、健康的情绪和格调，不断追求高品质，愉悦身心。”对刘绶松的教导，蒋心焕在时隔38年之后依然记忆清晰，并动情地议论道：“绶松师对学生的亲情之爱和关于‘圆’的议论却成为我终身受益的精神财富，永久定格在我心中。”① 由此说来，蒋心焕关于做好人的说法并不是一时突发奇想，而是一种绵延不断的文脉的自然延伸。蒋心焕关于做好人的议论，距今已经30多年了。今天，蒋心焕一如他的绶松师一样，也一并到那个人人都会去的世界了，我则坐在办公室的桌前，像20多年前的蒋心焕一样，写下我对于业师理解的一些文字。岁月不居，逝者如斯，这是当年孔夫子站在小河边发出的无限感喟。在过去，我对孔夫子的这种感喟体会并不是很深。而今，透过蒋心焕纪念刘绶松的文字，我深切地体会到，人生就像一个大舞台，你方唱罢我登场，所谓新人换旧人，也许就是这个道理吧。然而，不管是新人还是旧人，永远不变的是“做人要做一个好人”这样一个浅显的道理。从这样的意义上说，蒋心焕从田仲济和刘绶松那里自觉地接过了“做人要做一个好人”的接力棒，并身体力行，用自己的一生践行了自己的誓言。那么，我作为蒋心焕的学生，自然也应该从老师那里接过这一接力棒，并跑好这一棒，然后再把这一接力棒传给我的学生们，如此才会使学术在代际传承中发扬光大。由此说来，蒋心焕在研究生的第一堂课上便郑重其事地把做好人的基本原则当作人生的第一要义讲给我们听，其隐含的历史意蕴的确是宏远的。在现实生活中，蒋心焕不仅是这样说的，也是这样做的。诚如他的老朋友所言：蒋老师40多年来对所有人都是和颜悦色。张杰老师1962年来山师跟田仲济先生进修，他说：对蒋心焕最深刻的印象，是他对薛绥之、林乐腾等“右派”老师

---

① 蒋心焕:《没有元宵的元宵夜》,《济南日报》2000年2月15日。

的态度，没有避之唯恐不及，而是平等相待。[①] 这恰好从一个侧面映现出了蒋心焕待人处事的基本原则。

蒋心焕所秉承的做人原则是在温和谦逊中既有鲜明的接纳也有毫不含糊的拒斥，这在某种意义上展现了一个有节操的知识分子的风骨。田仲济对蒋心焕的特别认可，大概就缘于这一点。实际上，蒋心焕的节操与风骨传承了田老的内里精神，他一生低调，待人真诚，富有爱心，但并不是无原则、无坚守的学者，绝不说违心话、做违心事，毫不掩饰对世俗的拒绝。蒋心焕正是因为有了这样一种人生态度，才使得“绿叶”的成色达到了难以超越的程度。[②] 这种甘愿做“绿叶”的平和心态恰是很多人所缺乏的——我们或满足于自我的“鲜花”镜像，或依附于“鲜花”镜像的附丽，绝少真正地去做一个“圆满”的自己。而蒋心焕能够超然于外物的纷扰，平心静气地做好自己，至于自己在别人看来是“鲜花”还是“绿叶”，则是他绝少考虑的。也许，在他的人生哲学词典里，做一个“成色”最高的自己，才是他所孜孜以求的人生境界。从某种意义上说，成色犹如黄金的含金量一样，绿叶与红花只有达到了极致才会显现出“纯”的成色。对此，郭济访曾不无感慨地评论道：“君子宜自强，这是一般人都可以做到的，而能够助人为乐、成人之美、谦让容忍，是君子更高的境界，大儒风范，这就是我们蒋老师为人的本质。争与不争，让与不让，有时候是非常考验人的。人生在世名利奔波，熙熙攘攘，真正做到舍得放弃谦让，能有几人?”[③] 正是基于此，魏建通过对“成色”的阐释便在客观上消解了绿叶与红花的边缘与中心的界限，把蒋心焕自己谦称的绿叶提升到“成色”的维度加以阐释，使其人生价值和意义得到了升华。尤其值得赞许的是，魏建通过把蒋心焕与朱德发融汇在一起进行书写，既凸现了绿叶的“成色”，又还原了山师中国现当代文学学科之所以能够创造佳绩的内在奥秘——这是一代人同心协力、即便是不同心也能协力的结果，正是这样一批第二代学者，创造了学科建设史上一个又一个骄人的业绩！

---

① 魏建:《“绿叶”的成色》,《中国社会科学报》2021 年 3 月 19 日。
② 魏建:《“绿叶”的成色》,《中国社会科学报》2021 年 3 月 19 日。
③ 摘自郭济访给笔者的微信。

在过去的岁月中，蒋心焕恪守和践行的做好人原则，便是身处逆境而不坠青云之志，身处顺境而不忘乎所以，总是怀揣着一颗敬畏之心，小心翼翼，脚踏实地干实事、干正事，忍辱负重，砥砺前行，努力让生命焕发出不该被压抑、更不该被遮蔽的光芒。这种精神恰是其作为第二代学者对第一代学者内在精神的继承，自然，他所接受的精神则对下一代学者内在精神的培养起到了涵养作用。

## 二、 建构独具特色的文学史书写学术体系

蒋心焕不仅秉承了田仲济和刘绶松的“做好人”精神，而且在治学上也有所拓展，进而逐渐寻求到自己的文学研究路径，形成自己的研究特色。蒋心焕的治学深受田仲济的影响，他不仅是田仲济等主编的《中国现代文学史》和《中国现代小说史》的主要执笔者，而且逐渐形成了自己的治学风格，注重在资料的爬梳中获得具有文学史价值的结论。蒋心焕正是在田仲济等学者重视原始文献资料的影响下，逐渐形成了在充分占有资料的基础上阐释观点的研究方法，由此开启了自我独立的学术研究历程。蒋心焕曾经结合自己的治学体验有过这样的阐释：

> 我写作论述中国现代历史小说的几篇论文，用了半年左右的时间，有空就泡在图书馆和资料室——翻阅原始报刊资料，在尽可能多的占有资料的基础上形成自己的看法，并写成文章。[①]

正是有了这种研究方法的自觉，蒋心焕才能发现一些别人没有发现的问题，思考出前瞻性的研究结论。

在以田仲济、刘绶松等为代表的中国现代文学第一代学者的具体指导

① 蒋心焕：《中国现代小说的历史沉思·后记》，《中国现代小说的历史沉思》，海口：南海出版公司1993年，第193页。

下，作为第二代学者的蒋心焕的中国现代文学研究汲取了第一代学者文学研究的内在精髓，并逐渐形成了自己的学术研究特色。这主要体现在蒋心焕对第一代学者文学史书写的继承等诸多方面。20世纪五六十年代，他开始参与文学史写作；70年代末，他积极承担文学史写作任务，是拨乱反正的文学史书写方面的主力作者；80年代后期，他成为独当一面的学者，成为文学史书写的领军人物之一；90年代，他在中国现代小说美学思想史方面体现出了独立的学术思考，在文学史书写上尝试建构具有自我独立思考的学术体系。

从蒋心焕的早期学术研究历史来看，他在20世纪五六十年代的学术研究处于探索期。这一时期，他曾经参与了山师中文系编著的《中国现代文学史》（五卷本，1962年3月印刷）的编写工作。20世纪50年代末，北京大学、复旦大学、北京师范大学等全国诸多高校均有学生编写的中国现代文学史，山师则以教师为主编写了《中国现代文学史》。蒋心焕作为青年教师参与了这项工作。尽管这套中国现代文学史存在着一定的历史局限，但从培养中国现代文学史编写队伍来讲，其历史作用还是不容忽视的。也许，那种初生牛犊不怕虎的豪迈以及历史责任感，让这批青年学者较早地接受了文学史编写所需要的历史眼光和专业训练，为他们在新时期的中国现代文学史书写奠定了坚实的基础。实际情况也的确如此，像北京大学的洪子诚、北京师范大学的郭志刚，都曾经在新时期的中国现代文学史编写方面作出了突出的贡献，这恐怕与他们当初曾经迈出了尽管略显稚嫩但依然向前的中国现代文学史编写的脚步有着密切的关系。同样，蒋心焕是新时期中国现代文学史编写的参与者和推动者。

在中国现代文学史编写方面得到历练的蒋心焕，于1960年负笈南下，到武汉大学进修中国现代文学，这使得他在从事中国现代文学研究之初，除了得到田仲济的精心指导外，还得到了刘绶松的细心指导。20世纪50年代中期，当时的高等教育部批准北京大学、南开大学、武汉大学和山东师范学院等校招收中国现代文学专业的研究生。批准的理由没公布，学界的理解是这些学校有杰出的中国现代文学研究专家，如北京大学的王瑶、南开大学的李何林、武汉大学的刘绶松和山东师范学院的田仲济。由此说来，蒋心焕既得到了田仲济的认可与赏识，又拜师于刘绶松的门下，受益于中国现代文学研究中两位著名学者的青睐与指导。实际情况也的确如此，蒋心焕进入武汉大学之后，获得了刘绶松的特别赏识。对此，蒋心焕在后来的回忆中曾说，“60 年代初，正值三年困难时期，我们几个 20 多岁的青年带着渴望和崇敬的心情，从全国各地先后投奔武汉大学著名学者刘绶松门下攻读现代文学”，“先生在（引者注：北京）出色完成编著工作的同时，还经常在深夜或凌晨，以书信形式对我们进行答疑解惑，做切实具体的指导”。刘绶松先生把自己治学的经验感悟同样借助“圆”进行了深入阐释：“一个人能力、智力不一样，但只要把自己的潜质充分展现出来就符合‘圆’了。”那么，这种潜质如何展现呢？刘绶松先生认为：“（一）不急不躁，循序渐进；（二）博览与精读相结合；（三）手脑并用（即读和写同时并进）。只要照这样做下去，涉猎愈广，积累愈富，钻研愈深，是没有什么攻不下的科学堡垒的。”这番点拨，使得蒋心焕由此感悟到：“人生的最佳境界是对圆满的不懈追求，这是我们一生为之奋斗的目标，只要一步一个脚印向此目标前进，我们的人生就是充盈的，就是问心无愧的！”① 显然，刘绶松的一番宏论，的确给人以醍醐灌顶般的感觉。蒋心焕正是循着刘绶松的这一指导，在未来的学术研究上做到了不以物喜、不以己悲，总是用坦然的态度来对待治学与做人，不疾不徐，不左不右，努力在学术研究中寻找适合自身的中正研究之路，最终博采众长，在融会贯通中实现自我学术研究的日臻成熟与发展。在武汉大学跟随刘绶松学习的日子里，蒋心焕涵养了自己的学术心智，窥见了治学的门径，提升了人生的境界，为他在未来的学术人生中从容地绽放出属于自己的“花姿”奠定了坚实的基础。蒋心焕从田仲济和刘绶松那里继承下来的学术精神，穿越时空的阻隔，成为下一代学者精神谱系的组成部分。

20 世纪 70 年代，蒋心焕在学术研究上尽管深受时代的影响，但其可贵之处在于他依然保持着相对独立的学术思考，这主要表现在他关于鲁迅与同时代其他历史人物关系的阐释上。比如，他和查国华合作撰写的《我们的斗争需

---

① 蒋心焕：《没有元宵的元宵夜》，《济南日报》2000 年 2 月 15 日。

要马克思主义——学习〈关于太炎先生二三事〉札记》[①]《鲁迅和史沫特莱——学习鲁迅札记》[②]《鲁迅和内山完造——学习鲁迅札记》[③]《鲁迅与钱玄同的交往和斗争——学习鲁迅札记》[④]《鲁迅保卫“五四”文化革命胜利成果的斗争》[⑤]《鲁迅和肖红——学习鲁迅札记》[⑥]，等等。这一系列的鲁迅研究论文相对于特殊历史时期的鲁迅研究而言，具有其自我的学术特色，那就是在把鲁迅研究纳入政治发展的特殊背景下，研究者依然注重鲁迅本体的研究，尤其是对鲁迅社会关系的研究，具有以鲁迅为本体研究的基本特色。对此，笔者曾经在有关文章中做过这样的阐释：

> 在探究鲁迅生平时，努力将其与平庸的政治化解释区别开来，最大限度地还原鲁迅思想和情感的本真世界。当然，作为国内的学者，他们的研究不能不打上深深的时代烙印，其中的某些话语还可能具有那个时代的鲜明痕迹。但是，值得肯定的是，其中的有些作者和论文，并不是把鲁迅研究当作现实政治的注脚，而是努力还原鲁迅的真实思想和情感。如查国华与蒋心焕合作撰写的《鲁迅与内山完造》一文，则对鲁迅与日本友人内山完造之间的交往进行了历史的梳理与阐述，……这样的结论，没有宏大的话语，也没有多少时代的标语口号，显得较为平实，这可以看作他们在鲁迅研究过程中回归鲁迅本体的可贵努力。[⑦]

---

① 蒋心焕、查国华:《我们的斗争需要马克思主义——学习〈关于太炎先生二三事〉札记》,《山东师院》1975 年第 1 期。

② 蒋心焕、查国华:《鲁迅和史沫特莱——学习鲁迅札记》,《山东师院(社会科学版)》1975 年第 4 期。

③ 查国华、蒋心焕:《鲁迅和内山完造——学习鲁迅札记》,《山东师院学报(纪念鲁迅逝世四十周年专刊)》1976 年第 4—5 期。

④ 蒋心焕、查国华:《鲁迅与钱玄同的交往和斗争——学习鲁迅札记》,《山东师院学报(社会科学版)》1976 年第 1 期。

⑤ 查国华、蒋心焕:《鲁迅保卫“五四”文化革命胜利成果的斗争》,《山东师院学报(社会科学版)》1976 年第 3 期。

⑥ 查国华、蒋心焕:《鲁迅和肖红——学习鲁迅札记》,《山东师院学报(社会科学版)》1977 年第 5 期。

⑦ 李宗刚:《“文革”后期鲁迅研究的一个缩影——以〈山东师院学报〉“纪念鲁迅逝世四十周年专刊”为例》,《鲁迅研究月刊》2014 年第 10 期。

除了鲁迅研究的系列论文，蒋心焕还与查国华合作撰写了《谈“学衡派”》① 和《试论沙汀的前期短篇小说》② 等论文，这两篇论文作为历史转型时期的研究论文，体现了新旧研究范式转换的某些特点，可以视为特定时期第二代学者化蛹为蝶的历史蜕变之作。

1979 年，蒋心焕作为新时期第一批出版的《中国现代文学史》（田仲济、孙昌熙主编，山东人民出版社 1979 年 8 月版）的 11 名执笔者之一，撰写了其中的几个部分。这本中国现代文学史尽管在 1979 年才正式出版，但早在 1965 年，由于教学的需要，便由“山东大学、山东师范学院、曲阜师范学院的刘泮溪、韩长经、张伯海、薛绥之、冯光廉、蒋心焕、谷辅林诸同志执笔写成教材。此后，在一九七七年粉碎‘四人帮’的第二年，由山大、山师、曲师和山师聊城分院的韩长经、王长水，蒋心焕、朱德发，魏绍馨，孙慎之诸同志参与上述教材的部分章节，执笔编写成约二十万字的铅印教本”③。1978 年，又确定扩大篇幅，正式印行。其中，蒋心焕执笔的章节为第五章和第六章，即第二次国内革命战争时期的文学（上、下，第 184—288 页，全书共 544 页）。作为一本旨在“恢复实事求是的党的优良传统”的中国现代文学史，编写者们力争践行解放思想的编写原则，在史学上恢复历史的原来面目。从历史的维度来看，这本中国现代文学史还是基本达到了预期目的，出版后得到了海内外学术界的好评，可谓新时期中国现代文学史领域的一枝报春花。对此，蒋心焕曾经有过这样的回忆：

> 1979 年他与孙昌熙教授主编的《中国现代文学史》，是十一届三中全会以后我国出版的最早的教科书之一。田老带领编写人员认真总结了新中国成立以来文学史编写中的“左”的和形而上学的倾向，提出解放思想、实事求是、恢复历史本来面目的要求。这本书出版后，香港《文汇报》、《大公报》、日本《野草》杂志以及国内《文学评论》等报刊相继发表推

---

① 查国华、蒋心焕：《谈“学衡派”》，《山东师院学报（社会科学版）》1979 年第 2 期。
② 查国华、蒋心焕：《试论沙汀的前期短篇小说》，《山东师院学报（哲学社会科学版）》1979 年第 6 期。
③ 田仲济、孙昌熙主编：《中国现代文学史 · 写在后面》，济南：山东人民出版社 1979 年，第 543 页。

荐、评介文章，肯定了这本书较早地恢复了文学史本来的面貌，是一本可信之书。①

该书出版后，好评如潮，香港《大公报》以“实事求是！实事求是！实事求是！”的大字广告推荐此书。②

《中国现代文学史》作为“中国现代文学史丛书”之一种，1985 年又由山东文艺出版社出版了修订本。

20 世纪 80 年代初期，不仅中国现代文学史的重新书写得到了有效推进，而且中国现代小说史的重新书写也提上了日程。1984 年，由田仲济、孙昌熙主编，韩立群、蒋心焕、王长水、韩之友执笔的《中国现代小说史》由山东文艺出版社作为“中国现代文学史丛书”之一种公开出版。蒋心焕执笔第三章和第七章及附录部分（第三章为“在斗争中成长的工人形象”，第 205—259 页；第七章为“嵌着时代记印的历史小说中的人物形象”，第 455—508 页；附录为“中国现代小说发展概貌”，第 547—579 页）。③ 该书堪称 20 世纪 80 年代初期中国现代小说史书写方面的代表性著作，得到了学术界的好评。

在 20 世纪 80 年代前后，蒋心焕的主要精力集中于文学史和小说史的书写，此外，他还把许多精力放在中国现代历史小说研究上。这方面的代表性成果有《中国现代历史小说的开拓者、成功者——谈〈故事新编〉》④《略谈抗日战争和解放战争时期的历史小说》⑤《三十年代历史小说创作琐议》⑥《试论 1927—1937 年的历史小说创作》⑦《中国现代文学第一个十年的历史小说创

① 蒋心焕:《回忆恩师田仲济》,《春秋》2009 年第 1 期。

② 蒋心焕:《文学史研究的春天——二十年瞬间与记忆》,《蒋心焕自选集》,济南:山东人民出版社 2015 年,第 455 页。

③ 田仲济、孙昌熙主编:《中国现代小说史》,济南:山东文艺出版社 1984 年。

④ 蒋心焕:《中国现代历史小说的开拓者、成功者——谈〈故事新编〉》,《山东师大学报(哲学社会科学版)》1981 年第 5 期。

⑤ 蒋心焕:《略谈抗日战争和解放战争时期的历史小说》,《聊城师范学院学报》1982 年第 3 期。

⑥ 蒋心焕:《三十年代历史小说创作琐议》,《教学与进修》1983 年第 1 期。

⑦ 蒋心焕:《试论 1927—1937 年的历史小说创作》,《文苑纵横谈》(7),济南:山东人民出版社 1983 年。

作》[①] 等。这一时期他集中于对中国现代历史小说发展脉络的梳理和内在发展规律的阐释，对推动历史小说研究具有积极的作用。当然，从蒋心焕历史小说的研究范式来看，他的这一系列研究主要使用人物形象分析的范式，这种范式对历史小说历史发展的呈现自然有其不可替代的作用，但也显示出新时期伊始文学研究新旧更替的某些特点。这恰如魏建用辩证的观点来审视人生和学术的得失所总结出来的规律一样："人生的路上充满变数，每一步都有 N 种可能。谁也不知道，迈出这一步的每一种可能，与后面第 N 步的 N 种可能之间具有怎样的联系。"[②] 万事万物都自有其发展的内在轨道，人生路上充满的变数也就意味着任何一种可能都会发生，人们常说"失之东隅，收之桑榆"，便是对这一哲理的形象概括。我们以此来探究蒋心焕的学术研究变迁之路时，就会对此有深刻的体会。蒋心焕以中国现代历史小说研究为出发点，在不经意间把历史勘探的钻头深入中国近代文学这块富矿，并搭建起一条联结中国近代文学和现代文学的桥梁，由此开启了"转换"研究的新视域。

20 世纪 80 年代中后期，蒋心焕作为主编之一的《新编中国现代文学史》[③]，在国内尤其是在华东地区产生了很大影响。这一时期他的主要精力集中在中国近代文学与现代文学关系的研究上，其主要研究成果是《"五四"新小说理论和近代小说理论关系琐议》[④] 《论中国近代文学向现代文学的转换——纪念五四运动七十周年》[⑤] 《中国近代文学向现代文学转换》[⑥] 等几篇重要论文，这些研究成果在《新编中国现代文学史》中有所体现。诚如笔者早在 2000 年指出的那样：

---

① 蒋心焕:《中国现代文学第一个十年的历史小说创作》,《文艺评论通讯》1984 年第 2 期。

② 魏建:《"绿叶"的成色》,《中国社会科学报》2021 年 3 月 19 日。

③ 朱德发、蒋心焕、陈振国主编:《新编中国现代文学史》,济南:明天出版社 1989 年。

④ 蒋心焕:《"五四"新小说理论和近代小说理论关系琐议》,《山东师大学报(社会科学版)》1986 年第 1 期。

⑤ 蒋心焕:《论中国近代文学向现代文学的转换——纪念五四运动七十周年》,《山东师大学报(社会科学版)》1989 年第 2 期。

⑥ 本文系蒋心焕先生为《新编中国现代文学史》一书所撰写的绪论部分,详见:朱德发、蒋心焕、陈振国主编:《新编中国现代文学史》,济南:明天出版社 1989 年,第 1—41 页。

有关近代文学向现代文学的转换研究（见《论中国近代文学向现代文学的转换》《论梁启超的小说观》等文），更是较早地摆脱了静态的文学研究方式，代之以动态的文学发展规律的探讨，使近代文学的研究向前推进了一大步。即便是在今天，其理论的描述亦显示出学术的光芒。这显然与其深厚的文学理论功底分不开。与近代文学向现代文学的转型研究紧密相连的是蒋先生的小说史研究。其《五四新小说理论和近代小说理论关系琐议》一文便是这一关注的结果。该文从小说理论的视角，疏浚了中国现代小说的源头。①

实际上，我们如果远距离地观照蒋心焕关于中国近现代文学的转换思考，便会发现这一问题的提出的确具有学术史的价值和意义。这恰如蒋心焕所指出的那样："这是一个有待深入研究的课题。"然后，他追溯了现代以来的诸多学者对这一问题的阐释历史，认为：

解放以前出版的学术著作，诸如胡适的《五十年来中国之文学》、陈炳堃的《最近三十年中国文学史》、周作人的《中国新文学的源流》、朱自清的《中国新文学研究纲要》（《文艺论丛》第十四辑）等，都注意到五四文学和近代文学的关系及时代思潮同文学变革的关系，但这些史著，由于所论的角度或侧重点不同的缘故，大都只提出了问题，未能展开论证；有的论著，或立论失之偏颇，或资料明显荒缺。②

他又对接了新中国成立之后的研究历史，认为：

解放以后，特别是近几年来，研究工作者以新的观点和较为丰富、翔实的资料，对这个专题进行了系统的研究，如严家炎的《中国现代文学

① 李宗刚：《淡泊有为　宁静致远——记蒋心焕先生的文化求索之路》，《联合日报》2000年1月4日。
② 蒋心焕：《"五四"新小说理论和近代小说理论关系琐议》，《山东师大学报（社会科学版）》1986年第1期。

发展中的几个基本问题》、沙似鹏的《五四小说理论与近代小说理论的关系》等专论，对进一步研讨这个专题，提供了很好的基础。[1]

蒋心焕把自己的学术研究置于前人的研究基础之上，并围绕着这一专题，从“如何评价梁启超等人的小说理论和现代小说理论对近代小说理论的革新”这一角度进行了阐释。这一阐释的独到之处在于把梁启超等人的小说理论与现代小说理论的内在关系进行了疏浚，把整个中国小说纳入有机的统一体之内进行辨析，并由此缝合了近代小说理论与现代小说理论之间的缝隙。这对忽视二者之间的关系研究具有纠偏作用。

如果说蒋心焕的《“五四”新小说理论和近代小说理论关系琐议》一文还停留在“琐议”层面上的话，那么，他的《论中国近代文学向现代文学的转换——纪念五四运动七十周年》和《中国近代文学向现代文学转换论》便是较为系统化和理论化的思考结晶。蒋心焕在《论中国近代文学向现代文学的转换——纪念五四运动七十周年》的开首便鲜明地提出了自己的观点：

以“五四”为标志的中国现代文学是具有现代特征的一种新质的文学，但它的新质不是突然冒出来的。历史证明，中国现代文学是中国知识分子中的先驱者经过对中国近代政治、文化的沉痛反思后而实现转换的。[2]

为此，他从“从政治意识的觉醒到伦理意识的觉醒”“从晚清文学改良到五四文学革命”等方面进行了较为系统深入的阐释，并由此把近代文学视为“五四文学革命的先声”：

① 蒋心焕：《“五四”新小说理论和近代小说理论关系琐议》，《山东师大学报（社会科学版）》1986年第1期。

② 蒋心焕：《论中国近代文学向现代文学的转换——纪念五四运动七十周年》，《山东师大学报（社会科学版）》1989年第2期。

从鸦片战争到五四前夕的文学构成了具有独立特质的近代文学。但从历史联系上看，资产阶级文学改良运动适应了时代的潮流，对泛滥于文学领域的复古主义、形式主义的理论观念和文学创作是一个猛烈的冲击，特别是梁启超所发动的一连串的文体革命，标志着同中国古代文学断裂的开始，它成了五四文学革命的先声。①

正是基于如此深入的分析，蒋心焕强调：

从总体上说，不论是改良派还是革命派对文学进行革新的经验教训，为五四文学革命的崛起，提供了内在的历史根据；而转换的直接原因则是五四的社会历史条件和文化氛围；以西方文学为楷模，对其大规模的自觉的翻译介绍，催生着中国文学发生根本的转换。②

在论文的结尾部分，作者豪迈地指出：

五四时期"人的文学"的倡导和实践，不仅在中国文学史上是一次根本性的变革，开启了中国新文学走向现代化的新时代，成为世界进步文学中的一个重要组成部分，而且由此引发了文艺内部一系列的变革：它以新的理论观念和审美意识彻底改造了旧文学，奠定了中国现代文学的基础；它使文学从以"教化"为中心的思想观念向以真、善、美为中心的审美观念迅速转化；它使文学（小说表现得最明显）从主要以写故事为主转化为主要以刻画人物的性格、心态为主；它实现了白话文取代文言文的真正变革，完成了对旧格律诗、章回小说、笔记小说等体式的蜕变。这种变革和创新，形成了五四文学在思想内容和语言体式上琳琅多采的姿

① 蒋心焕：《论中国近代文学向现代文学的转换——纪念五四运动七十周年》，《山东师大学报（社会科学版）》1989年第2期。

② 蒋心焕：《论中国近代文学向现代文学的转换——纪念五四运动七十周年》，《山东师大学报（社会科学版）》1989年第2期。

态，促进了中国现代文学的繁荣，实现了文学向现代化、民族化的转换。①

我们如果循着这样的一个文学史研究范式往前推演，则不难看出，这种大文学史观与20世纪90年代后期兴起的“20世纪中国文学史”书写理念具有内在旨趣上的统一性。由此，“20世纪中国文学史”② 便从根本上纠正了既有的中国现代文学史割裂现代文学与近代文学的关系的认知偏颇。

蒋心焕在这一时期之所以能够从现代文学研究的领域中突围出来，并从中国近现代文学转换的视角对其进行阐释，与他研究中国现代历史小说有着密切的关系。在研究中国现代历史小说的过程中，他逐渐走出了中国现代文学的疆域，把现代历史小说与明清特别是晚清时期的历史小说进行对比：

中国的历史小说并非始于五四文学革命以后，早在明清特别晚清时期就比较发达了，并且涌现出一些颇有影响的广为流传的长篇历史小说，如《三国演义》《水浒传》《说岳传》《东周列国志》《东汉演义》《西汉演义》《隋唐演义》等。五四文学革命兴起的新的历史小说虽然同古代历史小说有一定的联系，但从本质上看却具有了崭新的特点，不论是思想内容或艺术形式都发生了根本变革。③

由此看来，蒋心焕在对中国历史小说进行梳理的过程中，既看到了它们之间的差异，又看到了它们之间的内在联系，尤其是看到了现代历史小说在近代小说的继承和扬弃中的进一步发展与完善。这种注重勾连二者关系的研究视角，便

---

① 蒋心焕:《论中国近代文学向现代文学的转换——纪念五四运动七十周年》,《山东师大学报(社会科学版)》1989年第2期。

② 20世纪90年代前后,中国现当代文学史的书写出现了新局面,其中的标志之一便是“20世纪中国文学史”从理念的提出转向编撰的实践,代表性著作有:陈平原著:《二十世纪中国小说史》(第1卷),北京:北京大学出版社1989年;乔福生、谢洪杰主编:《二十世纪中国文学》,杭州:杭州大学出版社1992年;孔范今主编:《二十世纪中国文学史》(上下册),济南:山东文艺出版社1997年;黄修己主编:《20世纪中国文学史》,广州:中山大学出版社1998年;等等。

③ 蒋心焕:《中国现代文学第一个十年的历史小说创作》,《文艺评论通讯》1984年第2期。

为他后来提出中国近代文学向现代文学的转换奠定了坚实的基础。

在研究中国现代历史小说的过程中，蒋心焕把思想的触角伸展到了近代历史小说的疆域之中，这又与他注重事物之间的普遍联系性、注重在对比中确立研究对象等研究范式有关。这种研究方法在其对田仲济研究方法的体悟中有所表现：

> 他（田仲济，笔者注）不仅把研究的眼光紧紧盯在现代文学这块园地上，而且，还主张把现代文学放在整个中外文学史的链条上加以透视，既发现现代文学与古代文学、外国文学的千丝万缕的联系，又发掘现代文学与当代文学及社会现实之间的内在的历史因果关系，他常常以作家的眼光审视研究对象，力图把文学放在一个当时历史、时代、生活、文化等多种因子组合的立体世界中加以研究。①

显然，蒋心焕能够把田仲济的研究方法予以如此清晰的概括和提炼，也恰好说明了这种研究方法已经深入他的学术研究之中，并成为他把中国现代文学纳入近代文学的发展链条中加以阐释的内在缘由。

在90年代前后，蒋心焕未能循着“转换”的视角对中国近代文学与现代文学的关系进一步向纵深处挺进，这主要缘于他的学术研究开始转向。其一是他在中国现代小说史研究方面深化了自己的思考，并从美学思想的维度尝试着建构自己的学术体系；其二是他受田仲济之邀，参与了《中国新文艺大系（1937—1949）散文杂文集》② 的编选工作。在培养研究生的过程中，他注重从现代小说本体尤其是现代小说美学思想的维度引领学生进行思考，并主编了《中国现代小说美学思想史论》③ 这部著作。该著作尽管延宕了十多年才得以问世，但其关于中国现代小说美学的思考依然具有不可取代的价值和意义。至

① 蒋心焕：《从一个窗口看田仲济先生》，《中国现代文学研究丛刊》1993年第4期。

② 田仲济、蒋心焕主编：《中国新文艺大系（1937—1949）：散文杂文集》，北京：中国文联出版公司1996年。

③ 蒋心焕主编：《中国现代小说美学思想史论》，南京：江苏文艺出版社2006年。

于蒋心焕参与《中国新文艺大系（1937—1949）散文杂文集》的编选工作，魏建有过这样的回忆：“田仲济老师偏爱杂文和散文，动员蒋老师研究散文，蒋老师就转向了。田老师接手《中国新文艺大系（1937—1949）散文杂文集》的主编任务，也是蒋老师帮他编成的。”“这项工程卷帙浩繁，当时蒋老师已是满头白发，那些日子他与民国年间的书籍、报纸、杂志相伴，在尘封土掩的历史文献中钩沉、校勘，花了很多年才做完。样书出来，是16开本、1000页。”① 如此浩大的工程，使得蒋心焕的学术再次开启了系统性的“转换”，那就是从中国近代文学向现代文学的转换研究，“转换”到了以资料搜集整理为主的中国新文艺大系散文杂文的历史文献钩沉和校勘等具体工作中。

在这一时期，蒋心焕的学术研究主要集中于散文方面，其中的代表性成果有《论梁实秋散文的独特品格》②《试论闲适派散文——兼及周作人、林语堂、梁实秋散文之比较》③《“海派”散文与文化市场》④《文化散文发展的轮廓》⑤《漫谈周作人的文化人格及其散文的文学史意义》⑥《中国现代散文走向鸟瞰》⑦ 等。蒋心焕的散文研究奠基于坚实的资料基础之上，所以，他的散文研究论文得到了学术界的关注。除散文研究外，蒋心焕还继续关注中国现代作家作品的个案解读，其中的代表性论文是《茅盾文学思想结构探》⑧。

21世纪以来，作为第二代学者的蒋心焕已经退出了学术舞台，由此开始转向散文创作。他的散文创作始于20世纪90年代，作品数量虽然不是很多，但别具一格，具有清新淡泊的风格。他在周作人散文研究方面用功甚多，这便使得其散文创作既融会了其文学研究的某些个人体验，又自觉承继了周作人散

---

① 魏建:《“绿叶”的成色》,《中国社会科学报》2021年3月19日。

② 蒋心焕、吴秀亮:《论梁实秋散文的独特品格》,《山东师大学报(社会科学版)》1993年第2期。

③ 蒋心焕、吴秀亮:《试论闲适派散文——兼及周作人、林语堂、梁实秋散文之比较》,《聊城师范学院学报(哲学社会科学版)》1993年第2期。

④ 蒋心焕:《“海派”散文与文化市场》,《东岳论丛》1998年第1期。

⑤ 蒋心焕:《文化散文发展的轮廓》,《山东师大学报(社会科学版)》1999年第2期。

⑥ 蒋心焕:《漫谈周作人的文化人格及其散文的文学史意义》,《胜利油田师范专科学校学报》1999年第3期。

⑦ 蒋心焕:《中国现代散文走向鸟瞰》,《山东师范大学学报(人文社会科学版)》2015年第2期。

⑧ 蒋心焕:《茅盾文学思想结构探》,《山东师大学报(社会科学版)》1996年第4期。

文的风格，同时接续了田仲济散文杂文创作的某种风范，结合自我的独特人生体验，逐渐形成了平和淡泊的散文风格。如《枣树的思念》一文，他在开头和结尾是这样写的：“老家庭院里有棵枣树，是母亲栽植的。”“我每次回乡留恋于枣树之下，总能深深感受到母子亲情的激荡，尽管已是天上人间!”[①] 然而，正是这棵枣树，不仅激荡着母子的亲情，而且渗透着自我的文化反思、贯穿着时代的风雨！也许，在20世纪90年代以及此后的市场经济大潮涌动的特定历史背景下，蒋心焕散文清新淡泊的风格恰是作者坚守自我人文文化立场以及由此对抗经济大潮的外化。

作为第二代学者的代表，蒋心焕始终坚守自己作为一个独立的知识分子的操守，并把学术视为安身立命的根本，但从总体上看，这一代学者中的大多数或由于身体的限制，或由于体制的疏离，已经逐渐淡出学术界，只有少数第二代学者还身在体制之内，由此开启了人生的“逆生长”之路。例如朱德发便在山师中国现当代文学学科获得博士点之后，受聘为博士生导师，其学术人生由此进入了一个新时代。[②]

## 三、 重视原始资料的搜集与研究

蒋心焕从事学术研究，继承和发扬了“山师学派”[③] 的学术研究传统，注重资料在学术研究中的重要作用。

山师的中国现代文学教研室在1952年设立，第一代学者田仲济和薛绥之极为重视原始资料的搜集整理与研究，并由此形成了在原始资料基础上进行学理阐释的治学风格。早在1947年，田仲济先生撰写其成名作《抗战文艺史》时便显示了他的这一治学路径。作为深受田仲济影响的第二代学者，蒋心焕继

---

① 蒋心焕:《枣树的思念》,《贵州日报》1994年10月9日。

② 魏建:《试析“朱德发现象”》,《中国现代文学研究丛刊》2015年第4期。

③ 魏建认为,“无论依据‘学派’的工具书定义,还是依据人们对‘学派’的理解,中国现当代文学研究界的‘山师学派’早就存在了。这一学派正式出现的时间应该追溯到60多年之前”。魏建:《中国现代文学期刊研究与学派传承——以“山师学派”为例》,《山东师范大学学报(人文社会科学版)》2017年第3期。

承和发扬了山师学派的这一传统。他在回忆田仲济的文章中曾就此专门进行了详细说明：

先生（田仲济）正是以此指导我们编写“文革”以后国内出版的第一部并取得史学界好评的《中国现代文学史》和《中国现代小说史》等学术著作的。令我特别感动的是先生将珍藏数十年的《抗战文艺》（计七十八期）借我阅读，让我接触原始资料，感受历史氛围，从而理清抗战文艺的发展线索。我翻阅着抗战时期艰难出版现已发黄变脆甚至发霉的杂志的每一页，真是感慨万千，受益终生。[①]

他（田仲济，笔者注）多次对教研室的同志说，资料的搜集、积累和整理是我们的传统，要不断补充、添置新的资料。他认为，资料是研究的基础和前提，只有从第一手资料出发进行的研究，才能经受住实践和历史的考验，成为有学术生命的著作。由此，我不由得联想到从20世纪50年代到80年代，他利用各种机会充实、丰富新文学藏书的感人情景。[②]

建国初期，田先生担任齐鲁大学中文系教授兼系主任时，就注意有关现代文学资料的搜集，购买了当时东方书社出版的新文学书籍。一九五二年院系调整，齐鲁大学合并到山东师院后，他更是有意识地购买五四以来出版的新文学书籍和期刊。一九五五年上级给田先生主持的研究生班拨了八千元经费，田先生全用来购买书报杂志，并建立了资料室。七十年代初期，田先生获悉已故现代文学著名藏书家瞿光熙的家属拟出售私人藏书的消息，他一则以喜，一则以忧，唯恐这批资料零落散失，他不顾个人还在受“审查”的艰难处境，冲破了种种阻力，想方设法使这一大批名贵书籍从南方私人书库安抵师大图书馆。田老常说，资料是研究的基础和前提；只有从第一手资料出发所进行的科学研究，才能经受住历史的考验，

① 蒋心焕：《完美人格的典范——痛悼恩师田仲济教授》，《齐鲁晚报》2002年1月18日。
② 蒋心焕：《回忆恩师田仲济》，《春秋》2009年第1期。

才是真正有价值的研究论著。①

田先生一贯的最明显的倾向是：尊重历史、力求真实。应该说，这是文学史研究的根本的原则，但也是最高原则，说说容易，做起来是颇为艰难的。

田先生曾于40年代初写的《〈夜间相〉后记》一文中说："尊重历史的现实，这就是尊重历史的真实。是不能以现在的面貌来窜改过去的。"时过四五十年，近半个世纪，田先生仍然反复强调这一点："文学史要有公允地恰如其分地对于文学运动、重大事件、风格流派等等的记述、分析……"。"至于我，我是不主张以今天的思想改过去的思想的，那实际是对历史的窜改……"。多年来，田先生始终以此为准绳，来指导他的文学史研究工作，力求科学、准确，常在清醒、冷静、理智的分析中，显示自己个人的独到见解，不为流行观点所左右。②

正是在田仲济等第一代学者的影响下，蒋心焕极为重视原始资料的搜集与研究，并保存了一大批有价值的原始文献，其中，在鲁迅研究资料方面的成果较具代表性。山师作为鲁迅研究和文献资料搜集与整理的重镇，向来具有重视鲁迅相关文献资料的传统，蒋心焕受此影响，保存了一大批与鲁迅相关的文献资料，保存有相对完整的鲁迅著作注释"征求意见本"。早在21世纪之初，笔者曾经在向蒋心焕请教未来的学术研究计划时说过，鲁迅著作注释"征求意见本"作为特定历史的一种特殊学术活动，在学术史中具有其无法替代的价值和意义。我们如果循着"征求意见本"的编纂轨迹，可以穿越历史时空的阻隔，抵达历史的深处，进而帮助读者理解特定时代的学术研究如何平衡功利性诉求与学理性诉求的关系，也可以为未来的学术研究规避历史误区提供镜鉴。蒋心焕对此想法特别赞赏，并相继把他保存了30多年的鲁迅著作注释"征求意见本"赠送给我。后来，缘于我将学术兴趣逐渐定位于中国文学的文

① 蒋心焕、宋遂良：《青山不老　桃李成林——田仲济教授和现代文学研究》，《山东师大学报（社会科学版）》1987年第4期。

② 蒋心焕：《从一个窗口看田仲济先生》，《中国现代文学研究丛刊》1993年第4期。

学教育领域，这一话题便暂时搁浅了。但是，我每每想到他赠送的“征求意见本”未能释放出其应有的学术能量时，便深感愧疚，所以建议我指导的博士研究生把这一课题纳入博士论文的备选课题中。令人欣慰的是，这一时机在2018年终于来到，我指导的2017级博士研究生谢慧聪对此课题很感兴趣，把鲁迅著作注释“征求意见本”作为自己的博士论文研究对象，我便把蒋心焕的这套相对完整的“征求意见本”转赠给了谢慧聪。谢慧聪不仅在此基础上完成了博士论文，还获得山东省优秀博士学位论文，而且其系列论文也相继刊出。谢慧聪在文中写道：“本文所使用的‘红皮本’系山师文学院蒋心焕教授提供，在此一并表示感谢。”① 学术研究正是在这样代际承续的转换中不断推进的。这也说明，我们在评估第二代学者的学术贡献时除了要关注他们曾经发表了哪些值得历史记忆的学术论文或学术著作，还要关注他们在提携后学、在代际传承中如何很好地承担了其作为“历史中间物”所应该承担的“传”之重任！

在20世纪70年代末80年代初，蒋心焕除了参与中国现代文学史和中国现代小说史的编写工作外，还与朱德发合作完成了《第三次国内革命战争时期解放区文艺运动资料汇编》。这本资料汇编系“中国现代文学史资料汇编（甲种）”之一。为了能够较好地完成这一资料汇编任务，朱德发与蒋心焕跑了诸多图书馆，从浩瀚的资料中遴选出篇目，再抄录到300字的方格纸上，如此下来，厚厚的一大摞手抄资料才算是顺利完成了。然而，令人遗憾的是，这本资料汇编因为出版经费的限制，未能付梓出版。对此，朱德发老师有过这样的回忆：

> 本资料汇编顺利通过审稿，于20世纪80年代初由中国社会科学院文研所徐迺翔同志直接交给山西人民出版社付梓出版，但该社不知何故久久不出版。中间我们询问过徐迺翔同志，徐迺翔同志也催促出版社；后来这

① 谢慧聪:《〈鲁迅全集〉编注史上的“征求意见本”》,《山东师范大学学报(社会科学版)》2021年第4期。

> 部书稿又转给北岳出版社，该社已做好发稿的具体编排，但迟迟不出版，这就拖至20世纪末了。这时我们又催问徐迺翔同志，北岳出版社终于将要发排的文稿原样不动地退给我们，这已是21世纪初了。我们只能将这部资料汇编保存起来，等待问世的时机。①

然而，从两位老师的年龄来看，这部保存起来的资料汇编，如果没有人再去过问，随着岁月的流逝，知晓这部资料汇编的人也许会越来越少。随着两位老师的离去，这部资料汇编也许再也等不来问世的机会。在经过了近38年的沉寂之后，当听到蒋心焕老师不无遗憾地谈及此事，并说这本资料汇编的手稿由朱德发老师收藏时，我便默默下定决心替两位老师完成心愿。朱德发是深受诸多同学崇敬的老师，他的五四文学研究课是我们这一届学生的选修课，他在思想上大胆地冲破“左”的思想桎梏，深得同学们的推崇。2002年，我考取了朱德发老师的博士研究生。如此一来，我是蒋心焕的硕士研究生，又是朱德发的博士研究生。这样一种特殊的机缘使我感到，如果能够把两位老师当年合作完成的资料汇编毫无缺损地出版，帮助两位老师还上这段已经搁浅了38年的未了情，这该是一件多么令老师高兴的事啊！这既可以完成蒋心焕的资料汇编出版的未了情，又可以“勘探”朱德发80年代初期在学术研究上能够有所突围的内在奥秘。

当我向两位老师表达了自己愿意帮助他们完成出版这本资料汇编的心愿时，他们都很高兴。于是，我从朱德发家里拿到了已经被老鼠啃噬过的书稿，并拉开了出版的大幕，重新呈现出已经被延宕了38年的第二代学者艰苦卓绝地躬耕于图书馆的奋斗大剧。对此，朱老师在前言中又专门加上了几句话：

> 救活这部书稿的时机终究来到：一是我们所在的山东师范大学中国现当代文学学科于2007年被批准为国家级重点建设学科，不仅承传并光大

① 朱德发、蒋心焕、李宗刚编：《第三次国内革命战争时期解放区文艺运动资料汇编（上）》，沈阳：辽宁人民出版社2018年，第2页。

> 了本学科在历史上重视文学史料汇编的优良传统，而且对有价值的文学资料出版给予大力资助；二是李宗刚教授是我们两个人培养指导的硕士和博士研究生，他既热爱文学资料工作，又潜心学术研究，既是硕士生指导教师，又是博士生指导教师，并心甘情愿地承续这部资料的重新校勘、重新打印、重新联系出版等诸多烦琐工作，争取完好无损地将这部积压了三十多年的资料汇编救活！①

其实，我的名字被两位老师加在他们的名字之后，是我从未想到过的事情。我本来就是要替老师还一个被搁置了 38 年的心愿——希望他们能够在有生之年目睹当年这本渗透了他们汗水的资料汇编顺利面世，至于我自己则从来没有想到由此获取什么个人的名声。但虑及两位老师意在提携学生的美意，再加上我作为两位老师的学生，能够忝列老师之后，也实在是一件令我感到荣幸的事情，于是，我的名字便在朱德发和蒋心焕之后，也出现在这本资料汇编的编者行列。当然，我之所以接受了两位老师的美意，还有一层意思，那就是要表明这样的一个真谛：学术研究是一代代学人不懈地接续奋斗的事业，这既有前辈学者对后学的栽培与提携，又有后学对前辈学者的推崇与热爱，如此一来，学术才会真正地在代际传承中发扬光大。

值得欣慰的是，这本资料汇编终于赶在 2018 年 7 月正式出版了——6 月底，在我的再三督促下，这本书的样书赶印出来，我便迫不及待地送给了两位老师。此时，朱德发已经到了生命的最后时刻。据他的女儿朱筱芳讲，朱德发看到这本书后，很欣慰。令人痛惜的是，朱德发教授在 7 月 12 日便离开了他魂系梦绕的学术研究事业，终止了他一直视为一种生活方式的学术研究生涯。蒋心焕拿到这本资料汇编之后，非常满意，他兴奋地在该书的扉页上题写了如下的文字："此书堪称红色经典，其价值永存！它的出版归功于'重点学科'的支持及宗刚的辛勤付出。蒋心焕　2018 年 11 月 11 日。"②

---

① 朱德发、蒋心焕、李宗刚编:《第三次国内革命战争时期解放区文艺运动资料汇编(上)》,沈阳:辽宁人民出版社 2018 年,第 2 页。

② 蒋心焕的题字见该书的扉页。该书由笔者保存。

令人深感痛惜的是，匆匆几年的时光中，朱德发和蒋心焕竟先后离开了我们。每当这种伤感的情绪袭来之时，我看到老师们留下的文字，便又切实地感到，他们依然活在由文字砌成的学术大厦里，他们的思想和情感的脉搏依然铿锵有力地跳动着，他们的文化生命超越了生理生命，依然是我们在学术研究的道路上继续前行的动力源泉。实际情况也的确如此，每当我们在山师教学三楼的3141会议室慷慨激昂地驰骋于学术的疆域时，便会看到两位老师在1987年和2018年的两张学科教师合影中那或神采飞扬、或温情谦和的笑容，仿佛感到两位老师并没有远去，他们与山师的中国现当代文学学科同在！我与研究生合作完成的《山东师范大学中国现当代文学学科资料汇编的历史回溯》一文，便像溯历史长河而上一般，对学科在中国现当代文学资料整理与研究方面的工作进行了溯源性的考辨，其中便包括对朱德发和蒋心焕在资料整理和研究方面所作贡献的梳理。①

20世纪80年代末90年代初，蒋心焕协助田仲济完成了《中国新文艺大系（1937—1949）：散文杂文集》② 的编选工作，这是蒋心焕与田仲济近半个世纪学术代际传承的最后一次清晰呈现。《中国新文艺大系》作为一部反映五四以来中国新文艺优秀成果及其发展历程的重要文献史料集，对五四运动前后到1982年底新文艺作品和史料进行总结，以文学艺术门类分集编纂整理，为相关研究者提供了比较系统、完整的史料文献。在参与这部重要文献史料集编纂的过程中，蒋心焕对学术的代际传承有着这样深刻的感悟：

> 令我终生难忘的是田老作为老一代学者严之又严的工作态度和一丝不苟的工作作风。该书最后审定的作品为506篇，但这506篇是我们费时几年从近万篇作品中筛选出来的。经过初选、二选和最后审定，田老勤奋、严谨的工作作风贯穿始终，万分感人。1937—1949年这10多年，正是伟

① 李宗刚、高明玉：《山东师范大学中国现当代文学学科资料汇编的历史回溯》，《山东青年政治学院学报》2021年第5期。

② 田仲济、蒋心焕主编：《中国新文艺大系（1937—1949）：散文杂文集》，北京：中国文联出版公司1996年。

大而艰巨的战争年代，当时出版的不少书籍和报刊一般都是土纸印刷，字迹模糊难辨，田老拿着放大镜，多次校对，改正错字、漏字。初选、初校工作，我做得比较多，自以为是够认真的，但经他审定还是发现一些差错。这时，他就语重心长地说："事在人为。"我们不敢保证一个错字也没有，但应以"尽善尽美"的高标准来完成它。田老还把有些作品寄给他熟识的作家，询问用哪个版本为好。总之，大到作品入选标准，小到对错漏的订正，都在他殚精竭虑的关注中。①

这部研究资料的编选，不仅对中国现代文学第一代学者与第二代学者的学术传承有了清晰的呈现，也使第二代学者对于如何发扬光大第一代学者的学术精神有了更加明确的目标——蒋心焕在既有资料编选的过程中，开启了自我学术的转型——从早期的中国现代文学史书写到 20 世纪 90 年代散文研究的学术之路。

## 四、 教书育人，薪火相传

1949 年之后，大学教育遵循着现代教育的基本法则，在不同院系开设了不同课程。中文系则开设了中国古代文学、古代汉语、现代汉语、文学理论、外国文学以及嗣后开设的中国现代文学等课程。但是，因为大学的课程多由数个老师合作完成，师生之间的互动多限于课堂上的教师讲解知识、学生听讲这种单向度的活动。由此带来的问题便是，教师与学生之间除了知识的传递之外，那种真正的内化于精神和情感深处的交流则往往处于缺失的状态。我之所以能够走进蒋心焕学术人生的世界中去，恰好是因为有了一次能够超越大学本科师生交往的研究生学习经历。在研究生学习生活的三年时间里，我不仅对蒋心焕的做人原则有了深切的感知，而且还对他的学术研究有了更多的理解。

在科研上能够披荆斩棘并终成一家之言的老师，固然是少数，更多的老师

① 蒋心焕:《田仲济先生的散文观》,《蒋心焕自选集》,济南:山东人民出版社 2015 年,第 413 页。

是舌耕于三尺讲台，通过教书达到育人的目的，进而把现代文化理念植根于学生的心灵深处，由此实现薪火相传。蒋心焕不仅在学术上有自己的独立建树，而且还深谙教育规律，培养了众多优秀的学生，这些学生既有本科生，也有研究生。虽然说本科生、研究生的教育是诸多老师通过“合力”完成的，但是从整体上说，研究生的指导教师无疑是诸多“合力”中最为重要的那股历史力量；或者说是培养学生的主导性力量。

在研究生培养方面，蒋心焕继承了第一代学者的优良传统，根据研究生的个性特征及其特长有针对性地引导研究生找寻到自我的学术研究方向。李春林作为1978级的硕士生，尽管不是蒋心焕亲自指导的硕士研究生，但蒋心焕依然积极参与他的学术人生设计，并在关键节点上给予了有针对性的指导。据李春林回忆：

> 在最后一年撰写毕业论文的日子里，我更成为那洒满阳光的房间的常客，蒋老师每每给予口头或书面的种种指教。尤其是题目的选定，完全是蒋老师的意见：当他得知我想写“鲁迅与契诃夫”时，告诉我，“王富仁正在写此题，你写不过他，不如写‘鲁迅与陀思妥耶夫斯基’”。我说陀思妥耶夫斯基太复杂，不好写，蒋老师说正因为复杂，写出来就是成功。征得了书新老师和田仲济老师的同意后，就这样定了下来。①

自此以后，李春林一直将鲁迅与外国文学比较研究作为自己的主攻方向，并在此基础上建构起了自己的学术大厦。

蒋心焕从1985年开始指导硕士研究生，1995年停止招生，前后带了8届，共20多人。他培养的学生大都已经成为工作岗位上的业务骨干。以1985级硕士研究生为例，蒋心焕共招了郭济访、万直纯、魏建（按照年龄排序）3名研究生。郭济访1988年毕业之后便到了江苏文艺出版社，曾经主导过90年代具有较大学术影响的丛书编辑工作，并相继推出了山师青年学者吴义勤、张清

---

① 李春林：《洒满阳光的房间——忆念恩师蒋心焕先生》，《济南时报》2021年2月8日。

华（按其著作出版时间先后排序）的学术著作，这成为他们在学术界的成名作和代表作。直到今天，这些著作仍是本科生和研究生学习中国当代文学的重要参考书目。对此，张清华曾经这样回忆过他的《中国当代先锋文学思潮论》：

> 1997年夏，我写成了书稿《中国当代先锋文学思潮论》，当时很希望这本书能够纳入江苏文艺出版社的“跨世纪文丛”中，因为那套书里都是非常优秀的同行或师友的著述。刚好一位学兄郭济访就在该社任职，济访是蒋老师的研究生。蒋老师得知我的愿望，非常支持，亲自给济访兄打电话，向他介绍了我的情况，多有鼓励之辞，遂使该书顺利出版……我自然心怀感激，但每当我当面向他表示谢意的时候，他都会淡然一笑，说小张不要客气，你好好做学问，好东西还应该在后头。[①]

这说明，蒋心焕恰是秉承以学术为公器的理念，积极地为每一位具有学术追求的后学提供力所能及的帮助和提携。郭济访也传承了蒋心焕的学术理念，不仅积极扶持青年学者，还注重发掘资深学者的资料，其中具有代表性的成果便是出版了《田仲济文集》（四卷本）[②]。郭济访因业绩突出，获得了国务院特殊津贴，并被提拔为出版社的副社长，为中国学术的发展作出了突出贡献。万直纯作为安徽教育出版社编辑、编辑部主任、副总编辑，2001年被选拔为安徽省省直宣传部门“四个一批”拔尖人才，2002年享受国务院政府特殊津贴，2008年获评全国新闻出版行业领军人才，2013年担任时代出版传媒公司专家委员会主任委员、出版策划中心副主任，公司编辑委员会委员、副主任。他责编的《卞之琳译文集》获国家图书奖提名奖、全国外国文学优秀图书奖一等奖。他曾是44卷本《胡适全集》这一浩繁出版工程的项目负责人，也是其中的责任编辑之一。这项工程无疑是1949年以来首次对胡适一生学术研究撰述

① 张清华：《蒋心焕先生琐忆》，《南方周末》2021年3月4日。
② 杨洪承主编：《田仲济文集》（四卷本），南京：江苏文艺出版社2007年。

的系统性梳理，对胡适研究的普及与深化起到了无法替代的历史作用。此外，他还出版过《丁玲和她的文本世界》《万直纯文学论集》等学术专著。郭济访和万直纯在出版行业依然较好地传承了其在研究生学习期间所接纳的第一代学者和第二代学者的精神，并以自己不懈的努力，最终参与并推动了新时期中国现当代文学研究事业的发展。

魏建作为蒋心焕指导的第一届硕士研究生，1988 年毕业留校任教。他既是蒋心焕指导的硕士研究生，又与田仲济和朱德发两代学者有着较为深入的交往，并深受他们的赏识。魏建在攻读硕士学位期间便开始把创造社及郭沫若作为自己的学术研究方向，历经 30 多年的辛勤耕耘，其相关研究已经得到了国内外学术界的好评，并成为山师中国现当代文学学科的学科带头人。他在 2020 年撰写的回忆蒋心焕的文章中这样写道：“1988 年春，我打网球严重受伤，蒋老师一次次去宿舍看望我，同时指导我的硕士学位论文写作。毕业后我幸运地与蒋老师在一个教研室工作。”“一年后，我和一帮单身‘青椒’沉迷于桥牌、麻将、拱猪……常常玩到天明。蒋老师委婉的批评，才结束了我玩物丧志的日子。”① 魏建这段不无谦虚的回忆，让我们看到了蒋心焕指导研究生那种相对温润的方式，这恰如南方的毛毛细雨，润物细无声。这种教育方式在郭济访的回忆中也有所印证：“在学业上老师总是鼓励有加，甚至经常到我们宿舍‘登门’指导作业论文。”“有一次小师妹佘小杰告诉我：‘蒋老师对我们说，郭济访和你们不一样，他是用他的人生和生活来写论文的。’我至今觉得，这是老师对我的理解，也是对我最高的评价。蒋老师平时话虽然不多，其实他对我们每个人都有深刻的了解，点到为止，却切中肯綮。”②

山师作为中国现当代文学研究的重镇，从田仲济、薛绥之、冯中一等第一代学者，到冯光廉、蒋心焕、朱德发等组成的第二代学者，再到此后的第三代、第四代学者，在学术研究上尽管呈现较大的差异，但在重视原始文献史料方面却是一脉相承的。在前人的基础上，魏建在学术研究上特别重视文献史

① 魏建：《追随恩师 40 年》，《山东师大报》2020 年 9 月 2 日。
② 郭济访：《仁者如山：亦师亦父蒋老师》，《山东师大报》2020 年 9 月 2 日。

料。21世纪以来，魏建主持和完成的国家社会科学基金项目都是文献史料项目，“郭沫若文学佚作的收集、整理和研究”是一般项目，“郭沫若作品修改及因由研究”为重点项目。魏建还组织申报了国家社会科学基金重大招标项目“中国近现代文学期刊全文数据库建设与研究”，系以山师中国现当代文学学科为申报单位获得的首个重大招标项目。除此之外，魏建还积极探索文学史书写的新方法。为此，他从文献史料和学术研究两个维度来拓展20世纪中国文学研究的空间。从2013年开始，魏建带领学科成员陆续编辑出版了一套《20世纪中国文学主流·历史档案书系》，该丛书业已出版12册。

正是在文献史料搜集、整理的基础上，魏建的学术研究获得了自我鲜明的个性特征，那就是注重从史料出发，尊重历史事实，以史为据、正本清源。这方面具有代表性的成果是其1989年发表于《中国现代文学研究丛刊》第4期的《“倡优士子”模式的创造性转化》和2014年发表于《文学评论》第4期的《〈创造〉季刊的正本清源》。有学者认为，《“倡优士子”模式的创造性转化》“视角独特，见解新颖，立论有据，分析入理，堪称是近年创造社研究中的优秀成果”①。在后文中，魏建对《创造》季刊的“名称、性质、创刊时间以及刊物作者情况等问题逐一考辨与澄清，纠正了目前学界以讹传讹的错误史料和错误结论。文章还对《创造》季刊各期目录进行了汇校，不仅提供了更为准确的全部目录，而且对有关资料书、工具书等‘二手资料’上的错误和疏漏逐一补正”②。魏建对《创造》季刊全部六期目录进行汇校，更正其中的错误、异文及不准确之处，为后来的研究者提供了一份完善准确的《创造》季刊研究资料。正是基于翔实的资料论证，该文的注释有158处，这在《文学评论》的历史上是极少见的。由此来看，正是站在第一代学者和第二代学者的肩膀上，加之自身的天赋与努力，魏建的文献史料的整理与研究工作才会取得如此成就，这不能不说是中国现当代文学学术代际传承的鲜活例证。

在学术研究上，我从漫无边际探索的学生到逐渐地成长为术有专攻的学

---

① 王家平:《中国现代文学思潮流派研究述评》,《1989—1990中国文学研究年鉴》,北京:社会科学文献出版社1997年,第236页。

② 魏建:《〈创造〉季刊的正本清源》,《文学评论》2014年第4期。

者，蒋心焕对我的影响无疑是深刻的。从某种意义上说，蒋心焕的中国文学由近代向现代的转换研究，对我的学术研究方向产生了较大的影响。作为蒋心焕指导的第二届硕士研究生之一，我毕业论文关注的对象是中国小说由传统向现代的转换这一话题，这是在蒋心焕20世纪80年代中期开启的中国近代文学与现代文学关系研究的基础上开启的再研究。这篇论文得到了蒋心焕的认可：

> 宗刚以文化视角来研究中国近代文学，特别是小说从近代到现代的诸多转换实是有一定的难度的。“转换说”在当时学术界还是一个全新的有待开掘的宏观研究课题。宗刚迎难而上，从搜集资料入手，做了上千张卡片，在不断进行辨别和梳理的基础上，提炼了自己“有所发现”的观点，论点和论据有机的结合，论文在学术的广度和深度方面均有所突破。论文受到答辩组专家的好评。以后，论文在《中国现代文学研究丛刊》发表，在学界产生了一定的影响。[①]

其实，这里还需要补充一点，这篇论文能够在《丛刊》发表，还得力于蒋心焕向王富仁的举荐。[②] 我在中国小说由传统向现代的转换以及五四文学发生学研究方面用功较多，最初的精神动力便来自蒋心焕的指导。我后来的学术研究由此出发，并在现代教育视阈下考察中国文学的转换问题，相继出版了《新式教育与五四文学的发生》（齐鲁书社2006年版）、《父权缺失与五四文学的发生》（人民出版社2015年版）、《现代教育与鲁迅的文学世界》（人民文学出版社2020年版）和《民国教育体制与中国现代文学》（中国社会科学出版社2021年版）等著作，也可以视为是对以蒋心焕为代表的第二代学者研究的致敬与回应。这种师承关系恰是中国当代学术在研究生阶段得以展开的重要平台。

---

① 蒋心焕：《蒋心焕自选集》，济南：山东人民出版社2015年，第432—433页。

② 2017年5月2日，王富仁先生逝世。5月6日，笔者与魏建教授曾经一同前往北京，送别王富仁先生。从某种意义上说，学术的代际传承犹如一场接力赛，后学正是在一代学者的提携下步入了学术的殿堂。前辈提携后学、后学感恩前辈，这应该是维系良好的学术传承生态所必需的。

在资料的搜集与整理方面，尤其是文献史料的搜集与整理，山师现当代文学学科传承并发展了前辈学者的精神，成果颇丰。就我个人而言，具有代表性的文献史料是《炮声与弦歌——国统区校园文学文献史料辑》①。除此之外，我还独立或合作完成了诸如《杨振声研究资料选编》②《杨振声文献史料汇编》③《多维视阈下的中国现当代文学》④《穿越时空的鲁迅研究——“山师学报”（1957—1999）鲁迅研究论文选》⑤《山师学人视阈下的中国现代当代文学：“山师学报”论文选：1959—2009》⑥ 等10多本研究资料汇编。其中，有些研究资料在编选过程中还得到过蒋心焕的具体指导。显然，这种注重资料的整理与研究的学术研究方法对我的影响是极为深刻的，也使我在新世纪以来的学术研究上能够有再次的自我超越，正是这种学术研究的方法让我与我的学术研究对象结合起来，并乐此不疲。

真正的教育并不仅仅局限于学校，而应该扩展到终身教育。蒋心焕对学生的教育就是循着这样的轨道展开的。2019年，笔者发表了一篇题为《文学应当有力地参与和推动时代进程——作家路遥和蒋子龙当选改革先锋的启示》⑦，蒋心焕审读后专门把自己的阅读感受写下来。他这样写道：“集中精力看了一遍”，“该文写得有理论深度，有气魄，有激情。行文明白晓畅，逻辑性很强，尤其反思部分有很强的针对性，作者不是站在理论家的立场进行说教，而是亲切的期望站在作家们的中间立言发声，这样的文章自然会产生影响”。“从写学者性的论文到写具有新闻性精粹的短评短论，这是一个跳跃性的进步!”“紧扣改革四十年背景，紧扣当代文学史书写，紧扣路遥和蒋子龙作家作品，

① 李宗刚编：《炮声与弦歌——国统区校园文学文献史料辑》，北京：人民出版社2014年。

② 李宗刚、谢慧聪选编：《杨振声研究资料选编》，济南：山东人民出版社2016年。

③ 李宗刚、谢慧聪辑校：《杨振声文献史料汇编》，济南：山东人民出版社2016年。

④ 李宗刚编：《多维视阈下的中国现当代文学》，济南：山东人民出版社2019年。

⑤ 李宗刚、王沛良编：《穿越时空的鲁迅研究——“山师学报”（1957—1999）鲁迅研究论文选》，济南：山东人民出版社2021年。

⑥ 李宗刚编：《山师学人视阈下的中国现代当代文学：“山师学报”论文选：1959—2009》，济南：山东大学出版社2021年。

⑦ 李宗刚：《文学应当有力地参与和推动时代进程——作家路遥和蒋子龙当选改革先锋的启示》，《光明日报》2019年1月30日。

作了（集）中反思。”[①] 从这些有点难以辨认的字迹中，我们既真切地感知到了岁月的更替带来的无可挽回的生命有机体的衰老，也真切地体认到了学术的代际传承又是怎样冲破生命有机体的衰老而发出铿锵有力的脉动！

蒋心焕在文学教育的过程中得到了学生的推崇和尊重。2020 年，《光明日报》专门报道了他所教过的研究生送给他的教师节礼物，“教师节前，山东师大文学院 87 岁的蒋心焕教授收到一本精美的水晶画册——《老师您好》[②]，这是他指导过的 20 多位研究生献给他的教师节礼物”。“翻开画册，深情的文字、老旧的照片、精彩的故事，几十年来难忘的师生情谊、追求学术的精神跃然纸上。”[③] 蒋心焕之所以能够获得学生的推崇和尊重，与其善于关注和发现每个学生的优点和潜力有着密切的关系。他总是把自我感悟到的教育规律，外化为自己指导学生的行动，总是对学生满怀着赏识的眼光，引领着学生不断走向学术的前沿地带。有感于此，受恩于此，我在一篇文章中这样写道：“恩师的赏识，犹如一盏悬挂在遥远天际线上的明灯，始终导引、鼓舞着我奋力前行！”[④]

正所谓“江山代有才人出，各领风骚数百年”，随着第二代学者功成身退，从历史舞台的中心走向边缘，尤其是随着他们的逝去，他们作为历史传承中重要链条的使命已经基本完成，历史的重任落到了下一代学者的肩上。从这样的意义上说，学术研究正是在代际的传承中得以绵延向前的！

（原载《长江学术》2022 年第 2 期，后被“复印报刊资料”《中国现代、当代文学研究》2022 年第 8 期全文转载）

---

① 该纸条现由笔者保存。

② 该画册荟萃了蒋心焕先生指导过的研究生最具有纪念意义的历史照片以及精短文字，承载着浓浓的师生情，表达了学生的“寸草心”对导师的“三春晖”的感恩之情。

③ 赵秋丽、姚昌、崔勇：《厚植尊师“软实力”党建引领“强内功”》，《光明日报》2020 年 9 月 25 日。

④ 李宗刚：《在恩师赏识的目光中走出学术的沼泽地》，《山东师大报》2020 年 9 月 2 日。

# 山东师范大学中国现当代文学学科资料汇编的历史回溯[①]

资料汇编工作在学术研究中具有不可忽视的重要意义。对研究资料加以系统地编选和整理，既是保存资料的有效手段，也能够为后期研究工作的开展提供重要参考。山师现当代文学学科（全称为山东师范大学中国现当代文学学科，以下简称“本学科”）自1952年建立之初就非常重视研究资料的汇编工作，自田仲济、薛绥之等第一代学人开始，文献史料的搜集、整理和研究就已成为本学科的特色工程，此后在一代代山师学人的薪火相传中蓬勃发展。

## 一、20世纪五六十年代：蓬勃兴起的学科资料汇编

20世纪五六十年代山东师范学院中文系编纂的以《中国现代作家资料丛书》为代表的现代文学研究资料是对中国现当代文学学科而言具有重要价值和意义的一套资料汇编。1950年，教育部《高等学校文法两学院各系课程草案》颁布，规定“中国新文学史”课程为各大学中国语文系的主要课程之一；1951年，田仲济由齐鲁大学转入山东师范学院工作，同年教育部召开有关“‘中国新文学史’教学大纲”草拟和制定的会议，田仲济代表本学科参加了这次会议；1952年全国高等院校进行了院系调整，山东师范学院经过调整后共设包括中文系在内的9个系、11个专业，各系相继设立教

① 本文系著者与硕士研究生高明玉合作撰写。

研组。中国现代文学教研组的成立，标志着中国现代文学学科正式建立。作为学科当之无愧的奠基人和开创者，田仲济具有强烈的学科建设意识，一贯重视学科资料的整理与汇编工作，这也为后来学科资料汇编的蓬勃兴起奠定了重要基础。至1959年，山东师范学院中国现代文学学科已形成以田仲济为核心的学术研究团队。

正是在本学科正式建立和学科队伍形成的基础上，本学科编纂了山东师范学院函授讲义《中国现代作家作品（第一分册）》（山东师范学院中国现代文学教研组编，1959年3月）、《中国现代作家作品（第二分册）》（山东师范学院中国现代文学教研组编，1959年6月）、《中国现代作家作品（第三分册）》（山东师范学院中国现代文学教研组编，1959年10月）。1959年，编选了《中国现代作家作品参考资料》（第一、二、三辑，山东师范学院现代文学教研组编，1959年），以配合函授讲义使用。这部分资料的编纂，为本学科后来的资料汇编工作作了预演。20世纪50年代后期，随着全国编写文学史教材热的兴起，“山师中文系部分教师和本四学生”开始编写《中国现代文学史》（共五卷，内部印刷，1960年7月）。为了较好地配合教材编写工作，学科同时启动了资料编选工作。资料编选工作由薛绥之等教师指导当时的中文系四年级（即1956级）学生20多人共同参与。1958年，薛绥之由于被打成右派，在很长的一段时间内无法正常从事教学和科研工作。出于对资料编选的兴趣与热爱，他将工作的重点转向了资料整理，其后来成长为鲁迅资料和研究的专家与这段经历是分不开的。在《中国现代作家研究资料丛书》编选过程中，书新、顾盈丰协助薛绥之具体负责落实[①]。丛书编选自1960年开始相继面世，署名“山东师范学院中文系”，内容包括“中国现代作家小传”“中国现代作家研究资料索引”“中国现代作家著作目录”“中国现代文学社团及期刊介绍”[②]，以及郭沫若、巴金、茅盾等11位作家的研究资料汇编。具体书目如下：

---

① 2020年12月9日，李宗刚电话采访冯光廉老师的录音。

② 山东师范学院中文系编：《郭沫若研究资料汇编》，山东师范学院印刷厂1960年，第1页。

山东师范学院中文系编：《郭沫若研究资料汇编》，山东师范学院印刷厂1960年（约25万字）。

山东师范学院中文系编：《巴金研究资料汇编》，大众日报印刷厂1960年（约12万字）。

山东师范学院中文系编：《茅盾研究资料汇编》，大众日报印刷厂1960年（约15万字）。

山东师范学院中文系编：《毛主席诗词研究资料汇编》，山东师范学院中文系1960年（约30万字）。

山东师范学院中文系编：《老舍研究资料汇编》，济南印刷厂1960年。

山东师范学院中文系编：《夏衍研究资料汇编》，山东省商业厅印刷厂1960年（约12万字）。

山东师范学院中文系编：《周立波研究资料汇编》，大众日报印刷厂1960年（约10万字）。

山东师范学院中文系编：《赵树理研究资料汇编》，大众日报印刷厂1960年（约15万字）。

山东师范学院中国语文系（原称如此，著者注）编：《李季研究资料汇编》，大众日报印刷厂1960年（约12万字）。

山东师范学院中文系编：《杜鹏程研究资料汇编》，山东省商业厅印刷厂1960年（约12万字）。

山东师范学院中文系编：《曹禺研究资料汇编》，山东省商业厅印刷厂1960年（约13万字）。

山东师范学院中文系编：《中国现代作家小传》，山东师范学院印刷厂1960年（约12万字）。

山东师范学院中国语文系（原称如此，著者注）编：《中国现代作家研究资料索引》，大众日报印刷厂1960年（约30万字）。

山东师范学院中文系编：《1937—1949主要文学期刊目录索引》，山东师范学院印刷厂1962年。

山东师范学院中文系编：《中国现代作家著作目录》，大众日报社1962年。

这些资料将作家、作品、社团、期刊等纳入现代文学资料汇编体系中，初步建构起山师现当代文学史料整理与研究的脉络，其开创性的史料编辑方式对于学科后来的资料汇编工作具有重要的启示意义。对此，陈思和曾这样评价道："薛绥之（陈思和在此用薛绥之指代了这套《丛书》的编者，著者注）曾编撰全国第一套大型现代作家研究资料（1960年），奠定了这个学科最初的文献资料基础。"① 由此看来，这套丛书的编纂不仅在本学科发展史上具有重要价值，更重要的是其作为一套重要的现代作家研究资料，为整个中国现代文学学科建构起了文献资料的基本格局，其开创性价值不言而喻，这为本学科在期刊资料方面的整理、汇编与研究奠定了坚实的基础，对本学科此后的发展产生了广泛而深入的影响。凭借这套丛书，本学科在资料汇编领域崭露头角并获得了学界的认可，更在此领域迈出了富有历史意义的第一步。

具体来看，这套丛书的《编辑说明》为我们清晰呈现了它的概况：

> 山东师范学院中文系四年级同学和部分教师，在院党委和系总支的直接领导下，在编写"中国现代文学史"的同时，奋战两个月，编出一套中国现代作家研究资料丛书，包括"中国现代作家小传""中国现代作家研究资料索引""中国现代作家著作目录""中国现代文学社团及期刊介绍"，以及毛主席、郭沫若、茅盾、巴金、赵树理、周立波、老舍、杜鹏程、李季、夏衍、曹禺等作家研究资料汇编。总计约三百万字。②

从《编辑说明》可以看出，这部由山东师范学院中文系师生共同"奋战

---

① 陈思和:《未完稿》,上海:东方出版中心2019年,第9页。

② 山东师范学院中文系编:《郭沫若研究资料汇编》,山东师范学院印刷厂1960年,第1页。

两个月”编辑出的丛书带有时代的特殊印记，尽管编选的资料如《编辑说明》指出的那样，“因时间仓促”而导致“错误或遗漏在所难免”，但丛书的史料价值和对后世资料汇编工作的意义是极其深远的。通过这套资料的编选，本学科也由此奠定了其在资料搜集整理方面的传统，培养了一批文献资料研究专家，如后来在鲁迅研究资料整理与编选方面具有全国影响的薛绥之、在茅盾研究资料搜集整理方面作出贡献的查国华等。

丛书收录的11位现代作家的研究资料，在总体设计和编选体例上对于后世资料汇编工作者来说极具借鉴意义。以较早出版的《郭沫若研究资料汇编》为例，这本资料汇编的主要内容包括“作家生活、思想、创作道路（以时间先后为序），及诗歌、戏剧、小说、散文的作品评述，并附作家著译年表于后”①。从这段选取于《编辑说明》中的简介来看，这部资料汇编在编选方式上显示出鲜明的独特性。编选者通过精心设计的编辑架构将丰富史料纳入整个“郭沫若研究资料”体系中，既有作家生平史料的编年整理，又有对作家作品重要评述的收集；既体现出史料整理的扎实功力，又汇聚了众多学者的学术思想火花，内容庞杂而又有机交融、自成体系。全书共分为四编。第一编是对作家生平资料的收集整理。以时间为序，以清晰的历史脉络梳理了作家生平，如同在历史的河流中捡拾散落的珍珠，将作家在不同时期的重要史料加以网罗归纳，极具研究参考价值。第二编至第四编主要以体裁划分为依据对郭沫若作品的研究资料进行汇编整理，分为“诗歌”“历史剧”“小说、散文”，收集研究者对郭沫若作品的评述资料。以体裁为标准对作家作品研究资料进行整理无疑是本丛书的重要尝试，这既有利于研究者的检索和使用，更对其后的资料汇编工作提供了范本与启示。此外，值得一提的是，本学科后来能够成为郭沫若研究的重镇，与这段历史渊源有着一定的联系。

这一时期，薛绥之在资料汇编工作方面的成绩还体现在其对鲁迅研究资料的整理。早在1957年，薛绥之编选了《鲁迅研究资料索引》（山东省图书馆印，1957年）。在具体编纂目的上，这部《鲁迅研究资料索引》旨在为鲁迅研

① 山东师范学院中文系编:《郭沫若研究资料汇编》,山东师范学院印刷厂1960年,第1页。

究者提供一些学术性较强的材料，因此没有收入一般的纪念性文章。全书共分两部分：第一部分为鲁迅生平、思想、贡献及其他，第二部分是鲁迅作品研究。客观地说，《鲁迅研究资料索引》在史料编选方面还不够成熟，相关工作是在编者参考了复旦大学中国语言文学系资料室编印的《鲁迅著作与鲁迅研究》等有关资料的编纂方式后才得以完成的。然而，正是由此出发，薛绥之对鲁迅研究资料产生了广泛而持久的兴趣，他在后来编纂出了一套更为成熟完备的《鲁迅生平资料丛抄》，书写了本学科在鲁迅研究资料汇编领域的新历史。与《鲁迅研究资料索引》同一系列出版的，还有严薇青编纂的《鲁迅创作篇目编年》（山东省图书馆印，1957 年）。这部资料汇编同样是为山东师范学院和山东省图书馆为“纪念鲁迅逝世 20 周年”联合编写的，其目的在于为研究鲁迅思想发展和检索鲁迅的创作、杂文及诗等作品提供便利。《鲁迅创作篇目编年》将鲁迅的创作及全部杂文篇目，按写作年月分别编列，所收创作篇目包括《呐喊》《野草》《彷徨》《故事新编》《朝花夕拾》等 5 种，杂文篇目包括《坟》《热风》《华盖集》《华盖集续编》《而已集》《三闲集》《二心集》《伪自由书》《南腔北调集》《准风月谈》《花边文学》《且介亭杂文》《且介亭杂文二集》《且介亭杂文末编》《集外集》《集外集拾遗》《鲁迅全集补遗》《鲁迅全集补遗续编》等 18 种及鲁迅所著译各书的序、跋、题记、后记等。《鲁迅研究资料索引》与《鲁迅创作篇目编年》作为本学科早期在鲁迅研究资料汇编方面的探索性成果，为本学科其后在鲁迅研究资料方面的成就奠定了基础。

这一时期，本学科在文学史和教学参考资料的编纂方面同样取得了较为突出的成绩。在文学史方面，本学科首先编纂了《中国现代文学史（初稿）第一册》（山东师范学院中文系编著，1961 年 1 月 1 日）、《中国现代文学史（初稿）第二册》（山东师范学院中文系编著，1961 年 1 月）、《中国现代文学史（初稿）第三册》（山东师范学院中文系编著，1961 年 2 月）、《中国现代文学史（初稿）第四册》（山东师范学院中文系编著，1961 年 11 月）、《中国现代文学史（初稿）第五册》（山东师范学院中文系编著，1962 年 3 月）。其后，本学科又编纂了《中国现代文学史（上册）》（山东师范学院中文系现代文学教研组印，1964 年 2 月）、《中国现代文学史（下册）》（山东师范学院中文系现代文学教研组印，1964 年 3 月）、《中国现代文学史（第一分册）》（山东师范学院中文系中国现代文学教研组印，1964 年 8 月）、《中国现代文学史（第二分册）》（山东师范学院中文系中国现代文学教研组印，1964 年 9 月），为文学史教学提供了内容较为丰富的教材。后来，本学科还参与了《中国当代文学（1949—1965）（下册）》（山东师范学院、曲阜师范学院中文系现代文学教研组编，1966 年 3 月）的编纂工作。与文学史的编纂相呼应，本学科还编选了一批教学参考资料。为给学习《中国现代文学作品选读》这门课的学生提供参考，本学科编纂了《中国现代文学作品选读参考资料（第一辑）》（山东师范学院中文系编，1962 年 3 月）、《中国现代文学作品选读参考资料（第二辑）》（山东师范学院中文系编，1962 年 4 月）。为给学生学习中国现代文学史提供方便，本学科编印了《中国现代文学手册（人物之部）》（山东师范学院中文系中国现代文学组编，山东师范学院印刷厂印，1964 年 6 月），作为教本的辅助读物。《中国现代文学手册（人物之部）》收录人物 182 名，有 103 名系以本学科 1961 年 5 月印出的《中国现代作家小传（修订本）》为基础，加以修改补充，同时新写、改写了部分内容。此外，本学科还与兄弟院校共同编纂了《中国现代文学史参考资料（第一编）》（山东大学、山东师范学院、曲阜师范学院中文系现代文学教研室编，1965 年 7 月）、《中国现代文学史参考资料（第二编）》（山东大学、山东师范学院、曲阜师范学院中文系现代文学教研室编，1965 年 12 月），作为《中国现代文学史》的辅助读物。

## 二、 20 世纪 70 年代至 90 年代学科研究资料整理的实绩

本学科在 20 世纪五六十年代编辑出版系列研究资料的基础上，在 20 世纪 70 年代至 90 年代继续拓展学科研究资料汇编的新道路，赓续了重视史料搜集与整理的传统。这一时期，致力于研究资料汇编工作的有田仲济、薛绥之、查国华、顾盈丰、冯光廉、蒋心焕、书新、崔西璐、刘金镛、朱德发、韩之友、陆思厚、房福贤、张桂兴、王万森（按进入本学科时间先后排

序）。他们在各自的研究领域辛勤耕耘，在资料整理方面取得了一定成绩，主要包括薛绥之的《鲁迅生平资料丛抄》，朱德发、蒋心焕的《第三次国内革命战争时期解放区文艺运动资料汇编》，崔西璐、刘金镛、陆思厚、房福贤、王万森参与编写的《中国当代文学研究资料》丛书，田仲济的报告文学研究资料，查国华的茅盾研究资料，冯光廉与刘增人的王统照、臧克家、叶圣陶研究资料，书新、韩之友等人的鲁迅研究资料和期刊研究资料，张桂兴的老舍研究资料等。

薛绥之在前期研究资料编选的基础上，继续致力于资料汇编与整理工作，并取得了一系列成果。1977—1980 年，薛绥之担任主编，带领大家编辑出版了一套《鲁迅生平资料丛抄》，第一次对分散的鲁迅生平资料进行了系统发掘和整理。这套资料以山东师范学院聊城分院的名义陆续出版，在当时引起很大的反响。此外，本学科还编辑出版了《鲁迅语录》（山东师范学院文革串连红卫兵指挥部《伏虎》《干到底》战斗队编，1968 年）、《鲁迅作品选读：小说散文诗歌部分》（山东师范学院中文系现代文学教研组编，1973 年）、《鲁迅作品选读：杂文部分》（山东师范学院中文系现代文学教研组编，1973 年）、《鲁迅批判孔子》（山东师范学院中文系编，1973 年）、《鲁迅小说选讲》（山东师范学院中文系中国现代文学教研组编，陕西人民出版社 1974 年版）、《鲁迅杂文选讲》（山东师范学院中文系现代文学教研组编，山东人民出版社 1974 年版）、《鲁迅反孔斗争史话》（山东师范学院中文系编，山东人民出版社 1975 年版）、《鲁迅杂文中的事件》（山东师范学院中文系《鲁迅杂文词典》编写组编，1975 年）、《鲁迅作品教学手册》（未正式刊出本，山东师范学院聊城分院中文系图书馆编，1976 年）、《学习鲁迅参考资料（增订本）》（山东师范学院中文系现代文学教研组编，1976 年）、《鲁迅作品选读（1）、（2）》（山东师范学院中文系编，山东人民出版社 1976 年版）、《鲁迅杂文选读》（山东师范学院中文系编，1977 年）、《鲁迅诗歌散文选讲》（山东师范学院中文系现代文学教研组编，1977 年）、《鲁迅杂文中的人物》（山东师院聊城分院中文系编，1978 年）、《鲁迅作品讲解》（山东师范学院、山师聊城分院《鲁迅作品讲解》编写组编，山东人民出版社 1979 年版）、《鲁迅作品教学初探》（山东师院聊城分院中文系编，天津人民出版社1979年版）、《鲁迅作品注解异议》（薛绥之编著，山东人民出版社1979年版）、《鲁迅论文学与艺术》（山东师范学院中文系文艺理论教研室编，山东人民出版社1979年版。这一时期，文艺理论教研室从总结文学创作规律出发，也参与了现代文学资料整理工作）、《中国现代作家谈创作经验（上、下册）》（山东师范大学中文系文艺理论教研室编，山东人民出版社1980年版）、《鲁迅作品教学难点试析》（薛绥之编，上海教育出版社1981年版）、《茅盾论鲁迅》（查国华、杨美兰著，山东人民出版社1982年版）、《中学鲁迅作品教学争鸣》（未正式刊出本，山东师范大学中文系编，山东师范大学中文系，1986年）、《鲁迅杂文辞典》（薛绥之著，山东教育出版社1986年版）等一批中文系师生教学参考资料和鲁迅研究资料汇编。由此可以看出，致力于鲁迅研究资料的汇编与整理是这一时期学科资料汇编工作的亮点，无疑彰显了本学科一代学人的基本学术风貌。

这一时期，本学科在鲁迅研究资料汇编方面取得的成果，离不开薛绥之的引领和付出。1974年，山东师范学院在聊城设立分院，薛绥之任聊城分院中文系主任。在这一时期，薛绥之担任主编，以山东师范学院聊城分院中文系和图书馆的名义为中文系学生编印了一套教学参考书，即《鲁迅生平资料丛抄》。作为丛书的主编，薛绥之承担了组稿、审稿、印刷等工作。同时，由于当时资料分散难以获取，薛绥之等人常常奔波各处搜集资料，许多编辑工作也是在旅途中完成的。在时代条件的局限与人生逆境的双重压力下，薛绥之等人凭借惊人的毅力，克服重重困难，将分散在各处的鲁迅生平资料进行收集整理，最终完成了这项艰巨的任务。

《鲁迅生平资料丛抄》的编辑与出版也离不开国内研究者的帮助。这套教学参考书由薛绥之担任主编，同时邀集了全国近20位鲁迅研究者参与编辑。《鲁迅在绍兴》分册收录的文章是邀请浙江绍兴鲁迅纪念馆、绍兴师范和上海的几位研究者撰写的；《鲁迅在广州》分册参考并采用了中山大学中文系所编《鲁迅在广州》的材料，并邀请了丁景唐、张能耿等参与编选；《鲁迅在西安》分册邀请西北大学鲁迅研究室单演义代为编选；《鲁迅在杭州》分册请北京师大中文系钟敬文代编[①]；《鲁迅在南京》分册委托南京师范学院中文系资料室和南京师范学院附属中学语文教研组联合编选；《鲁迅在上海（二）》分册委托上海师大中文系龚济民编选；《鲁迅在上海（三）》分册请昌潍师专中文系禹长海编选。

《鲁迅生平资料丛抄》对鲁迅的生平史料进行了准确的分类，是对鲁迅生平资料的第一次系统搜集和整理。这套教学参考书以鲁迅生平踪迹为线索，按地区对资料进行编排，分为《鲁迅在绍兴》、《鲁迅在广州》、《鲁迅在北京》（共两辑）、《鲁迅在西安》、《鲁迅在日本》、《鲁迅在杭州》、《鲁迅在南京》、《鲁迅在上海》（共3辑）。按照原定编选计划还有《鲁迅在厦门》，全部9种，共12辑，近200万字。但《鲁迅在厦门》因故未能编成，因此这套丛书最终编成共计11册，除厦门外，鲁迅生平所生活、工作的地方都有专辑。具体书目如下：

山东师院聊城分院中文系、图书馆编：《鲁迅在绍兴》（韩立群编校），山东聊城印刷厂1977年7月。

山东师院聊城分院中文系、图书馆编：《鲁迅在广州》（薛绥之、孙进增编校），山东聊城印刷厂1977年7月。

山东师院聊城分院中文系、图书馆编：《鲁迅在北京（一）》（薛绥之编校），山东聊城印刷厂1977年10月。

山东师院聊城分院中文系、图书馆：《鲁迅在北京（二）》（薛绥之、董兆初编校），山东聊城印刷厂1978年4月。

《鲁迅在西安》（单演义编），西北大学鲁迅研究资料组印1978年8月。

山东师范学院聊城分院中文系、图书馆编：《鲁迅在日本》（薛绥之

① 朱丽婷、尹奇岭、金星编选的《谷兴云先生珍藏学者书札选》(团结出版社2021年版)收录的钟敬文与谷兴云的书信，为我们还原了《鲁迅在杭州》的部分编选过程：在“19780112信”中，钟敬文提到自己在参加《鲁迅在杭州》的编辑工作；在“197802信”中，钟敬文询问绍兴师范谢德铣的情况，为编辑《鲁迅在杭州》寻求稿件；在“19780526信”中，钟敬文提到《鲁迅在杭州》的编辑工作进行顺利；在“19780626信”中，钟敬文请谷兴云为其邮寄资料，以查找有关鲁迅在杭州的文章；在“19781003信”中，钟敬文提到《鲁迅在杭州》文稿已集，将于当月交出。

编选，王富仁、彭鸣亚校订），山东师范学院聊城分院 1978 年 12 月。

山东师院聊城分院中文系、图书馆编：《鲁迅在杭州》（钟敬文代编，朱金顺协助），山东师院聊城分院、山东师院聊城分院图书馆 1979 年 3 月。

南京师范学院中文系资料室、南京师范学院附属中学语文教研组合编：《鲁迅在南京》（俞润生、徐昭武、许祖云编选），山东师范学院聊城分院中文系、图书馆印 1979 年 5 月。

山东师范学院聊城分院中文系、图书馆编：《鲁迅在上海（一）》，山东师范学院聊城分院 1980 年 2 月。

山东师范学院聊城分院中文系、图书馆编：《鲁迅在上海（二）》（龚济民编选），山东师范学院聊城分院 1980 年 6 月。

山东师范学院聊城分院中文系、图书馆编：《鲁迅在上海（三）》（禹长海编选），山东师范学院聊城分院 1980 年 1 月。

从主要内容来看，《鲁迅在绍兴》收录鲁迅青少年时期在故乡绍兴的有关资料，并附南京时期的有关资料；《鲁迅在广州》收录鲁迅在广州时期的自述和他人的回忆文章，并介绍了鲁迅与广州的几种刊物的关系和有关鲁迅在广州的报道；《鲁迅在北京（一）》主要反映了鲁迅在北京的教育实践，《鲁迅在北京（二）》主要反映了鲁迅在北京的文艺实践，同时辑录鲁迅 1929 年和 1932 年两次从上海去北京的资料；《鲁迅在西安》收录鲁迅在西安的著述，鲁迅在西安的杂文和书信，有关鲁迅在西安的回忆与纪念文章和有关鲁迅在西安的报刊报道；《鲁迅在日本》收录有关鲁迅在日本时期的回忆文章和重要研究史料，收入的文章有些是在报刊上发表过的，有些是专门为本书撰写或翻译的；《鲁迅在杭州》收录鲁迅在杭州的有关研究资料，并附《鲁迅在杭州活动简表》；《鲁迅在南京》收录鲁迅在南京时期的自述，他人的回忆文章和相关调查研究资料，并附有关图片；《鲁迅在上海（一）》反映了鲁迅在上海期间的社会政治活动和参加左翼作家联盟的活动，《鲁迅在上海（二）》反映了鲁迅在上海十年的工作、生活及其与文艺界青年的关系，《鲁迅在上海（三）》反映了鲁迅在上海时期与外国学者的交往。有学者评价：“编入本书的资料，尽量选录第一手材料，除具有直接见证意义的原件、照片外，对回忆、访问、调查，也以收录当事人的见闻为主。全书按地区编排，以时间为序，采取记事体，同时还编写鲁迅在各地的活动年表，与鲁迅有关的人物小传，以及鲁迅所到的地方介绍等。本书引证精确，资料翔实可靠，反映了目前国内鲁迅生平资料汇集和研究工作的水平。”①这套资料深受学界好评。陈思和后来对此套丛书作了专门评价：“后来薛绥之又主编《鲁迅生平资料丛抄》共11册，惠及后学。”②

20世纪80年代，在《鲁迅生平资料丛抄》的基础上，薛绥之担任主编，韩立群担任副主编，李何林、唐弢、戈宝权担任编委会顾问，经过重新编写和修订，陆续编辑出版了一套《鲁迅生平史料汇编》。这套资料汇编约200万字，由天津人民出版社出版，共分五辑六册，第一辑包括《鲁迅在绍兴》和《鲁迅在南京》，第二辑为《鲁迅在杭州》，第三辑包括《鲁迅在北京》和《鲁迅在西安》，第四辑包括《鲁迅在厦门》和《鲁迅在广州》，第五辑为《鲁迅在上海》。可以看出，这套资料汇编基本沿用了《鲁迅生平资料丛抄》按地区编排资料的方法，以时间为序，采取记事体，同时兼用交插编选的方法，对时、地不一致之处变通选用。与《鲁迅生平资料丛抄》相比，《鲁迅生平史料汇编》增加了大量图片资料，总计200余幅，分别编排在各地区文字资料之前，收录的鲁迅生平资料原件和回忆、访问、调查，则按照全书的编写体例依次序列其后。该资料汇编还编写了鲁迅在各地的活动简表，以及与鲁迅有关的人物小传及鲁迅所经地方的介绍等。同时，汇编还收录了鲁迅自述中的有关史料和关于鲁迅在各地活动的资料，以及相关研究专著和文章，另附索引以便于研究者翻检使用。对此，有研究者评价：“这套丛书摘录的材料多出于博物馆和纪念馆的特藏、档案，还有少见的古籍与旧说，以及许多未刊稿，而新写的材料也很精审翔实，它们确可说明许多不易明了的问题，所以此书令人感到可贵与可喜。”同时，对于从《鲁迅生平资料丛抄》到《鲁迅生平史料汇编》的改编，研究者同样给出了十分恰切的评价：“从‘资料’的加工而成为‘史料’，

① 冯光廉、朱德发：《薛绥之教授对中国现代文学研究的贡献》，《山东师大学报（哲学社会科学版）》1985年第2期。

② 陈思和：《未完稿》，上海：东方出版中心2019年，第9页。

其目的在于使它成为更加精练、更加准确、更加信实可靠和便于引用。”①

这一时期，以《鲁迅生平资料丛抄》和《鲁迅生平史料汇编》为代表，薛绥之等山师学人编辑出版的一系列鲁迅研究资料以其极富开创性的编纂方式和重要研究参考价值获得广泛认可和赞誉。这些研究资料第一次对鲁迅的相关史料进行了大规模集中而富有特色的编纂整理，并采用全新的编选方式组织材料，形成了较为完善的鲁迅研究资料体系，对鲁迅研究工作作出了重要贡献。对此，王富仁曾经这样回忆道：“薛老师直接把我带入鲁迅研究的道路上，薛老师给我的鼓励和帮助，永远无法忘怀。”② 从某种意义上说，王富仁作为深受薛绥之影响的学人，之所以在鲁迅研究方面异军突起，离不开薛绥之等前辈学者对鲁迅研究资料的搜集与整理。

这一时期，本学科其他教师也积极参与到研究资料的整理工作中。朱德发和蒋心焕在20世纪70年代末80年代初，便已编就了《第三次国内革命战争时期解放区文艺运动资料汇编》，后因种种原因未能出版。对此，朱德发曾不无感喟地题写了如下文字：“20世纪七十年代末八十年代初，朱德发承担了中国社会科学院文学研究所主持的国家课题‘中国现代文学运动资料汇编’的‘第三次国内革命战争时期文学运动资料汇编’任务，1978至1980年先后查阅了全国几十个图书馆的期刊杂志。因保管不善，被老鼠啃啮了不少资料，所剩下的残片余文装袋保存，一方面作为那段资料搜求艰难工作的纪念，一方面留给有志于研究这段不平凡文学运动者参用。”③ 幸运的是，这批书稿辗转30多年，终于等到了问世的机会。2018年，在山师文学院的支持下，这一项目得到了山东省一流学科山东师范大学文学院中国语言文学学科建设经费的资助，这部研究资料终于得以拂去历史的尘埃，重新呈现在世人面前。在出版说明中，朱德发不无兴奋地写道：“救活这部书稿的时机终究来到：一是我们所在的山东师范大学中国现当代文学学科于2007年被批准为国家级重点建设学科，不仅承传并光大了本学科在历史上重视文学史料汇编的优良传统，而且对

① 王吉鹏、田宇、王大慧编著：《追踪伟大人生的轨迹》，长春：吉林人民出版社2004年，第185页。
② 王富仁接受本报采访：《聊城是我永远的精神故乡》，《聊城晚报》2017年3月21日。
③ 参见朱德发于2003年6月28日乔迁新居整理书稿时的手迹。

有价值的文学资料出版给予大力资助；二是李宗刚教授是我们两个人培养指导的硕士和博士研究生，他既热爱文学资料工作，又潜心学术研究，既是硕士生指导教师，又是博士生指导教师，并心甘情愿地承续这部资料的重新校勘、重新打印、重新联系出版等诸多烦琐工作，争取完好无损地将这部积压了三十多年的‘资料汇编’救活!”① 对于朱德发和蒋心焕等学者而言，资料整理这一基础性工作的学术价值和意义非常重大。朱德发在20世纪70年代末80年代初能够在学术研究上率先实现突围，与其在下的足够的资料功夫是分不开的。实际上，正是通过对原始期刊的查找和阅读，他的学术研究才找到了最为可靠的历史基点，并由此回到历史的现场，为其后来在五四文学研究上的突破奠定了坚实基础。蒋心焕能够成为国内较早将中国近代文学纳入传统与现代转换的视域中进行研究的学者之一，也离不开他在这一时期所做的资料搜集与整理工作。从这样的意义上说，山师现当代文学学科的一些学者在资料搜集整理与学术研究方面之所以能够双翼并飞，恰恰是得益于他们既重视对原始资料的发掘、又重视学术思想的突围。除此之外，他们还跟踪学术热点，注重对新发表的学术成果的整理与编选。1986年，山东师范大学中文系王克安编选《中国现代文学宏观研究论文选》时，“现代文学教研室的蒋心焕副教授、朱德发副教授对本书做了具体指导和审阅，其他老师也都提出了宝贵的意见”。这本论文选编选了王富仁等新时期以来开始崛起的学者的代表性文章18篇，这些论文以宏观研究为特点，旨在供现代文学教学工作者、研究者，高等院校、夜大、函大中文系学员学习研究中国现代文学之用。这本论文选尽管不属于文献史料的发掘与整理，但其所选论文较好地续接了五四启蒙思想，回应了新时期的思想解放思潮，引领了文学研究的新风向，弥补了既有教材的某些缺憾，拓展了学生对中国现当代文学的认识空间。

山师现当代文学教研室主任冯光廉也极其重视资料工作，并积极投身于资料汇编工作。其成果主要表现在他与刘增人（1959—1963年就读于山东师范

---

① 朱德发、蒋心焕、李宗刚:《第三次国内革命战争时期解放区文艺运动资料汇编:上》,沈阳:辽宁人民出版社2018年。

学院中文系）合作编纂王统照、臧克家和叶圣陶等一系列研究资料方面。这一时期编选的资料有：冯光廉、刘增人编《王统照研究资料》，属于《中国现代文学史资料汇编》乙种的《中国现代作家作品研究资料丛书》（宁夏人民出版社 1983 年版），冯光廉、刘增人编《臧克家集外诗集》（陕西人民出版社 1984 年版），诗集收入作品 120 余首，附录《臧克家生平文学活动年表简编》首次在国内发表，这部丛书是研究臧克家诗歌创作的宝贵资料；刘增人、冯光廉编《叶圣陶研究资料》（《中国现代作家作品研究资料丛书》之一，北京十月文艺出版社 1988 年版）；冯光廉、刘增人编《臧克家研究资料》（《中国现代作家作品研究资料丛书》之一，甘肃人民出版社 1990 年版）。对此，刘增人回忆道："为了完成叶圣陶、王统照、臧克家三位现代作家的研究资料的编纂，数年间有 1/3 左右的时间，是终日泡在京、沪、宁、津等地的公共图书馆与大学图书馆里，与纸页完全变黄的期刊与报纸对话。"① 冯光廉一向致力于期刊资料的整理与汇编工作，他不仅参与了 1960 年内部出版的《1937—1949 主要文学期刊目录索引》的编选工作，而且组织了"文化大革命"期间本学科《鲁迅主编及参与或指导编辑的杂志》的编纂工作。"1987 年冯光廉从山东师范大学调到青岛大学工作。调动前后，他为青岛大学的中国现当代文学学科做了一件功德无量的大事，那就是把山东师范大学图书馆馆藏的所有晚清和民国时期的文学期刊全部为青岛大学做成了缩微胶片。"② 可以看出，冯光廉虽然调离本学科，但他与山师现当代文学学科的血脉传承纽带并没有就此断裂，而是将本学科资料汇编的传统带到了新的领地，使其在新的土地上开花结果，实现了学科资料汇编工作的学派传承。新世纪以来，冯光廉和刘增人合作汇编的一系列资料被再次编辑出版，表明这些研究资料汇编在新的历史时期仍然具有极大的参考价值和重要史料价值。2010 年，中国社会科学院文学研究所主导推出了一套《中国文学史资料全编 · 现代卷》，这套丛书以《中国现代文学史资料汇编》为基础而又有所扩展，收录的有关王统照、叶圣陶、臧克家的

① 刘增人等：《中国现代文学期刊史论》，北京：新华出版社 2005 年，第 673 页。

② 魏建：《中国现代文学期刊研究与学派传承——以"山师学派"为例》，《山东师范大学学报（人文社会科学版）》2017 年第 3 期。

研究资料包括：冯光廉、刘增人编《中国文学史资料全编·现代卷　王统照研究资料》（知识产权出版社2010年版），刘增人，冯光廉编《中国文学史资料全编·现代卷　叶圣陶研究资料》（上、下）（知识产权出版社2010年版），冯光廉、刘增人编《中国文学史资料全编·现代卷　臧克家研究资料》（上、下）（知识产权出版社2010年版）。这些研究资料汇编基本再现了冯光廉、刘增人在20世纪八九十年代编纂的风貌。此外，冯光廉作为本学科负责人，极其重视并着力培养研究生搜集与整合资料的能力。1985年，山东师范大学中文系副主任冯光廉为刚入学的中国现当代文学专业研究生讲授“中国现代作家研究”专题课程。冯光廉“要求每人自由选一个作家，写一篇研究述评”。在冯光廉及导师们的指导下，这批青年学子“搜集资料、编拟提纲、撰写初稿、讨论修改”。在此过程中，他们“表现出令人惊异的积极性、刻苦性和开拓创新精神”。这批青年学子的“热情、冲劲、毅力和胆识”，让深谙教育规律的冯光廉看到了“中国现代文学研究将会以不同既往的步伐向前行进的希望所在”[①]。1987年4月，《山东师大学报（增刊）》发表了山东师范大学中文系八五级中国现当代文学专业研究生的研究成果《现代作家研究述评》。出人意料的是，这本以研究生的研究成果为主的增刊在1988年获得了山东省社会科学优秀成果三等奖。当年初出茅庐的这批青年学者，已经成长为当下学界的栋梁，不少人已成为博士生导师。其中，谭桂林当选为教育部“长江学者”特聘教授，魏建当选为国家“万人计划”领军人才……他们以自己的实绩证明了20世纪80年代的理想主义已经结出了丰硕的果实。

这一时期，在资料搜集和整理方面功夫下得较为充足且取得较大成就的还有查国华，他是国内较早从事茅盾研究资料整理与研究的学者。1983年，孙中田与查国华编的《茅盾研究资料》（上、中、下）由中国社会科学出版社出版；1985年，查国华编的《茅盾年谱》由长江文艺出版社出版；1998年，查国华与查汪宏编的《茅盾日记》由山西教育出版社出版；同时，查国华又受邀参加了《茅盾全集》的编选工作。对此，魏建曾这样回忆道：“查先生更大

① 冯光廉：《序言：一次有意义的尝试》，《山东师大学报》1987年增刊。

的贡献在于第一版《茅盾全集》。第一版《茅盾全集》总计41卷，1984年至2006年由人民文学出版社陆续出版，是我所见到的体量最大的作家全集。中国作家协会成立了《茅盾全集》编委会编辑室，主要倚重的学者有叶子铭、丁尔纲、查国华等人。编辑室副主任丁尔纲先生告诉我，查国华的贡献特别大。查国华自己校注了4卷，校注定稿和参与定稿19卷，参加了编选、注释、校勘、定稿等各个环节的工作，历时近20年。最后一卷（资料附集）不是茅盾的作品，主要是查国华先生自己撰写的。”魏建高度评价了查国华在茅盾资料整理和研究方面的贡献：“查国华先生从1950年代就致力于中国现代文学文献史料的研究，1980年代初期就以学术造诣深厚、学术特色鲜明而闻名学界。他先后承担并完成了许多重要的学科研究项目，在茅盾研究方面的成就尤为突出。他参与负责《茅盾全集》编、注、校、审等所有重要环节的工作，历时近20年，是编委会最信赖的专家之一。30多年来，他的代表成果《茅盾年谱》《茅盾研究资料》等著作一直为国内外同行专家所敬佩。”也正因为如此，魏建对查国华的尊重之情逐步加深：“我对查国华先生的了解是从尊重开始的，那时的尊重只是因为他是我老师的老师；后来，了解了他的学问和学养后，我开始尊重他学术造诣的深厚；再后来，对他的了解更多了，我越发尊重他的学术定力和学术情怀。”① 魏建对查国华的这份由衷的尊重正是来源于对本学科传统的尊重与赓续。

在这一时期，学科成员还参与编选了《中国当代文学研究资料丛书》，崔西璐、刘金镛、陆思厚、王万森、房福贤参与编选了丛书的部分内容。《中国当代文学研究资料丛书》是一套大型资料丛书，由全国30多个单位协作编辑而成，涵盖了中国当代文学史上有一定地位、在国内外有一定影响的100多位作家的研究专集和合集。丛书编纂的目的在于为从事当代文学、现代文学、文艺理论、文学写作教学和研究的有关人士提供完整系统的研究资料，同时为其他文学爱好者的文艺创作和研究提供一定的参考。茅盾在为这套丛书所作的序言中这样写道：“《中国当代文学研究资料丛书》的出版，填补了解放以来文

① 魏建：《不求名利　只问耕耘——查国华的文献史料研究》，《中国社会科学报》2017年4月13日。

学研究工作中的一个空缺。解放后，我们出版过好几种现代和当代文学史，但是其中所论述到的作家和作品，却寥寥可数；专门研究作家和作品的著作也出了一些，但也只限于研究鲁迅等几个老作家；对于其他广大的作家群和他们的作品，除散见于报刊上的一些评论文章外，还没有系统的专门的研究。这种状况与三十年来我们文学事业的飞速发展很不相称。三十年来我们的作家队伍是大大的壮大了，涌现了‘风华正茂’的第二代、第三代新人。他们的作品，无论在数量、质量和题材面上，都大大超过了解放以前。然而，理应与之相适应的作家研究工作却大大落在后面。”① 正因为如此，这套丛书的出版使茅盾看到了“文艺的春天”来临的曙光。

具体来看，本学科在这套丛书编选过程中作出了突出贡献。据《中国当代文学研究资料丛书》出版书目②统计，本学科成员参与编辑了《中国当代文学研究资料丛书》的其中五册内容。分别是：刘金镛、陆思厚、房福贤编选的《徐怀中研究专集》（解放军文艺出版社1983年版），刘金镛撰写的《徐怀中小传》；刘金镛、房福贤编选的《孙犁研究专集》（江苏人民出版社1983年版），刘金镛撰写的《孙犁小传》；刘金镛、陆思厚编选的《陆柱国研究专集》（解放军文艺出版社1984年版），刘金镛、陆思厚撰写的《陆柱国小传》；刘金镛、房福贤编选的《从维熙研究专集》（重庆出版社、贵州人民出版社1985年版），房福贤撰写的《从维熙小传》（载于《北京师院学报》1985年第4期）；崔西璐、王万森、陆思厚编选的《刘绍棠研究专集》（重庆出版社、贵州人民出版社1985年版），同时编者撰写了《刘绍棠小传》。值得特别注意的是，《中国当代文学研究资料丛书》编委会在丛书的前言中对为丛书作过贡献和给予支持的所有单位表示感谢，山东师大作为重要的协作单位名列其中。

作为本学科的重要奠基者，田仲济极为关注研究资料的编选工作。对此，蒋心焕和宋遂良在关于田仲济学术人生的文章中这样叙述：“建国初期，田先生担任齐鲁大学中文系教授兼系主任时，就注意有关现代文学资料的搜集，购

① 刘金镛、房福贤：《中国当代文学研究资料丛书·从维熙研究专集》，重庆：重庆出版社1985年。
② 卜仲康：《葑溪访谈》，苏州：苏州大学出版社2013年，第9—12页。

买了当时东方书社出版的新文学书籍。一九五二年院系调整，齐鲁大学合并到山东师院后，他更是有意识地购买五四以来出版的新文学书籍和期刊。一九五五年上级给田先生主持的研究生班拨了八千元经费，田先生全用来购买书报杂志，并建立了资料室。七十年代初期，田先生获悉已故现代文学著名藏书家瞿光熙的家属拟出售私人藏书的消息，他一则以喜，一则以忧，唯恐这批资料零落散失，他不顾个人还在受‘审查’的艰难处境，冲破了种种阻力，想方设法使这一大批名贵书籍从南方私人书库安抵师大图书馆。田老常说，资料是研究的基础和前提；只有从第一手资料出发所进行的科学研究，才能经受住历史的考验，才是真正有价值的研究论著。”①

田仲济对待资料编选工作的毅力和坚持还体现在其编辑《王统照文集》的曲折历程中。早在王统照逝世以后，国家出版部门就计划为其出版一套文集，这一任务后来落到了田仲济肩上。大约在1964年末或1965年初，田仲济编成《王统照文集》，交给出版社。不料十年浩劫的发生导致文稿几乎全部散失，所幸王统照生前亲自整理的一部分手稿和剪辑保存的文稿大部分保留下来，这为后来重新编辑《王统照文集》提供了珍贵材料。1978年，出版《王统照文集》的计划被再次提上日程，仍旧由田仲济负责编辑工作。1980年起，几经波折的《王统照文集》终于问世，并由山东人民出版社陆续出版。《王统照文集》编选了王统照重要的文学著作，在具体编排方面，按体裁进行分卷编排，同时遵循年代顺序。虽然王统照的剧本与翻译的诗歌、小说并未收入文集中，但在当时，《王统照文集》已经算是一套较为系统的作家文集了。值得一提的是，杨洪承作为田仲济的学生，20世纪80年代初在田仲济主编《王统照文集》时就曾参与其中。由此出发，杨洪承找寻到了早期学术研究的一个重要支点，其后来在王统照研究方面取得的一系列成果，与这段经历有一定渊源。同时，本学科重视资料汇编工作的传统也在一定程度上对杨洪承产生影响，其后来主编的一套7卷本《王统照全集》（中国工人出版社2009年版）便是最好的

① 蒋心焕、宋遂良:《青山不老　桃李成林——田仲济教授和现代文学研究》,《山东师大学报(社会科学版)》1987年第4期。

证明。

田仲济除了特别重视王统照的资料外，还在报告文学、山东其他作家、解放区文学和散文杂文等文献资料整理方面有所建树。田仲济在20世纪80年代参与编选了《中国报告文学丛书》，后由长江文艺出版社出版，是一部囊括60多年报告文学的发展历史，总共800多万字，共计19分册的研究资料巨著。丛书按历史时期分辑：从"五四"到1937年抗战前为第一辑，抗战至1949年前为第二辑，1949年以后至70年代为第三辑。每辑再分若干分册。田仲济参与编选丛书的第一辑，即"五四"至抗战前的部分。这辑研究资料的编选也有相当深厚的历史渊源。早在1961年，中央决定组织人员编写文科教材，《特写报告选》列入编辑计划。当时田仲济等数人集中在上海工作了三个月，按计划编选了23篇，大约15万字，包括"五四"到1949年前各个时期、各个流派、各种风格、各种形式的特写报告。遗憾的是，这套资料在当时并未出版。对此，田仲济回忆道："若是这个选集印出的话，可能成为我们现代文学特写报告的第一个较为全面的选集，可惜书籍既未能出版，而原稿也散失了。幸而偶然的机会，从存书中发现了一个篇目的底稿。虽然不能说这个篇目选得十全十美，但至少对今后这个工作有参考的价值。"因此，在后来参与编辑《中国报告文学丛书》时，田仲济实际上已经有了一定的资料基础和编选依据。对此，田仲济不无谦虚地说："由于有以前那个篇目作基础，再补充一些文章，又请了一两位同志帮同寻找文章和复印，我实际未作多少工作。"① 但作为丛书策划人之一和执行编委的尹均生，在回顾这套丛书成书过程时写道："古稀高龄的田仲济教授为丛书提供了不少珍贵篇目。"② 这表明了他对田仲济所做工作的高度认可。由此可以看出，从事资料工作常常需要这种数十年如一日的毅力和坚持，久久为功方能获取那枝头最丰硕的果实。1984年，在田仲济的主导下，学校成立了中国现代文学研究中心，这为进一步推进现代文学研究和资料整理工作起了助力作用。该中心原打算不定期地编印一部"史料丛

① 田仲济:《〈中国报告文学丛书〉第一辑第一分册序》,《田仲济序跋集》,济南:山东教育出版社1991年,第88页。

② 尹均生:《国际报告文学的源起与发展》,武汉:华中师范大学出版社2009年,第315页。

刊”，收录在新文学史上有过影响的山东作家的作品和有关史料。《山东新文学史料第一辑》（1985 年内部发行）便是在田仲济主导下编印的山东现代作家耶林的专号。耶林的创作被称为是“铁骨红心的硬性文字”[①]。早在 1979 年，田仲济就曾起草报告，在第四次文代会上请周扬、夏衍、丁玲等 14 人签名，呼吁出版《耶林纪念文集》，后来这部文集由张以谦、蔡万江编选，田仲济作序。因而，这部“史料丛刊”的第一辑“耶林专号”就是耶林纪念文集出版前所作的铺垫工作。具体在史料编选方面，这部“史料丛刊”坚持忠于历史事实的原则，对作品和史料不作任何加工和修改。这一编辑标准的提出，显示出编者强烈的史料意识和实事求是的精神，也保证了其编选的资料能够最大程度地保留史料的本来面目，为研究者提供可靠的文献史料。但遗憾的是，该“史料丛刊”后因种种原因未有续编。这一时期，田仲济还主编了《中国解放区文学研究资料丛书》，丛书主要包括《冀鲁豫文学史料》（中共冀鲁豫党史工作组文艺组编，河北教育出版社 1989 年版）、《冀鲁豫文学作品选》（中共冀鲁豫党史工作组文艺组编，河北教育出版社 1989 年版）、《冀南文学作品选》（刘艺亭、宋复光编，河北教育出版社 1989 年版）、《晋察冀文学史料》（张学新、刘宗武编，天津社会科学院出版社 1989 年版）、《湖南苏区文艺运动湘籍作家在解放区》（王驰、胡光凡主编，天津社会科学院出版社 1992 年版）、《福建革命根据地文学史料》（万平近主编，海峡文艺出版社 1993 年版）。从具体编写来看，这部丛书以几个主要革命根据地分卷，搜集、整理、编辑各个革命根据地不同历史时期的文学史料和文学作品。丛书编者遵循尊重历史的原则来编选文学史料，尽量使用第一手材料，以保留史料和作品的本来面貌，为研究者提供了客观可靠的参考资料。该丛书旨在广泛搜集整理解放区文学史料，实事求是地总结解放区文艺运动的历史经验，继承发扬解放区文艺的光荣传统，推进新时期社会主义文学的繁荣发展，其对于解放区文学研究的史料价值是不言而喻的。此外，田仲济还与蒋心焕合作主编了《中国新文艺

① 参见张以谦:《铁骨红心的硬性文字——耶林同志“左联”前后的文学创作介绍》,《山东师院学报(哲学社会科学版)》1980 年第 2 期。

大系（1937—1949）：散文杂文集》（中国文联出版公司1996年版）。《中国新文艺大系》作为一部反映五四以来中国新文艺优秀成果及其发展历程的重要文献史料集，对五四运动前后到1982年底新文艺作品和史料进行总结，以文学艺术门类分集编纂整理，为相关研究者提供了比较系统、完整的史料文献。田仲济和蒋心焕参与这部重要文献史料集的编纂，在一定程度上显示了本学科在资料汇编工作方面的实力。对于这段编选经历，蒋心焕曾这样回忆道："令我终生难忘的是田老作为老一代学者严之又严的工作态度和一丝不苟的工作作风。该书最后审定的作品为506篇，但这506篇是我们费时几年从近万篇作品中筛选出来的。经过初选、二选和最后审定，田老勤奋、严谨的工作作风贯穿始终，万分感人。1937—1949年这十多年，正是伟大而艰巨的战争年代，当时出版的不少书籍和报刊一般都是土纸印刷，字迹模糊难辨，田老拿着放大镜，多次校对，改正错字、漏字。初选、初校工作，我做得比较多，自以为是够认真的，但经他审定还是发现一些差错。这时，他就语重心长地说：'事在人为。'我们不敢保证一个错字也没有，但应以'尽善尽美'的高标准来完成它。田老还把有些作品寄给他熟识的作家，询问用哪个版本为好。总之，大到作品入选标准，小到对错漏的订正，都在他殚精竭虑的关注中。"[①] 这部研究资料的编选，不仅使蒋心焕深刻理解了从事资料工作的方法和标准，也为其在20世纪90年代逐渐转向散文研究奠定了坚实基础。

这一时期，韩之友在鲁迅研究资料工作方面表现突出。对鲁迅研究资料的关注一向是本学科的特色与优势所在。早在"文革"尚未结束时，本学科就曾作为"红皮本"的注释单位之一，参与了鲁迅著作的注释工作。1979年，山东师范学院《集外集拾遗补编》注释组编辑出版了《鲁迅〈集外集拾遗补编〉（1928—1936）资料选辑（上、下卷）》。这部资料汇编是学科成员将他们在注释鲁迅《集外集拾遗补编》（1928—1936年部分）过程中阅读与积累的资料，重新编选而成。从内容来看，编入这部书的资料，大部分选自公开或内部出版的报刊书籍，小部分是新写的。这些新写的内容或为注释组收到的答

① 蒋心焕：《田仲济先生的散文》，《蒋心焕自选集》，济南：山东人民出版社2015年，第413页。

信，或是有关人员应注释组请求特意撰写的。全书共分三辑。第一辑和第二辑为综合性的论述文字，第一辑是关于木刻版画的，第二辑是关于翻译的，第三辑是单篇佚文的资料。这部分内容将有资料可选的、能单独编排的56篇鲁迅佚文的相关资料，按照写作时间的先后顺序编排。在各篇所选资料中，包括一部分“反面资料”，为了便于阅读，与“正面资料”合编在一起，按时间先后排列，不再另行分类，这为我们走进历史现场提供了可能。同时，这部资料选集的出版，得到了人民文学出版社鲁迅著作编辑室、北京鲁迅博物馆、鲁迅研究室等单位和一批鲁迅研究学者的协助和支持，使学科在鲁迅研究资料领域呈现出继往开来、不断进取的崭新面貌。正是基于这一深厚的学科传统，在1981年版《鲁迅全集》和2005年版《鲁迅全集》的修订与注释工作中，韩之友代表本学科参与了这一工作。他首先参与的是1981年版《鲁迅全集》第8卷《集外集拾遗补编》（负责1927—1936年部分）的修订与注释工作。对此，有学者这样回忆道：“该卷是1981年版《鲁迅全集》修订难度较大的一卷，又是修订质量较高的一卷。这是修订者韩之友先生的严谨学风与扎实功底的有力佐证。”① 正是凭借扎实的工作能力和丰富的修订工作经验，韩之友在此后又主持了2005年版《鲁迅全集》该卷的修订工作。这一时期，在鲁迅研究资料的修订工作之外，韩之友还参与编辑了《中国现代文学期刊目录汇编》。《中国现代文学期刊目录汇编》由北京大学与山东师范大学合作编辑，1988年由天津人民出版社出版。该书编选1917—1949年间编辑出版的在中国现代文学史上有影响、有代表性和史料价值的文学期刊276种，全书详列所选期刊的目录，并附作者索引和馆藏信息。致力于期刊研究的刘增人曾这样评价这部丛书：“该《汇编》以皇皇两巨册的空前容量，尽可能准确地描述了276种（另有附录4种）比较重要的现代文学期刊的创刊、休刊、复刊、终刊、编辑、撰稿、出版、印刷、发行等基本情况，收录了各刊物的尽可能详尽的目录，还在书末开列了期刊作者索引、期刊馆藏索引、期刊基本情况一览表

① 刘增人：《对山东师大中国现代文学学科三大传统的印象》，载魏建、李宗刚、刘子凌主编《拓展现代中国文学研究的新格局——朱德发及山师学术团队与现代中国文学研究学术研讨会论文集》，济南：山东人民出版社2016年，第375页。

等极其有用的资料，是自有现代文学期刊研究以来最为完备的工具书和资料库，至今仍是现代文学研究特别是现代文学期刊研究最可靠的依据之一。其被称为功德无量之举，确乎是实至名归。”① 刘增人的高度评价证明了这部丛书的重要史料价值和研究参考价值，同时体现出他对丛书编者所作工作的极大认可。

需要指出的是，除韩之友外，学科成员顾盈丰、舒欣（即书新）也参与了《中国现代文学期刊目录汇编》的编辑工作。顾盈丰在目录学方面用功较多，他参与编选了《中国现代作家著作目录》，还参与编写了《1937—1949 主要文学期刊目录索引》（山东师范学院中文系编，1962 年内部出版。据《中国现代文学期刊目录汇编》前言记载，山东师范大学中文系参与编印的部分即是参考此书）。书新在参与编撰《中国现代文学期刊目录汇编》之外，还曾与刘增人合作编写了《鲁迅生平自述辑要》（上、下册，山东人民出版社 1979 年版），这部资料汇编封面署名的作者“舒汉”即书新与刘增人的联合笔名。这部鲁迅资料汇编实际上正是本学科在鲁迅资料汇编领域的延续，与此前薛绥之主编的鲁迅研究资料一同构成了本学科鲁迅研究资料的谱系。值得一提的是，刘增人 1963 年毕业于山东师范学院中文系，此后任教于泰安师专和青岛大学，长期致力于期刊资料的搜集与研究。可以说，本学科“以重视现代文学史料著称，尤其注重搜罗现代文学期刊”② 的传统对其影响极大。同时，他又以自己沉潜到期刊资料中、徜徉于学术研究的海洋中的不懈实践，而终成文学期刊研究的大家，从而极大地提升了本学科在史料建设中所可能企及的历史高度。

这一时期，本学科在新诗研究③方面成绩卓著，研究者包括冯中一、孔孚、吕家乡、袁忠岳等一批学科成员。他们的新诗研究视野广阔、思考深入。与新时期诗歌研究相伴而生，学科成员在新诗研究资料汇编领域同样取得了一些重要成果。1991 年，由冯中一担任主编，袁忠岳和吴开晋担任副主编，马

① 刘增人:《论现代文学期刊与现代文学研究》,《刘增人文选》,济南:山东教育出版社 2016 年,第 397 页。

② 刘增人等:《中国现代文学期刊史论》,北京:新华出版社 2005 年,第 673 页。

③ 参见吕进:《山东师大在新时期的新诗研究》,《山东师范大学学报(人文社会科学版)》2015 年第 4 期。

怀忠、孔祥会、冯中一、孙国章、沈传义、吴开晋、桑恒昌和袁忠岳作为编委成员，编辑出版了《孔孚山水诗研究论集》(山东文艺出版社 1991 年版)。贺敬之为这部研究论集题写书名，他在“孔孚诗歌研讨会”上的发言也被作为本书的代序言。从内容来看，这部研究论集总结了 1981 年以来孔孚山水诗研究的成果和 1990 年在曲阜召开的“孔孚诗歌研讨会”的成果，在近百篇已发表和未发表的文章中精选出 40 余篇汇编而成。同时，这部研究资料汇编在编选时注意全面反映孔孚山水诗的研究概貌与研究所达到的深度、广度。1994 年，由朱德发主编的《中国山水诗论稿》(山东友谊出版社 1994 年版) 出版，王琳、张光芒、姜振昌、张清华、鹿国治、袁忠岳、吕家乡参与撰稿。这部研究资料“采取了史论兼顾结合、以史为经、重在进行史学理论探讨的立场与方法，强调在‘中国山水诗美学’的方向上下功夫。全书分为导论、过程论、本体论三个主体部分，最后又附以山水诗研究的论著目录索引，以全面和立体的视角对中国历代尤其是现代山水诗的历史流变、文化意蕴与美学特征进行梳理与探讨”①。这一时期，袁忠岳在诗歌研究的同时也参与编写了一些颇具影响的诗学书籍。他作为撰稿人之一，参与了朱先树、阿红、吕进主编的《诗歌美学辞典》(四川辞书出版社 1989 年版) 和朱先树主编的《中国当代抒情短诗赏析》(文化艺术出版社 1986 年版) 的编写工作。

与此同时，张桂兴作为本学科从事资料研究的学者，长期致力于老舍研究资料的搜集与整理，成为老舍资料研究方面的代表学者。张桂兴编纂的《老舍年谱》(上、下卷，上海文艺出版社 1997 年版) 是较完备的老舍生平研究资料，其编著的《老舍研究丛书》系列，包括《老舍著译编目》(中国国际广播出版社 2000 年版)、《老舍旧体诗辑注》(修订本，中国国际广播出版社 2000 年版)、《老舍资料考释》(修订本，中国国际广播出版社 2000 年版)、《老舍文艺论集》(山东大学出版社 1999 年版)、《〈老舍全集〉补正》(中国国际广播出版社 2001 年版)、《老舍与第二故乡》(青岛海洋大学出版社 2000

① 李海萍、高航:《山东省社会科学优秀成果奖获奖作品概览 1994. 7—2004. 12》,济南:齐鲁书社 2008 年,第 632 页。

年版）等。张桂兴在老舍研究资料整理方面成果丰硕，显示出其专注于资料工作的深厚功力和坚韧毅力。张桂兴取得这样的成果与其长期以来所秉持的研究方法是分不开的。在《老舍年谱》的后记中，张桂兴回忆了他的编选经历：“《老舍年谱》中的每一条、每一款，都是‘从一个侧面投射出的’‘一股光柱’；全书的所有条、所有款‘聚合在一起’，才能争取‘映现出一个完全的老舍先生’来。为了达到这个目的，笔者所确定的《老舍年谱》的修订原则是：一律核对原件，以保证资料的准确性；力求每一条、每一款都尽量摘录当时、当地报刊杂志的原始记载，藉以尊重历史并力求重现老舍昔日的音容笑貌；绝对不做‘文抄公’——不核对原件，就任意抄来抄去，以至于以讹传讹。就这样，笔者不仅再次翻遍了本校、本省的图书馆，而且还多次赴北京、上海、天津、南京、武汉、长沙、重庆、成都等地的几十家图书馆去核对资料。对一些利用资料较少，不便于亲自前去查阅的其他几十家图书馆，分别进行了书面查询。其最终结果是，不仅纠正了过去的诸多讹误，而且新发现了一大批鲜为人知的资料，填补了老舍一生中某些方面、某个侧面或某段时间的空白。劳动量之大，资料之难找，奔波之辛苦，可想而知！”[①] 可以看出，正是因为具有这种坚决不做“文抄公”的求真精神，张桂兴的资料整理和考据工作才得以扎扎实实地推进，并最终有所收获。

张桂兴教授从本学科退休之后，依然把资料的搜集与整理当作自己安身立命的根本。他不仅在老舍资料方面作出了突出贡献，而且还在林语堂研究资料整理方面有所拓展。林语堂作为一位“脚踏中西文化”的现代文学作家，其著述较为复杂，涉及文学、语言学、历史学、教育学和中外文化交流等众多领域，相关资料众多，且散落在世界各地，没有很好地搜集整理起来。因而，编选一部系统完整的《林语堂全集》势在必行。近年来，凭借多年资料汇编工作的经验和基础，张桂兴承担了有关部门共同委托的重大文化建设项目《林语堂全集》的编选工作。这部《林语堂全集》约60卷，2000万字左右，即将正式出版。可以想见，《林语堂全集》的编纂和出版将成为林语堂研究界的重

---

① 张桂兴：《老舍年谱：下册》，上海：上海文艺出版社1997年，第940—941页。

要事件，为其后的林语堂研究奠定系统完备的资料基础。张桂兴以其在资料研究领域的实践，将资料工作作为其学术人生的依托和生长点，真正达到了将资料整理工作与学术人生相融合的境界。

## 三、 新世纪：赓续传统、砥砺前行的学科资料汇编

进入新世纪，本学科资料汇编工作也步入了新的发展阶段，以吴义勤、魏建为代表的新一代山师学人赓续学科传统，沿着前辈学者的足迹继续探索资料汇编的新路径。在新世纪的第一个十年，吴义勤参与主编了《中国新时期文学研究资料汇编》，为推进新时期文学资料工作的开展作出了至关重要的贡献；在第二个十年，由魏建担任主编的《20世纪中国文学主流·历史档案书系》，力求通过对20世纪中国文学史重要文学版块的关注，展现新文学的历史变迁，深化20世纪中国文学史研究，显示出新时代现代文学资料汇编工作的创新性。

新世纪以来，山师现当代学科资料汇编工作是在两位学科带头人的组织下展开的。2000年，吴义勤成为学科带头人，他带领学科团队积极致力于学科建设，在资料汇编方面的重要成果是参与总主编的《中国新时期文学研究资料汇编》。这套丛书总主编由孔范今、雷达、吴义勤和施战军担纲，由山东文艺出版社2006年出版，分为甲、乙两种，甲种主要选编新时期文学思潮、流派、文体等方面的综合研究资料，本学科参与编选的研究资料有《中国新时期小说研究资料》（共三册）、《中国新时期女性文学研究资料》、《中国新时期儿童文学研究资料》、《王安忆研究资料》、《韩少功研究资料》、《余华研究资料》等。其具体书目如下：

吴义勤主编，房伟、胡健玲编选：《中国新时期小说研究资料（上）》，山东文艺出版社2006年4月。

胡健玲主编，陈振华编选：《中国新时期小说研究资料（中）》，山东文艺出版社2006年4月。

胡健玲主编，王永兵编选：《中国新时期小说研究资料（下）》，山东文艺出版社2006年4月。

张清华主编，毕文君、王士强、杨林编选：《中国新时期女性文学研究资料》，山东文艺出版社2006年4月。

胡健玲主编，孙谦编选：《中国新时期儿童文学研究资料》，山东文艺出版社2006年4月。

吴义勤主编，王志华、胡健玲编选：《王安忆研究资料》，山东文艺出版社2006年5月。

吴义勤主编，李莉、胡健玲编选：《韩少功研究资料》，山东文艺出版社2006年5月。

吴义勤主编，王金胜、胡健玲编选：《余华研究资料》，山东文艺出版社2006年5月。

有鉴于研究界对于新时期文学资料工作关注的不足，这套丛书力图建构一个全面反映中国新时期文学的资料汇编体系。丛书力求做到：一是全面系统地展示中国新时期文学研究的成就和中国新时期文学研究的现有水平，二是为全面客观地评价和认识中国新时期文学提供科学的参照和理论的依据，三是全面梳理、呈现和总结中国新时期文学的研究历史和研究脉络。因而，在编选的过程中，这套丛书力求资料的系统性、方法的科学性、观点的多元性，以使研究者对中国新时期文学研究的历史与现状形成较为全面、客观的认识。此外，这套丛书在每册附录部分对相关研究成果以索引的方式予以呈现。丛书乙种是新时期文学代表作家研究资料，主要内容包括作家生平与创作自述，相关期刊论文资料，附录部分有作家的作品年表和研究资料索引。

值得关注的是，这套丛书体现出一种重述历史的意图。程光炜对其曾有过这样的评价："它是'今天'与'过去'的对话，体现了某种'重构历史'的想法。""这样的'编排'，有把大量材料打乱和加以'重排'的目的，说明了编选者不满'过去'结论，希望通过挑选、甄别、吸收、放弃的方法，对研究对象进行'重述'。这样的工作，由于拥有'今天'的眼光，明确无误的

‘今天’的意识，它的意义，显然大大超出了‘技术’层面。”① 因此，丛书编选的大量资料虽然是已发表的文章，但经过编选者的重新编排，以一种重构的秩序将其整合之后，这些材料被赋予了新的历史意义。

2009 年，魏建成为学科新的带头人，他继续致力于拓展学科资料编选和学术研究的新路径。魏建在郭沫若资料整理与学术研究方面颇有造诣，同时以史料为基点大力探索文学史书写的新方法。为此，他从文献史料和学术研究两个维度来尝试着拓展 20 世纪中国文学研究的空间。从 2013 年开始，魏建带领学科成员陆续编辑出版了一套《20 世纪中国文学主流·历史档案书系》。丛书业已出版 12 册，其具体书目如下：

朱德发、赵佃强编：《国语的文学与文学的国语——五四时期白话文学文献史料辑》，人民出版社 2013 年 9 月。

魏建编：《青春与感伤——创造社与主情文学文献史料辑》，人民出版社 2013 年 12 月。

王万森、刘新锁编：《文学历史的跟踪——1980 年以来的中国当代文学史著述史料辑》，人民出版社 2014 年 7 月。

周志雄编：《网络文学的兴起——中国网络文学发展文献史料辑》，人民出版社 2014 年 7 月。

刘子凌编：《话剧与社会——20 世纪 30 年代中国话剧文献史料辑》，人民出版社 2014 年 3 月。

李宗刚编：《炮声与弦歌——国统区校园文学文献史料辑》，人民出版社 2014 年 8 月。

张丽军编：《写实与抒情——中国乡土文学思潮文献史料辑》，人民出版社 2014 年 10 月。

房伟编：《颠覆与重建——20 世纪 90 年代中国小说历史叙事思潮研究史料辑》，人民出版社 2015 年 1 月。

---

① 程光炜：《文学的今天和过去》，长春：吉林出版集团有限责任公司 2009 年，第 242—243 页。

贾振勇编：《左翼十年——中国左翼文学文献史料辑》，人民出版社2015年4月。

陈夫龙编：《侠坛巨擘——金庸与新武侠小说研究史料辑》，人民出版社2015年7月。

吕周聚编：《朦胧诗历史档案——新时期朦胧诗论争文献史料辑》，人民出版社2016年9月。

孙桂荣编：《变动时代的性别表达——新时期女性文学与文化研究文献史料辑》，人民出版社2016年11月。

丛书主编魏建在为这套丛书撰写的序言中指出，这部丛书的编纂受到格奥尔格·勃兰兑斯的《十九世纪文学主流》的启发，采用以个案透视整体的方法。在丛书的具体编选过程中，编选者并没有囿于勃兰兑斯的方法，而是以开放的眼光，重视对中国本土学术资源的现代转化，在继承传统的同时也追求创新。丛书的创新之处首先体现在通过对20世纪中国文学“地标性建筑”的关注来展现20世纪中国文学地图。丛书从20世纪中国文学发展史上的重要文学版块，如言情文学、白话文学、乡土文学、左翼文学、话剧文学、大后方文学、新诗潮、女性文学、文学史著述、武侠小说、网络文学等入手，在对一个个文学版块的聚焦中来观测整个20世纪中国文学的历史嬗变。丛书的创新之处还体现在重申了史料对于文学史研究的重要意义。丛书对文学史文献史料的高度重视，强化了文献史料对于文学史研究的基础作用，强调文献史料是文学史“本体”的重要组成部分，这种以史料为依托的研究方法有利于深化20世纪中国文学史的研究。

在编纂方面，《20世纪中国文学主流·历史档案书系》不仅致力于重构20世纪中国文学历史发展的文献和史料根基，而且力图通过对各个重要文学版块文献史料的整体复原，尽可能直观、立体地还原20世纪中国文学史“本体”的原生态风貌。作为《20世纪中国文学主流》的“一期工程”，这部《20世纪中国文学主流·历史档案书系》成为《20世纪中国文学主流·学术新探书系》的重要资料基础，为本学科后期资料汇编与研究工作的展开提供了系统而翔实的原始史料。在内容方面，丛书追求文献和史料的“原始”性，编选的材料以“原始史料”和“经典文献”为主，以“回忆与自述”和“历史图片”为辅，所选文献和史料均以初版本或能搜集到的最早版本为准。在具体编排方式上，丛书关注20世纪中国文学的“地标性建筑”，在具体编选时，各文学版块史料独立编选成册，但各册内容并非各自独立、毫不相关，而是“分中有和、似断实连”，在20世纪中国文学的总体框架中形成了一个有机整体。

本学科历来重视学科团队建设，注重对学科团队资料的保存与整理。2014年，朱德发及山师学术团队与现代中国文学研究学术研讨会召开，会议结束后，学科成员魏建、李宗刚、刘子凌担任主编，将本次会议的材料汇编集结成了《拓展现代中国文学研究的新格局——朱德发及山师学术团队与现代中国文学研究学术研讨会论文集》（山东人民出版社2016年版）。虽然这部资料汇编名为“论文集”，但实际编选内容并不局限于此，而是将与此次会议有关的照片、贺信、致辞以及一些其他类型的文章一并收入，较好地保留了此次学术研讨会的一些历史细节和珍贵史料，同时便于研究者回眸与展望。具体来看这部资料汇编收录的内容，第一部分是贺信，以收到时间先后为序，共收录了17封贺信。第二部分为开幕式致辞，按现场致辞先后顺序，收录了商志晓、温儒敏、吴义勤、王红勇四人的致辞。第三部分是参与本次学术研讨会的学者提交的论文，这一部分又以文章的内容分类，划分为五辑。第一辑编选的论文以朱德发的具体著作为研究对象，对这些著作进行评析，属于文本细读类，共编选6篇；第二辑编选的论文集中关注朱德发的五四文学研究，共编选6篇；第三辑编选的论文集中探讨朱德发的文学史思想与文学史研究，共编选10篇；第四辑编选的论文对朱德发的学术精神、学术思想、学术品格进行总结与探析，共编选12篇；第五辑编选的论文则从不同侧面对山师现代中国文学学术团队进行考察，共编选9篇。第四部分是附录，收录了提交会议的5篇散文和1篇会议综述。众多学者对“朱德发及山师学术团队与现代中国文学研究”这一议题作出了自己的阐释，这一方面显示出研究者对朱德发的学术成就和学术人生的肯定，同时表明了以朱德发为代表的本学科学术团队获得了学界认可，成为现代中国文学研究中一个不可忽视的学者群落。

新世纪以来，本学科在文献资料方面用功较多的是魏建。魏建在此期间完成了两个国家社科基金项目，“郭沫若文学佚作的收集、整理和研究”是一般项目，“郭沫若作品修改及因由研究”为国家社科基金重点项目。魏建还组织申报了国家社科基金重大招标项目“中国近现代文学期刊全文数据库建设与研究”，该项目系以本学科为申报单位获得的首个重大招标项目，也是山东师范大学首个重大招标项目，该项目首席专家为刘增人。

这一时期，学科其他研究者也积极投身于研究资料的汇编工作，并取得了一系列成果。李宗刚与谢慧聪辑校了《杨振声研究资料选编》和《杨振声文献史料汇编》（山东人民出版社 2016 年版）。该资料出版后，在学术界产生了一定的反响。陈子善在其主编的《现代中文学刊》2017 年第 4 期封三上，以《山东人民出版社推出杨振声研究新著》为题专门刊出了这两本书的书影及介绍。李浴洋在《中国图书评论》2017 年第 1 期评述 2016 年中国现代文学研究著作时，特别提及了关于杨振声的这两本研究资料。“李钧等人在《潍坊学院学报》2017 年第 3 期上撰文指出，杨振声研究系列资料的出版，使杨振声重回人们的视野，改变了文学史上对杨振声作品自 1987 年以来重复汇编的现状，填补了文学史上对杨振声研究资料尚属空白的现状。”[①] 此外，李宗刚还编选了《郭澄清研究资料》（山东人民出版社 2016 年版），陈夫龙编选了《激情与反叛——中国新文学作家与侠文化研究资料辑》（山东人民出版社 2017 年版），朱德发、蒋心焕、李宗刚编选了《第三次国内革命战争时期解放区文艺运动资料汇编》（辽宁人民出版社 2018 年版），陈夫龙编选了《〈铁道游击队〉文献史料辑》（中国社会科学出版社 2018 年版），陈夫龙、王晓文编选了《灵魂的相遇：朱德发著作评论集粹》（中国社会科学出版社 2019 版），李宗刚编选了《多维视阈下的中国现当代文学》（山东人民出版社 2019 年版）、《〈山东师范大学学报〉目录摘要汇编（1978—2018）（人文社会科学版）》（贵州人民出版社 2019 年版）、《赵德发研究资料》（山东大学出版社 2020 年版），李

① 谢慧聪:《李宗刚:人生,在学术中绽放光彩》,《联合日报》2018 年 10 月 23 日。

宗刚、王沛良编选了《穿越时空的鲁迅研究——“山师学报”（1957—1999）鲁迅研究论文选》（山东人民出版社 2020 年版）。从这些资料编选中可以看出，在新的历史时期，本学科学人继续砥砺前行，接续了学科重视史料搜集与整理的传统。

应该提及的是，本学科的资料汇编工作得到了《山东师范大学学报（社会科学版）》一以贯之的支持。可以说，在本学科资料整理与研究这一历史进程中，从编 30 余年的文学编辑翟德耀功不可没。翟德耀作为学报的编辑，高度重视现代文学研究与文献史料方面的相关成果，发表了本学科学者一系列文献史料的论文，尤其是在鲁迅、茅盾、王统照等名家的纪念节点上，积极延揽和组织本学科学者撰写相关论文，促进了本学科资料整理与研究的深化。

综上，20 世纪五六十年代，在以田仲济和薛绥之为代表的第一代学人的带领下，本学科编纂了《中国现代作家研究资料丛书》，由此奠定了学科资料汇编工作的基础；20 世纪 70 至 90 年代，本学科继续拓展资料汇编的新道路，在鲁迅、茅盾、老舍、孙犁、从维熙、刘绍棠、徐怀中、陆柱国、王统照、臧克家、叶圣陶等作家研究资料，以及解放区文艺运动、报告文学、期刊等研究资料领域不断结出新的硕果，标志着本学科在资料汇编工作方面有了一定的实绩；新世纪以来，以吴义勤、魏建为代表的新一代山师学人继续突出学科资料汇编工作的特色，在第一个十年编辑出版了《中国新时期文学研究史料汇编》（该汇编与山东大学等合作完成），在第二个十年编辑出版了《20 世纪中国文学主流·历史档案书系》，赓续并发扬了本学科重视资料汇编工作的传统。通过对山师现当代文学学科资料汇编历史的回眸，可以更好地辨明今后学术研究的路径，在现代思想的烛照下发掘并阐释历史资料的学术价值和意义，使中国现代文学研究在丰厚史料的基础上拓展出新的思想空间。

（原载《山东青年政治学院学报》2021 年第 5 期，后收入李宗刚编《山师学人视阈下的中国现当代文学——“山师学报”论文选：1959—2009》，山东大学 2022 年版）

# 在恩师赏识的目光中走出学术的沼泽地[①]

恩师把自我感悟到的教育规律，外化为自己指导学生的行动，那就是对学生总是满怀着赏识的眼光，引领着学生不断地走出学术的沼泽地。

也许，没有一个人会自动地获得超然的禀赋，像骏马一样，可以自由地驰骋在广袤的草原上。大部分人走上学术道路之始，往往都会跋涉在望不到尽头的泥泞小径上。

有些人没有能够走出这片沼泽地，关键不在于自己缺乏能力，而是缺乏信心——不但身边的朋友对自己产生怀疑，而且自己也开始动摇。

值得庆幸的是，当身边的很多人开始怀疑我能否走出学术的窘境时，有一个人始终没有放弃——这个人便是我的恩师蒋心焕先生。恩师总是带着不容置疑的口吻和从容自若的神态，相信我会走出人生的泥淖。

恩师的赏识，犹如一盏悬挂在遥远天际线上的明灯，始终导引、鼓舞着我奋力前行！

今天，我依然艰难地跋涉在学术的崎岖道路上，时而也会产生停顿下来小

① 2020年9月2日,《山东师大报》第4版在编者按中写道:前不久,88岁的文学院蒋心焕教授收到一本精美的画册《老师您好》,这是他指导过的20多位研究生献给他的教师节礼物。蒋心焕教授1958年留校任教后,一直致力于中国现代文学的教学和研究,数十年如一日躬耕学林、勤育桃李。这本《老师您好》画册载录了蒋心焕教授的倾心授业以及他在人格、处世和精神追求等方面给予弟子们的无声的化育和濡染。值此教师节和学校70华诞来临之际,本报从这本画册中选出一组文章,既彰显山师教师教书育人、为人师表的崇高品格,又表现山师学生不忘母校、不忘师恩的赤子情怀。本书收录这篇短文旨在纪念我的硕士研究生指导教师蒋心焕先生。

憩一下的想法，但每每想到恩师赏识的目光，便有了继续跋涉下去的勇气和力量——相信自己，相信未来，回报恩师，回馈社会！

（原载《山东师大报》2020 年 9 月 2 日）

# 怀念蒋心焕先生

蒋心焕先生是山东师范大学文学院教授，主要从事中国现当代文学专业的教学和研究工作。从1958年大学毕业到1999年退休，他在杏坛耕耘了40多年，培养了大批优秀的学生，赢得学生的尊敬和爱戴。2021年1月22日，蒋心焕先生因病医治无效逝世。其教过的学生闻讯后通过不同的方式向恩师表达了崇敬之心与缅怀之情。

2020年教师节前夕，蒋心焕先生培养的研究生赠送给他一本题为《老师您好》的纪念画册。2020年9月2日，《山东师大报》专门精选了其中的四篇文章，并配上编者按予以刊发。9月8日，人民网以“老师您好！山师名师蒋心焕的文化求索之路”为题进行报道：“在教师节来临之际，由山东师范大学主办的《山东师大报》刊发了一组稿件，关注了该校一位退休老师和他的学生们的感人故事。原来，前不久，今年已是88岁高龄的文学院教授蒋心焕收到一本精美的画册——《老师您好》，这是他指导过的二十多位研究生献给他特别的教师节礼物。”“这本精美画册的面世既彰显山师教师教书育人、为人师表的崇高品格，又表现山师学生不忘母校、不忘师恩的赤子情怀。”2020年9月25日，《光明日报》在《山东师范大学：厚植尊师“软实力” 党建引领“强内功”》一文中指出：“教师节前，山东师大文学院蒋心焕教授收到一本精美的水晶画册——《老师您好》，这是他指导过的二十多位研究生献给他的教师节礼物。”“翻开画册，深情的文字、老旧的照片、精彩的故事，几十年来难忘的师生情谊、追求学术的精神跃然纸上。”正如其学生所说的那样，“是蒋心焕老师这样的一代代学者，筑起了学校学术的‘高原’，讴歌礼赞老一辈学者是山东师大人的责任，我们不忘尊师重教，感恩老师培养，同时也想把这种优良传统传承给我们的学生”。收到画册，蒋心焕教授不胜感慨：“这本相册浓缩着我与大家的校园岁月，浓缩着我们的友情，这些宝贵财富，我将永远铭记于心。”

令人感动的是，这种师生友谊跨越三四十年，历久弥新，愈发让人肃然起敬。诚如蒋老师培养的第一届研究生、山东师范大学的魏建教授在《追随恩师四十年》一文中所言：“我第一次给山师本科生讲课就是老师的课，虽然我只讲了 8 课时，但 1985 级同学每次聚会都邀请我；我独立开设的第一门选修课中国现代小说史，是老师在山师开创的，后来成了我最叫座的课。”现已退休的郭济访编审在《仁者如山：亦师亦父蒋老师》一文中写道：在人生最困难的 1985 年，我考入了山东师范大学，“那时我刚刚失去父亲，亲近蒋老师，令我感受到了浓浓的父爱，仿佛又回到了父亲的身边”。

如果说研究生的培养机制本身便自动地拉近了学生与导师之间的心理与情感距离，普通的本科生便没有这种所谓的天然优势，其师生之间自然应该相对有一些距离。然而，事实并不尽然，蒋心焕先生教过的一些本科生同样对其怀有深厚的感情，且这种师生之情所跨越的时间竟然已经超过了半个世纪。

山东师范学院中文系六二级学生——蒋心焕先生带的第一批学生，在得知蒋老师去世后悲痛不已。该年级学生徐志伟说：“今天早上惊闻蒋老师仙逝信息，十分悲痛！看了讣告，我们老学生们十分理解蒋老师家人的心情，遗憾不能亲临送尊敬的蒋老师一程……前些年每年春节，我们在济南的老学生都要到山师教师楼给老师们拜年，看望尊敬且如兄长的诸位老师……呜呼，母校老师一个一个走了，我们这些在济南的老学生感觉如老家里的老人们一个个驾鹤远行，不胜痛哉也夫！今天上午，我将讣告转到六二级同学群，蒋老师的老学生以各种不同形式表达了悲悼之情……今天下午，我坐公交 18 路去原工作单位，在山东省杂技团转乘 110 路，遥望山师的教工宿舍楼默念：蒋老师慈爱音容犹在，蒋老师爱生师魂永存。”六二级李桦和六三级宋学俊在撰写的《痛悼恩师蒋心焕先生》一诗中写道：“寒风凛冽兮愁云低，悲雾弥漫兮伤泪滴，蒋师离世兮心欲碎，德风存馨兮砺吾志。”如今半个多世纪过去了，这些昔日风华正茂的学生也大都迈入古稀之年，但回忆起蒋老师的点点滴滴仍旧如昨日重现，字里行间折射出师生之间那种超越世俗的真挚师生情。

在20世纪80年代，蒋心焕先生不仅关爱本科生，还参与了其他导师所带研究生的培养。如在鲁迅与俄罗斯文学关系研究方面成就显赫的七九级硕士研究生、辽宁社科院研究员李春林，他深情地写道："我在山师读硕期间及毕业后，得到了蒋先生的许多指教和关怀，硕士论文题目《鲁迅与陀思妥耶夫斯基》就是蒋先生建议的。以后我一直将鲁迅与外国文学比较研究作为自己的主攻方向。从此角度言之，蒋先生是我的学术领路人之一，对我的成长功莫大焉。"八五级硕士研究生林凌特别推崇蒋老师用大爱作底色、用赏识来激励的教育方式："蒋老师从来没有看轻任何一个学生，这话说得太准确了。我们八五级人数多，来源复杂……我们几个大专、其他专业考来的同学，学起来有些吃力，要补课，与蒋老师交往比较多，每次他都是鼓励我，态度亲切，那情景历历在目。"

生命总有终结的时候，但人们为之奉献一生的事业从来不会终止。蒋心焕先生的生命尽管已经结束，但他洒向学生的大爱依然像阳光雨露，将滋润着他所教过的学生，成为弥足珍贵的精神财富。从这样的意义上说，蒋心焕先生在教学实践中奉为圭臬的爱的哲学，依然可以穿越时空的阻隔抵达遥远的未来！

（原载《齐鲁晚报》2021年2月2日）

# 初识蒋心焕先生

2021年1月22日，山东师范大学文学院教授蒋心焕永远地离开了我们。这个再普通不过的日子，在我——他曾经指导过的硕士研究生——的内心深处便一下子变成了一个冰冷的日子。一年过去了，这种冰冷的感觉不仅没有随着春天与夏天的浸润有所消减，反而随着这个日子的来临变得愈加寒冷。寒冷的日子犹如显影剂，30多年前初识蒋先生的诸多场景，犹如存储于记忆深处的底片，开始变得分明起来。

在考入大学之前，我便给自己描绘了一幅令人炫目的蓝图，那就是要走学术研究之路，将来也能够像历史上的诸多先生那样，能够用儒雅的姿态对抗萎靡不振的人生，用灵动的文字自由自在地表达，进而也写出那么几篇能够变成铅字的文章。正是基于这一简单的想法，我进入大学之后便成了爱学习的学生，自然也旁听了高年级的选修课。蒋心焕先生的选修课便是我旁听的诸多选修课之一。

我与蒋先生初识于1987年。在这一学年下学期，蒋先生开设了一门针对高年级本科生的《中国现代小说史》的选修课，尽管无法选修这门课程，但我出于对知识的渴望，便成了一名旁听生。

蒋心焕先生在选修课上讲解了中国现代小说史的哪些具体内容，在30多年之后的今天，已经无法从记忆深处打捞出任何可以留存下来的碎片了。但是，能够牢牢地镌刻在记忆深处的一个镜头总也无法涂抹掉，那就是在下课之后，在教学三楼的走廊里，我向蒋先生表达了要考他的研究生的想法。蒋先生对此表示赞赏，同时还要我提交一篇论文。我记得那个时候正在关注莫言的

《透明的红萝卜》，为此还写了一篇评论习作，我便把这篇关于莫言小说思考的习作交给了蒋先生。时间过了一个周，蒋先生对我的习作给予肯定，认为我的素质不错，希望我积极准备研究生考试。蒋先生的表扬让我在冬日跋涉的漫漫长途上看到了即将钻出云雾的阳光，一下子使我充满阴霾的人生天空，增添了些许温暖的阳光。正是基于这种机缘巧合，我开始汇入研究生入学考试的大军之中。

作为从农村走进大学的学生，既往的田园生活尽管给了我自由自在、无拘无束的生长环境，但也难免让自己在迈进大学殿堂之后显现出人生的不足乃至窘迫。这在我第一次去蒋先生家拜访时表现得特别明显。在一位学兄的引领下，我们一起敲开了先生家的大门，开门的是先生的公子。蒋先生外出还未归来，我们便坐在书房等着先生。当时的具体情景已非常模糊，唯有一点记忆犹新：蒋先生家里的沙发。这是一个造型极其简朴的沙发，没有一般沙发的那种奢侈和夸张，两个木头扶手向前稍稍翘起，简单、方正而内敛，恰有一种大气而正直的气节。坐在这样的沙发上，我有一种诚惶诚恐的感觉，禁不住产生了这样的遐想：在这个沙发上，说不准就坐过什么大学者或者什么大人物，而我们这样的籍籍无名之辈，也坐在一些大人物曾经坐过的沙发上。

在1987年那个出奇寒冷的冬季，即将出列的1988级硕士研究生进入了排列组合的最后阶段，机遇会垂青谁、又会抛弃谁，一切似乎都在未知之中。值得庆幸的是，我终于熬过了那个寒冷的冬季，在次年春暖花开之际，相继接到了研究生复试和录取的通知书。然而，我的许多同学因为应届考生的复试成绩要比往届考生高出35分才算合格的高门槛，而未能考取，一些应届考生尽管笔试第一也未能达到合格线，这一限定使不少人的学术梦想最终凝固于寒冷的冰天雪地里，没能迎来梦想如鲜花般自由绽放的春天。

1988年9月，随着新生报到日子的到来，来自全国四面八方的硕士研究生会聚于山师，其中便包括后来的著名学者张清华、杨学民等人。我们这批人由此开启了人生的新历程。

研究生入学之后的第一件大事便是导师与研究生互选。缘于我早在考研究生之前便已经向蒋先生表达了自己的心愿，便在师生互选时郑重地写下了“蒋心焕”三个大字，承蒙蒋先生不弃，我成了他名副其实的研究生。而张清华则成了朱德发的研究生，杨学民也投入蒋先生门下。

研究生学习阶段，研究生与导师的联系比本科生自然多了起来，这一下子拉近了我与蒋心焕先生的距离，师生情谊逐渐深厚起来。蒋先生虽然是南方人，但他的身高比许多北方人还要高，在我看来，他应该在一米八左右，这也许与我作为学生对老师总是爱戴着仰慕的“眼镜”有关，但客观情况的确如此。能够清晰地显现蒋心焕先生南方人特征的是两个方面：一是带有南方口音的普通话，二是儒雅、温润、平和、兼容的性情。如果说前者是外在的标志，那么后者则是内在的精神气质。

1991 年 7 月，我在蒋先生的推荐下留校任教，由此有了更多向先生学习和请教的机会。2002 年，蒋先生在为我的一本小册子所作的序中这样写道：“在他攻读硕研的三年期间，我对他有了更多的了解和认识。这是一个把人品和文品、做人和做学问两者相融作为自己追求的有思想有作为的青年。同我前后带的研究生相比较，宗刚身上有两点比较突出。其一，兴趣比较广泛，渴求多方面的知识。他除阅读本专业所要求的中外古今各方面的理论书和作品外，自己还选取中外名家的文化著作和哲学著作，并且把自己研读所得运用于自己的专业中。其二，他信书本，又不唯书本，立足学术，又着眼于实践，逐渐形成了一种以理性观照的顿悟式的思维特点，使其较为熟练地掌握了一种观察和评价人物和事件的全新文化眼光和视角，掌握了一种逻辑严密的思维方法和文章笔法。表现在论文的写作上，不是纯感悟式的，而是力求做到史的学术研究与现实的当代性意义相互融合。我认为，这是一种富有朝气和学术生命力的有效研究方法。”在序言中，蒋先生善于发现学生的长处，并加以概括提升，这对于在学术研究上还处于探索期的我而言，其鼓舞作用是毋庸置疑的。

蒋先生作为我在学术道路上的引路人，对我在学术研究上由中国近代文学向现代文学转换研究之路起到了导引作用。2002 年，我又跟随朱德发先生攻读博士学位，便把学术兴趣逐渐定位于五四文学发生学和 20 世纪中国文学教育研究；2011 年，我走上了《山东师范大学学报（社会科学版）》主编的岗位，在编辑工作和学术研究上也算是有了一点进步。但是，我总是无法忘记初识蒋心焕先生的情景——那些划定了自我人生疆域和未来发展方向的诸多情景。

（原载《齐鲁晚报》2022 年 2 月 14 日）

# 送给匆忙离开母校的学生

今天，我教过的五位硕士生就要离开山师了！他们原来规划好的别离母校的种种姿态尚未及展示，而别离已翩然而至。别离母校，就是如此的匆匆！

在今天这样一个平淡的日子里，我依然忙着总是处理不完的稿件，无意中看到一段视频。这是一个经常在抖音上讲演的人，从他的打扮来看，像是一个农民——一个已经进城且拥有了知识的农民。看了他的演讲内容，我才知道了他的名字——一个很普通的名字，不普通的是在他的名字后面缀上了教授的称号，我恍然意识到，这是一位农民教授。这位农民教授讲的是他从贫寒的农家走向成功的励志故事。

他讲的故事很朴实——这都是曾经发生在我们身边的故事。他讲了自己的起点是怎样的低，以至于大家都认为他既是一个输在起跑线上、又跌落在追赶路上的人，他不管如何奋斗，都不会考上大学。然而，有一个人不相信这一切，这个人就是他自己。凭借着自己给自己鼓劲与支撑，他终于考上了大学！

他的故事让我想了很多：我们每个人将来成绩的大小不取决于自己的家庭，也不取决于自己目前水平的高低，而是取决于是否有志在诗和远方的意愿。实际上，所有的自我怀疑、自我否定都注定我们还未出征便被自己打败——我们不是倒在了跋涉的雪山草地，而是倒在了自己的安乐窝里。

在我的五位学生毕业即将离开母校之际，作为教师，已经无法再按照预定的计划为你们践行，无法像往年那样，在把酒问未来中再次重复不知道说了多少遍的嘱托。但我知道，你们从离开母校的这一天起，所谓的诗和远方这样圣洁的字眼将受到世俗和现实的浊浪侵蚀；我知道，你们怀揣梦想、迈着坚定而自信的脚步走出母校时，肯定会五味杂陈，既有对自己青春场的留恋，又有对美好未来的期许：母校，等着吧！再过10年，不，也许是60年，我一定会回来向你汇报，在无限期的跋涉之后，在经过风雨见到彩虹的瞬间，我的脑海里首先闪过的便是要还自己今天许下的这个愿！也许，你们默默走出校门的那一刻并没有大声地说出，甚至也不敢向师长坦诚地表白，毕竟，你们也不知道将来会成为一个怎样伟大或一个与伟大毫不沾边的人，但我相信，你们肯定会不负生命，肯定不枉知识对蒙昧人生的烛照，肯定会无限渴望未来的岁月会绽放异彩——那是别人没有的异彩，那是你们追赶自己梦想的异彩，那是你们绽放给这个世界的别样的异彩！

那些已经别离母校多年的老学生，在面对你的师弟师妹循着你们的人生轨迹走出校门时，可曾在心中闪过一星半点的火花，在明明暗暗乃至摇摇晃晃中，你们心中的火花还能否照亮即将展开的人生之路？你们是否准备放弃艰难的人生跋涉之路，回到自己业已被框定好了的一隅，让自己沉浸于生活中，在琐碎的事务性工作中遮蔽那曾经令自己激动过的火花？如果是这样的话，我深感不安，为你们当初踏上问学母校之路而不安，为你们当初让梦想的火花闪过黑暗的星空而不安——如果没有进入母校，你们也许会循着前人走过的道路走下去，在这条路上你们无须怀念曾经闪耀过自我人生星空的火花，因为你们的人生根本就不曾因为思想的摩擦而闪现过所谓的火花。然而，自我意识已经复苏的你们，却再也无法回到那种虽蒙昧但快乐的状态了。

每到学生离开母校的时刻，我的心总是伴随学生的远去而留下一段无法填补的空白，思绪依然像扯不断的蚕丝缠绕着学生：那些已经点燃了梦想火花的你们，到了奋斗空气稀薄的单位，还能否长久地呵护曾经闪耀的火花？在生活的狂风暴雨中，你们是否还经得起洗礼？在那没有欣赏的眼光和鼓励的掌声的日子里，你们是否学会了自我坚守？

尽管现实残酷，我还是期待着，你们在对未来失去勾画能力和信心时，依然会咬牙坚持，即便一生没有做出轰轰烈烈的大事，起码能够保持自己作为受过专业训练的人应有的那份高贵和优雅！因为，我们已经在自己的学生身份上，又备注了受过高等专业教育的知识者这一身份——这是一个深深地烙刻在我们心底深处的身份，就像那个永不放弃追求的农民教授一样！

（原载《大众日报·丰收副刊》2020年6月21日，刊发时有删减，收入本书时恢复为原文）

# 第三编

# 学术期刊编辑的理论与实践

# 建构中国特色学术期刊评价体系之我见

学术期刊作为学术研究最新成果发表交流的公共空间和传播平台，不仅受到学术界的特别重视，也得到社会的普遍关注。相对于西方国家较为完善的学术期刊评价体系而言，中国的学术期刊评价体系还处于不断探索和发展的阶段，这既与中国学术期刊起步较晚、发展不成熟有关，也与学术期刊评价体系的理论探讨不够深入有关。尽管已有不少学者或评价机构对此进行了理论和实践的探索，并取得了诸多阶段性成果，但是，中国的学术期刊评价体系并没有真正得到学术界的普遍采纳和使用。在改革开放已经 40 多年后的今天，我们依然未能建构起具有中国特色的学术期刊评价体系，中国学术依然围绕着西方学术期刊体系展开，这一问题亟待解决。2020 年 2 月，教育部、科技部印发了《关于规范高等学校 SCI 论文相关指标使用　树立正确评价导向的若干意见》，提出要破除论文“SCI 至上”，以此为突破口，拿出针对性强、操作性强的实招硬招，破除“唯论文”痼疾，树立正确的评价导向。但是，怎样才能在“破”的基础上建构起具有中国特色的学术期刊评价体系？换言之，学术期刊评价体系的出发点到底在哪里？学术期刊评价体系的终极性价值追求是什么？这正是本文所要探讨和破解的问题。

## 一、“索引”与“评价”：中国学术期刊评价体系的探索成果

从学术期刊的发展来看，随着期刊刊载学术研究成果的增多，文献数量呈

现出几何级的增长，从便于文献检索出发，侧重于“引文索引”的来源期刊便应运而生。如“科学引文索引”（即 Science Citation Index，简称 SCI）来源期刊、“社会科学引文索引”（Social Sciences Citation Index，简称 SSCI）来源期刊和“艺术与人文科学引文索引”（Arts & Humanities Citation Index，简称 A & HCI）来源期刊，便是在世界上具有代表性的来源期刊。

在西方这种引文索引来源期刊的影响下，中国开始建立自己的引文索引来源期刊数据库，如中国科学院文献情报中心早在 1989 年便建立了中国科学引文数据库（Chinese Science Citation Database，简称 CSCD）。中国科学引文数据库内容丰富、结构科学、数据准确，系统除具备一般的检索功能外，还提供新型的索引关系——引文索引。使用该功能，用户可迅速从数百万条引文中查询到某篇科技文献被引用的详细情况，还可以从一篇早期的重要文献或著者姓名入手，检索到一批近期发表的相关文献，对交叉学科和新学科的发展研究具有十分重要的参考价值。中国科学引文数据库还提供了数据链接机制，支持用户获取全文。[①] 严格说来，这仅仅是一个数据库，而没有像 SCI 来源期刊那样蜕变为学术期刊的评价体系。

从国内学术期刊来看，我们在自然科学类学术期刊方面除了有 CSCD 来源期刊数据库，还有北京大学图书馆的中文核心期刊。北京大学图书馆的中文核心期刊的功能从原初的检索功能逐渐地向学术期刊评价功能转变，甚至还在一段时间内发挥了学术成果评价功能。正是基于 CSCD 来源期刊数据库的影响，教育部开始主导并建立了人文社会科学引文索引来源期刊，这便是南京大学中国社会科学研究评价中心所建立的“中文社会科学引文索引”（Chinese Social Sciences Citation Index，即 CSSCI）来源期刊。尽管从这些承担着来源期刊遴选重任的机构来看，它们着意于强调的是来源期刊的引文索引功能，但从实际情况来看，由于引文索引能够通过大量具体真实的数据而客观直接地反映出学术期刊的学术影响力，因而学术机构更为看重其定量分析价值，凸显其对学术研究成果的评价功能。由此，从便于检索出发建立起来的引文索引来源期刊被视

① 参见中国科学引文数据库（CSCD），http://sciencechina.cn/。

为学术研究成果的评价工具，从而使得引文索引来源期刊获得了评价学术研究成果的功能。

引文索引来源期刊逐渐凸显学术期刊的评价功能，这既是学术期刊发展到一定阶段的必然要求，也是学术期刊发展到一定阶段需要破解的理论问题。正是基于评价学术期刊的现实需要，一些学术机构甚至科研院所的主管部门便把引文索引来源期刊作为评价学术期刊及其论文的便捷方式，并逐渐使来源期刊的功能从检索功能向评价功能转变，由此使得中国的学术期刊评价体系奠基于引文索引来源期刊这一基石上。目前，国内已有多个颇具规模和影响的评价体系，诸如北京大学图书馆的中文核心期刊、中国社会科学评价研究院的中国人文社会科学期刊评价体系（简称“A 刊”评价体系）、武汉大学中国科学评价研究中心的 RCCSE 中国核心学术期刊等。其中，国内学术机构用来考察学术期刊及科研成果的主要依据是CSSCI来源期刊，许多科研院所大都将其作为科研人员任职考核、职称评聘、学位获得等方面的前提条件，甚至有些科研院所还把其科研业绩奖励与此对接，这便在客观上促成了诸多的来源期刊蜕变为学术期刊和科研成果的评价工具，由此深刻地影响了整个中国的学术生态。

值得肯定的是在人文社会科学类（包括艺术门类）领域，我们初步建构起了具有独立话语权的 CSSCI 来源期刊。这一来源期刊尽管也被简单化地当作学术期刊和科研成果的评价标准，但从总体上说，其积极作用是毋庸置疑的。当然，CSSCI 来源期刊评价中心尽管也特别凸显其作为引文索引的功能，弱化乃至淡化了其学术期刊和科研成果的评价功能，但科研院所依然把其视为学术期刊的评价标准。其实，从建设中国特色的学术期刊评价体系出发，我们没有必要讳言 CSSCI 来源期刊的评价功能，反而有必要以此为契机，在兼顾其固有检索功能的同时，强化其学术期刊评价功能，由此正式建立起一套完善的学术期刊评价体系。

诚然，学术期刊被遴选为来源期刊是一回事，至于是否能被当作评价标准则是另外一回事。假设来源期刊具有其无可辩驳的权威性和合法性，又被各方面广泛接受，那么，高校或科研院所自然会将其视为衡量学术研究水平高低的参照体系。教育主管部门将某一指标体系视为评判高校办学水准高低的标准时，便使评价体系具有了“指挥棒”的功能，从而迫使高校围绕这一评价体系开展工作。从这样的意义上说，教育主管部门怎样从国家发展的战略高度进行顶层设计，然后对何种核心类学术期刊视为评价标准作出界定，便对学术期刊以及高校的学术研究具有导引作用；而科学的学术期刊评价体系在得到了学术界的推崇之后，自然又会反过来促进教育主管部门对这一学术期刊评价体系的认同和接纳，二者是互为表里、相辅相成的关系。

## 二、“缺位”与“失衡”：中国学术期刊评价体系的突出问题

目前，CSSCI来源期刊在哲学社会科学研究领域已形成国内具有较大权威性的学术期刊评价体系，然而与其形成鲜明对照的是，我国在自然科学研究领域却仍然缺乏自己的权威评价体系。这成为中国学术期刊评价体系建构中需要面对的突出问题。

长期以来，自然科学类的学术期刊没有建立起一个可以为学术界、学术机构和主管部门共同认可的评价体系。尽管北京大学图书馆主导的中文核心期刊也涵盖了自然科学类的期刊，但这些学术期刊既不为作者所推崇，也不为学术期刊的编辑所倚重，更不为评价机构所接纳，这就导致自然科学类的相关研究成果大都发表于海外的一些学术期刊，类似《自然》《科学》等所谓的世界顶级期刊更是成为学人和评价机构所顶礼膜拜的高层次期刊。也就是说，中文核心期刊这一评价体系并没有得到广泛认可和接纳。目前，国内依然把海外的SCI来源期刊当作其评判依据，并据此划分为一区、二区、三区和四区四个层级。毋庸讳言，一些具有世界影响的学术期刊的确具有较高的美誉度，其权威性也不容置疑。与此相反，国内权威机构主办的类似《中国科学》等学术期刊，则相形见绌。① 这便导致海内外学术期刊本身便不处于同一层级的评价体

① 教育部颁发的“破五唯”的相关规定中，特别指出了国内学术期刊在有关考核中应该占据一席之地，但从执行情况来看，这一规定还没有从根本上扭转既有评价体系的偏颇，许多学者把那些没有太多创新性的论文投给国内学术期刊，从而敷衍这一规定。

系中，国内自然科学期刊的发展依然面临着无法破解的困境。

自然科学类学术期刊之所以迟迟未能走出困境，其根源在于我们没有建立起具有中国特色的学术期刊评价体系。目前，在世界占据主导地位的评价体系主要是以SCI来源期刊为核心的评价体系。在这一来源期刊中，中文期刊没有一点话语权，也没有一点权重。无疑，这是西方建立起来的一套以英语为评价指标的评价体系，中国主办的学术期刊要进入这个SCI来源期刊的“俱乐部”，需要主办英文期刊，再根据其评价指标体系的要求，经过多年的努力方能实现。然而，进入这一“俱乐部”的学术期刊对中国学术的提升并没有直接的效能——只不过又为中国学者发表SCI来源期刊增加了一个平台。单从中国学者刊发在西方学术期刊的论文数量来看，目前我国已经成为论文生产的“论文大国”[①]。然而，这些批量化生产出来的论文除了为中国赢得了“论文大国”的称号外，并没有真正地使中国的学术站在世界前列，我们除了在个别领域略有领先优势外，在许多领域依然处于追赶的位置。

目前中国存在的唯西方SCI来源期刊马首是瞻的问题，造成了中文学术期刊与英文学术期刊之关系的颠倒等弊端。[②] 其主要责任并不在于这一来源期刊自身，而是我们某些部门不作区分便全盘接纳，没有作必要的甄别，没有作必要的扬弃，更没有作必要的自我建构，由此才使得SCI来源期刊被极大地异化了。值得欣慰的是，这一来源期刊并没有完全一统天下，像屠呦呦获得诺贝尔奖便是一个例证。然而，这一鲜活的例证并没有真正地促使有关部门反思和调整既有的学术期刊评价体系。从这样的意义上说，我们对中国学术期刊评价体系的反思与建构，如果不把自然科学期刊纳入进来进行通盘考虑，就不可能真正找到破解的思路——因为自然科学学术期刊评价体系仍将深刻地制约和影响着人文社会科学学术期刊评价体系的建构。

那么，中文核心期刊在国内自然科学类的学术期刊领域理应占有一席之

---

① 如桑海在其论文中指出：“近年来，中国作者SCI期刊发文量不断攀升，目前数量已仅次于美国。”详见桑海：《如何“叫现代学术说中国话”——从西方学术本土化、中国学术国际化到中国化的世界学术》，《澳门理工学报》2014年第1期。

② 仲伟民：《缘于体制：社科期刊十个被颠倒的关系》，《南京大学学报》2013年第2期。

地。但实际情形并非如此，它并没有因此而变得更具有权威性，长期以来也一直没有撼动西方 SCI 来源期刊在中国学术期刊评价体系中的地位。在自然科学方面，我们依然没有建构起具有公信力和科学性的学术期刊评价体系。那么，自然科学类学术期刊评价体系的缺失对包括人文社会科学类学术期刊评价体系在内的整个中国学术期刊评价体系到底带来了怎样的负面影响？这是我们在探索建构中国特色学术期刊评价体系之前不能不予以考量的一个重要问题。

其一，自然科学期刊评价体系的缺失，将导致学术期刊评价体系生态失衡，由此造成学术资源配置上的失措。客观地说，人文社会科学类中文核心期刊的情形相比自然科学类的学术期刊要好一点，这可能是因为自然科学更具客观性的特征、而人文社会科学研究则更具意识形态特征的缘故，由此 SSCI 来源期刊才没有如同 SCI 来源期刊一样，也成为学术期刊评价体系所皈依的法则。客观地讲，社会科学类的研究大都受制于作者所认同的意识形态，其由此作出的学理性阐释自然不像自然科学那样有着明晰的高下之分和正误之别。自然科学类学术期刊没有能够建立起中国特色的期刊评价体系，这不仅深刻地影响了中国通过学术期刊评价体系的调控引导学术研究走上良性的发展轨道，还深刻地制约了中国人文社会科学类学术期刊评价体系的建构。

其二，自然科学期刊评价体系的缺失，导致中文学术期刊评价有失客观准确，由此造成国内优秀学术成果的外流和中文学术期刊的边缘化。目前，在学术界占据统治地位的学术期刊评价体系依然是西方的 SCI 来源期刊，这在客观上说明，中文核心期刊受到了国内外“引文索引来源期刊”的全面挑战。从国内来看，中文核心期刊受到了 CSSCI 来源期刊的挑战；从世界来看，中文核心期刊受到了 SSCI 和 SCI 来源期刊的挑战。这便需要我们从中文核心期刊的评估体系中找寻问题。中文核心期刊目录的遴选范围虽然涵盖了自然科学类和人文社会科学类的学术期刊，然而，这套评价体系作为评判学术期刊的主要价值尺度存在着先天不足——北京大学没有自主的数据库。① 具体来说，就是中

① 中国知网作为中国目前最大的学术论文数据库，尽管拥有较多的资源，但其面临的作者版权问题和涉嫌垄断等问题，已经令其走到了一个十字路口。至于 CSCD 来源期刊数据库，同样存在着作者的版权问题。

文核心期刊过分依赖中国知网的有关数据，然而，中国知网的相关数据又鱼龙混杂，我们很难根据某一数据的高低来评判某一期刊的实际学术影响力，那些用来支撑其评价体系的相关数据自然也难以真实地反映出学术期刊的实际情况。且在国内学术期刊所刊发的学术论文中，学术引文不规范现象也同样屡见不鲜，学术质量并没有得到应有的保障。再加上这一数据库对纸质期刊以及学术期刊自我传播的电子期刊的漠视，致使其诸多数据无法真实地反映某一特定学术期刊的本真面貌。至于中文核心期刊的专家评议，又因为其人员整体素养和评判价值标准不统一，尤其是这些专家对所要评估的学术期刊可能并没有深入的了解，导致这样评选出来的所谓核心期刊便无法真实地体现出学术期刊应有的层级。在其他类型的同行评议中，《新华文摘》《中国社会科学文摘》《高等学校文科学术文摘》和中国人民大学复印报刊资料，都应该归于同行评议的行列。但是，这些转载的定量和定性数据未能很好地进入评价体系中，并构成评价体系的重要指标。客观地说，这些专业性的文摘和转载类的学术评价机构多年来致力于优秀学术论文的遴选，已经具有了较高的社会美誉度，堪称中国学术同行评议的一个范例。这些机构尽管没有采取匿名评审的方式，但因为其采用了责任编辑负责制和层级的遴选制约机制，尽管不一定能够确保遴选出来的稿件都是最优秀的稿件，但起码的公平和公正还是得到了实现。从其实际运行来看，这些文摘转载类期刊之所以能够得到学界的基本认可，有关机构还将其视为评价一篇论文的重要参考指标，则部分地说明了其具有存在的合理性和合法性。综合以上内容，我们可以发现，中文核心期刊目录所收录的学术期刊既没有西方 SCI 来源期刊的数据的客观性和权威性，也没有权威专家审核的公正性和权威性，所以其不仅难以获得西方的认可和接受，而且也难以获得国内的认可和接受。正是这些无法克服的局限性，使得中文核心期刊被学术界、学术机构和主管部门所排斥。尤其需要指出的是，这一评价体系没有针对自然科学类学术期刊和人文社科类学术期刊的评价体系分别建立起各自独立而符合其学术研究实际的学术评价体系，致使北京大学图书馆公布的中文核心期刊来源期刊难以得到各方面的认可和接纳。在中国学术期刊评价体系建构的初级阶段，许多科研院所不甘落后，如中国社会科学院也在不断探索中建立了一套评价体系，这便是中国社会科学评价研究院的“中国人文社会科学期刊”（简称A刊）来源期刊。这一评价体系也没有得到各方面的普遍认可和接纳。总的看来，中国的学术期刊评价体系除了CSSCI来源期刊之外，其他几大期刊评价体系均没有很好地借鉴SCI来源期刊和SSCI来源期刊的遴选成功经验，并由此在本土化的实践过程中找到一种既吸取西方成功经验、又兼顾中国国情的来源期刊，其最后落得个被边缘化的地步便是情理之中的事了。

其三，自然科学期刊评价体系的缺失，不仅影响到我国科学性学术期刊评价体系的构建，而且还将误导学术研究的发展方向。学术期刊对于学术研究的发展方向具有一定的制约与引导作用，它不仅是“交流学术成果和传播专业文化的主要媒介”，更是“文化积累和文明传承的重要平台”和“引领学术发展和深化学术理论研究的阵地”。[①] 由此说来，重新反思和建构起具有中国特色的学术期刊评价体系，便具有历久弥新的理论价值和意义。在国际化的浪潮中，那些引领行业发展的国家或机构相继制定了带有行业规范性的标准。这些行业的规范性标准逐渐为世界同行业所遵循，由此引领和主导着本行业的发展方向，体现了本行业的最高水准。这样一来，那些掌握了行业标准制定话语权的国家或机构则成为该行业的引领者和裁定者，这不仅带来了巨大的社会效益和经济效益，而且还带来了国家文化软实力的提升。客观地说，学术期刊评价体系建设是中国学术能否健康发展的关键所在。那么，应该怎样建构起具有中国特色的学术期刊评价体系呢？对此问题，已经有学者进行了一系列的探讨。[②] 但是，中国特色的学术期刊评价体系中的“中国特色”到底怎样体现？“中国特色”怎样借鉴西方来源期刊的成功经验？这些问题都有进一步阐释的空间。其实，中国特色既不应完全否认或排斥西方既有来源期刊的合理性内容，也不能完全照搬西方来源期刊，而是要从中国学术发展的实际出发，制定出符合中国学术评价标准的完备体系。

---

① 尹金凤、胡文昭：《如何提升中国学术的话语权——兼论学术期刊编辑的问题意识与学术使命》，《中国编辑》2018年第7期。

② 王文军：《建立中国特色科研评价体系的四种关系》，《行政管理改革》2020年第7期。

## 三、 融合与创新：中国学术期刊评价体系的建构之路

习近平总书记针对如何构建中国特色哲学社会科学这一系统工程强调指出："构建中国特色哲学社会科学是一个系统工程，是一项极其繁重的任务，要加强顶层设计，统筹各方面力量协同推进。要实施哲学社会科学创新工程，搭建哲学社会科学创新平台，全面推进哲学社会科学各领域创新。"① 这一论述对中国特色哲学社会科学系统工程具有指导作用，对中国特色学术期刊评价体系的建构同样具有指导作用。

目前，中国已经成为世界上不可忽视的政治、经济力量，然而中国的科学和文化并没有获得相应的发展，尤其是在以自然科学为主的学术期刊评价体系中，几乎没有任何话语权。造成这种结果的原因固然是多方面的，如果单从学术界以及学术期刊的评价体系来看，其主要原因在于没有形成替代西方标准来源期刊的理论自觉和实践自觉，没有从中国国情和社会发展的需要出发，盯住世界科学发展的前沿问题，把学术研究的目的置于促进社会发展和人类文明的维度上加以衡量，而是一味地把发表论文自身当作手段和目的，至于其发表的论文是否具有社会效能，则在一定程度上被忽视了。在此形势之下，如何建构符合中国国情和社会发展需要的学术期刊评价体系，则成为一个必须思考的问题。

其一，要把建立学术期刊评价体系纳入国家文化发展战略的高度加以对待。在国际化视野的引领下建立起可以与西方来源期刊相对应的中国学术期刊评价体系，坚决扭转中国学术研究和中国学术期刊的发展受制于西方的被动局面，坚决防止带有"内卷化"色彩的无序竞争，在整合国内评价体系的基础上，建立起具有中国特色和中国权威的学术期刊评价机构。目前，国内学术期刊评价体系的无序化已经到了非常严重的程度，"在学术期刊评价研究领域，门槛低、小散弱、争山头、重复建、无特色、局面乱，可以说有百花齐放、百

① 习近平：《在哲学社会科学工作座谈会上的讲话》，《人民日报》2016 年 5 月 19 日。

家争鸣，却没有形成秩序井然的共建局面”[①]。无序化的竞争严重制约了中国学术期刊评价体系的自我权威性，也严重影响了中国学术期刊评价体系的世界化步伐。

在构建中国特色的学术期刊评价体系的过程中，纳入国家发展战略的显著标志便是教育和科研主管部门承担起应该承担的导引责任，真正把科学的评价体系与评价实践有机结合起来，从而使学术期刊评价体系循着正确的道路运行。作为主导高校学术发展的管理职能部门，教育部如何测评高校的学术成果直接关系到高校的发展方向。高校正是依据教育部的规范和要求调配教育与科研资源，从而最大限度地满足教育部的规范要求，并由此制定出了一系列测评科研成果的标准。当然，有些评价机构并非由教育部主管，这便需要从国家层面加以整合，进而避免评价体系的“政出多头”。

教育主管部门如何确认评价体系，成为破解学术期刊评价体系难题的一个根本性问题。自改革开放以来，教育主管部门把眼光瞄准世界高校，并由此把中国高校与世界高校的发展相对照，根据世界通行的高校评价标准制定了评价中国高校的评价体系，在科研实力的测评上，突出了以刊发论文的学术期刊的高低为重要测评指标的评价体系，这便极大地改变了高校的学术研究生态和办学方向。由此导致的直接结果有两个：一是高校形成围绕着评价体系刊发论文的价值导向，二是高校排斥评价体系之外的学术研究。

如果从国家文化发展战略的维度来审视中国学术及其学术期刊的国际化，便应该将其上升为旨在使中国文化、中国经验、中国话语在国际社会中形成广泛影响的国家战略[②]。在群雄争霸的情形下，我们如果不从国家战略的高度出发，积极规范和引导中国学术期刊评价体系的健康良性发展，争取与国家政治、经济、文化等诸多实力相对应的学术期刊评价体系的话语权，而是一味地任其无序发展，其结果将会严重地影响到中国学术期刊评价体系的世界化步伐。因此，中国学术期刊评价体系的建立应该纳入国家发展战略的视野中，抑

① 高自龙:《多元有序:我国学术期刊评价体系建设展望》,《中州学刊》2019 年第 7 期。

② 崔月琴:《学术期刊国际化的反思及路径探析》,《澳门理工学报(人文社会科学版)》2012 年第 4 期。

制有些机构动辄建立自己的“小山头”的冲动，逐渐地整合和建立起一个代表国家战略和意志的权威评价机构。毕竟我们的真正竞争对手并不是内部的几家评价机构，我们需要做的是集中一切优势力量打造出可以在世界上拥有一定话语权的学术期刊评价体系。

其二，要把自然科学和人文社会科学学术期刊纳入一个整体中加以通盘考虑，切实建构起一个融合自然科学和人文社会科学的中国学术期刊评价体系。在中国建立的一些学术期刊评价体系，并非没有一个融合自然科学和人文社会科学学术期刊的评价体系，而是在大浪淘沙的过程中，有些评价体系并没有得到学术界、学术机构和主管部门的接纳和推崇。目前，在借鉴西方社会科学索引来源期刊（即 SSCI 来源期刊）的基础上，南京大学的 CSSCI 来源期刊已经在客观上成为国内诸多高校所普遍认可的学术期刊评价体系。这一来源期刊因为建立了独立的数据库，又建立了相对规范和科学的遴选办法，其所遴选出来的来源期刊相对来说具有更大的合法性和合理性，自然也得到了各方面的认可和接纳。

如果说人文社会科学类学术期刊评价体系面临的主要问题是如何完善和提高的话，那么，自然科学类学术期刊评价体系的缺失则是我们面临的核心问题。从这样的维度上看，我们更倾向于把未来具有中国特色的自然科学类学术期刊的核心期刊目录命名为“中文科学引文索引”（Chinese Social Sciences Citation Index，简称 CSCI）来源期刊。[①] 这样的命名既可以对接西方既有的惯例，便于人们理解和接受，也可以汲取 SCI 来源期刊评价体系的成功经验，还可以对接中国的 CSSCI 来源期刊，由此建构起自然科学类的学术期刊评价体系，形成双峰对峙的新的两大评价体系。这便需要我们依托南京大学的中文社会科学评价中心，扩建成涵盖自然科学类的中文学术期刊的评价中心，从而打造出具有中国特色的学术期刊评价体系。

对于那些获得评价体系认同乃至推崇的学术期刊来说，其成绩的取得不

① 这一构想与中国科学院文献情报中心建立的中国科学引文数据库（Chinese Science Citation Database，简称 CSCD）截然不同。严格说来，CSCD 仅是一个数据库，其学术期刊的评价功能并没有得到凸显。

是一蹴而就的，而是在长期的实践中逐渐形成的。像自然科学研究方面的顶尖期刊《自然》《科学》等，其学术水平的确较一般期刊要高出许多。从其刊发论文的内在法则来看，优秀的作者总是把其优秀的研究成果投给这些名刊，这些名刊自然就具有了可以自由选择的余地，从而能够在大量优秀论文中遴选出更为优秀的论文，这便形成了一种良性循环：因为名刊有优秀的品牌而获得优质的稿源，所以便可以刊发出更为优秀的论文；因为名刊刊发了优秀的论文产生了深远的学术影响，所以便可以提升名刊的美誉度和知名度。我们如果借助CSCI来源期刊这一学术期刊评价体系，打造出具有中国特色和世界影响的自然科学核心期刊的话，便可以搭建起《自然》《科学》和中国某一学术期刊（例如《中国科学》①）三足鼎立的顶级学术期刊方阵。如此一来，我们便可以依托既有的CSSCI来源期刊和CSCI来源期刊，建立起完善的学术期刊评价体系，并通过学术期刊评价体系导引学术研究走上科学规范的道路，真正地让学术研究回归本体，以解决一些制约中国学术发展的“卡脖子”问题。

其三，要重视西方学术期刊评价体系影响因子的合理性，又要规避一味地“唯影响因子马首是瞻”的弊端，做到既关注期刊的学术影响力又关注期刊的影响因子。我们既要打破过去那种过分崇拜西方的文化情结，也要打破那种“夜郎自大”的自我迷恋的文化情结，在吸纳西方来源期刊科学成分的同时，结合中国社会发展实际，逐渐建构起一套具有中国特色且又有大数据支撑和专家组把关的复合型学术期刊评价体系。习近平总书记在给《文史哲》编辑部的回信中指出：“高品质的学术期刊就是要坚守初心、引领创新，展示高水平研究成果，支持优秀学术人才成长，促进中外学术交流。希望你们再接再厉，把刊物办得更好。”② 这说明了高品质的学术期刊在新时代具有特别重要的风向标作用，一流的学术期刊可以吸引一大批优秀的学术研究成果。显然，这样的一批优秀学术成果会更好地引领学术创新和学术发展。

---

① 目前的《中国科学》要成为具有中国特色和世界影响的一流学术期刊，迫切需要具有中国特色的学术期刊评价体系作为支撑。

② 《习近平给〈文史哲〉编辑部回信》，《新华日报》2021年5月11日。

中国特色的学术期刊评价体系既要观照影响因子等客观数据，同时还应该重视同行之间的评议。一是通过对 CSSCI 来源期刊数据库中大数据的分析，把一些虚假引用剔除出去。客观地讲，负责学术期刊评价的机构的确需要承担起应承担的责任，不仅要把那些不切实际的数据剔除出去，还要将这些期刊“红牌罚下”，这在一个讲究人情和关系的社会中是需要一点大无畏的学术勇气的。实际上，虚假引用数据给中国学术带来的仅仅是虚假的繁荣，其背离学术的初衷，甚至使学术沦落为一种高级的“游戏”，“即使高引用率的研究也可能是一个游戏，学者们互相引用，却没有为任何人带来进步”[①]。就现实情况来看，西方的一些学术期刊评价体系和学科的世界排名并没有把这一指标纳入其中作综合考量，以至于有些期刊在这种虚假引用数据背后隐藏了种种非学术的因素，这种看似高被引的繁荣景象对提升中国文化的软实力不仅没有什么裨益，而且还将带来无法规避的灾难——学术成为谋取个人利益的工具，这对学术来讲无疑是一种极大的讽刺与异化。

二是对 CSSCI 来源期刊的论文进行抽检，并请相关专家对其质量进行量化打分。这种注重质量评判的抽检办法将使诸多 CSSCI 来源期刊在发表论文时不仅注重那些具有学术创新性的优秀论文，而且还要屏蔽或排斥那些平铺直叙老生常谈的空泛论文。从“木桶原理”来看，这便是确保了木桶的“短板”不至于“太短”，确保了其发表的所有论文都可以经得起检验。这种侧重于过程抽检的办法，对学术期刊一劳永逸地躺在既有功劳簿上的错误做法具有匡正作用。无疑，这些方法是带有中国特色的创新之举。当然，这种抽检办法也有进一步改善的空间，如其遴选专家的方式还需要完善。提交给专家的论文尽管作了匿名处理，但因为其属于已经刊发的论文，其具体信息在其他数据库中并没有作匿名处理，专家依然可以通过其他数据库了解该论文所刊发的学术期刊以及作者等信息，这自然就削弱了评审的匿名性。遴选的专家本身可能是利益攸关方，他们或者是学术期刊的编辑，或者是某些机构的学者。本身就是作为编辑的仲裁者，难免会在评价的过程中有意抬高自我所效力的期刊。仲裁者的中

① 张文韬:《零引用率的科学文献》,《世界科学》2018 年第 2 期。

立立场在确保其价值判断的公正方面至为关键。这也提醒我们，如何进一步改进这些问题需要进行深入探讨，如对那些参与评议的专家实行信息公开制，把专家及其所打的分数及根据一并公开，像责任编辑一样，做到评议的责任、权利和义务三者合一，使专家评议受到同行的监督和再评判。当然，这种方式在具体的实施过程中会遇到一些困难，如有些专家或担心得罪那些遭到差评的学术期刊而最终选择退避三舍，或刻意迎合某些学术期刊而故意打出超出客观实际的高分。对此，有研究者指出："在这个过程中一定要对评价专家固有的缺陷采取措施，逐步克服'人情化''主观性'的弊端。"① 因此，如何完善同行评议中存在的问题还需要评价中心继续探索更为科学有效的方法，诸如评价中心业已把"三大文摘"和复印报刊资料的转载等指标纳入评价学术期刊的参照体系，这就使 CSSCI 来源期刊已经不再是单纯的"引文索引来源期刊"，而是在"引文索引来源期刊"基础上兼顾中国国情的"引文 + 反响"的"来源期刊"。由此说来，从建构中国特色的学术期刊评价体系来看，适当地参照这一带有同行评议性质的期刊评价机制，不仅对完善和提升 CSSCI 来源期刊有着积极的作用，而且对完善和提升中国学术期刊的评价体系也有着不可忽视的作用。

三是要做到与时俱进，满足学术评价体系的差异性要求，在借鉴 SCI 来源期刊的分区上找到适合 CSSCI 来源期刊评估的区分路径，从而为打造出中国具有世界影响的顶级期刊做好铺垫。

当然，我们所分析的这种情形是在纯粹的理论层面上展开的，就其现实而言，还会有诸多其他因素参与其中，并在某种程度上影响乃至干扰这种良性循环的实现。具体来说，一是关系因素干扰学术期刊的学术公正性，二是人为因素干预学术期刊的学术影响力。前者主要指有些作者违背学术公平、公正之宗旨，通过种种手段干扰正常的审稿程序，从而使本不具备发表资质的论文最终刊发了出来；后者主要指有些作者违背学术伦理道德，人为干预业已刊发的学术论文的影响因子，从而使得本没有什么学术创新性的论文忝

① 叶继元:《近年来国内外学术评价的难点、对策与走向》,《甘肃社会科学》2019 年第3 期。

列高影响因子行列。这两种情形均不同程度地存在着，都是中国特色学术期刊评价体系在建构时需要考量的重要因素。

总之，学术研究的根本就是为了提升中华民族的文化创新能力，学术研究要服务和服从于文化创新这个根本，要助推中华民族的伟大复兴。离开了这一根本点，任何的排名、排序和评价体系都失却了序列的本真价值和意义，任何的权威、核心之分也失却了依托的根本。这就要求我们切实地立足于中国社会现实，通过对中国问题的叩问，提交中国答卷，从而做到“立时代潮头，通古今变化，发思想先声，繁荣中国学术，发展中国理论，传播中国思想……构建中国特色哲学社会科学学科体系、学术体系、话语体系”①，真正建构起具有中国特色的学术期刊体系。唯有这样，才能真正确立中国学术研究的发展方向，发挥学术研究指挥棒应有的作用，把学术研究应有的价值从虚浮乃至空泛的评价体系中解放出来，真正引领中国学术注重学术研究自身、注重学术创新、注重满足社会重大现实需求，使中国学术走上一条真正的自我解放、自我发展、自我繁荣的崭新道路。从这样的意义上说，这种解放如同废除科举制度而由此引领一代知识分子走出传统的窠臼一样，将促成知识分子不是单纯地把论文发在外国的学术期刊上，而真正地把“论文写在中国大地上”！

［原载《河南大学学报（社会科学版）》2022 年第 6 期］

① 新华社:《习近平致中国社会科学院建院 40 周年的贺信》,《中国社会科学院研究生院学报》2017 年第 4 期。

# 莫让峥嵘成往昔，扬帆复兴看今朝

## ——《山东师范大学学报(社会科学版)》改革发展侧记

古人云：“生于忧患，死于安乐。”先忧者少患，知患者无忧。这样一种辩证的大历史发展思路在《山东师范大学学报（社会科学版）》的发展史上得到了充分的体现。作为一份历经60多年峥嵘岁月的大学学报，她在历史上的每一次浴火重生，都是在知忧患而后奋起中实现的。从20世纪50年代新中国较早的学报到北京大学中文核心期刊（以下简称“中文核心期刊”）的入选，从中文核心期刊到1999年首届南京大学中文社会科学引文索引（CSSCI来源期刊，以下简称“C刊”）的突破，从高位震荡到风光不再的普通期刊到再度跃入国内知名的“C刊”和中文核心期刊，山师学报深深扎根于齐鲁文化沃土，每当它把耕耘的犁铧深深地插入泥土并以孺子牛的新生之勇屏息前行时，那板结了的泥土便开始了艰难的松动，那片古老的土地因此而散发出焕然一新的生命活力！这既是宝贵的经验，也是沉痛的教训：若无忧患意识，若无坚韧不拔的毅力，安能谋求前程远大的发展？

今天的山师学报，又一次站在这样的历史节点，不在忧患中前进，便在安乐中倒退。昔日的峥嵘岁月已成为过去，迎接中国“双一流”大学和“新文科”建设的新浪潮，打造中国人文社会科学一流期刊，山师学报任重而道远。

### 一、“‘C刊’之问”起新忧

2010年，时任山东师范大学党委书记商志晓在学报调研时发现一个意料之外的现实："山师学报"竟然不是"C 刊"！这不仅与向来以文史研究见长的山东师范大学文科实力极不相符，而且与正在举全校之力以求实现的"省部共建"现实需要极不相符。追溯学报的发展历史，她并非没有昔日的辉煌岁月：1992 年，学报编辑部被"全国高校文科学报研究会"常务理事会接纳为理事单位，成为中国学报建设的重点单位之一；1998 年，学报同期入选第二届北京大学《中文核心期刊要目总览》，进入中国期刊的"核心"圈；1999 年，学报入选首届南京大学中文社会科学引文索引（CSSCI-1999），成为"双核心"期刊。然而，走在时代前列的山师学报很快就遭遇了一点尴尬。本来应该迎着新世纪朝阳奋力开启新征程的山师学报，却面临了"倒春寒"。随着山师学报与"CSSCI 来源期刊""中文核心期刊"等"无缘"，山师学报这只"旧时王谢堂前"的"燕子"，已经不知道如何选择她的栖落之处。"王谢堂前"没有了机会，寻常人家又非久留之地。山师学报在这样的一种历史现实面前独自彷徨起来，这一彷徨就是十余年。商志晓书记的"C 刊"之问，激起学报人久违的"危机意识"。无论是从中国整个人文社会科学期刊的序列来看，还是从高校学报期刊序列来看，山师学报的排名已经不容乐观，这样一个曾经业绩辉煌的"学术重地"，转眼落入普通学报的尴尬境地。很难想象，一个曾经有过辉煌发展史的老牌学报，如今却面临"沉舟侧畔千帆过"的现实，我们已经被甩在了航程之后。如果说山师学报还有什么值得炫耀的地方，那只能是"我们学报曾经很辉煌"的精神安慰。口头上的自我认同决不能掩饰现实中学报排名的窘境，这令人担忧的发展现状，不得不让一些山师文科的资深教师发出质疑："过去和我们学报在同一阵营的有些学报，为什么那样快速地超越了我们？我们到底是怎么了？"

## 二、追溯历史显问题

与其"躲进小楼成一统"，不如"忍痛翻身敢碰头"。历史或许会记住 2011 年 5 月这个特殊的月份。山师学报开始真正面对现实中的严峻问题，试图以"却顾所来径"的态度梳理学报的历史，厘清问题的症结所在，确立新的学报发展方向。作为新任主编的我，本着“不避问题、不怕困难、不畏挑战、不失信心”这样一种勇于担当的“四不”理念，带领着学报人正视历史与现实，在对照和镜鉴中确立起新的发展思路。每一位学报人认领了自己的一份任务，郑重地开启了学报问题查摆的工作。经过三个月的努力，本来模糊的山师学报面貌逐渐变得清晰起来。当我们分析这些历史数据和一项项清单时，蓦然发现山师学报辉煌的历史与今日的发展现状对比竟是如此尖锐。山师学报曾经的历史已经填得密密麻麻，荣誉数不胜数，而山师学报的当下现实却辉煌不再。如果不是查摆问题，我们不会知道山师学报已经远离南京大学的“C刊”阵营十余年了，甚至从北京大学中文核心期刊阵营“名落孙山”，从1999年的“C刊”变为普通省级期刊，人大复印资料转载的排名数据已经接近历史低点——一份期刊从“学界知名”期刊变成了“学界普通”期刊。

历史上的山师学报，励精图治，坚守制度和原则，坚持审稿统稿的科学化，以质量作为学报刊发的核心指标，这使得学报在1995年时就创下人大复印资料转载65篇的奇迹，为学报进入“核心”圈奠定了坚实基础。然而当时的山师学报，由于仍然沿袭传统的办刊思路，在激烈的学术期刊竞争中渐渐落伍，以致稿件质量和转载率都明显下降。如此之大的差距，不能不使我们意识到这既有管理上的原因，也有学报人自身的原因。更令人忧虑的是，由于学报缺乏科学完善的管理制度和开拓创新的办刊理念，办刊经费极度紧张，以至于寅吃卯粮，编辑根本没有“走出去、请进来”的物质基础，山师学报的未来之路也变得模糊不清。情形如此，学报也就难以为学校大局建设发挥应有的效能。

在历史和现实面前，在所有人都认为学报离核心期刊遥不可及的时候，我作为山师学报的“掌门人”，为之心忧憔悴，彻夜难眠。我的脑海中来回盘旋的只有一个问题：“如何破解‘重返C刊’这个难题?”然而时间紧迫，可选择的道路又是那么曲折、逼仄，如果我们不好好把握时代契机，实现山师学报综合实力的飞跃，那么山师学报这一学术平台就会在其他大学学报的异军突起中从第一梯队退到第二梯队，一些原来根本不是山师学报竞争对手的学报就会乘势而上，实现对山师学报的赶超。种种情况表明，这是一次输不起的战役。

然而，要赢得这场战役实属艰难。此时，学报连基本的期刊达标都很难实现，又谈何跨越与腾飞呢?

## 三、 奋起直追克难关

如果没有正视历史的勇气，就不能产生逐梦未来的决心。也许，山师学报的成长之路注定不是笔直的，这正如钢铁注定要经过千锤百炼一样。作为曾经创造过辉煌历史的学报，山师学报怎么就不能绝地反击、重返“核心”? 生活不是因为有了希望才去努力，而是因为努力了才拥有希望。辉煌成就不是等来的。山师学报永不服输、敢争一流，要敢于面对困境，义无反顾地主动出击! 2011 年 9 月，一个周四的开学例会上，在学报编辑部那间狭小的办公室，我与因即将退休而退出学报领导岗位的学报原主编李小虎等四位学报人认真研究了现实问题，果断确立了学报的“重返 C 刊”计划，大家一致认为“取法乎上得其中，取法乎中得其下”，与其得其中不如取法之极致，得之最上。屋外秋风萧瑟、黄叶飘零，但屋内人心思进，充满壮志豪情。

现实之路注定坎坷不平、荆棘丛生。冰冻三尺非一日之寒，学报的发展“一落千丈”并非偶然。它和政策、机制与理念等多种因素息息相关，任何一个环节把握不好都可能造成改革戛然而止，甚至是实力倒退。面临种种风险和考验，学报人拿出了不达目的誓不罢休的决心与勇气，开始朝着“C 刊”的高峰一步步艰难跋涉。山师学报面临的问题实在太多了，既有政策因素也有经济因素，既有制度局限也有理念滞后，要破解学报运行的“僵局”，必须兼顾“大局”和“细节”。在大局上，一方面，跟进国家政策，将“名刊”“名栏”计划作为学报学术竞争力提升的着力点；另一方面，结合山东师范大学“省部共建”申报计划，乘风起航打造坚强的学术后盾。在细节上，一方面注重期刊制度建设，确立严格的用稿程序和细致的用稿原则；另一方面注重锻炼编辑的“内功”与“外功”，既要细致规范地校对稿件，也要积极寻求畅通的约稿渠道。在这两项浩大工程之下，我开始了与时间赛跑的历程：现实中的跑是真抓实干，跑经费、跑设备、跑稿件支持，我带着山师学报的编辑人员辗转南北各地，尽可能地参加各类学术会议并以“推销员”的精神主动向名家约稿；精神中的“跑”是不放弃、不放松，立新规、开新局，无时无刻不心系学报的发展。为了弄清楚学报的发展历史，我带着编辑们在布满灰尘的期刊仓库中一期一期地找寻，学报资料库没有的就设法从国家图书馆和各类旧书渠道购买；为了获得学报最优质的稿源，我们集体立下新规，顶着各种压力和干扰坚持“一把尺子量到底”；为了获得学界的重新认同，我在人手不够的情况下亲自上阵，反复校对稿件，有时密密麻麻的修订稿让作者感动乃至震撼！渐渐地，学报悄然发生了变化，埋头工作的学报人也许没有意识到，在短短的两年间学报已经取得了实质上的发展。2012 年，学报开始冲出重围，在“复印报刊资料”全国高校文科学报转载率排行中获得第 46 名的好成绩。2013 年跃进转载率的前 12 名。自此之后，学报一直保持着较高的转载率排名，在 2014 年和 2017 年两个年度进入“复印报刊资料”重要转载来源期刊前列。跑，固然是累的，然而不认输的精神才是奔跑永恒的动力。每当人们享受着周末的闲暇时光时，我们却伏在办公桌上一篇一篇地审阅稿件。事实证明，正是我们在精神和现实中的双重“奔跑”，让学报赢得了最佳的发展时机。在努力奔跑 5 年后，学报迎来新的转机。2017 年这一年，学报喜讯频传：先是成功地接过期刊界重点会议的“接力棒”，高质量地举办了“第三届学术期刊文学编辑论坛”，并获得了期刊界的一致好评；接着，又在沉寂了近 10 年后重新回到北京大学“中文核心期刊”的行列；不久后，一个更令人鼓舞的消息传来——《山东师范大学学报》进入“C 刊”扩展版，位列第 1 位，高校文科学报总排名第 76 位。

回眸流逝的岁月，遥想我们曾经创造的那些辉煌成就，令人不禁感慨。当年，作为普通省级期刊的山师学报提出要实现重返“C 刊”的梦想，谁会有绝对的把握？横亘在学报人面前的是一条人们曾以为近乎无法穿越的湍急河流，是一叶孤舟独楫近乎无法抵达的彼岸，但我们学报人硬是凭着永不服输的精神，最终实现了“C 刊”扩展版和中文核心期刊的突破。出现问题并不可怕，可怕的是没有面对问题的勇气和改革的决心。

## 四、 站稳脚跟创新机

“好风凭借力，送我上青云。”这是山师学报原顾问朱德发教授在我读博士期间常用来鼓励我进步的一句名言。趁着学报进入“C刊”扩展版和北大中文核心期刊的契机，山师学报并没有止步，而是本着站稳脚跟再出发的理念，一点一滴地巩固现有的成果，一步一步地朝着“C刊”目标继续努力。在朝着梦想中的王国进发时，山师学报人并没有为眼前的美景陶醉，而是更加自觉地汲取历史经验，强化了学报用稿的“三关”：一是把好编辑部内审关，严格按用稿标准处理稿件，杜绝“关系稿”“职称稿”等不良现象；二是把好学术专家外审关，刊发稿件均经校内外学者评审专家盲审程序，避免用稿中出现导向偏差、学术性不强、学术水平不高等问题；三是把好用稿编校关，提升论文的编校质量。在珍惜眼前取得成果之时，山师学报并没有停止探索的脚步。在众多学报依然停留于纸媒时代的思维模式时，山师学报主动应对数字化时代的机遇与挑战，不断扩大学报的知名度。自2011年开始，山师学报便在学术期刊界较早地开始了数字化传播历程，先后共计发出电子期刊20余万份。在积极“推陈出新”之时，山师学报也不忘“继承传统”。2018年，历时5年整理的山师学报过刊实现了全部的数字化。在山师学科发展史上，学报可以称得上是一座“富矿”。它既是山师学术实力的见证，也是山师学科发展的见证。学报人不仅成为这座富矿的发现者和开掘者，更是无私的分享者。我们将山师学报最厚重的学术资源按编年顺序上传到学报网站上，供所有的研究者免费浏览学习。通过几年的努力，切实扩大了山师学报的知名度。

“君子谋时而动，顺势而为。”作为山师学报的主编，我的奔跑始终没有停歇。自从担任学报主编，我就习惯了上紧发条的“钟表式”生活，每天不知疲倦地运转着。从策划选题到栏目设置，从约稿到审稿，从编稿到通稿，一期又一期，周而复始，总有干不完的事情。寒来暑往，学报的内外工作，无一不成为我心头最重要的牵挂。每一期刊物出版后，我都不忘与作者们沟通交流，开诚布公地谈问题论得失。在那间并不宽敞的主编办公室里，我时而冥思苦想，时而奋笔疾书，忘记了窗外的草木发芽，忘记了绿树成荫，忘记了黄叶飘零。在那些寒冬冰雪覆盖的日子里，我的内心始终奔腾不息的是一个热切的期待：让山师学报重返“C 刊”行列！

山师学报入选“C 刊”的那一刻，激起了多少山师学报人久违的“峥嵘岁月”梦！可是，又有谁知道山师学报在追求“C 刊”道路上所面临的艰辛与困苦？当许多人陷入悲观时，我们凭借着一种“有条件要上，没有条件创造条件也要上”的永不服输的劲头，在最后时刻终于迎来了曙光。2019 年 3 月 25 日晚，当那耀眼的星辉洒满美丽的山师校园时，没有人知道指挥着这场战役的指战员们正在各自的电脑前急切地等待着最新版南京大学中文社会科学引文索引来源期刊（CSSCI）的发布。当晚的 23：00，山师学报迎来了近 20 年来期待已久的荣光时刻，成功入选“C 刊”！山师学报人迎来了久违的鲜花与掌声！当第二天的曙光降临时，山东师范大学网站上迅即以“重磅消息”推出报道，山师人奔走相告学报的这一喜讯，每一个人都为之感动，为之振奋！人们欣喜地看到，山师学报人在曾经以为没有希望的原野上持续耕耘，播撒希望的种子，在今天终于迎来了丰收的硕果。

## 五、 创新路径再出发

面对这一场胜利，山师学报人完全可以举起香槟酒，庆祝这一伟大的自我超越。然而历史的辩证法告诫着我们，新机总是蕴含着危机。客观地说，山师学报进入新时代以来，尤其是实现了“中文核心”“C 刊”以及“人大复印资料”重要转载来源期刊等一系列重大突破之后，我们站在了历史的一个新起点上。举目望去，我们在山东高校学报的队列中已经走在了前列。这表象的繁荣却很容易使我们自我满足、忘记初心。在新的形势面前，如果仅仅满足于学报的成功，而忽视学校整体大局的发展，那么所有的工作可能会陷入“舍本逐末”的误区，“成小家”而不“立大业”又容易导致事业的停滞不前。2017 年 9 月 21 日，教育部、财政部、国家发展和改革委员会联合发布《关于公布世界一流大学和一流学科建设高校及建设学科名单的通知》，这是中国高等教育领域继“211 工程”“985 工程”之后的又一国家战略。在一流大学和一流学科的政策指引下，山师开始了自“省部共建”后新一轮的奔跑。在成为一流大学之前，一流学科应该成为高校建设的重中之重。一流学科是一流大学的先锋队和排头兵，一些世界顶尖大学都是通过率先建设一流学科，从而成为享誉全球的一流大学的。但不能忘记的是，一流学科建设需要学校行政部门和学院的共同协作。学报作为高校学术竞争力的一项核心标志，更不应该置身事外，而应该深度参与到一流学科建设的热潮中去。山师学报发展的历史经验告诉我们，所谓“祸兮福之所倚，福兮祸之所伏”，当我们沉浸在 20 世纪 90 年代拼搏胜利的喜悦之时，那些被我们反超的学报，那些距离我们甚远的学报则开始了艰难的起飞。而那时的我们却没有及时地警觉，以致其他学报已经踩着我们的脚印迅疾地赶了上来。也许造物主是公平的，当我们用足了力量赶超别人时，我们能够实现赶超；然而，我们又怎么能阻挡人家同样用足了力量赶超我们呢？山师学报人经历过重返“C 刊”的艰辛之后，清醒而自觉地意识到：“变则通，通则久”。站在新时代“双一流”高校建设和“新文科”建设的大背景下，山师学报必须主动找到一条对接梦想蓝图的新道路——一条实现山师学报再次辉煌的新路。这条路，应该是一条山师学报再次崛起、回报学校整体建设的新路。从一流学科建设出发，朝着一流大学迈进，最终将“小我”汇入“大我”的洪流，为社会的进步、为国家的发展作出应有的贡献！

## 六、 持续探索新问题

山东师范大学党委书记唐洲雁到山师学报调研时曾指出，山师学报要对接学校的宏伟蓝图，把握“双一流”高校建设和“新文科”建设的思路，做好期刊建设的科学规划。这无疑为山师学报发展指出了新方向。其出发点是提升当前山师学报在全国学报中的学术竞争力，终极目标则在于用一个科学的体系为山师学人营造一个严谨而开放的学术环境，促进山师综合科研教学实力的提升，真正实现大学服务社会、回报国家的效能。

在探索的道路上，如果只有一种声音，没有其他声音，那不是一种正常的现象。在制定新的学报刊发制度时，山师学报以谦虚包容的心态倾听着来自各方面的声音。对于科学的发稿制度与山师学科建设相融合的思路，我们听到了不同的声音。有人认为学报是大学学术的堡垒与重镇，必须坚持学术的立场；也有人认为学报是大学建设的重要平台和支撑，应该顺应时代需要服务高校整体建设。在学术发展与高校进步的双重要求下，学报不能固守成规，而应该本着与时间赛跑的态度，尽最大可能为学校“双一流”建设贡献力量！通过梳理山师学报既往的历史，我们能够从中汲取再出发再奔跑的力量，在培根铸魂上下足力气，在开拓创新上谱写新的篇章！为了对接山师“双一流”建设目标和“新文科”教学改革，学报积极谋划。我们从两个方面开启了学报工作的探索：一是对学报已有的学科史料进行整理出版，二是对学报当下如何对接一流学科建设广泛地征求意见。在一流学科建设具体目标的指引下，学报率先推出了“学报文粹”系列丛书。该系列丛书以扎实的学报史料呈现为经，以反映山师学术历史变迁大势为纬，为山师的学科发展和学术交流提供了翔实的第一手研究史料。为了使研究者能够从纷繁复杂的史料中迅速查到本学科建设的历史信息，学报编辑部开始着手编选《山东师范大学学报（社会科学版）》文粹书系。近5年，我们编选出版的文粹书系已有18部，这些工作都是在业余时间、没有任何报酬的情况下完成的。其中有李宗刚编《〈山东师范大学学报（人文社会科学版）〉目录摘要汇编（1978—2018）》（贵州人民出版社2019年出版），时晓红编《教育学心理学新论》、寇金玲编《马克思主义与中国社会运行》、李宗刚编《多维视阈下的中国现当代文学》、孙昕光编《文艺学的探索与建构》（以上四本均由山东人民出版社于2019年出版），李宗刚编《山师学人与山师学报：教育学心理学研究卷》（山东大学出版社2020年出版）和《山师学人视阈下的中国现当代文学——“山师学报”论文选：1959—2009》（山东大学出版社2022年出版）。这些书籍从学科史的角度，为山东师范大学文科知名学科马克思主义理论、文学、教育学、心理学学科史的研究提供了依据。在此基础上，又汇聚成《〈山东师范大学学报（人文社会科学版）〉发展纪略》（山东人民出版社2020年出版），纲目并举，让山师的“学科史”在学报这一特定空间中绽放出动人的光彩。在推出学科史料的同时，我们还不忘结合当下一流学科建设，广泛征求学科对学报平台的意见，以期达到“学界—期刊—学科”的良性互动。新问题需要新思路，制定科学的、可持续发展的期刊建设体系，不是闻风而动，在单纯的指标和数量上追求片面的完胜，而是要采取一个更加科学合理且兼具人性化的政策，来保护山师一批应该成为大师的学者不受到当下学术浮躁的冲击，树立正面形象，延续山师正统的血脉，让更多优秀的学术人才充分施展自己的才华，为那些有能力成为顶级学者的人创造更好的平台。要完善科学的期刊建设体系，必须依据山师学报师资的实际情况，在制定政策时采用自下而上和自上而下的往复过程，倾听来自山师学人的声音，与学校的“顶层设计”形成合力。面对“双一流”和“新文科”的机遇与挑战，山师学报更应该围绕愿景、责任、使命、战略目标，展开头脑风暴式的讨论，在充分研讨的基础上进行归纳总结，形成共同愿景、使命、战略目标的新发展方案，再由上而下地贯穿实施。如果没有展开广泛讨论，没有在研讨的基础上形成共同的愿景，没有将战略目标制定与高校整体建设充分联系起来，那么一份学报不过是高校的“学术过客”；反过来，倘若没有学报这一学术平台的支持，大学的学科和综合实力发展也很难实现腾飞与跨越。

## 结语：好风扬帆正当时

“知不足，然后能自反也；知困，然后能自强也。”山师学报从觉醒到重生，一路上充满了艰难和坎坷，也伴随着荣誉与掌声。纵观山师学报发展史，危机与辉煌并存，经验与教训并重。当习惯于当“排头兵”的山师学报变成了“中间兵”时，当昔日的学报“标兵”变成了学报“追兵”时，山师学报在忧患和困厄中迸发了攻坚克难的开拓热情，开启了涅槃重生的求索历程。山师学报的历史告诉我们，“羡”不如“学”，“等”不如“行”，“守”不如“创”，生活从不眷顾因循守旧、满足现状者，从不等待不思进取、坐享其成者，而是将更多的机遇留给了勇于和善于创新的人们。历史的发展表明，当山师学报人以追兵的姿态横空出世时，再湍急的河流我们也能够强渡，再泥泞的道路我们也能够跋涉！展望将至的日子，山师学报人从历史回眸中再次汲取了前行的力量，那就是我们要创造山师学报的新历史！山师学报要放下荣誉的包袱，告别过去，轻装上阵，在新的竞技场上再次书写新的辉煌！先哲王阳明说过："只说不做，不如不说；知而未行，还是未知。"凭着埋头苦干、拼命硬干的精神，山师学报不仅完成了从普通期刊到"C 刊"的跨越，也完成了从纸媒时代向数字时代的跨越，其背后是整体办刊理念从狭义的期刊建设到广义的学科建设、高校文化内涵建设的转变。"创品牌，出精品，办顶级学报；争时效，促发展，建一流学科。"知耻而后勇，知忧患更知责任。山师学报在经历了阵痛之后，再次把目标定位于全国人文社会科学一流期刊！

（原载《山东领导科学》2022 年 4 月 30 日）

# 学术期刊编辑的现实困境与突围路径①

当下，学术期刊编辑的边缘化尽管是学界较为关注的老话题，但从学术期刊编辑所面临的诸多现实困境这一维度加以透视并进行深入阐释的优秀成果还不是很多。如有学者从编辑的地位、待遇、学术、心理和角色等方面来分析编辑的边缘化现象，认为学术期刊编辑边缘化的原因在于编辑主体对期刊的“依附性、传统杂家观念的影响、内在发展动力和责任感的缺失、编辑角色能力的弱化”②；有学者认为学术期刊编辑边缘化主要是由于体制、编辑自身、职称评定和期刊自身发展方向等因素而产生的③；有学者进而提出克服边缘化的出路在于重建编辑主体精神，期刊编辑应重视提高职业“敏感心、责任感、理论素养和数字化技术意识及能力”④。这些探讨尽管已涉及问题的诸多方面，但大多停留于现象剖析，较少从理论层面作出深入阐释。而如何从编辑体制和职业的多维复杂特性入手阐释边缘化问题的多重根源，进而从编辑学者化的方向探讨边缘化突围的路径，以促使学术期刊编辑的可持续发展，正是本文所要论述的主要内容。

---

① 本文系著者与《山东师范大学学报(人文社会科学版)》编辑部副编审孙秋英合作撰写。

② 陶范:《高校学报编辑应努力防止边缘化》,《湖北第二师范学院学报》2019 年第11 期。

③ 谢昀:《谨防学报编辑学术被边缘化》,《北京市计划劳动管理干部学院学报》2005 年第2 期。

④ 杜桂萍:《论当代社科杂志编辑主体精神的重建》,《学术交流》2002 年第 2 期。

## 一、 学术期刊编辑面临困境的体制因素

学术期刊编辑边缘化是伴随体制内学术评价体系而出现的现实问题。新时期以来，期刊编辑在体制内逐渐被定位为独立于学术研究系列之外的一个群体。其在职称晋升时被列为单独系列，也就是所谓的“编辑系列”进行评比，这一评比的好处是编辑之间的对比显得更加明晰，缺憾是编辑与学者之间被划上一道不可逾越的鸿沟。长此以往，编辑在人们的心目中也大都是指那些文章文字的加工者，人们甚至把编辑的工作美其名曰“为他人做嫁衣”。在这里，“他人”这一限定词，一方面说明了编辑的工作是富有奉献精神、创新精神的，另一方面说明了编辑是依附于作者以及作者文章而获得自我存在价值的“他者”。

其实，如果追溯现代编辑产生和发展的历史，我们便会发现，现代编辑从作为一种职业开始便获得了独立存在的价值。如陈独秀在担任《新青年》主编时，一方面从事编辑工作，另一方面从事写作实践，二者相辅相成、相得益彰，由此成就了难以复制的神话。再如钱玄同作为北京大学的学者，在兼任《新青年》编辑时积极约稿，最终促成了鲁迅向文学创作实践的回归，创作出《狂人日记》这样中国第一部真正具有现代意义的短篇小说，由此开启了中国现代小说的新纪元①。尤其值得称赞的是，许多编辑还是多面手：一方面，他们从事期刊编辑工作，负责约稿、编稿和发排等一系列事务性工作；另一方面，他们还是作者，或从事文学创作，或从事学术研究，是著名的作家、批评家或理论家。如叶圣陶、茅盾、巴金等人便是一边担任期刊编辑，一边从事文学创作或文学批评，成为“左右开弓”的典范。特别是他们在担任编辑时，不仅发现和培养了大批的青年作者，而且他们自己还在文学创作或理论研究方面取得显赫的成就，茅盾和叶圣陶就是典型代表。

---

① 李宗刚:《〈新青年〉编辑约稿与鲁迅现代小说的诞生》,《华中师范大学学报(人文社会科学版)》2017 年第 1 期。

1920年，茅盾担任《小说月报》主编后，便着手对《小说月报》进行全面改版，由此不仅促成了他在文学批评和文学社团领域的发展，而且还成就了《小说月报》在中国现代文学史上不可替代的地位。当然，我们并不能说《小说月报》之于茅盾的文学批评和文学理论有着无可替代的作用，毕竟茅盾在进入《小说月报》杂志之前便已是在文学批评界享有盛誉的批评家。但是，茅盾担任《小说月报》主编进一步促进了其文学的跨界写作，应该是无可争辩的事实。

如果说茅盾在做期刊编辑之余坚持文学批评和文学理论的写作有其独特性的话，那么，叶圣陶作为文学编辑的经历对当下的期刊编辑还是有借鉴意义的。叶圣陶任《小说月报》主编时，沈雁冰（茅盾）把自己的第一篇小说《幻灭》交给叶圣陶。叶圣陶阅读后立即对他说："写得好，今天就发稿。"这种速度令沈雁冰"吃惊"。① 叶圣陶还在一大堆自然来稿中发现了丁玲的处女作《梦珂》，然后在头条位置予以发表。接着，丁玲的《莎菲女士日记》等3篇小说都在头条连续发表。后来，叶圣陶给丁玲写信，告诉她4篇小说可以出一本集子，还为她联系了开明书店。小说集出版后，引起文坛强烈反响。当丁玲从外地来到上海上门感谢他时，不善言辞的叶圣陶谆谆叮咛："继续写吧，认真地写。"② 事隔半个世纪后，丁玲仍怀着无限感恩的心情对叶圣陶说："当年要不是您发表我的小说，我也许就不会走这条路。"③ 巴金在留学法国时把他的第一部中篇小说《灭亡》投给《小说月报》，同样受到了叶圣陶的赏识。为此，叶圣陶在发稿预告上写道："《灭亡》，巴金著，这是一位青年作家的处女作；写一个蕴蓄着伟大精神的少年的活动与灭亡。"对此，巴金后来回忆道："倘使叶圣陶不曾发现我的作品，我可能不会走上文学的道路，做不了作家；也很有可能我早已在贫困中死亡。"④ 作为编辑的叶圣陶，慧眼识珠已经非常不易，更为难得的是他并没有止步于编辑工作，在编辑之余还从事文学创

---

① 李勇、闫巍：《流淌的人文情怀——近现代名人墨记》，上海：东方出版中心2011年，第35页。
② 杨桂欣：《丁玲评传》，重庆：重庆出版社2001年，第37页。
③ 陈明：《我说丁玲》，长沙：湖南文艺出版社2004年，第96页。
④ 刘增人：《叶圣陶传》，上海：东方出版社2009年，第82—83页。

作，写出被茅盾誉为“扛鼎之作”的长篇小说《倪焕之》，成就了其作为中国现代长篇小说著名作家的一代伟业①。现代出版大家赵家璧，尽管与茅盾、叶圣陶等文学巨擘相比有一定的差距，但他策划并出版了《中国新文学大系》（十卷本），使其在中国现代文学史上拥有无可替代的独特地位。

然而，在体制化日益凸显的当下，编辑自身的黄金时代似已逐渐远去。2012 年 7 月 30 日，新闻出版总署印发《关于报刊编辑部体制改革的实施办法》，党政部门、民主党派、人民团体、行业协会、社会团体、事业单位和国有企业主管主办的报刊编辑部，并入本部门本单位新闻出版传媒企业；本部门本单位没有新闻出版传媒企业的，并入其他新闻出版传媒企业。近几年，随着这一办法的出台，不少高校已将期刊编辑部纳入企业运营的轨道，实行企业化的管理模式。面对从事业到企业的体制转变，期刊界的编辑们感到无所适从、焦虑恐慌。编辑既要有编辑方面的专业知识，又要懂经营、会管理，这种复合型的职业要求，给传统期刊编辑带来极大挑战。除此之外，由于大部分高等院校以抓教学科研为中心，编辑和教师相比较而言，往往处于边缘化的位置。无论是职称评定、课题申报，还是学历进修、信息技术培训、工资待遇等方面，编辑都难以与教师相提并论。因此，这种不平等、不公正的待遇，不仅严重打击了期刊编辑工作的积极性，而且在某种程度上还影响到期刊编辑学术素养的提高。一方面，编辑无暇像茅盾、叶圣陶那样自由地穿梭于不同职业之间从事着跨界的写作；另一方面，也无法像赵家璧那样专心致志地从事出版工作。尤其令人深感无奈的是，编辑已经被设定为一个单纯的“门类”，成为独立于其他学科之外的所谓“学科”。而诸如文学创作早已不在考核的范围之内，即便专业的学术研究似乎也被逐出编辑行当的“伊甸园”，以至于考核所需求的仅仅是“编辑学”方面的相关学术性的研究成果。至于编辑在“编辑学”实践方面的表现如何，似乎早已被摒弃在考核之外。如此一来，编辑在体制内的学术评价体系中日渐边缘化的情形便不可避免。

---

① 李宗刚：《民国教育视阈下的文学想象与文学书写——从叶圣陶的长篇小说〈倪焕之〉说起》，《西南大学学报（社会科学版）》2017 年第 6 期。

从体制来看，编辑的边缘化并不是编辑的主观意志能够改变的，而是体制评判的自然结果；从职业来看，编辑边缘化也具有其无法取代的必然性，是职业规训的必然结果。编辑作为一种职业，对一个人的影响是深远的。一般说来，期刊编辑在从事编辑工作之前，大都接受过一定的学术训练，甚至接受过博士阶段的学术训练。而接受过学术训练者进入不同的行业领域对其未来发展方向的影响是大不一样的，有些影响甚至截然相反。进入学术研究机构或者大专院校从事专业的教学和研究工作，自然与进入期刊社从事编辑工作会有不同的考核评价标准。从研究机构或大专院校的评价标准来看，一个学者学术研究水平的高低是其所在的体制对其进行评判的重要标准。这样，他自然就要向着评判标准规范的方向努力，并由此进入论文写作的实践，逐渐培养自己在学术论文撰写上的能力。长此以往，其论文的写作功力也就不断地得到历练和提升。

实际情况也的确如此，在职称评审或任职考核时，许多机构在评价期刊编辑时注重的往往并不是其所编辑的文章产生怎样的学术影响力，而是该编辑撰写了多少篇学术论文、在哪些层级的刊物上发表了论文。有学者曾经针对这一现象指出：现行的评价体制导致人们“将注意力停留在发表论文与出版著作的数量和级别等表面层次”① 上。然而，缘于职业使然，期刊编辑的自我价值重心已经不在于其撰写了多少篇论文，而在于其编辑了多少篇优秀论文。这种评价机制的错位不仅使编辑自我的人生价值无法真正得到体现，而且最终导致期刊编辑在体制内逐渐被边缘化，由此陷入无法挣脱的尴尬境地。

多年来，尽管期刊界也呼唤期刊编辑学者化，但真正践行并取得成功的编辑毕竟为数不多。大多数期刊编辑未能走上编辑学者化的道路，反而走上了一条背离学者化的道路。这说明，所谓的要做到编辑学者化，其实隐含着某种期刊编辑在学者化道路上的艰辛和艰难。可以说，编辑这一职业本身在某种程度上对学者化存在着对抗乃至消解，由此使得许多期刊编辑无法成为学者化的编辑。因此，我们要破解期刊编辑自身发展的难题，不能不追溯这一现象产生的根源。

---

① 张茂聪：《“双一流”建设中的现代大学内部管理制度》，《山东师范大学学报（人文社会科学版）》2019 年第 3 期。

## 二、 学术期刊编辑面临困境的身份因素

学术期刊编辑为什么会陷入令人如此尴尬的困境？产生这一问题的原因很多，但就其根本来说，与其所从事的期刊编辑的身份固化及其由此而来的自我认同有着直接的关系。对此，我们可以从以下几个方面加以确认。

其一，编辑身份决定了期刊编辑要有一双辨识学术论文水平高低的慧眼，而这一身份对学术论文的撰写则没有必然要求，这就使得期刊编辑的慧眼在愈发明亮的同时，其巧手则在闲置和荒芜中逐渐失去写作的能力。

学术期刊编辑作为期刊的第一道守门人，其职责所系在于从浩如烟海的来稿中遴选出优秀的稿件，然后让这些优秀稿件进入审稿程序。一般说来，来稿能够被编辑的法眼看中并不是一件很容易的事情。目前，期刊编辑部或采用网上投稿系统，或采用电子邮箱投稿，不管采用哪种方式，这些稿件都将直接接受网络背后的编辑的审视。这自然就需要编辑首先调动自己的那双“慧眼”来甄别稿件的质量，确认稿件的学术价值大小，然后作出用稿与否的判断。实际上，编辑在浏览这些稿件时要做到逐字逐句阅读几乎是不可能的，其主要是根据标题、引论部分来判断作者要谈什么问题，对这个问题又是怎么进行分析的，在最后的结论部分是否有新的学术见解或突破。海选稿件，需要编辑练就这样一双能够石中识玉、沙里淘金的慧眼。

正是缘于编辑这一身份对学者的规训，相当一部分学者在进入编辑队伍之后，自认为所谓“编辑”就是修改、剪贴，有术而无学，是“为他人做嫁衣”的匠人，不需要掌握高深的理论。在这些错误思想的影响之下，编辑在练就较高“眼上功夫”的同时逐渐丧失了“手上功夫”，其结果是编辑成为学术论文的加工者，而编辑自身的价值也大都依赖其所编辑的论文而获得。然而，令人深感遗憾的是，从体制内的评价标准来看，作为责任编辑编发的学术论文所带来的荣耀并不属于编辑，而是属于作者，甚至在某些极端情况下，编辑连分享这一荣耀的机缘都没有。如此一来，期刊编辑便在体制内陷入了边缘化的现实困境。

如果抛开体制对编辑本体加以追问的话，我们会发现，在常人眼里，期刊编辑似乎就是学术论文的加工者，是文字的修饰者。也很少有人认为，编辑通过其加工的学术论文就实现了自我的价值。事实证明，一篇论文产生较大的学术反响，人们首先关注的是作者，而没有人会关注编辑。当然，人们首先关注作者也的确在情理之中，但问题的关键在于没有几个人在关注作者之后会想起那位“做嫁衣”的期刊编辑，这就使得期刊编辑被作者的高大身影所遮蔽，期刊编辑成了真正的看不见的幕后英雄。因此，期刊编辑即便通过其编辑的学术论文来有意识地寻求自我人生价值的实现方式，最终效果也多半会大打折扣。

其二，编辑身份本身促使期刊编辑逐渐养成“字斟句酌”的习惯，甚至养成“语不惊人死不休”的“推敲”情结，这就使得期刊编辑在坚守学术的同时，其写作能力逐渐离开实践层面而在“细枝末节”的“推敲”过程中逐渐退化。

真正的问题不在于期刊编辑作为名副其实的为他人做嫁衣者始终默默无闻，而在于期刊编辑在为他人做嫁衣时逐渐失去了为自我做嫁衣的能力。期刊编辑在为他人加工论文的同时，其职业责任使然的一个必然结果便是更为关注如何加工他人的论文。这主要体现在以下几个方面：一是对论文的不足提出修改建议，二是对论文的语言进行精细加工，三是对论文的错别字、标点符号等进行修正，四是对论文的引文进行核对和订正。这四个方面的编辑工作，便耗去期刊编辑非常多的时间与精力。期刊编辑在对论文进行整体把握时，大都能够洞察作者所提交论文存在的问题，并在此基础上提出一些匡正乃至建设性的建议，甚至有些编辑提出的建议还可能会在某种程度上深化提升作者提交论文的论点，直接参与论文的创作过程。至于论文的句子或错别字等问题，许多作者则没有切身的体会。实际上，经过编辑加工的诸多论文，其句法和文字的修改幅度是非常大的，但很少有作者能够真正体会并感知编辑到底是怎么修改的。一般说来，作者关注的是论文发表本身这一结果，而很少关注论文在发表之前要经过不知多少次翻来覆去的编校修改加工，因而对期刊编辑在论文编校加工中所做的大量工作缺乏起码的了解，对隐藏其背后的编辑修改加工更是知之甚少。实际上，很多作者由于在遣词造句方面已经形成一种语言习惯，甚至有些习惯背离了汉语语法规范，而这些问题都需要期刊编辑进行必要的更正。至于有些学术论文引用参考文献时的错误，更可谓比比皆是，这些错误的更正任务自然也落到了期刊编辑的身上。根据有关调查发现，有些学者的引文极不严谨，还有些学者随意更改引文，以至于出现“有引必错”[①] 的尴尬局面。所有这些常规性工作，耗去期刊编辑的许多宝贵时间，自然也就挤压了其撰写论文的时间。因此，就其自身要求而言，期刊编辑便被置于一个永无止境的文字“推敲”和烦琐的编校过程中，而论文写作所需要的一气呵成的心境则很容易会被琐碎的编辑工作所消解。

其三，编辑身份本身还决定了期刊编辑在编辑过程中总是如履薄冰，对论文写作心存敬畏，唯恐自己写出不成熟的论文而被同行方家耻笑，亦不敢轻易动笔写作，由此往往错失在实践中提升论文写作能力的良机。

古人云，“文章千古事，得失寸心知”。从学术论文写作的内在规律来看，作者之所以能够进入写作的自由境界，首先需要挣脱的便是那种羁绊自我情思表达的语言。换言之，作者在进入写作时是绝少认真打磨文字本身的。这一过程恰如行云流水，尽管会存在某些瑕疵，但文思泉涌之后汪洋恣肆的态势只能使其一泻千里，泥沙俱下也在所难免。在此过程中，如果作者停顿下思绪，认真雕琢文字本身，甚至像贾岛那样纠结于“推敲”之中，那洋洋洒洒数千上万言的论文便绝难横空出世。然而，期刊编辑这一职业所带来的文字推敲积习却恰好限制了作者所需要的论文写作的“气势”，这便从客观上限制了编辑进入自由写作场域的可能性。因此，问题的关键并不在于期刊编辑将其时间大都用在编校加工论文稿件上面，而在于编辑工作本身使他们长期陷入这种无限循环往复的工作中，并由此阻碍了期刊编辑迈进自由写作境地的路径。

严格说来，论文写作是一种创造性的劳动，期刊编辑也是一种创造性的劳

① 李宗刚、孙昕光：《期刊学术引文不规范现象的成因探析与应对方略》，《河南大学学报（社会科学版）》2015 年第 6 期。

动，但这两种劳动指向的结果是不一样的。从论文写作来看，写作这种创造性劳动注重的是把闪耀在头脑中的思想用文字的形式外化出来，这就需要作者更为注重“手上功夫”，而“手上功夫”更多是依赖不间断的实践而习得的。所谓的“曲不离口”，便是对这个习得能力培养的真实写照。从期刊编辑来看，编辑这种创造性劳动注重的是在作者既有论文的基础上“去粗取精、去伪存真”的精细加工能力，这就需要编辑更为注重“眼上功夫”，而“眼上功夫”则更多地依赖阅读优秀论文培养出的基本“范式”获得。所谓的“火眼金睛”，便是对这个能力的形象描述。长此以往，编辑逐渐远离“手上功夫”而切近“眼上功夫”，其最终结果自然就是编辑评述起论文来“头头是道”，但根据其“头头是道”的理论来指导自己的写作实践则显得勉为其难。久而久之，编辑在疏远论文写作的同时，其写作能力的提升便变得十分困难。这样便导致期刊编辑循着职业分工逐渐成长为专事论文编校的“加工者”，而不再是论文写作的“生产者”。

严格说来，编辑的身份并不是与生俱来的，而是在编辑实践中不断建构起来的。编辑身份的建构过程，既是一个外在的社会诸多因素共同参与的结果，也是一个内在的编辑自我认同和皈依的结果。从某种意义上说，编辑对自我身份的认同和皈依对其自身的影响更大，自然也更加深远，这也是外在的社会诸多因素最终起作用的根本所在。

## 三、学术期刊编辑面临困境的突围路径

期刊编辑从事编辑工作，在论文的撰写以及发表方面本来是近水楼台的，但其结果为什么不能“先得月”，反而“后得月”乃至“不得月”呢？其学术人生为什么反而陷入困境呢？面对如此困境，期刊编辑能否突围？又应该怎样突围？

### （一）相关职能部门给编辑发展创造必要的条件

高等学校职能管理部门的思维方式和管理模式需要与时俱进。首先，高等学校管理部门要正确认识学术期刊编辑活动的特征和作用。编辑活动是社会文

化活动的一个重要组成部分，直接参与学术文稿的创作，在文化创造过程中起着传播、中介、积累和繁荣文化的作用。同时，编辑活动又具有服务性，既要受政治、经济和社会发展制约，又要服务于政治、经济和社会发展，还必须服务于教学和科研。其次，高等学校职能管理部门必须改变和调整现有的管理考核机制。要根据教育部、科技部印发的《关于规范高等学校 SCI 论文相关指标使用　树立正确评价导向的若干意见》，破除论文“SCI 至上”的要求，改进学科考核体系，在考核中要突出创新质量和实际贡献，审慎选用量化指标；优化职称（职务）评聘办法，建立适合编辑职业的评价指标体系。再次，作为职能管理部门，要为期刊编辑的工作、学习创造必要的基本条件，搭建良好的发展平台。要根据一个时期、一个阶段新闻出版管理部门的部署要求，定期不定期地开展学习教育和培训，组织集中学习党和国家方针政策特别是出版管理方面的有关规定，引导期刊编辑更好地适应新形势新任务的要求，做新时代期刊编辑出版工作的“明白人”。最后，就期刊编辑所在部门单位而言，一是要鼓励编辑进行学历学位进修。系统的、专业化的学习是提高素养最有效的方式，通过知识的回炉发酵，才能丰富和扩展知识，更好地掌握学术研究的方式方法。通过撰写学术论文，才能将已有的工作经验与现有的学习体验完美结合，从而在学习中提高工作能力，在工作中夯实专业知识。二是要鼓励编辑从事教学与科研。在高校，教学与科研就像编辑的两个翅膀，相互支撑、共同发力。教学是科研的隐形动力，科研是教学的源头活水，编辑只有扎根教学与科研这一厚土，才能切实增强自身的学术底气，把好编辑工作的正确方向。三是要鼓励编辑参加学术活动。学术活动是一种以促进科学发展、学术交流、课题研究等学术性话题为主体的活动。权威、前沿、前瞻、互动是其主要特点。无论是某一专业还是编辑方面的学术会议，通过参与，编辑们一方面能够在较短时间内接受大量的学术研究信息，了解行业动态，了解领域前沿；另一方面，可以在分享专家或自己研究成果的同时，听取专家、同行提出的建议，完善自己的知识结构。同时，能够在听取讲座或座谈交流的过程中，碰撞出各种思想的火花，激发创新的灵感，拓展、优化自己的学术体系；还可以对照专家的研究成果来反观自身，重新客观公正地给自己定位，找出自己的短板与差距，坚定科研的勇气，树立学术自信。在这个过程中，通过结识不同专业领域的专家学者，自然而然能够寻找一些共同的学术话题，厘清脑海中的学术发展脉络。

### （二）编辑自身树立主体意识，明确职责要求

期刊编辑是期刊工作的主体，在整个期刊出版中占据至关重要的地位。期刊的办刊宗旨和使命要求编辑必须具备较强的社会责任感和工作责任感。编辑的社会责任感体现为传播先进文化、加强文化建设、推出更多研究成果、培养造就优秀学术人才、加强学风建设、营造良好学术氛围等方面。编辑的具体工作职责体现在选题策划、组稿约稿审稿和编辑加工等环节。期刊编辑的社会责任是通过其工作职责来体现的，是否尽职尽责地完成期刊编辑的任务和要求，直接关系到期刊的质量及生存，关系到国家相关政策和法规制度的宣传、教育、贯彻、执行，关系到风清气正的学术环境的营造。因此，期刊编辑必须明确职责要求，增强责任意识，切实加强学习，提高职业素养，真正担负起社会职责。所以，从期刊编辑在整个编辑活动中所扮演的角色和所发挥的作用来看，学术期刊编辑既是社会学术产品特别是社会公共思想文化产品的提供者，又是社会学术研究需求的服务者，还是社会学术研究的引领者，更是作者、读者、专家学者的沟通对接者。从这个意义上说，编辑必须克服职业局限，消除职业倦怠，增强职业自信，最大限度地释放自己的学术创造潜能，实现编辑学者化、学者编辑化，达到编辑职业与个人事业的统一，从而在边缘化困境中成功突围。同时，从编辑职业的局限性中走出来，既忠于自我的学术理想，精心耕耘属于自我的学术园地，又认真踏实地做好编辑工作。严格说来，任何职业都具有其局限性也有其开放性，关键在于人们如何把握好其所从事职业的自由度，规避其局限，扬长避短，从而找到一条本职工作与自我发展相结合的路子。实际上，许多期刊编辑原有非常好的学术素养，但在担任编辑之后，却未能很好地赓续既有的学术研究传统，而是一味地沉浸于所谓的编辑事务性工作中，既有的学术研究水平不仅未能得到应有的提升，而且编辑水平也没有得到更大的提高，以至于在放逐了学术研究潜能的同时，也未能发掘出编辑的潜力，由此成为地地道道的单纯期刊编辑——仅仅能够找找错别字、理顺一下句

子的主谓宾成分的文字加工者，而不再是拥有自我独立的学术思想和追求、胸怀天下的思想者。在这一背景下，期刊编辑如何规避职业局限，走出编辑身份的单一认同，树立自律的主体意识，则成为一个必须要解决的问题。

首先，为了较好地规避编辑职业带来的局限性，最根本的是要把编辑职业和学术事业有机地结合起来，做到职业和事业最大限度的融合。编辑是我们从事学术研究的一个铺垫，是我们从事研究的外化方式；学术研究是我们从事编辑工作的一个依托，是我们从事编辑工作的提升。二者有机结合，编辑既可以低头耕耘着期刊这方肥沃的土壤，也可以抬头思考自己的独立学术研究。二者交互作用，就会使本来并不矛盾的两项工作找到“交集”，就可以促成编辑依托“两个翅膀”自由地翱翔在人类文化的天空中。客观地讲，期刊编辑能够处理好二者关系的并不在少数：他们长期从事期刊编辑工作，甚至谋划期刊的整体学术发展；同时，不少编辑还从事学术研究，真正做到了“编写相长”，堪称较好地处理编辑工作与学术研究的“非典型”个案。

其次，要从编辑身份认同中走出来，最大限度地释放自我的学术潜能，让人生在聚焦于学术研究写作中获得满足感和成就感。如果我们把编辑身份及其由此而来的职业仅仅视为一种谋生的手段，自然就难以产生出满足感和成就感。作为一种谋生的职业，人们大都会产生一种倦怠感——毕竟一期接着一期刊物的编辑工作、年复一年的重复性劳作，尤其是面对着一些没有多少创新性、带有“八股文”属性的所谓学术论文时，编辑产生倦怠感是难免的。实际上，这样的论文除了在满足作者的考核、晋级乃至获得学位方面具有某种效能外，其社会效能并不显著。这样的论文被学界诟病为“学术垃圾”虽然不免有些苛刻，但究其本质而言，的确是“有无皆可”的“老生常谈”，真正激荡起编辑内在情感和思想的优秀论文实在是少之又少。在此情形下，编辑工作便不再承载起人们赋予的所谓启蒙等现代思想传播的效能。

作为期刊编辑，我们也许无法改变编辑职业的现实，但却可以改变我们自己，那就是拿起笔把自己独立的思想外化出来，然后寻找释放自我学术潜能的平台，让人生在忙碌中找到实现社会价值的方式。当然，这一问题并不是轻而易举就可以解决的，因为规划论文写作与真正写出论文是两码事。严格说来，论文的写作“既是一件具有科学性的工作，又是一件具有创新性的工作”①，而且是一个把内在的创新理念或思想外化为学术成果的艰难过程，这个过程充满着痛苦的体验。然而，问题的悖论之处恰好在于，没有这样一个痛苦的过程就不会有论文的写作完成，也就不会有论文的刊发，自然也不会有发表论文之后的满足感和成就感。从某种意义上说，论文都是被“逼”出来的，都是在外力或自我压力的驱动下把自我相对混沌的情感和思想外化为文字的过程。鲁迅当年创作《狂人日记》时就不是一蹴而就，而是在钱玄同再三约稿的驱动下才最终得以“分娩”。但同样值得肯定的是，任何写作者一旦突破了写作的瓶颈，往往就会进入“一发而不可收”的良性循环中。也许，这样的良性循环对每个疏远了写作的期刊编辑来说，正是一个值得无限“遐想”的创作空间。

再次，要从编辑身份的自我认同中走出来，强迫自己把“眼上功夫”转化为“手上功夫”。缘于编辑职业的属性使然，期刊编辑在拥有一双慧眼的同时也拥有编辑职业的敏感和自尊，那就是面对自我写就的论文总是不甚满意，觉得难以拿出来“献丑”，害怕让“同行”笑话。其实，这种行为本身恰是许多期刊编辑难以走出编辑职业窘境的关键所在，也是编辑向学者化道路前行的“绊脚石”。一般说来，任何一个人都具有独立的文化立场、独立的情感世界和独立的理性体系。正如西方谚语所说的那样，世界上没有完全相同的两片树叶，在人类的文明原野上自然也不会有完全相同的两篇论文。从这样的维度来看，我们的写作本身便是对人类文化的丰富和发展。有了这样的自信，就能够坚守自我独特的立场，敢于袒露自我的情感世界，敢于进行理性思考，进而撰写出深深打上自我独特文化烙印的论文。这说不定恰是一个与众不同的学者得以“横空出世”的表征。从这样的自信出发，期刊编辑应该敢于从职业的自尊中走出来，敢于表达自我，敏于论文写作，使转瞬即逝的思想火花化为燎原之势。

---

① 孙昕光、李宗刚:《中国文学研究论文被引存在的问题与对策》,《西南民族大学学报(人文社科版)》2018 年第 7 期。

鲁迅曾经说过：“其实地上本没有路，走的人多了，也便成了路。”[①] 编辑之路同样如此。如果一个期刊编辑志在学术，便会把编辑职业与人生事业有机地结合起来，就会从期刊编辑的现实困境中走出来，进入一个相对自由的天地。那么，编辑稿件不仅是“借他人之酒杯，浇自家之块垒”，也直接参与到作者论文的建构历史进程中；论文写作不仅是编辑实现自我超越和自我思想建构的途径，也是编辑参与社会历史发展进程的方式。这样，我们才可以走出一条编辑学者自由穿越的路子，从而真正进入进退自如的美妙境界——从小的方面来说，为自己职业转圜留有余地；从大的方面来说，为中国学术发展贡献智慧。

[原载《山东理工大学学报（社会科学版）》2020 年第 4 期，《高等学校文科学术文摘》2020 年第 5 期主体转载]

① 鲁迅：《鲁迅全集》（第 1 卷），北京：人民文学出版社 2005 年，第 510 页。

# 在两个栏目的整合与提升中彰显学报的特色

## ——以《泰山学院学报》为例

在学报竞争越来越激烈的情形下，一般期刊发展都遇到了极大的困难。《泰山学院学报》作为一份学院类学报，其遇到的困难自然比大学学报要大得多。但是，锐意进取、不断开拓的学报一班人，通过积极探索期刊发展的内在规律，进而使得期刊走上了一条良性发展的轨道。

《泰山学院学报》经过40年的发展，现已形成了特色非常鲜明的风格，这在学报同质化和雷同化特别严重的情形下显得极为可贵。作为一般期刊，如何发展？是走那些大刊名刊的办刊之路，还是独辟蹊径，找到适合本期刊特点的办刊之路，这是摆在每个办刊者面前的问题。学报一班人在成功推出了“泰山文化研究”专题后，又成功地推出了更具有学术价值和意义的“中国改革发展史”的专题研究。具体来说，这一特色主要体现在以下两个方面：

一是使得泰山文化研究成为一道亮丽的学术风景线。该栏目已经创办20多年了，历届设计者始终高度重视这个栏目，可谓一张蓝图画到底，这种瞄准目标不放松的精神本身就是泰山文化的精髓之所在。无可讳言，泰山作为一座承载了中华文化的名山，已经成为中华文化极为重要的组成部分，这对推动泰山文化的研究走向深入起到了积极的促进作用。该栏目后来被评为高校社科期刊特色栏目，便说明这一栏目已得到了全国学术界和期刊界的认同和赞赏。

编辑和作者经过20多年的努力，已经迎来了收获的季节，我们看到的三卷本的《泰山文化研究》论文集便是明证。与此同时，这个栏目也到了自我突围和自我革新的时候，如何在既有研究的基础上引领泰山文化研究拓展出一片新的天地，是值得我们思考的一个关键问题。我觉得，这个栏目的策划者和引领者，应顺应时代的要求，站在时代的高度，积极策划和助推关乎泰山文化研究的重大问题，使既有的研究成果能够支撑该栏目的研究跃上一个新的台阶。该栏目要完成这一艰难的蝶变，便需要栏目的策划者和作者通过问题引领等方式推动泰山文化向深层拓展：一是要加强对泰山文化研究中重大问题的关注，从而使泰山文化研究像挑山工一样，一步一个台阶，向玉皇顶挺进。二是要加强对泰山文化研究资料的爬梳与整合，避免泛泛的研究或低层次的重复研究。把泰山文化研究成果编辑在一起，这便于学者了解和借鉴既有的研究成果，对推动该研究走向深入具有积极作用。同时，我们也应该看到，资料的搜集与整合固然是开展学术研究的基础，但没有对既有研究成果的爬梳和提升，没有突出研究综述的作用，就难以激活那些散乱的资料，也无法使学术研究焕发出勃勃生机。

二是使得中国改革开放发展史成为学报新的学术增长点。不同层级的学报开设带有地域性的专题研究并不少见，但作为一份学院学报专门开设关乎中国社会发展重大问题的专栏却并不多见。值得赞许的是，《泰山学院学报》以敢为天下先的精神，开设了中国改革开放发展史栏目，这不能不让人敬佩。尤其值得称赞的是，《泰山学院学报》不仅开设了这样一个具有学术价值和现实意义的栏目，而且还刊发了一系列有分量的论文，推出了一些有关改革开放的能够传之久远的珍贵史料，这是许多学报的专栏难以企及的。由此形成了学报该栏目的一个显著特色：具有前瞻性的研究成果与曾经被历史遮蔽的原始资料相得益彰。这种高起点、高站位、高策划的编辑理念，使得《泰山学院学报》后来居上。

改革开放是中国历史上最为伟大的事业之一。没有改革开放，就没有后来的中国高速度高质量的大发展。因此，改革开放不仅值得当代学者深度关注和学理研究，而且还值得当代学者积极参与和全力推进。那么，当代学者应该怎样参与和推进改革开放实践呢？及时总结历史发展顺畅时的成功经验，汲取历史发展遭遇曲折时的教训，由此促进当下改革开放的推进和深入，这便是当代学者实现自我人生价值的重要途径。中国改革开放发展史研究专栏要做到这一点，便需要策划者和作者站在时代的高度，着眼于如何推动社会发展这一中心点，结合当下改革开放出现的新问题，通过回眸和总结历史，为未来的改革开放向纵深发展提供有益的启示。

中国的改革开放已经进入新时代，这对专栏的发展来说是一次难得的契机。《泰山学院学报》应当继续发扬优势，积极拓展发展空间，通过“两头并举”等举措，在总结“上头”（即上级领导机关）的实践和理论的同时，加大“下头”（即基层组织）的实践和理论总结，通过口述史、田野调查、数据统计等形式，为后人研究中国改革开放发展历史提供一份可资参考的翔实资料。对此，建议专栏的策划者和作者，通过问题导引等方式，把不同学科的论文整合到改革开放这个大题目之下，从而做出一批具有中国气派的学术论文，使得学术研究能够更好地助推改革开放这一伟大的社会实践。

那么，如何深化中国改革开放发展史的研究呢？这需要从以下三个方面的统一上下功夫。其一，全国性与地方性的有机统一。作为一份优秀的学术期刊，必须植根于中国社会发展的深厚土壤，紧紧瞄准那些具有全国性的学术前沿话题，从而使期刊能够真正地推动社会发展。《泰山学院学报》所创办的“中国改革发展史”研究，便做到了全国性与地方性的有机统一。该学报立足于地方，以从泰安走出来的全国人民代表大会常务委员会委员长万里作为中国改革发展的研究对象，成立了万里图书馆和万里研究中心，并由此扩展为中国改革发展史。这使得该专题既有地方性，又具有了全国性的特点。其二，现实性与历史性的有机统一。当下，中国的改革向何处去？这不仅是一个理论问题，而且是一个实践问题。我们要搞清楚中国下一步的改革向何处去，就特别需要从几十年的改革发展史中找寻宝贵的历史经验，总结出历史的教训，从而启迪中国改革发展的未来之路。其三，规划性与操作性的有机统一。任何一个专题，规划固然重要，更为重要的是如何付诸实践。该专题通过请进来、走出去的办法，诚邀对万里研究和中国改革发展史研究具有较高造诣的丁龙嘉先生担任专题的学术主持人，由此使得该专题座谈会发言吸引了一大批具有全国影响的权威学者的优秀论文，从而较完美地实现了学报所预设的学术目标。

但是，作为一般期刊，在激烈的市场竞争中，要想把一个专题搞好，还需要注意加大办刊经费投入的力度，使之真正服务于学校的品牌建设；积极争取学校各个学院的支持，使绝大多数老师积极支持和理解这一品牌建设的意义；争取破解目前学院类学报文理混杂的尴尬局面，使得该专题能够连续性刊载；注重第一手原始资料的刊发，增强学报的学术含金量；进一步重视该专题的传播，通过数字化的多种手段，使得该专题的论文在广泛传播中发挥出应有的社会效能。

总的来看，《泰山学院学报》在迎来40华诞之际，期刊建设成绩显著，两个栏目的特色尤为突出，这两个栏目犹如雄鹰之两翼，托举着学报飞得更高、飞得更远！期待《泰山学院学报》能够以更加开放的姿态，通过改革实践，立足学报的历史和实际，走出一条带有鲜明自我特色的发展之路，破解学报发展过程中的同质化和雷同化等问题，进而为中国学术的发展做出应有的贡献。

（本文原为两篇论文，分别刊发于《泰山学院学报》2014年第5期、2019年第6期，收入本书时进行了调整）

# 学术刊物中的语言产业研究专栏建设

新时代需要新的理论创新。当前，国内许多学科研究往往偏离时代要求，执拗于学科自身的言说而不能真正关注实际的社会问题。语言学研究也有这一倾向。作为一个老学科，语言学正在逐渐被边缘化。从学术期刊发文量来看，许多高校学报不再积极开设语言学栏目，即使开设语言学栏目的学报，也多将该方面稿件的发文量控制在较低的水平。这主要是因为语言学研究属于小众专业领域，缺乏较高的社会参与度，难以产生较高的学术转引率，提升期刊的学术影响力。但是，作为新学科的语言产业研究不断兴起，它正在突破语言学发展的瓶颈，为语言学研究打开一片广阔的天地。

《山东师范大学学报（人文社会科学版)》于1956年创刊，迄今已有60多年。我们传承了学报原有的语言学栏目，在继承的基础上力求突破创新，使其成为期刊的一个特色栏目。随着语言经济、语言产业等新兴学科的崛起，我们敏锐地意识到这一学术领域的发展潜力和广阔前景，及时跟进，在学报刊发了一系列语言产业研究方面的学术论文。比如，李艳的《语言产业经济学：学科构建与发展趋向》、李宇明的《数据时代与语言产业》、董希骁的《我国非通用语产业发展现状及对策》等。为进一步推动语言产业相关研究，我们还在学报专设《语言产业研究》新栏目，并将该栏目作为理论创新和特色办刊的努力重点。具体来说，学报致力于语言产业研究专栏建设的设想如下：

首先，倾力打造新兴语言产业研究的特色栏目。我们准备将语言产业研究作为学报语言文学方面的重点关注学科，积极参与到中国的语言产业研究当中，为语言产业研究助力，也为学报发展提供新领域。语言产业研究的兴起，为传统的语言学研究打开了一个全新的广阔视野。2020年疫情期间，李宇明、李艳等著名学者先后在《光明日报》等媒体发表了相关研究成果，使我们看到了语言产业、语言服务的参与所发挥的重要影响和作用。学报今后将重点从原来的语言学研究转向语言产业研究，聚焦于语言产业研究这样一个特色专栏。

其次，努力提升新兴语言产业研究成果的学术辐射和影响力。语言产业研究的兴起恰逢其时，这一研究有利于语言和产业合作在全新的维度获得全新的产出。该领域研究方面的学术论文，具有显著的跨学科特点，往往涉及经济学、文化学、传播学、管理学等多学科内容，形成了一个新的综合性的语言学学科。学报应为这个新的语言学科提供成果发表和交流的平台，努力让中国的语言产业在世界经济一体化的背景下不断地融入世界共同发展的进程，并进一步发挥它应有的作用。

再次，促进新兴语言产业研究的学术规范化发展。语言产业研究应当遵循现代学术研究的范式，打破传统学术研究的弊端，尤其是避免感悟式的研究、自说自话式的陈述、背离社会现实的无价值论证等，强化学术对话与学术争鸣，成为中国人文学科学术刊物中的语言产业研究专栏建设领域最具有现代社会科学品格的学科。语言产业研究应该有一个优秀的品格，就是把经济学的研究范式纳入语言产业研究中，给学报专栏带来全新的感觉。我们期待语言产业研究的论文能够真正突出“产业”这一中心思维，以现代科学品格和经济学范式来研究语言产业，能够对前人的研究提出疑问、进行扩展，从而使语言产业研究呈现百家争鸣、百花齐放的态势。

最后，融合权威研究机构及其学者团队协同发展。为了更好地打造语言产业研究的特色栏目，使之体现更高的学术水平和影响力，学报与该研究领域的国内权威研究机构建立了密切联系，依托中国语言产业研究院，真正地参与到有关学术活动中，切实助力中国新兴学科的发展，与此同时也将学报的发展不断推进，使学报发展与新兴学科崛起同频共振，真正实现互利共赢。

（本文根据作者在2020年12月18日第六届中国语言产业论坛上所作的报告整理，原载《语言产业研究》2021年第3期）

# 《新时代学术期刊编辑学》序

新时期以来，有关学术期刊编辑理论的探讨日益受到人们的重视，许多学术期刊还专门开辟了编辑学栏目，把学术期刊编辑理论的探讨放在与其他学科研究同等重要的位置。这对繁荣学术期刊理论起到了积极的推动作用。在这一背景下，孙秋英同志撰写的《新时代学术期刊编辑学》便具有了别样的价值和意义。

孙秋英同志曾就职于软科学研究所、图书馆和教务处，2019 年 7 月调入《山东师范大学学报（人文社会科学版）》编辑部。她到编辑部后，除了承担较为繁重的办公室工作，还倾心致力于编辑工作，认真编校稿子、精心核对引文。她能够敏锐地把握政治方向，显示出非凡的编辑天赋。这对我们这个仅仅拥有 6 个人的编辑队伍而言，无疑增加了一个对外既能拓展工作、对内又能从事编校工作的“多面手”，对我们而言可谓意外的惊喜。在我担任主编 8 年多的时间里，编辑部仅有 4 人，可以说每个人都当成两个人使用——与兄弟院校文科学报编辑部拥有八九个人相比，我们的工作量简直翻倍。孙秋英同志的加盟，则初步改变了这种被动的局面。为了更好地跟踪最新学术期刊编辑前沿理论，作为编辑，我们除了编好稿子，还得跳出编辑这一行当的“三界外”，对自我的编辑实践有一个透彻的理性认知，从而反过来促进编辑实践循着健康的轨道前行。有赖于此，当孙秋英同志在紧张的编辑实践中开始研究编辑理论、提炼自我编辑实践的感悟时，我便认定她走上了一条提升自我编辑理论水平的通衢。

孙秋英同志虽然从事编辑工作时间不久，但在她的心中早就埋下了崇尚学术的种子。来到编辑部之后，她那颗蛰伏了许久的学术种子终于迎来春天，找到肥沃的土壤，并由此开始了发芽与成长历程。作为一个拥有60多年历史的学报编辑部，一代代编辑都始终秉承着学术至上的理念，认真编刊，精心撰文，潜心研究，由此形成了编辑学者化的传统。这种传统，在新世纪之后，尤其是在近9年的时间里，得到了进一步的滋润与发展。像孙昕光编审便在从事编辑工作10年后出版了《大数据时代学术期刊编辑学研究》（山东人民出版社2018年版），其他编辑也在紧张的编辑工作之余，撰写了一系列编辑理论方面的论文。尤其令人欣慰的是，我们除了完成繁重的编辑工作，还启动了《〈山东师范大学学报（人文社会科学版）〉文粹书系》这一浩大工程。目前，已经完成了第一套四卷本的文粹书系工程（《多维视阈下的中国现当代文学》《文艺学的探索与建构》《马克思主义与中国社会运行》《教育学心理学新论》，山东人民出版社2019年版）。正是徜徉在这一浓郁的学术氛围里，孙秋英同志来到编辑部伊始，便一下子唤回了学术感觉，由此开始了别有意义的人生跋涉历程。

在紧张的工作之余，孙秋英同志对编辑工作可谓到了入迷的程度。从基础的工作做起，她虚心向编辑同行学习，在编辑实践中苦苦探求。正是基于这一点，我开始对她有了新的认识。这使我真切地意识到，一个优秀的编辑开始了成长之路——因为说到底，任何一个人的学问都是在实践中学来的，而不是与生俱来的。像我近年来断断续续地写了多篇关于编辑学方面的文章，也是这样一步一步走过来的。但令我没有想到的是，孙秋英同志的学术萌芽自从在编辑学这一肥沃的土壤上扎根之后，像拔节而起的高粱，竟然到了“疯长”的程度。正所谓一分耕耘一分收获，经过半年多的辛勤耕耘，她的这部学术期刊编辑学著作终于就要出版了。

这部书稿共分为上、中、下三编，上编为学术期刊编辑理论，中编为学术期刊编辑实务，下编为学术论文写作实践，最后附录部分则是与学术期刊编辑相关的国家法律法规。从学术期刊编辑理论来看，学术期刊编辑具有其自身的规律，而这些规律又大都被历史现象给遮蔽了。严格说来，编辑与作者之间的关系是极其复杂的，优秀的编辑可能会直接或间接地参与作者的学术生产，对其学术成果能否实现其社会价值和意义的最大化具有直接的影响。从这样的意义上说，编辑并不是一个等着人们找上门来的“化妆师”，而是一个具有一双慧眼和点石成金的金手指的伯乐。正是这种伯乐式的编辑，在一定程度上说明了为什么有些编辑编发的稿子会产生巨大的社会反响，而有些编辑编发的稿子反响寥落。因此，进一步明确学术期刊的性质和特点，厘定编辑的职责和素养，便不再是泛泛而谈，而是具有重要的意义。

在常人眼里，学术期刊刊登出来的论文赢得的所有荣光似乎都属于作者，而编辑则似乎被彻底地排除在外了。其实，这种认识是极其偏颇的。我们且不说编辑在作者的论文写作过程中是否参与了其生产的全过程，单就其论文提交编辑部后的几大关口而言，便是极其严峻的考验。作者与编辑的一个不同之处在于，作者更关注如何顺畅地表达自我的情思，而编辑则更关注如何使这种自由的情思表达符合有关规范。正所谓没有规矩不成方圆。作为个人行为的写作，自然可以酣畅淋漓地沉醉于自我的表达，但这种表达是否对社会具有积极的效能，显然成为编辑必须要绷紧的一个弦。所谓的政治关、语言关、标点符号关、引文准确关、热点问题把握关等，都是学术期刊编辑极其重要的关口。编辑正是这重要关口的把关人。事实也的确如此，经过编辑再三订正的论文以靓丽的姿态横空出世，其既有的诸多瑕疵早已被编辑的浓墨重彩所剔除。然而，这样的编辑工作又有多少作者、多少读者能够切实感受和了解呢！

真正优秀的学术期刊编辑不仅可以“上得厨房”，而且还可以“下得厅堂”，成为左右开弓的多面手。从理论上说，优秀的编辑能够编发出优秀的稿件，自然也应该能够撰写出优秀的论文。孙秋英同志正是基于这种认识，把自己的理论思考和探索自觉地投入论文写作实践中，撰写出了一系列的学术论文。这些论文尽管隶属于不同的学科，如学术期刊理论、文学解读和社会现象调查等，却是作者学术研究与写作实践的成果体现。其中，有多篇论文是在CSSCI来源期刊或全国中文核心期刊发表。我觉得正因为有这些能够体现较高学术水平的学术期刊论文写作实践作为基础，所以孙秋英同志的学术期刊编辑学理论研究才能够从编辑、作者等多维视阈更好地探讨期刊编辑的特点和规律，而不是空中楼阁式的空泛议论。从这样的意义可以说，这些论文是构成作者学术期刊编辑学理论认知的不可缺少的重要部分。本书最后附录国家著作出版方面的相关法律法规，也不是可有可无的。因为这些法律法规毕竟是从事学术期刊编辑学研究者须臾无法离开的。

当然，孙秋英同志的这部著作也许还存在诸多不足之处，但她执着的劲头、科学的态度和积极向上的精神风貌令人钦佩。假以时日，她在此基础上会做得更好，在学术期刊编辑学研究上再上层楼。

是为序。

2020 年 3 月 30 日于学报编辑部办公室

（收入孙秋英著《新时代学术期刊编辑学》，山东人民出版社 2020 年版）

# 编辑部来了个青年人

## ——序王盛辉著《学术期刊的使命与担当》

2018 年 6 月，“80 后”青年教师王盛辉从山东师范大学马克思主义学院来到了山东师范大学文科学报编辑部。对他加盟学报编辑部，我当时产生的第一印象是编辑部来了一个青年人，编辑部也将再次焕发出青春的气息。事实也的确如此，仅仅过去 3 年多的时间，这位青年人便撰写出了这部《学术期刊的使命与担当——〈山东师范大学学报〉创刊 65 年的回顾与展望》（为了行文方便，该书简称为《使命与担当》）书稿，由此给即将创刊 65 周年的《山东师范大学学报》送上了一份厚礼。盛辉邀请我给他撰写的这部《使命与担当》作序，我觉得这正是向期刊界推荐这位青年人的好机会。

“人事有代谢，往来成古今。”社会如此，一个部门也是如此。2018 年，随着编辑部的人事变化，引进一位具有较高学术素养且甘为他人做嫁衣的青年人便成为学报编辑部的一项重要工作。为此，我们还通过网站发布了招聘启事。遗憾的是，应聘者并不像我们想象的那样——招聘启事一经发布，应者云集。现实情况令人颇感失落，应聘者只有盛辉一人。现在回过头来细想，这种情况的发生也有其内在的逻辑根据。彼时山师学报虽然已经进入南京大学中文社会科学引文索引来源期刊（以下简称“C 刊”）的扩展版，但毕竟还没有进入正式版。“C 刊”扩展版和正式版相对于那些身在体制内的学者来讲，其差异可谓天壤之别——扩展版发表的论文在晋级和考核时往往难以得到体制的青睐。这不仅影响到作者，而且也深深地影响到编辑。如此看来，编辑部发布招聘启事而没有获得更多响应便是可以理解的事情了。盛辉能够积极响应，便更显得难能可贵了。

其实，除了世俗的眼光外，作为一名学术期刊编辑，即便进了一流学术期刊的编辑部，也并不意味着会有多么华丽的外衣加身，更多意味着要甘于“坐冷板凳”，甘于为他人做嫁衣，在自我发展与期刊发展二者不可兼得时，能够有一种宁可舍弃自我发展而成就期刊发展的牺牲精神。盛辉在编辑部组织的考核中能够脱颖而出，恰是他热爱学术期刊工作的那股子劲头儿打动了评委们的心，恰是他身上洋溢出来的那股子青年人特有的青春气息勾起了评委们的青春奋斗记忆。任何事业，要想发扬光大，需要一代代人的无私付出。正是站在历史的这一交接点上，我切实感到盛辉加盟山师学报便意味着其未来二三十年的事业有了可以期待的保障。

盛辉的本科、硕士和博士三个关键的求学时期都是在山东师范大学度过的。他可谓是山师自主培养的优秀学生，2009 年留任马克思主义学院教师，主要从事马克思主义基本原理及中国化的研究和教学工作，后晋升为副教授，担任了硕士研究生指导教师。特别值得赞许的是，他在教学科研之余还积极协助学位点负责人完成学院工作。

来到编辑部之后，盛辉开始担任《马克思主义理论研究》《法学研究》等栏目的编辑。为了更好地适应编辑工作，他自觉开启了编辑新征程，并把《作者编辑常用标准及规范》《图书编辑校对实用手册》《常见错别字辨析手册》《规范汉字大学堂》《现代汉语词典》《新华字典》《古代汉语词典》《古汉语常用字字典》《通用规范汉字字典》《新华写字字典》等置于自己的办公桌上，一有时间便拿出来学习。盛辉这种努力学习的状态，让我联想到任何栋梁之材都是从一棵幼苗成长起来的。我们如果观察一棵幼苗的成长历程便会发现，在成长的起初阶段，它既不羡慕参天大树的伟岸，也不鄙视破土而出的嫩芽的孱弱，而是专心致志地拓展自己的生存空间，逐渐成长为堪当大任的栋梁之材！

盛辉发自内心地热爱编辑这份工作。正因为如此，他对山师学报的历史特别感兴趣，经常沉潜在学报的历史中流连忘返。由此我对他寄予了更多的期待，我鼓励他进一步梳理山师学报的历史，争取完成一部带有编辑个人温度的学报史。从严格意义上说，当代人不宜写当代人的历史。但是，这并不意味着当代人不应具备必要的历史意识，也不意味着当代人没有自觉的历史实践。实际上，真正的历史并不是后人用文字完成的，而是当代人用行动完成的。从这个意义上说，盛辉撰写的这部带有个人温度的山师学报史，可以视为他用个人的行动向学报的前辈学者致敬。其中的一些历史评述不管在多大程度上秉承了史家笔法，但有一点可以肯定，那就是作为编辑部的青年人，自觉地沉潜于学报的历史之中，在爬梳过刊中度过了一段有意义的日子。单就这种精神而言，便值得赞许。从这样的维度来看，盛辉撰写的这部山师学报史便成为后人瞭望山师学报史的一个窗口。

盛辉撰写的《使命与担当》这部著作主要是基于《山东师范大学学报(社会科学版)》65 年的发展历程所作的一次系统的资料梳理和理论阐释。任何历史的活动主体都是人，离开了具体的人，所谓的历史就成了虚无缥缈的空中楼阁。为此，盛辉系统梳理了山师学报 65 年来的历史变迁，考证了学报发展历史上几个非常重要的节点，还对山师学报的编辑队伍进行了较为详尽的梳理，让我们了解了编辑是如何发挥主动性和能动性，在没有条件的情况下依然创造条件，努力把学报打造成一份在全国学术界具有一定影响力的学术期刊的。为了更好地给读者呈现山师学报的整体风貌，他还专门对发文量、作者群、制度化建设等情况作了详细分析。

盛辉不仅对期刊既往历史进行了回顾，还对期刊未来发展提出了展望，可谓历史分析与愿景阐释相融合。作为一名有担当的编辑，他不仅注重对期刊历史进行透视，还注重透过山师学报聚焦中国学术期刊的发展，并积极主动地发声，对新时代山师学报的使命担当和未来展望提出了自己的独立思考。这样的独立思考便使这部《使命与担当》不仅为读者了解山师学报发展史提供了依据，而且为中国学术期刊发展史提供了更为鲜活的例证，具有一定的价值和意义。

面对拥有 65 年历史的山师学报，诸多作者和编辑都对它怀有无限的敬仰之情。这既是当代人的历史优长之处，也是当代人的历史局限所在。时间没有把我们与学报的距离拉得很远，以至于远到可以不失偏颇地审视端量其优长与不足。盛辉在撰写这部学报史时自然也会有这样或那样的不足，但这并不妨碍这部学报史的价值和意义——相对于山师学报发展史而言，盛辉的这部《使命与担当》是人们在研究山师学报时无法绕开的。

即将迎来65岁华诞的山师学报，因为编辑部来了个青年人，便愈加焕发出蓬勃的青春气息！

[原载《山东师大报》2021年9月29日，收入王盛辉著《学术期刊的使命与担当——〈山东师范大学学报（社会科学版）〉创刊65年的回顾与展望》，山东人民出版社2021年版]

# 在人生的中流里奋楫前行

## ——序徐道春著《编辑论稿与写作纂言》

我清晰地记得，2011 年 5 月，我来到山师学报编辑部，开启了人生的新历程。日子过得真快，已经过去了 10 多年。2019 年之前，编辑部只有 4 个人，干起编校工作来的确很忙，也很累。后来，随着工作的需要，编辑部的力量逐渐壮大了。2019 年，编辑部新调入两位老师。2020 年，徐道春同志又加盟编辑部。这样一来，编辑部在编制上便有 7 人，尽管与兄弟学校的学报编制相比还有差距，但我们自己感觉进步还真的不小。

道春同志与我同庚，在属相上都属兔，因此，我们有着共同的历史记忆和体验。在这 3 年相处共事的日子里，我对他有了更多的了解。他的青少年以及大学生活都是在河南度过的。尤其值得称道的是，他在 1980 年便考入河南大学中文系，这在当时的确是不凡的成绩，可谓是我们这一代同龄人中的佼佼者。按照我们当时流行的说法，他是较早走出农村进入大学的“天之骄子”。大学毕业后，他到河南师范大学学报编辑部任编辑。在 20 世纪 90 年代，富有进取精神的道春同志又进军北京，相继在几家新闻出版单位担任记者和编辑等工作。除此之外，他还独当一面，负责一些管理工作。因此，这使得他看问题和编辑稿件都有其独到的眼光，也使我对他的了解逐渐地丰满了起来。

道春同志有自我独立的操守和鲜明的爱憎情感，这使得他表里如一，对作者和同事都坦诚相见。从事编辑工作，需要的就是“认真”二字，践行的就是“较真”二字。古人曰：“文章千古事，得失寸心知。”这固然是相对于作者而言，这种情形在自给自足的农耕文明的社会里有其存在的合理性。毕竟那时的写吟诗作并不需要正规的出版社公开出版，即使有所失也不会造成太大的影响。但是，这种情形随着现代社会的到来已经出现了巨大的变化。也就是说，文章已经不再仅仅是作者的事，而且还是编辑的事，甚至对编辑来说是天大的事情。我们编辑出来的文章一旦有事，这就意味着我们作为编辑的安身立命的根基开始动摇了。因此，作为编辑，持有一种独立的操守、具有鲜明的爱憎情感便显得特别重要。道春同志作为在编辑岗位上历练了30余年的编辑，对此不仅有着充分的认识，而且更是勇于践行。一方面，他尊重所有的作者，但又不因为尊重作者而放逐自我的独立判断；另一方面，他珍惜所有的稿件，但又不因为珍惜而忽视精益求精的打磨过程。我担任主编以来，发现许多稿件的引用存在着不够规范的地方，尤其是在引用原文方面做得不够，有些作者并没有见到原文，其所引用的内容大都是从他人论文中“趸过来”的，这且不说背离了学术规范，单就学术态度而言，也疏离了科学求真的精神。正是基于这一考虑，我们要求作者尽可能地提供论文所引用原始资料的版权页、正文出处等详细信息。这一工作对那些忠实于原文的作者来讲并不难，但对那些直接从他人论文中“趸过来”的作者而言的确是很麻烦且又考验耐心的一件事情。值得肯定的是道春同志对这一要求执行得特别到位，有时候，他的这一做法得不到作者的理解，但他并没有迁就，而是不厌其烦地进行沟通，最终赢得作者的理解和支持。对此，不少作者对道春同志这种认真的做法给予了高度的评价，如南开大学刘俐俐教授便这样写道：“实话说，与编辑打交道之初感觉很累，觉得他们过分严格苛刻，仔细过人；矫正错字漏字和标点正误；辨析、斟酌甚至重新选取语词；讨论句式工整与否，调整排列顺序；斟酌内容提要；商榷中图分类号的选取……毋庸置疑，这已属于编辑与作者之间的深度沟通。”“遇上了较真儿的编辑是学者的幸事，学者要善于抓住如此深度交流沟通的机会，总结自己优长和短板所在，以使自己在学术上不断进步。现在我隆重推出这篇论文的责编，他叫徐道春，笔名徐方闻。”刘俐俐教授在论文发表之后专门给我打电话，对道春同志的编辑工作给予了高度评价。我想，这恰好说明，为他人做嫁衣的编辑，在编辑作者稿件方面没有任何的私利，他们有的是对编辑事业的忠贞和坚守。在这些编辑眼里，他们容不得那些经过自己制作出来的“嫁衣”有半点瑕疵。在我的眼里，道春同志无疑就是这样的编辑。

道春同志作为一名编辑，注重从编辑实践中发现问题，并且对发现的问题进行深入探索，完成了从实践到理论的提升。也许缘于道春同志对编辑工作特别热爱，所以，他总能够从人们习焉不察的编辑实践中发现问题，并且还有一股“打破砂锅问到底”的精气神，这使得他撰写的一些论文不是无病呻吟，而是有的放矢。作为一位有着丰富编校经验的编辑，道春同志对当下期刊发展中存在的问题作出了自己的思考，并提出了自己的解决思路。他针对当下写作和编辑中存在的最基本的语言使用问题，提出了要充分重视编辑治择能力的培养，提升编辑语言文字优化与规范的能力。编辑治择要遵循准确性、规范性、适度性三项基本原则，不断提升编辑的通识能力、专精能力、取舍能力、规范能力和度量把握能力。这实际上也是道春同志对如何做好编辑工作的一种总体认识。针对当下国内学术期刊存在的出版周期偏长、出版周期的年出版频率分布不平衡、出版周期的稳定性与规律性指数不高、固定出版周期与实际出版周期存在反差、期刊出版周期与网络数据库发布周期不同步等问题，在具体分析影响期刊出版周期的影响因子、载文量、发表周期、稿件质量等因素的基础上，他提出了学术期刊应当在遵循时效性、规律性、客观性基本原则的基础上，不断创新办刊理念、优化出版模式、加速内容升级、完善评价体系、缩短期刊出版周期与网络数据库发布周期的时间差等观点。针对当下文风存在的诸多问题，他提出了重构新时代语境下的文风，要基于“三大体系”构建的认识高度，体现五个学理维度：价值观念的正确性与导向性、内容资源的真实性与创新性、形式结构的严整性与实用性、语言文字的规范性与生动性和制度体系的科学性与合理性。针对当下学术期刊引文中普遍存在的无引用、少引用、滥引、虚引、引文错误、断章取义、学术不端等问题，他提出了引文引用要在遵循原始性、必要性、适当性、准确性与规范性四大原则基础上，强化求真务实的资源观、构建科学合理的方法论、健全学术引用评价体系、完善学术引用监督机制、严把编校质量关。由此看来，道春同志的这部著作有着鲜明的问题意识，紧紧围绕着期刊编辑中出现的问题展开深入研讨，提出了一些建设性的观点和看法，值得期刊界关注。

道春同志作为一名接受了20世纪80年代思想解放运动洗礼的大学生，保持了自己作为一名文人应有的人生姿态，这使得他的为人为文少了一些俗气，多了一些雅致。他作为一名受到过河南大学文化熏染的学生，特别亲近中国传统诗词，又潜心于书法实践。随着白话文的兴起，以文言为主的古代诗词创作尽管还时断时续，但总的来看，其传承者的日渐减少应该是一个不争的事实。但值得肯定的是，道春同志在古代诗词创作方面一直有着非凡的热情，他每每外出，触景生情，便会吟诗一首，这既修养了性情，又锤炼了文字，可谓一举数得。与此同时，他还沉潜于书法之中，在斗方之间展现自我的思绪与情感。在这个浮躁的社会，他既能够坐下来，安心做好编辑本职工作，对期刊编辑中存在的问题进行思考，同时，又能够通过书法、诗词创作寄情于山水之间，徜徉于自己的精神世界。《小荷听书·诗声心画》中选出的19首诗词作品，展现了他在追摹古人的同时又不拘泥于古人的当下的生活方式，为这一时代过分沉溺物质世界送来了一股清凉的“荷风”。也许，这种生活方式与前面的编辑工作具有互文的作用：吟诗作画与编辑实践是人生的一体两面，这使得枯燥的编辑工作在诗情画意的点缀下显得那么充盈和实在。

道春同志来学报编辑部工作的时间并不算长，但他融入这个集体的速度却很快，并且很快进入良好的工作状态，得到了编辑同仁的肯定和认可。为了能够把自己的独立思考写出来，他经常废寝忘食，加班加点。作为同龄人，我们在繁忙的工作中会相互提醒注意身体、劳逸结合。毕竟年龄不饶人。然而，彼此一旦投入到工作中，则又很快进入一种忘我状态。我认为，这种忘我状态在山师学报编辑部其他同仁那里也是一种常态，在此不妨将其概括为敢打敢拼的“攻坚克难”精神。一名编辑、一个部门，只要有了这种精神，事业便会有起色。

学术研究是一个不断充实与完善的实践过程。因此，《编辑论稿与写作纂言》这部著作自然也会存在这样或那样的不足。但不管怎样，它体现了作者在编辑学研究与写作实践领域的严谨态度、独立思考和勤恳探索，让我们看到的是作者在人生中流里奋楫前行的身影。由此给我们带来的启发，除了这部著作之外，还有值得我们珍视的执着精神。

是为序。

（本书收入徐道春著《编辑论稿与写作纂言》，山东人民出版社2022年版）

# 透过注释的编纂史勘探中国社会发展进步的历史轨迹

## ——序谢慧聪著《〈鲁迅全集〉注释编纂史概论》

谢慧聪博士的《〈鲁迅全集〉注释编纂史概论》即将由山东人民出版社出版。作为她的导师，我感到由衷得高兴，同时想借此机会作些说明，既可以帮助读者对慧聪有更多的了解，又可以让读者在“知人论世”的基础上对这部学术著作有更好的把握。

慧聪于2014年秋季考取山东师范大学硕士研究生。在此期间，她除了较好地完成硕士学位的论文写作外，还接受了较为严格的学术训练，尤其是文献资料整理方面的训练。缘于国家社科基金课题的需要，我有一段时间沉潜于中国现代文学史料的浩瀚海洋中，寻找有关民国教育与中国现代文学方面的文献资料。正是在这一目标的驱动下，我关注到杨振声在大学管理、文学教育和文学创作等方面研究的典型性。但是，关于杨振声的已有文献资料和著作并不全面，这使我在研究杨振声的文学教育时颇费了一点精力，由此便产生了编选杨振声文献资料和研究资料合集的想法。

这一想法产生之后，我便考虑如何实施这一宏大工程。如果单纯依靠我个人的力量，自然难以从学报编辑和论文写作中抽出足够的时间和精力完成这一工作，因此，我便考虑从自己所带的硕士研究生中选出一名可以潜心于资料汇编工作的助手。经过一番斟酌，我觉得慧聪具有这方面的潜质。她在考入研究生之前便有过基层工作的体验，深切地感受过现实生活的艰辛，非常珍惜这一来之不易的求学机会。尤其值得称赞的是，她没有多少功利心，能耐住寂寞，甘于坐冷板凳，富有韧性，有一股不达目的不罢休的拼劲儿。当我把这一想法告诉她时，果然如我所预料的那样，她愉快地答应了下来。于是，慧聪成为我在资料编选方面的得力助手。

在编选杨振声文献资料和研究资料的过程中，慧聪常常泡在图书馆、或沉潜于民国期刊数据库，搜集和整理杨振声文献资料和有关杨振声的研究资料。经过一年多的努力，我们终于完成了这一宏大的工程。2016 年 7 月，《杨振声文献史料汇编》（44 万字）和《杨振声研究资料选编》（49 万字）由山东人民出版社出版。我们所辑校的杨振声的作品，不仅由新中国成立后业已出版的 57 篇增加到 110 篇，而且以原始版本为主，较好地还原了杨振声作品的历史原貌。正是在这一历练中，慧聪展现了她在文献资料整理方面非凡的毅力和聪慧，让我感到她是一个可塑之才。

2017 年，慧聪又考取了我的博士研究生，由此在学术研究的道路上真正开始了独立飞翔的新历程。作为导师，我觉得在学生的培养上要注重因材施教，既要兼顾学生既有的学术素养，又要拓展其未来的学术发展空间。因此，在博士选题时，我觉得她可以对杨振声进行系统性的研究，也可以对鲁迅著作的注释进行系统研究。在杨振声研究方面，她已经完成了有关文献史料汇编和研究资料选编这类基础性工作，至于杨振声这一选题可否支撑起一部博士学位论文的学术大厦，则取决于她是否能够在未来的研究中拓展其深度和广度；而在鲁迅著作的注释方面，她可以发挥既有的文献资料整理方面的特长。

鲁迅著作的注释这一课题，缘于我一段多年未了的学术情缘。30 年前，山东师范大学中国现当代文学学科的许多老师便开始从事鲁迅著作的注释编写工作，这使我较早地看到了学科老师编纂的“红皮本”鲁迅著作。“红皮本”鲁迅著作的注释为 1981 年版《鲁迅全集》的注释工作作了很好的铺垫。然而，关于注释演变历史的研究，尤其是注释的历史演变所承载的时代变迁等文化信息，学术界并没有给予足够的重视。如果由此切入研究对象，便可以打开一扇通向历史深处的大门。正是基于这一思考，我在 10 多年前曾经向我的硕士研究生导师蒋心焕先生谈起过这一话题。蒋先生作为曾亲身经历过这段历史的学者，认为这个选题极有价值。为此，他还专门把自己珍藏了多年的鲁迅作品“红皮本”全部送给了我，希望我将来有机会从事这方面的研究。然而，我的学术兴趣后来逐渐聚焦于五四文学发生学和20世纪中国文学教育研究，已经没有足够的精力和时间从事这一工作，而慧聪则是从事这一研究的最佳人选。2018年，当我向慧聪谈起鲁迅著作“红皮本”与《鲁迅全集》注释这一课题时，她表现出了足够的学术兴趣，并立志做好这一课题。于是，我便把蒋先生转赠给我的鲁迅著作“红皮本”悉数转赠给了慧聪，希冀学术研究在代际传承中发扬光大。

从事鲁迅著作“红皮本”与《鲁迅全集》注释这一课题，其难度之大是可想而知的。这需要面对来自两个方面的挑战。其一，《鲁迅全集》的注释经过诸多前辈学者的辛勤耕耘，已经取得了阶段性的成果，要想在这个方面能够有所突破，其难度是较大的；其二，《鲁迅全集》注释具有“碎片化”的特征，要整合到一个学术体系中难度极大。然而，值得肯定的是，在撰写博士论文的过程中，慧聪较好地战胜了这两大困难，并顺利地把零散的注释整合到了一个相对完整的学术体系中。慧聪以鲁迅著作的“红皮本”与1981年版《鲁迅全集》注释撰写为研究对象，集中梳理、发掘二者在注释方面的历史承继关系，又探讨了注释的选择和怎样撰写等问题，并由此上升到历史的维度加以阐释，使其研究达到了预期的学术目标。2019年春节，慧聪在博士毕业论文答辩中获得了答辩委员们的认可，她的博士论文先后获得山东师范大学优秀博士论文和山东省优秀博士论文。慧聪的博士论文能够得到专家的认可，并获得优秀博士论文，我认为主要是源于以下三方面的学术创新：

其一，较为系统地梳理了几个历史节点鲁迅作品注释的历史。慧聪的《〈鲁迅全集〉注释编纂史概论》以1949年新中国成立后第一版《鲁迅全集》至1981年版《鲁迅全集》的出版为时间节点，通过1958年版、“红皮本”、1981年版的编纂历程，串联起《鲁迅全集》注释的当代书写史，在纷繁芜杂的历史文献中打捞出注释撰写所勾连着的不为人所关注的、处于细枝末节中的“文学的力量”，进而完成了“红皮本”与两版《鲁迅全集》历史关系这一选题的研究。其整理完成的成果主要由两部分内容构成：一部分是“红皮本”与两版《鲁迅全集》的历史关系，另一部分则是注释撰写与历史史实的关系解读。

其二，从整体上对鲁迅作品的注释进行了整合，把纷繁复杂的注释纳入一个相对合理的逻辑体系中加以学理性阐释。鲁迅作品所涉及的历史人物和历史事件非常多，古今中外、林林总总，鲁迅作品的注释自然也就数不胜数。以历史化的视角和眼光阐述注释变化的原因，尤其是回到历史现场考察注释的撰写与变迁，并在此基础上对注释的产生、演变及影响进行学理性分析和研究，便显得特别重要。事实上，鲁迅作品的注释，不仅可以使读者在解读鲁迅时抵达鲁迅所生活的时代，而且可以使读者切身体味到鲁迅作品注释生成的特定时代，并感悟到当时的意识形态话语的潜在影响。实际上，鲁迅作品的注释作为出版社主导的工作，本身便受到主流意识形态话语的制导。由此一来，一条注释的撰写，不仅要查阅大量原始文献，对鲁迅作品中所涉人物、历史事件、方言俗语、历史典故、期刊社团、文学论争等了如指掌，而且要在既有注释的基础上推陈出新、与时俱进，更要适合不同时代读者的阅读接受习惯。因此，要从整体上对《鲁迅全集》的注释进行系统研究并非易事。值得肯定的是，慧聪通过她的博士论文对以上问题作了一次积极的回应。

其三，在对鲁迅作品注释的系统梳理和有机整合的基础上，注重发掘鲁迅作品的注释撰写变化与中国现当代文学的发展历史之间的内在关联，指出注释的撰写也见证了新中国成立以来国家政治意识形态的建构过程，体现了“小注释体现大历史”的特点。慧聪试图从那些被人们遗忘的历史出发，以发掘出隐藏在历史背后的某种制导性规律，进而对学界关于“红皮本”的一些结论进行了重新反思和出新。对此，有学者认为，慧聪通过解读左翼人物、“现代评论派”“第三种人”、尼采等有争议的注释，阐述了其产生的理念与依据，是对当下“政治鲁迅”研究的良好呼应。一滴水可以折射出一个世界，一部《鲁迅全集》注释的编纂史便折射出了中国社会发展进步的历史。

当然，任何学术研究都是在不断探索中绵延向前推进的，任何研究的结论都将是历史的“中间物”，慧聪的研究自然也不例外。如果我们从更高的要求出发，还可以期待慧聪做得更好。对此，有答辩委员便期待她能够就“红皮本”对于 1981 年版《鲁迅全集》注释本的决定性影响作出更为精到的论述，更好地挖掘“红皮本”作为1981年版《鲁迅全集》“潜文本”的价值，还可以对从“‘文革’鲁迅”到“新时期鲁迅”的鲁迅形象建构作出更深刻的历史考察，还可以就注释背后到底有什么样的力量在起着决定性的支配作用作出更为精到的解读。答辩委员们的期待，意味着慧聪的学术研究之路还很漫长，还需要继续在精耕细作上下功夫。

尽管慧聪还需要在学术研究的道路上继续跋涉，但就她在文献资料的整理和研究中所取得的阶段性成果而言，她已经初步窥见了学术真谛的光芒，并在沉潜于学术研究的过程中体味到了从事学术研究给自己的人生带来的乐趣。她在紧张的教学之余，始终没有忘记学术研究。2021年，正是在这一执着精神的驱动下，慧聪先后获得了山东省社科规划课题和教育部社科规划课题，她发表的论文被中国人民大学复印报刊资料《中国现代、当代文学研究》全文转载，她关于鲁迅著作的注释研究初步获得了学术界的关注和认可。这无疑昭示着她已经迈入了学术研究的殿堂，期望她在学术研究上继续保持着这股矢志不渝、执着追求的精神，假以时日，定会再上新的台阶。

值得期待的是，当下学术界关于鲁迅作品的注释研究，已经开始呈现出蔚然成风的良好态势，尤其是有许多青年学者开始在这块园地里辛勤耕耘，并相继发表了一系列值得赞许的学术研究成果。这无疑说明，慧聪正好赶上了一个好时代。这个时代，学术研究开始注重回归于历史现场，注重在充分占有大量文献史料的基础上提出富有新意的言说。我期待着，慧聪能够不负这个大好的时代，更好地潜心于学术，让人生在学术研究中焕发出光彩！

是为序。

（收入谢慧聪著《〈鲁迅全集〉注释编纂史概论》，山东人民出版社2022年版）

# 《炮声与弦歌——国统区校园文学文献史料辑》后记

国统区校园文学，作为中国现代文学的重要组成部分，尽管已经引起了学界的关注，但是，从总体上说，这方面的研究还不够，至于资料整理，也亟待加强。

本书所辑录的国统区校园文学资料，共分为四个部分：第一部分是原始史料，第二部分是重要文献，第三部分是回忆与自述，第四部分是历史图片。在原始史料部分，除了搜集部分对校园文学有着重要影响的史料外，我还专门把那些和校园文学关系较为密切的期刊目录也一并纳入进来。为了区别原始史料部分，我把这部分内容作为附录。

国统区校园文学固然涵盖了整个国统区各个学校的校园文学，但是，就典型个案来说，还是国立西南联合大学的校园文学更具有代表性。

本书所辑录的资料，便以西南联大为主，兼顾其他大学的校园文学。校园文学作为发生于大学校园的文学，既与大学的教育体制有着紧密的关联，又与大学的教师有着直接的联系。本书在辑录资料的过程中，便注重校园文学的内在文学传承关系，凸显了大学教师在校园文学中的作用，况且，校园文学很多作者的身份也处在一个转换的过程中，很多青年学生在毕业之后留校任教，成为大学教师。这样的话，国统区校园文学中的重要文献部分，便把大学教师和学生的资料给予了同等程度的关注。

国统区校园文学中的回忆与自述部分，主要选择了与校园文学尤其是社团、期刊关系密切的部分。当然，由于受到时间久远、记忆误差和个人立场等因素的限制，其中的回忆与自述可能会存在着一些偏差，但这不代表编者就认同这些回忆与自述，编者仅仅想尽可能地把复杂多元的历史“客观”地呈现出来。

在编辑整理资料的过程中，朱德发教授和魏建教授都给予了精心指导，我的研究生在材料整理等方面也做了很多工作，山师图书馆特藏室的同志也为资料查找提供了诸多便利，在此对他们一并表示感谢。

由于编者水平的限制，难免还存在着诸多不足，敬请方家指正。

（收入李宗刚编《炮声与弦歌——国统区校园文学文献史料辑》，人民出版社 2014 年版）

# 《杨振声文献史料汇编》前言

在中国现代文学发展历程中，尤其是在大学的现代文学教育历程中，杨振声是一个无法绕开的历史人物。作为五四运动时期的“闯将”，杨振声既是中国现代文学创作的积极实践者，又是中国现代文学进入大学课堂的积极推动者。在现代文学创作上，他曾发表过《渔家》《玉君》等一大批新文学的作品；在文学教育上，他有着大学管理者和文学教育者的双重身份。但是，像杨振声这样重要的作家、文学教育家，长期以来却没有得到应有的重视。学界对杨振声的文学创作尚缺乏全面系统的梳理，对杨振声的研究更没有予以应有的关注。目前，对杨振声生平年谱编写较为全面的著作是季培刚编辑的《杨振声编年事辑初稿》（黄河出版社 2007 年版）。该书对杨振声生平事迹做了较为详细、全面的考究与梳理。书中的大量史料，更是将杨振声致力于新文学创作及新文学教育在大学的发展，较为详尽地呈现出来。至于杨振声的文学作品等文献史料，则没有得到系统的发掘和整理。这些文献史料似乎是一朵被中国现代文学史遗忘的小花，静寂无声，却散发着淡淡的芳香。直到今天，这朵小花才真正地散发出了沁人心脾的芬芳。2014 年，解志熙的《气豪笔健文自雄——漫说文坛健将杨振声兼谈京派问题》等文章，对杨振声及其作品进行了深入的解读，并被中国人民大学复印报刊资料《中国现代、当代文学研究》全文转载。这意味着对杨振声的研究开始从边缘向中心过渡。但是，要想真正推进杨振声研究，还有很多基础性的工作需要我们去做，文献史料的汇编便是其中之一。正是有感于此，我们开始收集整理杨振声的文献史料。

我们之所以把杨振声的作品视为文献史料，是基于这样的考虑：这本杨振声作品集并不是一般意义上的文学作品集，而是杨振声发表的所有作品的汇编。从已经出版的杨振声作品集来看，较权威的当属人民文学出版社 1957 年出版的《玉君》和 1987 年出版的《杨振声选集》（孙昌熙、张华编选）。从作品的编选篇目和内容的原貌呈现来看，这两本书都相对严谨地保持了杨振声作品的本来面貌，但美中不足的是《玉君》仅仅收入了 1943 年以前杨振声创作的部分小说作品，其他文体以及杨振声 1943 年以后的作品均未收入。《杨振声选集》则按文体共收入 19 篇小说、16 篇散文、21 篇杂论和 1 篇自序，共 57 篇作品，就我们目前搜集到的资料来看，还有一半左右的杨振声作品未被采录。杨振声的文学作品集，现存的其他版本主要有中国文联出版公司 1996 年版和 1998 年版的《玉君》，华夏出版社 1999 年出版、刘殿祥编选的《杨振声代表作》和《她的第一次爱》，北京大学出版社 2009 年出版的《第一次爱——杨振声随笔》，线装书局 2009 年出版、书林主编的《杨振声文集》，华夏出版社 2010 年出版的《杨振声代表作 · 玉君》，新华出版社 2013 年出版的《玉君》，花城出版社 2013 年版、桑农编著的《玉君》等。这些作品集的出版，在一定程度上有助于杨振声文学作品和文学教育思想的传播和传承，但所选作品大都相似，缺少对原刊的辑校，从文学史料汇编的角度察之，也缺少对杨振声文学作品历史原貌的完整呈现。

为了总结既有的杨振声研究成果，更为了较好地还原一个真实的立体的杨振声，我们着手杨振声文献史料的汇编工作。在汇编过程中，我们注重历史发展的时间顺序，打破了既有的杨振声选集编选者按照文体分类的做法，取而代之的是按照时间线索进行编辑。这样做的目的，是把文学家、教育家、心理学者三位一体的杨振声立体地呈现给读者。

在对杨振声文献史料进行汇编的过程中，为了还原杨振声文献史料的原貌，我们进行了重新辑校。本汇编以杨振声原刊发期刊的作品与《杨振声选集》《杨振声文集》进行了对校。我们之所以选择这两个版本，主要是考虑到这两个版本的作品集具有代表性，也反映了不同历史时期杨振声作品的出版面貌。为了对校的方便，我们把孙昌熙、张华编选的《杨振声选集》简称为“孙昌熙本”，把书林主编的《杨振声文集》简称为“书林本”。在辑校过程中，对于其中明显的错讹之处，我们从尊重历史的角度出发，用页下注的形式进行了必要的说明。这样一来，我们所辑校的杨振声文献史料汇编，与以前的杨振声作品集相比，便具有三个特点：一是在编选过程中打破原来的“文体”限制，以“编年体”的形式重新梳理杨振声在不同时期的作品，用“时间轴”汇编杨振声散落在不同报刊中的作品，由此呈现其文学思想的生成与流变的历史轨迹；二是在辑校的过程中，没有因历史的发展而“修正”其语言文字和标点符号，从而最大限度地保留了“新文学”的本真面貌，使读者重新回到文学的原生态的历史中去；三是以原始版本为主，基本上做到由“竖体版、繁体字”到“横体版、现代字”的转换，还原了杨振声作品的历史原貌。

在辑校编选之初，我们想编辑一部《杨振声全集》，但在实际的辑校编选过程中发现，杨振声的散佚文献还有很多，用“全集”来概括自然就不太合适了。后来，我们觉得用“文献史料汇编”这个题目还是比较贴切的。尽管我们所辑校编选的文献史料还无法做到“全”，但通过艰难的文献史料爬梳，在历经种种困难之后终有所突破：我们所辑校的杨振声的作品，由新中国成立后业已出版的57篇增加到了110篇。但令人遗憾的是，由于原始期刊难以搜集，有些作品还无法汇编到本书中，这只能留待来日，期望有心的学者接着编下去了。

（收入李宗刚、谢慧聪编《杨振声文献史料汇编》，山东人民出版社2016年版）

# 《杨振声文献史料汇编》后记

在新文学的发展史上，杨振声先生无疑是非常重要的创建者，他同时也为新文学走进大学课堂作出了突出贡献。尽管学界对其有所关注，但从总体上看，对其重视和研究程度都还远远不够，至于对其作品的收集汇编，则更是少之又少，亟待后人进行整理。

对杨振声的文学创作和新文学教育产生兴趣，缘于我所主持研究的国家社科基金课题“民国教育体制与中国现代文学”。随着对这项课题研究的深入，我发现很多具有新文学教育背景的重要历史人物，其文学作品及有关文献史料并没有得到很好的发掘和整理。在这诸多重要历史人物中，杨振声便是其中之一。

杨振声在民国时期创作的文学作品，有的在新中国成立后再版过，但仍有大量文献史料没有被发掘。这对于深入研究杨振声的文学创作和新文学教育是非常大的缺憾。

面对民国时期浩如烟海的文献史料，我起初并没有把杨振声的文献史料整理出来的想法。但凑巧的是，在此过程中，我还从事我所在学科的重大科研项目“20世纪中国文学主流·历史档案书系”的研究工作。该项目的负责人、学科带头人魏建教授非常重视文献史料的发掘和整理，他认为“文献史料是文学史‘本体’的重要组成部分”。我很赞同他的这一文学史观。随着深入整理档案书系《炮声与弦歌——国统区校园文学文献史料辑》，我发现，一些较为权威的作家全集所选入的作品，与作家最初发表的版本出入甚大，部分作品甚至还有很大的改动。这样的改动，有的是作家本人因为时代变化和思想改变后自我改定的，有的是编选者因为对版本不了解而误把后来的版本当作了原初的版本。正是基于这一发现，我对原始版本以及不同版本的校对产生了新的想法。

之所以要对杨振声文献史料进行辑校，缘于我在这一课题研究过程中对杨振声文学教育的阐释。如果说20世纪20年代前期的杨振声对中国现代文学的贡献在于他参与和推动了五四文学的发生，促进了中国现代小说创作的发展，那么，20世纪20年代后期及嗣后杨振声对中国现代文学的贡献，则主要在于他的新文学教育实践。他在延揽新文学作家进入大学、促成新文学进入大学课堂等方面都做了大量的工作，这确保新文学在民国教育体制内占据了一席之地。然而，在进行杨振声文学教育研究的过程中，我又真切地感受到，关于杨振声的文献史料既匮乏又重叠。因此，编选一本《杨振声全集》的想法便油然而生。

要对杨振声的文献史料进行汇编，编选出一本权威的《杨振声全集》绝非易事！一般说来，“全集”贵在“全”，如果不全，那就不叫“全集”。所以，我觉得与其编选一本不全的“全集”，还不如编选一本相对全面的“文献史料汇编”。

当然，要把想法落到实处，还需要我们沉潜到浩如烟海的文献史料中。通过认真的勘探，发掘出淤积于历史河底的作品，再经过细致的爬梳，逐渐还原其历史本真面貌，这样的工作自然是一项耗时甚多的事。正在我有所顾虑之际，我的硕士研究生谢慧聪对这项枯燥的辑校工作表现出了浓厚的兴趣。尤为可贵的是，她具有从事文献史料辑校工作所必需的品格——坚韧的意志。这样一来，我们便决定合作辑校杨振声的文献史料。

辑校工作的艰辛自不待言。从我产生编选《杨振声文献史料汇编》的想法开始到今天即将付梓为止，一年多的时光悄然流逝。值得欣慰的是，相对于既有的杨振声作品集来说，我们所辑校的《杨振声文献史料汇编》的丰富性是毋庸置疑的。我们真切地期待着，这一基础性工作能为后来者编选出权威的《杨振声全集》起到铺路的作用。

在辑校《杨振声文献史料汇编》的过程中，我们还编选了《杨振声研究资料选编》(亦将由山东人民出版社出版)。这两本书算是我主持研究的国家社科基金课题“民国教育体制与中国现代文学”的阶段性成果。

作为一个重要的历史人物，杨振声已经逝世60多年了。但是，在整理和辑校其文献史料的过程中，我们却真切地感受到，他并没有离开我们，他的生命依然鲜活地存在于其作品中！也许，我们的这份工作，对本不该如此沉寂的杨振声来说，该是一份迟到的慰藉吧！

正是鉴于上述原因，在前人整理编辑的基础上，我们做了大量的有关杨振声作品的辑校和资料汇编工作。在此过程中，我们对全部资料进行了校对修正，将新中国成立后大量未再版的作品与资料补充进来，力求将完整的、立体的杨振声形象呈现出来，以便读者更为全面地了解杨振声其人其文。

在本书的编写过程中，国家重点学科山东师范大学中国现当代文学专业基金给予了资助，山东人民出版社的李怀德先生为此付出了辛勤的劳动，我的硕士研究生刘武泽、乔芳茵、张娇娇、孙涵之、张英也在辑录校对中做了许多工作，在此一并表示感谢。

由于编者水平的限制，再加上原始期刊的部分字迹较为模糊，难以辨认，本书难免存在诸多不足，敬请方家指正。

(收入李宗刚、谢慧聪编《杨振声文献史料汇编》，山东人民出版社2016年版)

# 《杨振声研究资料选编》后记

在辑校《杨振声文献史料汇编》（山东人民出版社2016年版）的过程中，我逐渐萌生了编选杨振声研究资料的想法，以求填补杨振声研究资料方面的空白。对此，我在该书的后记中已经做了必要的说明。本书编选也秉承了《杨振声文献史料汇编》的基本原则。

一般的作家研究资料，大都直接使用研究资料作为中心语。我们本来也要遵循这一惯例，把本书命名为《杨振声研究资料》，但虑及本书为《杨振声文献史料汇编》的姊妹篇，为统一起见，便在“研究资料”后缀上“选编”二字。

在一年多的时间里，为了更好地整理、辑校《杨振声文献史料汇编》和《杨振声研究资料选编》，我们花费了很大的心力，其辛苦是可想而知的。但想到资料编选工作能够为后来者的杨振声研究提供些许便利，我们所有的辛苦便被欣慰替代了。

作为一本系统梳理杨振声研究资料的图书，本书在编选过程中参考了前人的相关研究成果。在此需要特别指出的是，孙昌熙、张华选编的《杨振声选集》，季培刚编辑的《杨振声编年事辑初稿》等有关研究成果，对我们的编选工作帮助甚大。

本书的出版得到了国家重点学科山东师范大学中国现当代文学专业基金的资助，山东人民出版社的李怀德先生为此付出了不少心血，我的硕士研究生兼合作者谢慧聪更是用功甚多，我的硕士研究生刘武洋、乔芳茵、张娇娇、孙涵之、张英、李冠骏等人，也在原文辑校等方面做了许多工作。在此，一并表示真诚的谢意。

本书所收入的文章，绝大多数已获得作者的作品使用授权，但还有部分作者无法取得联系，敬请有关作者见到本书后惠赐联系方式，届时将奉寄样书一本。

由于编者水平的限制，本书的编选难免存在诸多不足，敬请方家指正。

（收入李宗刚、谢慧聪编《杨振声研究资料选编》，山东人民出版社2016年版）

# 《郭澄清研究资料》前言

郭澄清（1929—1989）是中国当代文学不能遗忘的作家。20 世纪 50 年代后期，郭澄清创作的文学作品便产生了一定的影响；60 年代初期，他创作的短篇小说《黑掌柜》产生了较大的影响；70 年代中期，他创作的长篇小说《大刀记》风靡一时；80 年代，他带病继续坚持文学创作，依然创作了《决斗》等长篇小说。但是，令人遗憾的是，像郭澄清这样重要的作家，却没有得到学术界应有的关注，专门的研究资料更是无从谈起。

从郭澄清的研究历程来看，大体上可分为三个历史时期。第一个历史时期主要集中在 60 年代。这个时期，郭澄清作为青年作家登上文坛，相继创作出了一批有影响的短篇小说。与此相对应，该时期有关郭澄清的研究，便集中在他的短篇小说创作方面。第二个历史时期是 70 年代，以他的《大刀记》发表为契机，各种报刊发表了他许多相关的文章。第三个历史时期是进入新世纪以来，通过郭澄清“在历史的缝隙中发现诗与美”的重新阐释，人们对“郭澄清现象”进行了重新解读。本书所收录的文章，基本上反映了这三个历史时期郭澄清研究的全貌。

编选研究资料，贵在还原历史发展的真实脉络。为了达到还原历史的目的，在编选的过程中，我们注重把不同的文章纳入时间坐标上加以呈现。如此一来，读者便可以从时间坐标上梳理出历史发展的来龙去脉。

为了便于读者对郭澄清的研究有个清晰的了解，在编选的过程中，我们把郭澄清研究资料分为三部分：第一部分是郭澄清文学道路，第二部分是郭澄清文学研究，第三部分是郭澄清手稿。其中，在第一部分中，我们又把郭澄清的文学道路划分为两个方面：其一是郭澄清自我陈述性文章，其二是郭澄清同时代人的回忆或纪念性文章。在第二部分中，为了突出2006年召开的郭澄清文学创作研讨会之于郭澄清研究的意义，我们专门把围绕着这次会议刊发于《文艺报》的相关文章汇在一起。在第三部分中，我们除了把郭澄清的《大刀记》手稿影印出来外，还把郭澄清后期给贺敬之的手稿也一并影印出来，以便更好地呈现出郭澄清文学创作的历程。

本书所编选的文章大都刊发在不同的报刊上，其体例自然也就不同。为了编选的统一，我们根据出版的有关要求，对注释进行了调整，有些文章的页后注转化成了页下注。但总的来说，这仅仅是格式的改变，并没有改变作者的本意。对那些明显的笔误或排版错误之处，我们从尊重历史史实出发，对更正之处进行了必要的说明；至于句法文法等各方面的文字则采取了“实录”的办法。

（收入李宗刚编《郭澄清研究资料》，山东人民出版社2016年版）

# 《郭澄清研究资料》后记

2013年，我着手编选国统区校园文学文献史料辑《炮声与弦歌》，令我没想到的是，我竟然对文献史料的编选产生了兴趣。发掘整理文献史料，恰如考古一样，既是一个极其艰辛枯燥的工作，也是一个充满挑战趣味的工作。其实，只有从原始文献做起，我们才能还原文学发展的原貌，探究文学发展的规律，在此基础上撰写出来的学术性文章，自然就不再是人云亦云的跟风之作。2014年，我编选的“20世纪中国文学主流”历史档案书系《炮声与弦歌》由人民出版社出版，该书系是山东师范大学国家重点学科中国现当代文学专业学科带头人魏建教授主持的学科重大科研项目。该书出版后，得到了有关学者的好评，这更增强了我对文献史料编选工作的兴趣。2015年，我和研究生谢慧聪又开始着手编选《杨振声文献史料汇编》和《杨振声研究资料选编》（以上两书均由山东人民出版社2016年出版）。本来，这两本资料编选工作结束后，我想把工作重点转移到学理思考上来，但郭澄清先生之子、齐鲁医院专家郭洪志教授得知之后，希望我一鼓作气，也编选一本郭澄清研究资料。盛情难却，我便开始了《郭澄清研究资料》的编选工作。

编选《郭澄清研究资料》，相比较我已经编选的三本资料辑来说轻松不了多少。有段时间，我竟然还到了忘我的地步，甚至外出吃饭的时间都挤不出来，只好让学生帮我代买。但值得庆幸的是，郭洪志教授早就专注于郭澄清研究资料的搜集，这为本书的编选提供了极大便利。尤其让人感动的是，郭洪志教授还把收藏了多年的郭澄清手稿、打印文稿等，也一并提供给编者参考。总的来说，该书能够较为顺利地编选出来，郭洪志教授功不可没。

本书的出版得到了国家重点学科山东师范大学中国现当代文学专业的资助，山东人民出版社的李怀德先生为此做了大量的工作，我的硕士研究生吴霞、谢慧聪、李冠骏、张英、刘武洋、乔芳茵、张娇娇、孙涵之等人，也在原文辑校等方面做了许多工作。在此，一并表示真诚的谢意。

本书所选入的绝大多数文章已经得到了作者的授权。敬请那些我还没有联系上的作者见到本书后惠赐联系方式，来信请寄山东师范大学文学院。

由于编者水平的限制，本书的编选难免存在诸多不足，敬请方家指正。

（收入李宗刚编《郭澄清研究资料》，山东人民出版社 2016 年版）

# 《新世纪以来学术期刊研究资料》后记

从事学报编辑工作以来，我关注的焦点便从中国现当代文学扩展到学术期刊理论与实践等领域。一方面，我阅读了许多关于学术期刊理论研究方面的论文；另一方面，我也撰写了多篇关于学术期刊理论研究方面的论文。

在阅读和撰写论文的过程中，我发现很多优秀的学术期刊理论论文被淹没在浩如烟海的数据库中。在中国知网检索栏目输入关键词或作者姓名，便会显示出大量的相关信息，这确实令人目不暇接，良莠难辨。由此我想，如果有热心人能够把其中的优秀论文精选出来，编成一本研究资料文集该有多好！

凑巧的是，我们编辑部于 2017 年 4 月 15 日具体承办了由全国高校学报研究会主办的“第三届学术期刊文学编辑论坛”。为了能够给与会者提供更多的资料与话题，我们迅即编选了一本《第三届学术期刊文学编辑论坛论文选》（内部印刷）。没有想到这本论文选在会议交流中竟然得到了广泛好评，许多编辑甚至还建议我们一鼓作气，编选并正式出版一本新世纪以来学术期刊理论研究方面的文集，以便于大家互相交流和学习。于是，我和编辑部的文学编辑孙昕光先生一起着手编选这本研究资料文集。

然而，想法很美丽，现实很“骨感”。要想编选出一本能够真正对学术期刊有所裨益的资料，并非简单的事情。一是要从大量的原始文献中选择最具有代表性的论文，力求使这本文集更好地体现国内学术期刊理论研究的最新成果和最高水平，具有较高的学术价值；二是要对既有文献进行必要的加工，以便达到出版社的要求；三是要联系作者，并得到作者的授权；四是要进行文稿的引文核查及文字校对等工作。总之，这犹如翻越大山，既需要时间，也需要精力，我们在矻矻终日、丝毫不敢懈怠的跋涉下，最终翻越了这座大山。

在编选的过程中，真正令我们难以割舍的是：许多优秀的学者，对学术期刊理论有着独到的见解，他们的文章虽不能说篇篇精品、字字珠玑，但有不少论文确是经得起历史检阅的，然而受篇幅所限，本文集却很难将其全部收录。在这种情况下，我们只能优中选优，尽可能地选取最能够体现本文集主旨的论文。而那些未能入选的论文，则成为我们永难释怀的遗憾。

这本文集从酝酿到编排再到付梓，已经过去了一年的时光。日子总是悄无声息地流逝着，它毫不因为我们的留恋而驻足，也不因为我们的感叹而动情。但是，想到我们曾经在这一年的时光里数易其稿、精心打磨的文集即将出版，心中倍感欣慰——也许，生命的意义就在于曾经给这个社会留下一点属于自己的东西。

本书的出版得到了山东师范大学文科学报编辑部“重点工程专项基金”的资助，得到了学报编委会的鼎力支持，还得到了山东人民出版社李怀德先生的全力支持，我的研究生滕璇、张慧、刘丁杰、李舒涵和傅虹也在文字校对方面做了许多工作，这都是我应该感谢的。

（收入李宗刚、孙昕光编选《新世纪以来学术期刊研究资料》，山东人民出版社 2018 年版）

# 《多维视阈下的中国现当代文学》后记

2011 年 4 月，我从山东师范大学的文学院来到文科学报编辑部担任主编，屈指算来已经快 7 年了。7 年相对于历史长河而言，不过是一个瞬间，但对人生而言，则是一段足以书写出辉煌历史的区间。在过去的岁月里，我虽然不敢说自己书写出了多么值得骄傲的历史，但确也感到这段经历值得珍惜和回味：自从来到文科学报编辑部，人生似乎就更改了既有的悠然的节奏，犹如上满了发条的钟表，每天循着同样的节奏，不知疲倦地运行着，从策划选题到栏目设置，从约稿到审稿，从编稿到通稿，一期一期，周而复始，总有干不完的事情。

人生往往不能承受生命之轻，但却可以承受生命之重。起初面对我所接手的学报工作，压力之大是不言而喻的。在高校领导普遍重视学报作为本校学术窗口作用的背景下，各个高校的学报都铆足了劲，在提高办刊质量上下功夫，在提升期刊的学术影响力上寻找突破口，其竞争的激烈程度非圈内之人难以体味。我作为一名从教学岗位走到编辑岗位的新兵，要想引领一份拥有 60 多年历史的学报跻身于优秀学报行列，难度之大更是非切身经历难以体味。好在我有股永不服输的精神，兄弟学报能够逆势而上，我们为什么就不能有所作为？我相信，只要从头做起，脚踏实地，开拓创新，就没有过不去的火焰山。正是在这种精神的支撑下，我和编辑部的同事们开始了艰难的探索之路，以至于很长一段时间，走路时心里想着的是学报，和学者交谈时讲到的也是学报，甚至晚上做梦也似乎与学报有关。正所谓功夫不负有心人，经过六七年的砥砺前行，学报的学术影响力已经大有提升。

在匆匆往前追赶优秀学报的过程中，停下脚步回眸走过的脚印也成了一种奢望。但在学报迎来创刊60周年的特殊日子里，我们还是从烦琐的编辑工作中抽出宝贵的时间，回过头来，检视一下我们曾经走过的坎坷之路，端详一下承载着我们的愿景、寄托着我们学术梦想的论文。此时此刻，百种情感涌上心头，多少个万籁俱寂的夜晚曾经在审稿和校稿中度过。值得欣慰的是，我们的付出并没有消逝，它最终凝结为这些已经进入学术传承链条中的论文。

面对这些已经成为过去式的数百篇论文，我们在倍感慰藉的同时，也不由得发出追问：哪些论文会在时光的隧道里依然熠熠生辉，继续焕发着学术的光芒？哪些论文在中国的学术史上依然是不可遗忘的？哪些论文值得我们向学界的同仁再三推荐？正是基于这样的考量，我们翻检出近五年来刊发的论文，再三权衡，反复甄选，最终编订了这册“文粹”。

根据工作分工，我负责编选的是刊发于学报上的中国现当代文学研究方面的论文。从文科学报的历史发展来看，中国现当代文学栏目是最早设定的重要栏目，像“山师学派”的第一代学人田仲济、薛绥之等人，第二代学人朱德发、冯光廉、蒋心焕等人，第三代学人魏建等人的不少论文都发表在学报上。与此相辉映，国内一大批从事中国现当代文学研究的优秀学者，因他们和我校中国现当代文学学科的学者有着密切的交往和合作，也把他们的大作惠赐学报。这就使得学报的中国现当代文学研究栏目成为一个具有全国影响的栏目，这也是我们为什么会把中国现当代文学研究的论文汇编为一册的重要原因。

这次选编的中国现当代文学研究方面的论文，从时间上来看，主要是近五年的论文。本来，我们拟从60年的历史中精选出中国现当代文学研究的优秀论文，但虑及近五年来的检视对下一步的编刊更具有直接的启示作用，选编的论文主要是近五年的论文。因之，编选一本能够贯通60年历史的中国现当代文学的文选，只能留待来日了。

在编选过程中，我感到学报刊发的诸多论文都很优秀，每篇论文似乎都应该入选，但限于篇幅，只能优中选优。这样一来，许多优秀的论文就只得割爱。至于这五六年来同一作者刊发的多篇优秀论文，我们也只能选取其中的一篇代表性论文。与此同时，在编排体例上，删除了原文的摘要和关键词，对原文的注释则根据图书出版规范进行了统一调整，其他均保持了历史原貌。

面对编就的这册中国现当代文学研究方面的文粹，我的内心充满了感激之情：如此之多的优秀学者在学报组稿困难之时慷慨相助，惠赐大作于敝刊，这是一份怎样的深情厚谊啊！我们深知，唯有努力编好学报，将学报打造成为展示成果和交流学术的优秀平台，才是对他们的最好回馈，也是对中国学术的真正坚守。

日子如涓涓细流，依然永不止息地流淌着。回眸已经远去的细流，我们当然不应沉湎于既有的成绩，而要聚焦于如何使未来的河道流淌出更清澈、更甘甜的有源之水。唯有如此，才会使每一个平淡的日子过得更有意义。实际上，也只有这样充实而忙碌的编辑工作才对得起自己的生命，对得起自己承担的使命。

本书的出版得到了文科学报编辑部“重点工程专项基金”的资助，得到了学报原主编李小虎先生、原副主编翟德耀先生以及学报编委会的鼎力支持，还得到了山东人民出版社李怀德先生的全力支持，这都是我铭记在心的。

（收入李宗刚编《多维视阈下的中国现当代文学》，山东人民出版社2019年版）

# 《〈山东师范大学学报（人文社会科学版）〉目录摘要汇编（1978—2018）》后记[①]

自从2011年进入《山东师范大学学报（人文社会科学版）》编辑部以来，我与学报开始结缘。如何更好地梳理学报的历史、呈现学报的历史，便成为我在办刊过程中一个无法释怀的情结。不忘初心，方得始终，要想再把学报办得更好，就不能忘记历史。正是基于这样的想法，我便开始整理学报自办刊以来的有关文献资料，把学报办刊以来的目录在既有的基础上进行了系统化的整理，这便是近20万字的学报目录汇编。有了这份学报目录汇编，查询有关学者在哪一年发表了什么文章、共发了多少篇文章，便非常便利。但是，这样的一份带有目录索引性质的目录汇编还不能很好地满足读者对学报刊发论文基本风貌的了解，因此，我们便在目录汇编的基础上，又着手增加了学报刊发论文的摘要。然而，令人没有想到的是，增加了"摘要"这两个字之后的汇编，一下子变得丰盈起来，这不仅表现在这一"工程"异常浩大，而且还表现在这一"工程"特别艰巨。但是，每每虑及这份学报系统"工程"竣工之后的

① 山东大学《文史哲》编辑部贺立华教授在收到该书后充分肯定了这一工作的价值和意义："浓缩精华，集于两卷，1978—2018，40年成果，几代人心血，尽在眼前。她不仅展示了改革开放40年人文学术思潮之波澜壮阔，也见证了山东师大人文学科成长壮大的履印，体现了期刊人自寻劳苦、爬梳线索、提要携领、作媒作嫁、甘为春泥的编辑家匠心。令我辈同仁感佩不已！"山师学报原副主编翟德耀评价道："'汇编'是宗刚主编用心策划并着力实施的'文粹书系'之一，完整地记录了山师学报40年里发表的论文目录和摘要，为作者们还原了模糊的历史记忆，为学者们提供了简便的查阅工具。它凝聚着学报编者们的忘我劳动和不懈追求，开启了一个了解山师文科学术成果的窗口，折射着时代精神的演进。作为从事编辑工作30余年的老学报人，我对'汇编'备感亲切，翻阅之余，唤起了与学人交往的诸多往事，历历在目，欣慰有加。'汇编'乃至'文粹书系'的出版，当为学术期刊界的创举，功莫大焉。"

宏伟与壮观，战胜困难的勇气也就大了起来。

为了更好地编好学报目录摘要汇编，我开始有意识地搜罗并整理既往学报。然而，令人遗憾的是，由于学报办公场所几经变迁等种种因素，编辑部竟然难以寻觅到一套完整的学报。编辑部没有20世纪五六十年代的一些学报，校档案室、图书馆所保存的学报竟然也是断断续续。为此，我们登陆孔夫子旧书网开始了“海淘”的艰难过程。值得欣慰的是，孔夫子旧书网上竟然有在售的部分学报。不管价格高低，我们都买了下来。最后，总算是基本上凑齐了一套较为完整的学报。

凑齐了这套完整的学报之后，我便开始了学报的数字化工程。记得2015年盛夏，我和编辑部的寇金玲老师一起，冒着酷暑整理好了一套学报，然后请人扫描成电子版。这样一来，我们的对外交流工作就便捷了：一个优盘便把60多年300多期的电子刊轻松地装了进去，这极大地省去了搬动纸刊的劳苦。同时，这也为启动学报目录摘要汇编提供了极大的便利。

本来，我拟定的学报目录摘要编排计划是从创刊号编起，然后截止到2018年第6期，却遇到了一系列困难，尤其是20世纪五六十年代的一些文章不好处理。最后，我只好忍痛割爱，把编排的时间确定为1978年，况且，2018年恰是纪念改革开放40周年的重要节点，这样一来，我便把1978年之前的学报目录暂时放置于本书之外了。因此，现在收录到本书的目录摘要汇编便带有“断代史”的性质。

之所以将这本书命名为目录摘要汇编，而没有命名为摘要汇编，主要虑及的是学报前后的编排规则并不尽一致。20世纪七八十年代，学报刊发的论文并没有摘要；到了90年代，学报刊发的部分论文才开始有摘要；到了新世纪以后，学报刊发的论文才都有摘要。为了尽可能全面地呈现学报刊发论文的风貌，我曾经计划为没有摘要的论文重新加进摘要，但是，加上了经过我加工之后的摘要，有可能在有意无意地凸显与遮蔽中曲解了原文作者的原意。况且，这种办法也不利于历史书写客观公正的原则，因此，我便决定按照历史的原貌来编这本目录摘要汇编：如果原发的论文有摘要，便把摘要选进来；如果没有摘要，便作存目处理。这种编排形式尽管不一定符合美学的原则，却一定符合历史的原则。

时间过得真快，我从 2011 年结缘学报以来，在不觉间已经走过了 7 年多。在这 7 年多的长河里，我除了畅游在学报的河流上之外便纵身于学术的河流上。尽管时间过得很快，但那种充实感和满足感还是无以言表。因为我清晰地意识到，我已经把有限的时间融汇于学报无限的历史之中。也许，每个人的时间都是有限的，但学报的历史将是无限的。在学报的历史上，如果我能为学报增加一点光荣的话，我的所有付出也就有了最充盈的回报。

最后需要提及的是，本书的特邀编辑邢文桦女士为本书的编排付出了很多心血，她求真务实、一丝不苟的精神的确值得人们称赞。

［收入李宗刚编《〈山东师范大学学报（人文社会科学版）〉目录摘要汇编（1978—2018）》，贵州人民出版社 2019 年版］

# 《赵德发研究资料》后记

2015年，我主持的国家社科基金项目“民国教育体制与中国现代文学”顺利结项，并获得优秀等级。2017年，我主持的“共和国教育与中国当代文学”课题获得国家社科基金项目的支持，由此也开启了我的学术研究重心的转移。学术研究的视野拓展到整个20世纪文学教育与中国文学的关系领域，我的工作重心便转移到了共和国教育与中国当代文学的关系研究上。

厘清共和国教育与中国当代文学之间的关系，最需要的基础性工作便是搜集和整理当代作家所接受的文学教育与其文学创作之间的关系。正是基于这一点，我对那些在中国当代文学中占有一席之地的作家的资料进行了细致的爬梳，并因此接触到山东新时期的许多作家。其中，赵德发便是我所关注的重要作家之一。

赵德发是新时期具有代表性的山东作家，其文学创作虽然起步并不算早，但走过的道路却具有代表性。“文革”时期，赵德发接受了基础教育，然后便开始担任民办教师，这恰是那一时代从农村成长起来的“知识青年”大都走过的道路。在中国这一特殊的历史时期，农村出生的“知识青年”改变人生命运的路径大致有两种：一是参军，二是当民办教师。莫言能够改变自己的命运，走的是参军这条道路。如果没有这样一个“华丽”的转身，而是继续在农村当农民，莫言的结局多半是最终泯然众人矣！赵德发能够走上文学创作的道路，离不开其民办教师这一身份的转变。20世纪70年代的中国农村社会给有为青年所提供的空间实在逼仄得很，许多本来具有无限发展潜力的青年就是因为没有找寻到可以用武之地，最终只能面朝黄土背朝天，其生命的无限生机也随之消弭在无限的劳作中，所有的梦想都随着年岁的增长而愈加遥不可及，以至于最后彻底失去自我，沦为劳动的工具。在这样逼仄的生存空间里，能够找寻到一条充满希望的道路，便是当民办教师。民办教师是与公办教师相对的一个称呼。公办教师身在国家教育体制内，拿着国家的工资，享受着非农业户口的待遇；而民办教师则是身在农村这个大集体中，拿着集体所给的“工分”，当然，他们因为还被冠之为教师，也象征性地拿一点国家的“报酬”。这样一来，民办教师的劳动所得便是工分为主、报酬为副。这就使得民办教师的收入往往不及公办教师收入的零头。尽管如此，这依然是农村“知识青年”所向往的一条“终南捷径”。赵德发先生后来能够走上文学创作的道路正是有赖于这条“终南捷径”。实际上，这条道路在中国当代作家中并不少见，我们可以列举出一连串的名字，其中最具有代表性的便是陈忠实。

民办教师尽管收入微薄，但其所从事的工作本身却是高贵的，这是一个“太阳底下最光辉的职业”，自然也得到了村民的尊重、学生的敬仰乃至崇拜。作为一名民办教师，赵德发每天除了要和学生打交道外，还与文字打交道，更与文学打交道，这便为其走上文学之路创造了契机，并由此起到了至关重要的作用。他担任民办教师 8 年，考上了公办教师，而且是中学语文教师，此后开启了文学之梦。这恰如参军之于莫言的重要性一样，当民办教师之于赵德发同样是非常重要的。

正是带着这样的思索，我便开始探寻：赵德发走上文学创作道路与其所接受的文学教育究竟是怎样的关系？民办教师的生涯对其赓续文学之梦起了什么作用？在走出“民办教师”而终于跨入“公办官员”的行列之后，他为什么会放弃令人无限羡慕的“组织部的青年人”这样的华丽头衔，毅然决然地走进山东大学作家班，开启了自己未知的文学创作跋涉之旅？当他在文学创作上真正登堂入室之时，又是怎样保持了非凡的创作状态从而完成了自我的超越？对这些问题的探寻，使我逐渐地走进了与赵德发相关的既有研究资料的世界中。

作家作品研究如果离开了资料，就会成为无源之水无本之木。这句断语用在赵德发及其文学作品的研究上，同样贴切。然而，令人深感遗憾的是，有关赵德发的研究资料却没有得到学者应有的关注，甚至没有出版过一本有关他的相对完整的作家研究资料。这种情形严重制约了我们对其作品研究的顺利开展。正是基于这一认识，我觉得在从事研究之余编辑一本赵德发研究资料已迫在眉睫。于我而言，编辑《赵德发研究资料》对梳理赵德发的文学创作之路有着举足轻重的作用；对后人来说，也为研究者查找资料有所帮助。因此，我决计着手编辑《赵德发研究资料》。

《赵德发研究资料》的正式编辑始于2019年暑假。整整一个多月的时间，我沉浸在搜集、整理与赵德发文学创作相关的研究资料中，虽然查找的过程相对枯燥，我却乐此不疲。我们知道，在体制内，编辑作家作品的研究资料已经成为君子不为的“末技小道”，即便是学校制定的有些衡量人才的指标也把这样的工作摒弃在外，再加上近年来出版业开始向“市场化”迈进，这种工作的难度之大是一般学者所难以体味的。好在我在学术研究之余还有资料积累的嗜好，自然也没有觉得这项工作多么枯燥。近几年，我或独立或合作断断续续地编了10本资料，有些研究资料还引起很大的反响。这些资料尽管占用了我较多的时间，但给我带来的精神满足是无法言表的。尤其值得一提的是，我与谢慧聪合作辑校的《杨振声文献史料汇编》《杨振声研究资料选编》在学界引起较大的反响，为此，台湾“清华大学”的著名学者还专门通过朋友联系到我。正是基于这种所谓的“嗜好”，我在编选《赵德发研究资料》时便再次有了一种精神上的愉悦之感。

为了更好地展现赵德发文学创作的轨迹以及其相关研究的历程，我特意将赵德发研究资料分为三编：第一编为作家访谈录，主要是通过这些访谈来呈现作家自我文学创作的艰难历程；第二编为文学研究资料，主要是选录不同时期具有代表性的研究资料，同时为了呈现历史嬗变的轨迹，在编排体例上主要按年代编选，由此可以将其看作赵德发研究的历史缩影；第三编为赵德发作品研讨会综述，主要是选录赵德发出版新作后学术界为此召开的有关研讨会上的学者发言，以此立体地呈现赵德发其人其文在同时代评论家心目中的真实影像。最后为附录部分，主要是赵德发著作目录和有关赵德发研究资料的历时性汇编。与此同时，根据有关出版要求，我们把部分论文的文末注格式调整为页下注格式。

我在编这本研究资料时，尽管千方百计地想把那些在不同时期代表着赵德发研究的优秀成果尽可能地、较为全面地选进来，但受篇幅所限，难免会有遗珠之憾。在此，一方面，我向本书所选入的优秀作者表示由衷的敬意；另一方面，向那些未能收入本书的其他优秀研究者表达深深的歉意。

其实，编一本作家研究资料还不是最困难的，真正困难的是如何使编好的作家研究资料尽早面世。值得赞许的是，这一工作得到了山东师范大学文学院双一流学科经费的资助，得到了文学院“双一流”学科带头人魏建教授和院长孙书文教授的鼎力支持。自然，这一工作也得到了赵德发先生的支持，他提供了一些在网络时代查询不到的有关资料，我想，这些资料对弥补数字化时代的某些缺憾还是大有裨益的。

（收入李宗刚编《赵德发研究资料》，山东大学出版社2020年版）

# 《〈山东师范大学学报(人文社会科学版)〉发展纪略》后记

《山东师范大学学报（人文社会科学版）》从创刊到当下已经60多年了。犹如一株枝繁叶茂的常青藤，尽管在时代的春夏秋冬中有所变化，但总体来说，它还是以其鲜明的学术风姿摇曳在学术期刊的百花园里，成为具有较高学术影响力的学术期刊。作为学报的传承者，如何更好地传承前辈学报人的精神，真正做到不忘初心，更好地开拓创新，也成为我内心深处无法割舍的学术情结。

为了纾解日渐浓郁的学术情结，我在紧张办刊之余，又把眼光转向对学报历史的整理与研究上，相继搜集了学报的过刊，还从中打捞出了一些为历史尘埃湮没的碎片，并对此进行了数字化处理，把学报自创刊以来的期刊扫描成PDF版。为了便于读者阅读，我们把学报的PDF版上传到学报的网站上，使读者可以直接获取学报的相关信息，这对提升学报的学术影响力起到了积极作用。但是，这种带有被动性的信息传播依然存在许多局限，比如许多读者难以从相对纷杂的期刊中快速找到有用的信息。为了破解这一难题，我便着手编选《〈山东师范大学学报（人文社会科学版）〉文粹书系》（以下简称“文粹书系”）。目前，我们编选出版的文集有李宗刚编的《〈山东师范大学学报（人文社会科学版）〉目录摘要汇编（1978—2018）》（贵州人民出版社2019年版）、时晓红编的《教育学心理学新论》、寇金玲编的《马克思主义与中国社会运行》、李宗刚编的《多维视阈下的中国现当代文学》、孙昕光编的《文艺学的探索与建构》（以上四本均由山东人民出版社2019年出版）和李宗刚编的《山师学人视阈下的中国古代文学——“山师学报”论文选》（山东大学出版社2022年版）。我们编选的这几本书或属于历史资料的梳理，或属于学报刊发的优秀论文精选，但隐藏在学报背后的故事却未能得到清晰的呈现。因此，早在一年前我便开始搜集整理材料，准备出版一本关于学报故事的书。

经过一年多的努力，这本关于学报故事的书即将付梓。其实，这不只是一本有故事的书，从某种意义上说，更是一本为学报留住历史的书。学报在60多年的历史中，经过的大事小事，随着岁月的流逝而被湮没在历史的长河中，最终化为历史的虚无。如果我们不及时从历史长河中打捞出一些“有意义”的碎片，也许，后人对学报这个历史时期的辨认便缺失了一些可靠的佐证。正是基于这样的一种历史责任感和使命感，我觉得编辑出版这样一本书是一件非常有意义的工作。

在许多情况下，想法往往非常美好，但真正把想法落到实处却并不容易。在梳理山师学报历史并付诸实践时，我有了更加真切的体会。我从到学报编辑部担任主编开始，就关注并着手整理学报的历史。经过多年的积累之后，我觉得编一本学报发展纪略的时机已经成熟，因此便正式开始了编选工作。相对来说，近8年来的内容较为充实，以前的资料则相对薄弱。但不管怎样，这为读者了解一份大学学报的历史提供了一个瞭望口，使读者切实感知到办刊人的情怀和诉求。

值得欣慰的是，学报的历史资料保存得相对完备。在编选过程中，当检索出学报的一份份荣誉证书时，我欣喜地感到，学报曾经拥有过的历史是比较辉煌的——1992年，学报编辑部便被全国高校文科学报研究会的常务理事会接纳为理事单位，任期为4年；1999年，学报便入选首届中文社会科学引文索引［即CSSCI（1999）］来源期刊（简称“C刊”）；学报在全国中文核心期刊的最初评选中便成为首届全国中文核心期刊，这种态势竟然持续了近20年，在沉寂数年后又重返中文核心期刊（2017年），且排名较之以前提升了23位。在我的心目中，学报就是中文核心期刊的常青藤，尽管也曾遭遇过寒流，但这些能够见证学报曾经拥有过荣光的荣誉证书，依然可以穿越时光的隧道，与读者在本书中相遇。

任何荣誉都离不开时间的锻造，而时间的残酷性在于它在锻造了诸多荣誉的同时也湮没了许多承载着历史的荣誉证书。许多记载着历史荣光的原始文献犹如闪电一样，在发出瞬间的光芒之后便复归到历史的永恒中，以至于我们今天难以寻觅到其任何的历史踪迹。为了有所保留，应该有所记录，这也正是我把本书命名为“纪略”的缘由。所谓“纪略”，是表明本书编选进来的材料可能会有某些历史遗漏，但限于目前的条件，我们只能把已经搜集的原始文献编入本书。这样的工作虽然谈不上是多么宏伟的事业，但我们毕竟为后来者提供了一份可资查阅的历史资料。

正是基于发展纪略的编选诉求，本书内容分为三编：第一编为《近年来发展概况》；第二编为《编辑理论建设》；第三编为《论文社会反响及其他》。《近年来发展概况》重点展现了学报近年来的大事，尤其是学报编辑部人员在极端困难的情况下，通过艰苦奋斗，促使学报的学术影响力不断提升，并终于实现了“C 刊梦”；值得一提的是，在既非中文核心期刊也非“C 刊”的情况下，学报在复印报刊资料的转载率排名一直稳定在四五十名，最好成绩曾名列全国高校文科学报第 12 名。《编辑理论建设》为学报编辑人员撰写的编辑类的学术论文，重在展示学报编辑人员在编辑工作实践基础上的理论探索成果。《论文社会反响及其他》主要是学报刊发的论文在社会上所引起的学术反响。为此，本书重点编选了 2 篇近年来分析学报刊发论文学术影响力的论文。与此同时，为了更好地还原编辑与作者之间的关系，本书还特意选编了学报编审翟德耀先生撰写的怀念学报重要作者朱德发先生的文章，旨在通过这篇文章传达学报编辑部全体同仁对诸多作者的感谢之情。

岁月总是悄无声息地流逝，活跃在学报这一舞台上的编辑也在悄无声息中实现着新老更替——年轻编辑的年轮不断增长，年轻编辑的黑发开始逐渐变得花白，但学报这一舞台依然那么引人入胜，学报的事业依然恒定地指向未来。或许，这正是编辑把有限的时间和精力倾注到学报上的缘故。

在编辑的过程中，我得到了学报编辑部诸多同仁的鼎力支持，尤其是得到了山东师范大学马克思主义学院的出版资助。这说明编辑学报是一项伟大的事业，它属于我们每一个热爱学术的人。

[收入李宗刚等著《〈山东师范大学学报（人文社会科学版）〉发展纪略》，山东人民出版社 2020 年版]

# 《穿越时空的鲁迅研究——“山师学报”（1957—1999）鲁迅研究论文选》后记

自担任《山东师范大学学报（人文社会科学版）》主编以来，我便对学报历史上刊发的论文高度重视。毕竟这些渗透着前辈学者和编辑心血的论文，从小的方面讲承载了学报的发展历史，从大的方面讲则折射了中国学术的发展历程。正是带着历史的责任感和使命感，我开始搜集和整理历史上的学报，并借助现代化的手段完成了学报的数字化，从而使60多年的学报尽现于屏幕之上。

学报的数字化能做到的仅是展现方式的变化，而其发展脉络却依然隐藏在历史的背后。作为综合性的学报，其内容更像是一个“学术拼盘”，难以展现出其应有的特色。正是基于这种考虑，我在2017年启动了《山东师范大学学报（人文社会科学版）》文粹书系的编选工作。目前，该工作已经把近年来刊载于学报的优秀论文，按照学科分类进行了系统的梳理和编排，于2019年由山东人民出版社出版了《多维视阈下的中国现当代文学》（李宗刚编）、《文艺学的探索与建构》（孙昕光编）、《马克思主义与中国社会运行》（寇金玲编）、《教育学心理学新论》（时晓红编）四本书。与此同时，为了便于读者对学报刊发的论文有一个整体性的了解，我又编选了《〈山东师范大学学报（人文社会科学版）〉目录摘要汇编（1978—2018）》，该书由贵州人民出版社2019年出版。除此之外，我们还按照专题编选了几本学报优秀论文选，如孙昕光编的《新世纪鲁迅研究论文选》（山东人民出版社2018年出版）和由我编的《山师学人视阈下的中国古代文学——“山师学报”论文选》（山东大学出版社2022

年版）等。

学报文粹书系这一浩大工程完成后，我仍无法从既往的历史资料中轻而易举地走出来。我总觉得发掘学报的历史与拓展学报当下的工作同等重要，便又决定编选一本学报在1957—1999年发表过的鲁迅研究方面的优秀论文选，这算是《新世纪鲁迅研究论文选》的姊妹篇。这一系统工程对全面展现学报在鲁迅研究方面的成果与特色，无疑具有其特殊的价值和意义。

学报在历史上非常重视鲁迅研究，这从我所辑录的学报中发表的鲁迅研究方面的论文可见一斑。早在学报创刊之初，田仲济作为中国现代文学研究的第一代学者便在学报发表了有关鲁迅的研究论文；此后，薛绥之专注于鲁迅研究和资料整理，并作出了卓越的贡献，其部分论文也发表在学报上；蒋心焕、查国华、冯光廉、朱德发、书新几位先生（以在学报发表论文先后为序），都在鲁迅研究方面用功甚多、成果颇丰，他们的许多鲁迅研究成果也发表在学报上；尤其值得赞许的是，这些学者不但把自己的鲁迅研究成果发表在学报上，还把校外优秀学者的鲁迅研究论文延揽到学报，这使得20世纪七八十年代的学报俨然成为鲁迅研究的重镇，一时名重学界、闻名遐迩。当然，我这样泛泛地定位学报历史上发表的鲁迅研究方面论文的历史地位也许会给人以夸大其词之感，但我们回到历史现场便会发现此言不虚。如中国现代出版大家赵家璧在1977年第5期的学报上发表了《从一段鲁迅佚文所想到的——回忆鲁迅编选〈中国新文学大系〉〈小说二集〉》后，他在《从茅盾给我最后一信想起的》一文中曾发出这样的感喟：“由于那时三十年代作家中唯有鲁迅是‘四人帮’认为革命的，所以许多大学出版的学报都欢迎回忆鲁迅的文章。第一家找我写这类文章的是《山东师院学报》，文章排成铅字，发表后，虽无分文稿酬可得，我却如十七八岁时，在郑振铎主编《小说月报》上第一次发表我的文章时一样地兴高采烈。”正是有了这样的“历史考古”发现，我才萌发了再编一本学报历史上的鲁迅研究论文选的想法。

走进学报的历史长廊，我发现学报发表的鲁迅研究论文与其作者竟然真的让人叹为观止。单就作者群来看，像徐文斗、孔范今、陈友雄、戈宝权、任访秋、陈漱渝、赵家璧、邵伯周、吴奔星、倪墨炎、丁景唐、陈子善、王自立、丁景唐、王观泉、邵伯周、孙中田（以在学报发表论文先后为序）以及我校的田仲济、薛绥之等人，都是学报的重要作者。且不说他们的论文是否会被打上历史的某些烙印，他们对中国鲁迅研究史乃至中国现代学术史都作出了重要的贡献。实际情况也的确如此，这些学者发表在学报的论文不一定是其代表性论文，却是其学术发展链条中不能被忽视、也不能被遗忘的一环。正是出于对历史的尊重，我把这些作者发表在学报历史上的鲁迅研究论文编选在一起，自然对后人回眸 20 世纪下半叶的中国鲁迅研究有所裨益。当然，有些作者发表在学报上的鲁迅研究论文不止一篇，甚至有好多篇，为了便于呈现出学报作者群的整体风貌，我尽量选择其具有代表性的一二篇论文——所谓代表性，自然不仅仅参照当下的标准，而且参照历史的坐标。从时间跨度上来看，从 1957 年穿越到了 1999 年，历史跨度达 40 多年之久，这正是鲁迅研究历史的嬗变期和发展期。当然，如何把 1978 年之前和之后的鲁迅研究贯穿起来，也是我在编选本书时考虑再三的问题。在我看来，从鲁迅研究的历史来看，没有改革开放前的鲁迅研究就不会有改革开放后的鲁迅研究，二者之间有着内在的联系，这恰是我把本书命名为“穿越时空的鲁迅研究”的依据。

为了适应当下出版规范化的要求，收入本书的论文在格式上进行了必要的调整，如文末注均调整为页下注。即便这样，还存在着一些无法克服的局限，那就是有些论文在刊发时仅仅标注了引文的作者及题目，但没有具体的出处。如果按照现在的出版规范再补充上注释，可能会出现一些时间错位，也会损害历史真实。因此，我便把这些注释用括号标注出来放在正文之中。

编选资料等工作在当下的学术评价体系中向来是不被重视的。这种不良的评价体系也影响到了学生，以至于许多学生不愿沉潜到故纸堆里，不愿意从事这样一些看似技术含量不高的工作。但我的一年级硕士研究生王沛良则不然，他愿意从事这样一些琐碎的工作，并愿意与我一起编选这本文集。我是非常高兴的，因为在六七年前我培养研究生时就很注重培养他们的资料整理功夫，有意让他们沉潜到某一专题的历史现场去发现问题、研究问题、解决问题，从而涵养他们从事学术研究的自觉意识，确保学术的代际传承。

本书得到《山东师范大学学报（人文社会科学版）》文粹书系工程的资助，也得到学校“双一流”学科建设经费的资助，还得到了本书鲁迅研究的原作者蒋心焕教授、从事大部分鲁迅研究论文编辑工作的翟德耀编审和山东师范大学国家重点学科中国现当代文学专业带头人魏建教授的支持和帮助，这都是我需要特别感谢的。

［收入李宗刚、王沛良编《穿越时空的鲁迅研究——“山师学报”(1957—1999）鲁迅研究论文选》，山东人民出版社2020年版］

# 《山师学人与山师学报：教育学心理学研究卷》后记

在担任山师学报主编后，我时常翻阅学报历史上曾经刊发的论文，逐渐对学报的历史有了大体的了解，对学报的相关栏目也有了真切的把握，并由此产生了按照学科属性编选一套学报优秀论文集的想法。

这样的想法犹如春天播撒在沃土里的种子，一旦时机成熟便会破土而出，似乎没有任何东西可以阻止其勃发的生命力。这一美好的想法最初是在2017年开始付诸实施的，此后断断续续地结出了一些果实。如《〈山东师范大学学报（人文社会科学版）〉目录摘要汇编（1978—2018）》（李宗刚编，贵州人民出版社2019年版），这是一本90余万字的大部头学报资料集，其完整收录了学报自1978年到2018年刊发论文的内容摘要（目录），可谓山师40年学术历史发展的一个缩影，同时透过学报折射出了中国学术艰难蜕变的历史。除此之外，我们还编选了四本书，即《多维视阈下的中国现当代文学》（李宗刚编）、《文艺学的探索与建构》（孙昕光编）、《马克思主义与中国社会运行》（寇金玲编）、《教育学心理学新论》（时晓红编），这四本书由山东人民出版社2019年出版，收录的主要是2012年至2017年刊发的优秀论文。另外，我们还按照专题编选了几本学报优秀论文选，如孙昕光编的《新世纪鲁迅研究论文选》（山东人民出版社2018年版）等。

在编选完上述这些论文集等资料后，我还在2019年11月启动了《〈山东师范大学学报（人文社会科学版）〉发展纪略》这一工程。该书对学报历史作了相对全景式的“扫描”，尤其值得一提的是，学报在历史上曾经获得的相关荣誉证书都收录其中，为学报历史留住了一个可以端详的“影像”。2020 年，我又把学报历史上曾经刊发的鲁迅研究论文进行了系统的梳理，与我的研究生王沛良合作编出了《穿越时空的鲁迅研究——“山师学报”（1957—1999）鲁迅研究论文选》，也是与前面《新世纪鲁迅研究论文选》一书的对接。

2018 年，我们还启动了“山师学人与山师学报”系列丛书的编选工作，已经完成了编选工作的有《山师学人与山师学报：中国现当代文学研究卷》（李宗刚编）、《山师学人与山师学报：马克思主义研究卷》（王盛辉编）、《文化视阈下的历史书写与研究》（张登德编）。但美中不足的是，这一系列丛书未能把教育学、心理学纳入其中。我们是把这种遗憾留给后来人解决，还是想办法自己克服困难？经过慎重考虑，我决定亲自来编选这本优秀论文选。

尽管我对山师的教育学院和心理学院有所了解，但与专业人士相比还是有诸多局限。为了克服这些困难，我又专门通览了山师学报历史上曾经刊发的教育学、心理学论文，拟定了初步入选的论文，然后按照时间顺序进行编排，时间为 1957 年至 2011 年。

缘于本书所编选的均是山师学人发表在山师学报上的论文，这便需要满足两个条件：一是曾经在山师的教育学院或心理学院任教（包括兼职）或求学的学者，二是曾经在山师学报上发表过的论文。这两个条件也许使我们所选择的论文不一定是山师学人最具有代表性的成果，但从学术成长的链条来看，山师学报作为他们学术跋涉历程中一个不可忘却的驿站，的确为他们在学术上走得更远起过一点作用。

翻阅学报历史上的过刊，犹如一个学术历史回溯的过程。在这个过程中，我切实地感受到，山师学术史乃至中国学术史正是因为有了一大批有情怀的学人的不懈探索，才有了艰难的蜕变，才有了点滴的进步。值得欣慰的是，我们通过山师学报，可以切实追溯傅统先、章益等一流学者的艰难跋涉之路，可以真切感受到山师学报与山师学人是共同提高、一起发展的。今天，我作为学报的主编，面对着山师学报历史上那么多优秀的山师学人，不由得从脑海里浮现出这样的画面——山师学报与山师学人相互扶持、相互成就、共同跋涉的温馨景象。

本书得到《山东师范大学学报（人文社会科学版）》文粹书系工程的资助，也得到学校“双一流”学科建设经费的资助，还得到了教育学院和心理学院有关专家的鼎力支持，他们提出的合理化建议确保了本书所编选的论文具有一定的代表性，在此一并表示感谢。

（收入李宗刚编《山师学人与山师学报：教育学心理学研究卷》，山东大学出版社2020年版）

# 《新时代学术期刊评价体系的建构与实践》后记

《山东师范大学学报（人文社会科学版）》编辑部于2017年4月承办了由全国高校学报研究会主办的“第三届学术期刊文学编辑论坛”，为了办好这次会议，我们特别编选了21世纪以来学术期刊部分具有代表性的研究资料。后来，我与孙昕光编审一起编选的《新世纪以来学术期刊研究资料》于2018年10月由山东人民出版社出版。该书出版后得到了期刊界朋友的好评，这使得我们作为编辑切实感受到了为他人做嫁衣是一件幸福的事情。

在一些学者和编辑看来，期刊编辑似乎并没有多少价值可言，至于期刊研究资料的编选自然也为人们所摒弃。但事实的确如此吗？我们如果进一步追问便会发现，期刊理论研究至关重要，甚至将其推崇到无以复加的高度也不过分。为什么这么说呢？因为期刊作为学术研究成果的载体、作为学术成果社会化的平台，其对学术研究的影响是深刻和直接的。但是，对学术研究影响如此深远的期刊理论研究却没有得到学术界应有的重视，尤其是期刊研究资料没有得到应有的重视，实在是不应该的。严格说来，研究资料的搜集和梳理是学术研究得以有序开展的重要前提，没有对前人研究成果的把握和借鉴，任何学术研究都可能沦为一种自说自话的形式，都无助于学术研究的深化和提升。正是基于这一考量，我对期刊研究资料特别关注。

客观地说，在期刊研究资料方面，期刊界的有些同仁是有一定的自觉意识的。最值得称赞的是，《清华大学学报（哲学社会科学版）》的常务副主编仲伟民先生、《南京大学学报（哲学·人文科学·社会科学版）》的主编朱剑先生和《澳门理工学报（人文社会科学版）》的主编刘泽生先生。这三位主编高度重视期刊理论研究，不仅开辟了专门的栏目探讨期刊理论和实践方面的问题，而且将其相关成果加以整理后结集出版。如《清华学报独立精神丛书》中的《雾里看花：谁的期刊　谁的评价》（朱剑著，社会科学文献出版社2018年版）、《澳门理工学报》出版的《总编视角》系列文集以及《全国高校学校文科学报研究会30年》（杜敏主编，陕西师范大学出版社2018年版）、《编辑的天空——高校学报改革与管理探析》（陈颖著，贵州大学出版社2020年版），都可以视为近10年来学术期刊理论研究具有代表性的成果。然而，令人稍感美中不足的是，这些论著还没有从全国范围内对相关的研究成果进行梳理。这也正是我要编选这本研究资料的原因所在。

溜走的岁月并不都像落叶一样随波逐流，还会像种子一样在来年的春风吹拂和大地的滋养下萌发出幼芽。相对于学术研究而言，许多没有生命力和创新性的论文恰如落叶，而那些富有生命力和创新性的论文则如果实。本书收录的这些论文尽管未必都能达到这样的标准，但总体来看，大部分论文可以作为这几年在期刊研究方面的代表性成果。我期待本书能够引发大家更多的学术思考，以便未来的期刊理论研究能够在此基础上有所推进和提升。

为了能够更好地对接《新世纪以来学术期刊研究资料》，本书命名为《新时代学术期刊评价体系的建构与实践》，这主要是出于时间节点的考量。《新世纪以来学术期刊研究资料》编选的主要是21世纪伊始到2017年间的相关论文，本书编选的主要是2018年到2020年9月间的相关论文。在本书编辑的过程中，期刊评价和建设这一话题得到了社会各界的高度关注。2021年5月9日，习近平总书记给《文史哲》编辑部全体编辑人员的重要回信，为中国哲学社会科学以及期刊评价和建设指明了方向。为此，本书又专门收录了2021年5月的两篇相关文章。

鉴于有关出版规范的要求，本书对相关研究成果的格式、字句方面进行了必要的调整，原文的内容摘要也悉数删去。论文则按照其发表的先后进行排序，以便于读者对期刊研究的历史有更直观的把握。本书的出版得到了山东师范大学“一流学科”建设经费的资助，得到了学报编委会的鼎力支持，还得到了山东大学出版社姜山先生的全力支持，这都是我应该特别感谢的。我的硕士研究生钱瑶瑶、高明玉、王沛良等同学也以饱满的热情投入本书的编校工作，这使我深感欣慰。毕竟中国未来的学术大厦需要一大批“90后”青年学者来支撑！

最后，需要感谢的是本书的原创作者，他们以其富有创造性的成果，为我们展现了这个时代中国学术期刊理论研究的风貌和风骨，显示了中国学术期刊理论研究在探索中不断向前挺进的坚实脚印。

（收入李宗刚编《新时代学术期刊评价体系的建构与实践》，山东大学出版社2021年版）

# 《山师学人视阈下的中国现当代文学——“山师学报”论文选:1959—2009》后记

2011 年 5 月我担任《山东师范大学学报（人文社会科学版）》主编以来，学报便成了我的工作中心。为了编好学报，我会不时地翻阅过刊，这如同穿行于历史的丛林，翻阅中时常会有令人惊喜的发现，中国现当代文学研究方面的山师学人便是其中之一。

自从我把中国现当代文学学科与学报联系起来之后，编出一本从事中国现当代文学研究的山师学人与山师学报的文集便成了我的心结。我觉得理论的阐释需要雄厚的文献资料做支撑，而这些文献资料散落在不同时代的学报中，恰如散落的“珍珠”。把这些散落的“珍珠”围绕山师学人与山师学报这个基点串在一起，便是很有意义的工作。

为了能够更好地体现本书的主旨，我把本书所收录的作者限制在两个维度：一是山师学人，包括曾经在山师从事中国现当代文学教学科研工作的教师，还包括曾经在山师学习且毕业后一直从事中国现当代文学教学和研究工作的研究生；二是山师学报，本书只选以上山师学人在山师学报上发表的论文，每人仅限一篇，一般选择他们发表时间较早的一篇。有些山师学人，因没有以第一作者在山师学报发表论文，而未能进入本书。然而，这样一个美好的愿望，却因为版面所限，最后没有将有些曾经在山师学习过的优秀学者的论文收入其中。

“山师学人群体研究”的这组学术论文，本书作为“附录”收入。

本书是《山东师范大学学报（人文社会科学版）》文粹书系之一。《山东师范大学学报（人文社会科学版）》文粹书系已经在山东人民出版社出版了多本论文集：《多维视阈下的中国现当代文学》（李宗刚编）、《教育学心理学新论》（时晓红编）、《马克思主义与中国社会运行》（寇金玲编）、《文艺学的探索与建构》（孙昕光编）、《山师学人与山师学报：教育学心理学研究卷》（李宗刚编）、《穿越时空的鲁迅研究——“山师学报”（1957—1999）鲁迅研究论文选》（李宗刚、王沛良编）、《〈山东师范大学学报（人文社会科学版）〉目录摘要汇编（1978—2018）》（上下卷）（李宗刚编）、《〈山东师范大学学报（人文社会科学版）〉发展纪略》（李宗刚等著）。

本书早在 2018 年 4 月便已编就，但遗憾的是因为种种原因，3 年过去了，本书依然未能顺利出版。在山东省一流学科名刊工程建设经费的资助下，本书终于得以面世。在本书的编选过程中，我得到了我的博士生导师朱德发教授、硕士生导师蒋心焕教授的精心指导，然而，令我唏嘘不已的是，我的这两位恩师已经先后离开了我们！我感到，在学术园地里，更加勤勉地耕耘，不断地追求，是对他们最好的纪念，也是对他们所献身学术的赓续。除此之外，学报原副主编翟德耀编审、山东省一流学科山东师范大学中国语言文学学科学术带头人魏建教授也都给予了鼎力支持。我的硕士研究生也参加了本书的校对工作。在此，一并表示感谢。

最后，需要特别加以说明的是，本书中的论文按照在山师学报上发表的时间先后顺序排序，相关作者的简介因有些年代久远且变化较大，所以本书一律删除了原文的作者简介，另外，近十多年加盟学科的青年学者发表在山师学报的论文，也未列入收录范围。

（收入李宗刚编《山师学人视阈下的中国现当代文学——“山师学报”论文选：1959—2009》，山东大学出版社 2022 年版）

# 在历史资料的爬梳中传承山师学人精神

## ——《山师学人视阈下的中国古代文学》编选侧记

2021 年底，我又开始接手编选《山师学人视阈下的中国古代文学》论文选这一艰巨工作。这也是我以《山东师范大学学报（人文社会科学版）》为中心编选的第 9 本资料（其中 3 本系我与其他人合编）。在担任文科学报主编的 10 多年里，尽管工作极其繁忙，但我依然挤出时间进行文科学报资料的编选。我认为学术研究必须重视原始资料的梳理与研究，而这一理念的形成，又与山师中国现当代文学学科诸位前辈学者的影响有关。

我 1984 年考入山东师范大学中文系。从进入大学的那一天起，我便想象自己未来的生活可以在书斋里铺展开来，由此告别那种在“广阔天地”里风雨兼程的生活方式，再也不需要为温饱而奔波——一个属于自己的时代开启了。正是在这种豪迈气概的驱动下，我怀着无限憧憬的心情跨进了山师的大门，并由此开启了遨游知识海洋的学习生活。实际情况也的确如此，来到山师之后，那整齐划一的冬青、高耸入云的白杨、宽敞明亮的教室、气势恢宏的图书馆以及知识渊博的老师，都使我产生了无限的幸福感——我甚至觉得栖息于大学里的麻雀较之农村的麻雀也更有教养——它们总是旁若无人地叽叽喳喳，毫不在意来往的学生，它们如此自由自在、率性而为，那些生活在农村的麻雀是难以与之相提并论的。生活在农村的麻雀似乎没有见过世面，一有风吹草动，它们便惊慌失措，扑棱着翅膀急速地飞向远处。值得欣慰的是，昔日的美好规划，并没有随着时间之风的吹动而烟消云散，反而在每天的坚守中、在老师学养的滋润下，我犹如迎来了春天的幼苗，开始茁壮成长。大学期间，我除了上好每一节专业课，还旁听了朱德发老师的“五四文学史”、蒋心焕老师的“中国现代小说史”、冯光廉老师的“鲁迅研究”、夏之放老师的“美学概论”以及查国华老师的“茅盾研究”等课程。尽管这些老师讲起课来风格各异，但都有一个相似点，那就是极其重视原始资料的搜集与研究。这使我感到，将来有那么一天，我如果搞学术研究，也要像这些老师一样重视原始资料的搜集与研究。也许，正是在这种理念的驱动下，我迄今依然完好地保存着大学时期的笔记本等宝贵资料。如今，每每翻阅这些历经30余年时光之水淘洗的珍贵笔记，我依然可以穿越时空的阻遏，进入历史的现场，思绪像昙花一样迅疾地绽放开来。

1988年，我考上了硕士研究生，师从蒋心焕先生。蒋心焕先生作为从事中国现当代文学研究的第二代学者，深得第一代学者田仲济先生的赏识；他又在20世纪60年代初负笈南下，在武汉大学得到了从事中国现当代文学研究的第一代学者刘绶松先生的精心指导。蒋先生曾常常对我说，田先生非常重视资料工作，为学校图书馆搜罗了一大批民国期刊，这些期刊成为山师中国现当代文学学科资料整理工作顺利开展的重要基础。因此，要搞好学术研究，资料搜集整理能力是基本功，只有掌握了充足的资料，我们的理论阐释才能奠基于坚实有力的基石上。2002年，我又跟随朱德发先生攻读博士学位。在我既有的认识中，朱先生是一个注重学理阐释、思想新锐的学者。没有想到的是，早在20世纪70年代朱先生就极其重视资料整理，他还与蒋先生合作参与了中国社会科学院《中国现代文学史资料》（甲种）的编选工作。为此，他们或南下或北上，到全国一些图书馆中翻阅了大量的原始资料，并编成了研究资料。遗憾的是，这本研究资料因种种原因当时未能公开出版，以至于延宕了30多年，直到2018年，在两位先生即将告别学术研究生涯之前才得以出版。也正是在这种学术氛围的熏陶下，我养成了重视资料的习惯，但真正迈进编选资料的门槛，还是在我担任学报主编之后开始的。

为了更好地编好山师学报，我一方面向全国优秀期刊学习，另一方面在回眸山师学报的发展历史中汲取营养和规避“误区”。这使我对山师学报的历史有了更为全面的了解，对其历史上发表的优秀论文有了感性的认知。与此同时，在将山师学报与全国其他高校的文科学报进行比较后，我发现了山师学报的特色和优势，也找出了其与全国优秀期刊的差距，从而为重新谋划山师学报的未来发展找到了一条切实可行的路子。那就是：坚持开放办刊，让山师学报融入中国学术发展的大潮中；坚持从学报的实际出发，在彰显自我办刊特色的同时重视对学报历史资料的搜集与整理。如此一来，我们便进入了两条“战线”同时作战的新时期，在主持学报工作的10多年里，我们在努力办好文科学报的同时，也积极发掘学报的历史宝藏。

正是基于这样的认识，我除了按照栏目编选了一系列优秀论文选之外，还专门把目光聚焦于山师学人与山师学报的关系，并把山师学人发表在学报上的论文按照不同学科进行了系统梳理。目前，学报团队已经整理出版的系列论文集有：《山师学人与山师学报：教育学心理学研究卷》《山师学者视阈下的马克思主义——“山师学报”优秀论文选》《山师学人视阈下的中国现当代文学——“山师学报”论文选：1959—2009》《文化视阈下的历史书写与研究》。如此一来，我们便基本上把不同历史时期山师学人发表在山师学报代表性栏目上的论文作了一次较为系统的梳理。但美中不足的是，山师学人发表在山师学报上的中国古代文学研究论文还没有被系统地梳理。毕竟在以人文社会科学研究见长的山师，章益（心理学）、傅统先（教育学）、田仲济（中国现当代文学）、刘祚昌（世界历史）、安作璋（中国历史）等具有全国影响的一流学者发表在文科学报的论文已经分别收录到了相应的论文集之中了，但是，像从事中国古代文学研究的严薇青等一批优秀学者发表在学报的研究论文还暂付阙如，我觉得有必要在我担任学报主编期间把这个还没有闭合起来的“圆”画完。

山东师范大学文学院作为一所底蕴深厚的学院，其中国现当代文学、文艺学、中国古代文学等学科都具有鲜明的特色。我将山师学人发表在山师学报上的中国现当代文学研究论文选编之后，便考虑把文艺学和中国古代文学学科学者发表在学报上的论文进行一次系统梳理。在我们已整理出版的“《山东师范大学学报（人文社会科学版）》文粹书系”中，虽然已有《文艺学的探索与建构》（李衍柱、夏之放和杨守森等从事文艺学研究的学者的论文已入选该文集），但收纳的并不全是山师学人发表在文科学报上的论文，于是，我们便决定将这次编选工作侧重于梳理山师学人发表在山师学报上的中国古代文学研究论文。实际上，正所谓文史不分家，文艺学与中国古代文学就更难分彼此了。因此，我在选择作者以及作者的论文时，便特别关注到了这一点——也就是说，这本中国古代文学研究论文集选入的并不仅仅是中国古代文学学科老师们的论文。

尽管我的专业研究方向是中国现当代文学，但我在大学时期所接触的中国古代文学专业的授课老师并不少。这些老师讲课时的情景至今仍鲜活地闪现在我的脑海中：宋尚斋老师悠然自在地讲授着先秦文学，李伯齐老师清隽儒雅地讲授着两汉魏晋南北朝文学，荆立民老师抑扬顿挫地诵读着唐代山水诗，薛祥生老师如醉如痴地沉潜于宋代婉约词，许金榜老师栩栩如生地讲解着元代杂剧，朱其铠老师深入浅出地讲授着明代小说，王恒展老师声如洪钟地解读着清代文学，石玲老师娓娓叙说着近代文学……这些影影绰绰浮现在脑海中的影像，把我拉回到了当年那段青涩的岁月，让我切实地感受到，任何一个人都是在前代学人的推举下完成了自我的“社会化”，才逐渐成长为一名学者。这一感受，在我翻阅文科学报过去出版的期刊时尤为真切！

在中国古代文学的诸多授课老师中，我觉得有必要展开叙说的是荆立民老师。当年，荆立民老师在讲授唐诗时，着装与其他老师颇有不同。他好像是当时唯一一位身穿西装打着领带讲授中国古代文学的老师。在20世纪80年代中期的山师，这的确是一道别具特色的风景线。但是，荆老师一旦进入唐诗所建构的历史情景中，便穿越时空进入历史，进而与那个时代的文学同呼吸共命运，情绪也似湖水在一阵风中掠过之后，不再那么平静了，一层一层的涟漪在学生中荡漾开来，以至于同学们回到宿舍后还时不时地模仿荆老师的腔调诵读上一两首唐诗。当然，我在这里特别提到荆老师还不只是因为这些场景，而在于他对我的一次特别赏识。

我记得荆立民老师曾让大家针对王维的山水诗写一篇讨论提纲。我主要围绕如何评价和认识王维的田园山水诗这一问题写了4000字左右的发言稿。没想到的是，荆老师非常认真地批阅了我的作业，并附上了许多批示。如，我在谈王维山水诗时，曾写道：“任何事物往往都具有两个方面的特点，即当一个事物显示出其短处的时候，同时又隐藏着一种长处，这便是事物的长短辩证法，而王维的田园山水诗也是如此。王维后期终于走上了彻底隐居的生活，能够做到‘万事不关心’，从而潜心于美丽、可爱的大自然。这从政治上看，似乎嫌王维太消极了，竟然置人民痛苦、民族前途于不顾，但从艺术上看，又正是王维的成功之处。他能够从那种相互倾轧的政治中摆脱出来，走上了文学艺术的道路，进行诗歌创作尤其是进行田园山水诗的创作，从而使他的田园山水诗达到极高的造诣。”荆老师便在这一段话的左侧空白处写下：“此点见解甚好!”我在讨论提纲中还写道：“历史上的王维如果和某些批评家所指责的那样：让王维不去脱离社会，不去‘万事不关心’，那么，王维就不会成为今日的王维，而可能会是杜甫了。由此使我想到，我们在文艺批评中，最好要辩证一些，不要太苛求古人。”荆老师则在下面批注：“很好!”在我发言稿的最后一页，荆老师写下了字数不多的批语：“颇有见地!”“建议您把尊文中的见解在全体讨论会上谈一谈。”荆老师为此给我打了“90＋5”的分数。也许，这样的一幕教学情景，在其他同学的记忆中早已模糊，但它之于我则既清晰又温馨。也许，在求学的道路上，尤其是在一眼望不到边际的学术沼泽地上跋涉时，所有的青年学子都需要一盏明灯照亮漆黑的道路。从某种意义上说，荆立民老师便是在我刚刚走进学术沼泽地时曾经给我鼓舞和信心的老师之一。然而，正所谓岁月不居，荆立民老师早在10来年前就已经离开了我们。从这样的意义上说，编选研究资料这样一个无名无利且又费力劳神的工作，还能依然让我全身心地投入其中，恰是情感和职责共同驱动的结果：一方面，借此表达一名学生对老师当年知遇之恩的感念之情；另一方面，表达一名学报主编对诸多作者和责任编辑的崇敬之意。

编选这本论文选，犹如再次踏进历史的长河。在溯流而上的艰难过程中，我真切地体会到，衡量一名学者是否是“真学者”的标准并不在于其发表了多少篇论文，而在于其发表的论文之于中国文化建设到底作出了哪些贡献——在经过了历史长河的淘洗后，还有哪些论文能够在历史的河床上坚如磐石般存在着；衡量一名教师是否优秀的标准并不在于其是否桃李遍天下，而在于其栽培出来的学生到底有多少能成为被历史记住的“桃李”。同样，衡量一名主编是否优秀，标准并不在于其主持的期刊获得了多少称号，而在于其编发的论文能否穿越时空的阻遏，在遥远的未来依然闪烁着真理的光芒。从这样的意义上说，在历史资料的爬梳中，我便再次踏进了山师学报历史的河道，诸多老师发表在学报的论文便犹如承载其学术精神的挪亚方舟，将远航于文科学报的历史航道上。

在这篇编选侧记中，我再补充一点，那就是这本论文集所收录的论文均为山师学人发表在山师学报上的有关中国古代文学的论文，所选论文除了严薇青因其 1957 年发表的是节选论文而增加一篇外，其他老师的论文均为一人一篇。当然，由于受本论文集所选主旨的限制，有些老师的论文可能并不是其代表性作品。在编排顺序上，我则根据论文刊发时间的先后排序。与此同时，我在编辑的过程中，又根据时下出版社的编排要求，针对有些早期论文中不规范的注释有所补充、个别明显错讹之处予以修改，但在整体上，本论文选依然严格忠实于原文。

我尽管主要从事中国现当代文学研究工作，但在 1995 年前后参加了张廉新老师主导的《古代写作学》一书《灵感论》这一章的写作。为了更好地纪念诸位老师对我的培养，本论文选特把“灵感论”作为附录收录进来，这算是我提交给诸位老师的又一份作业吧。毕竟，正是在山师这所大学里，我才逐渐感知到了知识的光芒、触摸到了人生意义的衣角、嗅到了真理的味道，明确了为学术献身才是这个世界上最幸福的事业。

本书得到《山东师范大学学报（人文社会科学版）》文粹书系工程的资助，也得到山师“双一流”学科建设经费的资助，还得到了学报原编审翟德耀先生以及文学院魏建教授、陈元峰教授的指导。我的硕士研究生吴靖阳、邢颖、李冬旭、闫晗也参与了编校工作。在此，我对他们的帮助表示由衷的感谢。

（本文收入李宗刚编《山师学人视阈下的中国古代文学》，山东大学出版社 2022 年版）

# 《中国学术日译·山师学人视阈下的中国现当代文学："山师学报"论文选》前言

山东师范大学（原名为山东师范学院）尽管是一所省属师范院校，但其中国现当代文学学科却在全国具有较大的影响。早在1952年，这所学校便设立了中国现代文学教研室，并逐渐形成了由中国现代文学第一代学者田仲济先生领衔的中国现代文学研究队伍。1954年，由中央人民政府高等教育部修订、中央人民政府国家统计局批准，山东师范学院招收中国现代文学专业的研究生，由此使得该学科成为全国屈指可数的数个中国现代文学硕士研究生招生单位；1955年，该学科开始招收首批研究生；1981年，获得了中国现代文学首批硕士学位授予权；1989年，中国现代文学专业更名为中国现当代文学专业；1998年，获得中国现当代文学专业博士学位授予权；2007年，被评为国家重点学科。这由此使得一所省属师范院校得以凭借其中国现当代文学学科而跻身全国优秀学校的行列。当然，该学科之所以在全国得到了学术界的认可，主要缘于其诸多学者在中国现当代文学研究方面发表了一系列高水平的论文。其中，不少论文发表在《山东师范大学学报（社会科学版）》上。可以说，学人、学科和学报共同促成了学术生产和学术发表的良性循环。

《山东师范大学学报（社会科学版）》作为一份由创刊于1956年的高校学报，已经走过了66年的历程，其特色栏目便是"中国现当代文学研究"。国内一大批著名的中国现当代文学研究专家曾经在该栏目发表过专业研究论文。当然，学报所依托的主力作者还是本校从事中国现当代文学研究的学者。为了能够较好地展现学人、学科和学报的良性互动关系，我们专门把山东师范大学中国现当代文学学科的教师发表在学报的部分论文收集起来，编选出了一本《山师学人视阈下的中国现当代文学——“山师学报”论文选：1959—2009》。这本书由山东大学出版社出版后，得到了学术界的认可。

中国现代文学的发生深受包括日本在内的海外文化/文学的影响，与此同时，中国现代文学的发展，尤其是中国当代文学的发展，也对海外文化/文学的发展产生了积极的影响。中国学术界的中国现当代文学研究与海外的中国现当代文学研究也像中国现当代文学那样，在交流与对话中不断走上自我超越之路。正是基于这样的考虑，作为《山东师范大学学报（社会科学版）》的主编，我深感把学报刊发的本校中国现当代文学研究的部分论文成果推介给日本学术界的必要，希望这一推介能给日本学术界提供一个瞭望中国现当代文学研究的窗口，加深中日在文学研究，尤其是中国现当代文学研究方面的交流，为世界的学术交流尽到绵薄之力。

值得赞许的是，我的这样一个美妙的设想，得到了李光贞教授的鼎力支持。她带领着山东师范大学日语创新团队的诸多青年才俊，通过不懈的努力，终于架设了一座中日学术界可以“互联互通”的桥梁。我真诚地希望，山东师范大学中国现当代文学学科、《山东师范大学学报（社会科学版）》能够借助这一桥梁，为日本学术界提供更多了解的机缘，为中日文化交流起到更好的助力作用。

[《山师学人视阈下的中国现代文学——“山师学报”论文选：1959—2009》（山东大学出版社 2021 年）部分论文被翻译为日语并由日本出版社櫂歌书房出版，本文系著者为该书撰写的前言]

# 《学术期刊的探索与反响——〈山东师范大学学报(社会科学版)〉发展侧记》后记

我在2011年5月到编辑部的情景，就像发生在昨天，转眼之间，竟然已经过了12个年头。在这12个年头的日日夜夜里，我的编辑生涯的大幕便在学报编辑部那间简朴的办公室里依次展开：编辑了近70本学报，装订好的清样近400本，摞在一起将近三层楼高。在日常的编辑工作之外，我又带领编辑部一班人编选了《山东师范大学学报（人文社会科学版）》文粹书系，已经出版了近20本。为了能够更好地回顾我们走过的历史，我便在原来的文粹书系之外，又把本书作为一个系统工程启动了起来，目的在于把学报的历史留住，以便让人清晰地感知到，在21世纪的第二个十年，我们这一批办刊人是怎样为了学报的发展而忘我地奉献着。

本书所收录的第一编内容是我在这一时期没有收录到学报其他书系中的一些文章，其中有关于学术期刊评价体系的思考，有对学术期刊编辑面临困境的反思，有我编选的文粹书系的诸多后记，还有我给编辑部同仁的著作所写的序等。所有这些文字，都成为我在这一时期编辑生活的重要组成部分。本书的第二编是我们编选的学报文粹书系的书影、版权页和目录的影印件，还有书系的评论性文章以及近五年学报刊发论文转载情况的汇总。这样，我们基本上对接了《〈山东师范大学学报（人文社会科学版）〉发展纪略》一书，由此构成了完整的学报发展历史。本书的第三编是部分作者在学报刊发论文的个人感受(按照最初刊发论文的先后排序)。这些作者在百忙之中，把自己在学报发表论文的真实感受通过纪实的手法记录下来，其中不乏一些溢美之词。这既是对学报编辑部和责任编辑的认可，也是我们进一步做好本职工作的动力。这些洋溢着真情实感的文字真实地再现了编辑与作者之间一种纯真的互动关系。

本书最后的附录部分是两篇有关学报编辑参与历史活动的简要报道和《〈山东师范大学学报（社会科学版）〉大事记》。将前者选录进来，其目的在于展现学报之所以能够有所进步的时代与社会背景；而选录后者，其目的则在于为学报近十年的办刊历史作一概要性的实录。

本书的出版得到了山东师范大学马克思主义学院“双一流”学科建设经费的资助，得到了王增福院长以及学院诸多老师的鼎力支持，还得到了学报编辑部诸位同仁的全力帮助。在此，一并表示感谢。

［收入李宗刚等著《学术期刊的探索与反响——〈山东师范大学学报（社会科学版）〉发展侧记》，山东人民出版社2022年版］

# 在第30届书博会《大刀记》专题会上的即兴发言

首先感谢在座的各位朋友，我看到有中年朋友，还有一批青年朋友，这也说明《大刀记》这部作品在目前仍然拥有广泛的受众。我本人实际上一直深受《大刀记》的影响，我简单地分享一下我对《大刀记》的一些感受。

早在我读初中的时候，咱们山东的广播电台有一个评书联播《大刀记》，那时我每天晚饭之后都准时收听《大刀记》，收听完了再跑三四里路，到一个外地的初中去读夜校，在这个过程中，我深深地被梁永生这个人物所吸引。

后来我从事中国现当代文学的研究，也开始关注《大刀记》，我在老师们的引领下，逐渐走向文学研究的道路。我的硕士生导师是蒋心焕先生，他长期从事中国现代文学研究；我的博士生导师是朱德发先生，他一直引领着中国现当代文学研究。在这个过程当中，两位前辈学者不断引领我走向学术前沿。后来就是我们的第三代学者魏建教授，是我们学科的带头人，又继续引领我们学科不断地往前走。包括我在内，还有丽军院长和夫龙教授也都是在魏建老师等人的引领下，不断地走向一个新的高度。我们学科一直对《大刀记》特别关注，对郭澄清先生相当推崇。

这里首先应该推崇的就是我的博士生导师朱德发先生，他在80岁左右的时候写出一篇关于郭澄清短篇小说的评论文章，这篇文章后来发表在《山东社会科学》杂志上，这篇文章详细探讨了郭澄清先生的美学追求，以及他在特定历史时期在文学史上的贡献。再后来，我们学科还有一个重要的学科带头人——吴义勤先生，他也一直关注《大刀记》，关注郭澄清的短篇小说。在推动《大刀记》的研究方面，吴义勤作出了卓越贡献，包括新版《大刀记》的出版，他也做了很多积极的工作。

后来，我在他们的基础上，又进一步关注《大刀记》。我也写了几篇文章，其中有一篇文章是谈《大刀记》对历史规律的阐释。其实我们今天回头看看，《大刀记》固然是百年百部红旗谱，当然很多在座的朋友会想，这个红旗谱在红色基因之外，有没有更丰富的文化基因呢？我认为是有的。

《大刀记》这部作品中，除了广大人民对革命的追求和践行外，还有一点就是中国人民在中国共产党的领导下走上了一条正确的发展道路，有历史的必然性。晚清时期，民众有对于官府的认同，但是，晚清的官府、衙门是向着有钱人的地方，而穷人绝无出路。这就让穷人被迫走向了背井离乡的道路，开始了“闯关东”。国民政府成立之后，民众也期待在民国体制内解决他们的问题，结果也没有成功。最后民众在万般无奈之下才被迫上了梁山。而中国共产党被称为代表着人民利益的先进的组织，自然就引领了那么多的穷人，认同它、追求它，并且把自己的生命和共产主义的理想紧密地结合在一起。前一个时期我们曾经谈过红色经典，它有一个核心的内容，当年那些参加革命的人，他们是准备着随时献出自己的生命的。为什么要献出自己的生命呢？因为他们发现，只有把自己的生命献出去，才能让普天下更多的穷苦人过上好日子。这样一个理想是与中国传统的天下大同理想是一脉相承的，所以我们说，中国共产党在某种程度上是赓续了中华文化的优秀传统。

从这个意义上讲，《大刀记》这部作品，除了弘扬革命理想主义精神外，还有历史的必然。因此，咱们在座的朋友将来还可以重读一遍《大刀记》，在革命的中心思想外，你会发现它有历史的必然趋势。同时，我们还应该感谢郭澄清先生，他当年放弃了优渥的条件，离开了济南，回到宁津的一个小村庄，在煤油灯下从事《大刀记》的创作，这的确是需要一种奉献精神的。现在的人，纷纷地离开乡土，奔入城市，而在四五十年以前，一个让我们敬仰的保尔式的人物，从城市、从社会的高层走向了民间，在民间创作《大刀记》。这一点让我特别感慨，也让我想到，郭澄清先生从他参加革命的时候起，就已经把自己人生的诉求与民族、与国家紧密地联系在了一起。

今天咱们在这里搞一次分享的经验交流会，其实也正是对郭澄清先生所代表的这样一种精神的推崇和致敬。我们作为当下的文化传承者，应该更好地走郭澄清先生的道路，争取在人们纷纷向社会优越的条件迈进的时候，努力回到民间，回到社会的底层，体味普通人的生活，感悟历史的脉搏，进而创作出我们的作品。我想郭澄清先生带给我们的这点启发是特别深刻的。与此同时，当郭澄清先生完成了《大刀记》的创作，又开始更宏伟的创作计划的时候，很不幸，由于长期的困难工作，他得了脑血栓，以至于双手不是那么灵便，他在千佛山医院住了很长时间的院。在这个时期，按道理讲他应该是安心养病，但他没有，他仍然在病床上用嘴咬着钢笔进行写作。这是我们把他推崇为保尔·柯察金式的英雄人物的一个重要根据。我们现在想想，当人们都在拼命地养生，在拼命地追求无限期的生命长度的时候，在四五十年以前，郭澄清先生他本来可以充分延长自己的生命，但他没有。他仍然把自己的生命和文学联系在一起，这种精神，恰恰是我们当下应该大力弘扬的精神。

从这个意义上讲，我们今天的百年百部红旗谱，应该是对未来的一种很好的昭示。昭示什么呢？再过 100 年，中国还应该出 100 部红旗谱。我期待着咱们在座的朋友能够从郭澄清先生的文学创作中得到启发，进而拿起你手中的钢笔，或者敲响你手里的键盘，书写出属于第二个 100 年的红旗谱。

（2021 年 7 月 16 日）

# 立足学术研究高质量基点，助力学校学科“双一流”建设

## ——在山东省教育厅提升办刊质量会议上的发言

各位领导、诸位同仁，大家好！

我结合自己10多年来的办刊实践和体会，谈谈山师学报是如何立足学术研究高质量基点、助力学校学科“双一流”建设的。

首先，处理好学报与学校的关系，努力让学报成为学校的“名片”，提升学校的美誉度。

高校学报是学校的“名片”。一份优秀的学报能够极大地提升学校的核心竞争力和学术美誉度。山师学报正是基于这一理念，努力让学报成为学校的“名片”，以服务于学校“双一流”建设。

近几年来，山师学报相继重返“C刊”和北大中文核心期刊行列，并成功晋级全国高校社科名刊。一是山师学报入选“C刊”。2017年，山师学报以普通期刊的身份入选“C刊”扩展版；2019年，学报终于入选“C刊”，这是山师学报在阔别“C刊”近20年后，终于再次进入“C刊”行列；2021年，山师学报再次入选“C刊”。二是重返北大中文核心期刊。2018年和2021年，山师学报连续两次入选北大中文核心期刊。三是学报在与同行的评比中进入全国高校社科名刊行列。2014年，学报跨越全国高校优秀期刊层级直接晋级全国高校百强社科期刊，2019年又被评为全国高校社科名刊，这是该评价体系中的最高层级的称号。

山师学报刊发的论文在复印报刊资料的转载率及排名进入了全国高校的前

茅。2012 年到 2019 年的转载率基本上稳定在前 50 名左右，最好成绩是全国第 12 名，这对一家既不是北大中文核心期刊、更不是南京大学 CSSCI 来源期刊的普通学报而言，不仅引起了全国期刊界的关注，而且极大地提升了学校的美誉度。

其次，处理好学报与学科的关系，在合作共赢中找到了一条学报、学科和学校共同发展的路子。

2011 年下半年，山师学报的账目办刊经费仅剩下 6.8 元，我们使用的电脑是浪潮 286。但我们抱定了“有条件要上、没有条件创造条件也要上”的信念，凭着一股永不服输的韧劲，坚持学术至上、创新办刊，逆势而上，终于走出了一条不断绵延向前的拓展之路。

学报加强与优势学科，尤其是我校国家重点学科中国现当代文学学科和马克思主义学科的合作，在依靠学科、支持学科、服务学科上下功夫，从而使学报搭上了学校学科发展的快车，做到了学报与学科的互利共赢、共同发展。正是依托这些学科，山师学报约到了一大批名家名稿，这不仅极大地提升了学报的美誉度和学术影响力，而且拉近了这些著名学者与山师学科心理上和情感上的距离，为搭建起一个学术共同体起到了平台支撑作用。

再次，处理好学报现实与历史的关系，在赓续传统中厘清现实办刊的基点、找寻学报未来发展之路。

作为拥有 60 多年办刊历史的山师学报，曾经让出版大家赵家璧如十七八岁时，在郑振铎主编《小说月报》上第一次发表文章时一样兴高采烈，曾经让原文化部部长、著名作家王蒙发出了“感谢山东师大学报，发表了高质量的文章”这样的感喟！

近年来，山师学报完成了以下几项工作：

一是梳理了山师学报的历史，出版了两本相互映衬的山师学报发展史。二是策划并出版了按照学科分类的《〈山东师范大学（社会科学版）〉文粹书系》，该书系已经出版了 8 本，还有 5 本即将出版，其中的 4 本是山师学人在山师学报上发表的优秀论文选。三是编选并出版了 2 本学术期刊研究资料选，这既提升了编辑部在办刊理论上的自觉，也提升了学报在期刊理论界的影响力。四是把学报过刊都制作成了数字期刊，通过借助电子邮箱、微信和优盘等多种传播渠道，让山师学报进入学者的阅读视野，使学术论文真正发挥应有的学术影响力。在此，我补充一点，以上这些工作都是编辑在没有任何补贴的情况下自愿完成的。

最后，处理好学报三审与三校的关系，努力编辑出高质量的优秀论文，夯实学报现实发展的根基。

山师学报紧紧抓住提升编辑质量这个根本，抓紧抓实意识形态这一主线，严格学术规范，认真核对引文，规范编辑流程，从而切实地把提升办刊质量落到实处。为此，我们专门要求作者提供论文的所有引文出处的证据，然后再一一核对，基本上避免了引文的偏差。与此同时，我们还从严编校流程，任何一篇稿件都可以溯源，在这 10 多年的时间中，我们已经装订了 350 多本清样。为此，我们在学校图书馆举办了学报近 10 年编校清样展，让 350 本清样全体出列，接受老师和同学们的检阅，得到了大家的高度评价。

山师学报尽管取得了一点成绩，但与学校和省教育厅的要求相比，尤其是与兄弟期刊相比，差距还是很大的。我们将不忘初心、不辱使命，砥砺前行，努力把山师学报打造成一份优秀的期刊，在助力学校学科“双一流”建设的同时，为山东的“双一流”建设作出应有的贡献。

（2021 年 12 月 2 日）

# 打造一份融通俗性、现实性、传统性于一体的杂志

## ——在《走进孔子》杂志社座谈会上的发言

首先，祝贺《走进孔子》复刊。我就《走进孔子》谈以下几点看法：

其一，为什么主办《走进孔子》？这既是期刊定位的问题，也是规划未来期刊发展的问题。因此，搞清楚为什么要主办《走进孔子》便显得异常关键。我觉得目前孔子研究院主办的《走进孔子》并不是省级院所创办的一份平常期刊，也不是单纯为了彰显研究院自我存在价值的期刊，而是一份关乎传统文化如何在普及的基础上探索出一条实践“两创”新路径的期刊。这是主管部门特别重视《走进孔子》的原因所在。严格来说，这份期刊是顺应国家文化发展战略而诞生的期刊，从具体的节点来看，则是山东落实习近平总书记在曲阜考察时重要讲话的一个抓手。习近平总书记不仅专门到曲阜的孔子研究机构进行了具体考察，而且还提出了如何弘扬中华优秀传统文化的问题，其中便涉及以孔子为代表的儒家文化。总书记提出这一要求之后，山东的确在抓落实上下了大功夫，也取得了一些显著的成效。但从总体上说，我们还有许多工作需要去做，还有许多难点需要破解。在这种大背景下，孔子研究院的《走进孔子》复刊，可谓恰逢其时，也可以说找到了破局的关键点。

其二，为谁主办《走进孔子》？这既是我们对期刊预设读者的把握，也是我们办好期刊的目的所在。毛泽东曾经说过，文艺为什么人的问题是文艺的首要问题。这就把文艺的预设读者这一问题提了出来，也把从事文艺的目的揭示了出来。我觉得《走进孔子》有以下两个层级的读者：一是以中国广大人民

群众为主体的读者，二是世界不同文化语境下的读者。那么，我们怎样才能连接起这两个层级的读者呢？这便需要我们站在国家文化发展战略的高度进行有效的整合。一是要服务于国家战略，真正把中华优秀传统文化的创造性转化和创新性发展与《走进孔子》有效地结合起来；二是要促进中华优秀传统文化走出去，使中华优秀传统文化为解决一些世界性的难题贡献出中国智慧。

其三，怎样促成《走进孔子》走进读者？一是要注重数字传播；二是要注意制作成电子版；三是通过邮箱实现定向推送；四是拓展渠道，让期刊走进青年学生中，特别是走进海外的学生中，借助孔子学院，实现自我的发展；五是利用微视频传播一些优秀的论文；六是翻译成英文等世界主要语言，然后提供给孔子学院，让期刊成为外国学生了解中华优秀传统文化的一个窗口。

其四，怎样编好《走进孔子》？一是要绷紧意识形态这根弦，在整理优秀传统文化的同时，还需要加强现代意识、政治意识。二是要加大约稿力度。尤其是那些具有一定社会美誉度的学者，努力把他们的深刻思想熔铸到通俗易懂的文章中，要规避那种纯粹学术性论文的写法。三是针对当下青年人关注的一些问题进行理论阐释。四是注重提炼出一些话题，然后有组织地引领这些话题，甚至促成一些话题成为全社会关注的核心话题。实际上，针对当下的一些问题，我们都可以从古人那里找到破解的智慧。为此，我们可以使用逆推理的办法，立足当下，追溯历史，然后从孔子那里寻找解决当下人类所面临的一些问题，真正让中华优秀传统文化给世界带来智慧和启迪。

其五，我为《走进孔子》描画了美好愿景。第一，《走进孔子》能够像《读书》一样，注重在借鉴世界现代文化和中华优秀传统文化上下功夫，由此使期刊成为知识分子所推崇的高水平的期刊；第二，《走进孔子》能够像《故事会》一样，注重用通俗化的语言讲解中华优秀传统文化的道理，由此使期刊成为大众喜闻乐见、为大众益智增辉的通俗读物；第三，《走进孔子》能够像《半月谈》一样，脚踏中国大地，放眼世界现实，成为中华优秀传统文化向世界传播中国声音的权威平台；第四，《走进孔子》能够像世界一些著名大众读物一样，成为世界读者所推崇的期刊，为切实提高中国文化软实力作出贡献，成为具有广泛影响的世界品牌。

（2022 年 5 月 2 日）

# 在山师文学院召开的新教师入职欢迎仪式上的发言

尊敬的各位老师：

上午好！

感谢学院领导给我这样一个机会，让我作为教师代表给入职的新教师说几句心里话。

首先，我们要注重赓续文学院前辈学者献身学术的精神。文学院这一舞台已经有 71 年的历史了。在这一舞台上，田仲济老师、严薇青老师、庄维石老师、薛绥之老师、冯中一老师、高更生老师、朱德发老师、蒋心焕老师等一大批已经离开了我们的前辈学者，不仅在此挥洒过他们的青春，而且还把自己的生命与学院融为一体。正是在他们的精心耕耘下，昔日的中文系、今日的文学院才有了如此之多的成绩、才拥有了当下的山东省“双一流”学科等荣誉称号。

在今天这一入职仪式上，我建议，全体起立，以表达我们对前辈学者的无限缅怀之情和赓续其学术精神之志！

其次，我们要注重向学院的一大批已经退休多年的资深学者学习。这批学者有的已经九十来岁了，有的八十来岁了，年轻的也六七十岁了。他们退休之后并没有退出学术的舞台，而是继续矢志不渝地耕耘在学术园地里。像李衍柱老师、吕家乡老师、宋遂良老师、夏之放老师等，尽管早就在中国学术史上确立了自己的位置，但他们并没有停止学术研究的脚步，还在继续著书立说。他们在校园漫步时步履蹒跚，但在学术研究的道路上却是脚步轻盈的。每每看到这一场景，我便充满了继续献身学术的勇气。这些资深老师可谓我们身边看得见的楷模。

再次，我们要注重向学院的一大批在岗的老教师学习。在全国诸多高校的文学院中，山师文学院之所以还能够有一定的影响力，主要是在一些标志性指标上还有一席之地。像守森老师在2021年获得山东省社科一等奖之后，今年（2022年）在《文史哲》上又发表了重要论文；像魏建老师在获得教育部人文社科二等奖之后，今年在中国现代文学研究会年会上被推选为副会长，成为我们学院继田仲济老师、朱德发老师之后的又一位当选研究会副会长的老师，这对提升学院的学术软实力至关重要；像均平老师、石玲老师等东岳学者，他们的身上仍没有一丝的人生秋意，依然勃发着学术创新的浓郁春意。

最后，我们要注重向学院的同龄人学习。同龄人是我们每个人成长的重要参照坐标。在文学院的历史上，一名学者的崛起大都与同龄人的崛起互为动力。像吴义勤、张清华、季广茂、张玉来、张光芒、赵奎英等一批“六〇后”学者，当年便是在互相学习、互相切磋、互相竞争中共同走向全国学术界前线的。这批老师尽管已经离开了文学院，但他们当年崛起的文化土壤并没有就此流失——这便是老教师提携年轻教师、年轻教师尊重老教师，青年教师互相竞争但不互相拆台，即便在有些事情上做不到同心、但为了学院的发展能够做到协力，正是在这诸多历史合力的共同驱动下，个人实现了一次又一次的自我超越，学院实现了一次又一次的伟大跨越。在诸多青年教师中，需要特别提及的是入职仅一两年的韩存远博士，他不仅在一般“C刊”上发表了多篇论文，而且还在《文学评论》《文艺研究》等权威期刊上发表了论文，这为我们树立了一个很好的标杆。

我从求学算起来到文学院已有38年，担任教师已有31年。当年，我入职时觉得未来的日子非常多，做什么事情都不要太着急。实际上，日子过得太快了，眨眼间，30多年的时光已经化为历史。这提醒我们，趁着青春作伴，我们需要以前辈学者那种“学术研究即为人生的展开方式”的生活态度为自己的座右铭，以追赶者的姿态，昼夜兼程，做出点成绩，以便我们再过三五十年回顾文学院的历史时，发现自己也像前辈学者那样，为文学院的发展作出过自己的贡献，从而无愧于文学院为我们提供的人生大舞台！

（2022年8月21日）

# 展恢宏气势　谱师大新章

## ——分子与纳米探针省部共建教育部重点实验室建设回眸①

2007 年，对已经在山东师范大学奋斗了 13 个年头的唐波教授和他所领导的团队来说，注定是一个收获时节——经过了春华、沐浴着夏雨、收获着秋实，这既是一个按照时序自然收获的结果，也是一个超越时序并创造时序的结果。

就在这一年，唐波教授和他领导的“分子与纳米探针”省部共建教育部重点实验室被批准立项建设。对此，国家杰出青年、北京大学裴坚教授在对实验室的发展和取得的成果惊诧不已的同时，曾不无感慨地说：“你们这么干，让我们怎么干?”

就这一年，唐波教授荣获了国家杰出青年科学基金，这是山东师范大学首次承担国家自然科学人才基金，该基金的资助经费达到了 200 万元。

其实，像这样一些不断地刷新着师大历史记录的事件，早在 13 年前就已经悄然发生……

① 本文系著者在 2007 年 11 月受科技处之邀撰写的一篇文章，后来因诸多原因没有刊出，今收入本书，一是呈现我在新世纪之初的写作状态——除了论文写作，还时常涉猎一些散文类的文学写作；二是对化学学科近年来砥砺前行并不断取得诸多成绩的礼赞——缘于我所在的学报编辑部办公室与化学实验楼为邻，我目睹了一代代学者没有节假日加班加点真抓实干的真实场景，并且，在我感到劳累的时候，抬头望去，每每看到老师们忙碌的身影，便有了继续奋斗的力量和信心。

## 一

13 年前，即将刷新师大历史的一大批人物，应历史之召，陆续地来到了山东师大，这是他们实现个人理想、书写师大历史的开端。

1994 年，年轻的南开大学博士毕业生唐波怀着对未来的憧憬走进了山东师大。唐波教授是在徽州文化的滋养下成长起来的，他以其坚忍不拔的“徽骆驼”精神，以其四海为家的草根文化为根脉，开始了在齐鲁大地书写历史的搏击历程。

1998 年，美国加州大学洛杉矶分校访问学者陈德展教授，在沐浴了大洋彼岸的现代科技的洗礼之后，也怀揣着报效祖国的一颗拳拳之心，回到了曾经哺育自己成长的母校，准备向着化学的新领地发起进攻。

1999 年，在美国南卡大学博士后流动站出站的董育斌教授，也来到了山东师大。此后，美国西北大学博士后石志强教授，国家级有突出贡献专家辛寅昌教授，南开大学博士石敬民教授，原山东大学博士生导师申大忠教授，特聘教授佟致合教授（中科院院士）以及一批具有博士学位的青年骨干，陆续萦集在山东师大。

从此，山东师大化学领域的崭新历史，在他们的手中写就！

## 二

创造历史的人，从来都能挣脱现实的羁绊，胸怀远大理想，又能实实在在地走好脚下的每一步。唐波教授和他所领导的团队的就是一批具有这样品格的人。

20 世纪 90 年代初期，山东师大的化学学科科研基础薄弱，研究方向分散，学科建设水平较低，被很多人看作是一片贫瘠的土地，是一片无法生长出希望的土地。但这对创业者来说，恰是挥洒青春和壮志的丰厚土壤。借用唐波教授的那句话来说：“一切都搞好了，还要我们干什么！”这掷地有声的话语，犹如为重点学科这一大厦打下的第一根桩，找寻到了它那坚实的基点！

第一根桩已经打下去了，已经深深地植根于师大优秀文化传统中了，但如何破茧成蛹，还是摆在唐波教授和他的团队面前的一个非常艰难的困局。他们用现代理性的精神，认真地分析着学科和地域的优势，最后得出了一个基本的结论：重点实验室的建设和发展必须紧紧围绕国家和地方经济社会发展需求，必须在准确把握本学科领域的发展前沿、紧紧围绕国家经济社会发展需求的基础上，根据自己的条件和学术积累找出比较优势，突出自己的特点，进行正确的目标定位，针对学科前沿和经济社会发展的重大科学问题选准研究方向，集中力量进行重点突破，不断延伸自身的优势领域，始终保持鲜明的优势与特色，确立自身存在的价值和不可替代作用。并根据山东省经济和社会发展需求，针对精细化学品行业污染严重的现状，开展纳米催化与高效分离材料研究，重点解决化工生产污染严重的相关领域中重大关键性、基础性和共性技术问题，促进相关行业中的科技创新和技术进步，为增强我省乃至国家的经济实力、科技实力贡献力量。明确的目标定位与主攻方向，拓展了实验室的学科领域与范围，凸显了实验室的特色与优势，为重点学科这一栋大厦画出了属于师大的崭新图纸！

第一根桩已经打下去了，建设重点学科的图纸也有了，那随之而来的问题就是如何在这个基础上用一砖一瓦来建构美丽的大厦了。然而，建构大厦所需要的一切在哪里呢？

“沧海横流，方显英雄本色！”英雄本色，在艰难困苦的环境下，在一般人望而却步的情形下，才能得以尽情地显示！

没有研究经费，他们就走出去！他们针对山东省是化工大省的实际情况，首先在临沂、德州、胶南等地建立了产学研一体化的合作研究基地，在山东金沂蒙集团、山东省武城康达化工有限公司、山东三塑集团有限公司、青岛天元化工有限公司、山东师范大学化工厂建立了 5 个科技成果产业化基地并成立了 2 家高科技产业化公司。就这样，唐波教授和他的团队在服务山东经济社会发展的同时，也走上了产学研结合和科研成果产业化，以科研成果带动重点实验室、进一步发展良性循环的快速发展轨道。

事实上，走出去后的天地是很宽广的，也是大有可为的。唐波教授和他的团队首先瞄准的是围绕困扰化工生产的污染问题，开展了精细化学品清洁生产的技术与理论研究。无论酷暑寒天，还是节假日、星期天，他们跑工厂、进车间，与工人同吃、同住、同劳动，对生产中的问题提供技术咨询和服务，又同时研究工厂生产中的一些技术难题。2001 年获得国家科技进步二等奖的“磷矿粉直接法生产 N、P、K 硫基或氯基三元复合肥新工艺研究”的成果就是在这样的条件下取得的。该成果重点解决了传统复合肥生产中副产磷石膏的污染问题，实现了废弃物的零排放；该项目技术生产的复合肥更加适合我国农作物生长的营养需求，更容易被农作物吸收，且能有效控制肥料的营养成分（N、P、K）的释放速度，使其不易随水土流失，避免了因肥料使用过程中大量流入水体引起的水环境污染问题。

在取得了一系列成果的同时，他们的运作模式获得了社会的普遍认同。他们与山东三塑集团和省农科院合作项目“农用仿生态双波段光能转换薄膜”，又取得了重大进展，在黄瓜、西瓜等大田种植试验中，黄瓜增产 30%—60%，西瓜增产 10% 左右，该项目产品正在推广应用中。此外，他们的“重要农药、医药中间体的绿色化工生产技术集成研究”，也取得了成功。他们研制开发了多种新型高效催化剂，完成了 26 种重要精细化学品的清洁生产，该生产技术一套设备能生产多种产品，设备投资少、能耗和生产成本低，解决了这些产品现有生产工艺严重环境污染问题，从源头上防止了化工产品生产的环境污染问题。

## 三

俗话说，种瓜得瓜，种豆得豆，所有的付出终将得到回报。唐波教授和他所领导的团队的倾力付出和所取得的成绩，再次印证了这一俗语的真理性。

——实验室在获得了自身发展、科研成果转化与技术创新水平显著提高的同时，为社会创造了非常可观的效益，他们累计为社会创造产值 10 余亿元、利税亿元以上，产生了显著的经济效益和社会效益，为山东省的经济建设和社会发展作出了重要的贡献。

——“十五”以来，分子与纳米探针重点实验室已经取得了一系列标志性的研究成果，先后获得国家科技进步二等奖 2 项，山东省科技进步一等奖 2 项、二等奖 1 项，山东省自然科学一等奖 1 项、二等奖 2 项。其中实验室主任唐波教授主持的《磷矿粉直接法生产硫基或氢基三元复合肥新工艺》于 2001 年获得国家科技进步二等奖；2006 年，唐波教授主持的《重要农药、医药中间体的绿色化工生产技术集成》项目再次获得国家科技进步二等奖，成为实验室的领军人物。

——分子与纳米探针省部共建教育部重点实验室在不断提高科技原创力和竞争能力的基础上，瞄准国际科技发展前沿，围绕国家和山东省经济社会发展目标，近年来主持承担了国家“973”计划，教育部新世纪优秀人才支持计划，国家自然科学基金重点、重大计划项目、面上项目及国家科技攻关项目等高层次课题 21 项，省部级课题 28 项，企事业单位横向委托课题 26 项。申请发明专利 37 项，目前已授权 13 项；鉴定科技成果 19 项。

——近年来，分子与纳米探针实验室在具有国际影响和高质量的研究成果上狠下功夫，鼓励科研人员在国际顶尖的学术刊物上发表文章，取得了突破性进展，已成为高水平科学研究和高层次人才培养的重要研究基地。在海外重要学术期刊上发表 SCI 收录论文 405 篇，其中影响因子大于 3 的研究论文 56 篇，被引用 1200 余次。仅在 2006 年一年内，实验室科研人员就在美国化学会会刊上发表了 5 篇研究论文（SCI 收录，影响因子大于 7）。为此，我国自然科学综合性学术刊物《科学通报》在科技进展专栏发表文章报道了我校唐波、董育斌教授研究组的可调谐发光超分子体系研究成果。该项系列研究成果 2017 年在国际化学类顶级刊物《美国化学会志》连续发表了 5 篇论文，引起了国际学术界的高度关注。

——经过十几年来的建设和发展，实验室形成了一个创新团队，整体实力突出，群体优势明显，在分子与纳米探针理论与技术研究领域取得了一系列重大科技创新成果，已处于国际先进、国内领先水平。与国内同类实验室相比，其优势在于方向明确，特色突出，学科门类齐全，科研课题层次高，研究方向集中，基础研究和应用研究并举，科技创新能力和科技竞争力较强，在国内外产生了广泛的学术影响，其产学研一体化的研究特色得到了科技部和山东省的充分肯定和高度评价，在引领精细化学品清洁生产方面发挥了重要作用。

——实验室已经和国内外一些知名大学建立了密切通畅的学术交流平台，成为山东师大对外交流的窗口。近年来，实验室科研人员多次应邀去美国、俄罗斯、瑞典、澳大利亚等国家以及我国的香港、台湾等地进行学术交流和合作研究；同时多名国外的化学家来实验室进行学术交流和讲学。此外，实验室与北京大学、清华大学、南开大学、中山大学、中科院理化所和化学所等国内著名大学和科研院所保持着密切的学术合作和协作关系，在国内外产生了广泛的学术影响，为今后的科学持续发展奠定了坚实的基础。

——“十五”以来，分子与纳米探针重点实验室聚精会神搞建设，一心一意谋发展，积极参与国际国内科技竞争和学科建设。一方面，加强硬件条件建设，吸引了国家、省财政、学校和社会、企业的多元化资金投入800多万元，研制和购买了一批大型仪器设备以及相关图书资料，改善了科研条件，提高了科研设备的层次和水平；另一方面，着力加强软件环境建设，建立健全科研管理办法和各项规章制度，实行动态管理，形成规范有序、卓有成效的运行体系。实验室建设了“农药、医药中间体清洁生产”教育部工程研究中心、国家化工行业生产力促进中心油田化学品分中心和山东省农药、医药中间体清洁生产工程技术研究中心，设立了分析化学省级重点学科、精细化学品清洁合成“十一五”省级强化建设重点实验室，拥有分析化学博士学位授权点、物理化学博士学位授权点、化学一级学科硕士学位授权点和应用化学授权点。这些研究平台和学科之间的交叉融合，促进了科学研究、学科建设与人才培养的有机统一，为学科群的协调发展提供了有力支撑，也进一步推动了实验室自身的建设和发展。

## 四

唐波教授和他领导的“分子与纳米探针”省部共建教育部重点实验室被批准立项建设，标志着他们已成为国家科技自主创新能力建设的一个有机组成部分。然而，这对唐波教授和他所领导的团队来说，仅仅是一个新的征程的开始，他们清醒地意识到，学术研究的道路任重而道远。他们又把自己的奋斗方向瞄准在另一个新的目标上，那就是集中有限资源，装备相对精良的仪器设备，建立先进的运行机制，将实验室建设成为一个全新的平台——既是高水平科学研究的平台，又是高层次创新人才培养和汇聚人才的平台；既是培养和形成国内一流学科的平台，也是资源共享和成果转化的平台；形成在国内具有明显竞争能力、充分体现学校学科优势与特色、体现学科交叉并具有学科群性质、能够持续产生重大科研成果的科技创新平台。

事实上，13 年的岁月更替在历史的长河中尽管只是一瞬，然而，在师大的发展史上，唐波教授和他所领导的团队在酷暑和寒冬中打拼的 13 年，却是超越时序并创造时序的 13 年，是展恢宏气势、谱师大新章的 13 年！

（2007 年 11 月）

# 附 录

# 近年来相关评论文章、学术成果及获奖情况

## 附录一：相关评论文章选

# 鲁迅研究的新维度

## ——评《现代教育与鲁迅的文学世界》

周海波[1]

《现代教育与鲁迅的文学世界》（人民出版社 2020 年版）是李宗刚教授系统研究现代教育与中国现代文学关系的一部学术论著，也是近年来国内鲁迅研究界的重要成果。该书着力于对鲁迅及五四文学进行全新阐释，既与作者旧著《新式教育与五四文学的发生》等存在密切的联系，又具有学术独立性。作为分量厚重的学术专著，作者从现代教育的视角对鲁迅的诸多学术原点问题展开研究，提出并解决了鲁迅研究、中国新文学研究的重要问题，为学术研究提供了新的文学史思维，对于重新认识鲁迅、认识中国新文学的发生与发展具有长远学术意义和建设性价值。

首先，该书的多维度研究拓展了鲁迅研究的学术新视野，展现了对于鲁迅进行多种阐释的可能性。作者以现代教育为研究框架，在这一基础上架起了教育与文学的桥梁。作者紧紧抓住了中国现代文学创建之初两个相互存在的关键问题，深刻阐述了中国新文学发生的内在依据及其文学史问题。在作者看来，现代教育为中国新文学的诞生提供了必要的知识和文化背景，而五四新文学为现代教育开启了新的领域。没有现代教育就不会有五四新文学，没有新文学也难有真正的现代教育。这两个相辅相成的问题，被作者置于中西文化交汇的大

① 周海波，青岛大学文学院教授，博士生导师，国家社科基金重大招标课题主持人。

背景下，从鲁迅接受现代教育到从事现代教育，再到其文学创作中体现现代教育理念和特征，在多维视野中展开了新的鲁迅研究。作者敏锐地发现现代教育为鲁迅提供的科学知识，诸如地质学、医学、生理学等，培养了鲁迅的文化人格。例如，鲁迅求学日本时期所学习的解剖学，不仅使他获得了对人的身体骨骼的认识，更重要的是获得了一种认知社会的方法和科学的精神，使他的思维从以自我意识为本位转移到了以客体事实为本位。正是这一重要转移，使鲁迅对社会、对人生有了更加冷静的认知，能够更深刻地进入客体的深处，对社会、对人生的肌理进行细致入微的剖析。

其次，该书的研究方法与手段多样化，强调文本分析与理论建构融会贯通。该书致力于寻找鲁迅文学世界的精神资源和知识来源，探究现代教育与鲁迅文学世界的建构之关系。作者在讨论现代教育与鲁迅文学世界的关系时，以点带面，通过几个节点、几个作品的分析，深刻阐释了鲁迅的现代教育经历与文学创作的关系。在研究过程中，作者更多考虑到现代教育对鲁迅精神世界和艺术观念的影响，把握了鲁迅作为教育家、文学家的精神实质，从而找到鲁迅成为新文学作家的内在逻辑。在这方面，作者主要用力在现代教育与鲁迅小说的发生方面，论述了鲁迅小说创作的内在动力、鲁迅的小说观与小说文体的建立等。同时，该书在研究方法上，既有对现代教育与鲁迅文学世界的宏观研究，也有文本细读的微观研究。从宏观方面看，作者紧紧抓住现代教育与鲁迅的思维方式、知识结构、科学精神等密切相关的重大理论问题，深入探讨了五四文学建构及其特点。从微观方面看，作者在文本细读中，又从文学本体出发，全方位地阐释了鲁迅对传统教育、现代教育的书写，在多重视角的观察中力图还原鲁迅的教育世界与文学世界的生动场景。由此，该书在系统梳理和论述中很好地呈现出现代教育与鲁迅文学世界的艺术风貌。

再次，该书对鲁迅研究的若干问题探幽发微，显示了作者细致的学术功夫。研究现代教育与鲁迅的文学世界是一个重大课题，不仅涉及现代教育、鲁迅及其文学创作，而且涉及与鲁迅相关的地质、矿物、医学、生理、生物等学科领域，还涉及鲁迅从事教育活动的诸多方面，诸如鲁迅的教育思想、教育方法、教育方式等，在文学领域涉及鲁迅文学思想的建立、鲁迅与现代文学传播等，同时也关系到现代教育与鲁迅的多重关系，诸如现代教育与鲁迅的人格养成、知识结构、文化心态等。对于这些现代教育的课题领域，该书都有详细分析、周密论证，阐述了独特的学术观点。再如作者通过鲁迅日记逐条查询了鲁迅一生讲课与讲演的情况，这些数据准确而全面，从一个侧面客观反映了鲁迅作为教育家的教学活动。该书全面深入地对《孔乙己》《藤野先生》《五猖会》等进行文本细读，更是以往学术研究中较少论及的。作者对鲁迅这些常谈常新的作品作出新的阐释，发掘了新的文学景观，如从现代教育与知遇之恩的角度解读《藤野先生》，从传统教育对人性遮蔽的角度解读《五猖会》等等，都给人以新异的感觉。

综上，该书构造了严谨的学术思想体系，显示出作者开阔的学术视野、科学的研究方法、扎实的文献功底和独到细致的文本细读能力。面对鲁迅及中国新文学的复杂形态，该书层层展开、深入剖析，恰到好处地解决了提出的问题，对鲁迅接受的现代教育、获得的科学方法、形成的科学思维以及他所从事的教育活动为他的文学世界带来的特质等，都给予了独特而深刻的回答，尽管未必能够解决所有问题，但在很大程度上可以说是相关领域取得的突破性进展。

（原载《山东社会科学》2021 年第 6 期）

# 从跨学科视阈探究鲁迅的文学世界

## ——读李宗刚著《现代教育与鲁迅的文学世界》

杨剑龙[①]

李宗刚从现代教育视角系统研究中国现代文学，应该源于其博士学位论文《新式教育与五四文学的发生》。在著名学者朱德发教授的指导下，其博士学位论文从新式教育的课程、教师、学生、公共领域、科学品格等方面，系统深入地研究了五四文学的发生。该著2006年由齐鲁书社出版，朱德发先生在其序言中评价说："这不仅在很大程度上突破了前人对五四文学发生学的整体框架，填补了长期被忽略的薄弱环节，而且也为五四文学发生学探讨开拓了新思路，展示出五四文学与现代教育跨学科研究的可能性和必要性。"李宗刚在其博士学位论文、尤其是第八章《新式教育的科学品格与五四文学的发生——以五四文学主将鲁迅为例》的基础上，拓展撰写成《现代教育与鲁迅的文学世界》一书，从现代教育的跨学科视阈，以33万字的篇幅全面深入地分析研究鲁迅的文学世界。该著于2020年12月由人民出版社出版，以跨学科的视阈、鞭辟入里的探究、多元融合的方法，拓展了鲁迅研究的视野，深化了鲁迅文学研究，成为近些年来鲁迅研究的重要成果。

李宗刚由现代教育进入鲁迅的文学世界，从跨学科视阈系统地探究鲁迅的知识结构、文化人格、文学创作等。其论著《现代教育与鲁迅的文学世界》，

① 杨剑龙，上海师范大学光启国际学者中心驻院研究员、人文学院二级教授、文学博士、博士生导师，都市文化与文学创新团队成员。

全面系统地梳理研究了现代教育对于鲁迅及其文学世界的建构、所产生的重要作用及影响，从而以鲁迅为个案，深入探究了现代教育对于中国现代文学的奠基作用和影响。作者从现代教育视角探究鲁迅现代小说的发生，结合藤野先生等精神导师对鲁迅的影响梳理鲁迅现代思想的生成，从通俗教育研究会小说股主任的角度分析鲁迅现代小说的生成，结合《新青年》编辑的约稿分析鲁迅现代小说的诞生。作者从鲁迅所从事的新文学教育探究其传播新文学及职业作家身份的确立等，在鲁迅讲课与演讲的数据统计后，梳理分析鲁迅兼课的文化动因及新文学的传播，并从政治生态、文化启蒙、出版市场等方面分析鲁迅职业作家身份的确立。作者以文学文本分析现代教育与鲁迅文学世界的建构，从《藤野先生》分析现代教育拓展的人生新疆域，从《五猖会》分析传统教育的寓言化书写，从《补天》分析现代教育与多元的文本世界。作者从现代教育背景分析鲁迅的影像及其文化冲突，分析周氏兄弟失和对其文学世界建构的影响，分析鲁迅与胡适的和而不同，分析鲁迅影像的自我建构和他者建构，分析鲁迅斗士影像的生成与辩证认识。作者还从文学史书写的角度分析鲁迅影像建构，分析《孔乙己》在文学史书写中的影像变迁，分析 1981 年版《鲁迅全集》注释体例的演变及其文学史意义，分析 70 年来《鲁迅全集》注释的研究热点与前沿动态。李宗刚的《现代教育与鲁迅的文学世界》一书，从现代教育与文学世界的跨学科视阈，从现代教育的接受、现代教育的传播、现代教育的拓展、现代文人的比较、文学史影像建构等角度，全面深入地研究了鲁迅文学世界的建构，在新颖独特的选题中独出机杼，既拓展了鲁迅研究的视野，也深化了鲁迅与中国现代文学关系的研究，成为近年来文学研究的重要成果。

李宗刚以鞭辟入里的深入探究，从诸多史料的梳理与研究中得出独特新颖的观点，体现了其学术研究的深入。他在研究中常常于诸多史料的搜集与探究中独辟蹊径，在发现前人所忽略的重要论题时能够展开深入肯綮的梳理分析，在富有逻辑性的梳理分析中，又能独抒己见，呈现其学术研究的力度与深度。民国时期教育部于 1915 年增设了半官方机构通俗教育研究会，分为小说股、戏剧股、讲演股，鲁迅于同年 9 月 1 日被任命为通俗教育研究会小说股主任。李宗刚以这一被学界忽略的史实提出了“通俗教育研究会与鲁迅现代小说的生成”的论题，通过《小说股办事细则》《审核小说之标准》梳理小说股的特点；分析通俗教育研究会小说股主任这一角色，使鲁迅从如何建构民国政体这一根本点上来考虑新小说的发展；认为鲁迅担任通俗教育研究会小说股主任时制定的“审核小说之标准”，在鲁迅蜕变为新小说作家的过程中占有极其重要的地位，起到了重要作用。他由此提出：重新审视通俗教育研究会这一民国教育体制内的机构，审视其对现代小说发生所产生的影响，以及这些影响是通过怎样的方式实现的，具有非常重要的历史意义。在鲁迅文学创作道路上，其在《新青年》上发表《狂人日记》《孔乙己》《药》等作品，使鲁迅的创作成为新文学的实绩。李宗刚从编辑视阈对其进行研究，设定了“《新青年》编辑部约稿与鲁迅现代小说的诞生”的论题，提出《新青年》编辑钱玄同向鲁迅约稿，使得期刊的生产方式发生了根本性的变化。正是在这种新生产方式的制导下，作者所创作出来的作品便继承了期刊的文化立场，编辑所编发出来的作品便体现了期刊的文化诉求，读者所阅读的作品便渗透了期刊的文化期待。李宗刚认为，鲁迅成长为新文学作家是诸多历史偶然性和必然性因素共同作用的结果，其中《新青年》编辑的约稿对鲁迅成为新文学作家起到了不容忽视的作用。鲁迅与胡适都是中国新文学的先驱者，他们在文学观念、处事方式、文学创作等方面，既有相似处，又有不同处。李宗刚据此设定了“鲁迅与胡适‘和而不同’的现代文化阐释”的论题，在详尽梳理分析后认为：鲁迅与胡适的关系终其始末是“和而不同”，其基调是“和”。他指出，鲁迅对胡适在文学革命中的贡献以及胡适的学术研究成就均给予了充分的肯定，胡适对鲁迅的白话文创作实绩、前期的杂文创作以及小说史研究等贡献给予了高度的评价。鲁迅和胡适的“和”是统一在其现代文化理念上的“和”，而他们的“不同”则是在“和”的前提下的“不同”，主要体现在其具体的文化方法和策略的差异上。在其论著《现代教育与鲁迅的文学世界》中，李宗刚选择了诸多独辟蹊径的论题，在详尽的梳理、细致的分析中，常常能够鞭辟入里、独抒己见，呈现出其学术研究的深入与深刻。

李宗刚以多元融合的研究方法，深入现代教育与鲁迅的文学世界，探究鲁迅文学世界生成与建构的过程，思考与发现鲁迅及其文学世界获得永恒生命的原因。他以教育学的研究方法分析探究鲁迅所接纳的西学知识，分析现代教育的科学品格对鲁迅文化人格的影响；以社会学的研究方法，重新解读鲁迅的《藤野先生》，分析现代教育制导下的知遇之恩，从而梳理知遇之恩与鲁迅的精神资源；以统计学的研究方法梳理鲁迅讲课及演讲的数据，并在鲁迅日记中梳理鲁迅讲课及演讲的详情，分析鲁迅的兼课与新文学的传播；以文献检索学的研究方法梳理分析 70 年来《鲁迅全集》注释研究热点与前沿动态，通过对超星数据库的检索，分析《鲁迅全集》注释研究角度的变化，概括《鲁迅全集》注释研究的总体特征；以文学研究的方法分析现代教育与五四文学的创建，梳理人生支点的确立与鲁迅的文学创作；以编辑学研究的方法分析通俗教育文学研究会与鲁迅现代小说的生成，探究《新青年》编辑约稿与鲁迅现代小说的诞生；以文化比较的研究方法分析周氏兄弟从“兄弟怡怡”到“兄弟失和”的历史必然；以哲学辩证的研究方法阐释鲁迅与胡适“和而不同”的相互关系，分析鲁迅与胡适“和而不同”的文化功能；以信息传播学的研究方法分析鲁迅的兼课与新文学的传播，探究鲁迅兼课的文化动因和效益；以接受美学的研究方法分析《孔乙己》在文学史书写中的影像变迁，探究《孔乙己》的文学史书写隐含的历史规律。在《现代教育与鲁迅的文学世界》中，作者按照不同的论题，选择与论题相贴切的研究方法，在细致与深入的梳理、分析中道出其独特而深入的发现与见解，在独辟蹊径中独抒已见。

李宗刚在该著的后记中说：“客观地说，鲁迅及其文学世界是一个无法穷尽的世界，不同时代的读者和学者会对鲁迅作出不同的理解和阐释。……对影响了中国现代文学发展的鲁迅的发掘和阐释是一个无法穷尽的历史过程。”他在无法穷尽的鲁迅及其文学世界的探究中，兢兢业业，独辟蹊径，在跨学科研究的视阈中，从现代教育角度研究鲁迅及其文学世界，有其独到的眼光与独特的发现，拓展与深化了鲁迅研究，成为近些年来鲁迅研究的重要成果，在研究视阈、研究深度、研究方法等方面提供了独特的范式，给予学术研究界以启迪与范例。

李宗刚循着现代教育与现代文学研究的路径，继续在学术艺苑里耕耘，又陆续发表了《民国教育体制与中国现代女性作家》《民国教育体制内的朱自清及其历史影像》《民国教育体制制导下的现代女性作家典范——冰心所接受的文学教育对其文学创作的影响》《民国教育体制制导下张爱玲的文学创作》等论文，呈现出他在该研究领域的不断拓展，显示出他在学术研究方面不倦探索的突出成绩。

（原载《中国语言文学研究》，社会科学文献出版社 2022 年版）

# 一位人文学者的深广的精神世界

## ——读李宗刚著《跨界的文学对话》

李春林[①]

李宗刚先生已有《中国现代文学史论》《中国当代文学史论》《行走于文学边缘》《新式教育与五四文学的发生》《父权缺失与五四文学的发生》《现代教育与鲁迅的文学世界》《民国教育体制与中国现代文学》[②] 等多部学术专著问世，广获好评。如今，他将未能收录以上诸书的文章汇集于一，名之曰《跨界的文学对话》，可谓“集外集”或曰“著外集”。他之所以如此命名，是因为他曾做过多种工作：写作教学，文学创作，文秘教学，学术研究，学报主编等，并且他的视野所及远远超过了上述领域，关注着社会的许多方面。此作不若作者其他专著那样主题和内容比较集中，却给我们提供了他在广阔的时空中所留下来的生命足印，展现出其深广的精神世界。

### 一

李宗刚似乎有着与生俱来的使命感。当然，使命意识的正式形成，应说还是在进入大学之后。刚入大学两年，他就担任了家乡一份小刊《惠民之音》的编辑。他在《大学期间我的两次编辑经历》一文中写道：“大学生头顶着

① 李春林，辽宁社会科学院文学研究所研究员。

② 该著作为国家社科基金课题的结题成果，被评为优秀等级，其相关研究成果已经发表于《文学评论》《清华大学学报》等学术期刊，并由中国社会科学出版社 2021 年出版。

‘天之骄子’的光环，也多了一份社会责任感和使命感，这种责任感和使命感的直接外化便是振兴家乡的情愫。”① 他知行合一，为家乡的经济发展问题提出了改革方案，并且就惠民地毯厂的发展提出了具体可行的措施。在此文中他三次提及社会责任感和使命感，这已经成为他内心浓郁得化不开的情结。

如果说他对养育了自己的故乡有着难以割舍的使命意识，那么他对整个国家民族的前途命运就有着更为酷烈的忧心。他在《迎合型文化：文化的误区》一文中，将20世纪初和20世纪末（此文发表于1994年）的中国文化类型进行了比较，认为前一种文化是改造型文化，后者则是迎合型文化；前者带来社会的发展和进步，后者则会带来社会的停滞与退步。所以，必须建设改造型文化，而“这需要我们每个文化人切实地担负起建设改造型文化的使命”。他对民族的前途感到十分的忧虑：“很难设想，一个缺少理论思维的民族会最终走向何处。”②

当然，作为一位人文学者，他的使命感更突出地表现在他的学术研究上。那10余本学术专著和数百篇论文、评论等都不是为了评职称而著，他在读博之前就已有高级职称，更不是为了稻粱谋。他一直认为，文学研究或者学术研究，并非仅是个人的事情。他的研究方向和具体选题及某些著作名称（如《新式教育与五四文学的发生》《父权缺失与五四文学的发生》、《现代教育与鲁迅的文学世界》《民国教育体制与中国现代文学》等）既已昭告天下：他的学术研究目的乃是教书育人，为了建设改造型文化，从而推动民族和国家的现代化。为此，他不但力求使自己的学术成果精益求精，而且关心着整个学术界的发展态势和趋向。收入本书的《学术经典是怎样炼成的？——以樊骏〈认识老舍〉为例》就是这方面的典范之作。作者试图通过樊骏以15年磨一剑的功夫打造学术经典这一个案，不独阐释经典形成的原因，还要“匡正当下学术界急功近利和粗制滥造等浮躁学风”③。他与诸多学人共勉：“学术研究与数量没有直接的关系，而与质量息息相关；学术研究是一个极其艰难的探索过

① 李宗刚:《跨界的文学对话》,北京:中华书局2021年,第422页。
② 李宗刚:《跨界的文学对话》,北京:中华书局2021年,第208页。
③ 李宗刚:《跨界的文学对话》,北京:中华书局2021年,第131页。

程，需要永不停歇的探索才会深化认识，才会逐渐打造出精品。”[①] 并且其在论说中，还通过详述樊骏打磨这一精品的过程，显现其人格魅力，从而揭示出一位优秀的人文学者必须做到人品与文品相统一的硬道理。作者撰写此文不避琐碎繁杂，认真地甚至是精细地进行考察比对，准确地描画出樊骏打造经典的轨迹。而这也正彰显出李宗刚本人对学术和经典的敬畏及其价值取向与使命意识。书中的《从中心走向边缘——〈新华文摘〉（1979—2013）文学作品与评论研究》和《中国文学研究论文被引存在的问题与对策》是在更为宏观的层面上对中国文学创作和研究态势的观照，前者爬梳了一个较长时段的文学在社会上的地位及作用的变迁，探寻其深层原因，指出“文学回到其常态，既是一种自然，也是一种进步”[②]；后者从明确的问题意识出发，批评了文学研究论文被引中存在的诸多不良现状，提出文学研究必须纳入科学的轨道，要加强和提高创新性，研究者必须要有求真求是、献身学术的科学精神。前者是要文学工作者（作家与研究者）正确认识自己的使命，后者则指出了文学研究者今后提高自己的途径。它们与评樊骏文同样都是对文学研究怀有强烈使命意识的产物。

李宗刚另一次使命感的爆发则是在他到当时境遇不甚好的学报工作时。学报本系中文核心期刊，那时却已被出列。直面学报的困局，他没有退缩。他本来就禀赋中国传统文人那种“穷则独善其身，达则兼济天下”的人生准则，主动参与了学报主编和编辑部主任的竞岗。他赞同曹丕所言，认为文章系“经国之大业，不朽之盛事”，认为印出的文章可以超越时空，抵达遥远的将来，因此对自己的工作有敬畏之心，使命感也更加自觉和沉重。要完成自己的使命，就要有献身精神，于是他以自己的腰椎突出、颈椎突出的代价，换来了业绩的突出。在他的带领下，局面很快得到了扭转，在他上任两年后，在2013 年度的复印报刊资料排行榜中，《山东师范大学学报》就进入了全国高校学报前列，其中转载率和转载量名列第 12 名，综合指数第 14 名。又经过卧薪

① 李宗刚:《跨界的文学对话》,北京:中华书局 2021 年,第 190 页。
② 李宗刚:《跨界的文学对话》,北京:中华书局 2021 年,第 106 页。

尝胆式的艰苦跋涉，终于在2019年进入了《中文社会科学引文索引（CSSCI）来源期刊（2019—2020）目录》。他有着高度自觉的使命意识和高远宏阔的发展视野，不会拘囿于自己的一方田地，而是审视和思考着更为深广的问题，于是他又提出了建立中国特色社会主义期刊评价体系的问题。他批评了虽然我们已经初步建立起自己的评价体系，却依然把西方学术期刊评价体系纳入自我的评价体系中的现象，明确指出，由于我们自己建立的评价体系连自己都不认同，自然也就不会被西方所认同。他主张，我们应该重新整合既有的学术期刊评价体系，分别建立起关乎自然科学的"中文科学引文索引（CSCI）来源期刊"和关乎社会科学的"中文社会科学引文索引（CSSCI）来源期刊"，从而为中国学术走出去奠定基础。[①] 这事实上也是他的使命意识和精神世界向更为广阔的空间延伸。他认为，学术期刊不能一味地受制于作者，而是要干预或参加学术生产。要创新和引领，就要有更为自觉的意识和主动的担当，"真正促成学术期刊主动担当起时代和历史赋予的光荣而艰巨的使命"[②]。他主持编选出版了《〈山东师范大学学报〉文粹书系》（将在该刊上发表的论文进行分类梳理精选，按照学科专业或专题出书），支持同事孙昕光撰写《大数据时代学术期刊编辑学研究》，都是基于他对于学报编辑要"具有更开阔的文化视野、更宽广的文化胸襟、更神圣的文化使命"[③] 的理想追求与使命意识的深度自觉。这一理想使命在他自己那里得到了完满的实现。

关于李宗刚的使命意识，曹明海这样说道："强烈的学术研究责任感和时代学术使命，紧紧地包围着他。"[④] 他确实已经完全被使命意识所裹挟，"二六时中，无有已时"。他曾冒着高温酷暑在没有空调不开电扇（怕声音影响后排同学听课效果）的教室里大汗淋漓地给函授班学生上课，衬衫已经湿透，人却稳如泰山，完全投入，妙语连珠，愈益精彩。一位同学写道："道义感和使

① 李宗刚：《跨界的文学对话》，北京：中华书局2021年，第457—458页。

② 李宗刚：《跨界的文学对话》，北京：中华书局2021年，第462—463页。

③ 李宗刚：《跨界的文学对话》，北京：中华书局2021年，第416页。

④ 曹明海：《学者散文拓开的文学新境域——读李宗刚的〈行走于文学边缘〉》，《创作与评论》2017年第18期。

命感在他身上体现得淋漓尽致。”[①] 此时此刻，他的使命意识俨然已经饱满得自然溢出，进入了忘我的无意识状态。

## 二

李宗刚认为，学报主编应有“现实情怀、历史担当、志在诗和远方的理想”[②]，其实这也是一位人文学者的基本品格。

李宗刚是性情中人，感情世界极为丰沛，家国情怀甚为深沉。

首先是他对五四精神的深情。李宗刚主要研究中国现代文学，深受五四精神的熏陶。他将五四精神视为中国民族现代化的关键所在。同时，山东师范大学又有着自己的五四精神传承脉络，五四精神在山师的几代学子中鲜活可感。他在《五四精神在山东师范大学的传承脉络》一文中对此进行了叙说，从田仲济到朱德发，都接受过五四精神的哺育，也都从事五四研究。李宗刚本人亦如是，从事五四文学发生学的研究，并有两本相关专著问世。

其次，他对求学、教学、研究、办刊等都有着激情。在他那里，所有这些，都是关涉家国和民族前途与命运的事业，不单是使命的自觉，亦是感情的需要。

李宗刚认为，从一个学校到另一个学校读书，乃是“我们自己的精神从一个栖息地到另一个栖息地的过程。在这个更为理想的精神栖息地里，尽管时间之河将我们的思念（按：对亲人）带走，甚至将冲刷掉我们的生命，最终彻底地把我们揽入他那博大的胸怀里，但历史会记住，我们曾经的创造，那是我们对文化的传承、对科学的皈依、对理想的迫近。这，将最终证明我们行进在求学路上时一切的付出、一切的劳作，都值得如此肯定”[③]。这是作者在他作为研究生入学时的深情感叹，其内蕴显然亦可扩大到教学活动和学术研究等方面。他在教学中，每每会因为学生们专注于他授课的眼神而感到“情感的

① 李宗刚:《跨界的文学对话》,北京:中华书局 2021 年,第 354 页。
② 李宗刚:《跨界的文学对话》,北京:中华书局 2021 年,第 475 页。
③ 李宗刚:《跨界的文学对话》,北京:中华书局 2021 年,第 342 页。

温度”[①] 提升，显而易见，这是讲者与听者情感的交流与互动，他的授课因之也就变成了情感的活动。他在全国第四届学术期刊文学编辑论坛的总结讲话可谓是一次感情的沸腾和喷薄，以至于他在嗣后再翻检这篇讲话时，“依然难掩情感的激动”[②]。

李宗刚说：“没有情感灌注的文学自然难以真正获得文学的本质属性。”[③]他的学术研究也是有着情感灌注的研究，字里行间自然流露。无论是皇皇巨著，还是单篇论文，大多如此。即以本书为例，我们在《迎合型文化：文化的误区》中读出了对民族前途的焦虑，在《从中心走向边缘》中读出了对文学的缱绻，在《学术经典是怎样炼成的?》中读出了对经典的敬畏，在《郭延礼与中国近代文学研究》中读出了对评说对象的赞叹，在《“文学想象”与“历史存在”的差异性——对十七年文学英雄叙事的再反思》中既读出了对往昔英雄叙事缺憾的感伤，更读出了对当下英雄被边缘化的扼腕叹息。郑利萍这样评说他的文学史研究，“《中国现代文学史论》通过选择主体、选择情感、选择发展这三个维度，从理论上论述了在文学史的写作过程中，文学史的写作主体作为选择主体，依凭其思想观念和情感特质，将文学现象、作家作品作为选择客体并与之进行交互作用，最终外化为思想倾向、情感认同和表述风格各异的文学史著作”[④]，选择情感居然成为他的文学史研究的三个维度之一。他的学术研究是燃烧着感情的学术研究，主体的情感与客体的情感碰撞融汇，势必辉耀出单凭纯理性的观照所难以发现的光芒。在这方面，李宗刚的文学史研究与彭定安先生的蕴有诗情的鲁迅研究有着相似的品格。更不必说他的学者散文“刻意追求着某种主体情感的深化，破译其中被遮掩的密码，把它推向深层性的情感境界”[⑤] 了。

---

① 李宗刚:《跨界的文学对话》,北京:中华书局 2021 年,第 352 页。

② 李宗刚:《跨界的文学对话》,北京:中华书局 2021 年,第 421 页。

③ 李宗刚:《跨界的文学对话》,北京:中华书局 2021 年,第 69 页。

④ 郑利萍:《文学史的转型与史学主体的转型——评李宗刚的〈中国现代文学史论〉》,《连云港师范高等专科学校学报》2018 年第 2 期。

⑤ 谢慧聪:《人生,在学术上绽放出光彩——山东师范大学李宗刚教授侧记》,《联合日报》2018 年 10 月 23 日。

至于怀人之作，更是如此。在《永远的绿色——朱德发教授的生命之路》说恩师有着“绿色的性格”，“追求创造的绿色生命力”；“开阔的胸怀、浪漫的气质、豪放的性格和激荡的生命，也使得他在后来的学术研究中，为捕捉到真理，敢于驾一叶扁舟搏击于时代的大海中”①，富有诗意的语言，饱含着对恩师的崇敬之情。《诗化的生命——冯中一先生逝世一周年祭》更是一篇沉郁幽美的散文诗。《重温青春梦　再铸新人生——山师中文八四级同学聚会感言》洋溢着同学之间的情谊，更流淌着对母校的深情，对母校老师的深情，他向“那些给我们上课的诸位先生们——包括今天参加了本次聚会的先生，因诸多原因未能参加本次聚会的先生，还有那些已经永远离开了我们的先生”② 表达了他和他的同学们对母校老师们的拳拳之心。最后一句尤其令人感动，那些业已离开人世的先生们倘若地下有知也会发出感喟：“我们的学识与人格都后继有人啊！山师精神永不泯灭!”《让人生在自我超越中走向辉煌——在山师 2019 届毕业典礼上的发言》中，角色发生了互换：这里表达的则是他作为老师对学生们的眷眷之情，勉励同学们不要轻易否定别人的梦，更不要放逐自己的梦；不要与别人比高低而是自己与自己较劲，不断地超越自我，并且举出自己的恩师朱德发先生的事例。此文与前文都提及了朱德发先生，朱老师事实上已经成为李宗刚念兹在兹时刻不能忘怀的楷模乃至偶像，他对恩师的思念与敬爱往往不经意间就流溢出来。朱老师在他心目中（事实上也如此）已经成为山师精神的象征——经过他的感情的灌注，变得更加可亲可敬，更加闪烁着永不凋谢的人格魅力。

李宗刚不独对一代名师、“学海之鲸”朱德发先生充满了崇敬之情，对他的硕士导师蒋心焕先生，一起共过事的冯中一先生、张廉新先生等也都满含着深情：“我深潜在心底的情思犹如涌动的喷泉。”③ 对一生在中文系做普通行政工作的沈鼐老师亦如是，在《心的底片》一文中给我们留下了他的面影和性格，那淡淡的哀伤的笔致，引起了我们（笔者亦如是）对他的怀念。这其实

① 李宗刚:《跨界的文学对话》,北京:中华书局 2021 年,第 220—221 页。
② 李宗刚:《跨界的文学对话》,北京:中华书局 2021 年,第 258—259 页。
③ 李宗刚:《跨界的文学对话》,北京:中华书局 2021 年,第 467 页。

是李宗刚尊师重道的体现。

李宗刚对自己的家乡有着浓郁的爱。他为家乡小报《惠民之音》写的刊首语即是这种爱的抒怀与结晶。所写《应先卸掉这具枷锁——也谈惠民经济的发展问题》在谈及改变观念时倡导“由森严的等级观念到人人平等的观念的转变”，“大力提倡平等的观念，在经济规律面前人人平等，厂长、书记并没有特权可言”①。这既是对家乡的深爱，亦是五四精神赋予他的平民情怀。

李宗刚有着更为深广的对民族、对人民的爱。他说：张廉新老师的古体诗“注重个人情感抒怀到注重社会情感的抒发”②。李宗刚其人其作亦正如此。《我的自白与沉思》抒发了自己探索时的犹疑，但最后又战而胜之的心曲有点鲁迅《影的告别》的韵味；而《一种背景》抒写了自己执着地探索人生和世界的情怀，令我们想起鲁迅的《过客》。两文均系自我的解剖与袒露，是一种个人抒怀。而前面提及的《迎合型文化：文化的误区》抒发的则全然是一种感时忧国的浩大情怀。《回眸历史与畅想未来》可谓异曲同工，此处主要是关注当下党的群众路线和自我纠错能否实现等问题，体现着作者对党的深爱。《长征：铸造了真正大写的“人”》对于长征的精髓之所在作出了唯有一位思想深邃的人文学者才能作出的评判。《20 年，弹指一挥间》回忆的是 20 年前他参加编辑《共筑长城》一书的往事，那书记载着 1998 年部队参加抗洪救灾的英雄事迹，也昭示出作者对人民军队的深情。《一分一厘总关情》写的是省城各界群众为灾民捐赠的感人故事，《住院就是心跳》对百姓看病贵看病难的问题发出了深沉的呼唤，而这所显示出的作者的情感主要来自鲁迅和五四精神的人道主义情怀。《如期而至又如期而去的高考》呼唤人们能够超越高考，“不相信门第，不相信权力，自然也不相信由高考成绩制造出来的‘第一学历’”③。《旅游的文化意蕴》提出旅游是一种蕴义丰富的文化，是永远值得仔细研究的大书。《对规则意识缺失的一次积极修补》上升到文化层面阐释交通规则的重要。《广告，挡不住的诱惑》评说了广告的功能与利弊。《在圆明园

① 李宗刚：《跨界的文学对话》，北京：中华书局 2021 年，第 429—430 页。
② 李宗刚：《跨界的文学对话》，北京：中华书局 2021 年，第 472 页。
③ 李宗刚：《跨界的文学对话》，北京：中华书局 2021 年，第 349 页。

崴了一下脚》由小及大，生发出对于市政建设、人间世相、官员腐败等的透析和思考。《漫话“投机”》则对于“投机”本义作了辨析，并且将人们对“投机”的错误态度与中国传统文化进行了勾连，有点鲁迅杂文的意味。翻看一下他的著述目录，还可以发现他对社会上许多问题的关注，诸如电影、图书馆、应试教育、人才评判、股市、传销、造假、维权、足球、堵车等等，都在他的视野之内。他视学术为生命，但他并未将自己封闭于象牙之塔。他说过：“文人如果没有社会担当、没有人文情怀、没有社会理想，而仅仅沉湎于一己之世界，那么其作品无论如何是不能长久流传的。”① 他的学术研究的深度与广度乃至学术生命的长度，都与他对自我的此种认识和规范相关联。

## 三

李宗刚强烈的使命意识和丰盈的情感世界，基于他对人的本质的认识，对人的生命的意义与价值的体认。

他说自己一度“对哲学抱有更高的热情，特别是对那些西方哲学家情有独钟”②，良好的哲学功底不独培养了他的理论思维能力，而且强化了他对自己作为一个人的自觉意识。马克思说：“人的类特性恰恰就是自由的自觉的活动。”③ 有学者将其理解为“人的本质是自由”。李宗刚的学术世界和创作世界是他实现人的本质的世界，是他自由翱翔的世界。他的“跨界的文学对话”之“跨界”固然由于人生机缘，更由于他自己高度的主观能动性，敢于并善于跨界飞翔，在任何一个领域都能以一种锲而不舍的精神很快地由必然王国进入自由王国，尽享人的自由自觉活动的幸福和快乐。他说，“人生境界决定研究高度”，“文学研究者要真正地把文学研究推向深入，就需要高扬起文学对社会和人生大胆干预的旗帜，就需要把文学研究当作自我人生社会价值的实现

① 李宗刚:《跨界的文学对话》,北京:中华书局 2021 年,第 470 页。
② 李宗刚:《跨界的文学对话》,北京:中华书局 2021 年,第 1 页。
③ 《马克思恩格斯全集》(第 42 卷),北京:人民出版社 1979 年,第 96 页。

方式"[①]，这虽是他对当下文学研究整体态势某些不足而发，事实上却是他本人的座右铭。

马克思主义认为，每个人的自由发展乃是一切人自由发展的前提。马克思主义经典作家高度重视个体的人的存在的意义和价值，"全部人类历史的第一个前提无疑是有生命的个人的存在"[②]，因为人们的社会历史始终只是他们的个体发展的历史。鲁迅也一向主张"尊个性""任个人"。五四时期"人的文学"成为一面旗帜。李宗刚的学术研究，对于马克思主义和鲁迅思想、五四精神都有承传。他说过："社会的发展是以个人的发展为前提的，人的发展成为促进我们社会发展的一个重要方面。"[③] 他在论述十七年文学英雄叙事的不足时明确指出，"他们首先并不是作为一个个体的人存在着，而是作为一种特定历史下意识形态的代表而存在着。这也许是我们一说起英雄和文学中的英雄叙事，就难以赢得人们关注的一个原因"[④]。文学是人学，一旦文学中活生生的个性鲜明的个体被置换成某种意识形态的传声筒，自然也就失去了人的生命与气息，书写这样的传声筒的文学也就不是真正的人学——文学，势必也就会失去欲读文学的读者。

李宗刚对学术有着"生命般的热爱"[⑤]，曾自评："学术研究成为我的人生展开的基本方式。"[⑥] 在他那里，生命已经与学术融为一体。事实上，他的文学学术研究，乃是一种人学研究，对研究对象进行人的生存、生活、生命的价值和意义进行审视，以文学作品对人的意义和价值的表现如何作为评判的主要依据；同时将自我对于人的思索渗透进对对象的研究中，并且主客体进行人的思想感情的交流对话互动，既把握了对象，又提升了自己，进一步体会到人生的况味。朱德发先生说他"以自己的生命去参悟文本中的生命"[⑦]，诚哉斯

① 李宗刚:《跨界的文学对话》,北京:中华书局 2021 年,第 28 页。
② 《马克思恩格斯选集》(第 1 卷),北京:人民出版社 2012 年,第 146 页。
③ 李宗刚:《跨界的文学对话》,北京:中华书局 2021 年,第 426 页。
④ 李宗刚:《跨界的文学对话》,北京:中华书局 2021 年,第 108 页。
⑤ 谢慧聪:《人生,在学术上绽放出光彩——山东师范大学李宗刚教授侧记》,《联合日报》2018 年 10 月 23 日。
⑥ 李宗刚:《跨界的文学对话》,北京:中华书局 2021 年,第 558 页。
⑦ 李宗刚:《跨界的文学对话》,北京:中华书局 2021 年,第 483 页。

言也。

对于编辑工作重要性的认识，他不单从客体方面着眼，也从主体方面探究。他曾这样评说自己的同事孙昕光：“昕光作为编辑具有清晰的担当意识，那就是通过积极参与作者的学术研究的过程，进而为自己这个编辑找寻到人生价值和意义的实现方式。”① 其实，这也正是李宗刚的夫子自道。正因为将编辑工作视为自己人生价值和意义的实现方式，视为实现自己人的本质的途径，所以才更加增强了高度的责任感和使命意识，并从中体验到自由的快乐。

即便是在与文学研究有一定距离的《管理理论》（他曾参加这方面的教学工作，是他“在1995年前后人生的主要展开方式”②）的撰写中，他也特别强调“坚持人本原理是社会发展的必然趋势”，因为“社会发展必然要求以人为目的，促成人的全面健康的发展”③。

我觉得，李宗刚其人其文贯穿着鲁迅的“立人”思想。“是故将生存两间，角逐列国是务，其首在立人，人立而后凡事举；若其道术，乃必尊个性而张精神。”④ 当年鲁迅强调“立人”，主要还是希望先觉之士（精神界之战士）唤醒民众的个性，唤醒他们人的自觉意识，通过立人实现民族的解放与强大。在李宗刚这里，所谓“立人”，更多的是一种自我追求和对研究对象的审视范式。他张扬自己的个性，将生活中的一切均作为展开自我人生和实现自我价值的途径与方式，“角逐列国”（领军学报，逆势成长即可作如是观），不断地超越自我（学术研究连续进入佳境），达到了主客体世界的同时自由。他实现了自我全面健康的发展，关注并推动着社会的全面健康发展。他的文学研究，他的教育研究，他的将二者高度融一的学术研究，具有鲜明的“立人”意义和以此推动社会全面健康发展的深层意蕴。

李宗刚深广的精神世界，乃是鲁迅思想和五四精神的呈现。蒋心焕老师在为李宗刚的《创作成功学》写的《序》中说道：“在宗刚的字里行间，我读出

---

① 李宗刚:《跨界的文学对话》,北京:中华书局2021年,第464—465页。
② 李宗刚:《跨界的文学对话》,北京:中华书局2021年,第372页。
③ 李宗刚:《跨界的文学对话》,北京:中华书局2021年,第374、377页。
④ 鲁迅:《鲁迅全集》(第1卷),北京:人民文学出版社2005年,第58页。

了宗刚对成功所怀有的独特情愫。渴望成功并在成功中确立自己在历史中的位置，本就是一切有志于未来、不甘于平庸的人的重要文化品格。”① 亚里士多德认为，人生就是追求卓越。李宗刚必将会在追求卓越中实现自己的人的价值、意义和快乐，完全成为一个马克思所说的自由自觉活动的人，并“确立自己在历史（按：至少是学术史）中的位置”。

（原载《东吴学术》2021年第6期）

① 李宗刚:《跨界的文学对话》,北京:中华书局2021年,第488页。

# 掇菁撷华：在赓续文脉中再现教育学心理学经典

## ——评李宗刚编《山师学人与山师学报：教育学心理学研究卷》

冯永刚[①]

近年来，《山东师范大学学报（社会科学版）》办刊质量大幅提升，强化了山师学人“传承学术、弘扬真理”的自觉意识，激发了他们继续创编和再现经典的内驱力。2020年10月，一份凝聚与积淀着山师学人50余年思想精华的书稿《山师学人与山师学报：教育学心理学研究卷》（李宗刚编）由山东大学出版社出版。本书是《山东师范大学学报（人文社会科学版）》文粹书系之一，收录了1957年至2011年间山师学人在学报上发表的有关教育学、心理学研究的优秀论文，共39篇，从纵向上较为全面地展现了50多年来山师学人在学报上发表教育学、心理学论文的情况。这本文集，不仅是一部彰显山师教育学心理学发展的学术长卷，也是闪耀着山师学人智慧火花的思想文库。

### 一、追古说今，凝萃学人与学报的科研结晶

溯源于1954年的《山东师范大学学报》，是一份拥有60余年悠久历史的人文社会科学综合性学术期刊。近年来，在学报编辑孜孜不倦的奋斗与探索之

① 冯永刚，山东师范大学教育学部教授，博士生导师。

下，学报的学术质量稳步攀升。2017 年，《山东师范大学学报（人文社会科学版）》顺利入选中国社会科学引文索引 CSSCI（2017—2018）来源期刊扩展版目录，2018 年入选全国中文核心期刊，2019 年、2021 年两次晋级 CSSCI 来源期刊目录，并被全国高校文科学报研究会评为“全国高校社科期刊名刊”，学报主编李宗刚教授也被山东省委、省政府授予“攻坚克难奖”。这些荣誉的获得，标志着学报发展已迈向新台阶。此时此刻，有必要回溯经典、展现学报发展的精神风貌，为学报砥砺前行增色添彩。

鉴于学报是综合性期刊，难以满足不同专业读者的研究需求，学报主编李宗刚教授萌生了按照学科属性编选学报优秀论文集的想法。汇编优秀论文，这本身是一个科研的过程，其中涉及对学报的定位和认知，关涉对学报发展历史的把握，也体现着学报对科研成果的审核要求，是学报自身研究水平的体现。简言之，研究与回溯学报论文发表的历史，就是回溯山师学术发展的过程，也是审视学科发展历史的过程，更是对各学科科研结晶的再次总结、回顾与学习。这一想法于 2017 年开始付诸实践，此后各类成果陆续出版，如 90 余万字的大部头学报资料集《〈山东师范大学学报（人文社会科学版）〉目录摘要汇编（1978—2018）》[①]，可谓是改革开放以来山师 40 年学术演变历史、学科发展历史、科研结晶的一个缩影。

另外，学报的进一步发展离不开经验、教训的总结，更需要在总结中追溯发展过程中的关键节点与关键人物。究其根本，是在对这些关键时期科研成果的汇总与提炼中审视学报自身发展的不足，进而谋划未来的发展方向。这种基础研究更是把握学报发展动力、布局未来发展图景的契机。由此，2018 年学报编辑部又开启了“山师学人与山师学报”系列丛书的编选工作，中国现当代文学研究卷、马克思主义研究卷和历史研究卷相继问世，但尚未将教育学心理学研究卷纳入其中。然而，山师作为综合型的师范大学，教育学、心理学是优势特色学科，该系列丛书是展现山师学人科研成果的重要载体，缺失了教育

① 李宗刚：《〈山东师范大学学报（人文社会科学版）〉目录摘要汇编（1978—2018）》，贵阳：贵州人民出版社 2019 年。

学心理学研究卷，这不能不说是一大缺憾。经过考虑，李宗刚教授主动承担起了编选教育学心理学优秀论文选的责任。因之，可以满足教育学、心理学专项研究需要的经典汇编应运而生。

## 二、 盘活记忆，镌刻教育学心理学学术发展的精神脉络

书稿入选论文按时间先后顺序编排，共计39篇，发表时间为1957年至2011年。其中，发表于50年代的2篇，发表于80年代的14篇，发表于90年代的11篇，进入新世纪后发表的12篇。论文涉及的内容包括教育哲学、道德教育、课程与教学研究、教育史、理论心理学、发展与教育心理学等。文章既紧贴当时学科发展前沿，又密切关照生活实践，既有理论高度，又有实用价值。可以说，这是一本充分展现山师学报办刊历史、传承山师学人治学精神、体现山师学人学术水平的论文选集，更是一本记载山师教育学、心理学研究的鲜活学术记忆。

### （一）击扣真理之门，呈现彼时研究的现代张力

教育是经世致用的学问。50余年来，一代代学人在上下求索的过程中，通过对教育学和心理学基本理论与实践问题的深入思考，以“文章合为时而著，歌诗合为事而作”为使命，发时代之先声，在时代发展中有所作为，在中国教育史上留下了诸多影响深远的文章。这其中，傅统先的《对于格式塔心理学的初步批判》①、潘伯庚的《关于教育的本质》②、章益的《心理学的回顾与前瞻——读西方心理学史随感》③、鲍兆宁的《孔子的学养和教育经验》④、赵承福和邵小武的《对我省城乡4653名小学低年级学生不良行为的观察研究报告》⑤、刘祚昌的《“仁”是孔子教育事业的核心》⑥、陆有铨的《分

---

① 傅统先:《对于格式塔心理学的初步批判》,《山东师范学院学报(人文科学)》1957年第1期。

② 潘伯庚:《关于教育的本质》,《山东师院学报(哲学社会科学版)》1980年第4期。

③ 章益:《心理学的回顾与前瞻——读西方心理学史随感》,《山东师院学报(哲学社会科学版)》1980年第6期。

④ 鲍兆宁:《孔子的学养和教育经验》,《山东师院学报(哲学社会科学版)》1981年第3期。

⑤ 赵承福、邵小武:《对我省城乡4653名小学低年级学生不良行为的观察研究报告》,《山东师大学报(哲学社会科学版)》1982年第2期。

⑥ 刘祚昌:《“仁”是孔子教育事业的核心》,《山东师大学报(哲学社会科学版)》1985年第6期。

析教育哲学述评》①、戚万学的《道德教育的实践目的论》②、韩延明的《论大学教育观念现代化的特征与属性》③、徐继存的《关于课程与教学论功能的思考》④ 等文章，既有理论创新价值，更有极强的现实针对性和实践指导性，是教育界发出的金玉良言、真知灼见和“时代之声”。

选编已发表的论文，再现彼时研究经典，无疑对其关于现代问题的适用性提出了挑战。然而，深读和洞悉各位学者的学术思想后不难发现，其所推崇的主张至今仍具有普及和推广的意义，占据我国相关学科研究成果的重要地位，对当前的教育教学改革具有强大的启迪和警示意义，是重要的时代标杆。这意味着这些学术成果的现代张力仍有待激发。因此，汇编教育学心理学研究卷，就显得日益重要而迫切。

（二）穿梭时空隧道，再扬学科传承的迭代精神

在章益、傅统先、陆有铨等国内一大批研究学者的引领下，山东师范大学教育学和心理学两大学科在历史传承中实现了良好的接续发展。几代学人在更迭演变中坚持学科研究的基本原理，跟踪学科发展的前沿动态，逐渐形成了山东师范大学两大学科发展的迭代优势和研究特色。以教育学学科为例，作为自1950 年山东师范大学建校以来最早设立的六个系之一，教育学科在章益、傅统先、鲍兆宁、陆有铨、赵承福、戚万学等一批学者的支持与不懈努力下，在教育哲学、德育原理、课程与教学论等方向已经形成稳定的研究团队，产出了一大批在国内产生重大影响的研究成果。截至目前，现有 4 个专业中，除新上小学教育专业外，教育学、学前教育学、教育技术学 3 个专业全部入选国家一流本科专业建设点。目前拥有教育学原理国家重点（培育）学科、山东省政府“泰山学者”设岗学科、国家第二类本科特色专业，拥有“德育原理”国家级精品课程和“德育原理”国家级教学团队，拥有教育学博士后科研流动

① 陆有铨:《分析教育哲学述评》,《山东师大学报(社会科学版)》1987 年第 5 期。

② 戚万学:《道德教育的实践目的论》,《山东师大学报(人文社会科学版)》2001 年第1 期。

③ 韩延明:《论大学教育观念现代化的特征与属性》,《山东师范大学学报(人文社会科学版)》2002年第 5 期。

④ 徐继存:《关于课程与教学论功能的思考》,《山东师范大学学报(人文社会科学版)》2004 年第5 期。

站、教育学一级学科博士学位授权点等。这为教育学科的振兴繁荣以及推动教育事业的持续发展奠定了扎实的基础。

纵观山师学科建设历史，不难发现，教育学心理学研究卷选编的这些论文，既凸显了山师学人的学术水平，又彰显了山师的学科建设水平。教育学心理学研究卷的汇编工作，突破了代际壁垒，搭建了迭代争鸣平台，是展现山师学人不断传承的科研创新精神的有力举措。

## 三、 捋清思路，撬动山师学术研究的新引擎

梳理学报创办以来刊发的教育学心理学论文，并不仅仅是回顾和总结，更重要的是以此为契机，砥砺前行，在过去经验与未来发展之间的求索过程中捋清思路，找到科研持续行进的动力。

### （一）再学前人成果，纵深学科建设新思路

梳理学报创办以来刊发的教育学心理学论文，将有代表性的优秀论文编选成册出版，不仅有助于科研成果的有效管理、保存、传承与发扬，而且可以使这两个专业的读者重温50多年来前人的学术研究之路，反思前人曾经关注并致力于解决的问题在当下何为，是已有既定结论还是悬而未解？如此，既可以总结已用的经验教训，从而少走弯路，也可以站在前人的肩膀上继续深化研究，促进教育学心理学研究向纵深发展。

学科的发展离不开学者的科研贡献，教育学心理学学科建设是几代学人共同努力的成果。在此期间，人才迭出，成果喷涌，是山师教育学、心理学学科发展实力的体现。研究领域的创新与探索推进了学科建设，学者研究领域的创新体现出学科发展的实力，学者研究过程的坚韧是学科建设的历史进程与阶段性发展的体现。汇集出版已往具有代表性的教育学心理学成果，其实质是一代代教育学心理学学人在理论认知、学科建设、学术发展上的历练和转变的体现，这其中所反映的学科发展的困顿、疑惑和迷思，以及多次尝试和探索的路径，恰恰是今日学科建设的宝贵经验和发展指南。稽古可以振今，前辈学人累积的成果，更能推动今日学者开拓出一条新的发展路子。

### （二）搭建争鸣平台，赓续学术服务新使命

本书所选编的论文，大部分是在山师教育学部、心理学院任教或求学的学者撰写的。这使得入选论文虽然可能不是山师学人最具代表性的成果，但毋庸置疑的是山师学报为论文作者在教育学心理学领域中进行学术求索和展现教育智慧搭建了交流的平台。这些论文的作者之中，既有学校建立之初新中国教育哲学的奠基者傅统先先生、心理学学科发展的奠基者章益先生，也有学校不同发展阶段教育学、心理学学科的领军人才和中坚力量，还有当年工作、求学于此，如今在国内外教育学、心理学领域占有一席之地的知名学者。选编论文时，在保证论文学术水平的同时，也体现了学者选择上的年龄宽度——老中青学者均有涉及。

自创建以来，经过几十年的发展，山师学报已经成为老中青三代学者展现学术新姿的重要平台，成为山师学人学术跋涉历程中的宽广教育平台。山师学报此次汇编工作，更是确定了立志服务老中青学者的基调，为老中青学者的学术争鸣提供自由发挥的平台。透过这本优秀论文选，既看到了山东师范大学教育学、心理学人才梯队建设和人才培养的卓越成效，也看到了山师学人为我国教育学、心理学研究作出的重要贡献。学报注重学术水平、有意栽培年轻学者的选才方式，重视人才培育的连贯性，注重科研精神的传承，强调理论建设带动学术争鸣的服务本能，必将焕发出未来发展的全新生命力。

### （三）助力转识成智，设想文献赋能新体验

从理论知识获取的角度看，本次汇编有多篇教育学心理学相关理论、流派和人物思想的述评性文章，如对分析教育哲学、未来主义教育哲学的介绍①，对格式塔心理学、罗推尔社会行为学习理论的述评以及对科学主义心理学方法论基础的动摇②，对孔子、陈炽、夸美纽斯、布鲁纳、苏霍姆林斯基等中外教育家思想的述论。通过阅读本书，读者可以对上述理论流派、人物的主要思想有比较全面的认识，从而提高自身的专业理论素养。从解决现实问题的角度

① 陆有铨、赵洪海：《未来主义教育哲学》，《山东师大学报（社会科学版）》1988 年第 6 期。

② 高峰强：《科学主义心理学方法论基础的动摇》，《山东师范大学学报（人文社会科学版）》2002 年第 2 期。

看，本书编选的论文亦具有很强的实践意义，如对小学低年级学生存在的不良行为及产生原因、父母教育方式对儿童发展的影响、高校传统人文学科教学改革等问题进行了调查研究，读者在阅读的过程中可以提高对现实问题的敏感性，学习如何运用相关理论为分析和解决现实问题服务。

此外，阅读带给读者的不仅是功用性的体验，还有情感上的共鸣。由理论学习到精神上的同频共振，进而催生科研动力和研究热情，是学报本次汇编工作能够转识成智的又一体现。翻阅本书的时候，我们可以追溯学报创建之初山师老一辈学者的艰难跋涉之路，也可以感受不同时代山师学人砥砺奋斗、勇攀学术高峰的探索精神。多年来，正是由于山师学报和山师学人的相互扶持、相辅相成，才有了如今山师学报和山师教育学心理学高质量发展的繁荣景象。这将极大地点燃青年学人的研究激情，激发创新精神，在批判中超越自我。由此，功用的体验、情感的共鸣、精神的激振，自是顺理成章。山师学报正在尝试用文献给读者打造全新体验，激发他们的创作热情，这是一个新媒体时代学报必要且重要的新探索。

**（四）优化办刊质量，示范提质增效新标杆**

《山东师范大学学报（社会科学版）》作为综合性的学术期刊，开设“中国现当代文学研究”“马克思主义理论研究”“历史学研究”“教育学研究”“心理学研究”“管理学研究”“经济学研究”等栏目，主要刊登马克思主义理论、文学、语言学、历史学、教育学、心理学、哲学、法学、经济学、政治学等方面的学术论文。她犹如一个大的水果拼盘，盛放的水果种类非常丰富，但由于读者的口味不同，需要读者根据自己的需求进行选择。当下，随着大数据时代的到来，尽管为读者筛选资料提供了便利，但是数据库呈现给读者的只是单篇论文，不能窥探到学术期刊栏目设置和刊发论文的整体面貌。所以，本书的出版，是山师学报教育学心理学研究栏目的经典汇集，是推动教育学心理学研究的宝贵素材。

每一本学术期刊在论文编排方面都有其自身的定位和特色，凡是有意投稿的读者都应该有所了解。在投稿前一定要判断所投的论文是否符合期刊的定位，同时按照期刊规定的格式和行文要求来撰写论文，这些都可以大大提高稿件的录用率。本书作为山师学报教育学心理学优秀论文的合集，不仅很好地回顾了山师学报的办刊历程和教育学心理学的学术发展历程，而且展现了学报几十年来教育学心理学研究栏目刊发论文的整体面貌。阅读本书，可以在最短的时间内了解学报办刊特点，从而在投稿的过程中更加有的放矢。可以说，该书为教育学心理学读者、投稿者提供了优秀模版以供其学习和借鉴，从而助其论文提质增效。另一方面，学报对优秀论文的集中汇编，也是奠定今后学报编选教育学心理学类论文的基调，为学报选稿树立标杆。通过学报和学人的双重努力，学报的办刊质量必将进一步优化与提升。

### （五）叠加综合影响，集萃科研兴校新英杰

学报是展示大学教学与科研成果的重要载体，是展现学校整体形象和影响力的重要窗口，对学校发展具有重要意义。正如厦门大学原校长王亚南所言："看一所大学，主要看三个方面：一是它的师资队伍，二是它的图书馆，三是它的学报。"透过大学学报的办刊情况，可以窥探出大学的办学格局与办学境界。所以，将学报办成学术名刊，对于提升学校的形象大有裨益。

参照国内外知名期刊的先进经验，将已经发表在学报上的文章按照其学科属性分门别类地编选论文集再次出版，促进叠加效应的产生，是提升期刊学术影响力的有效方式，也是激发后辈学者强化科研实力、努力提升自我的有效方式。如美国管理学会已经出版了两辑《美国管理学会学报最佳论文集萃》，分别收录了1995—2004年和2005—2009年的年度最佳论文。国内的《文史哲》《中国社会科学》也都有出版专题论文合集的先例。因此，希望本书的出版能够推动山师学报高质量发展，使山师学报早日成为国内学术界具有影响的高品质学术期刊，激发各类英杰汇聚一堂，为科研兴教作出新的贡献。

## 四、 启迪未来，在再现经典中传承匠心精神

此次教育学心理学论文的专门编选和出版，体现出学报主编和编辑的匠心精神。本书所编选论文的发表时间为1957年至2011年，近10年来山师学人在学报上发表的论文则未被收录其中。最近10年是山师教育学、心理学学科

稳步发展的10年。在2017年公布的全国第四轮学科评估中，教育学学科获得了B+等次。2018年，教育学学科顺利入选山东省一流学科立项建设名单，这是山东省唯一入选的教育学学科。2020年，教育学、心理学均成功入选山东省“优势特色学科”建设项目。与此同时，在学科建设的过程中涌现出了一大批优秀的学者，他们在教学和科研方面取得了丰硕的研究成果。以作者单位为山东师范大学、文献来源为《山东师范大学学报（社会科学版）》、学科为教育学或心理学、发表时间为2012—2021年为检索字段在知网检索，符合条件的文章有65篇。然而，由于收录时间的限制，这些论文没能有机会入选本书，使得读者不能窥见近10年来山师学报教育学、心理学栏目发文的情况，这不能不算作一个遗憾。不过，来日方长，山师学人科研精神的历练与传承仍在延续。相信在不远的将来，这一遗憾一定会被山师学人所弥补。

本次选中的学者与论文也彰显出山师学人科学研究的匠心精神。这种匠心精神不仅体现在理论的传承，更体现为研究领域的创新与超越，尤其体现在前后辈学人学术成果不断接力、交相辉映的盛景中。对此，我体悟尤甚。白驹过隙，日月如梭。距离我第一次踏进山师已有20余年。其间，从硕士到博士在山师求学，再到留校任教，和山师的缘分越来越深，和山师的感情日益深厚。所以，对我个人而言，《山师学人与山师学报：教育学心理学研究卷》不仅仅是一本单纯的论文集，它还承载了一种情感的寄托。看着昔日在学报上发表的论文能够集刊出版，尤其是看到那么多熟悉的名字同时跃然纸上，兴奋和激动之情溢于言表。作者中既有令人敬仰的老师，还有朝夕相处的同窗、并肩作战的同事，看着这些文章，思绪也仿佛回到了过去，回忆起曾经共同奋斗的点点滴滴。相信这本凝结着广大山师学人研究心血的集智之作，一定能够在促进教育学心理学繁荣发展和山师学术传承方面发挥积极的作用。

（原载《齐鲁师范学院学报》2021年第6期）

# 甘愿做一个“灶下婢”

## ——谈李宗刚等编《穿越时空的鲁迅研究》

口述：吕家乡　记录：史超[①]

收到李宗刚老师送我的这本书——《穿越时空的鲁迅研究》，我翻了一下，觉得挺吃惊。因为我正式调入山东师范大学（当时名为山东师范学院，1981 年更名为山东师范大学）是 1980 年，到现在也 40 多年了，和学报的关系也就是说延续了 40 多年。我来山师以前，在附中教书，那时候对山师文科也有些了解，对山师学报也有一些了解，与当年研究鲁迅的薛绥之先生很早就相熟，我自以为了解的有关鲁迅研究这方面的情况不少，但我看了这本书以后觉得自己了解得太少了，很吃惊。我没想到，山师学报发表了这么多关于鲁迅的文章，而且这还是经过筛选的，只是其中占比不大的一部分。从这本书所收集的鲁迅研究的文章来看，从 1957 年第一篇文章，到现在已经 70 多年，这几十年鲁迅研究的过程，确实是整个社会发展的一个侧面，或者说一个侧影，能够看到其演变的过程。（其中）最大的一个变化就是，在“以阶级斗争为纲”的特定历史时期背景下，鲁迅研究也体现了“以阶级斗争为纲”的特点。改革开放以后就不再“以阶级斗争为纲”了，更多地强调“实事求是”和“以经济建设为中心”。思想路线是强调“实事求是”，那么，鲁迅研究的指导原则也跟着变了，（通过这本书）能看出这个变化的脉络来。不过总体来看，即便是在当年那个“以阶级斗争为纲”的年代所写的一些研究文章，也有着很

---

① 吕家乡，山东师范大学文学院教授；史超，山东师范大学文学院博士研究生。

深的时代烙印，但现在看来仍然有一定的价值。

比如说第一篇田先生（田仲济）的文章《鲁迅在现实主义道路上的发展》。现在来看，这篇文章当然有一些提法不见得准确，比如强调鲁迅是从现实主义到社会主义现实主义。但这篇文章整体来说是强调鲁迅清醒的那一面，强调他的现实主义精神，强调鲁迅写东西是反对“瞒和骗”的。这和瞿秋白一样，强调鲁迅是清醒的现实主义者。突出强调这一方面，那么这篇文章至今还是有它不能否定的价值的。还有一篇文章，对鲁迅的《流氓的变迁》做了注释和简析，这篇文章是配合当时“文化大革命”末期“评《水浒》”运动的，应当说这是在“左”的路线影响之下产生的东西，但是这篇文章现在来看仍然有它的价值。为什么呢？因为研究者确实认真地对鲁迅这篇文章做了注释，是从文本出发的，并不是有意地去歪曲文本，去附会当时所号召的“评《水浒》”。就是说，尽管是在当时“左”的思潮影响之下所写的论文、所编的学报，但文稿中仍然有一些考据性的东西，应当说这些考据是超越时代局限的、超越当时思潮局限的。

鲁迅研究这方面的文章，之所以能在某种意义上超越当时那种思潮的局限，我想有两个方面的原因：一方面，就研究者来说，他研究鲁迅，就不由地或者自觉地去学习鲁迅。瞿秋白早就说过，鲁迅的精神特点之一是“清醒的现实主义”。这样研究者也会像鲁迅一样，提醒自己要坚持反对“瞒和骗”，坚持“睁了眼看”。这样研究者本身对于过“左”的路线，对于那种仅仅配合政策的不良的倾向，就有一定的免疫力。尽管不可能不受当时主流思潮的影响，但是，做学术研究要从文本出发，要坚持实事求是，底线还是要坚持的，这是一个原因。另外一个方面的原因就是和研究对象有关系。你研究的对象是鲁迅，鲁迅是一个什么样的人呢？我们都知道鲁迅最有名的话就是：“真正的勇士，敢于直面惨淡的人生，敢于正视淋漓的鲜血。”鲁迅是一贯反对“瞒和骗”的。鲁迅绝不做一个“迎风倒”的角色，他一直是一个非常坚定的人，能够守住自己做人的底线。研究这样一个对象，如果深入他的作品，那就不可能不受他这种人格的影响。我想这两个方面就决定了这些鲁迅研究的文章，在某种意义上具有超越时代局限、超越思潮局限的比较永恒的价值。这是我看了这本书所收录的文章后的总体印象。里面还有一些“大家”写的小文章，包括戈宝权、任访秋、赵家璧、吴奔星、倪墨炎、丁景唐等，这些先生所写的文章，题目很小，但是很扎实，现在来看仍然是很难得的。

读了这本书以后，我就想到山师研究鲁迅最早、成绩最大的薛绥之先生。薛绥之先生坚持研究鲁迅是非常不容易的，他在1957年被打成“右派”，“右派”的日子是非常难过的，因为我自己也是个“右派”，深有体会。就在戴着“右派”帽子的时候，他在那里埋头苦干，去研究鲁迅。后来虽然摘了帽子，作为摘帽“右派”，日子仍然很不好过。他在那种情况之下，一直默默地坚持研究鲁迅，做了一些非常踏实的工作。比如说做鲁迅书信集的一些补编，对当时已经出版的《鲁迅文集》进行注释，并且做了一些订正。当时他做出来的这些东西并不能发表，有时候发表也不能署他的名字，对他个人来讲，名啊利啊这一切都没有意义，他只是坚持这样做。一直到改革开放以后，给他平反了，他这些东西才能够真正得到社会的承认。薛绥之应该说在鲁迅研究方面是我们山师的一面旗帜，这是永远不能忘记的。另外，冯光廉先生在鲁迅研究上也是下过很大功夫的。我当时在附中教书，有时候教鲁迅的一些作品，就去请教他，请教的往往是些很小的、又很有难度的地方，比如某一句话怎么理解，他认真地跟我一起探讨。这些都是和当时的所谓潮流无关的，是一些考据性、注解性的内容，完全从文本出发的。从薛绥之先生身上、从冯光廉先生身上就能够看出“鲁迅精神”对研究者的学风、文风以及人格的熏陶、影响。

现在，山师鲁迅研究的现状，我并不太熟悉。李宗刚老师在鲁迅研究上是下过一些功夫的，但是他并不是将主要的精力投入鲁迅研究的。凭着我不太准确的印象，我觉得山师在鲁迅研究方面还是需要加强的。能不能像薛绥之先生那样长期地、默默无闻地投入到鲁迅研究中去，把这个精神传承下来。我们现在没有一个专门的鲁迅研究室，我想还是需要有意地加强这方面的力量。

我再谈谈这本书。我拿到这本书，看了全部篇目，大体浏览了收入的文章，读了李宗刚老师写的后记，又翻了已发表的鲁迅研究目录汇总，我首先就感觉到，这个工程量相当大！李宗刚老师这么忙，又是学科的骨干人员，他有自己的研究工作，这些年也做出了很丰硕的研究成果，教学任务又这么重，学报主编的工作量也很大，在这种情况之下，他能够和编辑部的有关同志一起拿出这么大的精力来做这个工作，这是一种什么精神？应该说这就是一种精神境界。做这个工作花费大量的时间、精力，他们做出来以后怎么样呢？拿这本书能去评奖吗？恐怕很难评奖。这本书能算学术成果吗？恐怕很难算学术成果。编这本书能给他多少稿费吗？恐怕也挣不了几个稿费，甚至是无偿的。就是说对自己来讲无名无利，那么为什么李老师愿意做呢？为什么咱那些编辑同志能够和他一块儿来做呢？应当说这就是发扬“鲁迅精神”，学习“鲁迅精神”的一个具体表现。我想这种精神太难得了！在当前浮躁成风、精致的个人主义盛行的情况之下，竟然还能够不辞劳瘁地做这种默默无闻的、无名无利的工作，这种精神太难得了。我想到冯雪峰，冯雪峰是鲁迅的亲传弟子，鲁迅研究的“大家”，他曾经说过一句话：“革命工作既需要座上客，也需要灶下婢。”这本书所体现的就是那个“灶下婢”的精神，不是“座上客”的精神。做革命工作的“座上客”比较容易，出头露面，但是做革命工作的“灶下婢”，那不容易。这本研究资料汇编就是“灶下婢”的工作，值得敬佩。

我最近在重读《鲁迅全集》。我看到鲁迅为了推动、提倡中国木刻，提倡中国连环画，他就从国外引进一些版画。他为此花费的精力相当大，要去和版画的作者联系，千方百计地去联系，这个工作非常难做。联系了以后，希望这些版画的作者能够提供他们自己的传记材料。等到这些材料收集起来以后，鲁迅再把这些材料认真地翻译成中文。他把这些从国外弄来的版画，经过制版、印刷，最后汇编成书，其中每一幅版画都是鲁迅自己来写说明。他还要再写一篇介绍这些版画作者的文章。他得花费多少功夫！花费多少时间！当时他的身体已经很不好了，这是一种什么精神？我当时看到这些以后很感慨，我想：当年光是从鲁迅作品里面体会“鲁迅精神”，就觉得伟大，好像高不可攀，但是从鲁迅所做的这些默默无闻的，文字之外的、文字背后的工作，更能体会到鲁迅那种不辞劳瘁、埋头苦干的奉献精神。在读这本《穿越时空的鲁迅研究》的时候，我就联想到《鲁迅全集》中的一些故事，联想到鲁迅晚年提倡版画、介绍版画的做法。我觉得这本书应当说是继承了鲁迅的这种精神。现在在李宗刚老师身上，在我们学报编辑部，还能够有这样的一种默默无闻的、坚持做

“灶下婢”的精神。这对于当前浮躁成风的社会风气，应当说是有力的清化剂，太难得了！我是由衷地敬佩的。真的，向李宗刚老师学习，向学报编辑部学习，向李宗刚老师致敬，向学报编辑部致敬，我是发自肺腑地这样说的。这就是我初读这本书时内心的一些感受。真好，确实好！

您让我谈谈对李宗刚老师的评价，我很难做出多么认真的、系统的、全面的评价，只能谈谈我的印象。我觉得李宗刚老师这几年，一方面是在他个人的研究上成绩卓著。他研究的课题之一是新文学发生学，他当时提出这个研究课题的时候，我就想，这个难度多大啊！但他在这方面已经出了好几本书了，应当说这些是有原创意义的。听说这些年他在山东省社科评奖中得了好几个一等奖，那应当是实至名归、名副其实的。我绝对不以谁得奖不得奖来评价他的成就高或者低，李宗刚老师出的一些书，他送我了，我都看过，当然没有全部仔细看，但是，我看他那些书确实有原创性，是很下了一些功夫的。包括他自己很不看重的一篇关于从古到今灵感研究的综述，我对那一篇文章很看重，我在一篇我所写的论文里面还引用了他的话。他这几年在学术研究上的成绩用“卓著”两个字来评价一点不过分，他不是去东拼西凑写一些“急就章”，而是踏踏实实地下苦功夫，由量变到质变，所以他那些文章有他自己的见解，其中有一些真知灼见。这是他学术研究的成就。他在学报这一阵地，应当说担任学报主编以后成就也非常显著。先说一个表面的指标吧，原来我们学报在全国默默无闻，现在我们学报在全国也很有名了，进入“C 刊”了，影响相当大了。这还是表面的、能看见的东西。他在学报做主编的十几年间，做了很多踏踏实实的工作，比如这本书的编辑，把学报从最早 1957 年到 1999 年所发表的有关鲁迅研究方面的论文，一篇一篇找出来，经过筛选，要筛选的话就得一篇篇地读啊，选定下来要打印，输入电脑，有的还要再做校订，还要重新再给它搞注释。这一类的书，咱们学报出了好几本。我还听说他已经把我们学报从创刊到现在所有的文章都电子化了，这个工作量太大了。这个工作太有意义了，这样为要查找这些文件的人提供了很大的方便啊。我有时候想查一篇什么文章，也能查到这篇文章是在哪一个杂志上、是一九七几年发表的，但是到网上根本找不着，因为那时候还没上网，还没被输入电脑呢。李宗刚老师做了好多这样很扎实、很琐碎、很刻苦的工作，有些不见得是属于主编范围的工作，这个太难得了，这是我对他学报主编工作的印象。

他的治学精神和人格精神很可贵。我看到他给张廉新老师那个诗文集写了长长的序言。这个序言不是逢场作戏，光说漂亮话的，从他写的序言可以看出他认真地读了张廉新老师的文集，那些话都是很中肯的。我觉得李宗刚这个人，他既能够做"座上宾"的一些事情，这一方面做得挺好，又能够做"灶下婢"的一些事情，这一方面也做得挺好，出头露面的事情和默默无闻的事情，只要是有意义，他都会不辞劳瘁、尽心竭力地去做，这是非常不容易的，所以我对李宗刚老师的学风、文品和人品都很钦佩。有时候和他谈起来，他就说，他现在经常提醒自己，一定守住自己的底线。做学术要守住学术的底线，一定要时时刻刻提醒自己，要对历史负责，不要去赶一时的潮流。能够有这种自觉性，太可贵、太重要了！我相信李宗刚老师会坚持下去，他不会有任何自满情绪的。从他身上，我看到山师的学人是很值得信任的，也能看到山师现当代文学这个学科，前途是很辉煌的。

（访谈时间：2022 年 1 月 27 日下午）

# 丰富而立体的文学世界

## ——读李宗刚教授《赵德发研究资料》

马　忠①

山东是当代文学创作与批评的重镇之一，著名作家赵德发自20世纪80年代投身文学创作以来，以“只求耕耘，不问收获”的姿态，不懈努力，不断求索，在不同时期都取得了创作上的骄人成绩，迄今已发表、出版长篇小说9部，长篇纪实文学3部，中篇小说25部，短篇小说100余篇，散文、随笔200余篇，约800万字。他的作品被《新华文摘》《小说选刊》《小说月报》《中华文学选刊》《中篇小说选刊》《长篇小说选刊》等选刊及各种选集选载过上百篇（次），获省级以上文学奖30余次，是“山东文学的功勋人物”（张炜语）。

李宗刚先生历时一年多编著的《赵德发研究资料》，作为山东省一流学科山东师范大学文学院中国语言文学学科建设资助项目、国家社科基金课题“共和国教育与中国当代文学”阶段性成果，于2020年9月由山东大学出版社出版。《赵德发研究资料》从作家本人的自述，到他人对赵德发的印象、评价，以及学界对其作品的研究等方面，为广大读者和研究者勾勒出一个丰富而立体的赵德发文学世界。正如李宗刚先生在《后记》中所言：“厘清共和国教育与中国当代文学之间的关系，最需要的基础性工作便是搜集和整理当代作家所接受的文学教育与其文学创作之间的关系。”就此而言，赵德发便是新时期具有代表性的作家，“文革”时期，他接受了基础教育，然后便开始担任民办

① 马忠，就职于广东省清远市委宣传部，二级作家。

教师，“他担任民办教师八年，考上了公办教师，而且是中学语文教师，此后开启了文学之梦。这恰如参军之于莫言的重要性一样，当民办教师之于赵德发同样是重要的”。赵德发能够走上文学创作的道路，离不开其民办教师这一身份的转变，而《赵德发研究资料》无疑是一个重要收获。

研究一个作家的创作，离不开对作家本人的研究。透过这部近50万字的《赵德发研究资料》不难看出，李宗刚先生在资料搜集整理中，注重多角度全方位地构建赵德发的资料，既有作家自身的独白和创作感想，还有其他作家、学者对赵德发及其作品全方位、多角度的描述与评析，这些资料相辅相成、前后呼应，真实地展现出丰满可信的赵德发形象。《赵德发研究资料》分为三编：第一编为作家访谈录，第二编为文学研究资料，第三编为赵德发作品研讨会综述，最后为附录部分。基本将目前所有学术价值较高的赵德发研究材料囊括其中。《赵德发研究资料》编辑的合理逻辑不仅体现在各部分由浅入深、层层递进的分析中，也体现在核心主题的高度统一中，有利于循序渐进地引导读者对作家产生清晰的“他者”认识，这种脉络清晰的编排方式保证了阅读的顺畅性和条理性。

《赵德发研究资料》多方面地描绘出赵德发的灵魂肖像和文学大厦。本书把作家自身的创作感想、亲历者的访谈和记述相关联，穿越时光的隧道，走进作家内心，深入解读了赵德发的文学世界，展现了独特文学史料研究的视角。“作家访谈选”旨在展示作家创作理念，为后续的作品评论奠定基础。在这一辑中，编者仅选取了《文学世界》副主编、青年评论家王光东，山东理工大学教授、评论家王晓梦，以及日照日报社记者徐晓清，分别采访赵德发的三篇文章——《宽容、文化与叙述》《世心与史心的守望》《追梦四十年——访著名作家赵德发》，通过这些访谈为读者呈现作家自我文学创作的艰难历程。作家的自述对于直观了解其创作心理与动机，从而更准确和深入地分析其作品有着重要作用，为深入挖掘作家创作的丰富面貌提供了广阔的空间。

我们说，一部作家研究资料，作为该作家生平和文学活动的客观记录以及有关研究成果的系统汇编，应力求完备齐全，基本上能真实反映作家和有关研究的全貌。《赵德发研究资料》正是这样做的。它广取博采，相当完整和系统地反映了赵德发的文学道路和赵德发研究的成果。在本书的重点“评论文章选”中，收录了39篇对赵德发作品研究的资料，包括对小说创作的整体研究，对单篇作品的评论，以及对作品集的评论等。李宗刚先生通过淘金式的筛选，将对赵德发研究、甚至是当代文学研究都极具启发意义的文章收录其中，这些文章对赵德发的作品有着个性化的深刻理解，极具学术价值。从形式上看，本辑选取了具有代表性的各类文评，如札记、序等；从主题看，所选文章的分析切入角度极为多元，如有乡土、宗教文化、人与社会的关系等；从来源看，编者做到了文章来源的多样化，《文艺报》《文艺争鸣》等报纸、期刊都有文章入选。该部分在主题和内容上都遵循了严格的逻辑顺序，在编排体例上主要按年代编选，可以将其视作赵德发研究的历史缩影。

学术研究必须以资料工作为基础，因为任何一个科学结论的得出，都要依赖“大量的、批判地审查过的、充分地掌握了的历史资料”（恩格斯语）。30多年来，赵德发凭借自己厚实的创作实绩和独特的艺术风格，在山东乃至中国文坛占有了一席之地，也增强了文学“鲁军”在当代文坛的影响力。《赵德发研究资料》所收录的这些评论文章，纵横交错，编排全面。横向来看，这些评论全面涵括了赵德发创作的主要特点，由宏观到微观，由整体到个案，精准地呈现了赵德发文学创作的研究现状。纵向来看，所编选的文章，从1990年第1期《山东文学》发表的刘玉堂的《苦难的温情——读〈通腿儿〉札记》，到2020年第5期《东岳论丛》发表的赵秀玲的《乡时代乡村治理创新的形象探索——以赵德发的〈经山海〉为中心》，时间跨度长达30多年，这期间正是赵德发文学创作的“井喷期”“高峰期”和“又一春”。作为一个实力型作家，赵德发坚持自己的创作理想，始终把关注的目光放在自己的文学王国——沂蒙山区这片热土上，他的写作姿态是自觉向下的，是作为农民的代言人进行创作的。学界的解读充分体现了对赵德发小说的审美认知。

30多年的创作历程里，赵德发不仅创作了大量非常有分量的长、中、短篇小说，也创作了一大批散文作品和非虚构、对话录作品，而最能体现其创作成就的还是长篇小说。因此，本书的“作品研讨会纪要”，主要是选录赵德发长篇小说《缱绻与决绝》《君子梦》《人类世》《经山海》以及赵德发传统文化题材作品研讨会，还有《赵德发文集》学术研讨会等研讨会上的学者发言，以此立体地呈现出赵德发其人其文在同时代评论家心目中的真实影像——“以文学为宗教，把写作当修行”的文坛耕耘者。李宗刚先生对赵德发小说研究的观照，既让读者走进了作家赵德发的心灵世界，又多层次多角度地反映了赵德发小说的艺术风格和独特审美价值，彰显出了内涵丰富的赵德发小说美学。

丰富完整的史料是学术研究的根基，对于作家研究具有非常重要的意义。《赵德发研究资料》以新颖严谨的逻辑线索、多维的观察视角以及注重读者审美体验的选材而区别于以往的研究资料合辑。该书既有对作家赵德发作品的“评”，也有对其本人的“传”，显示了资料搜集和整理的全面性，在赵德发的个人评价与小说作品评论之间建构了一种双向互动互补关系，这也是李宗刚先生在编著这部书时的构思所在。这样的设计，不仅精准地展现赵德发的个人世界，而且与他的文学创作相互对应，在为读者展现立体丰富的赵德发形象的同时，也确保了本书的专业性与收藏价值。当然，本书也有一些美中不足的地方，如小说评论纳入过多，而散文、纪实文学评论数量过少，数量的不平衡容易使读者忽视赵德发在这些方面创作及其评价的闪光点。

（原载《作家报》2022年2月18日）

# 民国教育体制与中国现代文学关系的“显”与“隐”

## ——评李宗刚著《民国教育体制与中国现代文学》

金　星①

教育与文学的关系既是一个时代的问题，也是一个世代的问题。中国现代文学与现代教育的关系自 20 世纪 80 年代被提出以来，得到了诸多学者的关注，并产生了一系列研究成果。《民国教育体制与中国现代文学》（以下简称《体制》）的著者李宗刚先生是较早关注这一问题并对之作持续研究的学者之一，从 2005 年完成博士论文《新式教育与五四文学的发生》开始，李宗刚对这一问题的研究已有近 20 年的历史。其间，他完成了《父权缺失与五四文学的发生》《现代教育与鲁迅的文学世界》等一系列厚重的成果，也获得了国家社科基金项目“民国教育体制与中国现代文学”与“共和国教育与当代文学”的立项。这些成果既显示了李宗刚对现代教育与文学关系问题的深入思考，也反映了他尝试贯通近代、现代和当代这三“代”文学史研究的努力。从这个意义上讲，新近由中国社会科学出版社出版的《体制》一书在其整个研究序列中起到了“承上启下”的作用，既上承“近代”又下启“当代”，成为李宗刚“教育与文学关系研究”三部曲中的重要篇章。

① 金星：复旦大学中文系博士后流动站研究人员，博士。

## 一、学术脉络的承续

现代文学与现代教育关系问题的提出，缘于学界对民国大学校园与新文学传统建立关系的重新发现。一方面，校园为新文学提供了生产与传播的空间；另一方面，新文学的合法性亦借课程、讲演等文学教育的方式确立起来。这一发现，引发了学界关于“大学文化与现代文学”的研究热。新世纪初，随着“民国文学”作为文学史研究重要概念的提出与热议，“民国体制”成为现代文学与现代教育的关系研究的重点。《体制》成书的背后有着较为清晰的文学史研究脉络。从宏观层面看，该书所呈现的研究思路是20世纪80年代“重写文学史”精神的延续。20世纪80年代末“重写文学史”思潮催生了两个较为明显的现代文学研究路向：一方面是“审美标准”和“纯文学”立场，引发了现代文学内部研究的“现代性”观照；另一方面是“科学标准”和“大文学”立场，引发了文学外部研究的“史学化”热潮。20世纪90年代，当代文学研究“批评化”和现代文学研究“史学化”的分流，引发了现代文学“外部研究”与“知识考古”热。现代文学研究中的“作家论”和“作品论”走向式微，现代文学确立过程中的“出版”“教育”等因素被重新发掘，文学与教育的关系问题在现代文学研究整体的“史学化”[①] 趋势中浮现出来。这一时期产生的代表观点有：“文学教育与新文学观念建构密切关联”（罗岗，1995）、“新教育与新文学结伴而行”（陈平原，1998）、“大学文化与现代文学密切关联”（钱理群，1998）、“新式教育与五四文学发生”研究（李宗刚，2006）、“现代大学与现代女性文学发生”研究（王翠艳，2007）等。从中观层面看，《体制》的成书与“民国文学”研究范式的具体实践密切关联。新世纪以来，随着“民国文学史”概念的提出与热议，现代文学发生在“民国”这一政治空间中的事实被重新追问，因此引发了学界对“民国机制”与现代文学关系的探讨。由于民国时期教育制度自然是“民国机制”的一个重要组

① 郜元宝：《“中国现当代文学研究”的“史学化”趋势》，《中国现代文学研究丛刊》2017年第2期。

成部分，因此民国文学教育和民国教育体制成为中国现代文学研究的热点话题，其代表研究成果有："民国教育体制与中国现代文学关系"研究（李宗刚，2010）、"民国文学教育与文学观念生成"研究（沈卫威，2012；李光荣，2014）、"民国大学中的新文学传统研究"（季剑青，2007；汪成法，2016）、"民国教会大学中的新文学传统研究"（凤媛，2016）等。从微观层面看，《体制》的成书是作者个人对"五四文学"深入研究的表现。在学者韩琛看来，包括"重写文学史""民国文学"在内的现代文学史书写实践均处在对五四的走出与返回中，后者更类似于使用博物志的研究方法试图在社会史视野中重新认识现代文学史，因此"政治文化、商业文化、教育体制等外部因素被考虑于文学史框架之中"①。《体制》与《新式教育与五四文学的发生》受朱德发先生"五四文学"研究的启发，而对民国教育体制与现代文学关系的考察亦是一种"重返五四"的尝试。早在2006年，李宗刚就在《新式教育与五四文学的发生》一书中首次考察了教育制度对现代文学"发生"所产生的影响，尝试从宏观的层面揭示现代文学与教育关系的"前史"。在解决了"近代教育转型如何影响现代文学发生"这一问题之后，作者又在其论著《父权缺失与五四文学的发生》中对此论题进行了"社会史"的深化。及至2010年，作者将研究的视点转向"民国教育体制与现代文学"关系的研究，在之后的十年间又完成了"共和国文学教育与中国当代文学"国家课题的申报及《现代教育与鲁迅的文学世界》专著的出版。因此，《体制》一书所呈现的学术脉络，既有对外在研究热点趋势的把握与对接，也有学者主体对重点议题的持续探索与深化。

## 二、 学术观点的创新

《体制》一书采用文学外部研究方法，以"民国教育体制"为宏观场域来观照现代文学的生产与传播问题，从而"革新了既往的作品论、作家论乃至

---

① 韩琛:《"重写文学史"的历史与反复》,《中国现代文学研究丛刊》2017年第5期。

文学史书写的范式”[①]。著者采用“博物志”的手法阐释显在的关联、钩沉隐藏的史实，分别探讨了民国教育体制中理念、制度与人脉对现代文学确立所产生的影响，其创新观点主要体现在以下三个方面。

首先，民国教育体制保障了现代文学的核心语言工具——白话文的合法性。《体制》一书认为民国时期的教育部门在不同时段对白话文合法地位的保障为中国现代文学健康发展“奠定了坚实的基石”[②]。李宗刚先后考察了北洋政府、南京国民政府时代的教育法令，探讨了教育体制对现代文学核心工具白话文的保障。1920 年 1 月，教育部令各小学“一二年级先改国文为语文体”正式在中国推广“言文一致”运动。1927 年南京国民政府成立后，第三中山大学（浙江大学前身）首倡各区小学自 1928 年 2 月起“一律不得再用古话文的教科书与教材”[③]，1932 年《教育部通令中小学校励行国语教育》规定小学教材“禁用文言”。为了进一步论证“白话文”地位确立对新文学产生及传播的影响，李宗刚通过现代小说中的一些细节展示了“白话文”地位变迁的过程。如 20 世纪 20 年代叶圣陶小说《倪焕之》中倪焕之与金佩章之间关于文言和白话书信的往还，说明此时人们对“白话文”的接纳尚处于犹疑阶段；到了 20 世纪 30 年代巴金小说《家》中那个在《古文观止》课中翻看“小说和英文课本”的学生时，表明白话文此时的地位发生了切实的变化[④]；而高觉慧在英法教员讲读的外国小说时仿佛进入了“另一个世界”，则表明新文学借助白话文的形式完成了现代精神启蒙。丁帆先生认为，民国政体“在政策和法规的层面为新文学在形式（从文言向白话转型）和内容（‘人的文学’）上奠定了稳固的政治基础，并提供了可靠的法律保障”[⑤]。在新文学形式确立的过程中，民国教育体制起到了具体的作用。在李宗刚看来，民国教育体制对“白话文”合法地位的保障是新文学思想得以传播的前提，“言文一致”运动

---

① 李宗刚:《民国教育体制与中国现代文学·序》,北京:中国社会科学出版社 2021 年,第 3 页。

② 李宗刚:《民国教育体制与中国现代文学》,北京:中国社会科学出版社 2021 年,第 67 页。

③ 《杂讯:第三中大严禁小学采用文言之通令》,《教育杂志》1927 年第 19 卷第 12 期。

④ 李宗刚:《民国教育体制与中国现代文学》,北京:中国社会科学出版社 2021 年,第 80 页。

⑤ 丁帆:《新旧文学的分水岭——寻找被中国现代文学史遗忘和遮蔽了的七年(1912—1919)》,《江苏社会科学》2011 年第 1 期。

的意义不仅仅在于白话文的传播、现代文学地位的确立，还促进了社会的文化公正，从而为后期“大众”的登台提供文化前提。

其次，民国教育体制默许了现代文学的重要生产空间——学校的自主权。民国教育体制“兼容并包”的特点，在保障学校行使文化权力自主性的同时，为思想革命试验提供了有效空间。就制度层面来看，民国初年颁布的“大学令”、“高等师范教育令”以及各种“学制”“课标”均对现代文学的发展产生了重要影响。就内容层面看，民国大学的知识分子或通过参与“制度”的设计，或通过变通“制度”的实施原则，保障了新文学生产和传播的合法性。李宗刚认为民国教育体制最大的特征就是“兼容性”：一方面从制度层面为“校园”立法，规范其现代道路；另一方面又在教育规范中默许了学校合理的“治外法权”[①]。在考察民国教育制度对现代文学产生的影响时，李宗刚从新法令的颁布、新学制的生成、课程标准的制定、校园文学生成等几个方面切入。他认为，“民权”思想影响下的教育制度对男女平等的重视，为《普通教育暂行办法》（1912）以及《壬子——癸丑》学制的制订提供了思想资源，最终实现了现代女子大学“北京女子高等师范学校”的建立和“男女同校”风气的开创。而现代教育体制对女性教育空间的创设及女权认同，既促进了男女平等观念的形成，又丰富了现代女性文学创作[②]。在考察新民国文学教育中的学制和课程标准时，李宗刚发现民国教育体制不仅体现在对新文学生产和传播空间的保障上，还体现在其“放权”的实验主义态度上。关于这一点亦可以与其他学者的研究相参证。如罗岗先生发现 1922 年《壬戌学制》最后定稿者是胡适，因此，1923 年《新学制课程标准刚要》的“中国文学科”几条规定处处显示出胡适的“中学国文理想标准”[③]。沈卫威先生发现 1930 年《教育部通令中小学校励行国语教育》的起草者是新文学传播健将刘大白[④]。由于民国教育

① 李宗刚:《民国教育体制与中国现代文学》,北京:中国社会科学出版社 2021 年,第 57 页。

② 李宗刚:《民国教育体制与中国现代文学》,北京:中国社会科学出版社 2021 年,第 57 页。

③ 罗岗:《“校园内外”和“课堂上下”——论中国现代文学与现代教育的内在关联》,《当代作家评论》2002 年第 4 期。

④ 沈卫威:《民国大学的文脉与学统》,《探索与争鸣》2012 年第 11 期。

体制保障了校园作为“公共空间”的合法性，知识分子可以依据自己的文学观念从事文学教育和思想革命实验。比如东南大学在新文学运动如火如荼的时代始终坚持传统文学教育，高标新式的“道德与学问”；胡适可以依据自己的需要调整新文学教育方向，大力引进新文学作家进校园以撑起文学教育“创作、鉴赏和研究”的立体格局；杨振声反思文理分科，大力提倡“新文学”进入大学课堂。[①] 诸如此类的举措，不仅反映了民国教育体制对“校园”自主权的默许，也反映了教育体制与文学教育实践之间存在“弹性”的空间。

其三，民国教育体制容纳了现代文学创作的主体——作家的参与。现代作家进入校园兼课，自 20 世纪 20 年代即有先例。据李宗刚考查，鲁迅在 1920 年进入大学任教“并不是源于他新小说作家的头衔，而是得益于他在中国小说史研究方面的建树”[②]。到 1928 年杨振声担任清华大学中文系主任提倡“研究旧文学”和“创造新文学”时，中国新文学合法地位的确立已经显得十分必要。及至 1931 年时胡适深感文学教育中创作元素的缺失，更是直接延揽作家型师资进高校从事文学教育。李宗刚认为，朱自清、闻一多、杨振声、沈从文、苏雪林、废名等均以作家身份进入教育界，他们在教学的过程中一方面促进了新文学的认同与传承，另一方面也借由教育体制获得了文化身份建构[③]。而作家之所以能够进入高校从事教育，除了新文学派依托行政资源和人脉关系的原因外，1927 年教育部颁发的《大学教师资格条例》或许起到了重要作用，其第十九条明确规定：“凡于学术有特别研究而无学位者，经大学之评议会议决，可充大学助教或讲师。”[④] 现代作家进入高校，其意义当然不止于此。依代际划分情况来看，鲁迅等第一代作家进入大学讲课与思想革命的提倡密切相关。如朱德发就认为新文学初始时特别强调“载道”，但“它载的是民主之道、人性之道、科学之道、爱国之道、革命之道”[⑤]。在研究现代教育与鲁迅

---

① 李宗刚:《民国教育体制与中国现代文学》,北京:中国社会科学出版社 2021 年,第 222 页。
② 李宗刚:《现代教育与鲁迅的文学世界》,北京:人民出版社 2020 年,第 127 页。
③ 李宗刚:《民国教育体制与中国现代文学》,北京:中国社会科学出版社 2021 年,第 303 页。
④ 《大学教员资格条例》,《大学院公报》1928 年第 1 期。
⑤ 朱德发:《中国五四文学史》,济南:山东文艺出版社 1986 年,第 4 页。

小说的发生时，李宗刚认为“弃医从文”的鲁迅正是在现代科学理念的影响之下，才有了揭露文化上“瞒和骗”的勇气和决心。鲁迅“着重于人的精神病端的演示”[①] 表明他并非“弃医”实为“扬医”，其思想核心乃是鲁迅经由现代教育获得并皈依推崇的“科学”精神。第二代作家朱自清、沈从文进入高校似乎与新文学学科建设和新学术有更密切的关联，其中也不乏对抗当时国文系中盘踞的“国学专修馆”一派[②]的打算。民国教育体制对作家容纳，为作家传播思想提供了有效空间，同时也解决了作家谋生的需求。但是，李宗刚也敏锐地发现1927年政治生态恶化之后，教育体制也受其影响[③]。一方面，大学对思想革命派作家的接纳度变低，甚至给他们戴上“左倾嫌疑”的帽子；另一方面，则强化党义教学，积极统制文学教育。在此情形之下，鲁迅不能自由出入于那个曾经兼容并包的民国教育体制，因此他决定舍弃“校园”并以上海都市出版业为新阵地而再造“思想革命”。

## 三、 学术方法的启示

《体制》一书最大的特点是，既有宏观的历史阐释也有微观的文本细读，其背后所呈现的学术方法相对清晰。首先是“文史对话”的研究方法，“文史对话”作为一种研究方法，最早是由李怡总结的，其基本方法是既要还原“社会大历史”也要还原“文学小历史”，这两大还原都“足以产生新的文学史写作观念，刷新经典文本的解释方式”[④]。《体制》一书尤其注重对现代文学发生的社会背景作“立体的”考察，得出了许多创新的见解。最为典型的案例是，李宗刚通过对“通俗教育研究会”的考察，发现北洋时期的通俗教育研究会为鲁迅提供了进入现代文学场域的可能，这是“文学鲁迅”诞生的重

① 李宗刚:《现代教育与鲁迅的文学世界》,北京:人民出版社2020年,第20—21页。

② 刘子凌:《民国大学里的新文学教育实践及其限度——以杨振声为中心》,《东岳论丛》2019年第1期。

③ 李宗刚:《现代教育与鲁迅的文学世界》,北京:人民出版社2020年,第153页。

④ 李怡:《文史对话与中国现当代文学研究》,《中国社会科学》2016年第3期。

要环节。而鲁迅之所以被新青年派视为现代小说创作的最佳人选，除了浙江地域共同体的乡情关系外，一个重要的原因就是鲁迅在“通俗教育研究会”担任小说股长这一教育管理者身份。这决定了鲁迅作为最合适的那一个：一是鲁迅精通古代小说，也有旧文言小说创作经验；二是鲁迅熟悉西方小说，曾经翻译出版《域外小说集》；三是鲁迅了解当下小说的创作，是负责小说审查的教育部公务员。所以，鲁迅集中了古与今、东与西、过去与当下多种小说观念资源，而“通俗教育研究会”则成了鲁迅对现代小说的认识产生质的飞跃的节点所在①。其次是辩证批判的态度，它保证了研究的科学性。《体制》一书持实证主义思路，对民国教育与现代文学关系保持辩证批判的态度。李宗刚没有过分地美化民国风度，而是力据史实以呈现其本来面貌。李宗刚认为民国教育体制一方面为作家从事创作、传播思想提供了空间和物质保障，但另一方面也抑制了作家的文学创作。比如在朱自清和闻一多那里新学术战胜了新文学，而沈从文在民国大学中始终没有找到新文学创作的自信，这多少影响了沈从文“文学重造民族精神”思想的传播。李宗刚认为民国教育体制并没有培养出民国教育体制的拥戴者，反而造就了一批反叛者，原因是国民党治下的国民政府背离了“三民主义”初衷走向了独裁，知识精英与政党组织争夺教育主导权亦自此加剧。到了1939年抗战的紧要关头，蒋介石公开宣称“此后各级学校，无论大中学校，绝对不许自由。他们应该把他们的自由全部贡献给国家”②。钱穆深感此种“统制”的危机，在《四十年之北大》一文中写道：“由政府来统制全国教育，并非坏事，毋宁说是政府之一种进步的表现，但私人意见，仍望政府能采取较宽的自由主义……否则这种统制将成为空洞无物。”③ 这些事实表明，民国教育体制当年的“弹性”空间已经难以为继。其三是“了解之同情”的人文关怀，它保证了研究的人文性。“了解之同情”自陈寅恪首倡以

① 李宗刚：《民国教育体制与中国现代文学》，北京：中国社会科学出版社2021年，第40页。

② 《对四川省中等以上学校校长主任训词》（1939年2月23日），《中等学校训育法令汇编》，四川省教育厅1940年12月编印，第230页。

③ 转引自延安时事问题研究会编：《抗战中的中国文化教育》，1940年延安抗战书店初版，上海人民出版社1961年翻印版，第69—70页。

来，已经成为学术研究的道德通则，魏建认为“了解之同情”背后既带有实证主义的科学原则，也蕴含着“尊重个体生命”的人文精神①。《体制》一书虽然注重制度和文学生产之间关系的考察，但是在整体的“论证”风格之下也蕴涵着人文关怀。在对茅盾早期作文的研究中，李宗刚通过阅读作家少作的批语还原一个地方国文教师对学生未来的殷切期待。在谈论现代教育体制为作家提供物质保障时，李宗刚慨叹作家在20世纪20年代如果不进入体制，单纯地依靠创作来解决“吃饭问题”是不现实的。在研究现代小说中的教育书写时，李宗刚花了大量的篇幅关注中国现代小说中“乡村教师”的命运。从王统照1921年创作的小说《遗音》到叶圣陶1927年创作的《倪焕之》、柔石1929年创作的《二月》，这些小说中新教师在地方推广新思想遭遇挫折的故事也正对应着当时基层教育的实况。在谈论20世纪三四十年代大学教师的境遇时，李宗刚从朱自清日记里读出一个新文学散文作家面对“体制”的无奈。实际上在反思“推崇学术而拒斥创作”的民国大学教育现象时，他仍忧虑于现代理性主义与人文主义均衡发展的问题。

## 结　语

《体制》的出版正值中国现代文学研究史学化趋势明显的时代，无论是对民国教育体制与中国现代文学显在关系的论述，还是对二者隐而未现之关系的探索，都显示出此时代文学研究的实证主义精神，其在扩充、拓展现代文学研究容量和疆域的同时，也为我们打开一个又一个中国现代文学研究的新维度，引发了一些新的问题点。首先，相比于“制度型”的教育体制对中国现代文学的影响，我们如何研究“丛散型”的教育对中国现代文学产生的影响？近期出版的《他山之石：鲁迅读过的百来篇外国作品》或许表明了借助“阅读史”来建构这种文学与教育关系研究的可能。其次，相比于近代教育，民国教育体制与文学的关系中蕴含了哪些变化和不变的形式因素？其中有意义的经

① 魏建:《郭沫若“两极评价”的再思考》,《山东师范大学学报(人文社会科学版)》2012年第6期。

验能否有积淀和传承之可能？因此，如何对现代文学与现代教育关系研究作“结构主义”式的升华显得非常必要。其三，在研究民国教育体制与现代文学的关系时，如何处理“民国机制”与“延安道路”之间的差异①也值得思考，毕竟后者深刻影响了共和国教育体制的生成。这些问题也许会在著者研究序列的第三部曲——“共和国教育与当代文学”的研究中得到解答，又或许只有等到“三部曲”完成之后，一些重要的问题才会浮出水面。李宗刚将研究历程比喻成思想的跋涉之旅，并坚信研究是一个不断超越自我的过程，而只有迈出坚实的脚步，才有抵达“圣地”的可能。

（原载《现代中国文化与文学》第 41 辑，2022 年）

① 韩琛：《“民国机制”与“延安道路”——中国现代文学史研究的范式冲突》，《文学评论》2013 年第 6 期。

# 洗尽浮华独匠心　梅花香自苦寒来

## ——记文学院博士生导师、《山东师范大学学报（人文社会科学版）》主编李宗刚教授

尚晓晖　王钰蕊[1]

走进《山东师范大学学报（人文社会科学版）》的办公室，最显眼的就是室内桌上铺满的稿件，这些稿件分类明确，标注清晰，整齐有序。作为主编的李宗刚教授平时就在这里审阅《山东师范大学学报》的稿件。2018 年，李宗刚教授带领的“星火”团队当选我校“五导”卓越导学团队之一。时隔一年，笔者再次来到李宗刚教授的办公室，聆听他悉心的讲述，如沐春风，获益匪浅。

### 以师为训，默默耕耘

得知要接受采访，李老师表现得非常谦虚：“和老一代学者比起来，我还有很大的差距。”

“我在学术上能有今天，最主要的还是朱老师的提携和帮助。”念及恩师朱德发教授，李老师打开了回忆的闸门。2002 年至 2005 年，已经入职的李老师跟随朱德发教授攻读博士学位。在这一时期，李老师对自己的学术研究目标进行了调整，重新回到中国现当代文学的研究上来。回忆起读博时艰苦的学习

---

① 尚晓晖、王钰蕊，山东师范大学硕士研究生。

经历，李老师感念最多的还是自己的恩师。“朱老师对学生要求很严格。他经常说的一句话就是‘抓而不紧，等于不抓’。”多年的学术生涯，李老师一直用“抓得紧、落得实”来严格要求自己，不仅工作时间几乎不离几案，假期时间，他也总是坚持写作。在对自我的严格要求下，李老师的每一篇论文从构思到最终敲定，都要经历从写作、打印到修改再到誊抄无数次这样一个漫长的过程。辛苦写就的每一篇论文，都是他心中最完美的修订版。

学报编辑与学术科研的双重压力让不少人望而却步，而李老师却已经在这条路上坚持了多年。面对繁重的工作和任务，李老师有其独特的应对哲学：“干活的时候不要看终点，要看脚下，从每一步做起。”仅 2018 年一年，李老师便发表 CSSCI 来源期刊论文 8 篇。正是勤奋严谨的科研态度和只争朝夕的时间观念，成就了李老师学术研究上的高质高产。同时，在文科学报编辑部全部成员的共同努力下，《山东师范大学学报（人文社会科学版）》学术影响力显著提升。2019 年，学报刊发的论文被《新华文摘》全文转载了 2 篇，论点摘要 4 篇，这在全国同类学报中成绩不俗。目前，《山东师范大学学报（人文社会科学版）》已成为全国高校百强社科期刊、北京大学中文核心期刊、“复印报刊资料”重要转载来源期刊、中国人文社会科学核心期刊（扩展版）以及 CSSCI 来源期刊扩展版。

## 以身为范，百年树人

如果说朱德发教授深深地影响了李老师的学术生涯，那么如今的李老师也为许多学生点亮了指路明灯。在对青年学生的培养上，李老师一向倡导赏识教育，这源于他读书时代朱德发教授的鼓励。“前辈学者的赏识，能让你感到自己是有价值的。”李老师认为，对学生进行适时的赏识和鼓励，能够给予他们信心和力量。面对个性各具特点的学生，李老师坚持“师傅带徒弟”的培养模式。“如果说老师是总建筑师，学生得从搬运工做起，学会搜集资料，学会组织材料，然后在老师的指导下，逐渐学会独立设计与施工，最终成长为可以独当一面的建筑师。实际上，学生是在具体的实践过程中成长起来的。”李老师讲道，由于水平各异，学生对学术前沿问题的把握不够全面，如果任由学生漫无边际地发展，他们可能会走更多的弯路。此时老师的引领作用就显得尤为重要。

学高为师，身正是范。李老师对学术的严格要求对许多学生走上学术道路产生了重要影响。在李老师的带领下，2018 年的卓越导学团队“星火”成就显著，对中国现当代文学领域的文学教育研究作出了一定贡献。以李老师为旗帜和标杆，一颗颗硕博士学术新星冉冉升起，他们以优异成绩毕业后，已经走上了更为广阔的学术舞台。

李老师不仅重视在校学生的培养，而且还重视那些已经走出校门的学生的继续培养。不少已经毕业的学生，通过不同途径，继续接受着李老师的指导。李老师不仅给学生分享一些高质量的文章，还对这些文章进行点评，由此培养学生的学术感悟能力，成为激励他们走出既有人生藩篱的驱动力量，促成学生在师门内形成了相互竞争、相互促进的良好氛围，为校内外学生的更好发展提供了源源不断的驱动力。一声师，一生师。李宗刚老师为学生提供的，不仅是稳健成长的平台，还有历久弥香的精神财富。

## 以文载思，尽褪浮华

当谈及论文创作时，李老师特别强调：“我们写论文不能单纯为了讨生活，而应将其看作一种精神上的追求。思想需要通过文章外化出来，文字为舟，思想为物，才能驶向远方。”李老师认为，时间要花在有用的事情上，作为文科学者就是要为社会提供思想支持，由此使自己的学术成果成为人类文明链条的有机组成部分。“应该把自己独立的思想和真挚的情感通过文章表达出来，在有限的生命中将思想转化为文字，使人生能够走向未来。”李老师深信，情感是相通的。多年以后，如果有人能够从自己的文章中受到鼓舞、产生共鸣，这对自己来说，将是一种难以言喻的美妙感觉！

针对目前部分学者怠于写文章的现象，李老师坦言：“接受知识的同时也要创造知识。只有用文字来承载思想，学术生命才能长久，自己的社会价值也才能得到实现。”

李老师之所以能有大量的时间来潜心做研究，和他平时的生活态度也有很大关系。“生活上太讲究，学术上就无法讲究了。”李老师颇有感慨地说道，物欲追求是永无止境的，要把有限的时间放在做好有意义的事上，“一个人只有普通才能回归自我、回归学术，过分注重感官享受只会迷失自我”。

做学问要静心，静如悬霜挂雪；为人要简单，形若淡水流云。多年来，李老师默默耕耘，不仅在学术研究上成果显著，亦推动了《山东师范大学学报》的发展，并精心培养了一批批优秀的人才。李老师坚守本心、踏实肯干的态度和投身学术的热情使他的思想熠熠生辉，而他严谨求是的学术精神和简朴恬淡的生活方式，也必将给身处喧嚣和迷茫中的我们以深刻的启迪。

（原载《山东师大报》2019 年 3 月 19 日）

# 一种感人的学人品格

## ——李宗刚教授小记

曹明海[1]

那是2018年8月一个炎热的夏日，文学院已退休多年的朱本轩先生打来电话，让我为其即将由中华书局出版的《朱本轩语文教育论稿》撰写序言，并大致说了一下该书稿的编写过程。让我颇为惊讶的是：李宗刚主编学报的工作那么忙，教学科研任务那么重，竟然还带领自己的研究生团队编出了这部25万字的书稿。放下电话后，我心里很不平静且感到深深的内疚：这本应该是我来做的事情啊！

在撰写序言的时候，翻看编好的初稿，更是感动不已：朱先生年龄大了，视力又差，对书稿编写的具体工作心有余而力不足，只能靠宗刚和他的团队来做。从搜集和整理材料到组编、再到打印书稿，一章章编改，一篇篇校对，尤其在给中华书局交稿后连发三次清样，接连校对三稿，这需要付出多少时间和心力啊！所以，我翻读书稿的过程，也是心灵跃动的过程。

在当今这个功利性社会，有谁能这样不慕喧哗、不求功利、不喜张扬、甘心情愿并默默无闻地为一位退休多年的老教师编写书稿呢？我自己就没有做到，而宗刚却做到了，而且还做得这么好。

我退休后求心静，只想超脱些。但身为老山师人，总会听到并关注学校一流学科的建设和发展情况。其中，也得知文科学报发展较快，几年一下子跃为

---

① 曹明海，山东师范大学文学院教授、博士生导师。

高层次、别有影响力的学界“C 刊”。宗刚作为主编，和他带领的团队成员为文科学报发展和学术影响力的提升作出了重大贡献。与此同时，宗刚在其专业研究方面也有了长足的发展，在《文学评论》《文史哲》等刊物连续发表了不少高层次学术论文，堪称作为国家重点学科的中国现当代文学专业乃至作为省一流学科的文学院中最活跃最具学术创新力量的学者之一。在学报工作、科研以及教学任务繁杂的多重压力之下，宗刚还夜以继日、不声不响地为朱先生编好了这部书稿，不能不说这真是了不起。宗刚做事扎实、校稿求精，做人真诚、感念师恩，为编好朱先生的书稿投注了赤情和热心。所以，朱先生感动了，他的老伴和儿女们感动了，我也真真被感动了。

应该说，宗刚做的这件事也是平常事。但是，平常中见光彩，显现出一种可贵的学人品格。他继承了老一代教师的学人品格，也将这种学人品格传承给新一代年轻教师，体现了山师文学院的学人风范。后来，我才知道他还为退休老教师蒋心焕和张廉新两位先生自选集的编选做了大量工作。宗刚是蒋心焕先生的硕士研究生，对蒋心焕先生的学术研究相对熟悉，参与编选工作自然会便利得多。但张廉新先生作为宗刚原来所在教研室的老主任，已经退休多年，他关注的是古代写作理论研究，其编稿和校稿的难度则相对大一点。对此，张廉新先生在书稿的后记中这样写道：“我还要特别提到为这本‘选集’整理出版付出大量辛劳的李宗刚同志。宗刚同志是文学院的博士生导师又兼任文科学报主编，工作十分繁忙。许多关键环节的沟通协调，整个‘选集’的编辑构想，甚至一些十分琐细的工作，他都替我一一完成。”除此之外，宗刚还参与了朱德发、蒋心焕两位先生编选研究资料的整理工作。在 20 世纪 70 年代末至 80 年代初，这两位先生便已编就《第三次国内革命战争时期解放区文艺运动资料汇编》，后因种种原因未能出版。朱德发先生在该书稿出版说明中这样写道：“我们只能将这部资料汇编保存起来，等待问世的时机。”值得庆幸的是，“救活这部书稿的时机终究来到”。“李宗刚教授是我们两人培养指导的硕士和博士研究生。他既热爱文学资料工作又潜心学术研究，既是硕士生指导教师又是博士生指导教师，并心甘情愿地承续这部资料的重新校勘、重新打印、重新联系出版等诸多烦琐工作，争取完好无损地将这部积压了 30 多年的‘资料汇编’救活。”为此，两位先生还专门商量，决定在本书编者名单的后面再加上宗刚的名字，以纪念他们师生之间那种“学生尊敬老师、老师提携学生”的友谊。历经一年的整理，宗刚终于完成了编校工作。据说，朱德发先生在病逝前几天终于看到了这部上下两卷、90 多万字的样书。应该说，宗刚是用自己倾注的全部心力给远行前的朱德发先生以最真诚的心灵安慰。

在这里还要特别说的是，宗刚费心力整理出版这些老教师从教几十年来积累的学术成果，让他们感到无比欣慰和感动；文学院对此也高度重视，给予大力支持。所以，从宗刚做的这些事情来看，他对老师真诚的感情，就像对待自己的父母一样。我的心灵一直被震撼着，我的灵魂一直被拷问着。从这个意义上说，宗刚对老师们的真实情感，实际上是不入俗流、超然生存的一种大气之美。那么，如何来评价宗刚的这种学人品格，即他做事和做人的品行？这让我陷入了沉思。经过反复思考，在多个用词的选项中，最后确定用“扎实做事，真诚做人”八个字来表达他平常而又不俗的学人品格。宗刚真诚的处世态度、清正的心灵品格，是我很看重的。所以，“扎实做事，真诚做人”是对宗刚做人做学问最为真实、恰如其分的写照。而且，这八个字还有一层含义，也就是宗刚的这种学人品格以及他的心灵情感，能够照亮年轻一代教师的学人品格和心灵世界。

（原载《山东师大报》2021 年 4 月 21 日）

# 宋遂良致李宗刚的一封信[①]

宗刚：

昨晚收到小王送来你编的《山师学人视阈下的中国现当代文学》一书，翻阅之时，感到亲切喜悦。以田先生（包括薛先生、冯先生）为代表的第一代，以朱先生为代表的第二代（80年代初田先生麾下有所谓“八大副教授”之说，即朱德发、冯光廉、查国华、蒋心焕、崔西璐、刘金镛、吕家乡、袁中岳和宋遂良，还没包括孔孚、张蕾、翟德耀、王万森和宋益乔等），声势浩大。“聊大”“青大”中文系都与山师中文系有密切姻缘。然后有以魏建为代表的第三代（包括先后调走的杨洪承、姜振昌、张清华、吴义勤、房福贤、吕周聚、周志雄、张丽军等），更为蓬勃。如果算上这些年走出去的研究生，如龚曙光、谭桂林、罗振亚、耿传明、敬文东、张光芒、刘复生等，则南北开花，足以形成“山师学派”。

你作为第三代的一位中坚分子，起了承前裕后的重要作用。在你担任山师文科学报主编的这10多年来，梳理了学科发展的历史，整理出版了多种文粹书系，保存了山师现当代文学学科70多年来的学脉学风。你热爱母校，埋头实干，久久为功。当我看到在堆积如山的书籍报刊中你那小小的办公桌旁一张局促的行军床时，深深为之感动，悄悄抹去了眼眶的泪水。

宗刚，学科、学术需要你这样坚韧执着的践行者。爱学术就是爱真理，爱母校就是爱祖国。我们共勉。

---

① 宋遂良，山东师范大学文学院教授。

再次感谢你和学报的编辑们!

握手!

宋遂良

2022年5月10日

# 穿行于科研教学和编辑阵地的攻坚克难者

## ——记中国现当代文学国家重点学科学位点负责人李宗刚

谢慧聪[①]

山东省省属高校文科类唯一的国家重点学科便是山东师范大学的中国现当代文学。该学科学术底蕴深厚、人才辈出，李宗刚作为学位点负责人、二级教授、博士生导师，又是学校东岳学者拔尖人才、学报主编，继承了学科前辈学者“把学术研究当作一种生活方式”的传统，除了致力于学术研究和学生培养外，还把学报编辑视为自己参与和推动学术研究的重要事业。

### 一、 把学术研究当作一种生活方式

近 10 多年来，李宗刚曾 1 次独立获得教育部高校科学研究优秀成果奖（人文社科）三等奖，1 次作为参与者获得二等奖；4 次获得山东省社会科学一等奖，2 次获得二等奖，1 次获得三等奖；3 次获得山东省高校人文社科优秀成果一等奖。

李宗刚之所以有现在的成就，恰是缘于他的学术研究超越了为稻粱谋的功利阶段，提升到了把学术研究作为一种生活方式的超功利境界。对此，李春林研究员在《东吴学术》撰文《一位人文学者的深广的精神世界》，写道：“作

① 谢慧聪，山东师范大学国际交流学院讲师，博士。

为一位人文学者，他的使命感更突出地表现在他的学术研究上。那十余本学术专著和数百篇论文、评论等都不是为了评职称而著，他在读博之前就已有高级职称；更不是为了稻粱谋。”“李宗刚深广的精神世界，乃是鲁迅思想和五四精神的呈现。”“李宗刚强烈的使命意识和丰盈的情感世界，基于他对人的本质的认识，对人的生命的意义与价值的体认。”

李宗刚常年坚持坐班工作，常常加班到深夜，暑假、寒假，人们也几乎看不到他休息，即便周末，他也经常到学报编辑部工作。正是这种兢兢业业、踏实肯干的精神，才使得李宗刚攻克了学术上的重重难关，发表了多篇高质量学术论文，在学术界产生了较大影响。

对于李宗刚的学术研究，首届国家级教学名师朱德发有过这样的评述：“若说 2006 年出版的《新式教育与五四文学的发生》，是宗刚从现代中国教育与现代中国文学互动关系这个总论题研究中磨出的也是亮出的第一剑，仅仅是初露锋芒，那么即将问世的这本著作则是经过 10 多年的焠磨而亮出的第二剑，其锋利的光芒主要是从本著作的突破点或创新点上反射而出。”他“通过对五四新文学发生缘由的深入研究，发现文学革命先驱们如胡适、陈独秀、李大钊、周氏二兄弟等都是父权缺失者，正是这种特殊的人生遭遇，促使他们通过新式教育或现代教育的渠道完成了自我人格从传统向现代的蜕变，以时代先锋的姿态充当了五四文学革命的弄潮儿”。他从既往习焉不察的现象中得出了新论，“甚至通过对真伪难辨的史料的层层剥离，将隐藏于历史乱象背后的本真面目展示出来或者把规律性的东西寻找出来，以形成一家之言”。正是在多年的砥砺前行中，李宗刚成长为五四文学发生学和 20 世纪中国文学教育领域颇具代表性的学者。

近 10 年来，李宗刚出版了《新式教育与五四文学的发生》《父权缺失与五四文学的发生》《现代教育与鲁迅的文学世界》等著作 8 部，编选研究资料 13 部；在《文学评论》《文史哲》《清华大学学报》等期刊发表论文近 300 篇。其中，CSSCI 来源期刊论文有 53 篇，被《新华文摘》《中国社会科学文摘》以及人大复印报刊资料《中国现代、当代文学研究》等转载的论文有 30 余篇。

## 二、 把学生培养视为学术的代际传承

李宗刚不仅注重学术研究，而且注重学术传承。在浮躁的学术风气影响之下，有些学者只把自己的功名利禄放在第一位，早就把自己学术道路上的引路人抛之脑后。但李宗刚像农民一样厚道，他把自己求学道路上那些伸出过援手的老师们都铭记在心，并把他们作为自己学习的楷模，勤勤恳恳地耕耘，守护着自己的园地。

李宗刚的硕士生导师蒋心焕无疑是其学术道路上的引路人。蒋先生 2021 年初去世后，李宗刚萦绕在心间的一个情结就是要好好地梳理老师的学术人生。为此，他拿出两个多月的时间，写出了近 3 万字的长篇论文，该文作为头题发表于《长江学术》。北大温儒敏这样说：“此文写得很好，让我对蒋先生的学术贡献有更完整的认识，同时更了解‘山师学派’的源流与特色。”

李宗刚的博士生导师朱德发是其学术道路上的提升者。李宗刚在诸多场合，经常提及的一个名字便是朱德发。在 2019 年全校毕业典礼上，他作为教师代表，给即将离开母校的学子们讲述了朱德发“学术逆生长”的故事；在学校 70 周年校庆的专题片中，他作为学校选定的几个代表教师之一，在谈及学报的发展历程时又讲到了朱德发。其实，作为一名学者，李宗刚早就自觉地确立了传承诸位先生精神的理念。为此，他早在 2013 年便开启了朱德发讲授课程的全程录像工程，还对朱德发的手稿进行了系统整理。

李宗刚始终对老师秉承感恩之心，除了用自己的实际行动来回报导师，他还不忘其他老师的栽培之恩。例如，李宗刚曾帮助朱本轩等老师完成其著作的编选工作。对此，语文教育专家曹明海在一篇文章中写道：“在当今这个功利性社会，有谁这样不为名不为利，甘心情愿做这种事情而付出劳累和心血，并默默无闻地为一位退休多年的老教师编书稿呢？……我一直被宗刚这种可贵的精神和学人品格，深深地感动着。”

正因为从前辈学者那里继承了优良传统，李宗刚把教书育人当作赓续前辈精神的一种途径，当作自己的神圣使命，义不容辞地承担起培育下一代的社会

责任。

李宗刚自担任导师以来，已经招收硕士生 69 人，其中有 6 人继续攻读博士学位，曾就读于包括北京大学在内的名校。他本人招收博士生 11 人。他在教学中注重“手把手”的教学方式，让学生逐渐领悟到论文写作的内在规律。对此，有人在文章中这样写道：“李宗刚带领着他的硕士生、博士生团队，披荆斩棘、勇于探索的精神，正是他所在的山东师范大学中国现当代文学国家重点学科一直以来传承着的人文精神。”

经过多年的辛勤耕耘，李宗刚有付出，也有收获。2019 年，他获得了第五届山东省优秀研究生指导教师称号，主讲课程入选山东省省级研究生教育优质课程；他指导的两位博士生的论文获得山东省优秀博士学位论文，他本人也获得了优秀指导教师称号；2017 年，他带领的博士生团队获得山东师范大学首届“五导”卓越导学团队；2018 年，他又被评为山东师范大学 2018 年度“十佳教师”。

## 三、 把编辑工作当作自我社会价值的实现方式

2011 年，李宗刚开启了其学报主编生涯。这个时期的山师学报，正是历史上的困难时期，其中一个最现实最迫切的问题就是办刊经费严重不足。在这 10 多年的时间里，他的人生场域基本上都在学报办公室，他的时光也大都伴随着编辑工作的进行而悄悄溜走。

2019 年 3 月，南京大学 CSSCI 核心期刊目录（2019—2020）正式发布，山师学报成功入选。李宗刚历经 8 年的艰难办刊历程终于有了一个圆满的结果。时任校党委书记的商志晓说：“学报全体同志攻坚克难的可贵品质和大公无私的奉献精神展现了当代山师人干事创业的精神风貌。”

2019 年 11 月，李宗刚被全国高校学报研究会授予“优秀主编”称号，并作为优秀主编代表在全国近 600 人参加的大会上发言。站在发言台上，腰椎和颈椎突出多年的李宗刚慨言：“学报的点滴进步都是主编带领着编辑没黑没白地干出来的，在他们业绩突出的背后，大部分人有腰椎和颈椎的突出作为坚强

的‘支撑’。那么，我们不禁要追问，包括主编在内的编辑，为什么会为了学报业绩的突出，甘愿拿自己的腰椎和颈椎突出‘作支撑’呢？我想，这便是出于主编的家国情怀、历史担当以及志在诗和远方的理想。”在发言的最后，李宗刚不无豪迈地总结道：“根据自然的规律，一切都会归零，包括主编的腰椎和颈椎突出在内。但我们编就出来的学报不会归零，它犹如一叶永不沉没的挪亚方舟，将承载着我们的家国情怀、历史担当驶向诗和远方！”正是基于如此不懈的追求，山师学报在2019年进入CSSCI核心期刊目录（2019—2020），又在2021年再度入选CSSCI核心期刊目录（2021—2022），从而为山东高校打造人文社会科学研究高地作出贡献。

李宗刚，一名普通的高校教师，在普通的岗位上，有着不甘平庸的韧劲，有着清醒的“历史中间物”意识，有着深深的家国情怀。他把朱德发视为自己的人生楷模，在他的身上，我们看到的是那大海般的永不停歇的生命涌动，是那永远都勃发着的生命绿色，是那永不满足于一种绽放姿势的生命之花，是那永远力图超越自我的生命之魂。

（原载人民网—山东频道2022年6月1日）

# 聚焦红色基因，解读经典《大刀记》

许 倩①

峥嵘岁月中，一段段烙着革命历史印记的文学经典，经多种形式的改编与传播，成为传承红色基因的精神载体。11 月 13 日，由山东省图书馆尼山书院主办、本报协办的 2022 年尼山书院红色经典公开课第七讲开讲，山东师范大学中国现当代文学学科学位点负责人、二级教授、博士生导师李宗刚从文学创作视角出发，解读《大刀记》成为红色经典的内在奥秘。

## 文学传播经久不衰

《大刀记》是山东籍作家郭澄清创作的长篇小说，于 1975 年出版。作品展现了中华民族的文化底蕴和中华民族的苦难史，通过对战斗历程的描写热情讴歌了中华儿女不屈不挠的革命精神。小说出版后，风靡全国，传播广泛。“据不完全统计，小说发行近 400 万套，连环画发行超 3000 万套，改编广播剧在全国 20 余家省级电台连播，并被改编为电影、电视剧等多种艺术形式热播。此外，学术研究与研讨会为《大刀记》的经典化开启了无限的可能性。”李宗刚介绍。

在多种艺术形式的改编创作中，不同时期不同版本的《大刀记》连环画公开发行，引发极大轰动。李宗刚表示，“这极大地影响到了青少年的文化心

① 许倩，《山东商报》记者。

理的建构，使得这部小说由此培养了后备人才，为其未来的经典化注入了新的活力”。

在李宗刚看来，相较于文学作品，影视改编为《大刀记》的经典化提供了群众基础，电台播讲则促成《大刀记》走向民间，为其经典化开辟了新的道路。“例如，1975 年，作家郭澄清的小说《大刀记》由人民文学出版社出版，此后由山东艺术家薛中锐播讲的《大刀记》在全国 20 多家省级电台连播，合计有 7 亿人收听。”

此外，李宗刚分析，网络时代的有声书助力《大刀记》经典化；郭澄清纪念馆为《大刀记》的经典化提供了物质层面上的支撑；学术研究是郭澄清及其《大刀记》开启经典化的关键所在；复印报刊资料转载，使得《大刀记》进入了学术史的传承链条中；郭澄清短篇小说的出版为《大刀记》的经典化提供了全方位的文学支撑；《郭澄清研究资料》的出版为《大刀记》的经典化提供了历史支撑。由此，作为红色经典，《大刀记》形成了经久不衰的影响力。

## 多种 “基因” 叠加成就红色经典

作为文学史上一部经典的红色作品，《大刀记》随着多种艺术形式的改编创作，能够永葆生命力，亦具有广泛的影响力。2019 年 9 月 23 日，《大刀记》入选“新中国 70 年 70 部长篇小说典藏”。公开课现场，李宗刚从三方面解读了《大刀记》成为红色经典的内在奥秘：“郭澄清所具有的人格魅力赋予了《大刀记》以红色‘基因’；深刻地反映了中国革命发生的内在缘由，使得《大刀记》具有了红色经典的基因；深刻地反映了中国革命走向成功的发展规律，使得《大刀记》蕴含着红色经典的内在精神。”

作为记录时代的文学经典，《大刀记》的传承在当下仍具有重要的价值和意义。聚焦作家进行文学创作这一视角，李宗刚从四个方面分析了《大刀记》在文学创作方面的启示作用：“作家要创作出伟大的文学作品，需要有超越物欲和功名诉求的高远人生境界，需要有一种为文学献身的精神；需要有统领自我创作的内在思想体系；需要深潜于民间，深入到火热的生活中去，在洞察历史发展规律中获得创作的支撑点，并由此建构起自我的文学世界；需要在接纳东西古今文学营养的基础上，找到属于自我的文学表达形式，由此建构起独具个人特色的文学世界。”

在解读《大刀记》成为红色经典的内在奥秘的同时，李宗刚也就经典传播表达了自己的期待：“希望红色经典能够走向民间，走向大众，在解读中焕发出勃勃生机。”

（原载《山东商报》2022 年 11 月 14 日）

# 坚定文化自信，为弘扬中华文明贡献“山东力量”

## ——习近平总书记给《文史哲》编辑部全体编辑人员的回信在山东持续引发热议

赵 君 刘一颖

在《文史哲》创刊70周年之际，习近平总书记给《文史哲》编辑部全体编辑人员回信，肯定他们付出的努力，并提出殷切期望。连日来，总书记的回信在山东广大党员干部和哲学社会科学工作者中持续引发强烈反响。大家纷纷表示，要认真学习领会总书记回信精神，坚定文化自信，秉持对中华文明传承发展的责任感、使命感，努力推动中华优秀传统文化创造性转化、创新性发展。

“习近平总书记在回信中对‘两创’作出重要指示，情真意切、思想深远、内涵丰富、催人奋进。”省文化和旅游厅副厅长王廷琦说，近年来，我省搭建尼山世界文明论坛等重大文化平台，创作《孔子》《沂蒙山》等多部优秀传统文化精品剧目，推出了文旅融合精品线路等。“下一步，我们将持续做好儒学文化研究阐发，着力实施齐鲁文化艺术精品创作工程，并聚焦山水圣人、红色文化、生态康养、仙境海岸等优势，擦亮‘好客山东’品牌，为传承弘扬中华优秀传统文化作出新的更大贡献。”

在孔子故里曲阜，孔子研究院将学术研究的“登峰”和传统文化普及推广的“落地”放在同等重要的位置。孔子研究院院长杨朝明说：“一方面，聚焦‘论语学研究’‘《孔子家语》研究’‘曲阜儒家碑刻文献研究’等专题，潜心钻研，让儒学明晰起来；另一方面，坚持‘干部是主导，学校是主场’

的传承弘扬理念，打造独具特色的干部政德教育精品课程、专题课程以及现场教学点，面向中小学生开展经典诵读、礼仪教育等，将传统文化的种子植入青少年心中。”杨朝明表示，我们将牢记总书记嘱托，切实担负起时代赋予的文化使命，夯实学术根基，强化普及推广，推进交流传播，将优势发挥出来，将“品牌”树立起来。

《文史哲》杂志副主编李扬眉说：“让世界更好认识中国、了解中国，《文史哲》注重开门搞研究，开设了‘海外中国学’‘世界文明对话’栏目，并在海外发行《文史哲》英文版，先后为两家海外索引数据库收录，在国际学界的关注度、认可度和影响力日益提升。”李扬眉提出，我们将坚持开放办刊、包容创新，努力成为国内国际一流的重要学术交流平台、引领学术潮流的大刊名刊，成为展示文化思想价值的重要窗口、全球文明交流互鉴的重要园地。

中华文明延续着我们国家和民族的精神血脉，既需要薪火相传、代代守护，也需要与时俱进、推陈出新。山东大学校长助理、人文社科研究院院长邢占军说，大学肩负文化传承、文化传播功能。“我们要充分发挥相关学科的优势和潜力，统筹协调校内外资源，着重在学术研究和应用转化层面上，开展中华优秀传统文化创造性转化、创新性发展的研究和实践总结，赓续中华民族精神命脉。”

总书记的回信，不仅给《文史哲》编辑部全体编辑人员以极大鼓舞，也让全省社科期刊编辑人员倍感振奋，为社科研究工作者和期刊编辑工作者指明了努力方向。“近年来，《山东师范大学学报（社会科学版）》推出了一系列优秀论文，在学术界引起强烈反响。深入学习贯彻总书记回信精神，我们将时刻牢记办刊人的使命，把好政治方向关、学术质量关，让期刊成为展示高水平研究成果、支持优秀学术人才成长、促进中外学术交流的平台。”《山东师范大学学报（社会科学版）》主编李宗刚说。

（原载《大众日报》2021 年 5 月 12 日第 1 版，有改动）

# 百年中国共产党与中国新文学

李永杰[①]

百年风雨兼程，百年峥嵘岁月。7 月 1 日，中国共产党迎来百年华诞。四年前，中国新文学走过百年历程。发端于 20 世纪初的中国新文学与中国共产党之间有着一种天然的联系，有学者称之为“解不开的血脉联结。”一百年来，中国共产党领导的各项事业都对中国新文学产生了深远影响。专家表示，从百年党史与百年新文学史关系的角度对中国新文学的道路和经验进行回望总结，可以为新时代的文学带来更多启示。

## 血脉联结源自新文化运动

“中国共产党和中国新文学都是五四新文化运动的产物，二者有着共同的源头。”吉林大学文学院教授张福贵表示，改造旧中国、建设新中国的革命理想，促使一代中国先进知识分子一开始是选择通过宣传先进文化启蒙大众，继而探索改变中国落后命运的政治道路。这就使得中国新文艺与中国共产党几乎在同一时间诞生，二者互相重叠又互相促进，在历史逻辑和思想发展上具有一致性。在他看来，这种亲缘关系，使得一个多世纪以来中国发生的重大历史事件，如五四运动、1927 年第一次国共合作破裂、“九一八事变”、“七七事变”、1949 年中华人民共和国成立、1956 年社会主义改造基

① 李永杰,《中国社会科学报》记者。

本完成、1978 年开启改革开放新时期等，既是中国共产党史上的重要时间节点，也深刻影响了中国新文艺的发展方向和创作风格。“可以说，中国作家、艺术家用自己的创作，为中国共产党人百年来的奋斗历程留下了感人至深的艺术形象。”他说。

“红色基因是革命精神的一种传承，也是中国共产党人的精神内核，它是我们党在革命、建设和改革中形成的宝贵精神财富。”广州大学人文学院资深特聘教授陈剑晖表示，五四时期，中国新文学和中国共产党几乎同时诞生，二者都是为了打碎“旧世界”，推动中国现代化历史进程的必然产物。党的早期创始人李大钊、陈独秀、瞿秋白等，同时是中国新文化运动的发起者和中国新文学的开创者。在提倡新文学的同时，对马克思主义的翻译、介绍和传播也是新文学家的重要工作。瞿秋白还写下了记述留学经历和心路历程的《赤都心史》《饿乡纪程》等宣传“红色赤都”的纪实文学作品。从第一次国内革命战争到第二次国内革命战争、从抗日战争到解放战争、从国统区到解放区，中国新文学始终与党同步、与历史同步，在不断发展的过程中服务革命、服务人民，为党领导的革命事业作出了独特贡献。

山东师范大学文学院教授、《山东师范大学学报（社会科学版）》主编李宗刚表示，在五四新文化运动中，一批赓续了中华优秀传统文化的知识分子，激活了自身所蕴藏的“天下为公”的基因密码，并在学习西方现代文化的过程中逐步发现并接受了马克思主义，这使得中国的“天下为公”意识与西方的马克思主义找到了对接点，因此，中国的新文学与新文化运动在此后的发展过程中逐渐向“革命文学”发展。他认为，早期中国共产党人既然参与和推动了新文学的发展，其结果必然会使新文学逐渐走向人民，这与马克思主义所张扬的人民性具有内在的一致性。实际上，这批中国共产党人的新文学基因恰是从“红色基因”中派生出来的，正是在这两方面基因的交互作用下，中国新文学最终较好地平衡了文学与政治的关系，获得了健康发展。

## 平衡“红色基因”与“文学基因”

“在整个中国文艺发展史上，可能再也没有比中国现当代文艺与社会政治关联更为紧密的时段了，两者之间的紧密联系就直接表现在中国共产党百年党史与中国新文艺的逻辑演进及艺术呈现之中。”张福贵认为，改造旧中国、建设新中国的革命精神渗透在百年文艺创作的各个环节中，影响了中国新文艺的内在品质。

“建党百年和百年新文学史之间，归根结底还是文艺与政治的关系问题，”中国社会科学院文学研究所副研究员冷川认为，“从改革开放至今，学术界在认识方面确实有些变化，比如说，20 世纪八九十年代，研究界有一个颇为流行的‘纯文学’概念。”他告诉记者，“现代文学研究界的主流，从 20 世纪 80 年代学科再出发时，第一、二、三代学者，他们都始终看重现代文学的政治属性，而且随着学科训练专业化程度的不断增强，此后更年轻的研究者也越来越倾向于从政治、历史、社会的角度去解读中国现代文学的作家作品”。

李宗刚认为，中国共产党在不同时期注重从实际出发，根据现实需要，尤其是根据革命、建设、改革事业的需要，及时制定和调整文艺工作的方针政策，从而及时纠正其动态运行过程中出现的某些失衡。这恰如车之两轮、鸟之双翼，如果要确保“红色基因”与“文学基因”相互平衡，就需要在不同时期不同形势下灵活适宜地处理好两者之间的关系，从而确保中国新文学不致偏离正确的发展道路和方向。

## 新文学书写百年党史

一百年来，我们党始终高度重视文学事业，始终把文学事业视为党的事业的重要组成部分，党的历代领导人都高度重视文学事业并且有着强烈的文学情怀。习近平总书记强调，文运同国运相牵，文脉同国脉相连。实现中华民族伟大复兴，是一场震古烁今的伟大事业，需要坚忍不拔的伟大精神，也需要振奋人心的伟大作品。

一百年间，一大批以长征为题材的文艺作品，形成了绵延不绝的“长征叙事”。在抗战时期、解放战争时期，“红色经典”中的《白毛女》《王贵与李香香》《暴风骤雨》《太阳照在桑干河上》等一批作品，它们号召民众“救亡图存”，团结起来推翻三座大山，其凝聚力和向心力是其他文艺形式无法比拟的。在20世纪五六十年代，则有长篇小说《创业史》《红旗谱》《林海雪原》《红日》《青春之歌》等红色经典。

在陈剑晖看来，中国共产党一百年波澜壮阔的历史和取得的巨大成就，不仅是最精彩的中国故事，也是中国新文学最重要的写作资源和书写对象。“中国新文学史在某种意义上正是形象化的党史和中国革命史。党的百年历程中各个重要的历史时期、历史事件、历史人物都在百年文学中得到了生动形象的书写，并产生了一大批红色文学经典。”他认为，这些红色经典起到了动员民众参与新的历史建构的非凡作用，在普通读者中传播并产生很大影响。红色经典以文学艺术特有的形式，铭记一段不容忘却的历史。红色经典的产生和广泛传播，正是建党百年与百年新文学关系密不可分的最好诠释。

判断一个时代的文学属性，要牢牢把握贯穿始终的文艺思想的主题和时代精神的本质。张福贵表示，百年来的中国新文学虽然并不直接等同于百年党史，但后者所蕴含的改造旧中国、建设新中国的革命精神，通过理论传播和社会实践深刻影响了一大批中国知识分子和艺术家，进而影响了新文艺的创作。由于中国共产党从诞生那一天起，就同中国人民和中华民族的前途命运紧密联系在一起，无论是“同路人”文学、自由主义文学，抑或是民主主义文学，只要这类作品在严肃、认真地思考中国往何处去的问题，就会或多或少地与中国共产党发生联系。

“20世纪30年代的左翼传统，40年代的延安传统或者说‘讲话’，传统革命‘同路人’鲁迅，中国共产党引领下的新中国文学等等，都构成了百年党史和20世纪中国新文学不可分割的部分。”冷川表示，它们之间也有对话关系，不同时期在话语权的分配上也有此消彼长。“保持这个传统的多样性”，是保持我们的党史研究、革命史研究、近现代史研究和文艺研究活力的最为重要的因素。

（原载中国社会科学网，2021 年 8 月 16 日。网址：http://www.cssn.cn/zx/zx_gjzh/zhnew/202108/t20210816_5353723.shtml）

# 附录二　发表论文及散文目录（2020—2022）

## 2020 年

《中国电影发展中的“谢晋现象”思考》，《艺术百家》2020 年第 2 期。

《鲁迅与胡适“和而不同”的现代文化阐释》，《北京师范大学学报（社会科学版）》2020 年第 5 期。

《社会科学文摘》2020 年第 6 期主体转载。

《现代社会的主体性确立与传统社会的关系裂变——以鲁迅、周作人周氏兄弟失和作为考察对象》，《西南大学学报（社会科学版）》2020 年第 5 期。

《从“国语的文学”到“文学的国语”——以谭正璧编写〈由国语到国文〉为例》，《福建师范大学学报（哲学社会科学版）》2020 年第 6 期。

《70 年来〈鲁迅全集〉注释研究热点与前沿动态分析——基于 1949—2018 年超星数据的分析》（李宗刚、谢慧聪），《西南民族大学学报（人文社会科学版）》2020 年第 4 期。

《历史文化变迁视野中的通俗文学传受兴衰——基于对〈玉梨魂〉的探析》（李宗刚、钱瑶瑶），《现代传播》2020 年第 8 期。

《疫情背景下健全国家现代应急管理体系研究》（李宗刚、钱瑶瑶），《经济与管理评论》2020 年第 4 期。

《学术期刊编辑的现实困境与突围路径》（孙秋英、李宗刚），《山东理工大学学报（社会科学版）》2020 年第 4 期。

《高等学校文科学术文摘》2020 年第 5 期主体转载。

《20 世纪二三十年代民间文学类课程设置探析》（王璟、李宗刚），《民俗研究》2020 年第 4 期。

《母校，等着吧！》，《大众日报 · 丰收》2020 年 6 月 21 日。

《在恩师赏识的目光中走出学术的沼泽地》，《山东师大报》2020 年 9 月 2 日。

《朱德发：现代中国文学研究的“常青树”》，《山东师范大学名家传略》（第1辑），山东友谊出版社2020年版；《山东师大报》2020年11月4日。

《〈新时代学术期刊编辑学〉序》，《新时代学术期刊编辑学》（孙秋英著），山东人民出版社2020年版。

## 2021年

《教育的多元性与当代作家文学创作的复杂性——以柳青创作的〈创业史〉为例》，《东北师大学报（哲学社会科学版）》2021年第5期。

《高等学校文科学术文摘》2020年第5期论点摘要。

《乡村庇护功能的缺失与阿Q的悲剧命运——乡土中国视阈下的〈阿Q正传〉新解》（史超、李宗刚），《西南民族大学学报（人文社会科学版）》2021年第6期。

《东方想象：外籍译者对中国现代文学作品的删改与整合——以伊万·金为例》（马宇晴、李宗刚），《江西社会科学》2021年第8期。

《〈骆驼祥子〉为何被外国读者喜爱——中国现代文学的外国接受》（马宇晴、李宗刚），《光明日报》2021年11月16日。

《近十年来徐枕亚研究的回眸与反思》（李宗刚、钱瑶瑶），《福州大学学报（哲学社会科学版）》2021年第5期。

《山东师范大学中国现当代文学学科资料汇编的历史回溯》（李宗刚、高明玉），《山东青年政治学院学报》2021年第5期。

《怀念蒋心焕先生》，《齐鲁晚报》2021年2月2日。

《编辑部来了个青年人——序〈学术期刊的使命与担当〉》，《山东师大报》2021年9月29日。

## 2022年

《论郁达夫的交游及与其文学创作的关系》（李宗刚、范丽媛），《江苏社会科学》2022 年第 1 期。

《屠格涅夫短篇小说对汪曾祺创作的影响及启示》（李宗刚、高明玉），《河南师范大学学报（哲学社会科学版）》2022 年第 1 期。

《文本的生产与文学经典的诞生——基于〈阿 Q 正传〉文本生产过程的历史考察》，《东方论坛》2022 年第 2 期。

《中国社会科学文摘》2022 年第 9 期论点摘要。

《中国现代文学研究的代际传承——以蒋心焕教授为例》，《长江学术》2022 年第 2 期。

“复印报刊资料”《中国现代、当代文学研究》2022 年第 8 期全文转载。

《南北文化融合维度下的南下题材影视作品的再解读》（李宗刚、滕旋），《河北师范大学学报（哲学社会科学版）》2022 年第 2 期。

《关于〈阿 Q 正传〉三个版本的辑校》，《山东理工大学学报》2022 年第 4 期。

《红色乳娘文化现象的再解读》，《百家评论》2022 年第 4 期。

《建构中国特色学术期刊评价体系之我见》，《河南大学学报（社会科学版）》2022 年第 6 期。

《初识蒋心焕先生》，《齐鲁晚报》2022 年 2 月 14 日。

《在历史资料的爬梳中传承山师学人精神（上、下）——〈山师学人视阈下的中国古代文学〉编选侧记》，《山东师大报》2022 年 3 月 2 日、2022 年 3 月 9 日。

《莫让峥嵘成往昔　扬帆复兴看今朝——〈山东师范大学学报〉（社会科学版）改革发展侧记》，《山东领导科学》2022 年 4 月 30 日。

《在人生的中流里奋楫前行——序徐道春著〈编辑论稿与写作纂言〉》，徐道春：《编辑论稿与写作纂言》，山东人民出版社 2022 年版。

《透过注释的编纂史勘探中国社会发展进步的历史轨迹》，为谢慧聪著《〈鲁迅全集〉注释编纂史概论》作序，谢慧聪：《〈鲁迅全集〉注释编纂史概论》，山东人民出版社 2022 年版。

## 附录三　著作（资料）出版及研究成果获奖情况（2020—2022）

### 一、独立出版著作

《现代教育与鲁迅的文学世界》，人民出版社 2020 年版，32.5 万字。

《跨界的文学对话》，中华书局 2021 年版，43 万字。

《民国教育体制与中国现代文学》，中国社会科学出版社 2021 年版，41.3 万字。

《多维视阈下的文化现象再解读——基于学术研究代际传承与编辑实践的视角》，山东人民出版社 2022 年版，40 万字。

### 二、合作出版著作

《〈山东师范大学学报〉（人文社会科学版）发展纪略》（李宗刚等著），山东人民出版社 2020 年版，42.5 万字。

《民国时期山东文学教育研究》（李宗刚、关珊、战明、郭晓露、张英、吴霞著），山东人民出版社 2020 年版，30 万字。

《学术期刊的探索与反响——〈山东师范大学学报（社会科学版）〉发展侧记》，（李宗刚等著），山东人民出版社 2022 年版，36 万字。

### 三、编辑研究资料

《赵德发研究资料》，山东大学出版社 2020 年版，46 万字。

《山师学人与山师学报：教育学心理学研究卷》，山东大学出版社 2020 年版，39.9 万字。

《穿越时空的鲁迅研究——“山师学报”（1957—1999）鲁迅研究论文

选》（李宗刚、王沛良编），2021年版，42.5万字。

《新时代学术期刊评价体系的建构与实践》，山东大学出版社2021年版，36.3万字。

《山师学人视阈下的中国现代当代文学：“山师学报”论文选：1959—2009》，山东大学出版社2022年版，40万字。

《山师学人视阈下的中国古代文学：“山师学报”论文选》，山东大学出版社2022年版，40万字。

## 四、成果获奖情况

### （一）独立获奖项情况

A. 教育部高校科学研究优秀成果奖（人文社科）（2020—2022）

教育部第八届高校科学研究优秀成果奖（人文社科），《父权缺失与五四文学的发生》（论文），三等奖，2020年12月，教社科证字〔2020〕第0994号。

B. 山东省社会科学优秀成果奖（2020—2022）

山东省第34届社会科学优秀成果奖：《〈新青年〉编辑约稿与鲁迅现代小说的诞生》（论文），一等奖，2020年10月，编号为016。

C. 教学获奖信息（2007—2022）

第五届山东省优秀研究生指导教师，2019年6月17日，山东省教育厅鲁教研字〔2019〕2号文件

主讲课程《现代中国通俗文学研究》入选2019年山东省级研究生教育优质课程，2019年12月。

山东省优秀教学成果奖二等奖，“以学生为主体，以成果为导向的研究生自主创新能力培育平台建设与应用”（排名次序：2/5，证书号GJ20180418），2018年1月17日。

山东省优秀博士学位论文指导教师（博士生孙连五，证书编号：B2020110），2020年12月30日。

山东省优秀博士学位论文指导教师（指导博士生谢慧聪，证书编号：

B2021117），2021 年 10 月 20 日。

山东省教育科学优秀成果奖：《民国教育体制下的鲁迅兼课与新文学传承》（论文），特等奖（编号 2021022），2021 年 6 月 23 日。

山东省第九届省级教学成果奖（高等教育类）二等奖，以“金课”建设促进汉语言文学专业创新型人才培养的普通地方高校实践路径，（排名次序：2/10，证书编号 GJ20220555），2022 年 3 月。

山东师范大学“十佳教师”称号，2018 年 9 月 10 日。

山东师范大学 2007 年度研究生优秀教学奖，2007 年 12 月 30 日。

山东师范大学 2009 年度研究生优秀教学奖，2010 年 1 月 5 日。

山东师范大学 2010 年度研究生优秀教学奖，2011 年 1 月 5 日。

山东师范大学研究生教育教学成果奖二等奖，“研究生学术论文创新能力培养的新探索”（李宗刚、魏建，证书号：YJS2013204），2013 年 12 月 2 日。

山东师范大学首届研究生“五导”卓越导学团队（博导类），2017 年 10 月。

山东师范大学第三届研究生教育教学成果奖一等奖，“以学生为主体，以成果为导向的研究生自主创新能力培育平台建设与应用”（魏建、刘子凌、李宗刚、周志雄、洪亮，证书号：SDNUY2018008），2018 年 1 月 9 日。

第四届山东师范大学立德树人优秀研究生指导教师，2019 年 1 月。

山东师范大学校级教学成果奖一等奖，现代研究生培养模式对传统师徒教育方式的“两创”转化发展的理论与实践探索，（李宗刚、魏建、刘子凌、洪亮，编号：Y2021022），2021 年 11 月。

山东师范大学“十佳教师”称号，2022 年 9 月 10 日。

山东师范大学研究生课程思政示范项目，现代中国通俗文学研究，2022 年 11 月。

## 附录四　相关评论文章目录（2019—2022）

曹明海：《一种感人的学人品格——李宗刚教授小记》，《山东师大报》2019 年 4 月 21 日。

许倩：《“共和国的红色丰碑”第二讲开课——李宗刚：信仰与忠诚，人生价值实现的通衢》，《山东商报》2021 年 5 月 10 日。

周海波：《鲁迅研究的新维度——评〈现代教育与鲁迅的文学世界〉》，《山东社会科学》2021 年第 6 期。

冯永刚：《掇菁撷华：在赓续问文脉中再现教育学心理学经典》，《齐鲁师范学院学报》2021 年第 6 期。

李春林：《一位人文学者的深广的精神世界——读李宗刚〈跨界的文学对话〉》，《东吴学术》2021 年第 6 期。

新浪山东（山师学者）：笔耕不辍著华章　文以载道系学刊——山东师大著名学者李宗刚访谈（2021 年 09 月 26 日 16：53）专题报道链接：http：//sd. sina. com. cn/zt_ d/scholarsdnulzg/。

新浪山东（山师学者）视频二维码。

吕家乡：《甘愿做一个“灶下婢”——谈李宗刚等编〈穿越时空的鲁迅研究〉》（史超访谈，2022 年 1 月 27 日下午）。

马忠：《丰富而立体的文学世界——读李宗刚教授〈赵德发研究资料〉》，《作家报》2022 年 2 月 18 日。

杨剑龙：《从跨学科视阈探究鲁迅的文学世界——评李宗刚著〈现代教育与鲁迅的文学世界〉》，《中国语言文学研究》，社会科学文献出版社 2022 年版。

金星：《民国教育体制与中国现代文学关系的“显”与“隐”——评李宗

刚著〈民国教育体制与中国现代文学〉》，《现代中国文化与文学》2022 年第 41 辑。

《宋遂良致李宗刚的一封信》。

房福贤：《读文集，想往事，难忘当年——由〈山师学人视阈下的中国现当代文学〉想到的》。

谢慧聪：《穿行于科研教学和编辑阵地的攻坚克难者——记山东师范大学中国现当代文学国家重点学科学位点负责人李宗刚》，人民网（山东频道）2022 年 6 月 1 日。

许倩：《聚焦红色基因解读经典〈大刀记〉》，《山东商报》2022 年 11 月 14 日。

# 后　记

近几年来，我在重点关注中国现当代文学研究之余，还在学术期刊理论和实践方面下了一些功夫，并断断续续地写了一些文章。为了能够更好地回顾走过的足迹，也为了便于检索相关资料，我便产生了一个想法，那就是把这些文字汇集起来，也算是给那些已经流逝的岁月画上一个句号。

收入本论文集的文章主要分为三部分。第一部分是我对鲁迅先生的小说《阿Q正传》进行解读的三篇论文。第一篇论文是我对《阿Q正传》生产过程的考察。这起因于我的自我体验。作为一名作者，我的许多论文也是在编辑的督促下才最终完成的，如果没有兢兢业业的编辑们的督促，许多论文也许就延宕下来，时间久了，心境变了，这些论文也许就永久地束之高阁了；与此同时，作为一名编辑，我也参与了一些作者的论文写作乃至修改的过程，其中也就自然渗透了我的一些思考，当然，这样的一些思考在论文中并没有直接地体现出来，也许正是基于这一点，许多人称编辑的工作是为他人作嫁衣的工作，尽管为他人作嫁衣的工作并不像身穿嫁衣的新娘那样光鲜靓丽。缘于这样的切身体会，我觉得重新解读鲁迅的《阿Q正传》便很有必要——从某种意义上说，我们只有把鲁迅及其创作的文学作品还原到其具体的文学生产场域中，才能真正地理解鲁迅及其作品的价值和意义，才能真正地为孕育出我们这一时代的文学大家和文学经典找到更为肥沃的土壤。第二篇论文是我对《阿Q正传》版本的校对。版本校对工作在许多人看来似乎并没有多少学术价值，其实不然。在翻阅

《阿Q正传》原发的《晨报》副刊时，我发现了《阿Q正传》诞生之初的原始状态。客观地说，诞生之初的《阿Q正传》并没有像我们所想象的那样处在显赫的位置，用醒目乃至黑体的文字彰显出其非同凡响的价值，相反，这部作品如同其他那些已经被历史淘洗掉的文章一样，被编入《晨报》副刊时处于并不显眼的位置。至于连载的形式，更给人带来"碎片化"的感觉，这都是与后来被编入《鲁迅全集》的《阿Q正传》明显不一样的地方。这篇小说的语言及标点符号到底有哪些修改，也犹如一个谜，吸引着我进行探索。在进行辑校之前，我预设的结果是这篇小说在文字上或许有很多的修改，但结果并不是如此。这让我感到，在五四新文学诞生之初，现代汉语的文学写作已经达到了相当规范的水平。其修改最多的是标点符号，这昭示着标点符号作为从西方借鉴过来的语言辅助表达系统，的确是有一个相对完善和发展的过程。第三篇论文是我基于切身体验而获得的一种所谓的"灵感"。2020年，有些地方开始搞农村城镇化，有些村庄被全部拆除了。我觉得，这样拆迁农村相当于把明朝以来移民积累了五六百年的建筑财富化为乌有，也使得农民在改革开放40年积累起来的最大恒产烟消云散了，如此下去，中国将由此失去锚定社会稳定的根基。农村的形成有一个历史过程，农村的消亡也应该有一个历史过程，从某种意义上说，那些显得有些凋敝了的农村，还承载了一代人的情感，如果把村庄全部拆除了，那所谓的乡愁也就失去了载体。由此，我便联想到了《阿Q正传》中的阿Q的人生悲剧。阿Q走向悲剧的原因固然是多方面的，但阿Q始终未能真正与乡村相融是一个不可忽视的因素。正是基于这样的考量，我与我的博士生史超合作完成了这篇重新解读阿Q人生悲剧的论文。在解读鲁迅的《阿Q正传》这一组论文后面，我还选入了自己于2019年完成的关于谢晋电影的评论等论文。

第二部分主要是我近几年关于中国现当代文学学科史的一些思考，主要选取的代表性学者是我的博士生导师朱德发先生和硕士生导师蒋心焕先生。我希望通过对他们的学术人生进行解读，从中汲取进一步发展的内在动力。通过解读，我深刻地感悟到学术犹如一场人生长跑，需要我们永不懈怠地奔跑下去，可以肯定，如果我们能像青年人那样不停歇地追求下去，那结果肯定比原地踏步要好得多。

第三部分主要是我关于学术期刊理论方面的论文，这些论文显示了一个办刊人在学术期刊理论探索上所走过的道路。还有一些文字，则是我编选的13本研究资料的前言或后记。这些前言或后记未曾选入我的其他论文集。前言或后记的学术含金量尽管不高，但编选这些资料用去了我的不少时间，也花费了我的许多精力，它们可以为我的学术发展留下可供追溯的轨迹。

本书附录共有四部分。附录一是有关著作的评论文章选，附录二是我在这几年发表的论文及散文目录，附录三是著作（资料）出版及研究成果获奖情况（2020—2022），附录四是有关著作的评论文章目录（2019—2022）。之所以截取这样一个时间段，是在对接拙作《跨界的文学对话》（中华书局2021年版）的附录部分，这便把前期和近期的相关资料较为详细地呈现了出来。严格地讲，我所做的许多工作，也许在许多人看来并没有多少价值和意义，正像过眼云烟一样，随着时间的流逝被逐渐遗忘。但从个人来讲，为了能够帮助自己回望过去，也便于检索过去的材料，对其进行恰当的汇总还是有必要的，这起码可以标示出我在那些已经流逝的日子里到底留下了多少值得记忆的事情。

本书的出版得到了山东师范大学“双一流学科”建设经费的资助，得到了翟德耀先生和魏建先生的特别指导，得到了孙昕光编审的鼎力支持，还得到了我的研究生们的协助。在此，我对他们的支持表示由衷的感谢。

李宗刚

2022年11月20日